Pôle fiction

Du même auteur
chez Gallimard Jeunesse :

Eona et le Collier des Dieux

Alison Goodman

# *Eon et le douzième dragon*

*Traduit de l'anglais
par Philippe Giraudon*

GALLIMARD JEUNESSE

Titre original : *Eon, Dragoneye Reborn*

*Pour mes parents,*
*Charmaine et Doug Goodman*

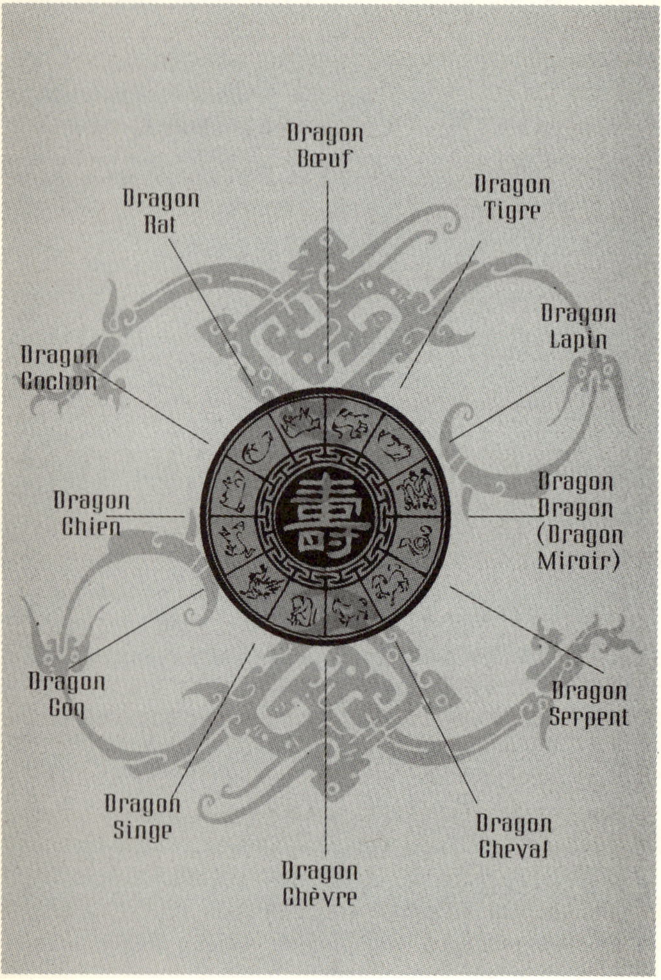
Dragon Bœuf
Dragon Rat
Dragon Tigre
Dragon Lapin
Dragon Cochon
Dragon Dragon (Dragon Miroir)
Dragon Chien
Dragon Coq
Dragon Serpent
Dragon Singe
Dragon Cheval
Dragon Chèvre

### Dragon Bœuf
Gardien de la Décision
Violet
Œil du dragon : Sire Tyron

### Dragon Tigre
Gardien du Courage
Vert
Œil du dragon : Sire Elgon

### Dragon Lapin
Gardien du Calme
Rose
Œil du dragon : Sire Silvo

### Dragon Dragon (Dragon Miroir)
Gardien de la Vérité
Rouge
Œil du dragon : Aucun.
Le dragon Miroir a disparu depuis plus de 500 ans.

### Dragon Serpent
Gardien de l'Intelligence
Cuivre
Œil du dragon : Sire Chion

### Dragon Cheval
Gardien de la Passion
Orange
Œil du dragon : Sire Dram

### Dragon Chèvre
Gardien de la Bienveillance
Argent
Œil du dragon : Sire Tiro

### Dragon Singe
Gardien de l'Ingéniosité
Ébène
Œil du dragon : Sire Jessam

### Dragon Coq
Gardien de la Fermeté
Marron
Œil du dragon : Sire Bano

### Dragon Chien
Gardien de l'Honnêteté
Ivoire
Œil du dragon : Sire Garon

### Dragon Cochon
Gardien de la Générosité
Gris colombe
Œil du dragon : Sire Meram

### Dragon Rat
Gardien de l'Ambition
Bleu
Œil du dragon : Sire Ido

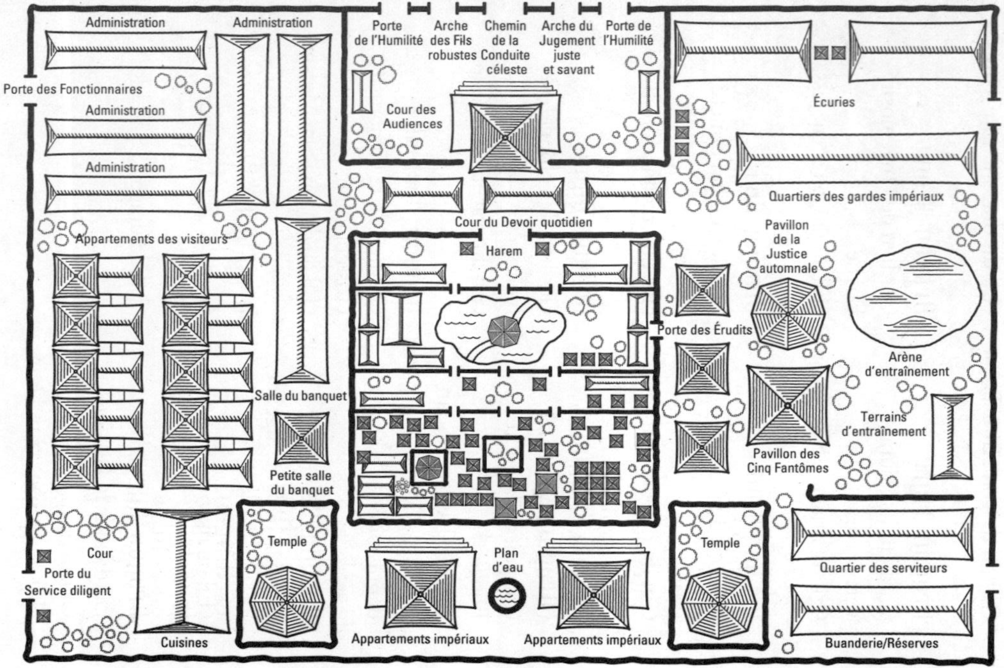
Administration
Administration
Administration
Administration
Porte des Fonctionnaires
Porte de l'Humilité
Arche des Fils robustes
Chemin de la Conduite céleste
Arche du Jugement juste et savant
Porte de l'Humilité
Écuries
Cour des Audiences
Quartiers des gardes impériaux
Cour du Devoir quotidien
Appartements des visiteurs
Harem
Pavillon de la Justice automnale
Porte des Érudits
Arène d'entraînement
Salle du banquet
Terrains d'entraînement
Pavillon des Cinq Fantômes
Petite salle du banquet
Temple
Cour
Porte du Service diligent
Plan d'eau
Temple
Quartier des serviteurs
Cuisines
Appartements impériaux
Appartements impériaux
Buanderie/Réserves

## Note liminaire

*Extrait des premiers écrits de Jion Tzu*

Personne ne sait comment les premiers Yeux du dragon conclurent leur marché périlleux avec les douze dragons énergétiques de la chance. Les rares écrits et poèmes ayant traversé les siècles commencent l'histoire bien après que l'homme et l'esprit animal eurent fait un pacte pour protéger notre pays. Cependant, on dit qu'il existe encore un livre noir qui raconte les débuts violents de l'antique alliance et lui prédit une fin catastrophique.

Les dragons sont des êtres élémentaires, capables de manipuler le *hua*, l'énergie naturelle présente en toute chose. Chaque dragon est en phase avec l'un des Animaux célestes du cycle de puissance de douze années, lequel se déroule en respectant le même ordre depuis l'origine du temps : Rat, Bœuf, Tigre, Lapin, Dragon, Serpent, Cheval, Chèvre, Singe, Coq, Chien et Porc. Les dragons sont également les gardiens des douze Directions du Ciel et les garants des douze Vertus Supérieures.

Au premier jour de chaque année nouvelle, on entre dans la période d'un des animaux du cycle, dont le dragon devient l'ascendant, ce qui signifie que son pouvoir double pendant les douze mois de cette année. Le dragon ascendant s'unit alors à un nouvel apprenti, afin de l'initier à la Magie du dragon. Tandis que ce jeune garçon entre dans sa vie nouvelle, l'apprenti précédent accède au rang d'Œil du dragon et à la maîtrise totale de son pouvoir. Il remplace son maître, l'ancien Œil du dragon, lequel se retire, épuisé et affaibli irrémédiablement par ses douze ans d'union avec le dragon. C'est un pacte violent, qui donne une immense puissance à l'Œil du dragon, assez pour changer le cours des moussons, détourner les fleuves et arrêter les tremblements de terre. En échange d'un tel pouvoir sur la nature, l'Œil du dragon cède peu à peu son *hua* à son dragon.

Seuls les garçons capables de voir un dragon énergétique peuvent espérer prétendre au rang d'Œil du dragon. Pouvoir apercevoir son dragon de naissance est un don peu fréquent, et il est plus rare encore de voir l'un des autres dragons énergétiques. Au premier jour de chaque année, douze garçons nés douze ans plus tôt font face au dragon ascendant en priant pour que leur don soit suffisant pour la créature magique. Celle-ci choisit l'un d'entre eux, et en cet instant d'union – et seulement en cet instant –, tous les hommes peuvent voir le dragon dans l'éclat de sa gloire.

Les femmes sont exclues du monde de la Magie du dragon. On prétend qu'elles ne font que corrompre cet art, qu'elles n'ont pas la force physique ni la fermeté de caractère nécessaire pour communier avec un dragon énergétique. On estime également que le regard féminin, trop porté à se contempler soi-même, ne peut voir la réalité du monde de l'énergie.

# Chapitre 1

Je laissai les pointes de mes deux sabres s'enfoncer dans le sable de l'arène. Ce mouvement était incorrect, mais la douleur irradiant mon ventre me forçait à m'accroupir. J'observai les pieds nus du maître d'armes Ranne qui s'avançait d'un pas traînant, en se mettant d'aplomb pour assener un grand coup. M'entraîner avec lui me rendait toujours malade d'angoisse, mais cette fois c'était différent. J'étais sur le point de perdre mon sang. Avais-je mal compté les jours de lune ?

– Qu'est-ce que tu fabriques, gamin ? demanda-t-il.

Je levai les yeux. Ranne était en position, prêt à abattre ses deux sabres en un mouvement élégant qui pourrait me trancher la tête. Ses mains se crispèrent sur les poignées. Je savais qu'il avait envie d'aller jusqu'au bout et de débarrasser l'école de l'estropié. Mais il n'osa pas.

– Serais-tu déjà épuisé ? lança-t-il. Cette troisième figure était encore pire que d'habitude.

Je secouai la tête en serrant les dents pour résister à une nouvelle douleur fulgurante.

– Ce n'est rien, maître d'armes, déclarai-je en me redressant avec précaution.

Je gardai mes sabres pointés vers le bas. Ranne se relâcha et fit un pas en arrière.

– Tu n'es pas prêt pour la cérémonie de demain, dit-il. Tu ne seras jamais prêt. Tu n'es même pas capable de finir l'enchaînement d'approche.

Se retournant avec un mouvement circulaire, il regarda d'un air menaçant les autres candidats agenouillés autour de l'arène d'entraînement.

– Cet enchaînement doit être parfait si jamais vous voulez approcher des miroirs. C'est compris ?

– Oui, maître d'armes ! glapirent onze voix.

– Je vous en prie, lançai-je. Si vous le permettez, je vais essayer encore.

Une nouvelle crampe lacéra mon corps, mais je ne bougeai pas.

– Non, Eon-*jah*. Retourne dans le cercle.

Je perçus le malaise qui s'emparait des onze autres candidats. Ranne avait ajouté à mon nom le mot *jah*, une antique formule censée conjurer le mauvais sort. Je m'inclinai en croisant mes sabres pour saluer le maître d'armes, non sans imaginer ce que je ressentirais en plongeant les deux lames dans sa poitrine. Derrière Ranne, l'énorme silhouette opaque du dragon Tigre se déploya et me regarda fixement. Ma colère semblait avoir toujours pour effet de l'éveiller. Je me concentrai sur le dragon Lapin, dont je fis apparaître la forme chatoyante dans l'espoir que le gardien du Calme m'aiderait à apaiser ma fureur.

Dans le cercle des candidats, Dillon remua légèrement et jeta un regard sur l'arène. Avait-il senti la présence des dragons ? Bien qu'il fût plus réceptif que les autres, même lui ne pouvait voir un dragon énergétique sans méditer pendant des heures. J'étais l'unique candidat capable de voir les onze dragons à volonté. Ce pouvoir me prenait toute ma concentration et m'épuisait, mais lui seul m'avait permis de supporter ces deux dernières années passées à s'entraîner sans relâche.

– Retourne dans le cercle ! Tout de suite ! hurla Ranne.

Je me raidis et reculai. Trop vite. Le sable se déroba sous ma jambe infirme, qui se tordit. Je tombai en heurtant violemment le sol. Le choc de la surprise passé, je sentis la douleur déchirer mon épaule, ma hanche, mon genou. Ma hanche ! Avais-je encore aggravé son état ? Je palpai la peau et les muscles pour sentir l'os déformé. Non, il ne me faisait pas mal. Il était intact. Et les autres élancements douloureux commençaient déjà à s'estomper.

Dillon s'avança à genoux en soulevant un nuage de sable. Ses yeux étaient inquiets. L'idiot, il n'allait faire qu'empirer les choses.

– Eon, es-tu… ?

– Restez à vos places ! cria Ranne.

Il me donna un coup de pied.

– Relève-toi, Eon-*jah*. Tu es un affront à la profession d'Œil du dragon. Debout !

Je me hissai péniblement sur mes mains et mes genoux, prête à rouler de côté s'il me frappait de nouveau du pied, mais il ne bougea pas. J'attrapai mes sabres et me mis debout. Quand je me redressai, une nouvelle crampe tordit mon ventre. C'était pour bientôt. Il fallait que je rentre chez mon maître avant que le sang n'apparaisse. Depuis que mon corps avait commencé à nous trahir, voilà six mois, mon maître gardait sous clé dans sa bibliothèque, à l'abri des regards indiscrets, une provision de linges doux et d'éponges.

La cloche de la demi-heure venait de sonner. Si Ranne me laissait partir, je pourrais rentrer à la maison et revenir avant l'heure pleine.

– Maître d'armes, pourrais-je me retirer de l'entraînement jusqu'à la prochaine cloche ? demandai-je.

Tout en baissant la tête avec humilité, j'observai le visage brutal et obstiné de Ranne. Il devait être né dans une année du Bœuf. À moins qu'il ne fût une Chèvre.

Le maître d'armes haussa les épaules.

– Rapporte tes sabres à l'arsenal, Eon-*jah*. Tu n'as pas besoin de revenir. Ce ne sont pas quelques heures d'entraînement qui vont améliorer tes chances pour demain.

Il me tourna le dos et invita Baret, son favori, à prendre ma place sur l'arène. J'avais reçu mon congé.

Dillon m'observa d'un air soucieux. Nous étions les deux candidats les plus faibles. Même s'il avait douze ans, l'âge requis, comme tous les garçons du cercle, il était aussi chétif qu'un gamin de huit ans. Quant à moi, j'étais l'estropié. Dans le passé, personne n'aurait envisagé notre candidature pour devenir Œil du dragon. Il semblait exclu que le dragon Rat puisse nous choisir lors de la cérémonie du lendemain. Tous les parieurs attribuaient à Dillon une cote de un contre trente. Ma propre cote était de un contre mille. Cependant, les pronostics avaient beau nous être défavorables, même le Conseil ignorait comment un dragon faisait son choix. Je fis semblant de bâiller à l'adresse du dos de Ranne, dans l'espoir d'arracher un sourire à Dillon. Ses lèvres se relevèrent brièvement, mais son expression resta tendue.

Une nouvelle crampe déchira mes entrailles. Je retins mon souffle en attendant qu'elle fût passée. Je me détournai et m'avançai avec circonspection vers le petit bâtiment de l'arsenal, en soulevant le sable fin avec ma jambe infirme. Dillon avait raison d'être inquiet. Même si les candidats ne combattaient plus pour avoir l'honneur d'approcher des miroirs, nous devions toujours prouver notre force et notre endurance en exécutant les enchaînements rituels de figures avec deux sabres. Au moins, Dillon parvenait à aller jusqu'au bout de l'enchaînement d'approche, même de façon peu brillante. Je n'avais jamais réussi à me tirer des mouvements complexes de la Troisième Figure dragon Miroir.

On assurait qu'il fallait une grande résistance physique et mentale pour négocier avec les dragons énergétiques et manipuler les puissances de la terre. Certains candidats prétendaient même qu'un Œil du dragon abandonnait peu à peu sa propre force vitale à un dragon afin de pouvoir manœuvrer les énergies, et que ce pacte le faisait vieillir prématurément. Mon maître avait été l'Œil du dragon Tigre durant le dernier cycle. D'après mes calculs, il ne devait guère avoir plus de quarante ans, cependant son aspect et son attitude étaient ceux d'un vieillard. Peut-être un Œil du dragon se dépossédait-il vraiment de sa force vitale. À moins que mon maître n'ait été vieilli par les épreuves de la pauvreté et de la malchance. Il avait tout misé sur ma réussite.

Je regardai par-dessus mon épaule. Ranne observait Baret qui exécutait la première figure. Avec tous ces garçons robustes se disputant l'honneur de le servir, était-il envisageable que le dragon Rat choisisse une créature infirme comme moi ? Puisqu'il était le gardien de l'Ambition, peut-être resterait-il insensible aux prouesses physiques. Me tournant vers le nord-nord-ouest, je me concentrai jusqu'au moment où je vis le dragon Rat miroiter sur le sable comme un mirage du désert. Comme s'il sentait mon regard, le dragon redressa son cou et agita son épaisse crinière.

S'il me choisissait, je jouirais pendant vingt-quatre ans d'une position prestigieuse, d'abord comme apprenti de l'Œil du dragon en titre puis, après qu'il se serait retiré, en manipulant à mon tour les énergies. Je gagnerais des montagnes d'argent, même en versant vingt pour cent de mes revenus à mon maître. Plus personne n'oserait me cracher au visage, faire un signe conjuratoire en me voyant ou se détourner de moi avec dégoût.

S'il ne me choisissait pas, je pourrais remercier le ciel si mon maître me gardait comme domestique dans sa maison. Je serais comme Chart, le préposé aux eaux sales, dont le corps était tordu de façon aussi sinistre que grotesque. Il avait été mis au monde quatorze ans plus tôt par Rilla, une des servantes célibataires. Malgré la répugnance que lui inspirait la difformité du nourrisson, mon maître l'avait autorisé à rester dans sa maisonnée. Chart n'était jamais sorti des quartiers des serviteurs. Il vivait sur une natte près des fourneaux de la cuisine. En cas d'échec demain, je ne pouvais qu'espérer que mon maître se montrerait aussi clément envers moi. Avant d'être découverte par lui, quatre ans plus tôt, je travaillais dans une saline. Mieux vaudrait partager la natte de Chart près des fourneaux que de reprendre cette vie misérable.

Je m'arrêtai de marcher et concentrai de nouveau ma pensée sur la recherche du dragon Rat, en essayant de capter l'énergie de l'immense créature. « Parle-moi, l'implorai-je. Parle-moi. Choisis-moi demain. Choisis-moi, je t'en supplie. »

Pas de réponse.

La douleur sourde dans ma tête devint d'une intensité insoutenable. Mon effort pour le garder en vue était trop grand. Le dragon s'échappa de mon esprit, en emportant avec lui toute mon énergie. J'enfonçai un sabre dans le sable pour m'empêcher de tomber et me mis à suffoquer. Imbécile ! Je ne retiendrais donc jamais la leçon ? Un dragon ne communiquait qu'avec son Œil du dragon et son apprenti. Je respirai profondément et retirai le sabre du sol. Pourquoi, dans ce cas, pouvais-je voir les onze dragons au grand complet ? D'aussi loin qu'il m'en souvînt, j'avais été capable de plonger mon esprit dans le monde énergétique et de voir leurs énormes silhouettes translucides. Pourquoi un don aussi extraordinaire habitait-il ce corps repoussant ?

Avec soulagement, je quittai le sable de l'arène pour m'engager sur les pavés de la cour de l'arsenal. Les crampes irradiant mon ventre avaient cédé la place à une douleur diffuse. Assis sur une caisse près de la porte de l'arsenal, Hian, le vieux maître d'armes, essuyait un petit poignard noirci.

– Tu as encore été mis dehors ? demanda-t-il quand je passai devant lui.

Je m'immobilisai. C'était la première fois qu'il m'adressait la parole.

– Oui, maître, dis-je en inclinant la tête dans l'attente de ses sarcasmes.

Il leva le poignard devant lui et inspecta la lame.

– Il me semble que tu t'en sortais bien.

Je redressai la tête et rencontrai son regard. Le blanc de ses yeux paraissait jaune dans son visage rougi par le feu de la forge.

– Avec ta jambe, tu n'arriveras jamais à faire correctement la Troisième Figure dragon Miroir, reprit-il. Essaie donc la Deuxième Figure inversée dragon Cheval. Il existe un précédent. Ranne aurait dû t'en parler.

Je restai impassible, mais ne pus m'empêcher de sentir un espoir s'insinuer en moi. Était-ce vrai ? Mais pourquoi me mettait-il au courant ? Peut-être voulait-il simplement se moquer de l'infirme.

Il se leva en s'appuyant au montant de la porte.

– Je comprends ta méfiance, mon garçon. Tu devrais pourtant interroger ton maître. C'est un des meilleurs connaisseurs de l'histoire que nous ayons. Il te dira que j'ai raison.

– Oui, maître. Merci.

Un cri aigu nous fit tourner la tête au même instant vers les candidats dans l'arène. Baret était à genoux devant Ranne.

– Le maître d'armes Louan était considéré comme l'un des meilleurs instructeurs pour la cérémonie d'approche, dit Hian d'un ton neutre.

Il est dommage qu'il se soit retiré. As-tu des sabres d'entraînement chez toi ?

J'acquiesçai de la tête.

– Alors entraîne-toi à la Seconde Figure inversée ce soir. Avant le début de ton rituel de purification.

Il descendit les deux marches d'un pas vif puis se retourna vers moi.

– Et dis à ton maître que le vieux Hian le salue.

Je le regardai se diriger lentement vers la porte de la forge. Un marteau s'abattant au loin sur une enclume semblait rythmer sa marche. S'il avait raison et que je pouvais remplacer la Troisième Figure dragon Miroir par une Deuxième Figure inversée dragon Cheval, il ne me serait pas difficile de terminer l'enchaînement d'approche.

Pénétrant dans la fraîche pénombre de l'arsenal, j'attendis un instant que mes yeux s'habituent à l'obscurité. Cela faisait trois siècles qu'il n'y avait plus de dragon Miroir, de sorte qu'il importait peu de changer l'enchaînement d'approche. Aucun dragon ne se mettrait en colère, aucun Œil du dragon ne s'offenserait. Certains érudits particulièrement radicaux avaient même proposé d'éliminer tout à fait l'enchaînement dragon Miroir de la cérémonie, mais le Conseil avait décrété qu'il fallait continuer d'honorer le dragon absent. Après tout, il était le symbole de l'empereur. Les vieilles légendes affirmaient que la famille impériale descendait de dragons et que ses membres avaient encore du sang de dragon dans leurs veines.

Hian ne se trompait pas : mon maître était un grand connaisseur de l'histoire. Il aurait vite fait de découvrir s'il était possible de modifier l'enchaînement d'approche. Toutefois, il me faudrait d'abord lui avouer, à la veille de la cérémonie, que j'étais incapable d'exécuter la figure du dragon Miroir. Je frissonnai en songeant aux contusions douloureuses que m'avait values son dernier accès de mécontentement. Je savais que c'était le désespoir qui le rendait violent. Au cours des dix dernières années, mon maître avait entraîné six candidats et tous avaient échoué. Je n'avais pourtant aucune envie de subir son courroux. Mes mains se crispèrent sur les poignées des sabres. Il fallait que j'apprenne si cette Deuxième Figure dragon Cheval était autorisée. C'était ma seule chance.

Mon maître n'était pas stupide. Il modérerait ses coups avant la cérémonie. L'enjeu était trop important. Et si ses textes historiques corroboraient les dires de Hian, j'aurais au moins quatre heures pour m'initier aux secrets de la nouvelle figure. Ce n'était pas long, mais ça devrait suffire. J'élevai les sabres au-dessus de ma tête, afin de commencer la Deuxième Figure inversée, puis j'abattis le sabre de gauche en amortissant mon geste du fait de l'espace limité.

– Dis donc, ne brandis pas ces sabres comme ça ! s'exclama le soldat préposé à l'arsenal.

Je m'arrêtai net et pointai les lames vers le bas.

– Excusez-moi, soldat, déclarai-je en hâte.

Cet homme maigre et blême adorait faire des sermons. Je lui tendis les poignées des deux sabres, en tenant les lames baissées. Avant de les prendre, ses mains se crispèrent en un bref signe de conjuration.

– Tu les as abîmés ? demanda-t-il en inspectant l'acier tranchant.

– Non, soldat.

– Ce sont des armes coûteuses, tu sais, pas des jouets. Il faut les traiter avec respect. Ne donne pas de grands coups avec quand tu es à l'intérieur. Si tout le monde…

– Merci, soldat, lançai-je en reculant vers la porte avant qu'il puisse se lancer dans une tirade.

Il parlait encore lorsque je descendis les marches.

Pour sortir de l'école, le plus simple était de traverser l'arène et de franchir le portail principal, mais je n'avais pas envie de marcher de nouveau sur le sable ni d'attirer l'attention de Ranne. Je m'engageai donc sur le sentier descendant en pente raide vers le portail sud de l'école. Les efforts de l'entraînement avaient endolori ma hanche gauche et les crampes tordant mon ventre m'empêchaient de respirer. Lorsque j'atteignis le portail sud et passai devant le garde renfrogné, j'étais en sueur à force de me retenir de crier.

Une douzaine d'échoppes bordaient la rue derrière l'école et formaient la lisière du marché aux vivres. L'air était chargé de relents de graisse de cochon rôti et de canard à la chair croquante. M'appuyant au mur de l'école, je laissai la pierre rafraîchir mon dos tout en regardant une fille de cuisine se frayer un chemin dans la foule du marché bruissant de commérages et s'arrêter devant l'éventaire du vendeur de porc. Elle devait avoir seize ans, comme moi, et ses cheveux noirs étaient tirés en arrière pour former la tresse caractéristique des filles non mariées. Je tâtai le bout de ma courte natte réglementaire de candidat. Si j'étais choisie demain, je la laisserais pousser jusqu'à la taille afin de pouvoir arborer la double tresse de l'Œil du dragon.

Les yeux baissés, la fille désigna du doigt un jambon fumé sur l'éventaire. Le jeune apprenti emballa le morceau dans un linge et le posa sur le comptoir. Elle attendit qu'il ait reculé pour glisser sa pièce de monnaie près du paquet avant de le prendre. Ils n'avaient pas échangé un mot, ne s'étaient pas regardés ni touchés. Cette scène était des plus convenables et, pourtant, je sentais quelque chose entre eux.

Même si j'avais conscience au fond de moi de ne pas agir correctement, je concentrai sur eux mon regard comme je le faisais avec les dragons. Au début, rien ne se passa. Puis j'éprouvai en moi-même un mouvement étrange, comme si je me rapprochais, et soudain un jaillissement d'énergie orange surgit entre la fille et le garçon et tourbillonna autour de leurs corps comme une mousson miniature. Un malaise s'empara de mes entrailles et de mon esprit. J'avais l'impression d'être entrée par effraction. Baissant les yeux, je détournai mon regard intérieur. Quand je les regardai de nouveau, la fille s'éloignait déjà. Il n'y avait plus aucune trace d'énergie autour d'eux. Rien ne subsistait de cette lumière vibrante dont mon esprit était encore ébloui. Pourquoi étais-je ainsi capable d'entrevoir une énergie humaine aussi intime ? Ni mon maître ni aucun de mes instructeurs n'en avaient jamais parlé. L'émotion n'était pas du domaine de la magie du dragon. Encore une anomalie qu'il me faudrait cacher aux autres. Je m'écartai brutalement du mur, désireuse de libérer mes muscles de la tension laissée par mon pouvoir et par ma honte.

La maison de mon maître se trouvait trois rues plus loin et il fallait monter sans cesse pour y parvenir. La douleur à ma hanche, qui n'avait été d'abord qu'un symptôme familier de surmenage, était devenue un avertissement plus pressant. J'aurais besoin d'un bain brûlant si jamais je voulais avoir la moindre chance de m'exercer à l'enchaînement d'approche. La ruelle près du vendeur de porc constituait un raccourci appréciable. À condition d'être déserte, toutefois. Protégeant mes yeux du soleil, je scrutai l'étroit boyau. La voie semblait libre. On n'apercevait aucun garçon des docks en train de partager une pipe à la sauvette ou d'attendre un infirme quelconque pour s'amuser à le pourchasser. J'allais m'avancer quand un mouvement dans la foule me fit hésiter. Les gens se massèrent précipitamment au bord de la chaussée et tombèrent à genoux. Je savais ce qui signifiait leur silence soudain.

– Écartez-vous devant la dame Jila ! Faites place à la dame Jila !

La voix était aiguë, mais elle appartenait à un homme. Un palanquin orné de sculptures délicates descendait la rue sur les épaules de huit porteurs en sueur. La passagère était cachée par des rideaux de soie violette. Douze gardes, vêtus de tuniques violettes et armés de sabres recourbés, l'encadraient d'une haie protectrice. Ils faisaient partie des Hommes d'Ombre, les eunuques soldats de la cour impériale, toujours prompts à rouer de coups ceux qui négligeaient de s'écarter ou de s'incliner assez vite. Je me laissai tomber sur mon genou valide et ramenai sous moi ma jambe infirme. La dame Jila ? Il devait s'agir d'une des favorites de l'empereur, si elle était autorisée à sortir du palais. Je plongeai en avant, comme il convenait devant les nobles de la cour.

À côté de moi, un homme trapu portant les jambières et le manteau ciré des marins s'assit sur ses talons et regarda s'approcher le cortège. S'il ne se prosternait pas, il allait attirer l'attention des gardes, lesquels ne s'embarrassaient guère de savoir qui ils frappaient.

– C'est une dame de la cour, messire, chuchotai-je d'un ton pressant. Vous devez vous incliner. Comme ceci.

Je penchai mon corps dans la posture appropriée. L'homme me jeta un coup d'œil.

– Penses-tu qu'elle mérite nos courbettes ? demanda-t-il.

Je fronçai les sourcils.

– Que voulez-vous dire ? C'est une dame de la cour. Peu importe de savoir ce qu'elle mérite. Si vous ne vous inclinez pas, vous serez roué de coups.

Le marin éclata de rire.

– Voilà une approche très pragmatique de la vie ! déclara-t-il. Je vais suivre ton conseil.

Il se pencha en avant, sans cesser de sourire.

Je retins mon souffle au passage du palanquin, en plissant les yeux tandis que la poussière s'élevait puis retombait. J'entendis à quelques pas de nous le plat d'un sabre s'abattre sur un marchand pas assez rapide qui s'écroula, assommé par le premier garde de l'escorte. Le palanquin tourna au bout de la rue, et la foule soupira avec soulagement. Tandis que les gens se levaient en brossant leurs vêtements, leurs commentaires d'abord timides se firent plus bruyants. Je posai mes paumes par terre et tendis ma jambe pour me lever, mais je sentis brusquement deux mains vigoureuses se glisser sous mes aisselles et me soulever.

– Ça y est, mon garçon.

– Ne me touchez pas ! m'écriai-je en sautant en arrière, les bras croisés sur la poitrine.

– Il n'y a pas de mal ! dit-il en levant les mains. Je voulais juste payer ma dette. Grâce à toi, mon dos a évité un bon coup de sabre.

Il sentait l'huile de poisson, la sueur et le varech. Un souvenir me revint en un éclair : je soulevais un lourd chapelet d'algues noires et ma mère hochait la tête en souriant, les glissait dans le panier qu'elle portait en bandoulière sur son corps mince. Puis l'image s'évanouit. Trop vite pour que je puisse la retenir, comme toutes les autres réminiscences de ma famille.

– Excusez-moi, messire, vous m'avez surpris, dis-je en serrant mes bras sur ma poitrine. Merci pour votre aide.

Je m'inclinai poliment et m'écartai de lui. Ma peau frissonnait encore sous le choc de ce contact imprévu.

La ruelle d'en face n'était plus déserte. Un groupe de garçons des docks s'était formé au bout et ils jouaient aux dés assis sur les talons. J'allais devoir faire un long détour – la douleur de ma hanche devint soudain plus intense, comme pour protester.

Le marin s'arrêta de nouveau près de moi.

– Peut-être pourrais-tu m'aider encore, dit-il. Sais-tu où se trouve la porte des Fonctionnaires ?

Son ton était celui d'une interrogation courtoise, son visage n'exprimait ni soupçon ni perplexité. Mon regard erra des joueurs de dés au marin. Ce dernier n'était pas spécialement grand, mais il avait des épaules puissantes et des rides sévères marquaient son visage hâlé. Je regardai s'il était armé et constatai qu'il portait un poignard à la ceinture. Ça devrait faire l'affaire.

– Je vais moi-même dans cette direction, messire, déclarai-je en lui faisant signe de me suivre dans la ruelle.

Ce n'était pas exactement le chemin, mais ce serait toujours plus rapide pour lui que les rues du centre.

– Je m'appelle Tozay, dit-il en s'arrêtant à l'entrée de la ruelle. Je suis maître pêcheur à Kan Po.

Il joignit les mains et inclina la tête, comme font les adultes pour saluer un enfant.

Mes études sur les flux sacrés m'avaient appris que Kan Po se trouvait sur la côte. Le site de son port était l'un des plus favorables du royaume : une baie en forme de bourse entourée par sept collines qui retenaient les influx de la chance. C'était de là qu'on gagnait les îles, et le monde s'étendant au-delà.

– Je m'appelle Eon, répliquai-je en m'inclinant derechef. Je suis candidat au rang d'Œil de dragon.

Il baissa les yeux sur moi d'un air stupéfait.

– Eon ? Le candidat infirme ?

– Oui.

Je restai impassible.

– Eh bien ! s'exclama-t-il. Quelle surprise !

Il s'inclina devant moi comme s'il était honoré de faire ma connaissance. Prise au dépourvu par ce brusque changement de statut, je hochai la tête avec embarras.

– Nous avons tous entendu parler de vous par le colporteur de nouvelles, déclara maître Tozay. Il est passé par notre ville voilà quelques mois et nous a appris que le Conseil avait décidé de vous laisser approcher les miroirs. Cette nouvelle a fait grand plaisir à mon fils. Il a un an de moins que vous, puisqu'il vient d'avoir onze ans. Normalement, il devrait pêcher avec moi pour apprendre son métier, mais il a perdu un bras l'hiver dernier, à la suite d'un accident avec un filet.

Le visage large du marin se crispa sous l'effet du chagrin.

– Cela doit être dur pour lui, dis-je.

Je baissai les yeux sur ma jambe tordue – au moins, elle était intacte. Je ne me rappelais pas grand-chose de l'accident où ma hanche gauche avait été broyée, mais je me souvenais du médecin penché sur moi avec une scie rouillée en se demandant à quel endroit il allait couper. À l'instant où il allait m'amputer de toute la jambe, mon maître l'arrêta et fit venir le rebouteux. Il m'arrivait encore de sentir l'odeur de sang séché et de chair pourrissante sur la lame dentelée de la scie.

Nous reprîmes notre chemin. Je jetai un nouveau coup d'œil furtif sur la ruelle et constatai que les garçons des docks nous guettaient déjà. À mon côté, maître Tozay se raidit en apercevant la bande de voyous indolents.

– C'est une épreuve pour lui, et aussi pour la famille, dit-il en effleurant des doigts la poignée de son poignard. Attendez, j'ai un caillou dans ma chaussure.

Je me retournai et le regardai se baisser et introduire un doigt dans sa botte défraîchie.

– Vous êtes un malin, pas vrai ? reprit-il à voix basse. Enfin, si vous voulez un garde du corps, vous feriez mieux de vous mettre de l'autre côté.

Son regard était impérieux, mais il n'avait pas l'air en colère. Je hochai la tête et me plaçai sur sa gauche.

– J'espère simplement que vous ne m'entraînez pas trop loin de mon chemin, observa-t-il en se redressant, les yeux fixés sur les garçons.

– C'est vraiment un raccourci, assurai-je.

Il me jeta un rapide coup d'œil.

– Plutôt pour vous que pour moi, non ?

– Pour nous deux. Mais peut-être un peu plus pour moi.

Il poussa un grognement amusé et posa sa main sur mon épaule.

– Restez près de moi.

En avançant vers la bande, maître Tozay ralentit son pas pour se mettre à mon rythme. Le plus robuste des garçons, qui arborait la peau sombre et le cou de taureau des natifs des îles, nous envoya un caillou d'un coup de pied négligent. Le caillou jaillit, rebondit et manqua de peu ma jambe. Ses trois amis se mirent à rire. Maigres et vifs, c'étaient des gamins de la ville, dont l'insolence désœuvrée avait toujours besoin d'un meneur. L'insulaire ramassa une grosse pierre et la frotta avec son pouce.

– Bonsoir, les gars, lança maître Tozay.

Le meneur cracha une chique brunâtre qui atterrit à nos pieds. En bougeant, il fit sortir de son vêtement un pendentif suspendu à un mince cordon de cuir : un coquillage blanc sculpté d'un motif de bambous entourés par un cercle. Maître Tozay le vit comme moi et s'arrêta, en posant sa main sur mon bras pour que je l'imite. Il me fit passer derrière lui puis se tourna vers l'insulaire. Les autres voyous se poussèrent du coude, impatients de jouir du spectacle.

– Tu es du Nord, pas vrai ? demanda maître Tozay. Tu viens des îles lointaines ?

Les épaules du garçon se raidirent.

– Je suis de Trang Dein, répondit-il en levant le menton.

Je me penchai sur la droite pour mieux l'observer. Une année plus tôt, l'empereur avait envoyé une expédition punitive à Trang Dein afin de châtier les habitants pour leur indépendance effrontée. On murmurait dans les tavernes de la ville que tous les prisonniers de sexe masculin avaient été châtrés comme des bestiaux et enrôlés de force dans la flotte impériale. Ce garçon n'avait qu'une quinzaine d'années, mais il était assez grand pour être considéré comme un homme. Faisait-il partie du bétail humain de Trang Dein ? Je baissai les yeux mais il portait l'ample tunique et le pantalon des travailleurs des docks, de sorte que je ne pouvais voir ce qu'il en était.

À moins que… L'énergie d'un esclave châtré ne devait pas être différente de celle d'un homme normal. Peut-être mon nouveau regard intérieur pourrait-il le percer à jour comme il l'avait fait avec la fille de cuisine et l'apprenti. Le souvenir de l'instant où j'avais observé la mousson lumineuse de leur union m'emplissait de honte, cependant je me concentrai afin de pénétrer dans le monde énergétique. J'eus de nouveau cette étrange sensation d'avancer, puis une lumière surgit, si éclatante que des larmes me montèrent aux yeux. Il m'était impossible de distinguer une énergie individuelle, je ne voyais qu'une masse indistincte, un bouillonnement de rouge, de jaune et de bleu. Puis, comme l'ombre tremblante d'un nuage, une autre présence. Une souffrance intense irradia alors mon bas-ventre, mille fois pire que mes douleurs chaque mois, comme si des pointes de fer déchiraient mes entrailles. Seul un pouvoir engendré par des esprits malfaisants était capable de provoquer un tel supplice. Mon regard intérieur se troubla. Je respirai en frissonnant tandis que la ruelle redevenait visible. La souffrance s'évanouit.

Plus jamais je ne m'immiscerais dans des énergies aussi violentes.

À côté de moi, j'entendis la voix de maître Tozay :

– Je pêche au large de Kan Po. J'ai engagé plusieurs gars de ton île comme matelots sur mes bateaux. Avant l'expédition punitive, évidemment. C'étaient tous de bons travailleurs.

L'insulaire hocha la tête d'un air méfiant.

– Les îles sont calmes, maintenant, continua Tozay avec douceur. Les soldats ne sont plus aussi nombreux à Ryoka. Certains des disparus retournent chez eux.

Le garçon laissa tomber la pierre et saisit à tâtons le coquillage sculpté, qu'il agrippa comme un talisman. Après avoir regardé ses compagnons derrière lui, il se tourna vers maître Tozay et baissa la tête, comme pour se séparer du reste de la bande.

– Engagez-vous encore des matelots ? demanda-t-il d'une voix mal assurée.

– J'ai peut-être une place pour toi, répondit le marin. Si tu cherches un travail honnête, retrouve-moi demain sur le quai du Poisson-Épieu. Je t'attendrai jusqu'à la cloche de midi.

Maître Tozay se retourna et m'emmena en me protégeant de son corps. Tandis que nous sortions de la ruelle pour nous engager dans la rue des Pâtissiers grouillante d'activité, je jetai un dernier coup d'œil au jeune insulaire. Oublieux de ses camarades, il nous regardait fixement, la main serrée sur son pendentif.

– Que porte-t-il à son cou ? demandai-je à maître Tozay en traversant la rue. Un porte-bonheur ?

Je sentais que ce pendentif devait avoir une signification plus profonde. Maître Tozay poussa un grognement.

– Non, je n'appellerais pas ça un porte-bonheur.

Il m'observa avec attention.

– Vous avez le visage d'un diplomate, Eon. Je parie que vous en savez beaucoup plus long que vous ne le laissez voir aux autres. Dites-moi donc ce que vous avez remarqué des changements à l'œuvre dans notre pays ?

Jamais il n'y avait eu autant de mendiants, d'expéditions punitives, d'arrestations, de propos hostiles à la cour impériale. J'avais aussi surpris mon maître en train de converser à voix basse avec des hommes de son rang. L'empereur était malade, disaient-ils. Son héritier était trop jeune et la cour se divisait en factions.

– Ce que j'ai remarqué, c'est qu'il est plus sûr d'avoir le visage d'un diplomate et la langue d'un muet.

Ma réponse narquoise fit rire maître Tozay.

– Voilà qui est parler prudemment !

Après avoir jeté un regard à la ronde, il m'entraîna dans l'espace étroit entre deux échoppes.

– Le pendentif de ce garçon est un emblème insulaire censé apporter courage et longue vie, dit-il en se penchant pour me parler à l'oreille. C'est également un symbole de résistance.

– Contre l'empereur ? demandai-je en chuchotant, car je savais combien ces mots étaient dangereux.

– Non, mon enfant. Contre le véritable pouvoir régissant ce pays. Le Grand Seigneur, sire Sethon.

Il s'agissait du frère de l'empereur, fils d'une concubine. Lorsque l'empereur était monté sur le trône, la tradition aurait voulu qu'il fasse exécuter son frère Sethon ainsi que tous les autres enfants mâles des concubines de son père. Toutefois notre empereur était un souverain éclairé, un homme cultivé. Non content de laisser vivre ses huit frères cadets, il avait fait d'eux ses généraux et placé l'aîné à la tête de ses armées. Notre empereur était aussi confiant qu'érudit.

– Mais sire Sethon commande les troupes impériales. Que peuvent les insulaires contre une telle puissance ? observai-je.

Maître Tozay haussa les épaules.

– Pas grand-chose. Cependant, d'autres forces, plus influentes, restent fidèles à l'empereur et à son fils.

Il s'interrompit lorsqu'une vieille femme s'arrêta devant l'éventaire de l'échoppe voisine pour tâter des gâteaux à la levure.

– Venez, ce n'est pas une conversation pour un lieu aussi fréquenté, me souffla-t-il. Ni pour aucun autre lieu, à vrai dire.

Il se redressa.

– J'ai envie d'une pâtisserie. Pas vous ?

Je brûlais de lui demander qui s'opposait à sire Sethon, mais le sujet était manifestement épuisé pour le moment. D'ailleurs, cela faisait bien longtemps que je n'avais pas mangé de gâteau. Ce genre de luxe n'était pas de mise dans la maisonnée frugale de mon maître.

– Il ne faut pas que je m'attarde..., objectai-je.

– Allons, ce ne sera pas long. Nous mangerons en marchant. Avez-vous un vendeur à me conseiller ?

J'acquiesçai de la tête. Un gâteau ne prendrait pas beaucoup de temps. Apercevant une brèche dans la foule progressant lentement, je m'y engouffrai avec maître Tozay et le menai à l'angle du marché du Nuage Blanc. L'endroit était encore plus animé que d'ordinaire, car le soleil de l'après-midi incitait les badauds à chercher l'ombre des larges voiles de soie blanche tendus entre des poteaux sculptés. Nous passâmes devant l'échoppe d'Ari l'Étranger, qui servait du café à plusieurs commerçants. L'arôme pénétrant de l'étrange boisson noire imprégnait l'atmosphère. Ari m'avait donné un jour un bol de café, et j'avais aimé son amertume savoureuse et la légère excitation où il m'avait plongée. Je touchai le bras de Tozay en lui montrant l'échoppe de pâtissier à notre gauche, dont le comptoir disparaissait derrière les clients.

– On dit que les gâteaux aux haricots rouges sont bons ici, déclarai-je en me hissant sur la pointe des pieds pour apercevoir les plateaux de friandises alignés avec ordre.

La mousse de haricot et la pâte à gâteau répandaient dans l'air leurs effluves suaves et brûlants. Une faim lancinante s'ajouta à la douleur déchirant mes entrailles. Maître Tozay hocha la tête, s'introduisit dans la foule en s'inclinant avec politesse et parvint à se glisser devant une cliente hésitante. En regardant son large dos et sa nuque hâlée, j'eus de nouveau une brève réminiscence. J'étais portée sur le dos d'un homme imposant et sentais sous ma joue la chaleur salée d'une peau tannée par le soleil. Mais une nouvelle fois, je ne réussis pas à faire durer cette image. Était-ce un souvenir de mon père ? Je n'avais plus aucune idée de son aspect. Un instant plus tard, maître Tozay revint en tenant dans chaque main un gâteau enveloppé dans un cornet de papier rouge.

– Voilà pour vous ! Faites attention, le marchand a dit qu'ils sortaient tout juste de la marmite à vapeur.

– Merci, messire.

La pâtisserie brûlait ma paume à travers le mince emballage. Je baissai le papier pour confectionner une sorte de poignée. Il aurait mieux valu attendre que le gâteau refroidisse, mais son parfum était trop tentant. Je mordis dedans en faisant tourner autour de ma langue la pâte encore fumante.

– Exquis ! s'exclama maître Tozay tout en éventant sa bouche avec sa main.

Je hochai la tête, réduite au silence par la douceur soudaine de l'épaisse garniture incendiant délicieusement mes papilles.

Il fit un geste en avant avec son gâteau.

– Est-ce la direction de la porte ?

Je déglutis et aspirai un peu d'air frais.

– Oui, vous n'avez qu'à suivre les voiles blancs jusqu'au bout, répondis-je en désignant la voûte de soie. Ensuite, tournez à droite. En continuant à marcher, vous arriverez à la porte des Fonctionnaires.

Maître Tozay sourit.

– Vous êtes un brave petit ! Si jamais vous vous rendez à Kan Po, venez me voir. Vous serez toujours le bienvenu.

Après un instant d'hésitation, il posa sa main sur mon épaule.

– Si ce dragon a le moindre bon sens, il vous choisira demain, dit-il en me secouant doucement.

Je lui rendis son sourire.

– Merci, messire. Et bon voyage.

Il hocha la tête et leva sa pâtisserie en guise de salut, avant de se mêler au flot des chalands avançant au milieu de l'allée. Tandis que sa silhouette robuste disparaissait dans la masse colorée de la foule, il me sembla qu'il emmenait avec lui ma mère et mon père. Deux souvenirs indistincts qui s'effaçaient déjà, ne laissant que l'empreinte d'un sourire semblable au mien et le parfum d'une peau tiède au soleil.

## *Chapitre 2*

La cloche de l'heure sonnait quand je soulevai enfin le loquet de la grille pour rejoindre la cuisine de la maison de mon maître. Irsa, l'une des servantes esclaves, se tenait devant l'entrée de service avec le garçon meunier. Je la regardai rire, les mains posées sur les hanches pour mieux en dessiner la forme opulente, tandis que le jeune homme hissait un énorme sac sur son épaule. Lorsqu'elle m'aperçut, elle s'abrita en hâte sous la porte. Cessant de minauder, elle se mit à chuchoter des commérages. Le garçon meunier se retourna pour m'observer, les doigts crispés en un geste conjuratoire. Détournant les yeux, je fis semblant d'être occupée à fermer la grille. Mieux valait attendre qu'il ait suivi Irsa dans la réserve.

Quand la cour fut déserte, je remontai lentement l'allée menant à la cuisine. Lon, le jardinier, était à genoux et réparait la clôture basse de bambou qui entourait le jardin du Soleil. Comme je lui faisais un signe de tête en passant, il agita sa main crasseuse. Bien qu'il se tînt le plus souvent à l'écart, Lon me saluait toujours avec une politesse tranquille et avait même un sourire pour Chart, le préposé aux eaux sales. Cependant, rares étaient les domestiques de mon maître qui imitaient la gentillesse du jardinier. Notre petite maisonnée se divisait en deux clans : ceux qui croyaient qu'un estropié pouvait devenir un Œil du dragon, et ceux qui étaient d'opinion contraire. Tous les gens au service de mon maître savaient que sa fortune était presque épuisée. Il n'aurait pas les moyens d'entraîner un autre candidat. Si je n'obtenais pas demain la prime d'apprentissage et les vingt pour cent revenant à mon maître, il serait ruiné.

La porte de la cuisine était ouverte et je franchis le seuil surélevé qui empêchait les esprits mauvais d'entrer dans la maison. Aussitôt, la chaleur des énormes fourneaux brûla ma peau et je sentis une odeur âcre de sauce à la prunelle marinée et de poisson salé : le souper de mon maître. Kuno, le cuisinier, leva les yeux du radis blanc qu'il coupait en rondelles.

– C'est vous ?

Il se concentra de nouveau sur le légume.

– Le maître a déjà commandé le gruau, dit-il en désignant de sa tête rasée une petite marmite suspendue au-dessus du feu. Ne vous en prenez pas à moi quand vous le mangerez. Je n'ai fait que suivre ses instructions.

Ce serait mon souper. Le rituel de purification prévoyait que je ne mangerais qu'un gruau de millet avant de passer la nuit à prier mes ancêtres de m'aider et de me guider. Quelques mois plus tôt, j'avais demandé à mon maître si le fait que j'ignore tout de mes ancêtres ne comptait pas. Il m'avait regardée un instant puis s'était détourné.

– Bien sûr que ça compte, avait-il lancé.

Mon maître se montrait très minutieux. Il disait que nous devions respecter scrupuleusement la tradition des Yeux du dragon afin de ne pas attirer l'attention du Conseil. Je ne pouvais qu'espérer que les textes historiques mentionnaient le précédent invoqué par le vieux Hian pour la Deuxième Figure inversée dragon Cheval. Et que mon maître trouverait cette mention à temps.

Un son rauque s'éleva derrière la grande table de bois qui trônait au centre de la pièce. Chart m'appelait sur sa natte près des fourneaux.

– Il vous attendait, déclara Kuno. Je l'ai eu dans les jambes toute la journée.

Il trancha le bout du radis blanc avec une énergie redoublée.

– Dites-lui que je ne suis pas aveugle. Je sais qu'il a volé du fromage.

Ils avaient beau travailler tous deux dans cette cuisine depuis onze ans, Kuno refusait toujours de parler à Chart ou même de le regarder. Sa malchance était trop terrifiante.

Je contournai la table et agrippai son rebord usé pour garder mon équilibre en m'asseyant sur le sol de pierre à côté de Chart. Il tapota mon genou avec son doigt recourbé tandis que sa bouche pendante se tendait lentement en un sourire.

– Tu as vraiment volé du fromage ? demandai-je à voix basse tout en évitant de m'appuyer du côté de ma hanche douloureuse.

Il hocha la tête avec vigueur et ouvrit sa main pour me montrer une croûte de fromage poussiéreuse. Les muscles de sa gorge se tordirent tandis qu'il s'efforçait de parler. J'écoutai les sons balbutiants en guettant les mots au passage.

– Pour… le… rat.

Il glissa la croûte dans ma main.

– Merci, dis-je en la fourrant dans ma poche.

Chart me donnait toujours des restes qu'il avait trouvés – ou volés. Il était persuadé que si je nourrissais l'énorme rat gris logeant derrière le débarras où je dormais, le dragon Rat me récompenserait en me choisissant pour apprenti. Même si je doutais qu'un dragon énergétique fît attention à ce genre de choses, je donnai les restes au rat.

Chart tira de dessous son corps une épaisse tranche de pain de premier choix. Le pain de mon maître. Je jetai un coup d'œil à Kuno. Il était toujours penché sur son radis blanc. Me poussant sur la droite, je dissimulai à sa vue Chart et la tranche de pain.

– Comment as-tu fait pour l'attraper ? Kuno va te fouetter, chuchotai-je.

– C'est pour vous… rien que du gruau ce soir… vous aurez faim demain.

Il laissa tomber le pain sur mes genoux.

J'inclinai la tête pour le remercier et le pain rejoignit le fromage dans ma poche.

– Je crois que c'est exactement ce qu'ils veulent, déclarai-je. Nous affamer.

La bouche de Chart se tordit en un sourire perplexe. Je haussai les épaules.

– Nous sommes censés faire la preuve de notre endurance naturelle en menant à bien la cérémonie d'approche malgré notre faim et notre fatigue.

La tête de Chart s'agita sur le matelas.

– C'est stu… pide, articula-t-il.

Il respira profondément et appuya sa tête contre la caisse de bois pour l'immobiliser, sans me quitter du regard.

– Demain matin… vous viendrez me… dire au revoir ?

Ses doigts serrèrent mon poignet.

– Vous viendrez dire… au revoir… avant la cérémonie ? Vous promettez ?

Chart savait que si j'étais choisie, je ne reviendrais pas. Tout nouvel apprenti était conduit au manoir de son dragon dès la fin de la cérémonie. Sa demeure, sa vie changeaient à jamais. Je sentis mon front brûlant se couvrir soudain de sueur à l'idée que dès demain, je pourrais être un apprenti Œil du dragon.

– Vous promettez ? répéta Chart.

Je hochai la tête, incapable de parler tant j'étais paniquée. Lâchant mon poignet, sa main resta suspendue en l'air.

– Décrivez-moi… de nouveau… le manoir du dragon Rat.

Je ne l'avais vu qu'une fois. Quelques mois plutôt, lors d'un entraînement, Ranne nous avait fait courir autour du Cercle des Dragons, cette série de manoirs bordant l'enceinte extérieure du palais impérial. On avait pris soin de bâtir chaque manoir au point de l'horizon correspondant au dragon qu'il honorait. Ils servaient de résidence et de lieu de travail aux Yeux du dragon et à leurs apprentis. Le manoir du dragon Rat se trouvait au nord-nord-ouest du Cercle. Bien qu'il ne fût pas le plus vaste ni le plus somptueux, il était au moins trois fois plus grand que la maison de mon maître. Nous n'étions pas autorisés à pénétrer dans les manoirs, mais Ranne nous accorda une pause de cinq minutes dans le jardin s'étendant à la place du manoir du dragon Miroir. Trois siècles plus tôt, l'édifice avait entièrement brûlé. On ne distinguait que les fondations de pierre sillonnant l'herbe. J'avais parcouru son périmètre avec Dillon, et nous avions été stupéfaits par la multitude de ses pièces.

À côté de moi, Chart ferma les yeux pour mieux accueillir mon évocation.

– Deux statues en pierre du dragon Rat montent la garde à l'entrée, dis-je en fermant à mon tour les yeux afin de me rappeler ma brève vision du manoir. Elles sont plus hautes que moi et deux fois plus larges. Le dragon de droite tient le compas d'Œil du dragon dans ses griffes, le second brandit les trois textes sacrés. Quand on passe devant eux, ils vous suivent de leurs yeux de pierre. De l'autre côté du portail s'étend une cour de pavés noirs soigneusement assortis qui conduit au…

– Vous perdez votre temps ! lança une voix.

Irsa. J'ouvris les yeux. Elle se tenait sur le seuil et brossait sa jupe d'une main vive.

– Ce monstre ne comprend pas un mot.

Elle lissa sa tresse épaisse. J'échangeai un regard avec Chart. Manifestement, le garçon meunier n'avait pas eu à se plaindre.

– P… u… te, dit Chart à voix haute.

Irsa fit une grimace censée parodier le visage de Chart et imita son élocution balbutiante, sans comprendre quel mot il avait prononcé. Chart me regarda en roulant les yeux et se jeta par terre en riant. Je ne pus m'empêcher de sourire tandis qu'elle battait en retraite.

– Espèce de monstre ! cria-t-elle en faisant un geste conjuratoire à l'adresse de Chart.

Puis elle se tourna vers moi.

– Le maître a dit que vous deviez le rejoindre dès que vous seriez rentré.

Elle ajouta perfidement :

– Évidemment, il ne vous attendait pas avant la fin de la séance d'entraînement.

– Où est-il ? demandai-je.

– Au jardin de la Lune, sur la terrasse.

Elle m'adressa un sourire narquois, car elle savait que le maître m'avait interdit de me rendre au jardin de la Lune.

– Il a insisté pour vous voir dès votre retour.

Je m'agrippai au rebord de la table et me hissai sur mes jambes. Devais-je respecter l'interdiction de mon maître ou obéir à sa convocation immédiate ? Il ne serait pas ravi de me voir rentrée si tôt. Sans compter les nouvelles que j'allais devoir lui annoncer.

– Fais ton travail, Irsa ! intervint Kuno. Si tu continues de perdre ton temps, je vais te frotter les oreilles.

Après m'avoir jeté un dernier regard triomphant, Irsa s'engouffra en hâte dans le couloir obscur reliant la cuisine au bâtiment principal de la maison.

D'après un proverbe cité dans un passage un peu truculent des textes des Yeux du dragon : *Qui se heurte à un dilemme se fait rosser le cul.* Que j'aille au jardin ou que j'attende, mon maître serait mécontent de moi. Puisque je ne pouvais éviter de lui déplaire, autant le rejoindre tout de suite. Au moins, je verrais enfin le jardin qui l'avait rendu si célèbre.

– À demain, dis-je à Chart.

Il esquissa un de ses sourires laborieux.

Je passai par-dessus le seuil et regagnai la cour. La clôture de pierre grise du jardin de la Lune se trouvait sur ma gauche. Je me dirigeai vers sa grille basse, qui avait la forme d'un tigre bondissant. En songeant à la colère de mon maître, je ralentis mon pas. Il y avait plus d'une manière de dire la vérité – je n'avais qu'à trouver celle qui le satisferait. Par-dessus la grille, on n'apercevait qu'un sentier de galets noirs menant à un imposant mur d'ardoise, devant lequel une cascade se déversait sur une série de rochers disposés en un savant désordre avant de remplir une vasque de marbre blanc.

Mon maître avait dessiné ce jardin pour symboliser l'énergie féminine, et on racontait que lors de la pleine lune la beauté de ces lieux était telle qu'un homme pouvait y perdre son essence. En entendant ce discours, je m'étais demandé ce qui arriverait à un homme privé de son essence. Deviendrait-il une femme ? Ou quelque chose comme les Hommes d'Ombre de la cour impériale ? Ou comme moi ?

La grille n'avait pas de loquet. Après avoir suivi du bout des doigts le contour puissant du tigre de métal, pour me porter chance ou peut-être dans l'espoir d'une protection, je la poussai jusqu'à ce qu'elle s'ouvre.

Le sentier noir semblait remuer devant moi comme une eau ondulant lentement. En marchant dessus, je compris pourquoi. Les pierres avaient été choisies de façon à former un dégradé subtil du mat au brillant, où jouait le soleil. Des deux côtés du sentier, on avait dessiné au râteau des motifs tourbillonnants sur une étendue de sable. Après avoir refermé la grille dans mon dos, je m'avançai jusqu'à la cascade du mur. Mes pas inégaux résonnaient comme des pièces tintant dans une bourse. Le sentier faisait le tour du mur dans les deux directions. M'arrêtant un instant, je tendis l'oreille. Derrière le fracas de la cascade retombant dans la vasque, on entendait la rumeur assourdie d'une eau courante. Ces bruits étaient les seuls indices d'un mouvement dans le jardin, mais je sentais dans mon esprit, plus profondément, le tambourinement léger d'un pouvoir soigneusement maîtrisé. Je choisis le sentier de gauche et contournai le mur pour pénétrer dans le jardin principal.

Le paysage était austère : des amas de rochers sur du sable aplani, des sentiers tortueux de galets noirs et blancs, et un réseau complexe de cascades, de ruisseaux et de pièces d'eau canalisant l'énergie tambourinante vers la terrasse en bois. Mon maître était agenouillé au centre de cette dernière, aussi sévère et dépouillé que le cadre qui l'entourait. Je m'inclinai très bas tout en guettant sa réaction. Il ne bougea pas. Son corps mince ne semblait frémir d'aucune colère. Une ombre au-dessus de moi me fit tressaillir. Je levai les yeux, mais il n'y avait rien. Ni oiseau, ni nuage. Toutefois, mes crampes et les douleurs de ma hanche s'étaient atténuées.

Le corps de mon maître se raidit.

– Que fais-tu ici ?

– On m'a dit que vous souhaitiez me voir, maître, répondis-je en m'inclinant encore plus bas.

Je ne ressentais toujours pas de souffrance.

– Pourquoi es-tu rentré si tôt ?

– Le maître d'armes Ranne a dit que je n'avais

plus besoin de m'entraîner, expliquai-je prudemment.

– Tu ne devrais pas venir ici. Surtout en ce moment. Les énergies sont trop fortes.

Il se leva avec aisance et les broderies d'argent de sa tunique usée brillèrent au soleil.

– Il faut que nous quittions cet endroit.

Il tendit la main et j'accourus. Tandis qu'il s'appuyait sur moi pour descendre de la terrasse, je me roidis pour tenir le coup. Il s'immobilisa, sans lâcher mon bras.

– Tu les sens ? demanda-t-il.

Je regardai son visage maigre, dont l'ossature paraissait encore plus proéminente du fait de son crâne rasé.

– Quoi ?

– Les énergies, reprit-il d'une voix légèrement irritée.

– Je sens le flot d'énergie de l'eau coulant vers la terrasse, dis-je en baissant la tête.

Il claqua des doigts.

– Un novice pourrait le sentir. Tu ne perçois rien d'autre ?

– Non, maître.

Ce n'était pas vrai, mais comment expliquer le passage brûlant d'une ombre imaginaire ? Ou la douce délivrance qu'était l'absence de la douleur ?

Il poussa un grognement.

– Dans ce cas, nous avons peut-être réussi.

Se détournant, il se dirigea avec vivacité vers la maison. Je le suivis deux pas en arrière, en faisant attention à ne pas glisser sur les galets. Pour une fois, je ne souffrais pas à chaque pas. Nous passâmes devant un autel à la lune très simple – une pierre creuse et lisse placée sur deux rochers plus petits –, qu'entourait une paroi basse taillée dans du marbre. Puis le sentier s'élargit en rejoignant une autre terrasse, d'où il était possible non seulement de jouir de la vue mais de rentrer dans la maison. Deux portes sculptées étaient ouvertes sur une pièce remplie jusqu'au plafond de boîtes de rouleaux et meublée d'un cabinet et d'un bureau en bois sombre. La bibliothèque de mon maître. Encore un lieu qui m'était interdit – jusqu'à présent. Je m'arrêtai pour contempler les étagères chargées de manuscrits. Mon maître m'avait appris l'écriture et j'avais lu tous les classiques et les textes des Yeux du dragon, mais je brûlais de connaître d'autres sortes d'ouvrages.

– Ne prends pas cet air hébété, me lança mon maître en me tendant la main.

Je l'aidai à monter sur la terrasse tandis que Rilla, la mère de Chart et la servante attitrée de mon maître, sortait de la bibliothèque et s'agenouillait sur le seuil. Pour la première fois, je remarquai les fils gris apparaissant dans sa tresse impeccable de femme non mariée. Ils étaient censés annoncer sa disgrâce, mais elle les portait avec une dignité tranquille. Mon maître avança un pied et elle ôta sa pantoufle de soie déchirée, puis celle de l'autre pied, qu'elle rangea avec soin sur une petite natte.

– Qu'on ne nous dérange pas, ordonna mon maître.

Il me tendit de nouveau la main, et je l'aidai à franchir le rebord du seuil.

Levant les yeux vers moi, Rilla haussa les sourcils.

Je répondis par un haussement d'épaules avant d'enlever en hâte mes sandales de paille, en m'appuyant au cadre de la porte pour garder l'équilibre. Aux endroits laissés nus par les lanières, mes pieds étaient noirs de crasse. Je léchai mes doigts et essuyai le dessus de mes pieds, mais ne parvins qu'à étaler la crasse.

– Ne bougez pas, chuchota Rilla.

Elle sortit un chiffon de sa poche et essuya ma cheville gauche.

– Ce n'est pas la peine, dis-je en essayant de retirer mon pied.

Personne n'avait touché ma jambe infirme depuis trois ans qu'elle était libérée de ses attelles. Rilla ne lâcha pas prise.

– Un Œil du dragon a des domestiques, déclara-t-elle. Vous feriez mieux de vous y habituer.

Elle nettoya mon autre pied.

– Maintenant, donnez-moi vos sandales et entrez.

Quatre ans plus tôt, quand j'avais pénétré dans la maison de mon maître, épuisée, affamée et prête à devenir un garçon pour un peu de chaleur et de nourriture, Rilla avait été la seule à faire preuve de sollicitude à mon égard. Au début, j'avais pensé que c'était parce que j'étais estropiée, comme son fils, mais plus tard je compris qu'il était indispensable pour elle qu'un candidat formé par mon maître réussisse.

– Personne d'autre ne consentira à nous accueillir, me dit-elle un jour en caressant les cheveux poussiéreux de Chart. J'ai vu bien des garçons arriver ici, Eon, mais aucun n'était aussi prometteur que vous. Vous êtes spécial.

Sur le moment, je crus qu'elle m'avait percée à jour, mais ce n'était pas le cas. Et même si elle avait deviné la vérité, elle n'en parlerait jamais. Son lien avec mon maître était trop fort. En tolérant la présence de Chart, il s'était attaché Rilla beaucoup plus sûrement que par n'importe quel contrat de servitude.

Je lui tendis mes sandales en souriant pour la remercier. Elle me poussa dans la bibliothèque.

– Ferme les portes, Eon, commanda mon maître.

Debout devant le cabinet, il cherchait une clé dans le trousseau qu'il portait suspendu à son cou par un fil de soie rouge.

Après avoir fermé les portes, j'attendis d'autres ordres. Levant les yeux, il désigna de la tête le fauteuil prévu pour les visiteurs devant son bureau.

– Assieds-toi, dit-il en détachant une clé.

M'asseoir ? Dans un fauteuil ? Je le regardai introduire la clé dans la serrure. Avais-je bien entendu ? Je m'avançai sur le tapis épais et moelleux, posai avec précaution ma main sur le dos du fauteuil. Une réprimande me semblait inévitable, mais rien ne vint. Je jetai un coup d'œil à mon maître. Il tenait dans ses mains une bourse de cuir et un petit pot de céramique noir.

– Je t'ai dit de t'asseoir, s'exclama-t-il en refermant les battants du cabinet.

Je me perchai tout au bord du siège de cuir, en serrant mes mains autour des accoudoirs sculptés. Il m'avait toujours semblé qu'un fauteuil devait être confortable, mais je le trouvai dur et ma douleur à la hanche se réveilla. J'eus beau me contorsionner, je ne parvins pas à retrouver la sensation de bien-être qui m'avait envahie dans le jardin. Tournant les yeux vers les deux portes fermées, je me représentai le paysage austère s'étendant dehors. Le jardin m'avait-il délivrée de ma souffrance ? Les énergies lunaires étaient-elles en phase avec mon être secret ? Je frissonnai. Mon maître avait raison. Je ne pouvais me permettre d'y retourner, surtout maintenant que la cérémonie approchait.

Devant moi, deux tablettes mortuaires laquées de noir étaient posées sur le bureau. Je tentai de lire les noms gravés dans le bois, mais il me fut impossible de déchiffrer les caractères à l'envers. Et je me hâtai d'en détacher les yeux, car mon maître s'asseyait dans le fauteuil me faisant face. Il plaça la bourse de cuir et le pot de céramique à côté des deux plaques commémoratives.

– C'est donc pour demain, dit-il.

Je hochai la tête, en regardant fixement le bureau.

– Tu es prêt.

C'était une constatation, pas une question, mais je hochai de nouveau la tête. Je revis soudain en pensée Hian, le vieux maître d'armes. Le moment était venu d'interroger mon maître sur la Deuxième Figure inversée dragon Cheval.

– Je suis allé aujourd'hui chez une faiseuse de fantômes, dit mon maître à voix basse.

Stupéfaite, je levai les yeux et croisai son regard. Une faiseuse de fantômes s'occupait d'herbes, de philtres et aussi, prétendait-on, des esprits des enfants non venus à terme.

– Elle m'a donné ceci.

Il poussa la bourse vers moi.

– En buvant cette infusion chaque matin, on inhibe l'énergie lunaire. Cependant on ne peut en boire que pendant trois mois. Passé ce délai, elle devient un poison pour le corps.

Je me recroquevillai dans mon fauteuil.

– Il faut que ton cycle lunaire s'interrompe lors des cérémonies, continua-t-il. Si tu réussis demain, tu devras…

– Je suis sur le point de saigner, chuchotai-je.

– Comment ?

– Tous les symptômes sont là.

Je baissai la tête.

– C'est en avance, je ne sais pourquoi.

Je vis les mains de mon maître agripper le bord de la table. Sa colère paraissait alourdir l'air entre nous.

– Tu as commencé ?

– Non, mais j'ai les…

Il leva la main.

– Silence !

J'observai ses longs doigts tapotant le bois.

– Si cela n'a pas encore commencé, tout n'est pas perdu. Elle a dit qu'il fallait prendre l'infusion avant le début de ton prochain cycle.

Il saisit la bourse.

– Il faut que tu en boives un bol dès maintenant.

Se renversant dans son fauteuil, il tira sur le cordon de la sonnette installé derrière son bureau. Rilla entra et s'inclina.

– Le thé ! ordonna-t-il.

Rilla s'inclina de nouveau puis sortit.

– Je suis désolée, maître, murmurai-je.

– Il serait plus que regrettable que les caprices

de ton corps réduisent à néant quatre ans de préparation.

Il joignit les bouts de ses doigts.

– J'ignore pourquoi tu as le don de voir les dragons, Eon. Ce doit être la volonté des dieux. Comment expliquer autrement l'impulsion qui m'a poussé à mettre à l'épreuve une fille en cherchant un candidat ? C'est absolument contre nature.

Il secoua la tête. Je savais qu'il avait raison. Les femmes n'avaient aucun pouvoir. Ou, du moins, leur seul pouvoir résidait dans la beauté de leur corps. Il n'était pas le fruit de leur courage, et encore moins de leur esprit.

– Cependant, ton pouvoir est plus grand que celui de tous les Yeux du dragon réunis, poursuivit-il. Et demain, le dragon Rat sera attiré par ce pouvoir.

Je détournai les yeux en m'efforçant de cacher le doute qui m'envahissait soudain. Et si mon maître se trompait ? Il se pencha vers moi.

– Lorsqu'il te choisira, il faudra faire un marché. Je ne saurais te donner de conseil, car chaque dragon conclut un pacte différent avec son nouvel apprenti. Néanmoins, je peux te dire que le dragon cherchera en toi une énergie dont il aura besoin. Lorsqu'il te la prendra, votre union sera consommée.

– Quelle sorte d'énergie, maître ?

– Comme je te l'ai dit, chaque cas est différent. Toutefois, elle sera liée à l'un des sept points de puissance du corps.

Mon maître m'avait enseigné ce qu'étaient les points de puissance : sept noyaux d'énergie invisible s'échelonnant de la base de l'épine dorsale au sommet de la tête. Ils canalisaient le flot du *hua*, la force vitale, à travers le corps physique et le corps émotionnel. Apparemment, les bruits courant chez les candidats étaient fondés. Un Œil du dragon devait céder une partie de sa force vitale. Il n'était pas étonnant qu'ils vieillissent si vite.

– Quand j'ai été choisi, reprit mon maître, j'ai donné en gage l'énergie à laquelle aucun homme ne renonce aisément.

Son regard croisa le mien, puis se détourna.

– Donc, ne sois pas surpris. Ce ne sera pas facile. Tu ne pourras pas obtenir le pouvoir du dragon sans lui faire en échange un don précieux.

J'acquiesçai de la tête, même si je ne comprenais pas vraiment.

– Une fois que tu auras conclu ton pacte et que tu seras devenu l'apprenti Œil du dragon Rat, nous devrons redoubler de prudence. Si tu fais le moindre faux pas, Eon, nous mourrons tous les deux.

Ses yeux brillaient de peur et d'espoir, et je savais qu'il voyait la même chose dans les miens. La porte du fond s'ouvrit. Mon maître se renversa en arrière tandis que Rilla entrait, chargée d'un plateau laqué noir portant divers ustensiles à thé. Elle le posa sur le bureau.

– Il suffira d'un bol pour Eon, dit mon maître.

Rilla s'inclina, déplia un napperon doré et le plaça devant moi. Ses motifs peints reproduisaient le compas d'Œil du dragon, avec ses vingt-quatre cercles de manipulation énergétique. En tant que candidat, j'avais été initiée aux premier et deuxième cercles du compas – les points cardinaux et les animaux symboliques des dragons.

Seuls les apprentis apprenaient à se servir des autres cercles. Je me penchai et touchai le Rat peint près du sommet du deuxième cercle, en implorant de nouveau en silence le dragon Rat de me choisir. Après quoi, pour compléter cette supplique personnelle, je caressai du bout des doigts les douze animaux dans le sens de leur position ascendante annuelle. Rat, Bœuf, Tigre, Lapin, Dragon...

« Le Rat arrive, le Dragon apprend, l'Empire s'écroule. »

Ces mots cruels résonnèrent dans mon esprit, irradièrent mon ventre. Le souffle coupé, je retirai brusquement mes mains. Rilla, qui posait un bol rouge au centre du napperon, me regarda avec inquiétude.

– Que fabriques-tu, Eon ? lança mon maître.

– Rien, maître.

Je baissai la tête d'un air contrit, tout en pressant mes mains sur mon ventre. Je devais avoir lu ce vers dans l'un des textes des Yeux du dragon. Ils étaient remplis de dictons étranges et de poèmes menaçants.

– Tiens-toi donc tranquille.

– Oui, maître.

Je respirai avec circonspection. Il ne restait qu'un écho amoindri de cette douleur fulgurante. Je n'avais encore jamais eu de crampes aussi affreuses. Peut-être l'infusion de la faiseuse de fantômes les apaiserait-elle. Rilla prit sur le plateau un petit brasero de charbons ardents, qu'elle plaça sur le bureau avant de poser dessus un pot d'eau chaude.

– Je vais faire le thé, déclara mon maître.

Je sentis mon dos se crisper d'angoisse. Rilla hocha la tête et installa devant lui une jatte pour le mélange ainsi qu'un petit fouet de bambou. Il agita la main vers la porte.

– Vous pouvez disposer.

Elle s'inclina et sortit à reculons. Mon maître attendit qu'elle eût fermé la porte, puis il prit la bourse et dénoua son cordon de cuir.

– Il ne faut qu'une pincée, dit-il.

Il laissa tomber un peu de poudre gris-vert dans la jatte.

– N'utilise jamais d'eau bouillante, car elle détruirait le pouvoir de l'herbe.

Prenant le pot sur le brasero, il versa une petite quantité d'eau dans la jatte. Une fois la mixture battue avec le fouet, l'infusion fut prête.

– Donne-moi ton bol.

Je le lui tendis. Après y avoir transvasé adroitement le liquide trouble, il me le rendit.

– La faiseuse de fantômes a dit qu'il valait mieux tout boire d'un coup.

J'observai la surface sombre de l'infusion, où mon reflet vacilla puis s'immobilisa.

– Bois.

Le bol sentait les feuilles mouillées et la pourriture. Il n'était pas étonnant qu'on conseillât de le vider d'un trait. La mixture amère s'écoula dans ma bouche. Je fermai les yeux en résistant à l'envie de la recracher. Mon maître approuva de la tête.

– Bien.

Je reposai le bol vide sur le napperon doré. Mon maître serra le cordon de cuir de la bourse et me la tendit par-dessus le bureau.

– Cache-la.

Je la glissai dans ma poche, où elle rejoignit le pain et le fromage.

– J'ai aussi préparé ta position vis-à-vis du Conseil, dit mon maître. Sais-tu ce que c'est ?

Il tapota le couvercle scellé du pot de céramique noir.

– Non, maître.

Il le tourna lentement, et je vis apparaître les caractères de mon nom peints en blanc.

– C'est un récipient-preuve, annonça-t-il. Tu figures maintenant dans les registres du Conseil en tant qu'Ombre de Lune.

Je fixai mon maître avec incrédulité. Il avait réussi à me faire enregistrer comme un de ces eunuques particuliers, qui avaient été châtrés avant l'âge de dix ans afin de favoriser l'avancement de leur famille. Ils n'acquéraient aucun caractère viril et étaient appréciés pour leur pureté d'esprit et de corps. Je contemplai de plus près le récipient. Même si je n'en avais encore jamais vu, je savais qu'il contenait la preuve momifiée de l'opération. Sans lui, un Homme d'Ombre ne pouvait espérer ni emploi ni promotion. Et s'il n'était pas enterré avec lui à sa mort, il n'aurait aucune chance de recouvrer son intégrité dans l'autre monde. Comment obtenir d'un Homme d'Ombre qu'il renonce à un objet aussi précieux ? La réponse était simple : il fallait le tuer.

– Maître, chuchotai-je, cela va certainement porter malheur.

Il fronça les sourcils.

– C'est le seul moyen pour que ta taille et ta

voix n'attirent pas l'attention, assura-t-il d'un ton ferme. Du reste, tous les esprits mauvais ont été apaisés avec de l'argent.

Saisissant le pot, il me montra une autre bande de cire autour du couvercle.

– D'après les registres, tu as déjà été examiné et déclaré pur. Quand tu seras choisi demain et que tu t'installeras dans le manoir du Rat, tu ne seras plus sous ma protection. Tu devras mettre en avant ton statut d'Ombre et ton infirmité pour éviter qu'on te voie dévêtu.

Je baissai la tête. Se baigner ou dormir dans le même appartement qu'un invalide portait malheur. Un eunuque invalide serait un voisinage pire encore. Mon maître avait pensé à tout. Il restait pourtant un problème.

– Maître…

– Oui ?

Il reposa le pot sur le bureau.

– J'ai parlé avec le maître d'armes Hian aujourd'hui. Il tenait à ce que je vous transmette son meilleur souvenir.

Je joignis mes mains avec force sur mes genoux. Il hocha la tête.

– J'espère que tu l'as remercié de sa courtoisie.

– Oui, maître.

Je déglutis. Mon gosier était soudain si sec que j'avais peine à articuler.

– Il…

Mon maître poussa vers moi les deux tablettes mortuaires.

– Voici tes ancêtres, dit-il abruptement. Pour tes prières, cette nuit. Ce ne sont que des femmes, mais cela vaut mieux que rien.

Il me fallut un instant pour comprendre ce qu'il venait de dire.

– Mes ancêtres ?

La première tablette était au nom de Charra, la seconde au nom de Kinra. Je levai la main pour les toucher puis suspendis mon geste, en implorant du regard la permission de mon maître.

– Vas-y, elles sont à toi, assura-t-il. Je les tiens de ton maître précédent. Lorsqu'il t'a acheté à tes parents, ta mère a insisté pour que ces plaques commémoratives restent avec toi.

Je caressai la tablette lisse de Charra, qui n'avait d'autre ornement que le nom et un liseré uni. Ma mère me les avait données. Je battis des paupières et serrai les dents pour résister aux larmes. La tablette de Kinra était vieille et usée. On devinait sous le nom la silhouette pâlie d'un animal. Qui étaient ces femmes ? Ma grand-mère ? Mon arrière-grand-mère ?

Quand je levai les yeux, mon maître me regardait avec intensité.

– Prie avec ferveur cette nuit, Eon, dit-il doucement. Nous ne pouvons nous permettre d'échouer.

Il désigna d'un geste les tablettes mortuaires.

– Allons, installe ton autel et prépare-toi pour le rituel de purification. Tu peux demander à Rilla ce dont tu as besoin.

C'était un congé mais, pour la première fois en quatre ans je n'obéis pas sur-le-champ. Les yeux fixés sur le nom gravé de mon ancêtre, Kinra, je tentai de formuler ma requête.

– Tu peux t'en aller, Eon.

Je ne bougeai pas. Mon maître abattit sa main

sur la table, si fort que je sursautai. Je m'agrippai aux accoudoirs, heureuse de leur solidité.

– Maître…, commençai-je d'une voix enrouée.

Je risquai un coup d'œil. Il semblait fâché.

– Le maître d'armes Hian m'a dit que l'enchaînement dragon Miroir pouvait être remplacé par une Deuxième Figure inversée dragon Cheval. Est-ce vrai, maître ?

– Pourquoi cette question ?

Il avait haussé la voix de façon inquiétante, mais je devais en avoir le cœur net.

– Je ne peux pas venir à bout de la Troisième Figure dragon Miroir, maître. C'est impossible, avec ma jambe. Si je pouvais exécuter la…

Je vis son geste, mais j'étais prise au piège entre les accoudoirs. Sa main frappa mon oreille avec une telle violence que ma tête heurta le bord du dossier sculpté.

– Et tu as attendu jusqu'à maintenant pour me le dire ?

J'avais mal du sommet du crâne à la mâchoire. Recroquevillant mon corps endolori, j'essayai d'éviter sa main. Une grêle de coups s'abattit sur ma cuisse, mon épaule, mon dos, m'ébranlant tout entière.

– À cause de toi, nous sommes perdus ! glapit-il.

– Le maître d'armes Hian a affirmé que vous sauriez si c'était vrai, dis-je d'une voix entrecoupée. Je vous en prie…

À travers mes larmes, je vis sa main s'élever de nouveau. Je fermai les yeux et baissai la tête. Mon corps se raidit dans l'attente du coup. Toute mon existence se concentrait sur le poing qui allait s'abattre sur moi.

Rien ne vint. Ni coup, ni douleur. Je rouvris les yeux.

Il n'était pas là. Retenant mon souffle, je scrutai la pièce. Debout devant le mur du fond, il tendait le bras vers un rayon et ses doigts parcouraient fébrilement les boîtes de manuscrits. Je m'étirai avec circonspection et effleurai mes côtes, tressaillant lorsque j'atteignis le centre gonflé d'un hématome.

Mon maître sortit une des boîtes empilées.

– La chronique de Detra. Elle devrait évoquer ces faits.

Il prit le rouleau de papier sans prix dans son écrin de bois. La boîte tomba par terre avec fracas. Il rejoignit en hâte son bureau, déploya le rouleau. J'aperçus des caractères calligraphiés en rangs serrés.

– Qu'a dit Hian exactement ? demanda-t-il.

– Il a dit qu'il existait un précédent autorisant de remplacer la Troisième Figure dragon Miroir par la Deuxième Figure dragon Cheval, et que Ranne avait eu tort de ne pas m'en informer.

En entendant nommer ce nouveau coupable, mon maître s'assombrit.

– Il a déclaré aussi que vous étiez l'un des meilleurs connaisseurs de l'histoire et que vous sauriez si c'était vrai, ajoutai-je en hâte.

Il m'observa un instant, puis se concentra de nouveau sur le rouleau. Son index voltigeait au-dessus des mots tandis qu'il lisait. Je m'efforçai de ne faire aucun bruit et guettai sur son visage tendu l'allégresse de la découverte.

– Cette figure alternative était en usage voilà trois siècles, avant la disparition du dragon

Miroir, lança-t-il enfin. Depuis lors, elle est tombée en désuétude.

– Cela signifie-t-il que je ne puis m'en servir, maître ? chuchotai-je.

Il leva la main.

– Silence !

Une nouvelle fois, il étudia le manuscrit.

– Je ne vois rien qui interdise son usage.

Il secoua la tête.

– Non, sa validité n'a jamais été remise en question. Elle est simplement sortie de l'usage depuis trois siècles.

Il me jeta un regard brillant d'excitation.

– C'est certainement un heureux présage. Il le faut.

Je me redressai dans mon fauteuil, non sans tressaillir sous la douleur de mes nouvelles ecchymoses.

– Je connais déjà la Deuxième Figure inversée dragon Cheval, maître. Je n'ai besoin que de travailler les transitions.

– Il faut préparer le terrain, marmonna-t-il en roulant le manuscrit.

Il tira sur la sonnette. La porte s'ouvrit sur Rilla.

– Faites venir un pousse-pousse, lui ordonna-t-il. Je dois me rendre au Conseil.

Il se retourna vers moi.

– Va t'entraîner. Tu sais ce qui est en jeu.

Je me penchai en avant pour m'incliner, sans parvenir à réprimer un sourire. La Deuxième Figure inversée dragon Cheval était autorisée. J'avais encore une chance.

# *Chapitre 3*

Une caresse sur mon bras me réveilla. J'étais pelotonnée contre le mur à côté de mon autel, le visage pressé contre la pierre froide. Je me concentrai sur la mince silhouette accroupie près de moi dans la faible lumière.

Rilla.

– Le maître va bientôt se lever, murmura-t-elle.

Une brusque appréhension m'éclaircit les idées. Devant les tablettes mortuaires, la bougie rituelle rouge n'était plus qu'un bout de cire et le petit bol contenant des offrandes de poisson et de riz exhalait déjà une odeur de ranci. Je me redressai et lissai la manche froissée de ma tunique de cérémonie.

– Je n'aurais pas dû dormir.

Rilla effleura mes cheveux soigneusement aplatis.

– Ne craignez rien. Personne ne vous a vu.

Elle se leva en étouffant un bâillement.

– La cloche de l'aube ne va pas tarder à sonner. Dépêchez-vous, si vous voulez dire au revoir à Chart.

Je hochai la tête tout en massant mon visage et ma nuque glacés. Mon maître avait fait du plus petit des débarras en pierre à l'arrière de la maison un dortoir pour ses candidats. Durant ces mois d'été, c'était un refuge d'une fraîcheur délicieuse. L'hiver, en revanche, il se transformait en cellule glaciale. J'observai ce cagibi où j'avais vécu pendant quatre ans. Mon matelas, encore roulé contre le mur. Un vieux coffre à vêtements. L'écritoire devant laquelle j'avais passé tant d'heures à étudier agenouillée. Et le brasero trapu en terre cuite couronné d'une marmite que j'avais trouvée sur un tas d'ordures. Quel endroit luxueux, comparé à la saline. Était-ce la dernière fois que je le voyais ? Ou allais-je revenir ?

– J'enverrai une servante vous avertir quand le maître sera habillé, déclara Rilla en ouvrant les volets masquant l'étroite fenêtre.

– Merci, Rilla.

Elle s'arrêta sur le seuil.

– Chart et moi avons prié pour votre réussite, Eon. Mais sachez aussi que vous nous manquerez.

Son regard croisa fugitivement le mien et je lus une inquiétude mêlée de peur sur son visage marqué de rides. Puis elle me sourit et sortit. Si j'échouais en ce jour, mon maître vendrait-il Rilla et Chart ? Ils n'avaient pas même remboursé la moitié de leur contrat de servitude. Chart m'avait montré la baguette de calcul de Rilla cachée derrière une brique descellée de la cuisine.

Je m'avançai vers le brasero. L'odeur capiteuse des herbes purifiantes imprégnant ma peau se répandait au moindre de mes mouvements. Et moi ? Serais-je renvoyée dans la saline, si j'échouais ? Au souvenir du labeur dans la poussière suffocante, je me mis à haleter. Je pressai mes mains sur ma poitrine pour percevoir le flot du *hua*, la force vitale. Tout ce que je sentis, ce fut la soie fine de ma tunique de cérémonie et la surface dure de mon bandeau de poitrine impitoyablement serré. Mon maître avait commencé à m'enseigner comment suivre la trace du *hua* à travers les sept points de puissance, mais une vie suffisait à peine pour maîtriser cette technique. Je tournai mon regard vers l'intérieur et tâtonnai le long des méridiens avant de localiser enfin le blocage : à la base de mon épine dorsale, le siège de la peur. Je respirai profondément, jusqu'au moment où le nœud rigide se desserra.

M'agenouillant sur le sol de pierre, j'essuyai les cendres du brasero. Je sentais un mouvement au fond de moi, l'impression familière d'un éclair de conscience. Durant mes jours de lune, mon moi secret – Eona – m'assombrissait d'étranges pensées et de sentiments inconfortables. Apparemment, l'infusion de la faiseuse de fantômes avait apaisé mes crampes de la veille et empêché mes saignements, mais sans parvenir encore à dissiper ma part d'ombre. Je ne pouvais me permettre de laisser Eona se manifester en instillant dans mon esprit ses désirs troublants. Je la repoussai en m'absorbant dans la tâche d'empiler dans le brasier des brindilles et de petits morceaux de charbon. En frottant le bâtonnet, je fis jaillir les flammes. Après avoir soufflé sur le feu tremblant pour être sûre qu'il prenne, je vérifiai le niveau de l'eau dans la marmite. Il y en avait juste assez pour préparer l'infusion. Peut-être cette dose ferait-elle fuir Eona.

« Si j'échouais, mon maître n'aurait plus besoin que je sois un garçon. »

Je tâchai de chasser cette pensée importune.

« Dans ce cas, offre-lui le corps d'une fille. Ses yeux brillaient de désir pendant le rituel de purification. »

Non, ce n'était pas vrai ! Rien ne brillait dans les yeux de mon maître pendant le rituel. Il avait prononcé les formules, versé l'eau parfumée sur ma tête, puis m'avait laissée me laver et m'oindre moi-même. Il n'y avait aucune lueur dans son regard. Je me penchai sur la marmite, en pressant l'eau de chauffer plus vite. Je n'avais rien vu.

Une pincée d'infusion dans mon bol, puis l'eau presque bouillante. Après avoir mélangé le tout avec une brindille, j'avalai la mixture d'un trait. La brûlure et l'amertume du breuvage chassèrent les pensées dérangeantes.

De l'autre côté de la fenêtre, le ciel s'éclaircissait. Je fixai la bourse contenant l'infusion à la ceinture de mon pantalon et chassai les cendres de ma tunique de cérémonie. J'avais revêtu cette tenue somptueuse durant ma nuit de veille afin d'honorer mes ancêtres retrouvés. Jamais je n'avais porté un tissu aussi doux que cette soie très fine, du rouge intense réservé aux candidats. Douze dragons dorés étaient brodés le long du bas de la tunique, et les extrémités de sa large ceinture s'ornaient de glands dorés. L'étoffe glissait sur ma peau comme un onguent liquide. Quand je bougeais, elle semblait chuchoter comme le vent. Comment s'étonner que les nobles se comportent en dieux : ils avaient emprisonné dans leurs vêtements les éléments de la nature. J'enfilai les souliers de cuir rouge assortis à ma tenue et fléchis mes pieds surpris par leur étroitesse. Ils étaient bordés de fil d'or et leur bout arborait le même motif de dragon que la tunique. Combien ce luxe avait-il coûté à mon maître ? Je me levai et esquissai quelques pas du premier enchaînement. En passant de la Première à la Deuxième Figure dragon Rat, je vérifiai la différence d'adhérence. Les semelles de cuir étaient plus glissantes que mes vieilles sandales. Cela pourrait me jouer des tours sur le sable dur de l'arène des Dragons. Je tournoyai sans relâche afin de mettre au point mon équilibre sur le sol, enivrée par la soie tourbillonnant et retombant autour de mon corps.

Le fracas des couvercles du four de la cuisine m'arrêta net. Kuno couvrait les feux. Le jour allait se lever et j'avais encore tant à faire. Me dirigeant en hâte vers le coffre à vêtements, je cherchai le rouleau glissé sous ma tunique de travail. Après trois mois d'instants volés, j'avais enfin terminé mon œuvre : une peinture à l'encre noire des rues et du paysage autour de la maison de mon maître. Le papetier installé près de l'école m'avait permis d'emporter les chutes des feuilles de papier de mûrier. Je les avais cousues ensemble pour former le rouleau. La peinture était dans le style du grand maître Quidan. Ses scènes clairsemées devaient être découvertes peu à peu, comme autant de méditations sur le paysage. Chart l'apprécierait-il ? Je savais que mon talent artistique était limité, mais ces images l'aideraient peut-être à se représenter le monde hors de la cuisine. J'effleurai les simples baguettes de bois fixées aux extrémités. Je regretterais les moments où je lui décrivais notre voisinage et où il me faisait rire par ses commentaires perfides.

La petite cour intérieure était paisible. Après

avoir glissé le rouleau dans ma manche, je m'immobilisai un instant sur le seuil. L'air serein du matin et le silence m'imprégnaient comme le rythme d'une méditation. Devrais-je tenter d'appeler le dragon Rat ? Un dernier coup d'œil avant la cérémonie ? Peut-être me répondrait-il, cette fois. Je respirai profondément et concentrai mon regard intérieur sur le nord-nord-ouest. La silhouette du dragon apparut en miroitant, avec son énorme tête évoquant un cheval et son corps de serpent. Puis, les contours de la vision commencèrent à se troubler.

Mes jambes se dérobèrent tandis qu'une douleur anéantissante déchirait ma conscience. Revenant brutalement à moi, je heurtai le sol en tombant à genoux. Je n'avais encore jamais rien éprouvé de pareil. Le souffle coupé, je m'appuyai au montant de la porte et remontai tant bien que mal le flot de mon *hua*. Tout semblait en ordre et ma force revenait déjà. Peut-être était-ce arrivé parce que le dragon Rat devenait ascendant aujourd'hui. Après plusieurs inspirations profondes, je me hissai sur mes jambes et me dirigeai lentement vers la cuisine. Au moins, cet étrange regard intérieur qui m'avait menée à cette journée ne m'avait pas quittée. Je saurais bientôt si cela avait la moindre importance aux yeux du dragon Rat.

Parvenue au seuil de la cuisine, j'ôtai mes chaussures et entrai. Kuno était penché sur les fourneaux, occupé à remuer la soupe que mon maître mangeait le matin. L'odeur du bouillon gras et des gâteaux brûlants me mit l'eau à la bouche. Je me léchai les lèvres, en songeant au morceau de pain caché dans ma chambre.

– Eon ?

Accroupi derrière la table, Chart risqua un coup d'œil. En voyant ma tenue, il roula des yeux.

– Petit… seigneur !

Kuno fit la grimace quand je m'approchai pour m'asseoir péniblement près de Chart.

– Ça va mal aller si jamais il salit votre nouvel habit, lança Kuno.

Il traversa bruyamment la cuisine et disparut dans la réserve des tissus.

Chart se contorsionna pour me rejoindre.

– C'est doux…, dit-il en touchant le bas de la tunique. On dirait… le derrière d'une fille.

– Comment saurais-tu une chose pareille ? me moquai-je.

– J'en sais plus long… que toi.

Il haussa convulsivement les sourcils.

– Les servantes croient que… le pauvre Chart… ne sait pas ce qu'il fait.

Je secouai la tête devant son allégresse lubrique.

– J'ai quelque chose pour toi, déclarai-je en sortant le rouleau et en le posant sur sa natte.

Les yeux écarquillés, il le palpa.

– Du vrai… papier ?

Puis il ajouta en me regardant d'un air perplexe :

– Vous savez que… je ne sais pas lire.

– Ce n'est pas à lire, répliquai-je. Ouvre-le.

Se hissant sur son coude, il écarta lentement les deux baguettes de bois. Je le vis passer de l'étonnement à la compréhension, puis son visage se figea.

– Je sais que ce n'est pas très beau, déclarai-je

en hâte, mais tu vois, ici c'est le carrefour au bout de la ruelle.

J'indiquai l'endroit sur le rouleau déployé.

– Et voilà le cochon du vieux Rehon. Je l'ai dessiné au milieu du potager de Kellon, le prêteur sur gages…

Je m'interrompis. Il avait détourné son visage.

– Je sais que ce n'est pas très beau, répétai-je.

Il secoua la tête et plongea son menton dans son épaule. Était-il en train de pleurer ? Je me rassis. Chart ne pleurait jamais. Il effleura ma main gauchement, du bout des doigts, et reprit son souffle en tremblant.

– Moi aussi… j'ai quelque chose… pour vous, dit-il.

Il jeta un coup d'œil à la porte de la réserve.

– Vite… avant que… Kuno revienne.

Je tendis la main. Je m'attendais à un supplément de pain ou de fromage, mais un objet pesant tomba sur ma paume. Une pièce de monnaie crasseuse. En passant mon pouce dessus, je vis briller de l'or. C'était une monnaie du Tigre, valant plus de trois mois du salaire d'un homme libre – et une volée de coups de fouet si jamais elle était découverte.

– Où l'as-tu trouvée ? chuchotai-je.

– Je ne suis pas… collé à cette natte, dit-il avec un sourire rusé.

– L'as-tu volée au maître ?

Écartant cette question d'un geste, il s'approcha tout contre moi.

– J'ai entendu Kuno… parler avec Irsa… cette nuit, soufflà-t-il.

Son corps était tendu dans son effort pour

baisser la voix, et je penchai la tête si près que je sentis son souffle chaud sur mon oreille.

– Le maître… vous vendra… à la saline… si vous ne devenez pas… Œil du dragon. Il vous vendra… comme les autres avant vous.

J'eus un geste de recul mais Chart se redressa pour me suivre, le visage crispé par la tension.

– Si vous n'êtes pas choisi… enfuyez-vous. Allez dans… les îles.

À bout de souffle, il retomba sur sa natte.

M'enfuir ? Mais j'étais esclave – j'avais toujours appartenu à un maître. Ma main se serra sur la pièce. Ce n'était pas tout à fait vrai. Il y avait eu un temps où j'avais une famille, et pas de maître.

– Et toi ? m'inquiétai-je.

– Je ne suis pas assez… rapide, grogna Chart.

Je lui tendis la pièce.

– Tu devrais la garder. Rilla et toi pourriez en avoir besoin.

Chart attrapa ma main. Comme il s'efforçait de ne pas agiter la tête, les muscles de son cou se gonflèrent.

– Mère… est au courant. Elle a dit… de vous la donner.

Je le regardai avec stupeur. Rilla pensait donc elle aussi que je devrais m'enfuir ?

– Vous êtes encore là ? s'exclama Kuno en jetant un sac de haricots sur la table.

Chart et moi nous séparâmes d'un bond.

– Vous feriez mieux de vous activer, si vous ne voulez pas faire attendre le maître.

Chart referma mes doigts sur la pièce.

– Au revoir, Eon… Que la chance… soit avec vous.

Je me levai et m'inclinai très bas, comme on le fait devant un ami qu'on honore. Quand je me redressai, il détourna son visage étroit, la mâchoire serrée.

– Merci, chuchotai-je.

Il ne leva pas les yeux, mais je vis sa main serrer plus fort le rouleau contre sa poitrine.

Dehors, je m'immobilisai un instant dans le jour naissant pour apaiser ma respiration. Pourrais-je vraiment m'enfuir, si je n'étais pas choisie ? C'était une idée presque aussi effrayante que d'être revendue à la saline.

Il ne restait que quelques minutes avant l'aube. Je devais encore faire mes bagages – et cacher la pièce, dont je sentais le poids tiède dans ma main. Où serait-elle en sûreté ? J'enfilai mes souliers de cuir et traversai la cour en hâte. Peut-être dans mon nécessaire d'écriture ? Je m'arrêtai sur le seuil. Quand mes yeux furent habitués à l'obscurité, je distinguai un panier de voyage en paille. Il était déjà prêt – sans doute Rilla s'en était-elle chargée pour moi. Si j'étais choisie, mon maître me le ferait remettre au manoir du dragon Rat. J'ouvris ma main et examinai la pièce. Elle n'était pas grosse. Peut-être pourrais-je la glisser à l'arrière de ma pierre à encre…

Où avais-je la tête ? Si j'échouais et étais contrainte de m'enfuir, je ne pourrais pas revenir chercher mes affaires. Il fallait que je garde la pièce sur moi. Je baissai les yeux sur ma coûteuse tunique de soie. La pièce tiendrait peut-être dans la bourse de poudre pour l'infusion ? Cependant Chart disait toujours qu'on ne devait jamais cacher ensemble deux objets interdits. L'ourlet ?

Je retournai la tunique et observai la fine couture. En défaisant une partie recouverte par la queue brodée d'un dragon, je pourrais y glisser la pièce de telle façon qu'elle soit invisible.

Saisissant mon couteau, je décousis l'ourlet avec précaution afin de ne pas abîmer le fil. La cloche de l'aube sonna dans les environs. C'était presque l'heure. D'une main tremblante, j'introduisis la pièce dans l'ourlet. Se verrait-elle ? Je remis la tunique en place et essayai de juger de l'effet. La pièce tirait sur le tissu, mais pas assez pour attirer l'attention. Je soulevai l'étagère de mon coffre à vêtements, tirai ma boîte à aiguilles de la cavité que j'avais creusée dans le bois. Dolana, ma seule amie de la saline, m'avait donné cette boîte avant de mourir de la toux maligne. C'était un cadeau précieux. Mes doigts se révélèrent maladroits pour enfiler le fil de soie dans le chas, mais je finis par y arriver. Quelques points suffirent à refermer l'ourlet. À l'instant où je coupais le fil, Irsa apparut sur le seuil.

– Que faites-vous ? s'étonna-t-elle.

Je laissai retomber la tunique.

– Un fil dépassait.

Je fermai mon poing sur l'aiguille afin qu'on ne puisse la voir.

– Le maître est-il prêt ?

Irsa observa la tunique d'un air soupçonneux.

– Il vous demande de le rejoindre dans la cour de devant.

Je remis mon couteau dans le panier de voyage avec ostentation.

– Merci.

Elle ne bougea pas.

– Je sais où se trouve la cour de devant, Irsa.

Elle croisa les bras.

– Vous n'êtes guère digne des espoirs que le maître a placés en vous, Eon. Cela dit, si pitoyable que vous soyez, je souhaite pour votre bien et le nôtre que vous réussissiez.

Après m'avoir toisée avec dédain, elle sortit enfin. J'écoutai un instant ses pas s'éloigner puis je remis l'aiguille dans sa boîte qui réintégra sa cachette. J'étais triste de la laisser, mais je ne pouvais prendre le risque d'emporter un objet aussi féminin. Dès que je serais partie, le panier de voyage serait certainement fouillé par Irsa ou une autre des servantes.

Je me sentais écrasée par l'importance de cette journée. Il ne me restait pas assez de temps pour manger le pain de Chart, mais cela m'était égal, de toute façon je n'avais plus faim. Peut-être le rat le trouverait-il. Ce serait une nouvelle offrande au dragon Rat.

Une dernière fois, j'observai la chambre. Et soudain, j'eus la conviction que c'était bel et bien la dernière fois. Cette certitude me balaya comme une pluie de mousson. Me détournant, je m'avançai dans la cour. Une décision venait de changer ma vie, mais elle ne fut saluée que par le chat de la cuisine qui remua son oreille.

Mon maître m'attendait déjà dans la cour de devant. Le palanquin de bois et d'osier qu'il utilisait pour ses déplacements officiels reposait sur les supports de pierre. Quatre porteurs engagés pour l'occasion patientaient entre les brancards. Deux devant, deux derrière. Leurs épaules puissantes étaient rembourrées de cuir. En passant précipitamment devant eux, je surpris leur regard curieux. Ils n'étaient pas les seuls : tous les domestiques de la maison s'étaient massés aux portes et aux fenêtres pour assister à notre départ. Je cherchai un visage amical. Chart n'était pas là – il ne pouvait pas ramper aussi loin. En revanche, Lon me salua de la main et Kuno, à mon grand étonnement, inclina brièvement la tête. Puis j'aperçus Rilla debout derrière mon maître. Elle baissait les yeux comme il convenait, mais les releva quand j'approchai. Son sourire fugitif me donna du courage.

Je m'inclinai devant mon maître. Il portait sa tenue de cour : une longue tunique bleu nuit ornée de broderies d'argent et attachée par une ceinture de soie rouge plissée avec art. Son visage blême était encadré par un col évasé, dont la courbe gracieuse faisait ressortir encore plus sa maigreur décharnée. Il avait l'air non seulement vieux mais malade.

– Retourne-toi, lança-t-il en brandissant son élégante canne de bois noir.

Je m'exécutai et la pièce de monnaie heurta ma cuisse quand ma tunique tournoya. Peu s'en fallut que je ne baisse les yeux pour vérifier la solidité de mon ourlet.

– C'est bien, approuva mon maître.

Il se tourna vers Rilla.

– Mon bonnet ?

Elle plaça avec soin le bonnet rouge sur son crâne rasé. Après un bref regard sur la cour silencieuse, il tendit la main et s'appuya sur le bras de Rilla pour monter dans le palanquin.

– Le présent ? demanda-t-il en s'installant sur le coussin de soie.

Rilla leva un coffret de bois impeccablement ciré et incrusté de nacre. Il le posa sur son genou puis me fit signe.

Je m'introduisis avec circonspection dans le palanquin, en lissant ma tunique avant de m'asseoir près de mon maître. Les parois d'osier paraissaient très fragiles. Je poussai celle de mon côté, qui émit un craquement.

Mon maître m'observa un instant de dessous ses paupières tombantes.

– Crois-moi, Eon, ce véhicule est parfaitement sûr.

– Oui, maître.

Il tapota avec sa canne l'épaule du porteur devant lui.

– Allons-y, ordonna-t-il.

Les porteurs se baissèrent de concert et soulevèrent le palanquin. Lorsqu'ils nous hissèrent sur leurs épaules, j'assurai mon pied sur le plancher et m'agrippai au montant du baldaquin. Nous étions si haut ! Rilla leva les yeux vers moi et je lus sur ses lèvres : « Bonne chance. » Je tentai de sourire, mais le sol était beaucoup trop loin et notre progression étrangement vacillante me donnait le vertige. Je fermai les yeux. Quand je les rouvris, nous passions déjà devant les lions de pierre du portail principal.

Je regardai en arrière. Rilla était toujours dans la cour, la main levée. Avant que je puisse lui faire un signe, nous tournâmes dans la rue transversale et elle disparut à mes yeux. Savait-elle combien je la regretterais ?

Me retournant vers l'avant, je considérai avec méfiance les deux premiers porteurs. Ils semblaient savoir ce qu'ils faisaient. Peut-être échapperions-nous à une chute mortelle, après tout. Mon maître pencha sa tête vers moi.

– L'infusion a-t-elle fait son effet ? demanda-t-il à voix basse.

– Oui, maître.

Il poussa un grognement satisfait.

– Et as-tu mis au point les transitions ?

Je hochai la tête. Il regarda droit devant lui. Les plis autour de ses yeux trahissaient sa fatigue.

– Le Conseil n'a accepté qu'à contrecœur la variante Deuxième Figure inversée dragon Cheval, déclara-t-il. Ils n'ont cédé que parce qu'ils croient que tu n'as aucune chance. L'Ascendant Ido s'est montré particulièrement dédaigneux.

Je sentis une répugnance dans la voix de mon maître. Cela faisait longtemps qu'il se méfiait de l'actuel Œil du dragon Rat. Sire Ido avait accédé très tôt au rang d'Œil du dragon, à la suite de la mort soudaine de son maître. Trop tôt, estimaient certains. En ce premier jour de l'année du Rat, Ido devenait de surcroît l'Ascendant. Pendant un an, ses pouvoirs allaient doubler et il présiderait le Conseil des Yeux du dragon dans sa tâche de manipuler les énergies terrestres pour le bien de l'empire. Il n'avait certainement pas aidé mon maître à plaider ma cause.

– Quand tu seras choisi, prends garde à sire Ido.

– Oui, maître, dis-je tout en présentant en silence des excuses aux dieux pour l'arrogance de mon maître.

Il se frotta les yeux.

– Ido te persécutera pour la simple raison que tu es *mon* candidat. Bien entendu, tu devras suivre ses leçons pour t'initier aux arts du dragon, mais évite-le autant que possible. Il est…

Mon maître s'interrompit pour trouver les mots justes.

– … aussi perfide qu'imprévisible. Tu passeras également beaucoup de temps avec maître Tellon, afin d'apprendre l'Endurement. C'est un homme de bien mais ne relâche pas ton attention en sa compagnie, car il est très observateur.

– L'Endurement ?

Les lèvres exsangues de mon maître esquissèrent un sourire.

– Les membres du Conseil me déchoiraient de mon rang d'Heuris s'ils savaient que je t'ai parlé de l'Endurement.

Il me jeta un regard de côté.

– Encore que cette indiscrétion ne soit rien auprès de ce que j'ai déjà fait.

Il se rapprocha de moi.

– L'Endurement est l'entraînement mental et physique nécessaire pour devenir un Œil du dragon accompli. Il est censé aider l'apprenti à supporter les pertes énergétiques inhérentes à la communion avec le dragon qu'il sert.

– Cette communion est-elle difficile, maître ? demandai-je en sentant qu'il était pour une fois d'humeur communicative.

Il regarda fixement le coffret sur ses genoux.

– Difficile ?

Il sourit de nouveau sans allégresse.

– Est-il difficile de t'emparer de la force vitale du pays et de l'infléchir à ta guise ? De mettre fin à des blocages énergétiques nés de peurs et de préjugés antiques ? De dénouer le passé, le présent et l'avenir afin d'en tisser une possibilité nouvelle ?

Il soupira.

– Oui, Eon, c'est difficile, douloureux et grisant à la fois. Et tu en mourras.

Son regard sombre se posa sur moi.

– Comme j'en suis mort.

C'était presque un défi, mais je ne détournai pas les yeux.

– Mourir en accomplissant une telle mission, rétorquai-je en m'agrippant plus fort au montant, vaut toujours mieux que de se tuer à la tâche dans une saline.

Ma véhémence le prit de court.

– Être suffoqué par du sel n'est pas la pire mort qui existe, dit-il doucement.

Cette fois, je détournai les yeux. Pour ne pas voir son regard s'adoucir étrangement.

– Et l'Endurement, maître ? me hâtai-je de demander. En serai-je capable ?

– Ce n'est pas comme l'enchaînement d'approche, répondit-il. Tu ne seras pas harcelé sans fin par un maître d'armes. L'Endurement n'est pas fondé sur la force brutale ou sur l'agilité. Il s'agit d'allier la méditation et le mouvement. Une fois que tu auras appris la technique de base, ce sera à toi de te perfectionner et de renforcer ainsi ta résistance mentale et physique.

– C'est ce que vous faites dans le jardin de la Lune, n'est-ce pas ?

Il inclina la tête sur le côté.

– Comment pourrais-tu savoir une chose pareille, Eon ?

Je secouai la tête, peu désireuse de dire la vérité. Mon maître lui-même n'aurait guère apprécié d'entendre que je *savais* par intuition – cette connaissance « irrationnelle » que seules les femmes revendiquaient.

– Oui, je m'y adonne dans le jardin de la Lune, reprit-il. Même si cela ne m'avance guère.

Il regarda devant lui avec un sourire amer.

– Jusqu'à présent, je ne regrettais pas ma vocation. Aujourd'hui, l'idée de ne pas avoir d'avenir me contrarie.

Quand il se retourna vers moi, je vis ses yeux briller de la même lueur farouche que pendant le rituel de purification. Il tendit la main, comme pour caresser ma joue. Je tressaillis et il laissa retomber sa main, en affichant de nouveau son masque de froide ironie.

– Voilà longtemps que le marché a été conclu, dit-il comme s'il se parlait à lui-même.

Je me rencognai sur mon coussin et effleurai la pièce de monnaie. Suffirait-elle à me payer la traversée pour les îles ? Le regard de mon maître pesait sur moi. Me détournant, je feignis d'être absorbée par le panorama défilant sous mes yeux. Nous avions bifurqué dans l'avenue menant à l'arène des Dragons. Il faisait à peine jour mais la rue était remplie de curieux. Les volets des échoppes étaient déjà ouverts et les marchands braillaient pour attirer les clients. En apercevant notre palanquin, un homme poussa un cri qui se répercuta dans toute l'avenue. Nous fûmes bientôt l'objet de l'attention générale. Je vis se tourner vers nous d'innombrables regards excités, sceptiques, inquisiteurs ou dédaigneux. Puis un murmure parcourut la foule, des mots chuchotés s'élevèrent comme des feuilles agitées par le vent : « C'est l'estropié ! »

Je me redressai sur mon siège, les poings serrés, et regardai fixement les bannières ondulant au-dessus de l'entrée de l'arène. De temps à autre, j'apercevais du coin de l'œil le geste familier de conjuration.

– Ta jambe te fait-elle souffrir ? demanda soudain mon maître.

Depuis quatre ans que j'étais à son service, il ne m'avait jamais parlé de ma jambe.

– Pas beaucoup, mentis-je en balbutiant.

Il hocha brièvement la tête. Son visage était plus impénétrable que jamais.

– Malgré tout, elle s'est révélée utile.

Le chef des porteurs donna un ordre à son équipe et nous nous arrêtâmes devant la porte monumentale de l'arène. Un immense dragon Miroir doré, le symbole de l'empereur, était sculpté sur le linteau. Aux deux extrémités, les énormes piliers s'ornaient de deux féroces dieux gardiens, dont les mains brandissant des sabres étaient usées à force d'être touchées par ceux implorant leur protection. Je jetai un coup d'œil entre les croisillons des lourds battants, mais je ne vis qu'un couloir obscur et du sable étincelant.

Le chef des porteurs attendit les instructions de mon maître.

– Suivez la muraille jusqu'au portail des Douze Animaux célestes, ordonna celui-ci en pointant sa canne vers la gauche.

Nous fîmes lentement le tour de l'arène, en passant devant la porte de l'Empereur, resplendissante d'or et de jade, par laquelle l'Éternel

Fils du Ciel ferait son entrée. Le long du majestueux boulevard s'étendant entre la porte et l'enceinte extérieure du palais impérial, des badauds s'étaient déjà massés et brandissaient des drapeaux rouges qu'ils avaient confectionnés eux-mêmes en l'honneur du nouvel Ascendant et de son apprenti. L'année précédente, en ce même jour de l'Ascension, je m'étais mêlée à la foule pour regarder Amon, le nouvel apprenti dragon Porc, se rendre au manoir de son dragon sous une pluie de drapeaux porte-bonheur. Marcherai-je à mon tour dans quelques heures derrière le cheval de l'empereur, au milieu d'un déluge de papier rouge ?

– Tiens-toi tranquille, Eon, commanda mon maître.

Détournant les yeux de la foule, je me renversai sur mon siège. Devant nous, un palanquin ouvert patientait à côté du portail des Douze Animaux célestes. Nous nous arrêtâmes non loin derrière lui, et je reconnus les contours délicats de la tête de Dillon et la masse informe du gros Heuris Groven. Leurs porteurs déposèrent lentement leur palanquin sur les deux pierres d'appui. Dillon sortit et se tourna pour aider son maître à descendre. Quand nous étions seuls, il lui arrivait de s'enhardir assez pour l'appeler maître Gros Ventre. Je réprimai un sourire en voyant Groven rajuster sa ceinture plissée rouge sur son énorme bedaine avant de renvoyer le palanquin d'un geste.

Deux fonctionnaires de la porte sortirent du petit corps de garde. S'ils étaient de la même taille et aussi raides l'un que l'autre, le premier portait un vêtement de deuil blanc en hommage à l'année finissante tandis que le second était habillé de vert brillant pour célébrer l'an neuf.

– L'homme portant les couleurs de l'An Neuf est un partisan d'Ido, observa mon maître à voix basse. Son attitude sera révélatrice des dispositions actuelles du Conseil.

Les fonctionnaires s'inclinèrent devant Groven et Dillon, qui les saluèrent de même. Puis Groven donna une boîte sculptée à l'An Neuf. Je regardai furtivement le coffret sur le genou de mon maître. Il contenait le présent traditionnel pour l'Œil du dragon se préparant à se retirer. Chaque Heuris payait ainsi l'honneur de présenter son candidat, et adoucissait la perte financière que la retraite représentait pour le seigneur bientôt remplacé. Cette fois, cependant, le vieil Œil du dragon était absent – il était mort depuis des années, en laissant pour servir le dragon Rat son apprenti alors tout jeune, sire Ido. Ce dernier recevrait probablement les présents à sa place. Pas étonnant que mon maître eût l'air si lugubre.

L'An Neuf ouvrit la boîte de Groven et examina son contenu. Sans doute était-il convenable, car un garde emporta l'offrande. S'inclinant derechef, les deux fonctionnaires reculèrent. Heuris Groven et Dillon franchirent l'entrée circulaire sous les acclamations sans enthousiasme de la foule.

– En avant ! ordonna mon maître.

Nous nous plaçâmes à notre tour devant le portail des Douze Animaux célestes. J'avais toujours trouvé que c'était la plus belle porte de la ville. Elle surpassait encore en élégance l'immense porte de la Suprême Bienveillance, l'entrée du palais impérial. Le portail formait un cercle complet, le long duquel les douze animaux correspondant aux dragons étaient sculptés dans l'ordre du cycle d'ascension : Rat, Bœuf, Tigre, Lapin, Dragon, Serpent, Cheval, Chèvre, Singe, Coq, Chien et Porc. Les ingénieurs impériaux avaient installé les sculptures sur un système de poulies et de verrous, de façon à les faire avancer d'un cran le premier jour de l'année en plaçant au sommet du portail le nouveau dragon de l'Ascension. Le dragon Porc occupait encore cette place d'honneur mais, dès que le dragon Rat aurait choisi son nouvel apprenti, les deux fonctionnaires de la porte feraient tourner le cercle pour indiquer le début de l'année nouvelle. Il coïnciderait avec le départ d'un nouveau cycle, de sorte que cette journée était particulièrement faste. Dans les échoppes du voisinage, on préparait déjà les gâteaux-lunes à la cannelle pour les fêtes du Nouvel An. Leurs effluves me donnaient l'illusion de sentir sur ma langue un goût de beurre épicé. Mon estomac était au supplice et je regrettai de ne pas avoir mangé le pain offert par Chart.

Les porteurs déposèrent doucement notre palanquin sur les pierres d'appui. Je sortis en hâte du véhicule, heureuse de retrouver la terre ferme, et j'aidai mon maître à descendre.

– Attendez mes ordres après la cérémonie, dit-il aux porteurs en les renvoyant.

L'An Passé et l'An Neuf s'inclinèrent comme un seul homme.

– Amenez-vous l'un des douze aspirants au service du dragon Rat ? demanda l'An Neuf.

Il me jeta un coup d'œil hostile. Derrière nous, les murmures de la foule se turent. Il me sembla sentir peser sur moi un millier de regards désapprobateurs. Seul un Œil du dragon pouvait leur procurer un peu de chance. Comment un garçon à la malchance si évidente pouvait-il prétendre à cette fonction ?

Mon maître et moi nous inclinâmes.

– Moi, Heuris Brannon, j'amène l'un des douze aspirants au service du dragon Rat, déclara mon maître.

– Dans ce cas, offrez votre présent à l'Œil du dragon qui l'a servi et va maintenant céder la place à son successeur ainsi qu'au nouvel apprenti, dit l'An Passé.

Au moins, son expression était neutre.

Mon maître ouvrit le couvercle du coffret incrusté. Une lourde amulette d'or, en forme de dragon lové sur lui-même, reposait sur un fond de velours noir. Mon souffle s'accéléra. Cet objet devait valoir une fortune, assez pour entretenir la maisonnée pendant des mois. Comment mon maître avait-il pu obtenir un tel présent ? Il le regarda un instant fixement puis se raidit.

– J'offre ce présent à l'Œil du dragon qui cède la place aux nouveaux élus. Puisse-t-il retrouver sa force et vivre longtemps.

Il tendit le coffret à l'An Neuf, lequel lança à son collègue un étrange regard de défi. L'An Passé fronça les sourcils et secoua imperceptiblement la tête.

L'An Neuf referma le coffret avec brusquerie.

– C'est acceptable, proclama-t-il sèchement en le confiant au garde. Vous pouvez passer.

– Merci, dit mon maître d'un ton glacé.

Nous franchîmes la porte avec lenteur et pénétrâmes dans un long couloir obscur. Derrière nous, une immense clameur s'éleva. Pour moi ? Je me retournai, le cœur battant. Les fonctionnaires de la porte étaient en train de saluer Heuris Kane et Baret, le favori de la foule. L'estropié devrait se passer d'acclamations.

– Encore un sous-fifre d'Ido, lança mon maître en regardant à son tour Kane. Mais ne te tracasse pas, Eon. Ido aura beau se gagner des soutiens à force d'argent et d'intimidation, même lui ne peut influencer un dragon. D'ailleurs, il semble que ses fidèles préfèrent ne pas s'opposer au Conseil. Pour le moment, du moins. Nous verrons ce qui se passera quand il sera Ascendant.

Bien que ma tunique de soie fût légère, de la sueur coulait sous mes bras et le long de la ceinture de mon pantalon. Ma peau brûlante exacerbait l'odeur des herbes purifiantes et j'aspirais à me débarrasser de ce parfum entêtant. Devant nous, des silhouettes fugitives s'agitaient dans un demi-cercle de lumière blafarde.

Nous émergeâmes de la fraîcheur du couloir pour nous retrouver dans une longue salle éclairée par des lampes fixées aux murs. L'air était chargé de relents écœurants de sueur et d'huile de sésame brûlante. Un silence tendu amplifiait les pas traînants de fonctionnaires vêtus de gris qui parcouraient le sol de pierre. Au fond de la salle, les autres candidats méditaient à genoux. Leurs sabres de cérémonie étaient posés devant eux. Il restait trois places vides dans leur rangée, pour Dillon, Baret et moi. Lors du tirage au sort de l'ordre d'apparition, le maître d'armes Ranne avait tiré pour moi la quatrième position. Un chiffre néfaste – ce n'était sans doute pas un hasard. Tous les candidats agenouillés fermaient les yeux. Dans cet éclairage livide, leurs visages ressemblaient à des masques mortuaires. Je frissonnai. Pour me réconforter, je me tournai vers la lumière naturelle filtrant le long d'une large rampe s'ouvrant devant moi. C'était elle qui menait au sable étincelant de l'arène.

Un frêle jeune homme, dont la robe s'ornait d'une plume rouge, s'avança vers nous. Il me regarda avec curiosité avant de s'incliner profondément.

– Heuris Brannon, candidat Eon, dit-il d'une voix douce. Mon nom est Van, fonctionnaire du sixième rang affecté au Conseil. Je suis chargé de vous assister en ce jour. Veuillez m'accompagner pour aller chercher vos sabres de cérémonie.

Je déglutis, incapable d'humecter ma gorge sèche. Je ne voulais pas tenir de nouveau ces sabres. Une semaine plus tôt, Ranne nous avait emmenés tous à l'immense arsenal du trésor du Conseil, afin de nous équiper des armes précieuses qu'on gardait pour les cérémonies. Je passai en dernier et le soldat chargé de l'arsenal, un vieillard au visage balafré, mit longtemps avant de me trouver les armes adéquates. Ignorant avec flegme les soupirs exaspérés de Ranne et des autres candidats, il m'avait fait tenir d'innombrables sabres décorés de joyaux sans prix, en regardant si leur longueur et leur poids convenaient à mon corps bancal. Après avoir exploré l'arsenal de fond en comble, il finit par disparaître quelques minutes pour revenir avec deux sabres plus sobres, dont la garde s'ornait simplement d'un motif alterné de jade et de pierres de lune. Chaque gemme translucide était sertie dans un croissant de lune en argent.

– Ce sont de puissants porte-bonheur, assura-t-il en effleurant les pierres de son pouce épais. Voilà bien longtemps que ces sabres n'ont pas servi. Pour la plupart des garçons, ils sont trop courts et légers. Mais je crois qu'ils feront votre affaire.

Il me les tendit et je serrai leurs poignées revêtues de cuir. Une vague de colère me submergea, m'aveuglant de lumières brûlantes et remplissant ma bouche d'un goût amer. C'était une fureur mauvaise, pleine d'une puissance glacée, et qu'habitait en son cœur une peur sans fond. Ou venait-elle de moi ? Dans mon saisissement, je lâchai les sabres, qui tombèrent avec fracas sur le sol de marbre.

– Crétin ! rugit Ranne en bondissant vers moi, le poing levé.

Le soldat s'interposa entre nous avec calme.

– Il n'y a rien de cassé, maître d'armes, tout va bien, affirma-t-il en ramassant les sabres.

Tout en les rangeant adroitement dans un râtelier en bois, il me regarda d'un air pensif.

– Ils doivent être chargés d'une énergie très ancienne, dit-il sur un ton énigmatique.

J'ouvris la bouche pour déclarer que je n'en voulais pas, mais il s'était déjà incliné et avait disparu dans les ténèbres de son domaine.

En retournant ensuite à l'école, je m'étais demandé qui pouvait avoir imprégné ces armes d'un sentiment aussi violent. L'art des Yeux du dragon consistait notamment à rendre des objets capables d'absorber ou de repousser l'énergie. Certains se chargeaient de la bonne énergie qui nous entoure – le *lin hua* –, d'autres détournaient l'énergie mauvaise – le *gan hua* –, de façon que la circulation de la chance soit favorisée et maîtrisée. Toutefois je n'avais jamais entendu parler d'un objet irradiant la fureur. Quelle que fût l'origine de ce phénomène, je n'avais guère envie de toucher de nouveau ces sabres.

Je suivis mon maître et Van jusqu'à une porte voûtée s'ouvrant près de la rampe. La silhouette trapue d'Heuris Groven obstrua l'entrée un instant, puis se dirigea gauchement vers la salle principale. Dillon se traîna derrière lui avec deux énormes sabres. Ses yeux étaient assombris de cernes bleuâtres et la faim rendait son visage blafard. Avais-je l'air aussi épuisée que lui ? En tout cas, j'avais l'impression que le moindre choc me casserait comme une branche gelée par l'hiver.

– Alors c'est vrai ? Tu ne feras pas la figure dragon Miroir ? me demanda-t-il en me croisant.

Je hochai la tête. Aussitôt, son visage s'éclaira : il était soulagé. Ma gorge se serra et je le regardai avec incrédulité. Il n'était pas soulagé pour moi, mais pour lui-même. Je n'étais plus vraiment en course pour conquérir les faveurs du dragon Rat.

Il m'était impossible de le blâmer. La peur nous enlevait toute générosité.

L'arsenal de l'arène était une petite pièce évoquant une grotte et dominée par un râtelier de bois prévu pour quarante-huit sabres, lesquels reposaient sur un rembourrage de cuir fin. Il n'abritait plus que deux paires – la mienne et celle de Baret. J'aperçus à côté le vieux soldat qui m'avait équipée. Il sortit promptement mes sabres et me tendit leurs poignées.

– Allez, mon garçon, dit-il sans faire attention au grognement désapprobateur de Van.

J'hésitai. Les dents serrées, je refermai de nouveau mes mains sur les gardes. Je sentis un faible goût métallique, mais pas de colère. Il me sembla plutôt qu'un pouvoir d'une autre sorte était aux aguets, pareil à cet intervalle de silence chargé d'attente entre deux respirations.

– C'est moins pénible cette fois, non ? demanda le soldat.

– Comment le savez-vous ? chuchotai-je.

Il sourit et sa peau se tendit autour de sa balafre.

– Un bon sabre est comme une extension de son maître.

– Soldat, retournez à votre poste, intervint Van, indigné de cette entorse au protocole. Candidat Eon, venez par ici, je vous prie.

Je voulais demander au vieillard qui avait manié les deux sabres avant moi, mais Van me poussa hors de la petite pièce. Glissant les armes sous mes bras, avec la pointe vers le haut, je suivis mon maître.

Dehors, Heuris Kane et Baret attendaient pour entrer. Adossé au mur, avec son corps athlétique et son visage lisse de patricien, Baret était la vivante image de l'arrogance. Mon maître s'inclina en passant, mais il fut arrêté par la main de Kane sur son bras.

– Brannon, lança celui-ci à voix basse. Je voudrais vous parler.

Il congédia d'un geste le fonctionnaire. Van s'éloigna en hâte.

– Eh bien, Heuris Kane ? dit mon maître avec une politesse glacée qui ne pouvait masquer son antipathie.

Les bras croisés, Baret me sourit d'un air narquois. Ses deux mains mal cachées sous ses manches étaient crispées en un geste de conjuration.

– J'ai entendu dire qu'Eon allait recourir aujourd'hui à une variante de l'enchaînement, déclara Kane en me toisant.

Son regard me mit mal à l'aise. Il clignait des paupières trop souvent, sur un étrange rythme ternaire.

Mon maître inclina la tête.

– Vous avez bien entendu. Il s'agit d'une variante indiquée dans la quatrième chronique de Detra.

Les lèvres minces de Kane esquissèrent un sourire rusé.

– Je suis certain que vos registres dans ce domaine sont irréprochables.

Il battit rapidement des paupières et ses petits yeux se posèrent un instant sur ma jambe infirme.

– Bien sûr, on peut se demander comment sera accueillie une telle modification de l'enchaînement qui honore à la fois l'empereur et le dragon disparu.

– Le Conseil a confirmé le précédent, se hâta de préciser mon maître.

Kane fit une moue dédaigneuse.

– C'est ce qu'on m'a dit. Mais ce n'est pas le Conseil qui décide en dernier recours dans cette affaire, n'est-ce pas ?

Il s'inclina.

– Je vous souhaite bonne chance, à vous et à Eon.

Il entra dans l'arsenal. En passant près de moi, Baret chuchota :

– Tu n'as aucune chance, Eon-*jah*. Tu n'as pas plus de force qu'une fille.

Avant que j'aie réalisé ce qu'il venait de dire, il disparut dans l'arsenal. Malgré ses sarcasmes, il ne m'avait pas percée à jour. Toutefois son attaque avait porté et il ne restait plus rien de ma fragile assurance.

Van accourut vers nous. Il prononça quelques mots, mais leur sens m'échappa. Je regardai fixement la rangée de garçons agenouillés. C'étaient eux les véritables candidats. J'étais une fille, une infirme, une abomination. Que faisais-je ici ? Mon maître était-il fou ? Comment pouvait-il s'imaginer que je réussirais ? Il se trompait – je n'en étais pas capable. Il fallait tout arrêter, nous en aller sur-le-champ. Avant d'être découverts. Avant d'être tués.

J'agrippai sa robe. Mes sabres s'emmêlèrent dans la soie.

– Maître, nous devons…

Sa main s'abattit sur mon épaule, avec tant de force qu'il me sembla qu'il allait la broyer.

– Je vais maintenant te dire au revoir, Eon, lança-t-il d'un ton sans réplique.

Son pouce s'enfonça dans le creux de mon épaule et je restai paralysée, le souffle coupé.

– Notre avenir est entre tes mains.

Les yeux fixés sur moi, il me secoua légèrement.

– Tu comprends ?

Je hochai la tête. Les contours de la pièce se fondirent en une brume grise.

– Va rejoindre les autres.

Il me repoussa si brutalement que je chancelai. Je n'avais pas le choix. Impossible de revenir en arrière.

Je me dirigeai vers la rangée de candidats agenouillés, les yeux fermés, qui priaient qu'il leur soit donné de servir le dragon Rat. Ma prière serait différente. Je demanderais juste d'avoir une chance de m'enfuir. Devant ma place, je déposai mes sabres sur le sol de pierre. Numéro quatre : le chiffre de la mort. Je me mis gauchement à genoux, sans pouvoir retenir un gémissement qui résonna dans le silence. Ma hanche me faisait déjà mal et elle s'ankyloserait si je restais trop longtemps dans cette position. La tranche de la pièce cachée dans ma tunique me rentrait dans la cuisse, et cette douleur s'unissait à celle irradiant ma hanche et mon épaule. Je sentais que mon maître me regardait encore, mais je ne levai pas les yeux. Je n'avais aucune envie de voir l'expression de son visage.

## Chapitre 4

Nous restâmes agenouillés pendant deux heures. Durant la première heure, je tendis et relâchai consciencieusement mes muscles depuis mes orteils jusqu'au sommet de mon crâne, suivant la technique que mon maître m'avait enseignée pour garder mon corps chaud et souple. Au cours de la seconde heure, le froid menaça de prendre le dessus et de bloquer mes articulations. J'entrepris de serrer et desserrer les poings, en savourant le brusque afflux de sang plus chaud.

Sur ma droite, Quon ne cessait de remuer, le visage tordu par un rictus. De l'autre côté, Lanell faisait monter et redescendre ses mains comme des chenilles sur ses cuisses, non sans froisser la soie.

Soudain, au bout de la rampe, plusieurs voix excitées furent dominées par un cri féroce :

– Laissez-moi passer !

Un groupe de fonctionnaires jaillit de la rampe pour former une barricade grise s'opposant à la progression d'un homme grand et robuste. Un fonctionnaire plus âgé s'avança et le gros rubis indiquant son rang étincela dans la lumière. Il s'inclina profondément.

– N'allez pas plus loin, sire Ido, je vous en prie !

Que faisait sire Ido en ces lieux ? Il était

contraire à la tradition que l'Œil du dragon entre en contact avec les candidats. Je ne l'avais vu que de loin lors de cérémonies officielles, réduit à une silhouette indistincte. Cette fois, il n'était qu'à quelques pas de moi. Les autres candidats s'agitèrent, dérangés par le tapage.

Je plissai les yeux en essayant de mieux voir l'entrée de la rampe baignée d'une clarté éblouissante. La double tresse de l'Œil du dragon était ramenée au sommet de son crâne en un chignon noir et luisant d'onguent. Les traits de son visage m'apparurent brutalement, dessinés par l'ombre et la lumière tandis qu'il approchait : un grand front d'érudit, un nez aussi long que celui des diables étrangers que l'empereur avait admis dans la ville, une petite barbe noire. Mais c'était la puissance menaçante de son corps qui forçait les fonctionnaires à s'écarter devant lui. Sire Ido ne bougeait pas comme un Œil du dragon mais comme un guerrier.

Il avançait majestueusement, en repoussant du bout du bras ses frêles opposants. Chacun de ses mouvements était résolu, sans rien de la prudente économie d'énergie caractérisant les autres Yeux du dragon. Malgré sa tenue traditionnelle d'Ascendant, son corps robuste frappait le regard. Sa jaquette de soie bleu foncé, dont le précieux tissu était presque entièrement recouvert de lourdes broderies d'or, faisait ressortir la largeur de ses épaules et de sa poitrine. Son pantalon à lacets bleu pâle moulait ses jambes musclées. Je baissai les yeux.

– Poussez-vous ! ordonna-t-il. Je veux voir les candidats.

Je me redressai. Je savais que chaque candidat était en train de gonfler sa poitrine et de se grandir le plus possible à l'approche de sire Ido. Le vieux fonctionnaire se précipita devant lui.

– Sire Ido, nous annonça-t-il en tentant de restaurer un semblant de protocole.

À côté de moi, Quon se hâta de s'incliner profondément. Je l'imitai et restai suspendue au-dessus de mes deux sabres, dont l'un reflétait mes yeux affolés et l'autre mes lèvres exsangues.

– Nos hommages, sire Ido ! psalmodiâmes-nous.

– Asseyez-vous, lança-t-il. Montrez-moi vos visages.

Nous nous assîmes docilement, en baissant les yeux comme il convenait.

Ses chaussures dorées passèrent devant moi. Je me hasardai à lever les yeux, pensant voir son dos. En fait, nos regards se croisèrent et j'aperçus l'étrange couleur d'ambre pâle de ses iris.

– Qui es-tu, petit ?

– Eon, seigneur.

Il m'observa un instant. J'avais l'impression d'être exposée, nue et sans défense, à la brûlure du soleil.

– L'estropié de Brannon, dit-il enfin. Tu devrais avoir honte. Tu prives de sa chance un garçon valide.

J'entendis le souffle des autres candidats s'accélérer. Quant à moi, j'avais la respiration coupée, comme si on m'avait assené un coup en pleine poitrine. Même si je conquérais les faveurs du dragon Rat, sire Ido ne m'accepterait jamais comme son apprenti. Je me recroquevillai pour offrir moins de prise à ses attaques, mais il en avait fini avec moi. Je regardai ses pieds s'éloigner lentement avant de s'arrêter devant Baret, qui était en dixième position.

– Tu es le candidat de Kane ? demanda-t-il.

– Oui, seigneur, répondit Baret.

Nous fûmes arrachés à notre contemplation docile par un cri d'indignation et le bruit de pas traînants. Quon se pencha pour regarder au bout de la rangée. Après un instant d'hésitation, je me dressai sur mes genoux et tendis le cou par-dessus Lanell.

Le vieux fonctionnaire tirait sur le bras de sire Ido afin de le forcer à desserrer les mains autour de la tête de Baret.

– Vous allez trop loin, sire Ido ! s'écria-t-il.

– Allez-vous-en, imbécile ! rétorqua-t-il en se dégageant brutalement. Vous êtes responsable devant moi, maintenant.

– Non, le Conseil est encore présidé par sire Grieg, répliqua le vieillard en s'accrochant à son bras. Vous ne devez pas influencer la cérémonie.

La main libre de sire Ido se leva et s'abattit sur le fonctionnaire, qui s'effondra à quatre pattes, la joue déchirée. Il secoua la tête et du sang vola dans l'air comme de l'eau quand un chien s'ébroue. Sire Ido menaça du regard les fonctionnaires inférieurs massés derrière leur collègue.

– Sire Grieg s'est retiré en ma faveur hier soir. Je suis l'Ascendant et c'est moi qui préside le Conseil. Quelqu'un a-t-il une objection ?

L'un après l'autre, les fonctionnaires s'inclinèrent humblement. Sire Ido poussa un grognement et désigna de la tête le vieillard prostré.

– Emmenez-le.

Deux hommes accoururent et aidèrent le vieux fonctionnaire à se lever. Sire Ido se tourna de nouveau vers nous.

– Mettez-vous en rang, ordonna-t-il.

Nous reprîmes péniblement nos positions, mais notre rangée resta légèrement incurvée car chacun bougeait pour observer sire Ido. Il retourna auprès de Baret et posa les mains autour de sa tête, en joignant les pouces sur son front. Que faisait-il ? Les fonctionnaires se mirent à chuchoter avec anxiété. Sire Ido prit une profonde inspiration et sembla se soulever vers le haut, comme s'il tirait de l'énergie du fond de la terre.

Puis je fus violemment rejetée en arrière par le pouvoir qui jaillit de lui.

C'était comme si sa chair était devenue transparente. Je vis les sept points de puissance de son corps palpiter de la base de son épine dorsale au sommet de sa tête. Chacun arborait sa couleur – rouge, orange, jaune, vert, bleu, indigo et violet – et ils étaient reliés entre eux par des flots argentés de *hua* surgissant du sol jusqu'à ses mains avant de s'écouler dans Baret. Au cœur de cette splendeur jaillissante, mon regard intérieur fut attiré par le point cœur dans sa poitrine. Le centre de la compassion. Il paraissait terne, atrophié, et son écoulement de *hua* était faible et irrégulier.

Tout s'arrêta d'un seul coup.

Je m'effondrai en avant en haletant, sous le regard perplexe de Quon et de Lanell. Sire Ido était plié en deux, hors d'haleine, le visage livide. Il leva les yeux et nos regards se croisèrent fugitivement. Ses yeux rusés s'agrandirent quand il découvrit que j'avais ressenti son pouvoir. Puis il fut distrait par l'arrivée de deux hommes au bout de la rampe.

Quon m'attrapa par l'épaule. Ses ongles s'enfoncèrent dans la soie.

– Que lui a-t-il fait ? souffla-t-il.

Nous regardâmes tous deux Baret qui se balançait en gémissant, la tête serrée dans ses mains.

– Qu'est-ce que tu as vu ?

– Il a imprégné Baret de son propre *hua*.

Quon me lâcha.

– Ce n'est pas autorisé. C'est contraire aux règles.

Il se tourna vers les fonctionnaires, mais ils étaient tous agenouillés, les yeux baissés. Son corps s'affaissa.

– Nous n'avons aucune chance, dit-il d'une voix accablée. Il triche.

Quon avait raison. Après avoir imprégné Baret de son propre pouvoir, sire Ido était à peu près assuré qu'il serait choisi par le dragon Rat. Heuris Kane allait encaisser la prime et les vingt pour cent, et mon maître serait ruiné. Je sentis moi-même tout espoir m'abandonner. Par son acte audacieux, sire Ido s'était acquis l'appui de Kane, de Baret et de leurs familles influentes tout en affirmant son autorité sur le Conseil et en intimidant les autres candidats. Je ne m'étonnais plus que mon maître l'ait qualifié de perfide. L'efficacité impitoyable de sa tactique me fit frissonner mais, au moins, je ne pleurais pas, comme Quon.

Sire Ido se redressa. Son corps et sa respiration étaient redevenus normaux. Il jeta un regard à Baret.

– Tiens-toi tranquille ! lança-t-il.

Aussitôt, Baret cessa de se balancer. Quand il leva la tête, il ne put retenir un gémissement de douleur.

– Lors de sa dernière séance, le Conseil des Yeux du dragon a estimé que la cérémonie s'était trop éloignée des traditions de nos vénérables ancêtres, déclara sire Ido.

À son ton, il était clair que l'idée venait de lui et que le Conseil n'avait fait que suivre. Il commença à longer notre rangée d'un pas lent.

– Il a été décidé qu'on allait procéder de nouveau à un combat rituel au lieu d'une simple démonstration.

Il me fallut un moment pour comprendre le sens de ses paroles. Un combat rituel ? Il faudrait donc que je me batte avec quelqu'un ? La terreur glaça mon corps.

– Vous ne pouvez pas faire ça ! sanglota Quon à qui le désespoir enlevait toute prudence. Nous n'avons pas été entraînés pour combattre.

Sire Ido bondit.

– Tu n'es qu'un lâche doublé d'un pleurnicheur ! gronda-t-il. Tu n'es pas digne du dragon Rat.

Quon se prosterna avec tant de hâte que son front heurta violemment le sol. Sire Ido l'observa un instant puis se remit à marcher devant nous.

– D'après un texte historique bien connu, l'Œil du dragon ascendant peut en appeler au combat rituel si le Conseil est d'accord.

Ses yeux parcoururent notre rangée avant de se poser sur moi.

– Cette antique variante est mentionnée dans les chroniques de Detra.

Je détournai mon regard de son sourire narquois.

Il fit signe aux deux hommes immobiles sur la rampe. Bien qu'ils fussent vêtus d'une armure de la tête aux pieds, je reconnus le plus trapu des deux à sa démarche arrogante. Ranne. Une peur familière me tordit le ventre. Allions-nous nous battre contre Ranne ? Alors qu'il était un maître ? Soudain, tout me parut d'une logique implacable. Baret était le favori de Ranne – sire Ido ne laissait rien au hasard.

– On m'a dit que vous vous étiez tous entraînés avec les maîtres d'armes Ranne et Jin-pa, déclara-t-il tandis qu'ils approchaient et s'inclinaient. Ils partageront l'honneur de combattre contre vous pour le plaisir du dragon Rat et de notre très céleste empereur.

Ranne se retourna pour nous regarder, le poing sur la hanche. Au lieu de la tenue de cuir qu'il portait pour l'entraînement, il arborait une armure de fer et un casque bordé d'une cotte de mailles afin de protéger le cou. Sur son plastron brillant, on avait gravé le caractère du mot « vaillance ».

– Ce combat comprendra les mêmes figures que celles que nous avons étudiées toute l'année, annonça-t-il. Toutefois, elles ne s'enchaîneront pas suivant l'ordre d'ascendance, mais au hasard. C'est bien compris ? Le maître d'armes Jin-pa et moi-même pourrons commencer avec les figures du Rat, du Bœuf ou du Cheval. Ce sera différent avec chacun d'entre vous. Nous recourrons aux douze enchaînements, mais sans suivre l'ordre d'ascendance. Ce sera une bonne façon de tester vos réflexes et votre faculté d'anticipation.

Des murmures angoissés s'élevèrent dans notre

rangée. La plus grande partie de notre entraînement avait visé à une démonstration des figures selon un ordre strict. Rien à voir avec un combat au déroulement aléatoire.

Jin-pa s'avança à côté de Ranne. Son plastron portait le caractère du mot « devoir ». Je n'avais travaillé qu'une fois avec cet homme équitable, qui m'avait montré comment donner un coup de pied avec ma jambe infirme. Il retira son casque et le garda sous son bras. Le rembourrage avait laissé des marques sur son visage allongé, lui donnant l'air d'une tête de mort à l'expression bienveillante.

– Mes enfants, ne soyez pas inquiets, dit-il d'un ton rassurant. Les enchaînements n'ont pas de secrets pour vous. Il ne vous reste plus qu'à vous fier à votre entraînement et à laisser vos mouvements jaillir de votre *hua*. Les règles du combat rituel ne diffèrent en rien de celles de l'entraînement. On ne peut frapper qu'avec la poignée ou le plat de la lame. Et souvenez-vous qu'il s'agit de montrer votre technique et votre endurance. Essayez avant tout de reconnaître les figures et…

Ranne s'impatientait.

– Ils sont aussi préparés que possible, l'interrompit-il sans prendre garde au regard mécontent de Jin-pa. À présent, il est temps pour eux de relever le défi et d'honorer leurs maîtres et leurs ancêtres.

– Bien dit, maître d'armes Ranne ! s'exclama sire Ido en faisant signe à Jin-pa de s'éloigner. Combattrez-vous les candidats pairs ou impairs ?

Ranne observa notre rangée comme s'il réfléchissait. À travers les fentes de son casque, je vis son regard se poser sur Baret. À quel moment de notre entraînement sire Ido avait-il tramé tout ceci ?

– Les pairs, dit Ranne.

Je déglutis péniblement. Numéro quatre – le chiffre de la mort. Ranne me l'avait-il choisi en sachant que je serais à sa merci ? Sire Ido se tourna vers nous.

– Les candidats aux numéros pairs combattront avec le maître d'armes Ranne. Les impairs passeront avec le maître d'armes Jin-pa. Est-ce clair ?

– Oui, sire Ido ! psalmodiâmes-nous docilement.

J'entendis la voix de Quon se briser tant il était soulagé. Des tambours et des trompettes retentirent au loin. Les fonctionnaires de haut rang se hâtèrent aussitôt vers la rampe. J'échangeai un regard entendu avec Quon : l'empereur avait commencé son bref voyage du palais à l'arène. Nous n'avions plus beaucoup de temps devant nous.

L'année précédente, je me trouvais dans la foule contemplant le long cortège qui escortait Sa Majesté impériale jusqu'à la cérémonie. Ce spectacle enchanteur était encore tout frais dans ma mémoire. Je savais qu'en cet instant même le large boulevard était couvert de joueurs de tambour et de trompette exécutant une marche composée spécialement pour l'occasion. Ils seraient suivis de soldats en armure, munis de masses ou de sabres, et de lanciers ayant fixé à leurs armes des drapeaux de soie flottant au vent. Après eux viendraient douze cavaliers aux montures noires, chevauchant trois par trois et portant les immenses bannières des dragons. D'innombrables eunuques s'avanceraient ensuite, vêtus de la livrée bleu foncé de la maison impériale et tenant chacun un encensoir qui embaumait l'air. Derrière eux, cent porteurs de lanternes balanceraient leurs lampes sculptées au bout de longs bâtons dorés. Ils précédaient les jeunes nobles actuellement en faveur, magnifiquement vêtus, dont les mélopées invoquaient le souverain en rappelant la fidélité de leur famille. La foule tomberait à genoux dans la poussière tourbillonnante quand le prince héritier, le beau Kygo, passerait à cheval. Puis ce serait au tour de l'empereur de passer, grave et majestueux sur son étalon blanc harnaché d'or et de perles, avec autour de lui cent gardes impériaux en formation serrée, armés chacun de deux redoutables épées dentelées qu'ils tenaient croisées pour la parade.

Il faudrait au moins une demi-heure à l'empereur pour pénétrer dans l'arène et monter sur le trône installé au-dessus du miroir voilé du dragon Disparu. Une autre demi-heure s'écoulerait avant le début de la cérémonie. J'avais donc une heure avant de m'incliner devant le Maître Céleste et d'affronter les sabres de Ranne.

Soudain, je me souvins de l'enchaînement dragon Miroir. Ranne savait-il que j'étais autorisée à le remplacer par la Deuxième Figure inversée dragon Cheval ? Un fonctionnaire arborant l'insigne du rubis courut vers sire Ido et s'agenouilla sur un genou pour lui communiquer son message. Il fallait que je voie Ranne, que je lui fasse comprendre que je n'avais pas à exécuter le même enchaînement que les autres.

Sire Ido fit un signe de tête au fonctionnaire. Une impatience allègre se peignit sur son visage de prédateur.

– Candidats, rejoignez vos assistants officiels

et écoutez attentivement leurs instructions, proclama-t-il. Vous avez un peu de temps pour vous préparer avant d'être appelés par les maîtres d'armes Ranne et Jin-pa. Je vous souhaite à tous bonne chance.

Il jeta un dernier regard inquisiteur sur notre rangée puis se dirigea à grands pas vers la rampe. Comme s'ils avaient reçu un signal, les douze assistants se hâtèrent vers nous avec un bel ensemble, non sans s'incliner comme des épis de blé courbés par le vent en passant devant l'Œil du dragon. Van s'arrêta devant moi et s'accroupit en inclinant brièvement la tête.

– Veuillez venir par ici, candidat Eon, dit-il. Souhaitez-vous boire maintenant ou plus tard ?

Je me hissai péniblement sur mes jambes, en sentant chacun de mes muscles se révolter.

– Il faut que je parle au maître d'armes Ranne, déclarai-je.

Van se leva avec grâce et brossa sa longue robe grise.

– J'ai le devoir de m'assurer que vous connaissez le protocole impérial, annonça-t-il. Après quoi, vous aurez du temps pour vous préparer à la cérémonie. Souhaitez-vous boire maintenant ou plus tard ?

– Je vous en prie, il faut absolument que je lui parle, l'implorai-je en observant la salle.

Dillon, Quon et Baret attendaient pour boire de l'eau d'un énorme tonneau tandis que les autres candidats suivaient leurs assistants vers les zones d'entraînement. Jin-pa avait une conversation sérieuse avec le fonctionnaire au rubis. Ranne était invisible.

– C'est indispensable, insistai-je. Cela concerne la cérémonie.

– Le maître d'armes a accompagné sire Ido dans l'arène, répliqua Van d'un ton négligent. Je ne pense pas qu'il vous sera possible de lui parler avant la cérémonie.

Les dernières journées m'avaient épuisée. Chancelante, je pressai mes mains sur mes yeux. Ranne était sûrement au courant de mon changement d'enchaînement.

– Et mon maître ? Pourrais-je lui parler ?

– Il n'a pas le droit de revenir, dit Van.

Je poussai un gémissement. Les doigts légers de Van effleurèrent mon bras.

– Le maître d'armes Jin-pa serait-il en mesure de vous aider ?

Surprise par sa compassion courtoise, je levai les yeux.

– Oui, je pourrais lui parler.

– Restez ici.

Van se dirigea vers Jin-pa et attendit qu'il ait terminé sa conversation avec le haut fonctionnaire. Je ramassai en hâte mes sabres et les mis sous mon bras, la pointe vers le haut. Je ne voulais pas que Jin-pa pense que je ne prenais pas soin de mes armes. Après s'être incliné, Van transmit ma requête, en haussant les épaules avec élégance pour exprimer sa perplexité. Le maître d'armes me fit signe d'approcher.

Je les rejoignis précipitamment. Mes pas étaient raides et embarrassés.

– Que se passe-t-il, mon garçon ? demanda Jin-pa tandis que je m'inclinais devant lui.

– Maître d'armes, j'ai été autorisé par le Conseil

à remplacer l'enchaînement dragon Miroir par la Deuxième Figure inversée dragon Cheval, lançai-je d'une voix essoufflée. À cause de ma jambe. Je dois combattre avec le maître d'armes Ranne. Est-il au courant, messire ?

Jin-pa hocha la tête.

– Sois tranquille, Eon. Ranne et moi-même savons que tu es dispensé de l'enchaînement habituel.

Je me détendis un peu, mais ses paroles suivantes réveillèrent toute mon angoisse :

– Sire Ido nous en a informés ce matin. À présent, va boire. Il fera très chaud dans l'arène.

Il me congédia d'un signe de tête. Je suivis Van jusqu'au tonneau d'eau. Mon malaise grandissait à chaque pas. Même si Ranne connaissait ma dispense, en tiendrait-il compte ?

Durant l'heure qui suivit, je bus de l'eau, m'inclinai sans relâche devant un empereur imaginaire sous l'œil critique de Van et répétai les figures jusqu'au moment où mes membres glacés retrouvèrent leur souplesse. Les minutes s'écoulaient certainement comme d'ordinaire, mais j'avais l'impression qu'elles se précipitaient à toute allure vers l'instant où nous serions appelés dans l'arène.

Et cet instant finit par venir.

– Candidats, brailla Ranne au bout de la rampe, mettez-vous en position !

Il y eut un bref silence, puis des trompettes lointaines annoncèrent l'arrivée de l'empereur.

– Vous avez retenu l'ordre des événements ? me demanda Van en hâte tout en m'escortant vers la rampe. Vous commencerez par vous incliner tous devant le Seigneur éternel, puis vous vous agenouillerez au pied du miroir du dragon Disparu et attendrez d'être annoncé par le Héraut impérial.

J'acquiesçai de la tête.

– Et comptez jusqu'à dix en vous inclinant !

Il me poussa à ma place dans la colonne derrière Ranne.

– Et ne levez pas les yeux !

– C'est promis.

Nous nous saluâmes brièvement.

– Merci, Van.

Il tapota mon bras avant de s'éclipser.

– Bonne chance, Eon.

De l'autre côté, dans la colonne de Jin-pa, Dillon me sourit d'un air gêné. Malgré l'amertume de sa trahison, je lui rendis son sourire. Même si l'on nous dressait les uns contre les autres, la vraie menace venait de sire Ido.

Je jetai un coup d'œil à Baret. Son corps semblait étrangement mou et il avait encore les yeux vitreux. Des rides de souffrance creusaient son front. La soie rouge sur sa gorge était sombre – sans doute avait-on plongé son visage dans le tonneau d'eau. Il avait l'air exténué. Sire Ido aurait-il commis une erreur ? À moins qu'il ne connût l'effet de son pouvoir et n'ait chargé Ranne de ménager Baret durant la cérémonie ?

– Saluez avec vos armes ! commanda Jin-pa.

Je croisai mes sabres devant ma poitrine. Du fait de notre nombre, le sifflement des lames fines fendant l'air était assourdissant. Un fonctionnaire portant une ceinture rouge sur ses vêtements gris émergea de la rampe. Il s'inclina devant Ranne et Jin-pa.

– Il est temps, déclara-t-il.

Une nouvelle fanfare retentit au loin. Puis Ranne aboya un ordre. Des corps se mirent en mouvement autour de moi. Je suivis, incapable de penser à autre chose qu'à marcher. Mes pieds se conformèrent machinalement au rythme enseigné par des heures d'entraînement. Chaque pas me rapprochait de la rampe. L'air se faisait plus chaud, la lumière plus brillante, les trompettes plus éclatantes.

En sortant de l'ombre fraîche, je plissai les yeux sous les rayons éblouissants du soleil matinal. Nous avions pénétré dans un vaste cercle de sable blanc, qu'entouraient douze énormes miroirs tournés vers l'intérieur. Leurs lourds cadres d'or s'ornaient des sculptures des douze animaux symboliques et d'incrustations de jade et de pierres précieuses. Tous les miroirs étaient sombres, comme éteints, sauf celui du dragon Rat. Ce dernier reflétait d'innombrables rangées de spectateurs, dont les vêtements indiquaient le rang par leur étoffe et leurs couleurs. J'aperçus les soies somptueuses des nobles assis dans les premiers rangs, les broderies d'or des onze Yeux du dragon trônant chacun au-dessus de son miroir, les groupes de fonctionnaires vêtus de gris, les cotonnades multicolores et les toiles plus ternes des marchands de la ville et des ouvriers juchés sur les gradins du haut. Ces milliers d'hommes nous regardèrent nous avancer vers le trône de l'empereur. La rumeur de la foule accompagnait le roulement des tambours et l'appel strident des trompettes. Quand nous passâmes devant le miroir du dragon Rat, il s'illumina au soleil et nous aveugla. Il était surmonté d'un rat d'or aux yeux de rubis.

Au-dessus de lui, sire Ido était assis, silhouette brillante et imposante au milieu des robes grises des maîtres de cérémonie. Même d'en bas, je sentais son pouvoir – ou peut-être était-ce le miroir.

Ma tunique collait à mon dos en sueur. Ranne cria un ordre et nous nous immobilisâmes devant l'empereur habillé en jaune, couleur de la dynastie, et trônant au-dessus du miroir assombri du dragon Disparu. Je tombai à genoux. Le sable me brûlait à travers la soie. La voix de Van résonna dans ma tête : « Comptez jusqu'à dix. Ne levez pas les yeux. Ne regardez pas à la ronde. »

Je me trompai en comptant. Paniquée, je levai les yeux pour savoir où nous en étions. Mon regard fut attiré par le miroir obscur me faisant face. On n'y voyait aucun reflet, rien qu'une surface vide semblant absorber la lumière du jour. À côté de moi, Quon se tendit, prêt à se lever. Je suivis son exemple et me hissai sur mes jambes. L'espace d'un instant, le soleil joua sur l'étendue noire du miroir, qui se déforma et se souleva par une étrange illusion d'optique. Nous nous dirigeâmes vers lui en deux colonnes, afin d'attendre sous sa masse sombre. Un dragon d'or aux écailles de jade ondulait à son sommet, un globe de saphir entre ses griffes ornées de perles. J'observai la glace d'un noir d'encre, mais plus rien ne bougea.

Un nouvel ordre de Ranne. Nous nous tournâmes face à l'arène et tombâmes de nouveau à genoux, en croisant nos sabres pour saluer. Je plissai les yeux pour atténuer l'éclat aveuglant du sable. Il me semblait que mon corps s'était entièrement desséché.

La fanfare retentit encore, cette fois en l'honneur

du Héraut impérial. Il s'agissait en fait de huit hommes, qui apparurent en une colonne impeccable et s'inclinèrent profondément tout en courant vers le centre de l'arène. La foule rugit d'enthousiasme. Identiques par la voix et la stature, ils portaient de courtes tuniques bleues comme un ciel d'été. Après avoir formé un octogone, symbole de l'empire, ils se tournèrent élégamment vers le public. Levant de petits gongs en bronze au-dessus de leur tête, ils firent retentir une note puissante. Les spectateurs se turent aussitôt.

– Le cycle des douze recommence, psalmodièrent-ils en chœur.

Leurs voix se mêlaient à la perfection pour composer comme l'appel puissant d'un unique héraut.

– Au Porc succède le Rat. À l'apprenti succède l'Œil du dragon. Au candidat succède l'apprenti. Le cycle des douze recommence.

L'assistance trépigna et siffla pour manifester son approbation. Les huit hommes levèrent de nouveau les gongs pour faire sonner une autre note, qui résonna de miroir en miroir et réduisit d'un coup la foule au silence.

– Le dragon Rat cherche un nouvel apprenti. Douze candidats attendent de montrer leur valeur. Avec l'accord de Sa Majesté impériale et sur l'ordre du Conseil des Yeux du dragon, la valeur du candidat ne sera pas révélée par une démonstration, lors de ce cycle. Elle sera le fruit d'un combat !

Pendant un instant, il n'y eut aucune réaction. Puis le public se mit à hurler et à piétiner les planches. On aurait cru le déchaînement des dieux de l'Orage. D'un seul coup, le spectacle devenait nettement plus excitant.

Je léchai mes lèvres sèches. Mon maître se trouvait quelque part parmi les Heuris assis derrière sire Ido. Je tentai de le découvrir dans les deux rangées de silhouettes sombres, dont le silence stupéfait contrastait avec le tapage de la foule. Puis je le vis bouger. Il redressa les épaules en un mouvement familier, comme pour défier un destin inexorable.

Le gong retentit de nouveau.

– Candidat Hannon, approchez des miroirs ! psalmodia le Héraut impérial. Affrontez le maître d'armes Jin-pa et montrez votre valeur au dragon Rat.

Les spectateurs applaudirent et crièrent tandis que les huit hommes reformaient une colonne avec grâce et couraient au bord de l'arène.

Même si nous étions tous à genoux, figés dans notre salut, nous changeâmes imperceptiblement de position quand Jin-pa et Hannon se dirigèrent vers l'arène du combat. C'était pour nous l'occasion d'observer la compétition, de rassembler des informations et d'évaluer nos chances. J'enfonçai mon genou gauche plus profondément dans le sable et en profitai pour me pencher afin de mieux voir. En modifiant ainsi mon équilibre, je me rendis compte que ma hanche ne me faisait plus souffrir.

Au centre de l'arène, Jin-pa et Hannon s'inclinèrent devant le miroir du dragon Rat puis se saluèrent mutuellement par-dessus les poignées de leurs sabres, conformément au code de politesse des combattants. La foule se tut et attendit. Hannon se mit en position de départ en se tournant de côté vers Jin-pa. Il s'appuya sur sa jambe arrière et tendit un sabre en avant tout en brandissant l'autre au-dessus de sa tête. Jin-pa prit la même position puis, abaissant ses sabres par une simple torsion de ses poignets, dessina deux huit fulgurants. L'enchaînement dragon Bœuf. Hannon le reconnut et commença la première figure, la plus facile des trois. Il déjoua la garde de son adversaire par un coup tournoyant impeccable, mais Jin-pa le contra aisément avec les poignées croisées de ses sabres.

Hannon dégagea son arme et recula d'un bond tandis que Jin-pa passait à la Deuxième Figure du Bœuf : l'attaque. Il s'élança en faisant tournoyer ses sabres en direction de la tête d'Hannon. Tout l'art du Bœuf était de dresser une solide muraille de lames capable de repousser l'adversaire et de le déséquilibrer. Hannon devait maintenant contrer avec son sabre droit tout en abattant son sabre gauche du côté mal protégé du ventre. Il réussit à contrer, mais son coup bas fut trop impétueux si bien qu'il fut entraîné par le poids de son arme et se retrouva sur le mauvais pied pour commencer la troisième figure, la plus difficile. Profitant de son équilibre précaire, Jin-pa lui assena un coup qu'Hannon ne para qu'à grand-peine, en inclinant incorrectement la lame. Il sembla se reprendre et attaqua par le bas avec une énergie désespérée, mais le maître d'armes riposta avec un coup à la tête qui réussit si bien que le plat de son sabre heurta violemment la pommette d'Hannon, avec un craquement évoquant la glace se brisant sur un fleuve gelé. Le candidat secoua la tête et la foule frémit. Les commentaires excités des spectateurs semblaient comme les sifflements s'élevant d'un nid de serpents.

Tout alla ensuite de mal en pis. Hannon peinait à suivre le rythme de Jin-pa, bien que celui-ci s'arrangeât pour ralentir chaque figure et atténuer ses coups. Je ne pus m'empêcher de tressaillir en voyant le plat de la lame du maître d'armes s'abattre sans relâche sur le corps d'Hannon. Où était la faute ? Hannon exécutait l'enchaînement d'approche aussi brillamment que Baret. Il connaissait chaque figure à la perfection et avait passé des heures à améliorer le moindre mouvement. Était-ce justement le problème ? Ayant appris mécaniquement, se pouvait-il qu'il fût incapable d'adapter sa technique à un adversaire ?

Dans la figure finale, il parvint à retrouver sa maîtrise. Se laissant tomber à quatre pattes, il donna un coup de pied en arrière qui repoussa le sabre gauche de Jin-pa, après quoi il se tourna, fit un moulinet avec son sabre droit et faillit déjouer la garde du maître d'armes pris de court. C'était un honorable « coup de fouet du dragon Miroir », la figure que je ne pouvais réaliser. Je levai les yeux vers Ranne. Il roulait des épaules pour s'échauffer en vue du combat suivant. Tiendrait-il compte de ma dispense ?

Jin-pa et Hannon s'inclinèrent l'un devant l'autre, puis à l'adresse de sire Ido. Ils quittèrent le cercle de sable, accompagnés par les trépignements et les hurlements enthousiastes du public. Hannon s'inclina en tremblant devant l'empereur avant de reprendre sa place parmi les candidats. Ses mouvements lents trahissaient sa fatigue et son accablement. Quand il tomba à genoux, je vis des larmes couler sur sa joue meurtrie. Impatiente de se divertir encore, la foule psalmodiait l'appel du héraut pour le prochain candidat. On aurait dit les hurlements de chiens assoiffés de sang.

Le Héraut impérial imposa le silence d'un coup de gong, puis appela le candidat Callan et le maître d'armes Ranne.

– Bonne chance, chuchotai-je à Callan qui était juste à côté de moi.

Mais il ne parut pas m'entendre. La terreur semblait le paralyser.

Quand il fut au centre, je pus voir clairement l'arène où Ranne se déchaînait. Il n'était pas question de ralentir imperceptiblement le rythme ou d'atténuer la violence des coups de lame. Callan en reçut une telle volée que je craignis qu'il ne s'effondre pour ne plus se relever. Son Heuris s'était levé de son siège, et seuls les efforts de ses voisins l'empêchaient de bondir par-dessus le miroir du dragon Rat pour se précipiter vers son candidat. Assis dans une pose indolente, sire Ido buvait du vin au milieu des fonctionnaires raidis dans une désapprobation silencieuse. Je fus soulagée de voir Callan rejoindre notre rangée en chancelant. Il s'agenouilla, la tête penchée sur ses sabres, le souffle court.

On appela Quon. Mon tour n'allait pas tarder.

Quon exécuta les premiers mouvements de l'enchaînement dragon Cheval avec aisance. Il continua en réalisant une défense impeccable. Je plissai les yeux pour tenter de distinguer les visages des deux silhouettes tournoyant à toute allure. Jin-pa annonçait-il les figures à Quon ? C'était difficile à dire, car le casque empêchait de bien voir. La foule salua par des acclamations l'adresse avec laquelle Quon se sortait du délicat mouvement bas de défense de la Troisième Figure dragon Singe pour enchaîner sur les attaques en direction du cou constituant la phase offensive de la figure. Sa prestation était remarquable. Quand il eut terminé, un tonnerre d'applaudissements ébranla les miroirs obscurs des dragons fixés aux parois de pierre. Comme il s'inclinait avec Jin-pa devant l'empereur, je vis qu'il souriait joyeusement. Ses ancêtres devaient avoir entendu ses prières.

Les huit messagers du Héraut impérial retournèrent au centre de l'arène. Leur coup de gong résonna comme un glas.

– Candidat Eon, approchez des miroirs, psalmodièrent-ils. Affrontez le maître d'armes Ranne et montrez votre valeur au dragon Rat.

Les rares acclamations s'accompagnèrent d'un mouvement général de curiosité. C'était au tour de l'estropié ! Je me levai, heureuse d'avoir le ventre vide car je me sentais au bord de la nausée. Un premier pas hésitant – ma hanche ne me faisait toujours pas mal. Peut-être la chaleur du sable l'avait-elle soulagée. J'adressai une prière silencieuse à Charra et Kinra, mes ancêtres, afin qu'elles m'accordent force, adresse et résistance – tout ce qui me manquait. Je fis tourner mes sabres pour les mettre en place sous mes bras. Le regard fixé sur la surface de sable labourée au centre du cercle, je me dis que je finirais bien par y arriver. À côté de moi, Ranne marchait au même pas que moi, mais je ne levai pas les yeux. J'avançai posément. Le silence régnait sur l'arène. Personne ne trépignait, ne criait. Dans cette atmosphère chargée d'impatience, chacun attendait d'assister au massacre de la proie.

Ranne devrait certainement tenir compte de la dispense accordée par le Conseil.

– Maître d'armes, j'ai…

– Silence !

L'espace d'un instant, l'arène disparut à mes yeux affolés. Je trébuchai, mais mon attention fut soudain attirée par l'éclat des pierres de lune et du jade sur les poignées de mon sabre. Chaque gemme semblait illuminée de l'intérieur et entraînait mon regard dans ses profondeurs translucides. Je sentis déferler en moi une vague de pouvoir, s'élevant de l'acier et de l'argent. Une vie entière de combats. Une connaissance ancienne.

Mon esprit s'emplit d'une détermination sans faille.

« Tourne le dos au soleil, que ton adversaire l'ait dans les yeux. Répartis ton poids de façon homogène. Ne croise jamais les pieds. Observe le terrain en essayant d'avoir l'avantage. Ouvre ta main pour permettre à ton *hua* de circuler. Referme-la et bloque le *hua* pour faire un poing-marteau. »

Je baissai les yeux sur ma main serrée. Mais on ne nous avait jamais appris la technique du poing-marteau.

Ranne pénétra dans la zone de combat et se tourna face au miroir du dragon Rat. Je le suivis et restai un instant saisie en m'apercevant tout entière dans la glace, avec mes jambes bancales, mon ossature délicate, mon visage rond et lisse d'enfant. Tous ces hommes voyaient-ils devant eux un garçon-fille ? Une Ombre de Lune ? Chacun savait que les os et les muscles virils cédaient la place à de douces courbes sous l'effet de la castration. Oui, cette créature dans le miroir ferait illusion. Malgré tout, j'avais de la chance que la plupart des gens évitassent de regarder un infirme.

Sauf quand il combattait un maître d'armes.

À côté de moi, Ranne s'inclina. Je me hâtai de l'imiter. Nos reflets révélaient l'absurdité d'opposer mon corps frêle à ce géant en armure. Au-dessus du miroir, sire Ido se pencha en avant, dans une attitude qui n'avait plus rien d'indolent. En observant les rangées derrière lui, je découvris mon maître. Assis très droit, son visage pâle et indistinct était tourné vers moi.

– Préparez-vous, lança Ranne en se mettant en position avec le soleil dans son dos.

Il fit tournoyer ses sabres autour de lui en une démonstration vertigineuse, puis abaissa les pointes pour saluer. Je gardai mes sabres sous mes bras et m'avançai péniblement dans le petit cercle de sable, jusqu'au moment où j'eus le soleil sur ma droite. Au moins, Ranne n'aurait pas l'avantage de la lumière. Le sol du centre avait été labouré en tous sens, mais il était ferme. En revanche, les bords du cercle seraient dangereusement mous.

– Maître d'armes, dis-je en regardant ses yeux se plisser derrière les fentes du casque. J'ai été dispensé par le Conseil de...

– Je suis au courant, Eon-*jah*, lança-t-il sèchement. Remets-toi en position.

– Mais je suis en position, maître d'armes, répliquai-je d'une voix haletante.

– Au moins, je t'aurai appris quelque chose, grogna-t-il.

Il se plaça en face de moi.

– Voyons si mon enseignement a porté d'autres fruits.

Je levai mes sabres pour saluer. Sans nous quitter des yeux, nous nous inclinâmes par-dessus les poignées de nos armes. M'appuyant sur ma jambe valide, je brandis mon sabre droit au-dessus de ma tête et tendis le gauche en direction de la gorge de mon adversaire. Ranne m'imita avec une aisance aussi gracieuse qu'effrayante. Nous restâmes suspendus dans l'attente d'un signe : un clin d'œil, un regard, une brusque respiration.

Ce fut un clin d'œil – un réflexe à l'instant où il leva d'un geste ample son arme tendue pour qu'elle rejoigne l'autre au-dessus de sa tête.

Le dragon Bélier.

Les deux sabres s'abattirent en sifflant vers ma poitrine. Ma parade fut simple : je fis un pas en arrière, me tournai et joignis mes deux sabres devant moi, en inclinant le tranchant vers le bas. Les armes de Ranne heurtèrent les miennes. Sous la violence du choc, mes bras se raidirent douloureusement et mes yeux se troublèrent jusqu'au moment où ses sabres glissèrent le long des miens. Je profitai de son élan pour le faire dévier, malgré la douleur irradiant mes muscles. Il ne faisait rien pour atténuer ses coups. Je dégageai mon sabre gauche en le soulevant. Il ne me restait plus qu'à viser sa gorge, mais le choc du corps à corps m'avait rendue lente. Je manquai ma chance – il avait déjà paré le coup. Reculant d'un pas, j'affermis ma prise. L'espace d'un instant, la rumeur de la foule troubla ma concentration. Ils criaient mon nom ! Encouragée par leurs acclamations, je respirai profondément.

Faisant un pas de côté, je fis tournoyer mes sabres devant moi pour enchaîner avec l'attaque prévue pour la Deuxième Figure dragon Bélier. Ranne se précipita vers moi en brandissant ses sabres au-dessus de sa tête. Au lieu du deuxième bélier, il était passé au troisième Cheval. Je me raidis et levai mes sabres juste à temps. Ses armes heurtèrent les miennes avec une telle force que je fus déportée du côté meuble du cercle. Les poignées de nos armes étaient pressées les unes contre les autres. J'enfonçai mon pied dans le sable pour m'empêcher de glisser. Son visage était à deux doigts du mien et je sentais sur ma peau la chaleur de son haleine fétide.

– Ce n'est pas le Bélier, lançai-je hors d'haleine.

Mon pied commençait à glisser.

– Pardonne-moi cette petite erreur, dit-il.

Il se rapprocha en pesant de tout son poids sur les poignées de mes armes. Mes mains et mes bras commencèrent à trembler. Malgré mes oreilles bourdonnantes, j'entendis la foule couvrir Ranne de huées. Je n'avais pas la force de le repousser. Mes bras allaient céder d'un instant à l'autre et je recevrais un violent coup de coude en plein visage.

« La chute du Rat. »

Ce n'était pas une voix, mais une connaissance au plus profond de mon corps. Tous mes muscles et mes os semblaient savoir ce qu'il fallait faire. Je tombai en arrière en entraînant avec moi mes sabres, que je dégageai par une torsion rapide. Tandis que je heurtais le sable, je vis Ranne rester bouche bée. Je n'étais pas moins étonnée que lui. La foule cria d'excitation : l'estropié résistait.

« La roulade du Serpent. »

Je roulai sur moi-même puis me mis prestement à genoux. Ranne s'était déjà repris et se précipitait sur moi en croisant ses sabres en un mouvement tournoyant. La Troisième Figure dragon Chien. Il n'était plus question de respecter les enchaînements. Il avait choisi la succession d'attaques et de retraites épuisantes du Chien. Je me hissai sur mes jambes et dressai mes sabres, en guettant la faille.

Ma première parade fut maladroite et la lame de mon propre sabre manqua frôler mon visage. La deuxième fut mal dirigée, si bien que ma main se crispa sur la poignée sous la violence du coup. La connaissance profonde s'était dissipée aussi vite qu'elle était venue. Je me mis à haleter. La troisième attaque de Ranne me força à parer en tordant mon poignet en arrière. Son sabre s'abattit avec une telle puissance que je sentis que je lâchais prise, mon poignet tordu ne pouvant plus soutenir la pression. Je souffrais tant que ma vue se brouilla. Pendant un instant, Ranne ne fut qu'une silhouette indistincte. Puis je sentis une secousse terrible qui m'arracha mon sabre gauche. La foule poussa un cri d'horreur.

Je reculai en chancelant, le poignet pressé contre ma poitrine. Au moins, ce n'était pas ma main droite. Ranne s'approchait en levant un sabre tout en préparant une attaque Deuxième Tigre avec la poignée de l'autre arme – qui servirait de gourdin pour assener une série de coups rapides. Je plissai les yeux pour tenter d'y voir clair malgré la douleur. Il me restait une seule arme pour parer. Il allait attaquer par le haut. Je levai mon sabre, prête à protéger ma tête.

« La ruade du Lapin. »

La connaissance venue du fond des temps. Alors que mon esprit luttait pour redresser mon corps, celui-ci se jeta par terre. Ma jambe valide s'élança en avant et atteignit le genou de Ranne de plein fouet. Je sentis qu'il vacillait et s'écroulait sur le sable. Il me jeta un regard fou de colère.

« Le coup de fouet du Dragon. »

Non !

Ranne se pencha pour m'assener un coup de sabre et manqua de peu mon pied. Je reculai précipitamment hors de sa portée, en soulevant un nuage de sable avec mon sabre.

« Le coup de fouet du Dragon. »

Non !

Ma hanche – je ne peux pas…

Ranne enfonça un sabre dans le sol et se hissa sur ses jambes. Puis il fonça sur moi tête baissée, en brandissant ses deux armes. Il n'exécutait même plus de figure, il se contentait de combattre. Je m'agenouillai péniblement. J'étais prise entre la connaissance profonde et mon infirmité.

Mon infirmité l'emporta.

Avant que je puisse lever mon sabre, Ranne abattit le sien vers ma tête. Je bondis en arrière, sentis la lame effleurer mon visage et perdis l'équilibre. C'était sans issue. Je vis une main indistincte, un éclair métallique jaillit dans ma direction. Puis une vague de souffrance m'emporta, éteignant toute lumière, et je sombrai dans les ténèbres.

## *Chapitre 5*

J'ouvris les yeux. Le monde baignait dans une clarté éblouissante, qui ajoutait encore à la souffrance irradiant ma tête. Je fermai mes paupières de toutes mes forces. Des larmes coulaient sur mon nez, ma joue, mouillaient le sable.

– Eon ?

Une voix lointaine, trop lointaine. Je léchai mes lèvres. Sel et poussière.

– Eon.

Une main pressait mon épaule, me secouait. Je battis des paupières, en laissant de nouveau la lumière brûler mes yeux. Je gisais sous le miroir de l'empereur, derrière les deux rangées de candidats.

– Maître ?

Je distinguai son visage. Il fronçait les sourcils. J'avais trahi sa confiance.

– Il faut te lever, Eon.

Je redressai la tête et fus secouée d'un haut-le-cœur.

– Vous ne voulez tout de même pas qu'il se joigne au salut final ?

Une autre voix. Celle d'un vieux fonctionnaire assis près de mon maître. Je vis briller le diamant indiquant son rang.

– Il m'a reconnu, dit mon maître. Il a encore sa raison.

– Je doute qu'il puisse se lever. C'est une situation difficile. Vous êtes en droit d'exiger le renvoi de Ranne.

– Ranne n'est qu'un serviteur, répliqua mon maître. C'est sire Ido qu'il faudrait renvoyer.

– Vous pourriez porter officiellement plainte contre lui.

Le fonctionnaire essayait de garder un ton mesuré, mais je sentais son excitation. Mon maître éclata d'un rire sarcastique.

– Et me sacrifier pour le bien du Conseil ? Je n'en ai aucune intention.

– Il faut que quelqu'un s'oppose aux ambitions d'Ido.

– C'était votre devoir, et vous avez échoué. Il est trop tard maintenant pour le modérer.

Le fonctionnaire croisa les bras.

– Que pouvions-nous faire ? Il a le soutien du Grand Seigneur Sethon.

– À mon avis, c'est l'inverse, murmura mon maître.

Ils se regardèrent en silence.

– Et vous ne comptez pas retirer votre candidat ? demanda enfin le fonctionnaire. Il saluera avec les autres ?

– Oui.

– Dans ce cas, vous feriez mieux de le faire lever. On a déjà appelé le dixième candidat. Il ne reste plus beaucoup de temps.

Se relevant péniblement de son siège de sable, il s'inclina devant mon maître.

– Bonne chance, Heuris Brannon.

Mon maître hocha la tête puis se tourna de nouveau vers moi.

– Je suis désolé, maître, articulai-je d'une voix rauque.

– Allons, bois un peu d'eau.

Il pressa une coupe contre mes lèvres. J'avalai une gorgée d'eau et la laissai humecter mon gosier desséché.

– Je sais que ça va faire mal, mais tu dois te lever, déclara-t-il. Il faut que tu ailles t'incliner devant le dragon Rat.

– Mais je n'ai pas terminé l'enchaînement. Il ne me choisira pas.

Mon maître poussa un grognement.

– Ce n'était pas un enchaînement mais un guet-apens.

Il pencha encore la coupe et je bus une autre gorgée.

– Personne ne sait comment un dragon fait son choix. Nous irons jusqu'au bout.

Glissant ses bras autour de mes épaules, il me fit asseoir. Je sentis sa main lisser mes cheveux en arrière puis soutenir ma nuque. L'arène tourbillonnait sous mes yeux. Je respirai profondément pour apaiser mon souffle, mais ma vision continua de se dédoubler par instants. On aurait cru que deux Baret combattaient deux Ranne au centre de l'arène. Je plissai les yeux en m'efforçant de revenir à une vue normale.

Baret s'en tirait bien. Cela n'avait rien d'étonnant, car Ranne s'en tenait scrupuleusement à l'enchaînement ascendant que nous avions tous appris. Bientôt, Baret serait un apprenti Œil du dragon. Et moi, une fugitive.

Je m'éloignai de mon maître, mais il garda une main sur mon bras.

– Doucement, Eon. Tu as encore un moment de répit avant le salut final.

Aux applaudissements pour la prestation de Baret se mêlèrent des insultes à l'adresse de Ranne. Les yeux fermés, je touchai avec précaution ma tempe gonflée. Comme de très loin, j'entendis le héraut appeler Dillon et Jin-pa. Ma blessure semblait superficielle, mais je suivis lentement la trace de mon *hua* à travers le septième centre de puissance. Ma ligne d'énergie était légèrement endommagée, mais le flot s'écoulait toujours. Rien de grave. Je rouvris les yeux et aperçus une arène double. Je clignai des paupières pour lui rendre son unité.

C'est alors que je vis les dragons.

Accroupis au sommet des miroirs, ils observaient Dillon et Jin-pa combattant sur le sable. Les bêtes n'avaient ni forme ni couleur définies. Tout au plus une légère modification de l'air évoquait-elle des contours, un poids, une silhouette. Seuls leurs yeux paraissaient solides, d'une obscurité insondable, comme des trous percés dans l'étoffe du monde. La foule était inconsciente de leur présence. Même les Yeux du dragon regardaient à travers. Pourquoi ne voyaient-ils pas leurs propres dragons ?

La fin de l'enchaînement fut saluée par une ovation. Je me laissai submerger par le bruit et la chaleur tandis que Dillon s'inclinait devant le miroir. Le dragon Rat baissa sa tête chatoyante pour l'examiner. Dillon sembla un instant se raidir en se redressant. Percevait-il les yeux énormes le contemplant à quelques pas de lui ? Je le regardai retourner à sa place, mais il paraissait simplement épuisé. On appela le candidat suivant. Je fermai les paupières pour échapper à la lumière impitoyable. La rumeur du public se réduisit à un murmure lointain et un bien-être délicieux remplaça la souffrance.

De nouveau, une main me secoua et je fus livrée à la clarté douloureuse. Autour de moi, le public hurlait son enthousiasme.

– Réveille-toi, Eon, dit mon maître. Le dernier candidat a fini. Le salut final approche.

Hébétée par les bruits et les couleurs, je scrutai l'arène. Les dragons avaient disparu – à ma vue, du moins. Mon maître m'aida à me lever.

– Reprends ta place dans la rangée. Je dois retourner à mon siège.

Il me fallut toute la durée de l'enchaînement du dernier candidat pour rejoindre ma place toute proche. Chaque pas me donnait le vertige. Je m'étais à peine agenouillée derrière Quon que le Héraut impérial accourut et forma l'octogone. Son coup de gong fit taire la foule surexcitée.

– Les douze candidats ont montré leur adresse et leur endurance, scanda-t-il. À présent, il est temps de voir le dragon Rat. De voir le nouvel apprenti Œil du dragon.

Le public hurla et trépigna. C'était la seule occasion permettant à un profane d'apercevoir l'une de ces créatures fabuleuses, en regardant son reflet dans le miroir ascendant tandis qu'elle traversait l'arène pour faire son choix avant l'instant glorieux où le nouvel apprenti posait ses mains sur la perle et où le dragon se matérialisait.

Le gong coupa court aux cris d'exultation.

– Assistez au Salut final ! Soyez témoins du moment où un garçon aura l'honneur sans pareil de communier avec le dragon Rat !

Les applaudissements frénétiques couvrirent le son du gong. Le Héraut impérial courut au bord de l'arène et se plaça contre le mur, en attendant d'annoncer enfin le nom de l'apprenti.

Sire Ido émergea de la rampe. Tandis qu'il se dirigeait vers le miroir du dragon Rat, la fanfare des tambours et des trompettes enfla. Le vieux fonctionnaire qui avait parlé avec mon maître s'avança devant nous.

– Levez-vous, dit-il. Mettez-vous en rang du premier au douzième pour le Salut final.

J'enfonçai les pointes de mes sabres dans le sable pour me hisser sur mes jambes. C'était une faute impardonnable, mais je m'en fichais. Tous mes membres étaient recrus de fatigue et mon cœur battait la chamade, comme pour faire contrepoint aux tambours. Malgré tout, tandis que je croisais mes sabres pour saluer et suivais Quon à travers l'arène, une réserve d'énergie me galvanisait et me poussait en avant. Peut-être avais-je encore une chance. Nous nous alignâmes devant le miroir du dragon Rat et j'aperçus les autres candidats dans la glace étincelante. Malgré leurs visages blêmes de terreur, ils redressaient la tête et rentraient les épaules, décidés à surmonter leur épuisement.

La fanfare s'interrompit d'un coup.

Sire Ido se tourna face au miroir. Écartant les jambes comme pour résister à un vent violent, il leva les bras. Je vis dans la glace ses yeux parcourir notre rangée. L'espace d'un instant terrifiant, son regard s'attacha au mien. Ses yeux brillaient d'un éclat argenté sous l'effet du *hua*, et l'énergie brute les privait de toute expression. Je détournai mon regard de son visage vide.

– Un seul est digne, lança-t-il au miroir d'une voix où se mêlaient étrangement l'ordre et la supplication. Montrez-nous celui qui vous servira.

Il semblait que tous les spectateurs se penchaient en avant et retenaient leur souffle, que tous les regards étaient fixés sur la surface brillante du miroir.

Une lueur vacillante jaillit au-dessus de l'effigie dorée du Rat. Lentement, une patte énorme se refléta dans la glace, des écailles bleu pâle étincelèrent au-dessus de cinq griffes opalines. Le dragon Rat descendait de son perchoir. Son corps translucide ne devenait visible qu'en passant devant le miroir. Il n'était que reflet. C'était la première fois que je voyais la totalité d'un dragon et mon cri incrédule fit écho à ceux de la foule. Une jambe antérieure aux muscles puissants apparut, suivie d'un poitrail et d'une épaule dont les écailles brillaient d'un bleu de plus en plus foncé. Puis on vit une épaisse barbe blanche, dont les poils s'effilaient comme la queue d'un cheval. Pendant un instant fugitif, à travers la masse broussailleuse, j'aperçus la perle du dragon – la source de sa sagesse et de son pouvoir – glissée sous son menton et irisée de bleu. Après quoi elle fut cachée par le museau évasé, dont les écailles délicates et les fins naseaux de cheval rendaient encore plus impressionnant le croc s'incurvant sous la lèvre supérieure.

Le dragon se retourna pour regarder fixement l'empereur de l'autre côté de l'arène. Un seul de ses grands yeux sombres était visible dans le miroir. Son front large était surmonté de deux cornes recourbées. J'entendis des murmures nerveux dans la foule quand ses jambes antérieures se posèrent sur le sable et qu'apparut dans toute sa longueur le reflet de son corps sinueux. Puis il s'enroula comme un serpent et sa masse invisible atterrit tout entière sur le sol, en soulevant un nuage de sable et de poussière qui retomba sur son corps, dont les contours chatoyants se révélèrent un instant à nos regards. Il secoua la tête, en projetant encore force sable, puis se tourna vers le miroir et se contempla. La profondeur insondable de ses yeux lui donnait une expression de tristesse. Deux membranes bleu pâle se dressèrent sur chaque épaule et ondulèrent au soleil comme de la soie moirée avant de se replier contre son corps. Sa tête pesante pivota pour nous faire face de nouveau. La courbe de son dos massif et l'épais panache de sa crinière blanche se reflétèrent dans le miroir. Bien qu'on ne vît plus ses yeux, je savais qu'il nous examinait afin de choisir son apprenti.

Le sable tourbillonna devant le miroir quand le dragon s'avança. À côté de moi, Quon se raidit et son souffle s'accéléra. Lanell chuchota en hâte une prière. J'essayai de déglutir, mais mon gosier était trop desséché. Le sillage onduleux d'un serpent géant se dessina sur le sable tandis que le dragon approchait. Le balancement gracieux de sa queue dans le miroir avait un effet hypnotique. Au fond de moi, une sensation grandissait, comme des bulles s'élevant lentement à la surface d'une eau sur le point de bouillir. Était-ce le pouvoir du dragon ? J'observai la rangée des candidats. Certains avaient rompu l'alignement en reculant précipitamment. Baret s'était écarté furtivement, mais Dillon n'avait pas bougé. Les traces profondes des griffes du dragon creusaient le sable à mesure qu'il progressait. Dans le miroir, on voyait sa tête s'agiter comme celle d'un chien flairant une trace. Il se tourna vers Baret.

Des flots d'énergie parcouraient mon corps. Je plissai les yeux en m'efforçant d'éveiller mon regard intérieur. Si je montrais mon pouvoir au dragon, peut-être viendrait-il. La pression martelant sourdement ma tête devint insoutenable. Sa forme chatoyante m'apparut et je sentis qu'il aspirait de l'énergie de mon corps. Secouant violemment la tête, il darda son épaisse langue bleue pour mieux goûter le pouvoir. Il s'avança un peu vers moi, puis fit marche arrière. Les dents serrées, j'essayai de le garder sous mes yeux, mais j'étais trop épuisée. Le dragon disparut de ma vue et l'interruption brutale du contact me fit chanceler.

Les cris excités de la foule couvrirent le fracas des tambours et des trompettes. Je levai les yeux vers le miroir. Ce contact avait-il suffi ? Une patte du dragon se dressa et il laboura l'air de ses griffes. Puis, en quelques coups de queue, il fut sur moi. Je ne pouvais le voir, je sentais juste sur ma joue son souffle brûlant, au parfum de vanille et d'orange. Allait-il me choisir ? Je tentai de me replonger dans ma vision intérieure, mais ma tête n'était que souffrance et pouvoir lancinant. Une traînée de sable me cingla en plein visage. Quon se couvrit les yeux et s'aplatit sur le sol quand l'énorme créature invisible passa entre nous. Sa lourde queue effleura ma jambe de sa masse musclée et glissante. À travers le nuage de sable, je jetai un regard éperdu sur le miroir, où le dragon se cabrait derrière moi. Étais-je choisie ? Je vis sire Ido s'élancer vers moi. Ses yeux, tout à l'heure si vides, étincelaient de fureur. Il avait dû s'apercevoir que j'appelais le dragon.

La créature fabuleuse se retourna soudain pour faire face à l'empereur au-dessus du miroir noir. Inclinant la tête de côté, il poussa un hurlement évoquant le cri de chasse d'un aigle, mais cent fois plus fort. Tombant à genoux, je lâchai mes sabres et pressai mes mains sur mes oreilles. Le hurlement envahit ma tête, fracassa mes sens. Un jaillissement d'énergie me renversa. Puis l'haleine brûlante ne fut plus dans mon dos.

Levant péniblement la tête, je regardai le tourbillon de poussière progresser le long de la rangée. Le miroir le montra devant Baret et Dillon. Le dragon hurla de nouveau et se pencha vers Dillon en le plongeant dans une tempête de sable. Frappé en pleine poitrine par la queue gigantesque, Baret s'écroula sur le sol. Les candidats les plus proches s'enfuirent. Quon attrapa la manche de ma tunique pour me tirer en arrière, mais je me dégageai violemment. Il fallait que je reste au cas où le dragon reviendrait vers moi.

Pendant un instant, la frêle silhouette de Dillon disparut au milieu du tourbillon de sable, puis la tornade s'éleva verticalement, comme la lave d'un volcan en éruption, et s'abattit sur moi et les autres candidats en une pluie brûlante. Seul Dillon fut épargné. Il resta debout, la tête renversée en arrière, le visage pâle et stupéfait. Je me tournai vers le miroir. Ses yeux étaient plongés dans ceux du dragon, dont le corps s'incurvait au-dessus de lui comme un croissant de lune. La bête se pencha, son museau n'était plus qu'à deux doigts du visage de Dillon. Sa tête immense se leva lentement pour révéler la perle scintillante cachée entre son menton et sa barbe. Les bras tendus, Dillon plaça ses mains autour de la sphère, d'où jaillit une flamme bleu pâle. En entrant en contact avec le garçon, le dragon fut enveloppé d'un flot argenté de *hua* qui lui donna une consistance chatoyante. Le souffle coupé, les spectateurs se détournèrent du miroir pour regarder les deux silhouettes resplendissant sur le sable. L'énergie éclatante rendait indistincte la couleur du dragon, mais la tunique rouge de Dillon ressortait comme une tache de sang. Fermant les yeux, la bête lança un appel déchirant où vibrait une question unique.

Dillon renversa en arrière son visage rond, dont les traits enfantins prirent soudain une dureté nouvelle.

– Oui, je vous entends ! hurla-t-il comme s'il répondait à l'appel du dragon. Je suis Dillon. Je vous entends.

La bête lança de nouveau un cri strident, qui s'enfla en un chant triomphal couvrant la clameur de la foule. Sire Ido accourut et me poussa brutalement au passage.

– Écartez-vous, ordonna-t-il aux autres candidats massés sous le miroir. Vous gênez.

Traversant rapidement l'arène, il s'arrêta devant le dragon et le garçon perdus dans leur union.

Ramassant mes sabres, je battis en retraite. Chacun de mes pas était comme une déchirure. Sire Ido s'inclina profondément devant le dragon. Puis il enfonça ses pieds dans le sable et entreprit d'arracher Dillon à la perle. Un flot crépitant de pouvoir argenté passa du corps du garçon dans celui de l'homme. La tête de l'Œil du dragon tressaillit sous le choc. Le hurlement de la bête se mêla au cri de détresse de Dillon. En un clin d'œil, le dragon disparut. Sire Ido soutint le corps sans force de Dillon et l'éleva vers la foule. Je regardai dans le miroir. Le dragon Rat était invisible.

Sire Ido fit un signe au Héraut impérial, qui s'écria :

– Soyez témoins du choix ! Vous avez devant vous Dillon, le nouvel apprenti dragon Rat !

Se levant comme un seul homme, les spectateurs se mirent à scander :

– Dillon !

Le garçon frémit et tourna son visage vers la foule en liesse. Sa propre joie lui donna la force de se mettre debout. Saisissant sa main, sire Ido la leva et fit ainsi avec lui le tour de l'arène en triomphateur.

À cet instant, une haine soudaine me brûla comme une fièvre, réduisant tout en cendres sur son chemin. Les sabres tressaillirent dans ma main en réponse à cet embrasement. Mais la haine disparut aussi vite qu'elle était venue, pour laisser place à un vide immense, douloureux. En regardant Quon et Lanell, je vis sur leur visage le même désespoir accablé.

Nous avions échoué.

J'avais échoué.

Quon commença à sangloter. Les acclamations de la foule couvraient ses gémissements. Une main agrippa mon épaule.

– Venez par ici, Eon, chuchota une voix près de mon oreille.

C'était Van, les traits adoucis par la compassion.

Les autres candidats furent conduits au bord de l'arène par des fonctionnaires. Je regardai Dillon derrière moi. Pourquoi avait-il été choisi ? Le dragon Rat était d'abord venu vers moi. Pourquoi la bête s'était-elle détournée ? La vérité était peut-être bel et bien qu'un dragon ne saurait choisir une créature infirme.

Mon maître avait perdu son pari. Levant les yeux vers les gradins, je n'eus pas de peine à le découvrir : solitaire, immobile, il était resté assis alors que les autres Heuris s'en allaient. J'avais presque envie de m'enfuir sur-le-champ, loin de l'arène et loin du désespoir de mon maître, de ses coups de poing et aussi de ses caresses. Je tâtai la pièce cachée dans mon ourlet. Elle était toujours là, alourdissant le tissu. Mais, même avec elle, je n'irais pas loin. Épuisée, je ne serais guère en état de marcher, et encore moins de courir.

Je suivis lentement Van jusqu'à l'endroit de l'arène où les autres candidats rejetés attendaient. Ils observaient tous l'activité fiévreuse dont Dillon était le centre : le Héraut impérial haranguant la foule, les deux colonnes de musiciens le suivant en jouant une marche triomphale. Un autre fonctionnaire me poussa dans la rangée en désordre. Quon me heurta en chancelant, le visage baigné de larmes et pâli par l'épuisement. Nous nous mîmes en marche. Quelqu'un trébucha en tête du cortège et fut remis à sa place sans ménagement. J'entendis un ordre bref. Van marchait à côté de moi, attentif.

– Laissez-moi prendre vos sabres, dit-il enfin.

Je les avais oubliés tant leur poids dans mes mains se confondait avec ma terrible fatigue. Je dus faire un effort pour les lui tendre, et plus encore pour lâcher les poignées.

– Nous sommes presque arrivés, déclara Van.

– Où ?

Je m'humectai les lèvres. Allions-nous boire enfin ?

– Vous devez vous incliner devant l'empereur.

Je le regardai en m'efforçant de comprendre ce qu'il venait de dire. S'incliner. Devant l'empereur.

– Nous boirons, ensuite ?

Il hocha la tête.

– Il n'y en a plus pour très longtemps.

Nous nous arrêtâmes. De retour à l'endroit où nous avions attendu au début, sous le miroir éteint. Absorbé par les festivités au centre de l'arène, l'empereur ne nous prêtait aucune attention. Un fonctionnaire distrait poussa Hannon en avant, en lui faisant signe de s'incliner. Le candidat tomba à genoux en croisant ses sabres tant bien que mal pour saluer. Je crus un instant qu'il n'arriverait pas à se relever, mais il finit par se hisser sur ses jambes et fut conduit de l'autre côté du miroir. Callan le suivit et s'inclina lentement mais convenablement. Il fallut tenir Quon jusqu'au miroir et l'aider à se baisser. Quand on le releva, je vis son visage morne. Si jamais il était possible de mourir de déception, Quon allait bientôt rejoindre ses ancêtres.

C'était mon tour. Van me tendit mes sabres.

– Avez-vous besoin de mon aide ? demanda-t-il.

En serrant les poignées, je sentis un faible courant d'énergie ancienne – assez pour me mener jusqu'au miroir. Déclinant l'offre de Van d'un signe de tête, je m'avançai péniblement sur le sol labouré.

Le centre du miroir obscur brillait de l'éclat verdâtre d'une perle noire. Mon maître en avait porté une autrefois, avant de la vendre pour acheter à manger. Mais il n'avait plus de trésors à vendre – rien que des esclaves estropiés. Je m'immobilisai un instant et regardai le miroir en rassemblant mes forces pour tomber à genoux. Cette surface parfaitement noire était étrangement apaisante. Un éclair lumineux m'éblouit soudain et je clignai des yeux.

Surgissant au sommet du miroir, un trait de lumière progressa vers le bas comme si l'on venait d'allumer une mèche. Il fit éclater la glace, dont les ténèbres furent repoussées par une clarté aveuglante. Je titubai sous le choc, lâchai mes sabres et tombai en arrière avec une telle violence que j'en eus le souffle coupé. Au-dessus du miroir, je vis les gardes de l'empereur se pencher en se protégeant les yeux. Avais-je commis une erreur ? Je parvins à aspirer de nouveau un peu d'air. Derrière moi, les rumeurs de fête avaient cédé la place à une cacophonie d'instruments et à des cris stridents.

Une énergie brûlante lacéra ma peau. Une lueur rouge jaillit du miroir, trop vaste pour avoir une forme. La terre se mit à trembler tandis que du sable s'élevait en tourbillonnant et retombait sur l'arène. Ce fut la débandade. Fonctionnaires, spectateurs et candidats paniqués s'enfuirent en trébuchant et en tombant. Devant moi, le miroir était rempli d'une masse ondulante rouge et orange. Je me hissai sur mes pieds en résistant non sans peine à la pression d'un pouvoir accablant.

Les couleurs étincelantes s'écoulèrent rapidement dans le miroir, en un fleuve de feu qui s'immobilisa brusquement. Je distinguai enfin des contours : un museau au dessin gracieux, la courbe d'un naseau. La créature était deux fois plus grosse que le dragon Rat. Puis j'aperçus un œil. Aussi énorme et rond qu'une roue de charrette, il me fixait du fond de la glace.

Un autre dragon.

Un dragon que je n'avais encore jamais vu.

La vision se remit à bouger en une ondulation vertigineuse de rouge et de jaune, qui s'acheva par le reflet de deux cornes s'incurvant au-dessus d'une épaisse crinière à l'éclat de bronze et d'or. Le dragon remplissait tout le miroir, sans rien laisser voir de l'arène. Une chaleur intense se répandit dans l'air. Derrière moi, j'entendis glisser une masse énorme. Des sillons profonds creusèrent le sable sur ma gauche et sur ma droite. Tendant le bras à tâtons, j'effleurai des écailles striées, douces au toucher. Je retirai aussitôt ma main. Un arôme suave de cannelle me grisa avant même que j'aie senti un souffle chaud sur mes cheveux. Levant les yeux vers le miroir, je me vis entre les pattes de la bête. Ma minuscule silhouette rouge disparaissait presque dans l'éclat flamboyant de son poitrail gigantesque. Au-dessus de ma tête, l'immense museau s'inclinait, son croc était tout proche. Je me retournai vivement.

Le dragon penché sur moi était bien réel. Je le *voyais*. Le jeu des muscles puissants. Le motif délicat des écailles cannelées. Le rayonnement doré de la perle sous son menton. Baissant la tête, il rapprocha ses yeux et son regard immémorial me plongea dans la lumière et l'ombre, le soleil et la lune, le *lin* et le *gan*. Il était naissance et mort. Il était *hua*.

C'était le dragon Miroir. Le dragon Disparu.

Il releva sa tête énorme pour m'offrir la perle. M'offrir son pouvoir. Je tendis les mains, en hésitant face à la pulsation profonde de l'énergie émanant du joyau. Une telle quantité de *hua* brut – quel serait son effet sur moi ?

Un souffle parfumé effleura mon visage, puis la perle se pressa contre mes mains. Elle était imprégnée de la chaleur du dragon et sa surface brillait d'un feu doré criblant ma peau de douces brûlures. J'entendis les murmures incrédules des spectateurs.

Eux aussi le voyaient. Ils voyaient le dragon Miroir me choisir, moi, Eon l'estropié.

Soudain, les murmures devinrent des hurlements. Je détachai à grand-peine mon regard du dragon Miroir. Des hommes pointaient un doigt tremblant, se recroquevillaient sur leurs sièges, s'enfuyaient. Tous les autres dragons s'étaient matérialisés d'un coup au sommet de leurs miroirs. Onze corps massifs, aux écailles solides dont les couleurs resplendissantes faisaient paraître ternes les somptueuses soieries des nobles terrifiés. Le dragon Bœuf tendit vers moi une patte violette comme une améthyste, contrastant avec les tons adoucis de sa jambe évoquant les ombres empourprées du crépuscule. Le dragon Tigre inclina sa tête vert émeraude, en révélant une épaisse crinière couleur de mousse où jouaient des reflets de cuivre. Je me contorsionnai pour voir les autres, en notant à peine au passage les nuances d'aurore rosée du dragon Lapin, l'orange vigoureux du dragon Cheval, l'éclat argenté du dragon Chèvre.

Ils me contemplaient tous de leurs yeux d'esprit.

L'arène était en proie au chaos. Fonctionnaires et musiciens se ruaient vers la rampe, tandis que des spectateurs de tout rang escaladaient leurs sièges pour gagner les gradins supérieurs. Au milieu de ce déchaînement hystérique, mon regard fut attiré par une unique silhouette immobile : sire Ido. Le visage pétrifié par la surprise, il serrait et desserrait convulsivement les poings. Renversant sa tête en arrière, il se tourna pour voir le cercle des dragons. Tous s'inclinaient devant le dragon Miroir. Devant moi. Les onze puissantes créatures, même le dragon Rat ascendant, courbaient la tête en un hommage soumis. Les perles géantes sous leur cou se reflétaient dans les miroirs tel le collier d'un dieu.

Sire Ido plissa les yeux, fit face au dragon Rat et s'avança péniblement, comme chargé d'un poids énorme. Levant les mains avec lenteur, il puisa du fond de la terre un flot de pouvoir que je vis s'écouler en lui aussi clairement que je voyais flamboyer ses sept centres énergétiques. Il appelait le dragon Rat. J'entendais son appel comme une vibration profonde dans mon corps, implorant l'attention de la bête. Lentement, à contrecœur, le dragon bleu se redressa.

Sire Ido laissa retomber ses bras et fit volte-face pour m'observer. L'espace d'un instant, je vis son visage résolu se contracter de peur. Mais il se mit ensuite à sourire, en montrant peu à peu ses dents, et je compris qu'il n'avait pas peur. Son sourire était avide.

Au-dessus de moi, le dragon Miroir lança un cri mélodieux, et je perçus au plus profond de moi comme un chuchotement à l'orée de ma conscience. Une révélation importante. Je pressai l'oreille contre la perle et retins mon souffle pour m'efforcer d'entendre. Pendant un instant, un son se rapprocha en essayant de vaincre une résistance obscure. Je saisis un rythme léger, semblant dépourvu de forme ou de sens, puis il se dissipa, tel un soupir expirant. Agrippant des doigts la surface dure et veloutée, je suppliai en silence qu'il me soit permis d'essayer de nouveau. Mais la voix s'était tue.

La perle bougea sous mes mains quand le dragon leva la tête. Il m'appela, et son hurlement transperça mon corps en cherchant à atteindre le cœur de mon être. Impossible d'échapper à ce déferlement argenté d'énergie. Il mit mon âme à nu, arracha le masque d'Eon et me trouva.

Il trouva *Eona*.

Mon nom véritable surgit en moi, remontant du plus profond de moi-même. Je devais crier mon nom au monde, célébrer la vérité de notre union. Telle était l'exigence du dragon.

Non!

Ils me tueraient. Ils tueraient mon maître. Je serrai les dents. Le nom remplit ma tête, retentit en elle en la tourmentant d'une souffrance de plus en plus intense. Eona. Eona. Eona. Non! Ce serait ma mort. Je détournai mon visage de la perle, mais mes mains refusèrent de bouger, paralysées par le pouvoir les irradiant. Je hurlai en tentant d'étouffer le nom dans ma tête, et ma voix redoubla le cri perçant du dragon Miroir. Cependant le nom m'assaillait toujours, chargé de toute la force du désir du dragon. C'était trop, il risquait à tout instant de s'échapper de mes lèvres.

– Je suis Eon! hurlai-je. Eon!

Je me pressai contre la perle, les mains et les bras ruisselants du pouvoir chatoyant. Puis je me jetai violemment en arrière. Après un bref instant où je ne sentis qu'une douleur déchirante, mes mains se dégagèrent brusquement et je tombai. Une nouvelle fois, je sombrai dans les ténèbres d'un abîme de chagrin et de solitude.

## *Chapitre 6*

Je revins lentement à moi. Une faible clarté dissipait peu à peu le brouillard du sommeil.

J'ouvris plus grands mes yeux. Une pièce. Mais ses dimensions ne me rappelaient rien. Le plafond était trop haut, les murs trop éloignés. Une voix fredonnait une mélopée implorante. L'air sentait bon. Je mis un moment à reconnaître le parfum : l'encens qu'on brûlait pour les malades. Je roulai sur le dos et sentis sous ma peau la caresse de la soie.

– Sire Eon ?

Levant la tête, j'aperçus la silhouette d'une femme assise sur un tabouret. Son visage indistinct était surmonté d'un diadème de cheveux tressés, maintenu avec des épingles d'or. Une dame de la cour. Derrière elle se tenait un Homme d'Ombre solidement bâti, au teint hâlé et au crâne rasé, dont les mains reposaient sur les poignées de deux sabres glissés dans leur fourreau. Mon regard fut attiré par une lueur dans un coin de la pièce. Un Suppliant en robe noire balançait un lampion à prières – c'était lui que j'entendais psalmodier. À côté de lui, une servante était presque invisible dans l'obscurité.

– Sire Eon ? Pouvez-vous parler ?

La voix de la dame était grave et sonore. Je me

redressai en m'appuyant sur un coude. Un écho du pouvoir du dragon rouge martelait ma tête, et mon corps entier paraissait endolori. J'étais couchée sur un lit – un vrai lit, pas juste un matelas à dérouler. Trois fois plus large que mon grabat, il avait des parois en bois laqué de noir. Un lourd drap de soie jaune me couvrait. Comme je bougeais, il glissa légèrement. Baissant les yeux, je découvris que je portais à la place de ma tunique rouge une simple robe de nuit sans manches, trop large pour moi. Je me hâtai de remonter le drap. Cette femme m'avait-elle déshabillée ? M'avait-elle vue ?

– Auriez-vous besoin de votre servante personnelle ?

La dame claqua des doigts.

La silhouette indistincte émergea de l'ombre. Rilla. Ma servante ?

– Vous devriez boire un peu d'eau, déclara la dame.

Elle désigna d'un geste à Rilla une longue commode sous la fenêtre aux volets clos. La lueur rougeoyante d'un petit brasero éclairait la forme familière d'une carafe.

Ce n'était pas la maison de mon maître. Où étais-je donc ?

Rilla s'inclina et me tendit un petit bol en or, où était gravée une pivoine. Pourquoi me donnait-elle un gobelet de noble ? Voulait-elle que je sois punie ? Je tentai de repousser ses mains, puis je vis les traces de brûlure sur ses doigts.

– Qu'est-il arr…

Elle secoua imperceptiblement la tête et me tendit de nouveau le bol.

– Merci, dis-je d'une voix enrouée.

Combien de temps étais-je restée inconsciente ? Je bus une première gorgée d'eau fraîche puis vidai le bol avec avidité.

– Cela suffit pour le moment, me gronda doucement la dame. Les médecins ont dit que vous deviez boire lentement, sans quoi votre corps rejettera l'eau.

Rilla s'inclina de nouveau avant de reposer le bol vide sur la commode. La dame fit un signe au Suppliant, qui interrompit sa mélopée assourdie. Se levant avec grâce de son siège, elle posa un genou à terre et s'inclina en joignant ses longues mains.

– Sire Eon, dit-elle. Maintenant que vous avez repris des forces, vous devez vous demander où vous êtes. Ceci est l'appartement aux Pivoines, qui est réservé aux hôtes du palais impérial. Je suis dame Dela. On m'a fait l'honneur de me charger de vous accueillir au palais et de vous initier à l'étiquette de la cour.

*Sire* Eon ? Le palais ?

– Qu'est-ce… ?

Je m'éclaircis la gorge.

– Qu'est-ce que je fais ici ?

Elle se redressa et je vis son visage à la lueur d'une veilleuse. Sa peau rêche était couverte d'une épaisse couche de fard blanc. Elle avait une mâchoire carrée, des pommettes saillantes. De fins sourcils s'incurvaient au-dessus de ses yeux enfoncés, soulignés de khôl. Son nez aquilin évoquait des ancêtres dans les tribus de l'Est. Sa bouche était généreuse et ses lèvres remontant vers le haut annonçaient un certain humour. Ce visage énergique frappait moins par sa beauté que par sa majesté d'oiseau de proie.

Toutefois, mon regard fut surtout attiré par

une grosse perle noire suspendue à une épingle d'or perçant horizontalement la peau de sa gorge. Elle surmontait la trachée-artère, en couvrant une protubérance qui tressautait visiblement quand elle déglutissait.

– Vous souvenez-vous de la cérémonie, seigneur ? me demanda-t-elle en faisant trembler la perle à chaque mot.

Un souvenir de chaleur et de souffrance m'envahit soudain. Je revis mes mains crispées sur la perle et le dragon penché sur moi.

– Je me rappelle que le dragon traversait l'arène dans ma direction.

Elle hocha la tête.

– Le dragon Disparu. Vous êtes le nouvel Œil du dragon Miroir, le premier depuis trois siècles. Sa Majesté impériale a proclamé que le retour du dragon était un signe éminemment favorable.

– L'Œil du dragon Miroir ? répétai-je. Mais je ne suis qu'un candidat.

– Oui, votre jeunesse et votre inexpérience ont suscité quelques résistances au sein du Conseil des Yeux du dragon. Néanmoins, après bien des discussions, ils ont reconnu votre rang.

Elle fit une pause et sa grande bouche esquissa un bref sourire.

– Vous êtes désormais l'Œil du dragon coascendant avec sire Ido.

Je la fixai avec incrédulité.

– L'Œil du dragon coascendant ? Voyons, je ne suis qu'un candidat, je ne peux pas être un Œil du dragon.

Je me renversai brusquement sur mon oreiller, et ma tête heurta la tête de lit laquée.

– Vous avez été choisi par le dragon Miroir, seigneur. Comme il n'existe pas d'Œil du dragon en exercice pouvant vous prendre en apprentissage, vous êtes vous-même l'Œil du dragon.

Elle sourit de nouveau imperceptiblement.

– Le Conseil s'est fondé sur l'entrée en fonction prématurée de sire Ido pour parvenir à cette décision.

J'explorai la chambre du regard.

– Où est mon maître ?

– Heuris Brannon est en conférence avec Sa Majesté impériale et le Conseil des Yeux du dragon, dit lentement la dame. Je sais que cela fait beaucoup de nouvelles à la fois, seigneur, mais vous devez comprendre qu'Heuris Brannon n'est plus votre maître. Vous êtes sire Eon, l'Œil du dragon coascendant. Votre rang est le plus élevé du pays, en dehors de la famille impériale. Est-ce clair ?

– Non, déclarai-je.

J'avais l'impression de manquer d'air.

– Non. Je veux mon maître !

Je sentis ma gorge se serrer, mes yeux affolés se voilèrent. Dame Dela accourut et saisit ma main.

– Respirez profondément, sire Eon. Contentez-vous de respirer.

Sa main douce se posa sur ma joue tandis que je m'efforçais d'amener un peu d'air dans ma poitrine oppressée par un poids insoutenable.

– Servante ! appela-t-elle. Venez m'aider !

J'entendis une voix glapir une protestation, des pas se rapprocher en hâte. Puis Rilla appliqua sur mon nez et ma bouche le lampion du Suppliant, encore imprégné de l'odeur de cire de la bougie qu'elle avait jetée. Ouvrant la bouche comme un poisson hors de l'eau, je sentis l'air s'engouffrer dans mes poumons.

– Il sera bientôt là, me chuchota Rilla. Tout va bien se passer.

Je respirai profondément, en tremblant, et Rilla retira le lampion. Dame Dela tapota ma main.

– C'est bien, inspirez de toutes vos forces. Comme cela.

Elle rentra les épaules pour me montrer comment inspirer.

– Et ensuite, expirez.

Je suivis ses instructions et elle hocha la tête.

– Vous faites des merveilles, seigneur.

Regardant autour d'elle, elle claqua des doigts à l'adresse de l'Homme d'Ombre.

– Ne restez pas planté là comme une montagne, lança-t-elle avec irritation. Allez donc chercher le médecin.

– Je suis désolé, noble dame, répliqua l'Homme d'Ombre d'une voix étonnamment douce et claire. Je ne puis vous laisser sans protection.

Elle le foudroya du regard.

– Je ne risque guère d'être attaquée ici.

– Effectivement, puisque je vous protège, observa-t-il avec patience.

– Je vais bien, assurai-je d'une voix rauque.

– Vous êtes sûr ? demanda la dame.

Elle scruta mon visage.

– Je sais ce qu'on éprouve quand on a connu des débuts modestes. Une élévation aussi soudaine peut… désorienter.

Elle tapota encore ma main puis la laissa reposer sur le drap de soie.

– Cependant, je crains que vous n'ayez pas beaucoup de temps pour vous faire à votre nouvelle position. Maintenant que vous êtes rétabli, Sa Majesté impériale comptera sur votre présence au banquet de ce soir. Il sera donné en votre honneur. Vous devez prendre un bain et vous habiller. Après quoi, je vous apprendrai les règles de l'étiquette.

Un banquet avec l'empereur ? Je sentis de nouveau l'air me manquer. Dame Dela regarda Rilla.

– Vous paraissez capable, dit-elle. Je vais vous envoyer ma servante pour vous assister dans les préparatifs de votre maître. Elle vous aidera à le baigner et à lui faire revêtir son costume de cour. Sa Majesté a autorisé sire Eon à prendre tout ce dont il a besoin dans les réserves impériales.

Je remontai encore le drap. Me baigner et m'habiller ? Il fallait que je trouve un moyen de refuser l'offre de la dame. Rilla se tourna vers moi, joignit les mains avec un tressaillement de douleur et s'inclina.

– Seigneur, puis-je évoquer vos exigences ? demanda-t-elle d'un ton solennel.

Mes exigences ? J'observai avec stupeur son attitude déférente avant de me rendre compte qu'elle attendait ma permission.

– Oui, bien sûr, répondis-je en hâte.

– Votre générosité est inappréciable, noble dame, déclara Rilla. Toutefois, moi seule suis en mesure de baigner et d'habiller sire Eon.

Se penchant en avant, elle dit d'une voix basse mais distincte :

– Mon maître est une Ombre de Lune. J'ai été purifiée et consacrée à son service.

Le corps mince de dame Dela se raidit tant elle était surprise.

– Pardonnez-moi, seigneur, dit-elle en s'inclinant profondément. Je n'étais pas au courant.

Sa nuque s'était empourprée.

– Je vous présente mes plus humbles excuses pour m'être ainsi immiscée dans vos arrangements. Votre servante va vous montrer les réserves et la salle de bains. Je veillerai à ce que le personnel du palais n'entre dans vos appartements que sur votre ordre exprès. Quand vous serez prêt, envoyez-moi un messager et je vous rejoindrai.

– Merci.

L'Homme d'Ombre m'observait avec une étrange tendresse. Sans doute me considérait-il comme un frère. Devant cette complicité imméritée, je détournai les yeux.

Qu'étais-je censé faire, maintenant ?

Dame Dela était toujours agenouillée près du lit. Elle releva légèrement la tête.

– Puis-je vous donner une première instruction, seigneur ? Vous devez donner aux personnes de rang inférieur la permission de vous quitter.

– Oh ! m'exclamai-je en rougissant. Oui, bien entendu. Vous pouvez disposer.

Elle s'inclina et se leva avec grâce. L'Homme d'Ombre esquissa une brève courbette puis se posta derrière elle. Rilla et moi la suivîmes des yeux tandis qu'elle s'éloignait, paraissant toute petite à côté du garde énorme. Sa démarche ondulante était scandée par le tintement des ornements de sa chevelure.

– Vous pouvez aussi disposer, déclarai-je au

Suppliant en m'efforçant d'arborer l'air d'autorité d'un seigneur.

Puis j'ajoutai :

– Merci.

Mieux valait ne pas offenser un intermédiaire des dieux.

Il s'inclina et s'engouffra dans le couloir, non sans jeter au passage un regard noir à Rilla – les bougies coûtaient cher.

– Rilla…

Elle leva la main pour m'imposer silence tandis qu'elle examinait le couloir. J'entendis des pas s'éloigner, une conversation à voix basse. Puis elle ferma enfin la porte et s'adossa contre le battant, comme pour l'empêcher de s'ouvrir brutalement.

Nous nous regardâmes un instant.

– *Sire* Eon ? dit-elle en haussant les sourcils. Dans quel traquenard le maître vous a-t-il entraînée, ma petite !

Elle soupira.

– Et nous avec vous.

– Avez-vous toujours su la vérité sur moi ? demandai-je en affrontant son regard tranquille.

– Peut-être. Mais il est plus aisé et plus sûr de ne pas savoir trop clairement certaines choses.

S'approchant du lit, elle grimaça un sourire.

– Comment vous sentez-vous, seigneur ?

– J'ai mal à la tête.

Je frottai ma tempe et sentis la bosse laissée par le coup de Ranne.

– Et mon corps entier semble couvert de bleus. Qui m'a déshabillée ?

– Moi.

Elle tendit ses mains brûlées.

– Personne d'autre ne voulait vous toucher. Pas même les médecins. Les Yeux du dragon ont dit que le pouvoir du dragon Miroir jaillissant de vous provoquait des étincelles parce que vous n'aviez pas été détachée convenablement de la perle.

Je baissai les yeux sur mes bras et mes mains.

– Je ne crois pas que j'émette encore des étincelles. Pensez-vous que cela puisse recommencer ?

Rilla secoua la tête.

– Je ne connais rien à ces questions.

Moi non plus, je n'y connaissais rien. Une peau crépitante était-elle un bon ou un mauvais signe ? Je n'aurais même pas pu dire si le dragon était encore avec moi. Je tentai d'éveiller mon regard intérieur, mais il était affaibli par une peur nouvelle. Et si le dragon m'avait quittée ? Respirant à fond, je me concentrai de nouveau. Non sans lenteur, mon regard intérieur trouva les canaux énergétiques de mon corps. Quelque chose avait changé. Mon *hua* était différent – plus fort, plus rapide. Et une autre présence semblait tapie dans l'ombre. Mais c'était presque imperceptible. J'ouvris les yeux et m'effondrai sur les oreillers, épuisée.

– Les étincelles m'ont l'air terminées. Je suis désolée de vous avoir fait mal, Rilla.

Elle haussa les épaules.

– Le maître s'est servi de ce prétexte pour empêcher les médecins de vous ausculter.

Elle effleura mon épaule.

– Il est heureux que vos hanches et votre poitrine ne soient pas très développées. Quel âge avez-vous, en fait ?

– Seize ans.

Je croisai les bras pour m'empêcher de saisir ses mains meurtries.

– Qu'est-ce que je vais faire, Rilla ?

La panique m'envahissait.

– Vous allez laisser votre servante personnelle vous baigner et vous habiller. Après quoi, vous irez jouer le rôle de sire Eon, le nouvel Œil du dragon Miroir.

– Comment pourrais-je jouer les seigneurs ? C'était déjà difficile d'être un simple candidat. Je n'y arriverai jamais.

– Bien sûr que vous y arriverez, lança Rilla en m'attrapant par les épaules. Autrement, nous mourrons tous. Vous, moi, le maître. Si jamais votre véritable identité vient à être découverte, c'en sera fait de nous.

– Je sais.

Je me dégageai de ses mains. En parlant de ma « véritable identité », elle m'avait rappelé un point crucial.

– Rilla, quand vous m'avez déshabillée, avez-vous trouvé une bourse ?

– Calmez-vous, je l'ai.

Elle tapota la poche de sa robe.

– Avec le cadeau de Chart.

Je poussai un soupir de soulagement.

– Combien de temps suis-je restée sans conscience ?

– Deux jours, dit-elle d'un air compatissant. Je vais vous préparer un bol de cette infusion. Le maître m'a mise au courant de son effet.

Rilla se dirigea vers la commode et tisonna les charbons du brasero. À côté d'elle, dans le coin, un petit support abritait mes sabres de cérémonie.

Au souvenir de l'étrange connaissance empreinte de fureur qui avait jailli d'eux, je fléchis nerveusement mes doigts. Tournant le dos aux deux armes, je m'assis au bord du lit.

– Où est Chart ? demandai-je.

– Dans la maison du maître.

– Mais qui s'occupe de lui ?

Le tapis était si épais que mes pieds s'enfonçaient dedans. Je remuai les orteils dans la masse soyeuse, deux fois plus haute que les tapis de mon maître.

– Irsa, répondit Rilla d'un ton neutre.

Je regardai autour de moi.

– Irsa ? Pourquoi Chart ne viendrait-il pas ici ?

– L'empereur n'y consentira jamais. Il ne voudrait pas accueillir au palais la malchance d'un être difforme.

Je cessai de m'amuser à laisser des empreintes dans le tapis.

– Moi-même, ne suis-je pas ici ?

Rilla posa une marmite d'eau sur le brasero.

– Oui, mais le rang et la richesse arrangent bien des choses.

Le rang et la richesse. Je contemplai les couleurs somptueuses du tapis. J'étais désormais un riche dignitaire. Un pouvoir féroce, qui n'avait rien à voir avec le dragon Miroir, commença à s'éveiller en moi. J'étais sire Eon. Un Œil du dragon, pas un apprenti. Je buvais dans des coupes d'or et dormais dans des draps de soie. Les gens me servaient, s'inclinaient devant moi. Plus personne ne s'aviserait de se moquer de ma jambe boiteuse ou de faire un geste conjuratoire en me voyant.

– Je pourrais ordonner qu'on le fasse venir, déclarai-je.

Rilla se retourna en souriant.

– Voilà une pensée généreuse, sire Eon.

Je me sentis de nouveau rougir. La générosité n'avait rien à voir avec ma proposition.

– Je crains toutefois que même le nouvel Œil du dragon Miroir ne puisse rien contre les craintes de l'empereur.

Elle observa l'eau en train de chauffer.

– Tout ira bien. Le maître ne tolérera pas qu'on maltraite sérieusement Chart.

Certes, cependant c'étaient les offenses anodines qui me laissaient un goût amer. On frappa à la porte. Je me tournai aussitôt vers la porte.

– Sire Eon, dit une voix de l'autre côté. Le médecin de l'empereur demande la permission d'entrer.

– Remettez-vous au lit, chuchota Rilla. Ne le laissez pas vous ausculter.

Elle enleva la marmite du brasero puis se précipita vers la porte.

– Un instant, s'il vous plaît!

Je me hissai sur le lit et rabattis le drap sur moi. Après m'avoir fait un petit signe de tête, Rilla ouvrit la lourde porte et s'inclina devant un petit homme s'avançant d'un air important. Il était comme effacé par l'éclat de ses vêtements. Quatre tuniques courtes de la soie la plus fine se superposaient en un savant dégradé du violet au mauve, qui composait une bordure splendide en haut et en bas de sa tenue. Sous cette quadruple robe, il portait un pantalon large couleur puce, orné de broderies dorées. Un bonnet de médecin rouge foncé, étroit mais couronné d'extravagantes plumes roses, complétait cette magnificence. Au milieu d'une telle débauche de couleurs, son visage apparaissait blême, marqué de rides amères et aussi mesquin que sa courte barbe effilée. Il était suivi de deux gros eunuques vêtus de longues tuniques de coton bleu, dont l'un portait une coupe sur un plateau et l'autre une boîte.

– Sire Eon, je suis le médecin de la cour, annonça le nabot en s'inclinant brièvement. Sa Majesté impériale vous envoie un précieux fortifiant pour vous aider à vous rétablir.

Il fit signe à l'eunuque au plateau d'avancer.

– Cet élixir a été offert à Son Altesse par ces diables étrangers qu'il tolère dans notre ville.

Posant un genou à terre, l'eunuque me tendit la coupe. Ses yeux cernés donnaient un air malsain à son visage bouffi et il émanait de lui une odeur légèrement aigre. Je pris la coupe et observai son contenu. Le liquide ressemblait à de la vase luisante.

– Cela s'appelle du « cocolat », m'informa le médecin. Sa Majesté en prend tous les matins.

– Je dois le boire ? Comme du thé ?

– Oui, seigneur. Cela vous fera le plus grand bien après votre jeûne prolongé. Pour le moment, vous devez être prudent. Il ne faudrait pas brusquer votre corps. Je vais vous faire préparer aux cuisines quelques plats qui favoriseront votre rétablissement.

Il se pencha en avant pour m'observer de près, en pinçant ses lèvres sèches d'un air pensif.

– Nous commencerons par un peu de bambou et de poisson, je crois. Maintenant, buvez.

Je levai la coupe. Un arôme évoquant l'étrange café d'Ari chatouilla mon nez juste avant que le « cocolat » n'emplît ma bouche de sa texture onctueuse et sucrée. Quand je l'avalai, je sentis une curieuse amertume s'attarder sur ma langue. Mes mâchoires se crispèrent brutalement et je serrai les dents en attendant que la douleur passe. Cette boisson était plus douce que le miel, et mystérieusement apaisante. Je bus une gorgée plus abondante. Cette fois, l'amertume était presque imperceptible dans le délice crémeux qui tapissait ma bouche et ma gorge. Quand la coupe fut vide, j'avais l'impression d'avoir mangé tout un repas de sucrerie. Même l'arrière-goût de ce nectar était exquis.

Le médecin prit la coupe vide et hocha la tête avec approbation.

– On m'a informé que votre peau n'était plus dangereuse à toucher. Je vais donc vous examiner.

Il attrapa le bord du drap.

– Non ! m'exclamai-je en agrippant l'étoffe. Je ne veux pas être examiné.

Je tentai d'esquiver ses mains osseuses, mais il s'empara de mon poignet.

– C'est pourtant nécessaire, dit-il. Je dois faire mon rapport à Sa Majesté.

– Sire Eon va bien, lança mon maître en entrant dans la chambre. Tel doit être votre rapport, médecin.

– Maître ! m'écriai-je.

Je voulais courir vers lui, mais le médecin emprisonnait toujours mon poignet. Je me dégageai avec vivacité.

– Vous êtes là !

Je ne pus empêcher ma voix de trembler de soulagement.

– Bien sûr que je suis là, sire Eon, dit mon maître en soulignant mon titre avec un bref sourire.

Son visage brillait d'une excitation profonde. S'avançant vers le lit, il poussa sans ménagement le petit homme, qui recula à contrecœur.

– Qui êtes-vous ? s'enquit le médecin.

Mon maître le toisa un instant puis se tourna vers moi.

– Je suis venu aussi vite que possible, seigneur, dit-il. Comment vous sentez-vous ?

– Je me sens…

Ma voix se troubla. Mon maître s'inclinait devant moi. Je remontai le drap sur mon corps.

– Je me sens bien, Heuris Brannon, dis-je enfin en trébuchant sur son nom.

– Vous voilà fixé, médecin, déclara mon maître. Sire Eon se porte bien. Il vous autorise à vous retirer. N'est-ce pas, sire Eon ?

– Oui, dis-je précipitamment. Vous pouvez disposer. Merci.

Le médecin lança un regard furieux à mon maître.

– Je ferai mon rapport à l'empereur.

Il sortit d'un air digne, suivi par les eunuques au pas traînant. Rilla fit mine de fermer la porte, mais mon maître l'arrêta d'un geste.

– Assurez-vous que tous nos hôtes ont quitté l'appartement, Rilla. Puis allez préparer le bain et les vêtements de sire Eon. Il nous reste beaucoup à faire avant le banquet.

Elle s'inclina et ferma la porte dans son dos. Nous étions seuls.

– Comment vous sentez-vous en réalité ? demanda doucement mon maître en s'asseyant au bord du lit. Vous n'avez pas eu la tâche facile.

Il se pencha pour observer ma tempe enflée. Ses doigts frais pressèrent ma peau avec douceur. Son haleine sentait le vin de riz.

– Je vais bien, maître, répondis-je en toute sincérité. Je vais vraiment bien.

– Parfait. Je suis heureux de l'entendre.

Il recula, les yeux brillants d'une allégresse triomphante.

– C'est fait, Eon. Nous avons réussi au-delà de toute espérance ! La richesse et la puissance sont à nous. Et je vais reprendre ma place au Conseil. Je vais enfin pouvoir m'opposer aux ambitions d'Ido.

Son visage paraissait plus jeune, comme si la force de sa joie avait effacé les années. Je répondis à son sourire, en sentant ma propre jubilation vaincre enfin ma peur.

– Les temps difficiles sont terminés, déclara-t-il.

– Nous pourrons manger des gâteaux tous les jours ! renchéris-je, ravie de le voir rire.

– Des gâteaux ? Nous pourrons nous faire servir des ailerons de requin à volonté.

Il battit des mains.

– Je savais que tu avais quelque chose de spécial. Je le savais, les dieux m'en sont témoins !

Il saisit mes mains et se leva, en m'entraînant hors du lit.

– Quand Ranne t'a frappé, j'ai cru que tout était perdu, dit-il.

– Moi aussi.

Je serrai à mon tour ses doigts.

– J'ai pensé que j'avais trahi votre confiance, maître.

– Il fallait que je t'envoie saluer. Je savais que c'était dur, mais je devais le faire.

– Je n'aurais pas cru en être capable. Mais j'ai réussi.

Je sentis ma robe glisser de mon épaule lorsqu'il m'attira contre lui.

– Oui, tu as réussi, murmura-t-il la bouche sur mes cheveux.

Grisée par son approbation, je me pressai docilement contre son corps. Son souffle contre mes oreilles était aussi doux qu'un baiser.

– Tu t'en es bien sorti.

J'appuyai ma tête sur son épaule tandis que ses mains caressaient mes cheveux, ma nuque, le haut de mes bras. Quand il effleura ma poitrine, une étincelle d'énergie jaillit soudain entre nous, en laissant une légère odeur de roussi.

Je me retrouvai seule, les bras ballants.

– Le dragon est encore en toi, dit-il.

Il suça ses doigts pour calmer la douleur. Je croisai mes bras sur ma poitrine. La brûlure de notre contact se dissipait déjà.

– Je suis désolé, maître.

Il secoua la tête.

– Tu ne maîtrises pas encore ton pouvoir.

– Je ne sens pas vraiment la présence du dragon dans mon esprit. Est-ce normal ?

– Il te faudra du temps pour connaître son énergie.

J'acquiesçai en silence. Il se détourna.

– Je vais chercher du vin, annonça-t-il. Nous pouvons faire une libation aux dieux.

– Je crois qu'il y a du vin sur la commode, dis-je en remontant ma robe. Je vais en verser.

– Laisse-moi faire, lança-t-il en traversant la chambre à grandes enjambées.

Il était impatient de s'éloigner de moi. Je m'assis à tâtons sur le lit.

– Bien entendu, ton union avec le dragon Miroir n'est qu'un début, déclara-t-il. Nous devons dresser nos plans. J'ai déjà tout préparé au Conseil, mais c'est à toi de confirmer les dispositions prises.

J'entendis ses pas assourdis par le tapis se diriger vers moi. Me levant en hâte, je m'écartai du lit. Il me tendit une coupe, sans me regarder vraiment en face.

– Les dispositions ? Que voulez-vous dire, maître ?

– J'ai insisté sur le fait que tu n'avais pas assez d'expérience pour être Coascendant sans l'assistance d'un homme de confiance. Le Conseil a décidé que tu devais te choisir un tuteur dès que possible.

– Vous ?

Il hocha la tête une seule fois.

– Oui, moi.

Levant sa coupe, il proclama :

– Remercions les dieux !

– Remercions les dieux, répétai-je.

Nous vidâmes nos coupes. Je sentis que mon estomac n'appréciait guère le mariage du « cocolat » et du vin de riz.

– Que va-t-il se passer maintenant, maître ?

– Nous irons jusqu'au bout. Tu vas étudier et apprendre à maîtriser ton pouvoir. Je vais assurer notre position au Conseil. Lorsque tes fonctions d'Œil du dragon Miroir prendront fin, nous serons très riches et très puissants.

– Oui, maître.

– Tu dois cesser de m'appeler maître, dit-il d'un ton rude. Tu es sire Eon. Et quand tu m'auras choisi comme tuteur, je serai sire Brannon. Il faut qu'il en soit ainsi.

Il regarda son vin en serrant les mâchoires.

– Il le faut.

## *Chapitre 7*

La salle de bains de l'appartement aux Pivoines était plus vaste que la bibliothèque de mon maître. Pour me faire frotter, j'avais pris place sur un tabouret sculpté. Le siège de bois me semblait dur sous ma peau nue. Les murs étaient revêtus de mosaïques représentant les trois dieux fluviaux de la ville. La paroi du fond était occupée par un miroir allant du sol au plafond. De la vapeur s'élevait de l'immense bassin aux douze côtés creusé dans le sol et couvert de mosaïques. Son eau était constamment renouvelée et chauffée par des canalisations souterraines. La pièce sentait la chaleur et le gingembre. Je lissai le mince pagne protégeant mes hanches, en regrettant de ne pouvoir couvrir aussi ma poitrine.

– Fermez les yeux, dit Rilla.

Elle déversa sur ma tête un seau d'eau chaude, qui ruissela sur mes cheveux dénoués. Je me mis à tousser et rouvris les yeux tandis qu'elle frottait mon bras tendu avec une serviette de coton rêche.

– Avez-vous bu l'infusion ? demanda-t-elle.

Je hochai la tête, encore écœurée par son arrière-goût. Cette tisane ne faisait pas bon ménage avec le « cocolat », le vin et le poisson braisé que le médecin m'avait envoyé pour sortir de mon jeûne.

Rilla se mit à frotter énergiquement mon autre bras, non sans pousser des gémissements quand la serviette irritait ses mains couvertes de cloques.

– Vous allez vous faire mal, dis-je en me dégageant. Je n'ai pas besoin d'être lavée. J'ai pris un bain pour la cérémonie.

Rilla poussa un grognement et s'empara de nouveau de mon bras.

– Vous êtes un seigneur, maintenant. Les seigneurs se baignent toutes les semaines.

J'éclatai de rire.

– Je ne plaisante pas, déclara Rilla après un dernier coup de serviette. Quand j'ai été chercher vos vêtements, la servante de dame Dela m'a dit que sa maîtresse se baignait chaque jour.

Elle ramassa le deuxième seau.

– Cette fille a une langue qui claque comme de la lessive séchant par un jour de grand vent. Fermez les yeux.

– Pourquoi dame Dela se baignerait-elle si souvent ? parvins-je à demander avant que l'eau ne déferle derechef sur ma tête.

Rilla s'accroupit à mes pieds.

– J'imagine que c'est dû à sa condition.

Elle entreprit de frotter ma jambe droite.

– Les Contraires doivent sans doute se purifier ou faire quelque chose de ce genre.

– Les Contraires ?

Rilla toucha doucement ma jambe infirme.

– Puis-je ?

J'acquiesçai de la tête en soulevant mon pied avec précaution. Ma hanche me faisait de nouveau mal, mais pas autant qu'avant. Rilla passa la serviette sur le devant de ma jambe.

– Les Contraires sont des hommes qui mènent la vie d'une femme.

J'écartai mes cheveux mouillés de mes yeux.

– Dame Dela est un homme ?

– Elle en a du moins le corps. Sa servante dit qu'elle a même une verge.

Rilla s'assit sur les talons.

– Cependant son esprit est celui d'une femme. D'après les tribus de l'Est, un Contraire a deux âmes : une âme mâle et une âme femelle. Il possède l'énergie à la fois du soleil et de la lune. Sa présence dans une tribu porte bonheur.

– Elle est donc acceptée.

Rilla fit la moue.

– Chez les gens de l'Est, oui. Ici, les courtisans ne la tolèrent que pour complaire à l'empereur. Certains prétendent qu'elle est un démon doué de seconde vue. Elle a même été agressée une fois, de sorte qu'elle a maintenant un garde du corps.

– A-t-on découvert son assaillant ?

– Non, les recherches se poursuivent. Dame Dela a été envoyée à Sa Majesté par les Seigneurs de l'Est en signe de bonne volonté. L'empereur est embarrassé par le tort fait à leur présent.

– Est-ce que l'inverse est possible ? Une femme peut-elle avoir l'esprit d'un homme ?

Rilla aspergea de nouveau mon dos.

– Vous pensez à vous-même ? demanda-t-elle en baissant la voix. Mais votre esprit n'est pas celui d'un homme. Tout cela n'est qu'une comédie, non ?

Je haussai les épaules et me baissai sous l'eau ruisselante. Comment lui expliquer que je ne jouais pas du tout la comédie ? Que l'esprit que je sentais en moi était beaucoup plus mâle que femelle, plein d'une férocité mise au service d'une ambition impitoyable. En tant que garçon, je n'étais pas puni mais félicité pour cette énergie brutale. Il n'était pas question de l'étouffer pour mon bien ni de l'affaiblir par des tâches de femme.

– Je ne sais pas exactement ce que je suis, dis-je pensivement. Peut-être ai-je simplement oublié comment une fille doit se comporter.

– C'est sans doute préférable, observa Rilla. Pour notre sécurité à tous.

Elle me tendit la serviette.

– Je suppose que vous aimerez mieux laver vous-même le reste.

Je passai la serviette sur mes seins et mon ventre. Comme elle se tournait pour vider un seau, j'en profitai pour frotter plus bas.

– Allez dans le bassin, maintenant, dit-elle. Je vais préparer vos vêtements et je reviendrai vous sécher.

Elle tapota mon épaule puis sortit en hâte, en refermant soigneusement la porte.

Après avoir étendu le pagne sur le tabouret, je me dirigeai vers le bassin. Une mosaïque représentant le cercle des Neuf Poissons de la Richesse miroitait sur le fond. Je me penchai pour tremper mes doigts dans l'eau. Elle était chaude, presque brûlante. Ce serait parfait pour soulager la douleur lancinante de ma hanche. Alors que je me redressais et m'engageais sur les marches descendant doucement vers l'eau, mon regard fut attiré par un mouvement dans le miroir. Moi-même. Nue.

Si maigre et si pâle ! J'effleurai des mains ma

poitrine et mes flancs, en sentant la douceur des seins menus, les aspérités des côtes. Je n'avais pas les formes opulentes d'Irsa. Je me tournai pour voir qu'il en était de même à l'arrière. Malgré tout, les courbes de la féminité étaient bien visibles. Heureusement, elles seraient cachées par les lourdes tuniques et les pantalons de la tenue de cour. Je suivis du doigt la cicatrice plissant la peau de ma cuisse. Une charrette m'avait renversée et traînée derrière elle. C'était du moins ce que disait mon maître. Quant à moi, je n'avais aucun souvenir de l'accident. Je revoyais juste vaguement la silhouette d'un homme penché sur moi : le charretier, peut-être, ou un passant. Cette pensée suffisait à aviver la douleur. Je contemplai de nouveau le miroir. La cicatrice était moins importante et ma jambe moins tordue que je ne l'aurais cru.

Je me rapprochai. Mon reflet fronça les sourcils. Quelque chose avait changé dans mon visage depuis que je l'avais vu dans le miroir du dragon Rat. Il était moins rond, plus osseux. En touchant mes joues, je sentis les formes plus marquées de l'âge adulte. Mes yeux paraissaient plus grands, mes lèvres plus charnues. La féminité s'affirmait davantage dans mes traits. Repoussant en arrière mes cheveux humides, je les dressai au sommet de mon crâne pour imiter tant bien que mal une tresse d'Œil du dragon. Un jeune garçon habillé et coiffé comme un homme. Les dieux veuillent que ce soit ce que voient les autres.

Mais ce n'était pas qu'une question d'aspect. Les gestes, les attitudes jouaient un rôle essentiel, et aussi quelque chose d'autre qu'il était malaisé de définir. Quatre ans plus tôt, quand mon maître m'avait achetée, nous avions passé le long voyage jusqu'à la ville à me transformer en Eon. J'examinais les garçons sur la route et dans les auberges, leurs mouvements décidés, leurs airs importants, les compétitions qu'ils organisaient pour porter de l'eau ou couper du bois. Je me mis à copier leur comportement. Après des années de retenue féminine, je sentais mes gestes s'épanouir avec une liberté fabuleuse. Mon maître m'enseigna le monde masculin des lettres et des nombres. J'appris à m'asseoir en écartant les jambes, le menton agressif et l'œil audacieux.

Surtout, j'appris à ne pas être regardée.

Ce fut Dolana, ma compagne de la saline, qui me parla la première du regard des hommes, de ce bref coup d'œil possessif que certains hommes jettent sur le corps féminin. Elle m'en décrivit les dangers et les possibilités. « On peut s'en servir pour survivre », m'avait-elle dit à voix basse en m'initiant au pouvoir qu'on acquérait en reflétant le désir d'un homme. Même à douze ans, la conscience de ce pouvoir apparaissait déjà dans ma façon de bouger ma tête, mes mains, mes épaules. Toutefois, Dolana avait murmuré ses secrets à une fille. Or, il me fallait devenir un garçon.

En quittant la saline, je dus cesser de prêter attention à la tête d'un homme se tournant vers moi, de croiser son regard en un contact furtif ou de baisser hypocritement les yeux devant son intérêt momentané. Il me fut difficile de perdre ces habitudes mais, à force d'entraînement j'appris à revêtir comme un déguisement les gestes et le regard d'un garçon.

À présent, ce garçon devait devenir un seigneur.

Je laissai mes cheveux retomber autour de mon visage. Tournant le dos au miroir, je m'avançai avec circonspection dans le bassin. L'eau se referma sur mes pieds, mes genoux, mes cuisses, puis je plongeai mon corps tout entier dans sa chaleur. Je ne pus retenir un soupir. Il serait difficile de jouer le rôle d'un seigneur, mais cette fois tout le monde s'attendrait à me voir ignorant et maladroit. Comme par le passé, je trouverais quelqu'un à observer et à imiter. Et mon maître m'aiderait.

La chaleur envahit mes pensées et mon corps. Ma douleur s'atténua, mon esprit se relâcha. Assise sur la banquette installée sous l'eau, j'appuyai ma nuque sur le rebord carrelé du bassin. L'équilibre de la pièce était presque parfait : le mobilier n'était pas assez abondant pour bloquer l'énergie des dragons, la forme du bassin favorisait l'écoulement circulaire du *hua* et le miroir compensait le rétrécissement du mur. Elle avait certainement été conçue suivant les conseils d'un Œil du dragon.

Je laissai la chaleur monter en moi. Mon regard intérieur s'éveilla doucement et les dragons apparurent en chatoyant autour du bassin. Presque identiques par la taille, ils formaient un cercle et leur énergie circulait librement. Apparemment, ils s'adaptaient à l'espace où ils se trouvaient. S'ils avaient été aussi hauts que des tours dans l'arène, ils n'arrivaient cette fois qu'à mi-hauteur de la pièce. Cependant le dragon Miroir – mon dragon – était toujours deux fois plus gros que les autres.

Je me levai en essayant de l'apercevoir à travers la vapeur. Ses yeux obscurs m'attiraient. Il penchait sa tête de côté d'un air interrogateur. M'avançant lentement dans l'eau, je m'approchai de lui, mais ses contours restèrent flous. Ce n'était pas l'effet de la vapeur du bain. Une sorte de brume le voilait comme un rideau très fin. Pourtant, je voyais les autres dragons avec netteté.

Derrière moi, on frappa discrètement avant d'ouvrir la porte. Je sursautai et la vision s'effaça instantanément. M'accroupissant dans l'eau, je me retournai. Rilla entra d'un air affairé, les bras chargés de nouvelles serviettes.

– Qu'avez-vous ? s'étonna-t-elle en fermant la porte avec son dos.

– Vous m'avez fait peur.

Je rejoignis les marches en pataugeant.

– J'ai cru que quelqu'un d'autre allait entrer.

– Dame Dela a veillé à informer le reste de la maisonnée que personne ne devait pénétrer dans vos appartements, assura Rilla.

Elle déploya une serviette et me la tendit.

– Vous ne devriez pas faire ça avec vos mains meurtries, dis-je.

– Je m'en sors très bien. Venez maintenant, nous devons vous sécher et vous habiller.

Je refermai sur moi le tissu chaud et sec.

– On l'a chauffé ? demandai-je en caressant l'épais coton.

– Évidemment, répliqua Rilla en frottant mon dos avec la serviette. Croyez-vous que je laisserais le nouveau seigneur Œil du dragon se geler le derrière en sortant du bain ? Quelle honte !

Nous nous regardâmes en pouffant.

Quand je fus séchée, Rilla m'enveloppa dans une serviette propre. Après avoir enduit d'onguent mes cheveux, elle les natta avec adresse au sommet de mon crâne en une version abrégée de la double tresse des Yeux du dragon.

– Je ne peux pas faire mieux, dit-elle en reculant pour contempler son œuvre.

– Comment avez-vous appris ces choses ? demandai-je.

Elle sourit.

– J'étais la servante personnelle du maître quand il était l'Œil du dragon Tigre. Cela remonte maintenant à plusieurs années, mais je me souviens encore de la coiffure.

Son sourire s'élargit tandis qu'elle lissait une boucle rebelle près de mon oreille.

– Bien sûr, le maître n'a plus besoin d'une coiffeuse maintenant.

Je réprimai un nouveau rire. Les seigneurs ne sont pas censés pouffer.

– Quand même, il va vous regretter, déclarai-je.

Elle détourna les yeux. L'instant d'insouciance était passé.

– Peut-être. Mais il a pensé que je pourrais vous protéger. C'est là l'essentiel. Du reste, Irsa rêvait d'une promotion.

Ramassant la serviette mouillée, elle la secoua brutalement.

– Le maître ne manquera pas d'attentions.

Elle ouvrit la porte et me guida dans le corridor étroit jusqu'à une garde-robe voisine. C'était une petite pièce où trônait une énorme armoire. L'une des portes coulissantes était ouverte, révélant des piles de sous-vêtements blancs et de bas pliés. Un panier miteux était poussé contre la paroi du fond : mes affaires du temps où je logeais chez mon maître. Je reconnus pliés au sommet ma tunique et mon pantalon de sortie, dont les rapiéçages ressortaient sur le tissu d'un noir pâli. Rilla suivit mon regard.

– C'est arrivé hier. Je ne savais pas ce que vous voudriez garder.

Prise du besoin de toucher mes vieux effets, je courus vers le panier.

– Où sont les tablettes mortuaires de mes ancêtres ? demandai-je en le fouillant. Il faut que je dresse un autel en leur honneur.

Je cherchai avec une ardeur redoublée.

– J'ai besoin de leur protection.

Rilla me rejoignit et interrompit d'une main douce mes recherches frénétiques.

– Elles sont en sûreté, seigneur. Bien enveloppées au fond. Je les ai moi-même empaquetées. Je vais préparer un autel pour vous.

Elle me tira doucement en arrière.

– D'accord ?

Je hochai la tête et me détournai du panier sens dessus dessous. Un vaste miroir me faisait face sur le mur opposé. Ignorant mon reflet blême, j'observai un support en bois en forme de buste d'homme, sur lequel pendait une robe trois-quarts d'un luxe éclatant. Sur l'admirable soie vert émeraude étaient brodés des paons, des papillons, des fleurs et une haute cascade où sautaient des poissons dorés.

– C'est pour moi ? demandai-je avec stupeur.

Rilla acquiesça en silence.

– Mais c'est une robe historiée !

J'avais vu des nobles se rendant à des festivités de la cour porter de telles œuvres d'art, qui se transmettaient de père en fils et valaient souvent aussi cher qu'un domaine.

– On l'a apportée pendant que vous preniez votre bain, déclara Rilla en fermant la porte. C'est un présent de l'empereur. Il l'a choisie lui-même pour vous. Elle s'appelle « Une cascade en été baigne l'âme d'harmonie ».

Elle baissa la voix avec respect.

– Elle a été retouchée à votre taille. Vous imaginez le travail que cela représente ?

– Et c'est l'empereur qui me l'envoie ?

Je touchai doucement le bord d'une large manche de soie. Au fond de moi, je savais que recevoir un tel présent du Maître Céleste était aussi dangereux que merveilleux. Se tournant vers l'armoire, Rilla sélectionna un caleçon blanc.

– Enfilez ceci, dit-elle en me le tendant.

Elle sortit de sa poche une bande d'étoffe enroulée.

– J'ai emporté avec moi des bandeaux de poitrine supplémentaires. Je les rangerai avec mes affaires pour plus de sûreté.

J'approuvai de la tête puis entrepris de dénouer les cordons du caleçon de toile fine.

– Un si beau tissu pour des sous-vêtements…, murmurai-je en faisant rouler entre mes doigts l'étoffe délicate.

– Que diriez-vous des soies destinées aux dames de la cour ! Je n'ai jamais vu de telles broderies.

Rilla s'approcha derrière moi.

– Levez les bras.

Elle enroula énergiquement le bandeau sur ma

poitrine, en aplatissant mes seins de manière à rendre toute courbe invisible. Je tressaillis quand elle tira sur la dernière épaisseur de tissu et l'attacha sous mes bras. Quel dommage de ne pouvoir me débarrasser de mes formes féminines ! Elles n'étaient pour moi qu'une source de danger et de souffrance.

– Est-ce assez serré ? demanda-t-elle.

Je passai la main sur le carcan impitoyable et sentis l'oppression familière dans ma poitrine quand je respirais.

– C'est parfait.

Revêtir une tenue de cour exigeait une bonne dose de patience. Lorsque Rilla eut mis en place les tuniques de dessous sans manches, le pantalon vert émeraude assorti, les pantoufles d'intérieur et la ceinture compliquée qui complétait la robe Harmonie, j'avais mal au dos et à la hanche à force de rester immobile.

– Vous voilà prêt, seigneur, dit-elle enfin en lissant l'ourlet.

– Laissez-moi voir.

Je me dirigeai lentement vers le miroir, gênée dans mes mouvements par le poids insolite des vêtements superposés. Un garçon solennel me rendit mon regard. Ses traits fins et son corps mince semblaient insignifiants auprès de la splendeur de son habillement.

– Avec un peu de chance, ils ne verront que la robe, dis-je en effleurant la soie.

Rilla pencha la tête de côté.

– Je ne crois pas que vous ayez à vous faire du souci. Vous avez un menton têtu et des gestes typiquement masculins. En outre, cette robe est habilement conçue. Avez-vous remarqué qu'elle vous fait paraître plus grand et plus large d'épaules ?

C'était vrai. Il n'était pas étonnant que les tisseurs d'étoffes historiées fussent si recherchés et couverts de cadeaux précieux.

– Le Conseil et la cour ne songent pas à une fille, poursuivit Rilla. Une telle supercherie est tout simplement inimaginable. D'ailleurs, vous êtes une Ombre de Lune. On s'attend à ce que vous gardiez la douceur de l'enfance. Ce qui me fait penser…

Elle se dirigea vers l'armoire et fit coulisser la seconde porte.

– Vous allez devoir porter ceci.

Sortant une petite boîte laquée de rouge, elle ouvrit le couvercle et me la tendit. À l'intérieur, posé sur un étui de cuir souple, se trouvait un mince cône en argent de la longueur et de la taille d'un doigt.

– Qu'est-ce que c'est ?

– Une Corne de Larmes. Les eunuques s'en servent pour uriner.

Devant mon expression horrifiée, elle hocha la tête.

– Je sais. Ce doit être très douloureux. En tant qu'Ombre de Lune, vous êtes censé en avoir une.

Elle prit le cône et le glissa dans l'étui, qu'elle ferma en tirant ses cordons.

– Portez-le toujours sur vous. Je crois que les eunuques l'attachent à leur ceinture.

Je baissai les yeux sur l'épaisse ceinture plissée enserrant ma taille.

– Mais pas avec une robe historiée, j'imagine ?

– Je n'en sais rien, répondit Rilla en fronçant les sourcils. Dame Dela pourra peut-être vous conseiller. Si vous êtes prêt, je vais vous conduire à la salle de réception et la faire venir.

Rilla me mena dans la vaste salle située à l'avant de l'appartement. L'un des murs était constitué pour l'essentiel d'écrans coulissants lambrissés qui donnaient sur une cour intérieure du palais. Seuls deux écrans étaient ouverts. J'aperçus un lion-gardien de jade sur une terrasse basse faisant le tour des pièces. Le jardin s'étendait derrière. Dessiné suivant le modèle « vue tranquille », il s'ornait d'un petit pont et d'arbres noueux surplombant un étang. Je n'avais pas besoin de recourir à ma vision intérieure pour comprendre que l'énergie paisible de ce jardin était canalisée avec habileté vers l'appartement.

La salle de réception était traditionnelle : des nattes de paille sur le sol et une table basse en bois sombre entourée de coussins. Deux alcôves identiques s'ouvraient dans le mur du fond et abritaient chacune un rouleau peint. Un long bureau, également en bois sombre, portait un unique vase d'où s'élançait un arrangement d'orchidées. Une dignité sereine imprégnait ces lieux. Rilla fit coulisser les autres écrans afin de dégager la vue sur la cour.

– Dame Dela a été envoyée chercher, seigneur, dit-elle. Dois-je préparer le thé ?

Sa déférence soudaine me prit de court.

– Oui. S'il vous plaît.

Je me dirigeai vers l'alcôve de gauche, attirée par les couleurs vives du rouleau peint. Il représentait un dragon dont la queue tourbillonnante et les pattes antérieures élégamment dressées créaient une symétrie agréable. En déchiffrant les caractères minuscules du nom de l'artiste, je tressaillis. C'était une œuvre du grand maître Quidan. J'allai voir le second rouleau. Un tigre, également de Quidan.

– Ils sont splendides, n'est-ce pas, seigneur ?

Je me retournai. Dame Dela était sur la terrasse, flanquée de son garde du corps Homme d'Ombre. À la lumière du jour, je vis qu'il ressemblait à un insulaire trang. Peut-être faisait-il partie du bétail humain de ces îles. Ils s'inclinèrent tous deux. Dame Dela posa un genou à terre en joignant les mains, et la bordure de perles et d'or de sa robe blanc crème se déploya lourdement sur le sol.

– Noble Œil du dragon, ceci est le salut de cérémonie qu'une dame de la cour doit exécuter devant un seigneur. Celui-ci doit répondre en inclinant la tête.

Je me hâtai d'incliner la tête.

– Parfait, dit-elle en se relevant avec grâce.

Même si le moindre de ses gestes était féminin, je reconnaissais maintenant l'homme caché sous ce maquillage soigné et ces somptueux atours. Et pourtant, elle n'était pas un homme. Elle était dame Dela.

– Ryko est de garde, poursuivit-elle. Aussi se contente-t-il de s'incliner sans baisser les yeux. En temps ordinaire, bien entendu, il doit se laisser tomber sur ses deux genoux et incliner la tête à cinq pouces du sol, en baissant les yeux.

Elle fit un pas de côté.

– Montrez-lui, Ryko.

Le géant s'inclina de nouveau.

– Je vous demande pardon, seigneur, dit-il à voix basse. Étant de garde, il m'est impossible de saluer comme me le demande la noble dame.

Dame Dela battit des mains.

– Magnifique ! C'est un garde hors pair. Même si je le lui ordonne, il ne le fera pas.

Ryko sourit imperceptiblement.

– Si vous me l'ordonnez, noble dame, je serai confronté à un terrible dilemme, déclara-t-il.

– Comment cela ? s'étonna-t-elle.

Son visage sévère avait pris une expression amusée.

– Déplaire à une dame ou enfreindre la consigne. Voilà deux crimes également effroyables.

– Ah ! s'exclama-t-elle.

La perle noire s'agita sur son cou.

– Ce qui est effroyable, c'est votre tentative pour vous montrer galant.

– Vous avez raison, noble dame.

Elle se détourna de lui en pinçant les lèvres pour réprimer son sourire.

– Puis-je entrer, seigneur ? demanda-t-elle.

– Bien sûr.

Elle ôta ses pantoufles et traversa la pièce tandis que l'Homme d'Ombre se postait sur le seuil.

– Sire Eon, dit-elle en reprenant son sérieux, toute personne de rang inférieur doit s'incliner devant vous. Ce qui revient à dire tout le monde sauf la famille impériale et les autres seigneurs. Contentez-vous d'un signe de tête pour saluer les inférieurs. Quand vous rencontrez un égal, par exemple un autre Œil du dragon, le plus jeune seigneur salue de la tête le plus âgé. Devant l'empereur ou un membre de sa famille, il convient de tomber à genoux et de s'incliner en demi-lune.

S'interrompant net, elle considéra ma robe en haussant les sourcils.

– Juste ciel ! Est-ce là « Une cascade en été baigne l'âme d'harmonie » ?

– C'est un présent de l'empereur, répliquai-je aussitôt.

– Vraiment ? dit-elle en tournant autour de moi.

Ses lèvres rouges étaient crispées en une moue pensive.

– Vraiment, ce présent est des plus intéressants.

Elle ouvrit un éventail suspendu par un ruban à son poignet et l'agita doucement devant son visage.

– Maintenant que la robe Harmonie est à vous, il faut que vous connaissiez son histoire. Si nous avons le temps, je vous la raconterai peut-être à la fin de la leçon.

L'éventail se referma brusquement.

– Toutefois, nous devons régler un point avant de continuer.

Elle détourna poliment la tête, en désignant avec son éventail l'étui pendant à ma ceinture.

– Ryko, ne pourriez-vous venir en aide à sire Eon ?

Le garde accourut vers moi.

– Seigneur, puis-je vous suggérer de replier ceci sous la ceinture ? dit-il. L'empereur a décrété récemment qu'un tel objet ne devait pas frapper les yeux des dames de la cour. Me permettez-vous de vous aider ?

Il dénoua les cordons et enroula l'étui autour de la Corne de Larmes, qu'il fit disparaître prestement sous la ceinture aux plis rigides. Je ne pus m'empêcher de rougir.

– Je n'étais pas au courant.

Il s'inclina.

– Seigneur, je me sentirais honoré de toutes les questions que vous pourriez me poser à propos…

Il baissa la voix.

– À propos des usages régissant la vie des Ombres à la cour.

Je ne pus soutenir son regard plein de gentillesse.

– Merci, chuchotai-je.

Ryko me salua de la tête puis reprit son poste devant la porte. Se retournant avec souplesse, dame Dela me fit face de nouveau. Son air radieux semblait excessif.

– À présent, seigneur, dites-moi ce que vous avez déjà appris.

Je répétai ses instructions.

– Très bien. Votre vivacité d'esprit me fait plaisir. Le nouvel apprenti dragon Rat est trop terrifié pour retenir quoi que ce soit en ce moment, le pauvre petit.

– Vous voulez parler de Dillon ?

Je fis un pas en avant.

– Vous avez vu Dillon ?

– Évidemment, vous avez étudié ensemble, dit dame Dela d'une voix suave. Je lui ai donné des leçons sur l'étiquette de la cour. Êtes-vous amis ?

Je vis qu'elle remarquait mon hésitation.

– Oui, répondis-je enfin. Pourrais-je le voir ?

Il serait bon de rencontrer Dillon et de détendre l'atmosphère entre nous. Sa petite trahison n'avait plus aucune importance, maintenant que nous avions tous deux été choisis. Et je voulais jouir de sa stupeur quand il me verrait vêtue d'une robe historiée.

– Il se trouve au manoir de son dragon, seigneur. Cependant vous le verrez ce soir. Le banquet est donné pour lui autant que pour vous. Il sera officiellement le troisième invité d'honneur. En fait, il me serait peut-être possible de vous placer de façon à pouvoir parler ensemble durant le festin. Cela vous serait-il agréable ?

– Oui, extrêmement.

– C'est donc décidé, déclara-t-elle.

J'eus l'impression d'avoir conclu un marché sans connaître le prix à payer.

– À présent, reprenons. Quand vous quittez l'empereur ou un membre de sa famille, vous ne devez jamais lui tourner le dos. Ce serait une offense mortelle. Vous devez apprendre à sortir d'une pièce à reculons. Venez, nous allons nous exercer.

La leçon dura longtemps. Nous l'interrompîmes quand Rilla apporta du thé et des gâteaux-lunes, mais dame Dela en profita pour parfaire mon instruction. Elle me montra comment m'agenouiller dans une robe historiée et prendre le thé selon le rite compassé des nobles. Elle me dit quel hôte buvait le premier dans son bol de porcelaine, quand il convenait de manger les minuscules gâteaux de fête, quels propos s'imposaient suivant les phases du rituel. Je ne mangeai que deux des délicieuses pâtisseries à la cannelle, comme le prescrivait la cérémonie, mais elles ajoutèrent au malaise de mon estomac.

Lorsque j'eus maîtrisé les saluts cérémonieux

ou informels et appris à sortir à reculons en me prosternant pour quitter l'empereur, dame Dela se déclara enfin satisfaite.

– C'est assez pour le moment, je pense. Vous vous en êtes très bien sorti.

Je m'inclinai légèrement, soulagée de voir la séance se terminer. Cependant je prévoyais encore un énorme problème.

– Vous allez me trouver vraiment stupide, noble dame, mais je n'ai jamais vu la famille impériale et les seigneurs Yeux du dragon que de loin. Je serai donc incapable d'adapter mes saluts aux personnes que je rencontrerai.

Elle secoua la tête en faisant tinter les ornements d'or de sa chevelure.

– Cela n'a rien de stupide, seigneur. Quand je suis arrivée à la cour, j'ai connu le même embarras. Ce n'est qu'après de nombreuses bévues que j'ai fini par m'y retrouver.

Souriante, elle se pencha vers moi. Je sentis une odeur délicieuse de frangipane.

– Ne vous inquiétez pas, je vous accompagnerai pendant un moment aux banquets et aux cérémonies de la cour. Je vous soufflerai les noms à l'oreille, et aussi quelques renseignements utiles qui vous aideront à vous orienter parmi tant de personnages variés.

Sans bouger de son poste, Ryko poussa un grognement léger. Dame Dela déploya son éventail et nous dissimula derrière.

– Ryko trouve que ma langue va plus vite qu'un pousse-pousse, chuchota-t-elle assez fort pour que le garde l'entende.

– Non, noble dame. Je pense que sire Eon ne

saurait trouver un meilleur professeur que vous pour l'initier aux intrigues de la cour.

Elle me regarda en ouvrant de grands yeux.

– Il me considère comme une intrigante, maintenant !

– Il est certain que votre beauté m'intrigue, noble dame, dis-je en essayant de m'associer à leur badinage.

Dame Dela hocha la tête avec approbation.

– Voilà qui est bien tourné, seigneur.

Elle referma son éventail.

– Je pense que vous ferez merveille à la cour. À présent, vous plairait-il d'entendre l'histoire de votre robe ? Il vaudrait sans doute mieux que vous la connaissiez avant d'entrer dans la salle du banquet ce soir.

Saisissant ma main, elle tendit mon bras de façon à laisser retomber librement la large manche de soie.

– Cette robe a été conçue et tissée par le maître Wulan. Elle a été commandée par la famille de sire Ido quand il a été choisi comme apprenti. C'était un présent pour l'empereur.

En entendant le nom de l'Œil du dragon, je tressaillis. Dame Dela hocha la tête devant ma réaction. Elle dessina du bout des doigts un emblème brodé sur la manche.

– Voici le blason de la famille, avec inscrit dessous le caractère du mot « ambition », le domaine d'influence privilégié du dragon Rat. La robe évoque les bienfaits de l'été mais, en regardant de plus près, on découvre dans le paon et la cascade une allusion à l'hiver, où le *lin* et le *gan* sont englobés dans…

– Dame Dela, dis-je en interrompant net ce déluge d'explications inutiles. Pourquoi l'empereur m'offre-t-il un présent qu'il a lui-même reçu de la famille de sire Ido ?

Elle jeta un coup d'œil à Ryko.

– Dites-lui tout, déclara le garde d'un ton neutre. Ce n'est pas le moment de tergiverser.

– C'est au contraire le moment ou jamais ! lança-t-elle.

Il la foudroya du regard.

– Non. Même une feuille emportée par le vent doit parfois se poser. Vous saviez que ce choix était inévitable.

Elle ouvrit et referma son éventail en tripotant la monture de bambou luisant, tandis que Ryko inspectait du regard le jardin.

– Eh bien ? demanda-t-elle.

– Nous sommes seuls. Dites-lui la vérité.

– D'accord, d'accord ! s'exclama-t-elle en levant les mains. Cette robe est le moyen pour l'empereur d'adresser un message à sire Ido et aussi, à travers lui, au Grand Seigneur Sethon, son très noble frère.

– Sire Ido sert les intérêts du Grand Seigneur Sethon, dis-je en me rappelant la conversation entre mon maître et le fonctionnaire dans l'arène.

– Oui, vous comprenez vite, approuva-t-elle en baissant la voix. À eux deux, ils possèdent un pouvoir qui est en fait supérieur à celui de l'empereur. Ce n'est un secret pour personne que Sethon convoite le trône. Grâce à Ido, il contrôle le Conseil des Yeux du dragon aussi bien que l'armée. Profitant de la maladie de l'empereur et de la jeunesse du prince Kygo, qui est majeur mais vit encore à l'abri du harem, Sethon s'apprêtait à passer à l'action. C'est alors que vous êtes survenu.

Elle effleura mon épaule.

– Vous avez réveillé le dragon Miroir. Non seulement vous êtes un Œil du dragon coascendant mais, plus important encore, vous pourriez provoquer une scission au sein du Conseil. L'empereur ne perd donc pas son temps. Il proclame que vous êtes de son côté, vous et votre dragon.

Ce discours m'accabla. Sans avoir jamais vu le Grand Seigneur Sethon, je m'étais fait un ennemi de l'homme le plus puissant du pays. Et l'empereur voyait en moi le moyen de retrouver sa suprématie. J'étais comme un lapin pris entre deux loups voraces.

– C'est pour cette raison que l'empereur vous a fait conduire au palais, tout près de lui, reprit dame Dela. Certes, il n'existe pas de manoir du dragon Miroir pour l'instant, mais vous auriez pu vous installer dans un des autres manoirs. Et ce soir, quand vous entrerez dans la salle du banquet vêtu de la robe Harmonie, les intentions de l'empereur apparaîtront clairement à son frère et au Conseil des Yeux du dragon.

Je pressai mon poing sur ma bouche. Mon maître n'avait pas prévu que j'attirerais l'attention de la famille impériale. J'étais censée n'être qu'un apprenti. Ryko s'approcha de moi et posa sa main sur mon épaule, comme pour m'empêcher de retrousser cette robe si mal nommée et de m'enfuir loin de ces luttes implacables.

– Courage, seigneur, dit-il d'un ton bourru. Vous n'avez pas le choix. Vous allez devoir jouer cette partie jusqu'au bout.

– Savez-vous où se trouve mon maître ? demandai-je, éperdue. Il faut que je voie mon maître !

Il saurait quoi faire, comment ménager une voie moyenne entre ces deux partis puissants.

– Heuris Brannon, me corrigea doucement dame Dela, est rentré chez lui s'habiller pour le banquet.

Comprenant soudain qu'à l'avenir mon maître ne serait pas toujours là pour me protéger et me conseiller, je me sentis glacée.

– C'est trop pour moi ! déclarai-je. Comment vais-je faire ?

– Vous allez vivre votre destinée, répliqua Ryko. Comme nous tous. Avec honneur et courage.

Dame Dela roula des yeux.

– Comment pouvez-vous répondre de façon aussi futile à ce garçon ?

Elle attrapa mon bras et ses ongles effilés s'enfoncèrent dans la soie. Je sentis la force de l'homme en elle.

– Écoutez-moi. Vous n'êtes plus un candidat sans le sou mais un seigneur Œil du dragon. Toute la cour est en émoi après avoir vu les onze dragons s'incliner devant vous. Vous possédez un pouvoir qui terrifie même sire Ido. Vous n'avez qu'à vous en servir.

Je sentais à peine la présence de mon dragon. Quant à utiliser son pouvoir, c'était encore plus improbable. Sire Ido n'avait rien à craindre de moi. Mais, même s'il le savait, il n'en agirait pas moins. Je me souvenais de son expression lorsqu'il avait regardé les dragons inclinés devant moi. C'était précisément ce qu'il voulait : que tous les dragons s'inclinent devant lui. Et je faisais obstacle à cette ambition.

Je me dégageai de l'étreinte de dame Dela. Un homme menant la vie d'une femme devait savoir survivre. Elle n'embrasserait jamais une cause perdue.

– À votre avis, qui gagnera ce combat, dame Dela ? Qui soutenez-vous ?

Elle m'observa en silence. Je restai immobile et subis cet examen sans ciller.

– L'empereur, répondit-elle enfin.

– Pourquoi ?

– Parce que sire Ido et le Grand Seigneur Sethon méprisent ce que je suis.

– Et parce que l'empereur est le Maître Céleste, la reprit Ryko.

Nous le regardâmes toutes deux.

– Non, dit doucement dame Dela. Parce que le Maître Céleste a maintenant l'appui du plus puissant des Yeux du dragon.

## *Chapitre 8*

– Soyez le bienvenu, sire Eon, chuchota la voix assourdie de l'empereur au-dessus de ma tête.

Il était assis au sommet d'une estrade à gradins et je voyais son pied gonflé et bandé qui reposait sur un petit tabouret sous la table du banquet. À côté de lui, un tabouret identique avait été placé en face d'un fauteuil vide, à l'intention du fantôme de l'impératrice, morte depuis près d'un an.

– La robe Harmonie vous sied à ravir, déclara Sa Majesté. Vous pouvez vous asseoir.

Je levai mon genou et tendis péniblement mon pied en avant pour prendre la posture accroupie que m'avait enseignée dame Dela. Puis je risquai un coup d'œil sur le Maître Céleste. Ses épaules voûtées et la peau flasque de son visage cireux donnaient l'impression qu'il avait été encore dernièrement un homme nettement plus robuste et imposant. L'énorme Perle impériale, au moins aussi grosse qu'un œuf de canard, remplissait le trou s'ouvrant à la base de sa gorge. Alors que la perle noire de dame Dela était suspendue à une baguette, celle-ci était sertie dans une monture d'or et cousue dans la peau de l'empereur. C'était un symbole de souveraineté, attestant qu'il descendait des dragons antiques. On ne la lui retirerait qu'à sa mort, pour la coudre dans la gorge de son héritier. Je vis que la peau avait repoussé sur la base dorée, mêlant ainsi l'homme et le joyau.

Levant les yeux vers son visage, je me figeai en croisant brièvement le regard du Maître Céleste. Je me détournai aussitôt, comme il convenait, mais j'avais eu le temps de voir qu'il observait la table de sire Ido en contrebas. Sa Majesté avait elle aussi perçu la tension de l'Œil du dragon à la vue de ma robe.

L'un des eunuques chargés de l'étiquette du banquet s'approcha de moi.

– Par ici, seigneur, murmura-t-il tandis que les chuchotements animés enflaient derrière moi.

Je m'inclinai en me préparant à reculer.

– Sire Eon !

La voix était jeune et énergique. Levant les yeux, je vis le prince héritier se pencher en avant dans son fauteuil installé sur le gradin inférieur de l'estrade. Comme son père, il avait une mâchoire résolue, un grand front et un regard révélant une intelligence aux aguets.

– Mon vénérable père a suggéré que vous souhaiteriez peut-être étudier la science politique afin de vous préparer à vos nouvelles fonctions d'Œil du dragon coascendant, déclara-t-il. Je suis chaque matin le cours du très savant Prahn. Vous plairait-il de vous joindre à nous demain ?

M'agrippant fermement à ma robe, je m'inclinai de nouveau.

– Ce sera un honneur, Votre Altesse.

Le père et le fils échangèrent un regard furtif. Dame Dela avait prédit qu'un geste spectaculaire marquerait mon entrée dans le cercle de la famille impériale. « Ce ne sera pas un ordre de l'empereur, avait-elle dit. Il s'agira plutôt d'une invitation d'un de ses partisans reconnus, de façon que vous preniez publiquement position. »

Cependant, même elle n'avait pas imaginé que le prince héritier en personne interviendrait.

L'eunuque toucha mon épaule et nous longeâmes à reculons la salle immense, entre les deux tables basses des innombrables courtisans et fonctionnaires. Les hommes richement vêtus et leurs épouses étaient assis devant les murs dorés bordés de lampes à huile resplendissantes. Tandis que nous progressions lentement, je sentais leurs regards peser sur moi. Certains étaient simplement curieux, d'autres hostiles, d'autres effrayés. J'aperçus mon maître à mi-chemin. En attendant que je l'aie accepté pour tuteur le lendemain, il ne pouvait être assis avec moi. Il me sourit en hochant la tête, mais même cette vision ne ranima pas mon courage.

L'eunuque me conduisit le long du mur droit et me fit monter jusqu'à la table des Yeux du dragon, installée près de l'estrade impériale. Les deux fauteuils les plus proches de la table du souverain étaient vides. L'un était gardé par Ryko, l'autre se trouvait à côté de Dillon. Dame Dela avait tenu parole : j'allais pouvoir parler avec mon ami. Figé par la terreur, il était assis près de sire Ido. Tous les autres apprentis étaient debout derrière leurs seigneurs Yeux du dragon, prêts à les servir. Quand je passai, ils s'inclinèrent en baissant les yeux. Leurs maîtres ne furent pas aussi polis. Je les sentis dans mon dos se tourner sur leur siège pour mieux me voir. Leurs chuchotements me suivirent le long de la rangée : « trop jeune », « un danger », « trop tard ».

Seule dame Dela paraissait à son aise. Elle se tenait près d'un vaste écran sculpté dans un coin de la salle. Dans les interstices des motifs compliqués, on apercevait des cheveux noirs, des épingles d'or et des soieries bleues appartenant aux trois concubines impériales alors en faveur. Manifestement, dame Dela concluait un marché avec l'une d'entre elles, car elle porta sa main au front puis au cœur, comme on le fait pour marquer son accord. Lorsque l'eunuque me fit asseoir, elle leva les yeux.

– Sire Eon ! lança-t-elle en se hâtant vers nous.

La perle noire s'agitait sur sa gorge.

– Je suis ravie de vous revoir.

Elle se laissa tomber sur un genou.

– Le prince m'a interrogée sur votre compte juste avant de s'asseoir, et voilà qu'il vous propose d'étudier avec lui. Cette invitation est des plus obligeantes.

Comme elle ouvrait son éventail, je vis ses yeux s'arrondir sous ses sourcils. Quand il se referma brusquement, elle avait retrouvé son sourire de dame de la cour.

– Je crois que vous connaissez l'apprenti Dillon, poursuivit-elle d'une voix suave tout en se relevant et en faisant signe à l'eunuque de reculer son siège.

Tandis qu'elle s'asseyait, Ryko s'inclina et se mit en position derrière elle, avec une impassibilité étudiée. À côté de moi, Dillon baissa la tête en joignant les mains.

– Sire Eon, dit-il en fixant obstinément le sol.

– Je suis heureux que nous soyons assis côte à côte. Nous avons tant à nous dire.

Il leva les yeux et un sourire hésitant éclaira son visage terrifié. Je lui fis un clin d'œil comme au bon vieux temps. Son sourire s'élargit.

Me penchant vers son maître assis près de lui, je le saluai de la tête et lançai :

– Salut à vous, sire Ido !

Je fus heureuse de constater que ma voix ne tremblait pas.

– Sire Eon. Vous êtes superbe ce soir, répliqua-t-il d'un ton mielleux. C'est un honneur pour moi que Sa Majesté vous ait donné la robe que ma famille lui avait offerte.

Je sentis dame Dela s'agiter à côté de moi pour me mettre en garde. Avant qu'elle fût appelée au banquet, nous avions envisagé toutes les réactions de sire Ido qui nous venaient à l'esprit. J'arborai un sourire aussi hypocrite que le sien.

– Je me sens doublement honoré, déclarai-je. Une robe à l'histoire aussi fortunée ne peut que porter chance à celui qui la revêt.

Il me regarda un instant avec attention.

– Nous autres, Yeux du dragon, nous savons que la chance est une force fragile. Elle peut aisément mal tourner si elle tombe entre de mauvaises mains. N'est-il pas vrai, sire Eon ?

Tout en murmurant mon approbation, j'arrangeai ma robe pour cacher mes mains tremblantes. J'avais devant moi une assiette de porcelaine bleue presque transparente. Elle était flanquée de baguettes en argent et d'une cuiller à soupe en forme de cygne. Une fleur de frangipanier flottait dans un rince-doigts, également en porcelaine bleue. Je contemplai chaque objet, réconfortée par leur beauté.

– Vous vous en sortez bien, me dit dame Dela en effleurant mon bras.

Je regardai la table des dignitaires en face de nous.

– Lequel est le Grand Seigneur Sethon ?

– Il n'est pas ici, répondit dame Dela à voix basse. Il est parti dans l'Est pour régler un conflit frontalier.

Elle jeta un coup d'œil à sire Ido.

– Mais il n'ignorera rien des événements de ce soir.

Des coups retentissants ramenèrent soudain le silence dans la salle. Le héraut personnel de l'empereur martelait le sol avec sa canne afin d'obtenir l'attention.

– Sa Majesté va parler ! cria-t-il.

Aussitôt, nous nous inclinâmes tous sur nos assiettes. Le Maître Céleste nous fit signe de nous redresser.

– Nous sommes ici pour honorer le changement d'année, qui coïncide avec l'ascension de l'Œil du dragon Rat, sire Ido, et le choix de son nouvel apprenti, Dillon.

Chacun se penchait pour saisir les mots prononcés par sa voix faible.

– Toutefois nous célébrons également un événement d'une portée sans pareille : le retour du dragon Miroir et l'accession exceptionnelle d'un jeune homme au rang d'Œil de dragon. Sire Eon et son dragon Miroir sont un signe de la faveur que les dieux accordent à notre personne et à notre règne.

Il éleva un bol d'or.

– Nous rendons grâce pour un tel présent.

Je regardai fixement le bol d'argent dans mes mains. L'empereur faisait de moi un signe envoyé par les dieux. Il agissait comme un homme agrippant une brindille pour échapper à la noyade. En rendant ainsi négligeable l'ascension de sire Ido, il ne pouvait que mécontenter l'Œil du dragon.

– Grâce soit rendue, dis-je en m'inclinant avant d'humecter de vin mes lèvres.

À côté de moi, Dillon vida bruyamment son bol. Ses yeux s'affolèrent quand il comprit son erreur.

– Plus important encore, reprit l'empereur d'une voix plus forte, les augures me disent qu'en nous revenant ainsi, en dehors de sa propre année d'ascension, le dragon Miroir manifeste une intention précise.

Je levai les yeux. Sa Majesté ne me quittait pas du regard.

– Chacun sait que ma santé décline. Cependant, voilà dix-huit ans que ce pays eut le bonheur de voir naître mon héritier, le prince Kygo. Les augures déclarent que le dragon Miroir, le Dragon Dragon, est revenu et a choisi sire Eon afin de préparer le règne de mon fils. Sire Eon et le dragon Miroir sont ici dans le but de bâtir pour le prince héritier une forteresse de chance et de puissance.

L'espace d'un instant, le silence régna. Puis tous les assistants se levèrent en désordre et se tournèrent vers moi, en s'inclinant et en applaudissant. Abasourdie, je croisai le regard du Maître Céleste. La foi éclairait ses yeux d'une lueur fiévreuse – à moins que ce ne fût le désespoir.

Que pouvais-je faire ? Contredire l'empereur ? Ce serait signer mon arrêt de mort. À travers la masse mouvante des mains et des visages, je cherchai mon maître. Il saurait quelle conduite tenir. Je le découvris enfin, toujours assis. Son corps était figé, son visage blême. Quand il leva vers moi ses yeux écarquillés, j'y lus la même foi ardente.

Avais-je été choisie par le dragon Miroir pour soutenir l'empereur et le prince héritier ? Le souverain et mon maître en étaient convaincus, de même que les augures impériaux. Qui étais-je pour douter d'eux ?

Un empire reposait sur mes épaules. J'étais trop faible et insignifiante pour supporter un tel fardeau.

Quelqu'un d'autre n'avait pas bondi sur ses pieds après le discours de l'empereur. Du coin de l'œil, je vis sire Ido se renverser dans son fauteuil en m'observant d'un air sombre. Mon élévation à la dignité de signe du ciel n'était ni une surprise ni une joie pour lui.

– Encore une manœuvre audacieuse de Sa Majesté, me chuchota dame Dela tout en battant des mains. Dépêchez-vous de vous incliner devant lui, autrement nous ne mangerons jamais.

Elle avait raison. Ce n'était qu'une nouvelle manœuvre dans une lutte pour le pouvoir. Étrangement rassurée, je joignis les mains et baissai la tête, en échappant ainsi aux visages remplis d'espoir qui me faisaient face. La canne du héraut interrompit brusquement le vacarme général. De nouveau, l'attention se concentra sur l'empereur.

– Sire Eon sera mon hôte au palais en attendant que le manoir du dragon Miroir soit reconstruit. Lors des fêtes du Douzième Jour, j'aurai l'honneur de lui remettre ainsi qu'à son dragon les merveilles rescapées de l'incendie qui détruisit le manoir voilà trois siècles. Cette dynastie a considéré comme un devoir sacré de protéger le trésor du dragon Miroir. Lorsque mon père, le Maître des Dix Mille Années, me montra la chambre forte de notre bibliothèque et me passa le flambeau, il prononça ces sages paroles.

L'empereur fit une pause théâtrale.

– « Souvenez-vous, mon fils, qu'un dragon est comme un collecteur d'impôts. Qu'une pièce d'or vienne à manquer, et il vous pourchassera pour l'éternité. »

Près de lui, le prince Kygo renversa la tête en arrière et éclata de rire. Non sans retard, l'assistance se mit à pouffer poliment et les dames dissimulèrent leurs bouches derrière leurs éventails déployés.

Un trésor ? Qu'on avait gardé pour moi ?

– S'agit-il vraiment d'une chambre remplie d'or ? demandai-je à dame Dela.

Avant qu'elle puisse répondre, sire Ido fit lever Dillon et se pencha vers moi par-dessus son siège.

– Sa Majesté parlait au figuré, sire Eon, dit-il en jetant un regard ironique au souverain souriant encore de sa propre plaisanterie. Ce trésor n'est pas en or.

– Vous l'avez vu ? l'interrogeai-je vivement pour cacher ma déception.

– Non, mais le Conseil possède la liste des objets sauvés des flammes. C'est presque la seule trace qui nous reste du dragon Miroir.

Il s'interrompit pour regarder les autres Yeux du dragon attablés, dont l'air indolent contrastait avec son énergie féroce. Ses lèvres esquissèrent un sourire sarcastique.

– Vous et votre dragon êtes extrêmement mystérieux. Comme vous le voyez, le Conseil est excité au plus haut point.

Je me surpris à sourire à mon tour, entraînée par son allégresse moqueuse. Il se rapprocha et j'aperçus une lueur argentée dans ses yeux.

– D'après nos registres, le trésor de la chambre forte comprend plusieurs meubles de grand prix…

D'un coup, je me sentis au bord de la nausée. Une présence s'imposa à moi et éveilla brusquement mon regard intérieur. Devant moi, un flot argenté de pouvoir jaillit de l'énergie de la pièce. Il s'écoula dans le corps de sire Ido, en alimentant le point de puissance jaune dans le delta de ses côtes – le centre du charisme. Au-dessus, le point cœur vert semblait encore plus pâle et atrophié qu'auparavant.

Cet homme se servait du pouvoir pour me séduire.

La présence eut un mouvement de recul. Mon regard intérieur s'éteignit aussitôt, me laissant une sensation familière de manque. Le dragon Miroir m'avait de nouveau quittée. Les yeux plissés, sire Ido avait cessé de parler. Avait-il senti lui aussi le dragon ? Je reculai et son visage se durcit, mais sa voix garda sa douceur caressante.

– … et quelques-uns des instruments nécessaires à notre art. Il me semble que la liste mentionnait un Compas du dragon orné de joyaux.

Il fallait que j'échappe au pouvoir qui me poussait vers lui, que je mette un espace entre nous. Je m'inclinai brièvement.

– Je vous remercie, sire Ido.

– Ce fut un plaisir, sire Eon.

Il fit signe à Dillon de se rasseoir, tandis que le héraut annonçait une nouvelle déclaration de l'empereur.

– Il est temps de souper, proclama le Maître Céleste. Lors du second service de desserts, nous écouterons les poètes qui ont poli leurs vers en l'honneur de cette soirée.

Il brandit un jade sculpté suspendu à un ruban de soie rouge.

– Un prix attend l'artiste dont l'éloquence saura le mieux nous émouvoir.

– Je crois deviner qui sera récompensé, marmonna dame Dela.

Devant mon regard interrogateur, elle désigna l'écran se dressant dans notre dos.

– Cela fait longtemps que dame Jila est imbattable.

Ryko émit un petit grognement de reproche et dame Dela soupira avec irritation.

– D'accord, peut-être suis-je injuste. Ce n'est pas parce qu'elle est la mère du prince qu'elle est un mauvais poète.

– La mère du prince ? m'étonnai-je. Je croyais que l'impératrice…

Dame Dela secoua la tête en posant un doigt sur ses lèvres.

– C'est la version officielle. En fait, l'impératrice était stérile. Dans ces cas-là, le premier-né mâle du harem est attribué automatiquement à la souveraine. De cette façon, on évite les problèmes de succession.

Elle me fit signe de me rapprocher.

– Voyez-vous, dame Jila est une femme avisée.

Même si elle ne peut être reconnue ouvertement comme la mère du prince, elle sait que c'est sa progéniture qui va monter sur le trône. Comme elle a récemment mis au monde un autre garçon après deux filles, sa position dans la maison impériale est assurée.

Elle observa un homme robuste vêtu d'une courte tunique blanche, qui s'agenouillait près de l'empereur.

– Ah, le goûteur impérial a été appelé. Le service des plats froids va enfin arriver.

Elle n'avait pas fini de parler que deux colonnes d'eunuques portant des plateaux couverts entrèrent dans la salle et s'alignèrent devant les tables. L'eunuque me faisant face, les yeux baissés comme il convenait, posa deux plats sur la table. Le héraut frappa de nouveau le sol avec sa canne et les serviteurs soulevèrent les couvercles d'argent. Tout le long de la table, des mets admirablement présentés s'offrirent à la vue : tranches de porc, chou aux amandes, canard aux haricots, œufs glacés, légumes marinés, salades à l'huile, rouleaux d'algue au riz, poulet rôti froid, poisson fumé et gâteaux de pois au gingembre.

– Quel festin ! murmurai-je.

Dame Dela examina le plat de porc devant elle puis fit signe au serviteur de lui en donner avec sa cuiller.

– Modérez-vous, seigneur, m'avertit-elle en levant la main pour refuser une seconde cuillerée. Il y a encore onze services.

Un autre eunuque s'arrêta devant moi.

– Seigneur, dit-il du ton humble des domestiques, le médecin impérial vous envoie ce plat et vous prie de le manger en premier afin d'aider votre digestion.

Je jetai un regard au médecin assis de l'autre côté de la salle, à une table plus basse. Il s'était changé et portait maintenant des vêtements verts qui n'allaient guère à son teint terreux. Je le remerciai d'un hochement de tête et il me sourit avec affabilité, en faisant de grands gestes pour m'inviter à manger. L'eunuque posa le plat et ôta le couvercle, révélant ainsi des haricots verts croquants et de petits morceaux de pâte blanche parsemés de graines de sésame.

– Qu'est-ce que c'est ?

– De l'anguille froide, seigneur. Pour stimuler le sang.

Impatiente de goûter ce mets délicat, je saisis les lourdes baguettes en argent. La texture était étrange, à la fois coriace et tendre, avec un goût d'amande exacerbé par le sésame. À côté de moi, Dillon fixait un plat de canard, les doigts crispés sur le rebord de la table.

– Seigneur, pourriez-vous venir en aide à l'apprenti Dillon ? demanda dame Dela entre deux bouchées.

Je fis signe au serviteur, qui lui servit promptement du canard.

– Tu n'as qu'à leur dire ce que tu désires, déclarai-je avec une assurance feinte.

Il s'humecta nerveusement les lèvres.

– Regarde-moi tout ça.

Je souris et m'efforçai de le dérider un peu.

– On peut dire que nous sommes chanceux, non ?

Son sourire n'éclaira pas son regard triste. Je

lui avais déjà vu ce regard, les rares fois où il avait été battu par Heuris Groven.

– Comment cela se passe-t-il ? demandai-je à voix basse en désignant de la tête son nouveau maître.

En pleine conversation avec son voisin Œil du dragon, sire Ido nous tournait le dos. Le visage de Dillon s'assombrit encore.

– Comme tu le dis, nous avons certainement de la chance.

Il saisit son bol de vin et le vida derechef.

– Je suis heureux de l'entendre.

Sous la table, je pressai mon pied contre sa jambe. Il fit de même et battit des paupières pour refouler ses larmes. Apparemment, nous étions tous deux engagés sur une voie périlleuse.

– Sire Eon, permettez-moi de vous recommander les gâteaux aux pois, intervint dame Dela.

Au cours des trois services suivants – un choix de soupes suivi par du homard puis des pétoncles –, dame Dela me chuchota des commentaires sur les Yeux du dragon assis à notre table. Le voisin de sire Ido était l'Œil du dragon Bœuf, sire Tyron, un partisan de l'empereur. Je me renversai dans mon fauteuil pour le regarder. Il avait un corps robuste pour un Œil du dragon, et son visage était creusé de profonds sillons entre le nez et la bouche. Comme le Bœuf était le prochain signe du cycle d'ascendance, il se retirerait à la fin de l'année en faveur de son apprenti. Sire Elgon, l'Œil du dragon Tigre, était assis après lui, conformément à l'ordre d'ascendance. Dame Dela me le décrivit à voix basse comme un inconditionnel de sire Ido. Avec son visage allongé, sa mâchoire puissante et son nez plat, il ressemblait à une pelle. Sans doute avait-il été l'apprenti de mon maître, quand celui-ci était l'Œil du dragon Tigre. Cependant, je n'avais jamais entendu mon maître parler de lui. Son voisin était l'Œil du dragon Lapin, sire Silvo. Un bel homme au visage pâle, dont les traits réguliers avaient été affinés par les fatigues de sa vocation. Dame Dela le définit comme un modéré, s'efforçant toujours de faire la paix entre les factions. Alors que nous arrivions à sire Chion, l'Œil du dragon Serpent, un jeune eunuque portant la livrée noire du harem apparut à côté de dame Dela. Il s'inclina et lui remit un rouleau cacheté à la cire, dont les deux baguettes s'ornaient de perles de jade. Elle le déploya pour parcourir son texte.

– Souhaitez-vous répondre, noble dame ? demanda l'eunuque.

– Non.

Elle lui fit signe de s'en aller et relut attentivement le texte.

– Eh bien, dit-elle en fronçant les sourcils. Voilà qui va faire sensation. J'espère seulement qu'on ne blâmera pas le messager.

Je jetai un coup d'œil à la calligraphie fluide couvrant le papier, mais ne reconnus aucun caractère.

– De quoi s'agit-il ?

– C'est le poème de dame Jila pour la compétition.

Elle posa le rouleau sur la table.

– Bien entendu, elle ne peut le présenter elle-même à la cour, de sorte qu'elle m'a priée de le lire. J'ai traduit son livre de poésie, l'été dernier, et ç'a été un grand succès.

– En quelle langue écrit-elle ? Vient-elle des tribus de l'Est ?

– Non, non.

Se penchant vers moi, dame Dela chuchota :

– C'est en écriture de femme.

– En quoi ?

Ma stupéfaction la fit sourire.

– C'est une écriture très ancienne, qu'on se transmet de mère en fille. Je pense qu'il s'agissait au départ de permettre aux femmes de s'écrire, d'exprimer leurs sentiments. Cela n'a rien de très érudit, bien sûr, puisque la littérature des hommes nous est interdite, mais c'est pour nous un moyen de partager nos pensées.

Elle fit une pause, les yeux baissés sur le rouleau.

– Et notre solitude.

Une image fugitive s'imposa à moi. Une femme dessinant dans le sable avec un bâton les traits d'un caractère, en m'enlaçant d'un bras. Ma mère ? J'abandonnai ce souvenir et me carrai dans mon fauteuil. Un seigneur Œil du dragon n'avait rien à faire de l'écriture des femmes. Pour ne rien dire de leurs pensées et de leurs peurs.

– Parlez-moi de sire Chion, lançai-je.

Sans s'affecter de mon ton abrupt, dame Dela prit le rouleau et le glissa dans sa manche.

– Il faut le surveiller, déclara-t-elle. Le dragon Serpent est le gardien de l'Intelligence, et sire Chion ne s'en laisse pas conter.

Je jetai un coup d'œil dans sa direction mais ne vis qu'une longue main tenant un bol de vin. Si vraiment il perçait à jour les imposteurs, je ferais mieux de l'éviter.

– Quel est son camp ?

Elle inclina la tête vers sire Ido.

Le convive suivant était sire Dram, l'Œil du dragon Cheval. Dame Dela ouvrit son éventail et l'agita devant son visage avec une ardeur parodique. Le dragon Cheval était le gardien de la Passion, déclara-t-elle en feignant d'être en émoi, et sire Dram prenait sa mission très à cœur. J'aperçus le visage coloré du seigneur tandis qu'il se renversait dans son fauteuil en riant. Il semblait plus énergique que les autres, même s'il n'avait pas la vitalité de sire Ido. Dame Dela affirma qu'il soutenait l'empereur mais n'était guère utile, car il n'inspirait aucun respect aux autres Yeux du dragon.

On nous apporta un nouveau service, composé de toutes sortes de recettes de poulet accompagnées de grands bols de riz sauvage. Je touchai à peine à mon assiette de pattes de poulet frites. Mon estomac était si chargé que des douleurs avaient succédé à ma nausée. Dillon avait cessé de manger, lui aussi, mais il vidait encore son bol de vin chaque fois que le serviteur le remplissait.

– Tu sais, dit-il, je n'avais encore jamais mangé de pétoncles. Ni de homard. Je n'ai pas aimé le homard, d'ailleurs. Et toi ? Il ne m'a pas plu du tout.

Il avait du mal à me regarder en face.

– C'est une nourriture plutôt riche, concédai-je.

Il hocha la tête plus vigoureusement qu'il n'aurait convenu.

– Riche. C'est exactement ça. Tout est riche.

Il se mit à pouffer.

– Nous aussi, nous sommes riches.

Dame Dela tapota mon bras avec son éventail.

– Regardez par ici !

Quatre musiciens s'étaient prosternés au centre de la salle, suivis par une troupe de douze artistes incarnant chacun l'un des animaux du cycle. C'étaient les fameux danseurs du Dragon. J'en avais entendu parler, mais ils ne se produisaient jamais hors du palais. Le danseur du dragon Miroir s'inclina devant moi. Sa robe rouge ondulante était brodée d'écailles en argent et se terminait par une longue traîne. Ils avaient dû travailler à une allure prodigieuse pour préparer ainsi un costume et une danse en l'honneur du dragon retrouvé.

Les premières notes tremblantes des flûtes firent taire les conversations. Puis les danseurs commencèrent à bouger en imitant chacun son animal. Ils représentèrent le cycle où chaque Œil du dragon avait le devoir sacré de protéger et de nourrir le pays et ses habitants. J'eus le souffle coupé en les voyant faire pleuvoir avec des serpentins argentés, changer le cours de fleuves de soie bleue et apaiser des vents de mousseline. Après quoi, chaque danseur s'élança pour son compte et évoqua visuellement la vertu dont son dragon était le gardien. Quand ce fut le tour du danseur vêtu de rouge, il fut rejoint par un camarade au costume identique avec qui il se mit à bondir et tourbillonner en une harmonie parfaite, comme s'ils se reflétaient l'un l'autre. Leur danse symbolisait la vérité. Mon dragon était le gardien de la vérité. Je m'agitai sur mon fauteuil, troublée par l'ironie de la situation.

À la fin de la représentation, le public acclama

les danseurs. Je trépignai comme les autres afin de leur témoigner ma satisfaction en faisant trembler le sol sous leurs pieds. Tandis qu'ils sortaient en s'inclinant, les serviteurs accoururent pour apporter en silence le premier service des desserts : pâtisseries baignant dans du sirop de canne, noisettes confites, prunes enrobées de sucre, baies fraîchement cueillies et gâteaux de haricot.

– Du miel ! brailla Dillon en prenant lui-même sur un plat des pains de miel dégoulinants.

Il brandit la friandise sous mon nez.

– Regarde, Eon ! Du miel !

Un coup sec retentit et la tête de Dillon se renversa violemment en arrière.

– Vous vous oubliez, apprenti, siffla sire Ido.

Il avait encore le bras levé pour frapper et une grosse veine bleue palpitait au milieu de son front. Dillon se recroquevilla sur son siège.

– Je suis désolé, seigneur. Je vous en prie, acceptez mes excuses.

– Ce n'est pas à moi qu'il faut les présenter. Excusez-vous auprès de sire Eon.

Dillon se tourna en hâte vers moi et s'inclina profondément.

– Pardonnez-moi, seigneur.

Je regardai stupidement sa nuque pâle et ses petites oreilles. Du sang s'écoulait de son visage baissé et coulait par terre, en se mélangeant au miel dégouttant encore du pain serré dans sa main. Dame Dela me donna une chiquenaude dans le dos.

– Ce n'est rien, assurai-je précipitamment.

– Apportez un chiffon pour nettoyer ça, ordonna sire Ido à un serviteur.

Se retournant vers Dillon, il enfonça un doigt dans son épaule.

– Quant à vous, tenez-vous tranquille et ne me déshonorez pas davantage.

Il remua sa main endolorie. Un eunuque accourut et lui tendit une serviette humide.

– C'est pour ce garçon ! hurla-t-il en la poussant vers Dillon. Donnez-la-lui !

Pressant sa paume sur son front, il fit signe à un eunuque chargé du protocole.

– J'ai besoin de prendre l'air, dit-il en serrant les dents.

L'eunuque s'inclina et entreprit de lui frayer un passage derrière les fauteuils. Sire Ido se leva, salua de la tête dame Dela et moi-même puis s'inclina profondément devant l'empereur. Nous le regardâmes s'éloigner à reculons, en ignorant les amabilités des autres Yeux du dragon.

– Cet homme devient de plus en plus irritable, observa dame Dela d'un ton pensif.

Un très jeune eunuque du harem s'agenouilla près d'elle pour lui transmettre un message. Elle poussa un soupir.

– Laissez-moi deviner, lui dit-elle. Dame Jila veut me dire quelques mots avant que je récite son chef-d'œuvre.

L'eunuque hocha la tête sans parvenir à réprimer un sourire.

– Avec votre permission, sire Eon, dit dame Dela en relevant d'une main sa robe avant de se lever.

– Je vous en prie.

Me tournant vers Dillon, j'effleurai son épaule.

– Allons, essuie ce sang.

Il pressa la serviette sur la coupure au-dessus de son œil.

– Je n'y pensais plus, marmonna-t-il comme s'il se parlait à lui-même.

– Tout ce vin n'a rien arrangé.

J'écartai sa main pour observer la plaie.

– Ça ne saigne plus.

– Tout ceci est… Ce n'est pas si…

Il s'interrompit en regardant autour de lui d'un air effrayé, mais sire Ido avait déjà quitté la salle.

– Facile ? suggérai-je. Ça vaut quand même mieux que de ne pas avoir été choisi, non ?

Il sourit faiblement.

– Quand j'ai touché la perle du dragon Rat et que j'ai senti tout ce pouvoir m'envahir… C'était comme si j'étais le maître du monde.

Il leva les yeux vers moi et son visage s'éclaira, émerveillé.

– Tu sais ce que c'est.

Je lui rendis son sourire.

– Oui.

– Et ensuite, quand j'ai senti son vrai nom déferler en moi, j'ai failli mourir de joie.

Il me sembla soudain que tout se taisait. Son vrai nom ? Un pressentiment terrible me paralysa.

– Son vrai nom…, répétai-je.

– As-tu éprouvé la même sensation ? demanda Dillon.

Je hochai la tête avec raideur.

Était-ce cela le chuchotement qui m'avait échappé ? Je me rappelai avoir pressé mon oreille et mes mains contre la perle dorée, en m'efforçant d'entendre l'écho faiblissant. Pourquoi le nom du dragon n'avait-il pas déferlé en moi comme en Dillon ? Mon cœur s'arrêta. Était-ce parce que je n'avais pas crié mon nom secret ? Mais j'aurais signé mon arrêt de mort.

J'avais manqué ma seule chance de connaître le nom du dragon rouge.

Dillon essuya le sang sur ses joues.

– Quand je songe que je peux maintenant appeler le dragon Rat et son pouvoir, cela me rend humble, reprit-il. Sire Ido m'a déjà enseigné la procédure à suivre.

Il jeta encore un coup d'œil vers la porte et se détendit en constatant que son maître ne revenait pas.

Je n'avais aucun moyen d'appeler le dragon Miroir ni de recourir à son pouvoir. Il m'était impossible de satisfaire les exigences de l'empereur. Et sans mon dragon et son pouvoir, je ne pouvais être utile ni à l'empereur ni à mon maître. À personne.

– Tout va bien, seigneur ? s'inquiéta Dillon.

Il fallait garder le secret, sous peine de causer ma mort et celle de mon maître. L'empereur nous ferait exécuter tous les deux.

– Sire Eon ?

Je tressaillis quand Dillon effleura timidement ma main.

– Oui, on se sent vraiment humble, lançai-je en me forçant à sourire.

À côté de moi, un eunuque recula le fauteuil de dame Dela.

– Un mot à changer, dit-elle en s'asseyant. Un artiste n'est jamais satisfait.

Durant les heures qui suivirent, rien n'exista pour moi que ma peur et cette vérité cruelle : je ne pouvais pas appeler mon dragon. Au bout de quelque temps, sire Ido revint s'asseoir. On servit encore des plats délicieux, et je mangeai jusqu'au moment où ma nausée fut telle qu'il me fut impossible d'avaler une bouchée de plus. Les poètes lurent leurs œuvres et j'applaudis en souriant, alors que je ne comprenais pas un mot. Seul un poème récité par dame Dela me resta en mémoire :

*Quand le Soleil et la Lune se lèvent ensemble,*
*Le Ciel tient la Perle de la Nuit.*
*L'obscurité apaise la lumière aveuglante*
*Et la fraîcheur soulage un pays embrasé.*

Sire Ido leva brusquement la tête. Le silence poli régnant dans la salle devint tendu et je sentis tous les regards se tourner vers nous. L'empereur se mit à applaudir, bientôt imité par le prince héritier. Les courtisans et les autres invités se hâtèrent de se joindre à eux. Dame Jila gagna le jade, que le jeune eunuque du harem alla lui porter derrière l'écran.

Le banquet s'acheva enfin. Nous tombâmes tous à genoux quand l'empereur sortit de la salle dans une somptueuse chaise à porteurs, suivi par le prince héritier. Je regardai fixement les mosaïques du sol en essayant de ne pas penser aux frissons secouant mon corps. Autour de moi, chacun se levait lentement. Les conversations se faisaient plus libres maintenant que le souverain était sorti. Je sentis derrière moi la masse imposante de Ryko, dont la grande main saisit mon bras pour me hisser sur mes jambes. Dame Dela m'observa avec sollicitude.

– Vous ne vous sentez pas bien, seigneur ?

Redoutant de vomir si j'ouvrais la bouche, je me contentai de secouer la tête.

– Je vais vous faire reconduire à votre appartement.

Elle convoqua d'un geste un robuste eunuque, auquel elle donna des instructions à voix basse. Il s'inclina puis me guida à travers la salle en se frayant un chemin parmi les groupes de causeurs avec une telle autorité que personne ne ralentit notre progression. Je me retrouvai dans la cour avant tout le monde. L'eunuque me fit ensuite longer un sentier bordé de bâtiments élégants ou traverser des cours aux jardins illuminés par des lanternes rouges. En marchant, je respirai profondément l'air frais de la nuit pour tenter de calmer mon malaise. Je savais que j'allais vomir, mais pas tant que je porterais la robe Harmonie. Il fallait que je rentre dans mon appartement.

Enfin, l'eunuque s'arrêta.

– Vous voici chez vous, seigneur, dit-il en s'inclinant.

Je me pliai en deux, le souffle coupé. Je n'avais pas reconnu l'appartement ni le jardin à la lueur douce des lanternes. Une ombre apparut sur la terrasse : Rilla. Elle accourut vers moi. Je fis signe à l'eunuque de s'en aller.

– Merci. Vous pouvez disposer.

Il s'inclina et disparut dans l'obscurité. Rilla me rattrapa de justesse à l'instant où je tombais à genoux.

– Je vais avoir des nausées, articulai-je à grand-peine. Enlevez-moi cette robe.

Rilla me souleva et me porta à moitié jusqu'à la terrasse.

– La robe ! criai-je d'une voix rauque.

Après m'avoir installée sur la marche, elle tira sur la ceinture pour la dénouer.

– Ne bougez pas, dit-elle. C'est presque fait.

Je regardai fixement une lampe en haletant. La ceinture retomba enfin sur la terrasse. Rilla fit glisser ma robe sur mes épaules et je parvins à extraire mes bras des manches avant de m'effondrer en avant, heurtant violemment l'allée de gravier. Je sentis sous mes mains et mes genoux les cailloux coupants s'enfoncer douloureusement à travers le tissu léger de mes robes de dessous. Puis je fus secouée par une série de haut-le-cœur. Bientôt, je vomis tout le merveilleux festin. J'avais l'impression d'être complètement vidée.

– Au nom du ciel, quelles quantités avez-vous donc avalées ? s'exclama Rilla en soutenant ma tête.

Je n'eus pas le temps de répondre. Une nouvelle série de vomissements me terrassa de nouveau. L'accès se calma enfin. Pantelante, je crachai sur le gazon impeccablement tondu.

– Je ne mangerai plus jamais, déclarai-je en me mouchant. Comment les nobles font-ils pour recommencer chaque soir ?

– Le banquet de ce soir n'était rien, répliqua Rilla avec bonne humeur.

Elle ramassa la robe historiée et arrangea sur ses bras les plis de la lourde étoffe.

– Attendez de voir le banquet pour l'anniversaire

de l'empereur, le mois prochain. Il durera trois jours et trois nuits.

Je me relevai lentement. La porte du fond coulissa et deux servantes sortirent précipitamment. L'une essuya mon front avec un linge humide, l'autre m'offrit une coupe d'eau de menthe. Je me rinçai la bouche et crachai de nouveau sur l'herbe. Si je ne découvrais pas bientôt le nom de mon dragon, je ne vivrais pas assez longtemps pour assister au banquet de l'empereur.

## *Chapitre 9*

Le lendemain matin, je fus réveillée par le bruit des volets que Rilla ouvrait. La lumière du petit jour faisait de la chambre un paysage d'ombres grises. Seuls les charbons rougeoyants du brasero apportaient une note de couleur.

– Ça va mieux ? demanda-t-elle.

Je me mis sur le dos et battis des paupières pour chasser le sommeil. Peu à peu, je distinguai dans un coin un petit autel – un coussin pour s'agenouiller, des bols à offrandes, des bâtons d'encens et les plaques mortuaires. Je ne l'avais même pas remarqué la veille. épuisée, j'avais sombré aussitôt dans un gouffre sans rêves. Au moins, cette fatigue accablante s'était dissipée. Cependant, j'étais encore plongée dans une molle indolence. J'étirai mes bras et mes jambes, sans m'arrêter à la douleur irradiant soudain ma hanche.

– Beaucoup mieux, merci.

Puis je me souvins. Je ne connaissais pas son nom.

Tout bien-être m'abandonna d'un coup. Je m'assis. Rilla se dirigea vers le brasero et enleva du feu la marmite d'eau.

– J'ai préparé l'infusion, déclara-t-elle en versant

de l'eau dans le bol tout prêt. Vous sentez-vous en état de manger ?

J'eus un haut-le-cœur puis je sentis que j'avais le ventre creux.

– Peut-être pourrais-je avaler une bouchée ou deux.

Personne ne devait savoir que je ne connaissais pas son nom. Même pas mon maître ou Rilla. Pas encore.

Rilla battit la mixture puis posa le bol avec précaution sur la table de chevet.

– Buvez-moi ça. Je reviens dans un instant, dit-elle en se dirigeant vers la porte.

– Rien de bien compliqué, n'est-ce pas ? m'exclamai-je.

– Pas de canard, c'est promis, répliqua-t-elle en souriant.

Dès que la porte fut fermée, je m'appuyai contre la tête de lit. Même à distance, l'odeur rance de l'infusion de la faiseuse de fantômes me soulevait le cœur. Saisissant le bol, j'observai le breuvage trouble. Il fallait que je réfléchisse à un moyen de découvrir le nom de mon dragon.

Où cherche-t-on l'inconnaissable ? Même si j'avais voulu prendre le risque de tout révéler, je n'aurais su qui interroger. Qui pouvait connaître le nom secret du dragon Miroir en dehors de l'Œil du dragon Miroir ? Non, seul le dragon lui-même avait la clé du mystère. Et comme j'ignorais son nom, je ne pouvais l'appeler pour le lui demander.

Je soufflai sur le breuvage et l'avalai d'un trait, en serrant les dents tant il était brûlant et amer.

Et maintenant, chaque fois que je voyais le

dragon Miroir, il était comme voilé de brume. Je ne sentais même pas sa présence.

Mais si : je l'avais sentie la veille. À cette pensée, je me redressai brusquement. Lorsque sire Ido avait tenté de m'enjôler, une force en moi avait éveillé mon regard intérieur. C'était certainement le dragon rouge. Il n'y avait pas d'autre explication. Il m'avait appelée.

Était-ce possible ? Je n'avais jamais entendu parler d'un tel phénomène. Cela dit, j'étais encore très ignorante des habitudes des dragons. Peut-être n'attendait-il que ça. Il voulait que j'entre dans ma vision intérieure afin de pouvoir me donner son nom.

Je reposai le bol et m'appuyai de nouveau contre la tête de lit. En respirant profondément, je m'efforçai de détendre mon corps, de concentrer mon regard intérieur et d'accéder au monde énergétique. Mais mes muscles étaient crispés, ma hanche me faisait mal, mon esprit était déchiré entre l'espoir et la peur. Autant essayer de se reposer sur un lit d'orties.

La dernière fois que j'avais vu le dragon rouge, c'était dans la chaleur paisible de la salle de bains. Peut-être un autre bain m'aiderait-il à le revoir.

Rilla déversa un seau d'eau sur mes épaules.

– On dit que prendre trop de bains peut affaiblir le corps, déclara-t-elle d'un ton caustique.

Je m'agitai sur le tabouret avec impatience, en plissant le pagne entre mes doigts.

– Maintenant, je vais me plonger dans le bassin.

– Mais je n'ai pas encore lavé vos bras et vos jambes.

– Ils ne sont pas sales.

Sans prêter attention à ma hanche raidie, je m'avançai pesamment sur le sol carrelé, descendis les marches en pataugeant dans l'eau chaude et allai m'asseoir en hâte sur la banquette. Les bras croisés, Rilla m'observa en fronçant les sourcils.

– Tout va bien ?

Une fois assise, j'appuyai ma tête contre le rebord, exactement comme la veille.

– Vous pouvez disposer, dis-je.

Elle tressaillit en se voyant ainsi congédiée.

– Je reviendrai quand la cloche sonnera la demie, déclara-t-elle en ramassant les seaux. Autrement, vous serez en retard pour le prince.

Arrivée à la porte, elle se retourna.

– Vous êtes sûre que vous allez bien ?

Je hochai la tête et gardai les yeux fermés jusqu'au moment où j'entendis le claquement du loquet.

En poussant un profond soupir, je m'enfonçai dans l'eau jusqu'au menton. La chaleur gagnait progressivement mon corps. Je jetai un coup d'œil autour du bassin : les dragons étaient invisibles. La vapeur laissait sur ma langue un arrière-goût de gingembre contrastant avec l'amertume persistante de l'infusion de la faiseuse de fantômes. Les yeux fixés sur le mur du fond couvert d'une mosaïque représentant Brin, le dieu du Fleuve, je comptai mes respirations. À la dixième expiration, je sentis ma vue se troubler tandis que mon regard intérieur se tournait vers le *hua* s'écoulant dans la pièce. Un frémissement léger d'énergie effleura ma peau. Autour de moi, d'énormes silhouettes fantomatiques bougeaient et des yeux sombres m'observaient. Je m'enfonçai plus avant dans l'énergie. Comme une ombre où chemine un rayon de soleil, le cercle des créatures indistinctes s'illumina peu à peu et je distinguai les corps des dragons brillant des couleurs de l'arc-en-ciel. Tous, sauf un.

Luttant contre ma cruelle déception, je respirai profondément et remontai le flot du *hua* en cherchant à tâtons le dragon Miroir. Mon regard intérieur était fixé sur la place vide dans le cercle. La vapeur se mit à frémir et à tournoyer. Une forme se dessina. Des yeux noirs, un museau rouge, une perle dorée. Une brume épaisse enveloppait l'apparition.

– Je ne connais pas votre nom, dis-je.

Ma voix résonna dans la salle.

– Je ne connais pas votre nom.

Les yeux énormes me fixaient sans me voir.

– Je vous en prie, quel est votre nom ?

Je me levai. Peut-être fallait-il que je touche de nouveau la perle. Tendant les mains, je m'avançai dans l'eau. Mais plus je me rapprochais, plus le brouillard autour de lui s'épaississait. Il finit presque par disparaître derrière une muraille de brume. Je m'arrêtai à la lisière de la barrière opaque, à travers laquelle luisait la forme indistincte de la perle. Je voulus la toucher, mais ma main rencontra de l'air au lieu d'une surface solide. Le dragon était immatériel. J'insistai en tâtonnant des deux mains dans l'espace vide. Rien.

– Que voulez-vous ? Que dois-je faire ? suppliai-je.

Une image surgit soudain dans ma mémoire. Mes mains collées sur une perle vibrante d'énergie. Le désir d'un dragon fouillant en moi pour trouver un nom caché, que je ne pouvais prendre le risque de crier. Voulait-il ce nom avant de me donner le sien ? Je regardai autour de moi. Même si je savais qu'aucun intrus n'était dans la salle, cela faisait quatre ans que je n'avais pas prononcé ce nom. Mon maître me l'avait interdit et je m'étais exercée à ne pas le dire, ne pas y penser, ne pas m'en souvenir. C'était le nom de quelqu'un d'autre, dans une autre vie.

Je me rapprochai.

– Eona, chuchotai-je.

En retenant mon souffle, je scrutai le brouillard. Le dragon était toujours voilé. Je poussai un soupir de désespoir.

À l'instant où je reculais, une petite brèche s'ouvrit dans la brume. Le voile épais s'effilocha en minces traînées qui pâlirent puis se dissipèrent. Peu à peu, les couleurs du dragon s'avivèrent. La perle dorée étincela, les écailles orangées rougeoyèrent.

Ça marchait.

– Eona, chuchotai-je de nouveau.

Je tendis vers la perle mes mains tremblantes d'excitation.

– Je vous en prie, quel est votre nom ?

Mais une fois de plus, elles passèrent à travers la sphère dorée. Je n'étreignais que le vide. Le dragon avait beau resplendir, il était toujours immatériel. Et ses yeux ne me voyaient pas.

Mon nom ne suffisait pas.

Je me mis à haleter et abattis violemment mes deux mains dans l'eau, qui jaillit par-dessus le rebord du bassin. Pourquoi n'était-ce pas assez ?

– Que faut-il que je fasse ? hurlai-je.

Sur ma gauche, une apparition aux écailles bleu pâle et aux griffes opalines se dressa soudain au-dessus de moi. Le dragon Rat remplit l'espace et son pouvoir explosa en moi. L'eau du bassin se souleva, me renversa. Je coulai à pic et me débattis pour remonter à la surface. Puis une force me poussa vers le haut et je me retrouvai à l'air libre, hors d'haleine. Alors que je suffoquais et gesticulais, je fus projetée hors de l'eau et heurtai violemment le mur. Mon épaule, ma cuisse, mon genou rebondirent contre les carreaux froids, et je m'effondrai en arrière. Après un instant de paix hébétée, tout le côté de mon corps ne fut plus que souffrance.

– Juste ciel, s'exclama Rilla en accourant. Que se passe-t-il ?

– Je ne sais pas, soufflai-je en me tordant de douleur.

Pour une fois, je disais la vérité.

À l'entrée du harem impérial, le guide du palais frappa dans ses mains pour attirer l'attention. Un portier apparut derrière les entrelacs de la grille dorée. Je me balançai d'un pied sur l'autre, en essayant de trouver une posture confortable entre la vieille douleur de ma hanche et mes nouvelles contusions. Même si Rilla m'avait palpée doucement pour décréter finalement que je n'avais rien de cassé, il m'était pénible de rester debout en attendant que les formalités d'usage pour pénétrer dans le harem soient terminées.

Pour ne pas penser à l'échec cuisant de ma tentative avec mon dragon, je me concentrai sur les deux Hommes d'Ombre qui gardaient l'entrée. Aucun des deux eunuques n'était aussi imposant que Ryko, mais les muscles de leurs bras et de leur poitrine étaient impressionnants. Il semblait y avoir deux sortes d'eunuques au palais : ceux qui avaient gardé la force physique d'un homme, et ceux dont le corps prenait peu à peu des formes plus rondes et douces. D'où venait cette différence ?

Je tirai sur le col haut de la tunique de jour que Rilla avait choisie pour moi. Elle était d'un orange très foncé et s'ornait sur le devant d'une broderie somptueuse représentant des bambous vert pâle, symbole de courage et de longévité. Un choix judicieux, vu les circonstances. Rilla l'avait complétée avec un ample pantalon gris retombant sur les chevilles. Elle m'avait dit de revenir me changer après la leçon, car il aurait été déplacé de porter une tunique de jour au Conseil des Yeux du dragon. Naguère, je ne possédais que deux tuniques. Une pour le travail, et une un peu moins usée pour les grandes occasions. À présent, j'avais l'impression de me changer à longueur de journée.

– Voici sire Eon, qui vient sur l'invitation de Son Altesse le prince Kygo, annonça le guide.

La porte s'ouvrit dans un fracas de verrous et de loquets. Un vieillard s'inclina et m'invita d'un geste à entrer dans un couloir sombre et étroit. Les murs de pierre renvoyèrent l'écho de la grille se refermant bruyamment dans mon dos.

Le harem impérial était un ensemble de bâtiments et de jardins situé au centre du palais et entouré d'une enceinte bien gardée. Bien que le harem se trouvât dans la position de Grande Abondance, dame Dela m'avait dit que l'actuel empereur n'avait que cinquante concubines et n'avait engendré que onze enfants, dont quatre avaient pour mère dame Jila. « Apparemment, il aime cette femme », avait-elle déclaré en haussant les sourcils. Ce n'était pas étonnant, car dame Jila lui avait donné ses deux seuls fils.

J'émergeai du couloir glacé pour pénétrer dans la chaude lumière d'une cour largement aussi vaste que le jardin de la Lune de mon maître. Un haut mur de brique se dressait au fond. Percé de trois grilles, il protégeait des regards le reste du harem. Sur les côtés, une série de pavillons bas aux volets clos donnaient sur un jardin central dessiné avec soin. Des allées étroites serpentaient parmi des parterres de fleurs. Plusieurs cages d'oiseaux étaient suspendues à des arbres miniatures. À la surface d'un étang, des carpes jetaient des éclairs dorés. J'entendis derrière les sifflements des oiseaux captifs un rire léger s'élever, qu'une réprimande sévère arrêta net. Me retournant, j'aperçus un groupe de femmes m'épiant à travers les barreaux de la grille du centre. Elles reculèrent aussitôt dans l'ombre.

– Par ici, seigneur.

Je suivis le vieil eunuque sur l'une des allées. Malgré mes membres endoloris, je devais accélérer par moments pour ne pas être distancée par son pas étonnamment rapide. Longeant l'étang, il me mena au dernier pavillon sur la droite.

Je pénétrai dans une petite antichambre. Elle était sombre, sans autre lumière que celle filtrant à travers la porte et par les interstices s'ouvrant entre les fleurs sculptées des volets de la fenêtre. Une longue banquette couverte de coussins bleus s'étendait le long du mur d'en face, devant une table basse portant une carafe et des bols. Au fond de la pièce, un paravent de soie s'ornait de peintures délicates représentant des grues hautes sur pattes au milieu d'herbes drues. Le vieillard me désigna la banquette.

– Puis-je vous offrir un rafraîchissement, seigneur ?

– Non, merci.

Il s'inclina et sortit. Je m'approchai du paravent pour mieux l'admirer, mais me retournai bientôt en entendant un murmure dans mon dos. Une dame vêtue d'une longue tunique de cour verte s'était immobilisée sur le seuil pour renvoyer son domestique eunuque. Elle entra seule et s'inclina cérémonieusement devant moi, en faisant osciller les pendentifs de jade ornant sa coiffure.

– Sire Eon, je suis dame Jila. Veuillez me pardonner de vous distraire de votre rendez-vous avec Sa Majesté le prince. Je vous assure que je ne vous prendrai qu'un instant.

Quand elle leva les yeux, je constatai qu'elle avait transmis un peu de sa beauté à son fils. Son ossature délicate avait pris chez le prince une fermeté plus vigoureuse, mais ils avaient tous deux de grands yeux sombres et des traits réguliers dont la grâce m'émouvait profondément. Je me surpris à m'incliner devant elle. C'était contraire à l'étiquette, mais ma politesse fut récompensée par un sourire rapide. Il était si plein d'intelligence et de bienveillance tranquille que je compris pourquoi un empereur pouvait préférer à toute autre compagnie celle de cette femme.

– Je suis venue vous demander un service, seigneur, dit-elle en me jetant un regard aussi direct que ses paroles.

– En quoi puis-je vous être utile, noble dame ? demandai-je malgré mon peu d'enthousiasme à l'idée d'entendre une nouvelle requête.

Les attentes de mon maître et de l'empereur étaient déjà un fardeau trop lourd pour moi.

Se redressant, elle alla s'asseoir sur la banquette, en joignant les mains sur ses genoux. À contrecœur, je pris place à côté d'elle.

– En mourant, l'impératrice a exprimé le vœu que son unique enfant, le prince Kygo, soit élevé dans le harem, loin des dangers et des intrigues de la cour, commença dame Jila avec circonspection. Toutefois, cela n'a pas été facile pour le prince. Sa vie d'études lui pèse et il brûle d'assister son père. Il est maintenant vital que son souhait se réalise. Vous avez vu combien la maladie de l'empereur…

Elle se mordit les lèvres et se détourna. Quand elle me regarda, son visage avait retrouvé sa sérénité, fruit d'une vie entière de maîtrise de soi.

– Peut-être êtes-vous surpris que je vous accapare ainsi pour vous parler du prince, mais je l'ai vu grandir et j'éprouve pour lui une grande affection.

Nos regards se croisèrent.

– Dame Jila, dis-je d'un ton non moins circonspect, j'ai conscience de… l'intérêt particulier que vous inspire le prince Kygo.

– Ah.

Elle esquissa un sourire ironique.

– Dame Dela ?

Après un instant d'hésitation, je hochai la tête.

– Vous avez de la chance d'avoir conquis la confiance de dame Dela, déclara dame Jila. Elle n'ignore rien de ce qui se passe dans cette cour.

Elle fit tourner une lourde bague d'émeraude sur son doigt fin.

– Vous devez donc savoir ce qui m'amène ici.

– Disons que je le devine.

Elle prit une profonde inspiration.

– Sire Eon, je me joins à l'empereur pour vous demander de protéger notre fils. Je vous prie de mettre votre pouvoir à son service. Il me semble si menacé.

Elle effleura mon bras d'une main hésitante.

– Mais je voudrais aussi que vous deveniez son ami. La cour ne compte pas tant de jeunes gens dont le rang et l'allégeance politique rendent possible un tel attachement. Votre statut vous rapproche de lui, et j'ai entendu dire que vous aviez les mêmes idées. Il a besoin d'un compagnon, et il pourrait vous aider autant que vous l'aideriez.

– Vous voulez que je sois son ami ?

– Oui.

– Mais on ne peut forcer l'amitié entre deux êtres.

Elle sourit.

– Dame Dela m'a affirmé que vos pensées étaient en avance sur votre âge. Je vois qu'elle ne se trompait pas.

Je me raidis, mais elle ne parut pas s'en apercevoir.

– Je n'exige pas de vous une amitié forcée, seigneur. Je vous demande simplement de songer combien il serait avantageux pour vous d'être bien disposé envers mon fils.

Sa façon de choisir ses mots m'impressionna. Dame Jila s'exprimait avec la précision d'un cuisinier émérite découpant un aileron de requin.

– Êtes-vous d'accord ? demanda-t-elle.

Nous nous retournâmes de concert en apercevant une ombre sur le seuil. La silhouette élancée du prince Kygo se détacha un instant dans la lumière puis il entra, en ordonnant à voix basse aux eunuques de son escorte de rester dehors. Nous tombâmes à genoux et nous inclinâmes.

– Vous me le promettez ? chuchota dame Jila d'un ton pressant.

– Oui.

Nous vîmes s'arrêter devant nous les pieds du prince glissés dans des pantoufles de cuir bleu roi assorties à son pantalon.

– Salut à vous, sire Eon, dame Jila, dit-il. Levez-vous tous deux, je vous en prie. Sire Eon, nous vous attendons au pavillon de l'étang.

Je me hissai sur mes jambes, en haletant légèrement tant mes muscles me faisaient mal. Dame Jila resta à genoux.

– Je suis responsable du retard de sire Eon, déclara-t-elle en s'inclinant plus profondément. Veuillez me pardonner, mon cher fils.

Le prince Kygo la regarda avec stupeur. Depuis combien de temps avait-il entendu sa vraie mère l'appeler son fils ? Il me lança un coup d'œil, comme pour partager avec moi ce moment de confiance.

– Dans ce cas, aucun reproche n'est possible, mère, dit-il doucement.

Il lui tendit sa main, qu'elle saisit pour se relever avec la grâce d'une danseuse. Ils échangèrent un sourire où se lisait la même hésitation délicieuse.

– Toutefois je dois vous enlever sire Eon, reprit-il. Le professeur Prahn nous attend.

– Bien sûr.

Elle tapota sa main avant de la lâcher, puis me salua de la tête. Son regard me dit qu'elle n'avait pas oublié ma promesse.

– Adieu, sire Eon.

– Noble dame.

J'inclinai poliment la tête et sortis à la suite du prince. Dans la cour, il me fit signe de marcher à son côté. D'un geste, il envoya ses gardes eunuques se poster en avant, trop loin pour pouvoir nous entendre. Nous suivîmes l'allée du jardin menant à la grille centrale. Les oiseaux voletaient dans leurs cages sur notre passage. Je vis qu'il regardait ma jambe infirme et ralentissait imperceptiblement son pas.

– Ma mère doit vous tenir en haute estime, sire Eon, lança-t-il.

– Voilà qui m'honore, Votre Altesse.

– Ne vous aurait-elle pas demandé d'être mon ami ?

Mon faux pas répondit à sa question. Il sourit devant ma surprise.

– Ce n'était guère difficile à deviner, dit-il. Ma mère étant une femme, elle croit que les liens de l'amitié et de l'amour sont plus forts que ceux d'une alliance politique.

Il s'arrêta et me fit face.

– Lequel de ces liens jugez-vous le plus fort, sire Eon ?

Je regardai ses yeux sombres en me demandant quelle réponse lui conviendrait. Ressemblait-il à tant d'hommes de son rang, qui n'aspiraient qu'à entendre un écho de leurs propres pensées, ou était-il vraiment intéressé par mon opinion ? Je ne lisais dans son regard qu'une curiosité pleine de franchise. J'allais devoir me défendre contre son charme. Son affabilité naturelle risquait de me faire tomber dans le piège d'une réponse trop sincère.

– L'alliance politique, Votre Altesse.

En prononçant ces mots, je revis en un éclair Dolana, mon amie de la saline. La première nuit suivant mon arrivée, elle me poussa contre le mur et dormit devant moi, en m'abritant de son corps. Le lendemain matin, elle cousit dans ma tunique grossière une poche pour mes quelques possessions et me montra comment me comporter pour éviter d'attirer l'attention du garde. Plus tard, dans la saline, quand elle s'effondra en toussant, je portai son sac et le mien jusqu'au chariot pour ne pas interrompre le travail. Durant cette nuit et cette journée, nous n'avions pas eu le temps de songer aux subtilités de la politique ou de l'amitié. Notre lien immédiat avait été nettement plus simple.

– Eh bien, mon père sera ravi, dit le prince.

Il se remit à marcher et je m'efforçai de le suivre malgré l'ankylose dont j'étais menacée. Il fronçait les sourcils. Me serais-je trompée de réponse, finalement ?

– Je crois que l'amour et l'amitié sont plus forts, lança-t-il abruptement. Me trouvez-vous plein d'une faiblesse féminine ?

– Non, dis-je sans réfléchir tant j'étais stupéfaite.

Il me sourit avec un certain embarras.

– Parfois, je me demande si mes pensées ne sont pas influencées à l'excès par ma vie ici. Au milieu des femmes.

Nous nous arrêtâmes devant la grille centrale

tandis que le portier se hâtait de tirer le loquet. À travers les barreaux dorés, j'aperçus une autre cour où trônait un pavillon somptueux se dressant au centre d'un vaste étang. Un pont à une seule arche en bois menait à une petite véranda. Le toit d'or se relevait aux coins dont chacun s'ornait d'un dragon sculpté. Immobile entre les battants ouverts de la porte, un homme nous regardait approcher.

Le portier ouvrit la grille et tomba à genoux tandis que nous passions sous la voûte du mur.

– Les hommes aussi croient en la force de l'amitié, Votre Altesse, assurai-je.

J'admirais le caprice des dieux me donnant soudain le rôle d'un expert en virilité.

– Toutefois ce n'est pas un sentiment qui se commande. Il faut parfois longtemps pour que s'épanouisse la confiance nécessaire.

Le prince hocha la tête.

– C'est vrai, dit-il.

Il se tourna et me jeta un regard scrutateur.

– Sire Eon, je vais vous parler franchement. Je doute que nous ayons beaucoup de temps devant nous, si la situation ne change pas rapidement.

Son ton était neutre, mais il déglutit péniblement. Prise dans le tourbillon d'angoisse de ces derniers jours, j'avais cru être seule à affronter la terreur et le danger. À présent, la réalité des événements m'enveloppait comme une toile d'araignée géante, qui me liait au destin de ce jeune prince. Chacun de mes gestes aurait des répercussions sur la dynastie impériale. Une phrase lue dans un texte des Yeux du dragon me revint soudain à l'esprit : « Prends garde à l'amitié des princes. » J'étais certaine que le conseil était bon.

– Même si nous ne sommes pas encore amis, Votre Altesse, dis-je en sentant mon cœur s'emballer à l'idée de ma propre hardiesse, il existe un lien qui pourrait nous unir dès maintenant.

– Et en quoi consiste-t-il, sire Eon ?

Je revis fugitivement Dolana, la poitrine soulevée par les spasmes.

– À nous aider mutuellement à survivre, répondis-je.

Nous nous regardâmes en silence, jaugeant chacun notre nouvel allié.

– D'accord, lança-t-il enfin.

Et il porta sa main de son front à son cœur, afin de sceller notre accord.

L'ameublement du pavillon des Lumières de la Science était spartiate, comparé à l'opulence des autres bâtiments du palais. L'ornement le plus remarquable était le professeur Prahn lui-même, un vieil eunuque à la peau si pâle qu'on voyait le bleu de ses veines. L'unique mèche surmontant son crâne rasé proclamait sa vocation d'érudit. Apparemment il vivait dans le pavillon, même si je n'apercevais aucune trace de sa présence. Il devait cacher son matelas chaque matin dans l'énorme commode, à moins qu'il ne dormît sous la table basse en faisant sa couche des coussins durs sur lesquels nous étions assis.

– … et la bibliothèque couvre à peu près tous les domaines du savoir des hommes. Je considérerais comme un honneur de vous faire découvrir ses richesses après notre leçon, dit Prahn en écartant les bras pour désigner les bâtiments entourant la cour.

J'acquiesçai d'un air coupable, consciente de m'être laissé absorber par mes propres pensées.

– Merci, cela m'intéresserait beaucoup, déclarai-je.

Dehors, les sons d'instruments variés se mêlaient en une symphonie compliquée quelque part dans le harem. « Les dames s'exercent à jouer », m'avait chuchoté le prince quand cette musique obsédante avait commencé.

– Nous possédons toutes les œuvres des grands philosophes, reprit Prahn, et nos cartes reproduisent la totalité du monde connu.

– Le professeur Prahn est le conservateur de la bibliothèque, intervint le prince. Il la connaît dans ses moindres détails.

Le savant eunuque inclina la tête avec modestie.

– Je ne sais si c'est vrai, Votre Altesse. Cependant, j'ai l'honneur de m'occuper de cet ensemble, qui est vraiment magnifique. Des érudits viennent de partout étudier nos rouleaux.

– Ils pénètrent dans le harem ? m'étonnai-je.

– Ils ne vont pas plus loin que cette cour, m'assura Prahn. Une petite entrée à l'est du bâtiment, appelée la porte des érudits, permet d'accéder à la bibliothèque. Et leurs lettres de recommandation sont sévèrement contrôlées.

– La bibliothèque n'est ouverte aux savants que l'après-midi, ajouta le prince. Les dames viennent étudier le matin, après ma leçon. N'est-ce pas, professeur ?

Sa voix était amusée. Prahn rougit violemment.

– C'est exact, Votre Altesse.

Le prince se pencha vers moi.

– Mes sœurs l'embarrassent beaucoup. Elles

ne cessent de lui poser des questions et de discuter ses réponses.

– J'ignorais que des dames pouvaient recevoir une éducation au même titre que des étudiants, dis-je.

Cette idée me troublait. Le prince hocha la tête avec vigueur.

– Mon père dit qu'il ne veut pas de sottes ignorantes pour compagnes. Et mes sœurs accéderont un jour par leur mariage à des positions exigeant davantage que de savoir danser ou faire de la musique. Bien entendu, certains prétendent qu'éduquer les femmes ne peut que produire un désastre.

Le prince jeta à Prahn un regard sournois.

– Néanmoins, ce qu'ordonne l'empereur doit être juste. N'est-ce pas, professeur ?

Prahn s'inclina bien bas.

– Le Maître Céleste est aussi sage que généreux.

– Voilà qui fait plaisir à entendre, lança une voix sur le seuil.

Nous retournant d'un bond, nous découvrîmes le souverain assis dans une chaise à porteurs soutenue par deux robustes serviteurs. Ils étaient accompagnés du médecin impérial et de ses deux eunuques.

– Père ! s'exclama le prince. Vous ne m'aviez pas dit que vous viendriez aujourd'hui.

L'empereur fit signe aux deux serviteurs d'avancer et l'ongle revêtu d'or de son index étincela. Ils le portèrent dans la chambre puis posèrent doucement la chaise au bout de la table. Le médecin impérial, dont la tenue déclinait cette fois toute une gamme de bleus criards, voltigea autour de lui en intimant aux eunuques de changer la position du petit tabouret destiné au pied du souverain.

– Assez ! s'écria l'empereur.

Sa longue tunique violette semblait trop grande pour son corps tassé. L'éclat pâle et pur de la Perle impériale luisant à la base de sa gorge faisait ressortir son teint cireux. Il avait l'air encore plus malade que lors du banquet.

D'un geste, il congédia sa suite. Le médecin et les serviteurs s'inclinèrent avant de sortir à reculons. Le prince se laissa tomber à genoux devant lui. Je pressai mon front sur le sol tandis que Prahn se prosternait à côté de moi.

– Voyons, quelle est la loi du pavillon des Lumières ? demanda l'empereur d'un ton de reproche.

– Tous ceux qui entrent sont égaux dans la recherche de la sagesse et du savoir, répondit aussitôt le prince Kygo en s'asseyant sur ses talons.

– Oui, nous sommes tous égaux dans cette pièce, approuva l'empereur. Toutes les idées sont bienvenues. Relevez-vous, sire Eon. Et vous aussi, professeur Prahn.

Je m'assis et observai non sans méfiance les trois hommes autour de la table. Je ne comprenais pas cette idée d'égalité. Même les esclaves avaient une hiérarchie. Telle était la nature humaine.

– Quelle est la leçon du jour, professeur Prahn ? s'enquit l'empereur.

Le savant me lança un regard de côté, le visage rouge.

– Nous étudions les avantages et les inconvénients de l'isolationnisme, Votre Majesté.

– Un sujet fort intéressant, commenta le souverain.

Prahn me regarda de nouveau, et je compris que ce sujet avait été choisi à mon intention.

Le débat s'engagea. Même si je ne comprenais pas tous les mots et ignorais les noms des philosophes, je saisissais l'essentiel des arguments. L'empereur défendit avec éloquence, en agitant fébrilement son index doré, sa politique d'ouverture aux étrangers à des fins de commerce et d'alliance politique. Prahn soutenait la thèse contraire, dont je savais par dame Dela qu'elle avait les faveurs du Grand Seigneur Sethon. Le prince jouait les médiateurs et glissait çà et là un commentaire judicieux qui lui valait des sourires approbateurs de son père et de son professeur. L'empereur finit par se tourner vers moi, le visage encore tout excité par cette joute intellectuelle.

– Qu'en dites-vous, sire Eon ? Pensez-vous qu'admettre des étrangers dans notre pays menace notre admirable culture ?

Que pouvais-je ajouter à une discussion aussi érudite ? Je ne connaissais rien à la politique étrangère, et pas grand-chose à la politique en général. En face de moi, le prince m'encourageait du regard. Je me raccrochai à mon seul acquis : l'expérience.

– J'aime bien le café qu'Ari l'étranger vend au marché, Votre Majesté, dis-je en sentant combien mes propos devaient paraître naïfs. J'ignore ce qui peut menacer notre culture. Ce n'est qu'une boisson, et il n'est qu'un homme qui vend cette boisson.

Le sourire de l'empereur s'élargit.

– Oui. Rien qu'un homme, comme n'importe quel autre.

Il se pencha vers moi, sans me quitter du regard.

– Et dites-moi, jeune philosophe, comment peut-on connaître le cœur d'un homme ? Comment savoir s'il nous veut du bien ou du mal ?

Cette question avait un sens caché que je ne comprenais pas. C'était une sorte de test. Que voulait l'empereur ? Son visage de politicien était indéchiffrable. Il avait passé sa vie à dissimuler ses pensées. La cloche de l'heure retentit dans la cour, réduisant au silence le concert des instruments. On aurait dit que le palais entier attendait ma réponse.

– Personne ne peut vraiment savoir ce qu'il y a dans le cœur d'un homme, déclarai-je.

Tel était le risque que nous prenions, mon maître et moi. Les poings crispés sur mes cuisses, j'affrontai le long silence et le regard scrutateur du souverain.

– C'est vrai, dit-il enfin. Tous les hommes ont une nature cachée. Je suis heureux que vous en ayez conscience, sire Eon.

J'humectai mes lèvres soudain desséchées. L'empereur m'avait-il percée à jour ? Il se tourna vers le prince. Je me raidis.

– Mais il est également important de comprendre qu'une nature cachée n'est pas toujours mauvaise, dit-il à son fils. N'ai-je pas raison, sire Eon ?

Je hochai la tête en souriant avec soulagement. L'empereur ne semblait pas avoir d'arrière-pensée. Ses questions visaient uniquement à l'instruction de son fils et à la protection de son trône. Il se renversa dans sa chaise avec un soupir.

– Ce débat a été des plus stimulants, professeur Prahn, déclara-t-il. Mes compliments. Cependant, il est maintenant l'heure pour moi d'aller signer les décrets du jour.

Il frappa dans ses mains. Les deux porteurs entrèrent en hâte et soulevèrent adroitement la chaise, tandis que le médecin les abreuvait de directives inutiles. Je m'inclinai profondément. Le souverain s'éloigna avec le médecin virevoltant autour de la chaise et murmurant des ordres aux eunuques comme une mouche bourdonnante.

– Professeur, montrez-nous la collection de sabres de la bibliothèque avant que les dames arrivent, dit le prince en se relevant.

– Vous ne pensez qu'aux sabres, Votre Altesse, répliqua Prahn en souriant. Quand ferez-vous preuve du même enthousiasme pour les textes philosophiques ?

Le prince haussa les épaules.

– Vous-même, sire Eon, n'avez-vous pas envie de voir les sabres ?

J'acquiesçai de la tête, pour complaire au prince plus que par intérêt véritable.

– J'aimerais également beaucoup découvrir les autres ressources de votre bibliothèque, Prahn, déclarai-je. Abrite-t-elle des textes des Yeux du dragon ?

Peut-être un ouvrage pourrait-il m'aider à trouver le nom du dragon rouge.

– Bien sûr que non, seigneur, s'exclama le savant dont les lèvres pâles esquissèrent une moue choquée. Les seigneurs Yeux du dragon conservent tous ces textes dans leurs manoirs.

Il s'interrompit en fronçant les sourcils.

– Attendez, ce n'est pas exact. Nous possédons un texte des Yeux du dragon. Un volume relié en cuir rouge avec des perles noires enfilées sur un fil de soie. Un objet magnifique. C'est l'un des trésors du dragon Miroir rescapés des flammes.

Il frotta l'espace entre ses yeux, comme s'il avait mal à la tête.

– Je suis certain de l'avoir vu avec le reste de la collection. Les restaurateurs doivent être en train de la préparer pour la fête du Douzième Jour, où Sa Majesté vous restituera ces trésors.

– Me serait-il possible de le voir ? Pourriez-vous me le montrer tout de suite ?

– Avant le Douzième Jour ?

Prahn prit un air agité.

– Oui, j'ai besoin d'y jeter un coup d'œil, affirmai-je en essayant de calmer ma voix.

Le prince s'aperçut de ma nervosité.

– En quoi cela poserait-il problème, professeur ? intervint-il. Ces trésors appartiendront bientôt à sire Eon.

Prahn se tordit les mains avec angoisse.

– Je ne suis pas sûr… non, non, ce n'est pas réglementaire.

Je me mordis les lèvres et regardai le prince. Il fallait que je voie ce texte. Le jeune homme changea soudain d'attitude.

– Sire Eon va examiner ses biens, professeur Prahn, déclara-t-il en se levant et en toisant l'érudit.

Pour la première fois, j'entrevis en lui le souverain.

– Conduisez-nous là-bas tout de suite.

Prahn se figea un instant puis s'inclina si bas que son front effleura le parquet.

– Oui, Votre Altesse.

Le vieillard se hissa sur ses jambes, mais se courba derechef dès que le prince sortit du pavillon. Il resta dans cette position tandis que je suivais le futur empereur hors de la salle de l'égalité pour m'engager sur le pont de bois.

Les bâtiments de la bibliothèque étaient identiques à ceux de la première cour, sauf que leurs volets étaient tout d'une pièce et leurs portes renforcées d'épaisses bandes de métal. Prahn nous mena, en courbant toujours les épaules, aux bâtiments de gauche. Le prince resta un peu en arrière pour marcher à mon pas.

– Qu'y a-t-il de si important dans ce texte des Yeux du dragon ? demanda-t-il à voix basse.

Il était si près que je sentais sur ses vêtements le parfum épicé des herbes du coffre où on les rangeait.

– Je ne sais pas exactement, Votre Altesse.

Il était difficile de dire où le marron foncé rencontrait le noir dans ses yeux, ce qui rendait son regard étrangement intense.

– Peut-être est-ce sans aucune importance.

– Voici la porte des érudits, sire Eon, dit Prahn en désignant un passage étroit entre les deux premiers bâtiments.

Au bout du passage, une solide porte métallique était encastrée dans le mur d'enceinte du harem. Un énorme garde eunuque se mit au garde-à-vous. Seul un léger mouvement de sa tête montra qu'il avait remarqué notre présence.

– Il existe une autre porte, chuchota le prince. La porte des Concubines. Les dames du harem peuvent s'échapper par là en cas de danger. Seuls les gardes impériaux connaissent son emplacement. Je crois pourtant savoir que des femmes peuvent entrer aussi bien que sortir par cette porte.

Il me sourit d'un air complice.

– Nous devrions la chercher.

Je me sentis rougir. Le prince me fixa un instant puis devint à son tour écarlate.

– Je vous prie de m'excuser, sire Eon. Bien sûr, ces choses ne vous intéressent pas. Pardonnez-moi ma grossièreté.

Je hochai la tête en prenant soin de détourner mon visage. Peut-être aurais-je eu envie d'affirmer mon intérêt, de me rapprocher pour l'écouter, mais une Ombre de Lune ne continuerait pas cette conversation. Le prince pressa le pas, me laissant seul en arrière.

Nous nous arrêtâmes à l'entrée du second bâtiment. Les volets des fenêtres étaient fermés, mais la lumière jaune des lampes filtrait sur les côtés. Prahn ouvrit la porte et entra en nous faisant signe de le suivre. Je pénétrai à la suite du prince dans une atmosphère aux relents de poussière et de camphre, qu'adoucissait l'odeur de miel de la cire. Une énorme commode trônait au centre de la salle. Assombrie par le vernis, elle luisait à la lueur des lampes. À côté d'elle, un jeune eunuque s'était prosterné en voyant le prince. Sa tunique grise était recouverte par une blouse grossière. Une longue table à tréteaux dressée contre le mur du fond était chargée d'un disparate de pièces d'argenterie, de bijoux et de porcelaines. Un autre eunuque en blouse était prosterné derrière un coffre laqué ouvert, rempli de rouleaux d'étoffe. J'aperçus du velours rouge, de la soie orange et un satin marron opulent, aux plis roussis par le temps.

– Voici le trésor du dragon Miroir, annonça Prahn en s'inclinant devant moi.

Tout ceci m'appartenait ? Je fis le tour de la pièce, en remarquant notamment un énorme encensoir de cuivre et trois tabourets sculptés sous la fenêtre.

Le prince fit coulisser un battant de la commode.

– C'est une belle pièce, déclara-t-il. Comment a-t-elle été sauvée ?

– Nous pensons que c'était une commande qui n'avait pas encore été livrée au manoir du dragon Miroir, Votre Altesse, dit Prahn.

Je touchai le bois fraîchement ciré, en laissant une tache sur sa surface brillante.

– Sire Eon, m'appela le prince près de la table. Regardez ce compas d'Œil du dragon. Il est superbe.

Ce devait être le compas orné de joyaux dont sire Ido avait parlé lors du banquet. Je me dirigeai vers la table en effleurant au passage la tête bleue et lisse d'un lion de porcelaine. C'était le mâle d'une paire de gardiens de porte. Je cherchai des yeux la femelle, mais elle ne semblait pas avoir survécu à l'incendie.

Le compas était extraordinaire. Son disque d'or s'ornait en son centre d'un rubis taillé en rond. Des rubis plus petits disposés sur le bord indiquaient les points cardinaux qui formaient le premier cercle. Les vingt-trois autres cercles étaient marqués par des ronds de perles minuscules, si bien serrées qu'on aurait dit une peinture chatoyante.

Je caressai les fines gravures représentant les animaux du cycle dans le deuxième cercle. Les points cardinaux et les animaux étaient les seuls niveaux que je comprenais, mais je serais bientôt initiée aux mystérieux caractères entourant chacun des autres cercles. J'apprendrais à m'en servir pour calculer les flux sacrés les plus puissants, trouver les purs chemins du *hua* et concentrer mon pouvoir.

Si je parvenais à découvrir le nom de mon dragon.

– Où se trouve le texte des Yeux du dragon ? demandai-je en examinant la table encombrée.

Prahn poussa du pied l'eunuque prosterné près de la commode.

– Sire Eon désire voir le volume attaché par des perles noires.

L'eunuque leva la tête.

– Pardonnez-moi, très savant Prahn. Je ne connais pas ce volume.

– Comment ? Vous devez l'avoir vu. Il est à peu près grand comme ma main, relié de cuir rouge et entouré d'un rang de perles noires.

– Cette collection ne contient aucun texte, vénérable professeur, répondit l'eunuque en se faisant le plus petit possible.

– Seriez-vous stupide ? Je l'ai vu moi-même quand j'ai ouvert la chambre forte, glapit le vieil érudit. Apportez-moi le catalogue du Conseil des Yeux du dragon.

L'eunuque s'éloigna à genoux et prit un rouleau sur une table basse. Prahn le lui arracha des mains et le déploya.

– Eh bien ? dit le prince.

Prahn regarda son illustre élève avec des yeux écarquillés, qui semblaient la seule tache de couleur subsistant dans son visage.

– Mais je…

Il s'interrompit.

– Seigneur, je ne trouve aucune mention d'un volume dans ce catalogue. Pourtant, je suis sûr d'en avoir vu un.

Je le rejoignis en hâte et saisis le rouleau dans ses mains tremblantes.

– Il n'est pas sur la liste ?

Le prince me suivit et regarda par-dessus mon épaule tandis que je lisais le catalogue. Aucune trace d'un volume. Je refermai le rouleau.

La main du prince se leva et s'abattit sur la joue du vieillard. C'était un soufflet léger, plus une formalité qu'un châtiment. Prahn le reçut en silence puis tomba à genoux, en se prosternant devant son jeune maître.

– Je suis désolé, Votre Altesse.

– Vous devriez supplier sire Eon de vous pardonner votre incompétence, lança le prince d'un ton froid.

Le vieux savant s'adressa aussitôt à moi avec humilité :

– Seigneur, veuillez excuser la mémoire défaillante d'un vieil homme.

Le prince se tourna vers moi.

– Souhaitez-vous qu'il soit battu ?

J'observai son visage implacable. J'avais cru entrevoir le futur souverain dans le pavillon, mais ce n'était rien auprès du jeune empereur que j'avais maintenant près de moi. Je n'étais nullement étonnée qu'il descendît de dragons.

– Non, dis-je précipitamment. Je suis sûr qu'il croyait vraiment en l'existence de ce texte.

Le prince hocha la tête.

– Je pense que vous avez raison. Votre décision est juste.

Il baissa les yeux sur l'érudit.

– Nous oublierons cette faute, Prahn. Jusqu'à présent, votre service avait été exemplaire. Que cela ne se reproduise plus.

Puis il me prit par l'épaule et lança :

– Venez, allons voir les sabres.

Je restai un instant en arrière. Prahn s'inclina très bas devant moi.

– Sire Eon, je vous présente de nouveau mes excuses. J'étais certain d'avoir vu cet ouvrage.

Je regardai son visage où la perplexité et l'orgueil blessé se mêlaient à un profond malaise. Prahn était un homme méticuleux. Une telle erreur semblait peu probable de sa part.

– Dites-moi, d'où tenez-vous ce catalogue ? demandai-je.

– Sire Ido me l'a apporté lui-même, répondit le savant.

En entendant un parchemin craquer, nous baissâmes tous deux les yeux sur mes mains. J'avais broyé le rouleau. Je desserrai ma prise en profitant de cet incident pour cacher ma peur.

– Sire Ido ? Pourquoi l'a-t-il apporté ?

J'essayais de feindre un intérêt poli, mais ma voix était tendue.

– C'était son devoir, seigneur. En tant que chef du Conseil, il a ouvert la chambre forte et en a examiné le contenu avec moi. Je suis certain que le volume figurait sur la liste. Sire Ido l'a vu, lui aussi.

Prahn fronça les sourcils.

– Encore que la scène ne soit pas très claire dans ma mémoire. Peut-être est-ce vrai, je deviens trop vieux.

Je me rappelai l'éclat argenté des yeux de sire Ido quand il avait tenté de me séduire. Avait-il réussi avec le vieux Prahn, en se servant de son pouvoir pour le désorienter ?

– Ce n'était qu'une erreur, professeur, déclarai-je en lui rendant le rouleau aplati. C'est sans gravité. Oublions cet épisode et rejoignons le prince. Nous ne devrions pas le faire attendre.

Prahn hocha la tête et s'inclina, impatient de sortir de cette situation humiliante.

Je regardai une dernière fois la salle. Il était impossible de prouver qu'un texte figurait parmi les trésors du dragon rouge. Qui accorderait plus de crédit à la mémoire déclinante d'un vieux savant qu'à la parole de l'Œil du dragon ascendant ? J'étais pourtant prête à parier ma jambe valide que le volume existait et que sire Ido l'avait volé.

Le nom de mon dragon se trouvait-il quelque part dans ses pages ? Je savais que la probabilité était faible, mais c'était mon seul espoir.

Il fallait absolument que je récupère ce texte.

# Chapitre 10

Je pris une coupe de vin sur le plateau que le serviteur me tendait. J'aurais préféré de l'eau fraîche, mais n'importe quel liquide était le bienvenu. Mon maître refusa l'offre d'un signe de tête, en tapotant sa cuisse d'un air impatient avec son éventail replié.

On n'était qu'à la moitié de la matinée, mais la lumière brillante du jour accablait déjà la cour du manoir du dragon Rat. De petits kumquatiers l'entouraient d'un écrin verdoyant, mais leur ombre n'était pas suffisante pour échapper au soleil. Les autres seigneurs Yeux du dragon se tenaient à l'avant de la cour, par groupes de deux ou trois, escortés de leurs apprentis. Leurs conversations à voix basse étaient inaudibles à cette distance. Même si personne ne regardait directement mon maître et moi-même, il était clair que nous étions l'objet de l'attention générale.

– Tu as bien compris le rôle que tu dois jouer aujourd'hui ? demanda mon maître.

Il ouvrit son éventail et l'agita en m'envoyant une brise tiède. Je hochai la tête. Je devais faire un effort pour oublier la sueur coulant sous mon bandeau de poitrine.

– Cela paraît simple, déclarai-je.

Pendant le court trajet jusqu'au manoir, mon maître m'avait informée de ce qui m'attendait lors de la réunion du Conseil. Il accepterait d'être mon tuteur afin que je puisse me consacrer entièrement à mon entraînement. En somme, un simple transfert de responsabilités. Ce qui n'expliquait pas la tension que je lisais sur les visages autour de nous.

J'avalai une gorgée de vin. Son acidité brûla ma gorge serrée par l'angoisse. Je n'avais rien à craindre, mon maître savait ce qu'il faisait – malgré tout, je ne parvenais pas à vaincre mon malaise. Peut-être était-ce simplement le fait d'être dans la demeure de sire Ido. J'observai de nouveau la cour. Il n'avait pas encore fait son apparition.

– Tu seras libéré de l'obligation d'assister aux réunions du Conseil, reprit mon maître. Il faudra que tu apprennes un jour comment il fonctionne mais, pour le moment, l'essentiel pour toi est de développer tes talents d'Œil du dragon.

Je lissai un pli imaginaire sur la manche de ma robe rouge, en évitant son regard. Ma première leçon d'Endurement aurait lieu un peu plus tard dans la journée. Bientôt, j'allais apprendre à maîtriser le cours du *hua* dans mon corps. Mais combien de temps parviendrais-je à donner le change durant les leçons et les séances d'entraînement avant que quelqu'un se rende compte que je ne pouvais pas appeler mon dragon ? Je regardai de nouveau à la ronde. Cette fois, je cherchais Dillon. Peut-être avait-il vu le texte du dragon Miroir dans les appartements de sire Ido.

Mon maître se redressa brusquement. Sire

Tyron avait quitté son groupe pour se diriger vers nous, suivi de son apprenti efflanqué.

Me rappelant la leçon de dame Dela, je m'inclinai devant mon aîné. Les violets éclatants de sa tenue d'Œil du dragon Bœuf faisaient ressortir son teint rubicond et les cernes bleuâtres marquant ses yeux épuisés.

– Salut à vous, sire Tyron, lançai-je.

Il nous salua tous deux de la tête.

– Salut à vous. Permettez-moi de vous présenter l'apprenti Hollin, qui est maintenant dans sa onzième année.

Hollin s'inclina devant nous. Ses petits yeux noirs étaient aussi rusés que ceux de son maître. Lors du prochain cycle, il deviendrait Œil du dragon Bœuf, ce qui faisait de lui pratiquement mon égal. Il me fit une excellente impression. Son regard était tranquille et la gaucherie de son grand corps atténuait son air assuré.

– La soirée a été passionnante, dit sire Tyron. Une vraie leçon de stratégie, pas vrai, Hollin ?

Le jeune homme hocha la tête et un sourire ironique éclaira son visage marqué par des soucis précoces.

– Notre ami a-t-il tenté le coup ? demanda mon maître.

Je le regardai puis fixai sire Tyron. De quoi parlaient-ils ? Les trois hommes se rapprochèrent, en m'excluant de la conversation.

– Oui, mais Dram a riposté en invoquant un jugement antérieur, répondit Tyron. Du coup, Ido a été stoppé dans son élan. À présent, la décision a été ajournée en attendant que votre position soit confirmée.

Le sourire de mon maître était crispé.

– Nul doute qu'il reviendra à la charge. Avons-nous assez de voix ?

Tyron haussa les épaules.

– Nous ne savons pas de quel côté penche Silvo.

Il s'inclina et alla rejoindre le groupe qu'il avait quitté. Hollin le suivait comme une ombre démesurée.

Mon maître se tourna pour mieux voir sire Silvo. Le bel Œil du dragon Lapin se tenait à part. Sa tenue rose et sa peau pâle contrastaient avec les arbres vert sombre dans son dos. Remarquant le regard de mon maître, il lui adressa un signe de tête.

– Il m'a rendu mon regard, murmura mon maître. C'est peut-être bon signe.

– À quelle tentative de sire Ido essayez-vous de faire obstacle ? demandai-je.

– Baisse la voix.

Il posa la main sur mon épaule pour me mettre en garde.

– Cela ne te regarde pas. Je t'expliquerai en cas de nécessité.

Je regardai fixement mes pieds. Comment pourrions-nous nous sortir de ces intrigues périlleuses s'il me tenait dans l'ignorance de ses projets et de ses stratégies ? Oubliait-il que notre sort commun dépendait de nos actions ?

Je me dégageai de sa main.

– Non, dis-je doucement, tétanisée par ma propre audace. Comment saurez-vous que c'est devenu nécessaire ? Vous n'êtes pas toujours avec moi. Pour tenir correctement mon rôle, j'ai besoin de comprendre ce qui se passe.

Il plissa les yeux, mais je me forçai à soutenir son regard furieux.

– Sire Tyron ne cache pas ses intentions à Hollin, ajoutai-je.

Nos volontés se livrèrent un instant un combat silencieux. Puis mon maître poussa un soupir.

– Oui, tu as raison.

Ma victoire me stupéfia. Il agrippa ma manche et m'entraîna plus loin du groupe d'Yeux du dragon le plus proche.

– Ido cherche à amener le Conseil à mettre son pouvoir au service de Sethon et de son armée, dit-il d'une voix si basse que je l'entendais à peine. Nous pensons que l'Ascendant Ido veut empêcher le Conseil d'exercer son pouvoir afin que Sethon puisse invoquer le Droit de Malchance pour remplacer son frère.

Je fixai mon maître avec stupéfaction, en essayant d'assimiler la portée de ses paroles. Le premier empereur de l'histoire, le Père de Mille Fils, avait institué le Droit de Malchance pour protéger le pays au cas où un souverain serait abandonné par les dieux. Si le règne d'un empereur était marqué par trop de calamités naturelles, le souverain pouvait être renié et remplacé par un autre jouissant de la faveur divine.

– Vous voulez dire qu'Ido a l'intention d'empêcher les Yeux du dragon de maîtriser les excès de la mousson et les colères de la terre ?

Je haussai la voix tant j'étais horrifiée. Nous approchions rapidement de la pire saison d'inondations, de tempêtes et de séismes. Les Yeux du dragon avaient le devoir sacré de protéger le pays et ses habitants contre leurs ravages.

Mon maître m'éloigna encore des autres en me jetant un regard inquiet.

– C'est exactement ça. Et il est également à craindre qu'il veuille enfreindre l'Engagement de Service, afin de permettre à Sethon d'utiliser les pouvoirs des dragons pour accomplir ses projets belliqueux.

J'en eus le souffle coupé. Il était interdit de mettre le pouvoir des dragons au service de la guerre. Les dragons visaient à nourrir et protéger, non à détruire. En imaginant le pouvoir déchaîné de tous les dragons aux mains d'un seul homme rongé d'ambition, je frissonnai. Le Conseil et l'Engagement étaient censés rendre impossible une telle folie.

Mon maître caressa mon bras.

– Je sais. Mais j'œuvre avec Tyron et quelques autres afin de déjouer ses plans. Le mieux que tu puisses faire pour nous aider, c'est d'apprendre le plus vite possible à maîtriser tes pouvoirs.

Il redressa soudain la tête.

– Ah, voici notre hôte.

Comme des tournesols irrésistiblement attirés par le soleil, tous les regards se tournèrent vers sire Ido s'avançant dans la cour. J'essayai de résister, mais finis moi aussi par céder à la force de son attraction. Il dominait de plus d'une tête tous les autres hommes. Tandis qu'il se penchait pour échanger quelques mots rapides ou s'incliner, sa stature suffisait à lui donner un air d'autorité. Le bleu intense de sa tenue d'Œil du dragon se reflétait dans sa barbe luisante d'onguent et les deux tresses épaisses nouées au sommet de son crâne. Derrière lui, également vêtu de bleu, j'aperçus la frêle silhouette de Dillon. Il semblait maussade. Sire Ido s'arrêta et examina les divers groupes jusqu'au moment où il me découvrit. Je me raidis. Mon corps fut envahi par une énergie étrange, brûlante. Une force m'attirait vers lui. Lorsqu'il s'approcha, pourtant, je ne distinguai pas de lueur argentée dans ses yeux couleur d'ambre.

– Sire Eon, dit-il. Salut à vous.

Je m'inclinai brièvement. Quand je relevai la tête, je le vis pencher sur moi sa haute taille. J'avais envie de reculer, mais ç'aurait été un aveu de faiblesse. Le visage farouche, je ne bougeai pas. Il fit un signe de tête plein d'affabilité, qui valait également pour mon maître. À côté de lui, Dillon fixait obstinément le sol.

– Comment trouvez-vous vos premières journées d'Œil du dragon ? demanda sire Ido.

– Je suis très occupé, seigneur. Le temps me manque pour réfléchir.

– Vous serez bientôt encore plus occupé, répliqua-t-il. Je dois faire un bref voyage dans les jours à venir mais, à mon retour, nous commencerons votre initiation aux arts du dragon.

Cette fois, je ne pus m'empêcher de reculer.

– Vous serez mon professeur, seigneur ?

Je me tournai vers mon maître.

– Mais je croyais que vous deviez...

Mon maître secoua la tête. Son visage crispé révélait son propre malaise lorsqu'il m'annonça :

– Je ne suis plus en contact avec un dragon, sire Eon. Puisque sire Ido doit enseigner l'essentiel de notre art à son propre apprenti, il a été décidé qu'il se chargerait également de votre entraînement initial.

– Bien sûr, dis-je d'un ton morne. Je vous remercie, sire Ido.

Ma main tremblante répandait du vin sur les pavés. Comment pourrais-je donner le change à l'Œil du dragon ascendant ? Je cherchai des yeux un endroit où poser ma coupe avant qu'elle ne m'échappe.

– Je suis impatient d'être votre professeur, sire Eon, dit-il.

Sa voix était étrangement caressante. Elle me renvoyait cinq années en arrière, à la saline et au visage souriant du garde. Mon sang se glaça. Je connaissais ce ton. Sire Ido faisait partie de ces hommes qui prennent plaisir à la peur et à la souffrance des autres.

Il poussa Dillon vers moi.

– Débarrasse sire Eon de sa coupe.

Dillon prit la coupe de mauvaise grâce, les yeux toujours baissés. Je ne reconnaissais plus mon ami si empressé, avide de satisfaire son maître. Que lui avait fait sire Ido ? Peut-être avait-il peur, tout simplement. Il s'inclina devant nous et je vis sur sa nuque une plaque de peau décolorée, couverte de boutons rouge foncé. Était-il malade ?

Sire Ido se retourna et tapa dans ses mains.

– Rendons-nous dans la salle de réunion afin de commencer la cérémonie.

Comme par hasard, mon maître se glissa entre lui et moi quand nous traversâmes la cour. Nous ne dîmes pas un mot. À notre approche, un serviteur fit coulisser l'écran laqué. Nous ôtâmes tous nos chaussures avant de suivre sire Ido dans la pièce.

L'air se rafraîchit aussitôt. L'odeur de citronnelle, les tentures murales de soie verte et les nattes de paille propres donnaient une impression de clarté. Les meubles brillants me surprirent. Dans mon esprit, sire Ido était associé à une douceur obscure et une ombre menaçante. Tandis qu'il me conduisait avec mon maître le long d'une table ovale, je comptai treize fauteuils, dont trois occupaient la place du pouvoir, à l'extrémité faisant face à la porte.

– Heuris Brannon et vous présiderez avec moi la table du Conseil pendant la cérémonie de confirmation du tuteur, déclara sire Ido. Prenez le fauteuil du milieu.

Je m'assis en baissant la tête, oppressée par la curiosité manifeste des Yeux du dragon s'installant autour de la longue table. Quand je risquai un coup d'œil sur l'assemblée, je croisai le regard circonspect d'un apprenti debout derrière son maître avant d'apercevoir le visage belliqueux de sire Garon, l'Œil du dragon Chien. Tandis que sire Ido s'asseyait à ma droite et mon maître à ma gauche, je me concentrai de nouveau sur la surface luisante de la table, en essayant d'éviter les regards inquisiteurs des vingt hommes que j'avais devant moi.

Sire Ido se leva enfin et les rares chuchotements se turent. Me tournant vers lui, je vis Dillon posté derrière son maître. L'espace d'un instant, nos regards se croisèrent, mais ses yeux n'exprimaient rien d'autre qu'une profonde tristesse.

– Soyez les bienvenus, dit sire Ido aux assistants. Pour la première fois en trois siècles, nous sommes de nouveau douze. En réveillant le dragon Miroir, sire Eon a refermé glorieusement notre cercle. Nous formons de nouveau une Perle des dragons.

Sire Dram, l'Œil du dragon Cheval, me sourit

puis frappa la table du plat de la main. Les autres seigneurs se hâtèrent de l'imiter. Devant cet enthousiasme bruyant, je me sentis rougir. Je m'inclinai à deux ou trois reprises tandis que la table vibrait sous les chocs.

Sire Ido leva les mains, mettant immédiatement fin à cette ovation.

– Oui, nous sommes de nouveau au complet. Même si sire Eon manque d'entraînement, même si nous avons perdu nos connaissances sur le dragon Miroir, il ne fait aucun doute qu'avec de l'audace notre pouvoir à douze accomplira des prodiges pour notre pays.

Des murmures s'élevèrent autour de la table. Si certains assistants hochaient la tête avec approbation, d'autres paraissaient mal à l'aise.

– Conscient de ces enjeux, poursuivit sire Ido, Heuris Brannon a consenti à siéger dans ce Conseil comme Seigneur tuteur, afin que notre jeune frère puisse se concentrer sur son initiation aux arts du dragon.

Dram donna le signal d'une nouvelle ovation assourdissante, et mon maître hocha la tête d'un air honoré.

Sire Ido me fit signe de me lever.

– Sire Eon, êtes-vous d'accord pour qu'Heuris Brannon devienne à partir d'aujourd'hui sire Brannon, votre représentant au Conseil des Yeux du dragon, et que ses décisions et ses votes soient considérés comme les vôtres en attendant que votre âge et votre expérience vous permettent de siéger parmi les douze seigneurs ?

– Je suis d'accord, dis-je. Et je le remercie pour ses conseils.

Je m'inclinai devant mon maître. Sous la table, ses mains se crispèrent sur son éventail de soie avec une telle force que les fragiles baguettes laquées se courbèrent. Cela faisait des années qu'il attendait de retrouver le pouvoir et la fortune. En me rasseyant près de lui, je sentis presque physiquement le rayonnement de son triomphe.

Sans attendre l'invitation de sire Ido, il se leva. Bien qu'il apparût comme un frêle vieillard à côté de l'Œil du dragon Rat débordant de force, quelque chose dans son attitude attira tous les regards. Sentant l'attention se détourner de lui, sire Ido fronça les sourcils.

– Heuris Brannon, lança-t-il d'un ton brusque. Êtes-vous d'accord pour représenter sire Eon au Conseil des Yeux du dragon ? Lui servirez-vous de tuteur en attendant que son âge et son expérience lui permettent de siéger parmi les douze seigneurs ?

– Oui, j'accepte de représenter sire Eon au Conseil, répondit mon maître.

Dram s'apprêta à taper de nouveau sur la table en signe de liesse, mais mon maître leva la main pour obtenir le silence. Avec lenteur, il se tourna face à sire Ido, l'éventail serré dans ses mains comme un bâton de combat.

– Et en tant que tuteur Coascendant, je consens également à présider au nom de sire Eon le Conseil à vos côtés, sire Ido.

Tous les assistants se turent. Au-dessus de ma tête, les deux hommes s'observèrent comme deux chiens prêts à bondir. Puis sire Ido éclata d'un rire dédaigneux.

– Vous avez beau être maintenant tuteur,

Brannon, lança-t-il brutalement, vous n'êtes pas Ascendant. Sans le pouvoir d'un dragon, vous ne pouvez prétendre à présider le Conseil.

Il s'avança vers mon maître, mais mon fauteuil le bloqua.

– Je ne le permettrai pas.

– Ce n'est pas à vous de le permettre, Ido, répliqua mon maître avec vivacité. Nous formons le Conseil. Nos décisions sont fondées sur des votes et des précédents.

Sire Tyron se leva.

– Oui, nous devons nous prononcer par vote, déclara-t-il.

– Votons ! cria sire Dram en couvrant le tumulte qui s'était élevé autour de la table. Votons !

Je vis les yeux de sire Ido s'éclairer d'une flamme nouvelle. Ce n'était pas la lueur argentée de son pouvoir, mais le feu obscur de la folie s'embrasant dans son regard d'ambre.

– Je préside le Conseil ! rugit-il au milieu du brouhaha.

Ses deux poings s'abattirent sur la table.

– Il n'y aura pas de vote !

– Vous ne pouvez pas l'empêcher, Ido, dit mon maître dans le silence soudain. Vous avez déjà perdu.

L'attaque de sire Ido fut si fulgurante que je ne vis que son coude s'avancer vers mon visage. Je reçus un coup en pleine poitrine tandis qu'il tentait d'attraper mon maître en poussant des grognements rauques. Son corps énorme m'écrasait contre l'accoudoir. Le souffle coupé, je me débattis dans la soie bleue, suffoquée par l'intensité de sa rage. Quand je parvins à dégager ma tête, j'entendis un râle affreux. Au-dessus de moi, mon maître écarquillait les yeux, et les doigts de sire Ido se refermaient sur sa gorge.

M'élançant en avant, j'enfonçai mes ongles dans le cuir chevelu de l'agresseur. Dans la salle, une voix hurla : « Arrêtez-le ! » Des mains s'agrippèrent aux bras et aux épaules d'Ido. Tyron enserra le cou du géant dans le creux de son coude et le tira brutalement en arrière. Ido lâcha mon maître. Son corps s'arc-bouta, résista, mais il fut entraîné par Tyron et deux autres hommes.

Je m'affaissai sur mon fauteuil. Chaque respiration me faisait souffrir. Sire Dram s'agenouilla devant moi. Sa robe orange était déchirée, révélant aux regards sa poitrine osseuse.

– Tout va bien, mon garçon ?

Je hochai la tête en frissonnant. À l'autre bout de la pièce, sire Ido était assis de force sur un fauteuil par quatre des apprentis les plus robustes. Même en unissant leurs forces, ils peinaient à contenir sa fureur. Il hurlait qu'il présidait ce conseil, se répandait en imprécations. Derrière lui, adossé au mur, Dillon regardait son maître se débattre avec un sourire mauvais.

Dram se tourna vers le seigneur le plus proche.

– Brannon va bien ?

Je levai les yeux, inquiète. Sire Silvo, encore plus pâle que de coutume, hocha la tête et me tapota l'épaule. Je me tournai pour vérifier par moi-même. Ce simple mouvement m'arracha un gémissement de douleur. Assis à même le sol, mon maître frottait les marques de doigts rouges sur sa gorge. Un apprenti lui tendit d'une main tremblante un bol de vin. Il but une gorgée avec circonspection.

– Vu les circonstances, croassa-t-il en déglutissant péniblement, je crois que nous allons remettre notre vote à la prochaine séance.

Même si mon maître proclamait qu'il se sentait bien, l'épuisement se lisait sur son visage blême à notre arrivée dans l'appartement aux Pivoines. Il ne protesta pas quand Rilla l'emmena dans la deuxième chambre à coucher. Je restai sur le seuil, incertaine, et l'entendis pousser un léger soupir en se laissant tomber sur les oreillers. D'un doigt prudent, il palpa sa gorge meurtrie. Cette réunion du Conseil avait déchaîné une force dangereuse, et je n'étais plus persuadée que mon maître puisse la maîtriser.

Il leva sa tête de l'oreiller.

– Eon, va à ta leçon, lança-t-il en toussant. Rien n'est plus important que ton assiduité à ces cours. Nous parlerons à ton retour.

– Que va-t-il arriver à sire Ido ? demandai-je. Il ne pourra certainement plus présider le Conseil.

Mon maître me jeta un regard agacé.

– Bien sûr que si. L'Œil du dragon ascendant, c'est lui. Mais, après son geste, je suis assuré d'être élu second président.

Il s'installa confortablement sur sa couche.

– Va-t'en, maintenant.

À l'instant de sortir, j'eus une brusque intuition.

– Aviez-vous prévu cette scène ? Était-ce arrangé avec sire Tyron ?

Mon maître ferma les yeux sans répondre. Désorientée, je me rendis à la garde-robe, où Rilla m'attendait. Elle m'enleva en hâte mes robes d'Œil du dragon trempées de sueur et les jeta sur le support en bois.

– Le guide est déjà là, dit-elle en soulevant une tunique d'exercice en coton blanc crème. Dites-moi vite ce qui s'est passé au Conseil.

Tandis qu'elle m'aidait à m'habiller, je lui racontai la séance et l'agression d'Ido.

– Je suis inquiète pour la santé du maître, dit-elle en glissant mes pieds dans des pantoufles légères. Je vais essayer de le convaincre de faire venir le médecin. Et vous ? Comment vous sentez-vous ?

– Je vais bien.

Je ne disais pas la vérité. Alors que je suivais le jeune guide du palais à travers des passages voûtés et de vastes cours intérieures, mon corps me faisait si mal que j'en avais le souffle coupé. Je finis par devoir m'arrêter.

– Quelque chose ne va pas, seigneur ? s'enquit le guide. Avez-vous besoin d'aide ?

– Est-ce encore loin ?

– Non, seigneur. Les terrains d'entraînement se trouvent juste après le pavillon de la Justice automnale.

Je lui fis signe d'avancer. Peut-être pourrais-je me déclarer malade et reporter la leçon à un autre jour. L'idée était tentante, d'autant que j'aurais davantage de temps pour trouver le nom de mon dragon et soigner mes contusions. Cependant, je n'avais pas oublié l'insistance de mon maître.

Peu après, j'entendis le bruit de bâtons s'entrechoquant et la rumeur d'applaudissements. Le guide se retourna en m'encourageant du regard. En émergeant d'un couloir obscur, nous nous retrouvâmes dans la lumière du soleil et l'éclat aveuglant du sable blanc.

Une petite aire d'entraînement se trouvait devant nous. Autour des barrières, agglutinés sous des parasols de soie, des courtisans aux vêtements resplendissants s'éventaient tout en acclamant et en applaudissant deux combattants armés de longs bâtons. Nous les vîmes tournoyer au milieu d'un nuage de sable. Feignant d'être intéressée, je m'abritai les yeux et m'approchai lentement des barrières pour faire une pause et reprendre mon souffle.

Ce fut alors que je reconnus le plus petit des deux adversaires : le prince Kygo. Il ne portait qu'un pantalon d'exercice blanc crème attaché aux chevilles. Libéré de ses lourdes robes d'apparat, son corps se révélait celui d'un homme fait. Les surfaces de sa poitrine et de son ventre plat étaient bien dessinées. Quand il para un coup au-dessus de sa tête, ses larges épaules se déployèrent et les muscles de ses bras se gonflèrent. Son dos était en sueur – je me surpris à suivre des yeux la traînée luisante s'écoulant du creux de ses reins au renflement de ses hanches. Je détournai mon regard, soudain consciente du rayonnement brûlant du sable.

Il recula et brandit son bâton de façon provocante devant son adversaire, qui feinta et se déroba en cherchant à déjouer sa garde. Le prince se balança sur ses pieds en se préparant à l'offensive suivante. Son adversaire était un jeune noble, à en juger par les fils d'or noués dans son chignon compliqué. Il s'élança en visant la tête du prince avec son bâton. L'héritier du trône para le coup avec adresse et enchaîna en levant son propre bâton pour porter un coup bas à son adversaire qui faisait déjà tournoyer son arme – trop haut. Le prince reçut un coup violent en plein visage. Sa tête vacilla sous le choc et son bâton lui échappa des mains.

Les assistants restèrent muets d'horreur. Il était interdit de toucher le corps d'un membre de la famille impériale, même lors d'un combat amical. Le châtiment était la mort immédiate. Lâchant son bâton comme s'il était en acier chauffé à blanc, le jeune noble se prosterna sur le sable, terrifié. Le prince était plié en deux. Il effleura des doigts une plaie sanguinolente balafrant sa pommette.

– Pardonnez-moi, Votre Altesse, supplia le jeune noble dans le silence soudain. Je ne l'ai pas fait exprès. Je n'ai pas...

Il s'interrompit net en voyant deux gardes impériaux se mettre en position à sa gauche et à sa droite, en brandissant leurs sabres. Le prince se redressa puis cracha le sang qui avait coulé jusqu'à la commissure de ses lèvres. Son œil était déjà gonflé et sa peau marquée par une ecchymose bleuâtre.

– Pour quelqu'un qui ne le faisait pas exprès, vous avez frappé fort, sire Brett, observa-t-il avec calme.

– Je vous le jure, Votre Altesse, c'était un malheureux hasard, lança le jeune noble éperdu. Vous savez qu'ordinairement je ne déjoue jamais votre garde.

Le prince allait-il le faire exécuter pour un simple accident ? Je me penchai en avant avec la même curiosité macabre que le reste du public massé derrière la barrière.

Les deux gardes attendaient les instructions de leur auguste maître, les sabres tendus vers la tête du malheureux noble. Le prince ramassa son bâton.

– Reculez, ordonna-t-il aux gardes.

Ils obéirent aussitôt. Brandissant son arme de bois, le prince l'abattit de toutes ses forces sur le dos du jeune seigneur. Le coup retentit dans toute l'arène silencieuse. Après quoi, il jeta le bâton et se dirigea vers son entraîneur posté à la barrière. Chacun de ses mouvements était décidé, inflexible et souverain.

– Le prince est plein de clémence, dit une voix familière dans mon dos.

Je m'agrippai à la barrière et me retournai. Dillon était à côté de moi.

– Au nom du ciel, Dillon ! Tu m'as fait sursauter.

J'esquissai un sourire mal assuré, en me rappelant les entraînements où nous tentions mutuellement de nous surprendre en approchant sans bruit.

– Veuillez m'excuser, sire Eon, dit-il d'un ton cérémonieux mais sans pouvoir retenir un sourire. Maître Tellon m'a chargé de vous mener à la salle d'exercice.

Je pris une profonde inspiration. Mon énergie semblait sens dessus dessous. Qu'est-ce qui n'allait pas ?

– Je suis tellement en retard ?

Il hocha la tête.

– Il ne semble pas trop irrité, mais nous devrions nous dépêcher.

Sa voix était de nouveau plus chaleureuse. Je lui emboîtai le pas, puis m'arrêtai. J'avais oublié mon guide. Je lui fis un signe.

– L'apprenti Dillon va m'accompagner. Vous pouvez disposer.

– Seigneur.

Il s'inclina devant moi puis se tourna vers Dillon.

– Honorable apprenti.

Nous le regardâmes se hâter vers la voûte sombre du couloir.

– Je ne me suis pas encore habitué à voir les gens s'incliner devant moi, déclarai-je.

– Moi non plus, dit Dillon en souriant. Seigneur.

– Honorable apprenti, fis-je en imitant son ton pompeux et en louchant.

Dillon se mit à pouffer, et ce bruit familier fut un baume pour mes nerfs. Il me désigna à l'opposé un vaste bâtiment, vers lequel nous nous dirigeâmes. Je me retournai vers l'aire d'entraînement pour voir le prince, mais la foule s'était de nouveau massée devant la barrière et me bouchait la vue. Je rattrapai Dillon, en essayant de me débarrasser de cette énergie singulière qui semblait remplir mon corps d'allégresse.

– Tu as l'air… d'aller mieux, dis-je avec hésitation, soucieuse de ne pas rompre notre fragile accord.

Son visage se figea.

– Que veux-tu dire ?

Je levai les mains.

– Tu semblais souffrant, ce matin.

Il soupira et se massa le front.

– C'est à cause de ce mal de tête. Mais je vais bien. Surtout maintenant que sire Ido est parti.

Il regarda par-dessus son épaule puis se rapprocha.

– Je crois qu'il est fou. Songe à ce qu'il a fait à ton maître… je veux dire, à sire Brannon.

Je hochai la tête, mais j'avais plus important à quoi penser.

– Quel est le but de son voyage ? Combien de temps doit-il durer ?

– Quelques jours. Il est allé à la rencontre du Grand Seigneur Sethon. Ils doivent rentrer ensemble.

Le Grand Seigneur allait donc revenir dans la capitale. Mon maître serait certainement intéressé par cette nouvelle.

– Comment se fait-il que tu ne l'aies pas accompagné ? demandai-je.

Dillon s'arrêta et tira sur ma manche pour que je vienne plus près.

– Il veut que je te surveille, pour lui rapporter tes faits et gestes pendant nos leçons.

Sire Ido avait-il des soupçons ?

– Pourquoi ?

Dillon haussa les épaules.

– Il me dit ce que je dois faire, pas pourquoi je le fais.

Tandis qu'il regardait la place, ses épaules étroites frissonnèrent imperceptiblement.

– Il a cette… façon de m'imposer sa volonté.

Il s'arrêta. Je vis ses yeux s'assombrir de nouveau d'une étrange colère.

– Mais je ne suis pas son esclave. S'il croit que je n'ai pas le courage ni la force de lui résister, il se trompe.

Je décidai de profiter de cette révolte.

– Dis-moi, Dillon, l'as-tu déjà vu avec un volume de cuir rouge attaché avec des perles noires ?

Il secoua la tête.

– Je n'ai pas le droit d'entrer dans la bibliothèque. Il la ferme à clé et personne ne s'en approche. Pourquoi ?

– Je pensais juste qu'il pouvait l'avoir en sa possession.

Nous nous remîmes en route. Si sire Ido fermait la bibliothèque à clé, c'était qu'elle devait contenir quelque chose d'important. Or il était absent pour plusieurs jours…

– Par tous les dragons ! s'exclama Dillon en pressant le pas. Maître Tellon est sorti voir ce que nous fabriquions.

Devant nous, un homme de haute taille, vêtu d'une ample tunique d'entraînement, se tenait à l'entrée de la salle et nous regardait approcher. Je tentai d'accélérer, mais mon corps couvert de contusions se refusait à avancer plus vite. En montant les quelques marches menant à la véranda, je me sentis plus gauche que jamais sous le regard scrutateur de maître Tellon.

– Vous avez trop d'énergie lunaire, dit-il en s'effaçant pour me laisser entrer dans la salle.

Je me figeai, terrifiée par tant de perspicacité.

– Mais bien sûr, vous êtes Ombre de Lune, ajouta-t-il d'un ton pensif.

Le visage de Dillon s'enflamma de colère.

– Comment osez-vous évoquer le sacrifice de sire Eon ?

Tellon baissa les yeux sur lui.

– Et vous, vous avez trop d'énergie solaire, observa-t-il d'un ton tranquille.

Dillon recula, atterré par sa propre brutalité. Je déglutis en essayant de lutter contre la panique qui m'envahissait. Mon maître m'avait avertie que Tellon n'avait pas les yeux dans sa poche. J'allais devoir mettre en avant ma condition d'Ombre de Lune, en espérant qu'elle lui suffirait pour expliquer toutes mes bizarreries.

Tellon s'inclina devant moi avec une grâce aisée.

– Pardonnez-moi, sire Eon. Je ne voulais pas vous manquer de respect. Ni à vous, apprenti. Avec l'âge, j'ai tendance à m'exprimer sans détour.

– Ce n'est rien, maître Tellon, dis-je précipitamment. Je suis effectivement Ombre de Lune. On ne peut vous blâmer de dire la vérité. C'est plutôt moi qui vous dois des excuses pour mon retard.

Pour mettre un terme à cette discussion, j'ôtai mes pantoufles et franchis le seuil surélevé. Le parquet de la vaste salle était parsemé de vieilles éraflures et entailles. De hautes et étroites fenêtres laissaient entrer la brillante lumière du soleil.

Maître Tellon ferma la lourde porte et nous fit signe de nous placer au centre de la salle.

– Asseyez-vous, dit-il. Nous allons parler un peu avant de commencer à étudier la figure.

Dillon s'assit sur le parquet dur. En m'installant à côté de lui, j'observai son attitude relâchée et l'imitai aussitôt. Après quatre années passées à me surveiller, j'avais cru en avoir fini avec les gestes soigneux et mesurés des filles. Je n'en étais plus aussi certaine maintenant, alors que je ne pouvais me permettre d'éveiller le moindre soupçon dans l'esprit de Tellon.

Il s'agenouilla en face de nous, avec des mouvements pleins de souplesse. Tellon avait été l'Œil du dragon Chien du cycle précédant celui de mon maître. Malgré son âge avancé, il bougeait avec plus d'aisance que Dillon. Le haut de son crâne s'était dégarni, mais les cheveux qui lui restaient étaient autant noirs qu'argentés, et noués en arrière en une tresse épaisse retombant jusqu'à sa taille.

– Je ne partage pas l'avis de ces professeurs qui estiment qu'un élève doit se contenter d'écouter sans remuer davantage qu'un rocher. Vous pouvez me poser des questions. En fait, je compte dessus.

Dillon me jeta un coup d'œil. Aucun de nos autres maîtres n'avait apprécié les questions.

– Vous avez été tous deux choisis pour communier avec un dragon énergétique, reprit Tellon avec un sourire appréciateur. Toutefois, une initiation aussi longue que difficile vous attend avant d'être en mesure de maîtriser le pouvoir dont vous disposez. Et vous, sire Eon...

Je me raidis en le voyant se pencher vers moi. Avait-il déjà deviné que je ne pouvais pas appeler mon dragon ?

– Votre initiation sera encore plus ardue, car vous devrez franchir cette étape sans l'assistance d'un Œil du dragon en exercice.

Je baissai la tête pour cacher mon soulagement.

– Oui, maître.

– Ne vous inquiétez pas, dit-il en tapotant mon bras. Vous n'êtes pas seul.

Il se redressa.

– Vous êtes tous deux ici pour apprendre l'Endurement, l'antique méthode permettant de réguler le cours du *hua*. Elle vous aidera à résister à la perte d'énergie liée au travail avec un dragon.

Il joignit ses mains en les faisant claquer puis les frotta avec vigueur.

– Je sais que beaucoup de bruits courent sur les dragons et leurs pouvoirs. Essayons donc de mettre les choses au point.

Il pointa le doigt sur Dillon.

– Que voulez-vous savoir ?

Cette question soudaine décontenança l'apprenti.

– Est-il vrai qu'un Œil du dragon abandonne son *hua* à son dragon ? demanda-t-il enfin.

Tellon hocha la tête.

– Oui. Un Œil du dragon se sert de sa force vitale pour maîtriser l'énergie élémentaire du dragon. Ce faisant, il en laisse une partie au dragon. Cependant, l'Endurement ralentit la perte du *hua* et favorise son écoulement.

Il se tourna vers moi.

– Sire Eon ?

Je songeai à cet instant, dans la salle de bains, où le dragon Rat s'était dressé au-dessus de moi et où j'avais été projetée contre le mur par une fantastique décharge d'énergie.

– Un dragon diminue-t-il toujours le *hua* ? demandai-je d'un ton hésitant. Ne peut-il pas également restituer de l'énergie ?

Il secoua la tête.

– Non. Sauf lors de la communion, bien sûr.

Cette réponse me troubla. Fallait-il en déduire que le dragon Rat avait communié avec moi ? Cela paraissait impossible.

Tellon pointa de nouveau son doigt vers nous.

– Une autre question ?

Dillon se pencha en avant.

– Maître, est-il vrai que vous puissiez tuer quelqu'un rien qu'en perturbant son *hua* ?

– Oui, répondit Tellon tranquillement.

Les yeux de Dillon s'agrandirent.

– Apprendrons-nous également à le faire ?

– Non.

Dillon se rassit d'un air déçu. J'observai les minuscules lattes du parquet en réfléchissant à ma prochaine question. Elle était risquée et demandait à être formulée avec soin.

– J'ai entendu dire qu'il était possible à un Œil du dragon de prendre le pouvoir d'un autre dragon, hasardai-je.

Tellon sourit.

– Ce bruit court chaque année, mais il est faux. Chaque Œil du dragon est lié à un seul dragon.

Puis il nous fit signe de nous rapprocher et baissa la voix.

– En revanche, il existe une légende sur la maîtrise du pouvoir de *tous* les dragons. Elle raconte que si un Œil du dragon tue les autres Yeux du dragon et leurs apprentis, l'énergie des douze dragons se concentrera sur lui et lui donnera la puissance d'un dieu… avant de le mettre en pièces.

Dillon en eut le souffle coupé.

– C'est vrai ?

Tellon éclata de rire et lui tapota la tête.

– À votre place, je ne commencerais pas à tramer le meurtre de tous vos collègues. Ce n'est qu'une histoire pour faire peur aux nouveaux apprentis.

Dillon sourit et je vis qu'il était soulagé par le

ton badin du maître. Celui-ci tapa de nouveau dans ses mains pour obtenir notre attention.

– Je vais maintenant vous faire la démonstration de l'Endurement, déclara-t-il. C'est une méditation en mouvement. Très lente, très maîtrisée. Les vingt-quatre postures que vous allez apprendre vous permettront non seulement de contrôler votre souffle mais de canaliser le *hua* dans votre corps, le long des douze méridiens et à travers les sept centres de puissance.

Il effleura du doigt chaque centre, depuis le ventre jusqu'au sommet de la tête.

– Vous apprendrez enfin à activer chacun de vos centres afin d'amener le *hua* au niveau physique, émotionnel ou spirituel où il vous sera le plus nécessaire.

Il se leva.

– Regardez.

Son corps se détendit, solidement campé sur le sol, les bras tendus en avant. Son regard parut se troubler, mais il fixait encore un point très loin devant lui. Il semblait que rien ne se produisît, puis je me rendis compte que ses mains s'élevaient peu à peu, la droite suivant la gauche. Son corps bougea et il fit passer son poids du pied gauche au pied droit. Tout cela aussi lentement que le soleil parcourant le ciel. Cette vision m'était vaguement familière. J'essayai d'imaginer à quoi elle ressemblerait si chaque mouvement était plus rapide. Son bras gauche s'abaissa souplement, en entraînant son corps en douceur. C'est alors que je reconnus la Deuxième Figure dragon Rat de l'enchaînement de la cérémonie. Chacun des animaux était visible dans les postures gracieuses de Tellon. Ils n'étaient pas tout à fait les mêmes, mais leur essence était bien présente. Il termina avec le mouvement pressant de la Troisième Figure dragon Porc, puis resta un instant immobile. Son visage anguleux semblait comme adouci.

– Eh bien, lança-t-il d'une voix plus profonde. Le *lin* et le *gan* sont en équilibre, le corps est rempli d'énergie et pourtant détendu. C'est ce qu'on appelle l'état de *huan-lo*.

Il sourit et ses yeux se fixèrent de nouveau sur nous.

– Apprenti Dillon, dites-moi ce que vous avez vu.

– C'était lent, dit Dillon en me regardant pour quêter mon aide. Et c'était...

Il resta coi. Tellon poussa un grognement.

– Et vous, sire Eon ? Avez-vous remarqué quelque chose ?

– J'ai reconnu plusieurs des figures d'animaux de l'enchaînement d'approche de la cérémonie.

Tellon m'observa d'un air pensif.

– Voilà qui est intéressant. La plupart de mes élèves ne s'en rendent compte avant d'avoir beaucoup avancé dans leurs études.

Il se frotta de nouveau les mains.

– Bien. Levez-vous, nous allons commencer.

Nous passâmes les deux heures suivantes à apprendre les mouvements de la première posture. J'avais cru non sans présomption que puisque je connaissais déjà l'enchaînement d'approche, il me serait aisé de le faire au ralenti pour réaliser l'Endurement. Quelle erreur ! Mes gestes étaient trop rapides. Je retenais mon souffle. La position de mes pieds était incorrecte. Un de mes bras était trop haut, l'autre trop bas. Je faisais porter mon poids du bon ou du mauvais côté, mais toujours trop pesamment. À côté de moi, Dillon affrontait les mêmes difficultés. Lui qui était si irascible, depuis quelque temps, s'emportait violemment par moments tant il était frustré.

Puis, l'espace d'un instant glorieux, je sentis le *lin* et le *gan* s'écouler harmonieusement dans mon corps. Un doux balancement m'animait du sommet de ma tête à l'extrémité de mes orteils, comme si mon corps tout entier n'était qu'un profond soupir. Toute douleur, toute raideur avaient disparu. Et je sentais, souterraine, la présence au chuchotement assourdi, l'ombre palpitante que je ne parvenais pas tout à fait à atteindre. Dans l'accord de mes mouvements lents, je savais que je pourrais attirer en moi cette présence. Je commençais à la rapprocher de moi, mais la pensée du pouvoir fulgurant du dragon Rat me revint soudain. Si j'atteignais mon *hua*, se déchaînerait-il de nouveau ? Dès que la crainte effleura mon esprit, ma posture perdit toute sa fluidité. Je redevins raide et gauche. Infirme.

Le désespoir m'envahit. Il fallait que je découvre au plus vite le nom de mon dragon. Je n'osais même plus éveiller ma vision intérieure, de peur d'être terrassée par le dragon Rat. Le volume rouge détenait certainement la clé de mon pouvoir. Je devais absolument le récupérer. Un doute affreux s'insinua en moi : et si je n'y trouvais aucune réponse ? Je repoussai cette pensée angoissante. Ce texte était ma seule chance.

Tellon tapa dans ses mains.

– Bien, c'est assez pour aujourd'hui. J'ai vu que vous y étiez parvenu un instant, sire Eon. C'est un bon début. Ne vous désolez pas si ça n'a pas duré.

Il m'adressa un sourire encourageant.

– Vous allez probablement vous sentir lourd. Essayez de ne pas faire de mouvements brusques.

Il tapota l'épaule de Dillon.

– Une tentative courageuse, apprenti ! À présent, rentrez tous deux chez vous et dormez. J'ai fait comprendre à sire Brannon et sire Ido que vous auriez besoin de repos après nos leçons.

Dehors, deux guides nous attendaient pour nous reconduire dans nos appartements. La suite du prince avait disparu. Un serviteur solitaire ratissait le sable de l'aire d'entraînement. Dillon et moi suivîmes nos guides en silence à travers la vaste place déserte. à mi-chemin, j'agrippai son bras pour le contraindre à faire halte.

– Je veux pénétrer dans ton manoir cette nuit, chuchotai-je.

– Comment ?

Il tenta de se dégager mais je tins bon.

– Je veux me rendre dans la bibliothèque de sire Ido pour chercher le volume rouge. Tu m'aideras ?

– Pourquoi ?

Du coin de l'œil, je vis nos guides revenir vers nous. Je levai la main pour les arrêter.

– Ce texte fait partie du trésor du dragon Miroir.

Je regardai le visage de Dillon qui s'altéra en comprenant ce que cela signifiait.

– Il l'a volé ?

– Oui. Et je dois le récupérer.

Dillon secouait déjà la tête.

– Non, non. Je ne peux pas t'aider. Il me massacrera s'il découvre la vérité.

– Tu n'auras pas à m'accompagner dans la bibliothèque. Fais-moi entrer dans le manoir et montre-moi où elle se trouve, ça suffira.

– Tu ne comprends pas.

Il se tordit les mains d'un air affolé.

– Cette salle n'est pas simplement fermée à clé. Il rôde autour d'elle une menace qui vous enlève toute envie même d'approcher la porte. C'est une sensation terrifiante.

Je lâchai son bras.

– Je croyais que tu avais dit que tu n'étais pas son esclave ! Mais ce n'étaient que des mots, pas vrai ? Tu n'as pas le courage de t'opposer à lui. Tu n'es même pas capable d'ouvrir une porte sans sa permission.

– Tu ne le connais pas, chuchota-t-il.

Je m'étais attendu à une explosion de rage, pas à cette terreur impuissante.

– Dillon, j'ai besoin de ton aide. Combien de fois t'ai-je sauvé de Ranne ? Combien de coups de pied ai-je reçus pour toi ?

C'était une stratégie basse, mais il fallait que j'aie ce texte.

– Pourras-tu me sauver de nouveau ? demanda-t-il avec amertume.

– Comment ça ?

– Ranne a été renvoyé de l'école et sire Ido l'a engagé comme garde.

Je le regardai avec incrédulité.

– C'est épouvantable.

Dillon hocha la tête. J'essayai d'exploiter la situation.

– Si je récupère le volume, peut-être aura-t-il des ennuis. Il risque de perdre sa place.

Dillon sourit faiblement.

– Peut-être.

– Qu'en dis-tu ? lançai-je en m'efforçant de cacher mon angoisse. Au nom de notre vieille amitié ?

Il regarda fixement ses pieds.

– Je n'entrerai pas dans la bibliothèque.

– Ce ne sera pas nécessaire, assurai-je en hâte.

– Je t'ouvrirai juste le manoir ?

– Oui, et ensuite tu m'indiqueras la bonne direction.

Il déglutit et releva la tête.

– Je ne suis pas son esclave.

J'agrippai son épaule.

– Je sais.

Son corps tremblait sous ma main.

– À quoi ressemble la serrure ? demandai-je.

## *Chapitre 11*

À la différence des bâtiments des trois premières sections du harem, les logis des femmes n'étaient pas groupés autour d'une place mais bordaient de petites rues pavées, comme une ville miniature. La plupart des maisons avaient un étage. Même si elles étaient impeccablement entretenues, leurs volets étaient souvent fermés et une atmosphère d'abandon flottait autour d'elles. Le harem impérial avait compté autrefois plus de cinq cents concubines. À présent, il n'abritait plus qu'une quarantaine de femmes et d'enfants.

Le portier me guida à travers des rues étrangement silencieuses. Apparemment, la maison de dame Dela ne se trouvait pas dans le quartier où vivait la plus grande partie de la communauté, près de l'entrée. C'était elle qui l'avait voulu, m'avait informée en hâte le portier. Il m'avait dit également qu'elle était en visite au palais, mais j'avais refusé de lui laisser un message. Je l'attendrais chez elle.

J'étais plongé dans une léthargie qui rendait chaque pas pénible. Dès que Dillon et moi fûmes convenus qu'il me ferait entrer dans le manoir du dragon Rat à minuit, j'avais ordonné à mon guide de m'emmener au harem. Je comprenais maintenant pourquoi maître Tellon tenait à ce que nous dormions après la leçon. J'avais l'impression qu'un espace s'était ouvert dans ma tête et que j'y flottais comme dans un bain chaud.

Nous nous arrêtâmes enfin devant une petite maison de bois. Elle n'avait pas d'étage et se trouvait au bout d'une impasse, concentrant ainsi sur elle le courant d'énergie d'un vaste jardin communautaire bordant une ruelle étroite. La porte et les volets rouges étaient ouverts pour laisser entrer la brise plus fraîche de l'après-midi.

– Vous êtes chez dame Dela, seigneur, dit le portier en s'inclinant.

– Annoncez-moi.

Il tapa dans ses mains et cria :

– Sire Eon, pour dame Dela.

On entendit des pas puis une silhouette à la longue tunique brune émergea de l'obscurité : une jeune fille arborant le chignon impeccable des servantes des dames de la cour. La lumière fit briller trois glands argentés ornant une épingle à cheveux de Nouvel An fichée au milieu de sa coiffure. C'était un bijou coûteux pour une servante – sans doute un cadeau de dame Dela. La jeune fille plissa les yeux dans la lumière et fit la moue en voyant ma tenue d'entraînement. Puis elle reconnut mon visage. Le souffle coupé, elle tomba à genoux.

– Seigneur.

Son front touchait presque le sol.

– Je suis désolée, seigneur. Dame Dela est sortie.

Je croisai les bras sur ma tunique.

– Quand doit-elle revenir ? demandai-je.

J'étais heureuse que sa posture l'empêchât de me voir rougir de ma propre stupidité. Un seigneur Œil du dragon ne se rendait pas chez une dame de la cour vêtu comme pour l'arène.

– Elle ne sera pas longue, seigneur. Si vous consentez à l'attendre à l'intérieur, je vais aller la chercher.

– Oui, j'attendrai.

Après avoir congédié le portier, je suivis la servante dans le couloir minuscule où flottait une odeur de frangipane – le parfum de dame Dela.

Manifestement, la salle principale servait à la fois aux visites et à la vie quotidienne. Dans le coin près de la fenêtre, deux fauteuils de cérémonie encadraient une petite table à demi cachée par un écran délicat dont le cadre de bois noir était tendu de parchemin au lieu de soie. Des coussins plats en paille étaient glissés sous une table basse pour les repas, contre le mur de gauche. L'autre mur était occupé par une banquette drapée de velours bleu roi et couverte de coussins de coton aux couleurs allant du coquille d'œuf au bleu nuit. Quelques raccommodages marquaient le velours comme de vieilles cicatrices.

La servante me conduisit aux fauteuils des visiteurs.

– Voulez-vous une coupe de vin pendant votre attente, seigneur ? demanda-t-elle.

– Non, merci.

Je m'assis et sentis le bois fin craquer sous mon poids. Après s'être inclinée, elle sortit. Par la fenêtre ouverte, je la vis remonter la ruelle en courant, une main crispée sur sa précieuse épingle.

Le fauteuil ne me paraissait pas très stable. Craignant qu'il ne s'effondre, je me levai. Mon attention fut attirée par cinq petites boîtes alignées sur une étagère au-dessus de la banquette. Elles avaient chacune une forme différente. Agenouillée sur la banquette, j'en pris une en bois pâle incrustée d'un dessin de pierre noire représentant une araignée. Un symbole de bonheur. Glissant mon ongle sous le couvercle, je l'ouvris. Une poudre fine tapissait le fond. Je reniflai. Une odeur de rose et de craie : de la poudre de riz. Je reposai la boîte sur l'étagère et me relevai.

La porte de la pièce voisine était fermée par un épais rideau de damas fané bleu indigo. La franchir aurait été une entorse impardonnable à la politesse. J'observai la ruelle par la fenêtre. Personne en vue. Écartant le rideau, j'entrai dans une garde-robe exiguë.

L'odeur pénétrante de cèdre me fit tousser. Elle provenait sans doute des trois coffres imposants se dressant contre le mur. En face d'eux, des étagères longues et larges étaient chargées de paquets soigneusement emballés dans du calicot. Les robes de dame Dela : sa fortune. Une fenêtre aux carreaux de papier ciré laissait entrer une clarté adoucie. À côté, une longue tunique verte pendait sur un support. Effleurant ses plis, je sentis l'étoffe glisser comme du sable entre mes doigts. Sa tenue du soir.

Me dirigeant vers une armoire de bois, je fis lentement coulisser la porte. Des sous-vêtements – culottes de soie brodées, chemises en losange s'attachant à la taille et au cou. Il y avait même des bandeaux de poitrine rigides. Ce fut alors que je me rendis compte que je cherchais quelque chose de non féminin. Quel était mon but ? Découvrir un mensonge, semblable au mien ? Mais de nous tous, c'était dame Dela l'être le plus véridique. Je refermai brutalement l'armoire. Devant moi, le long miroir reflétait ma trahison.

Je regardai la mine défiante de ce garçon-fille. Telle serait ma vie jusqu'à mon dernier souffle. Ne jamais se laisser aller. Guetter sans cesse un soupçon, un danger, une révélation. La fille que j'avais été semblait avoir disparu dans ces années passées à feindre d'être un garçon. À moins que mon énergie solaire n'ait étouffé en moi la nature lunaire ?

Sur une petite table, j'aperçus un somptueux assortiment d'épingles à cheveux, de boucles d'oreilles, de bracelets, ainsi que des pots de fard blanc. Je saisis une longue épingle ornée de cinq fleurs d'or suspendues à une chaîne délicate. D'un geste, je tordis mes tresses d'Œil du dragon en un chignon pareil à celui de la servante et j'y plantai l'épingle. En agitant ma tête de droite à gauche, je vis scintiller les fleurs dorées sur la masse noire de mes cheveux. Je regardai par-dessus mon épaule. Avais-je encore un peu de temps ? D'une main fébrile, je choisis quatre bracelets en émail que je fis glisser autour de mon poignet. Je remuai le bras et ils se mirent à tinter. Mon reflet souriait. Encore quatre pour l'autre bras. Leurs cercles épais mettaient en valeur la finesse de mon poignet. Puis des boucles d'oreilles : des perles noires pendant comme des raisins à des crochets d'or. N'ayant pas les oreilles percées, comme dame Dela, je les appuyai contre mes lobes, non sans faire de nouveau tinter les bracelets. Ces grappes de perles faisaient paraître mon cou plus long. J'inclinai la tête en observant la ligne pure de ma nuque blanche. Dans mon corps, une énergie se mit à battre sourdement, comme un autre cœur. Un chuchotement. Un appel.

– Sire Eon ?

Je me retournai d'un bond. L'énergie s'était résorbée, tel un cri qu'on étouffe. Sur le seuil, dame Dela soulevait le rideau d'une main. Derrière elle, la servante s'efforçait de regarder pardessus l'épaule de sa maîtresse.

– Sortez ! lui cria dame Dela d'un ton irrité.

Elle tendit le rideau pour empêcher la servante de voir. Mes mains tenaient encore les boucles d'oreilles. Je les jetai derrière moi sans quitter dame Dela des yeux. Son visage ne trahissait aucune surprise.

– Dame Dela, lança la voix de Ryko assourdie par le rideau. Ne vous précipitez pas ainsi devant moi, de grâce. Il faut que je contrôle les lieux avant que vous entriez.

Serrant le rideau contre le montant de la porte, elle cria à travers l'épais tissu :

– Je suis avec sire Eon. Laissez-nous.

Elle se tourna de nouveau vers moi, les traits tirés.

– Je suis désolé, lançai-je. J'ai simplement…

Je m'interrompis, ne sachant que dire.

Elle secoua la tête et refusa d'un geste mes excuses.

– Ce n'est certes pas à moi qu'il faut donner des explications.

Après avoir jeté un coup d'œil à la porte, elle ajouta en baissant la voix :

– Mais promettez-moi de vous montrer plus prudent. Je voudrais que vous puissiez porter ces atours sans courir de danger, mais il existe des gens par ici qui ne sauraient tolérer ce genre d'excentricité, même chez une Ombre de Lune. Et ils ne tiennent pas compte du rang. Ils vous traiteront cruellement. J'en ai moi-même fait l'expérience.

Elle abaissa l'encolure échancrée de sa robe. Une série d'entailles mal cicatrisées déparait la peau lisse au-dessus de son cœur. Pendant un instant, je ne vis que des coupures laides et profondes. Puis je compris qu'il s'agissait d'un caractère gravé dans sa chair : « démon ».

Elle regarda sa poitrine martyrisée.

– Vous voyez ? Il faut que vous fassiez très attention.

Je hochai la tête, partagée entre mon horreur devant cette plaie et mon soulagement qu'elle n'ait pas deviné la vérité. Si jamais quelqu'un découvrait ma vraie nature, je ne serais pas seulement marquée au fer rouge de la haine. On me tuerait. Une femme Œil du dragon semblait une parodie défiant l'ordre du monde.

Je reposai les boucles d'oreilles sur la table, à laquelle je m'appuyai pour ne pas défaillir. Je sentais monter en moi une envie irrésistible de révéler mon identité à dame Dela. Les yeux fermés, je repoussai cette tentation. Ce n'était pas seulement ma vie qui était en jeu.

Cherchant à tâtons l'épingle dans mes cheveux, je tirai dessus. Elle s'était accrochée à une tresse. Je ne me fis pas grand mal, mais ne pus retenir un cri.

– Laissez-moi vous aider, s'empressa de dire dame Dela.

Elle s'avança derrière moi et je sentis ses doigts s'affairer dans mes cheveux. Un souvenir lointain me revint soudain. Ma mère peignait mes cheveux, les démêlait…

– Pourquoi vous habillez-vous en femme ? demandai-je. Être une femme ne donne aucun pouvoir et vous souffrez à cause de votre choix. Si vous portiez des tuniques d'homme, on vous laisserait tranquille.

Elle avait réussi à dégager ma tresse et s'éloigna de moi. J'entendis l'épingle tinter sur la table encombrée.

– Alors que j'avais environ sept ans, ma sœur me surprit à porter sa jupe, dit doucement dame Dela. Mais même avant cet épisode, je savais que je n'étais pas comme les autres garçons de notre tribu. Je ne partageais aucun de leurs goûts. Je détestais chasser, pêcher et même jouer à la balle. Il fallait que je me force, tout le temps.

Je me retournai. Elle serrait ses bras autour de son corps.

– Un jour, je découvris dans notre tente la jupe ornée de perles à laquelle ma sœur avait travaillé pendant des mois. Quand je la revêtis, j'eus l'impression d'être enfin moi-même. Je me souviens avoir pensé que c'était la tenue idéale pour jouer dans la boue en faisant semblant de pétrir le pain spécial que notre mère préparait pour la fête du milieu de l'hiver.

Elle sourit d'un air contrit.

– Comme vous pouvez l'imaginer, la boue et les belles robes ne font pas bon ménage. Ma sœur me découvrit et me traîna chez ma mère pour que je sois punie. Bien entendu, la juste indignation de ma sœur fut vite oubliée tant ma mère et les autres femmes étaient excitées en me voyant porter une jupe.

– Quelle a été leur réaction ?

– Au lieu de me battre, ma mère me fit asseoir près d'elle et me montra comment broyer du riz. Elle m'avait toujours soupçonnée d'être une « âme double », mais elle préférait attendre que je m'en aperçoive moi-même. Elle était sage, ma mère. Cependant, je n'ai mené que beaucoup plus tard la vie d'un Contraire, une fois que j'ai été sûre de ma vraie nature. Dans ma tribu, c'est un statut très honorable.

Elle éclata d'un rire amer.

– Il n'en va pas de même ici.

Se dirigeant vers le miroir, elle s'observa.

– Si je ne m'habille pas en homme, c'est que je suis une femme là…

Elle toucha sa tête.

– Et là…

Elle indiqua son cœur.

– Vous vous trompez quand vous dites qu'être femme ne donne aucun pouvoir. Si je pense à ma mère et aux femmes de ma tribu, et même aux femmes cachées du harem, je me rends compte qu'il existe bien des sortes de pouvoir en ce monde.

Elle se retourna pour me faire face.

– J'ai acquis un pouvoir en acceptant la vérité de ce que je suis. Même si d'autres ne peuvent accepter cette vérité, il m'est impossible de vivre autrement. Comment vivre alors que chaque instant de votre vie serait un mensonge ? Je ne crois pas que j'en serais capable.

Je déglutis. J'aurais pu lui décrire une telle existence. J'en connaissais l'horreur dans ses moindres détails. Mais je ne voyais aucun pouvoir dans la féminité, rien que de la souffrance.

– Pourquoi ne…

Je m'interrompis en cherchant mes mots. Quels seraient ceux qu'emploierait une Ombre de Lune ?

– Pourquoi ne vous débarrassez-vous pas des attributs virils ?

Elle détourna les yeux en se mordant les lèvres.

– Je n'ai pas besoin d'une opération pour savoir que je suis une femme. Du reste, l'empereur m'apprécie car je suis à la fois lune et soleil. Si je vais chez un chirurgien, je perdrai toute valeur à ses yeux…

Après un instant d'hésitation, elle affronta mon regard.

– En fait, je redoute aussi la douleur. Et j'ai peur de mourir.

Je hochai la tête. J'avais entendu dire que trois eunuques sur dix périssaient dans d'atroces souffrances après l'opération. Certains agonisaient pendant plus d'une semaine avant que l'impossibilité d'uriner ou la gangrène ne les mènent auprès de leurs ancêtres. Le jeu en valait la chandelle pour un misérable, mourant de faim dans son village et désirant travailler au palais pour le restant de ses jours. Toutefois, j'étais d'accord avec dame Dela. Ce n'était pas un jeu pour moi.

Je fis glisser les bracelets sur mes mains et les reposai avec soin sur la table.

– Je suis désolé, dis-je en désignant les bijoux.

Je ne suis pas venu ici pour fouiller dans vos affaires mais pour vous demander une faveur.

Elle se redressa.

– De quoi s'agit-il ?

– Connaissez-vous quelqu'un capable de crocheter une serrure ?

– Bien sûr, répondit-elle sans ciller.

– Vous étiez un voleur ? demandai-je en tentant d'assimiler ce que venait de dire Ryko.

Il hocha la tête en arpentant le petit pavillon du thé privé installé à l'arrière de la maison de dame Dela. Sa stature faisait paraître les lieux encore plus exigus.

– Je ne me contentais pas de voler.

Il jeta un regard fatigué à dame Dela, qui était agenouillée en face de moi.

– Je faisais n'importe quoi si on me payait assez.

Il détourna les yeux.

– N'importe quoi.

Son ton était catégorique. Dame Dela se mordit les lèvres. Elle semblait entendre ces révélations pour la première fois.

– Comment avez-vous pu quitter les îles pour arriver au palais ? m'étonnai-je.

Une intuition soudaine me coupa le souffle.

– Vous faites partie du bétail humain des Trang !

– Non !

Il avait crié tant il était choqué.

– Sire Eon ! me réprimanda dame Dela. Cela ne vous regarde pas.

Ryko leva la main.

– Ce n'est pas grave.

Il poussa un long soupir.

– Non, ce déshonneur m'a été épargné. J'ai été placé au palais un an avant ces événements.

Dame Dela pencha la tête. Son front fardé se plissa légèrement.

– Placé ? demanda-t-elle d'un ton soudain tranchant malgré sa douceur. Que voulez-vous dire ?

Ryko se dirigea vers la porte, l'entrouvrit et observa l'extérieur par la fente.

– Êtes-vous sûre que nous sommes seuls, noble dame ?

Elle hocha la tête.

– J'ai envoyé ma servante porter un message.

Après avoir refermé la porte, il se tourna vers nous et nous fixa de ses longs yeux d'insulaire. Son regard était tranquille.

– Pendant des années, j'ai passé ma vie à voler, boire et me battre. Une nuit, dans une ruelle du port, j'ai trouvé à qui parler.

Perdu dans ses souvenirs, il ne nous voyait plus.

– Ils étaient deux. L'un d'eux m'a tailladé l'épaule, l'autre m'a percé le ventre. J'ai vu la masse grisâtre de mes propres entrailles.

Il caressa son ventre plat et me regarda en grimaçant un sourire.

– Ce n'est pas une vision très agréable. J'ai cru que ma dernière heure était venue.

Du coin de l'œil, je vis les doigts de dame Dela effleurer l'étoffe couvrant sa blessure. Elle aussi avait dû penser que c'était fini, quand le couteau s'était enfoncé dans sa poitrine.

– Mais ce n'était pas vrai, dis-je.

Je parlais pour eux deux. Ryko acquiesça de la tête.

– La chance était avec moi, cette nuit-là. Un pêcheur m'a ramené chez lui pour me soigner. Il m'a sauvé la vie.

Il fit une pause solennelle.

– Ce genre de chose crée un lien. J'étais son débiteur. Aussi, quand j'ai découvert que mon ami pêcheur dirigeait également un groupe résistant à la mainmise de Sethon sur les îles, j'ai embrassé sa cause. Et quand il a eu besoin de quelqu'un au palais, j'ai saisi l'occasion pour payer ma dette.

– Vous faites partie de la Résistance insulaire ? s'exclama dame Dela en plissant les yeux.

Elle baissa la tête et lissa soigneusement sa jupe.

– Vous avez bien caché votre jeu.

Sa voix était froide.

Ryko avait bien caché son jeu… Je songeai à maître Tozay et au garçon des docks originaire des îles. Tous deux devaient certainement être liés à ce mouvement de résistance. Quelle était son importance ?

Ryko s'humecta les lèvres.

– Pardonnez-moi, noble dame. Je vous l'aurais dit si j'avais pu, mais j'avais l'ordre d'obtenir des informations sur Sethon et d'approcher l'empereur afin de le protéger. Je n'étais pas censé recruter.

Je ne pus m'empêcher de faire une remarque évidente.

– Mais vous êtes le garde du corps de dame Dela. Avec tout le respect que je vous dois, noble dame…

Je m'inclinai devant elle puis me tournai de nouveau vers Ryko.

– … ce n'est pas une position très proche de l'empereur.

– Effectivement. Mais ma patience a été récompensée. Je suis maintenant plus proche de l'empereur que je ne l'ai jamais été.

– Comment ?

– À travers vous, seigneur, dit-il simplement. Vous êtes l'espoir de la Résistance.

L'espoir de la Résistance ? Encore des gens qui comptaient sur moi, sur mon pouvoir. C'en était trop. J'allais être écrasée sous le poids de toutes ces attentes.

– Non !

Je me levai péniblement. Il fallait que je m'enfuie.

– Comment ça, non ? demanda Ryko en me barrant le passage.

– Je ne peux pas incarner les espoirs de votre Résistance.

Je regardai dame Dela.

– Ni les vôtres.

– Seigneur, dit Ryko en serrant mon bras avec une poigne de fer, que cela vous plaise ou non, vous êtes engagé dans cette histoire. Et si vous ne voulez pas rejoindre le parti de Sethon et d'Ido, vous devez vous associer à notre combat. Le simple fait d'avoir réveillé le dragon Miroir fait de vous une menace pour le Grand Seigneur. De plus, vous avez déjà apporté votre soutien à l'empereur.

Je dégageai mon bras. Ce combat n'était pas le mien. Il fallait que je m'échappe, que je me cache quelque part. Mais où ? Et que deviendraient mon maître et Rilla ? Et le prince Kygo ? Leurs vies étaient liées à la mienne aussi étroitement que je l'étais au sort de l'empereur.

– Je ne veux pas, lançai-je d'un ton qui ne me convainquit pas moi-même.

Tout ce qu'avait dit Ryko était vrai. Inéluctable.

– Je sais que vous avez plus de courage que ça, déclara Ryko.

Je ne me sentais pas courageuse. Toutefois, je levai le menton et hochai la tête. Que pouvais-je faire d'autre ? Même un lapin acculé se défend à coups de griffes et de dents.

– Bravo !

Il me donna une bourrade si énergique que je vacillai.

– Quand vous aurez fini de faire du recrutement, dit sèchement dame Dela, sire Eon pourra peut-être nous exposer son plan pour récupérer le texte.

Je ne leur avais pas dit toute la vérité à propos du volume rouge. Ils savaient qu'il s'agissait du seul texte subsistant des Yeux du dragon Miroir et qu'il ne saurait rester aux mains de sire Ido. En revanche, ils ignoraient que c'était ma dernière chance pour apprendre le nom de mon dragon. Je ne pouvais pas leur dire que je n'avais encore aucun pouvoir, de peur de perdre leur soutien. S'il était dangereux d'être l'espoir de la Résistance, il était tout aussi risqué de ne pas l'être.

– Le plan est très simple, assurai-je en hâte. Dillon nous attendra à l'entrée secondaire du manoir du dragon Rat à minuit. Il nous fera entrer et nous conduira à la bibliothèque. Ryko crochètera la porte, nous trouverons le volume et nous partirons au plus vite.

Il y eut un silence.

– C'est un peu imprécis, dit Ryko avec circonspection.

Il jeta un coup d'œil à dame Dela mais elle évita son regard, figée dans une attitude réprobatrice.

– Savons-nous combien de gardes seront en faction ? Connaissons-nous leurs positions ?

– Non, avouai-je. Mais je suis sûr que Dillon pourra nous le dire.

Ryko croisa les bras.

– Je crois qu'il serait plus prudent que j'agisse seul, seigneur. J'ai beaucoup d'expérience et, sans vouloir vous offenser, ça irait nettement plus vite.

Dame Dela hocha la tête en me regardant pardessus la table basse.

– Il a raison. Vous ne devriez pas vous mettre en danger, seigneur. Vous êtes trop important.

– Mais Dillon est déjà nerveux, objectai-je en me tournant vers Ryko. Si vous êtes seul, il ne vous laissera pas entrer. En outre, il dit qu'il rôde autour de la bibliothèque une menace qui tient les gens à distance.

– Est-ce lié au pouvoir des dragons ? demanda dame Dela.

Je haussai les épaules.

– Je ne sais pas. Mais, si c'est le cas, je serai plus à même que Ryko d'en venir à bout.

Je prononçai ces mots avec toute l'assurance dont j'étais capable. J'ignorais totalement comment on pouvait repousser l'énergie d'un dragon, mais je n'avais aucune envie d'attendre patiemment dans mes appartements pendant que Ryko tenterait de mettre la main sur le seul objet capable de sauver ma vie.

– Sire Eon a raison, dit enfin dame Dela en levant les yeux sur Ryko. Vous ne pourrez vaincre à vous seul la magie d'un dragon.

Ryko frotta l'arrière de son crâne rasé.

– Nous avons besoin d'en savoir plus. Êtes-vous même certain que sire Ido soit en possession de ce texte et qu'il le garde dans sa bibliothèque ?

– Non. Comme je vous l'ai dit, il ne figure pas dans les registres.

– Au moins, si vous parvenez à le récupérer, sire Ido ne pourra pas protester, commenta dame Dela d'un ton acerbe. Puisqu'il l'a lui-même volé.

Ryko secoua la tête.

– C'est trop risqué. Nous devrions attendre quelques jours pour rassembler d'autres informations.

– Non ! m'écriai-je en joignant les mains. Il faut agir dès cette nuit. Sire Ido est parti à la rencontre du Grand Seigneur Sethon. Il sera absent du manoir jusqu'au matin. Je vous jure que si vous ne m'accompagnez pas, j'irai seul.

– J'ai entendu dire que Sethon revenait, dit dame Dela. C'est une période dangereuse. À côté du général victorieux, notre empereur paraîtra vieux et malade.

Ryko soupira.

– Si Ido est parti, c'est certainement le meilleur moment pour agir, admit-il. Il a probablement emmené la plupart de ses gardes pour le voyage, en ne laissant qu'un petit détachement.

Il fit une pause.

– D'accord, nous irons là-bas. Je viendrai vous

chercher à vos appartements de façon à être au manoir du dragon Rat à minuit. Je frapperai à votre fenêtre.

– Merci, dis-je.

– Vous devrez mettre des vêtements sombres. Savez-vous monter à cheval ?

– Non.

Je n'avais jamais touché un cheval. Quant à m'asseoir dessus…

– Nous ne pouvons pourtant pas prendre une chaise à porteurs. Et le manoir est trop loin pour que vous alliez à pied, avec votre…

Se rendant soudain compte de son impolitesse, il s'interrompit.

– Je vous porterai sur mon dos, conclut-il abruptement.

– Eh bien, si votre métier d'espion ne marche pas, dit suavement dame Dela, au moins vous pourrez faire le travail d'un âne.

– Je crois que j'aurais plus de chance d'être engagé comme bœuf, noble dame, répliqua-t-il en s'inclinant profondément.

Elle ne lui rendit pas son sourire.

– Faites attention, me dit-elle.

Elle jeta un coup d'œil à Ryko, mais il s'était déjà retourné pour ouvrir la porte.

– L'un comme l'autre, chuchota-t-elle.

En m'entendant approcher sur l'allée, Rilla ouvrit la porte de l'appartement aux Pivoines. Même de loin, je vis que son visage était soucieux. J'aurais dû rentrer plus tôt.

– Comment va le maître ? demandai-je en la rejoignant.

Elle referma la porte.

– On lui a prescrit un somnifère, mais il refuse de le prendre avant de vous avoir parlé. Le médecin impérial est revenu le voir.

– Pensez-vous que son état empire ?

– Je ne sais pas.

Elle secoua la tête, comme pour chasser ses doutes.

– Je crois qu'il a simplement besoin de repos. Il a annulé tous ses rendez-vous de la soirée. Il veut être assez bien demain pour vous accompagner.

– Demain ?

– Vous n'êtes pas au courant ? Le Grand Seigneur Sethon va revenir dans la ville en triomphateur, et l'empereur a décrété un jour de fête en son honneur. Vous allez encore devoir affronter un festin.

Elle m'adressa un sourire compatissant.

– Venez. Le maître vous attend.

La chambre n'était éclairée que par une seule lampe, dont l'éclat était atténué par un abat-jour de bronze. Fixé au mur derrière le lit, un support doré constitué de deux carpes faisant un bond abritait des bâtonnets à moitié consumés du même encens qu'on avait brûlé pour moi quelques jours plus tôt. Mon maître était appuyé contre les oreillers. Son visage décharné semblait creusé d'ombres. Près de lui, le médecin impérial, assis sur un petit tabouret, examinait les ongles de son patient. Il avait revêtu pour la soirée un riche manteau cramoisi passé sur une tunique de soie rose pâle, que complétait son bonnet rouge foncé de médecin. Quand Rilla m'annonça, il leva les yeux.

– Sire Eon. Entrez, entrez, dit-il en lâchant la

main de mon maître et en s'inclinant bien bas. Sire Brannon se repose mais il n'est pas endormi.

Mon maître remua et ouvrit ses yeux humides, qui brillèrent à la lueur de la lampe.

– Je suis content que tu sois là.

Sa voix était encore rauque. Il jeta un coup d'œil au médecin.

– Vous pouvez disposer.

Je crus voir le visage du praticien s'assombrir en entendant ce congé, mais peut-être n'était-ce qu'une ombre projetée par la lampe vacillante tandis qu'il s'inclinait de nouveau. Nous le regardâmes sortir.

– Ferme la porte et viens ici, dit mon maître.

Il ne dit pas un mot avant que je sois installée sur le tabouret près du lit.

– Tu as entendu parler du retour de Sethon ? demanda-t-il à voix basse.

On voyait nettement sur son cou les marques sombres des doigts de sire Ido.

– Rilla m'a mis au courant, répondis-je.

Cependant, je pensais au visage terrifié de Dillon. Allait-il tenir parole et me retrouver à la porte cette nuit ?

– Ido a quitté la ville, reprit mon maître. Il va certainement retrouver son protecteur et lui raconter son échec au Conseil. Nous allons devoir affronter leur fureur.

– Que va-t-il se passer, maintenant ? demandai-je.

Il m'incluait dans ses projets. Il savait que nous devions compter l'un sur l'autre. Devant ce changement d'attitude, je me redressai et l'écoutai avec une attention redoublée.

– Ils vont tenter de renforcer leur influence sur le Conseil, répondit-il. Mais je suis certain d'obtenir la majorité des voix.

Il se carra contre les oreillers. Sa détermination était manifeste malgré sa fatigue, comme l'ossature d'un visage ressortant sous la peau.

– Demain sera consacré à célébrer la victoire de Sethon dans l'est. À sa démonstration de force militaire, nous devons opposer notre propre manifestation. Nous apparaîtrons ensemble, vêtus du rouge du dragon Miroir. Ce sera un symbole de l'union de ton pouvoir ascendant et de mon expérience.

– Votre état vous le permettra-t-il ? Qu'a dit le médecin ?

– Ne t'inquiète pas, déclara-t-il en souriant. Ce n'est que de l'épuisement. Depuis que tu as été choisi, je n'ai jamais dormi plus de quatre heures d'affilée. Le médecin m'a donné un somnifère. Une bonne nuit de sommeil me remettra sur pied.

Il tapota ma main et nos regards se croisèrent fugitivement. Pendant un instant, une émotion flotta entre nous, puis l'intensité de son expression me fit baisser les yeux.

– Et toi ? demanda-t-il en se raclant la gorge. Comment s'est passée ta première leçon d'Endurement ?

– Très bien.

Malgré ses dénégations, il avait l'air plus que fatigué. Je ne voulais pas l'accabler en lui racontant mes craintes devant la perspicacité de Tellon. Quant au volume rouge, je ne pouvais lui en parler. Pas encore. Il faudrait d'abord que je parvienne enfin à appeler mon dragon. Même alors, du reste, peut-être garderais-je le silence. Puisque le danger serait passé, à quoi bon le mettre au courant ? Cela faisait tant de secrets à garder. Chacun d'eux était comme un poids oppressant ma poitrine.

– Parfait. Personne mieux que Tellon ne pourrait t'aider à maîtriser ton pouvoir.

Je me penchai en avant, tenaillée par l'envie de lui parler du volume rouge. Il serait si doux de partager ce fardeau.

– Maître…

Il prit un air irrité.

– Je ne suis plus ton maître, Eon. C'est fini. Tu ne dois pas l'oublier.

Il sourit avec amertume.

– Tu es ton propre maître, maintenant.

Je me redressai. Il avait raison. Je n'étais plus une paysanne ou un candidat, mais sire Eon. Dans ce monde nouveau de puissance et de richesse, j'étais un homme. Mes désirs étaient des ordres pour mes inférieurs. Et un homme aussi puissant ne se déchargeait pas de ses problèmes sur un autre, même s'ils le rongeaient comme des vers au milieu d'une viande pourrie.

– Vous devriez vous reposer, dis-je. Je vais vous envoyer Rilla.

Me relevant, je pris congé de sire Brannon en inclinant brièvement la tête, d'égal à égal.

## *Chapitre 12*

L'attente était comme une crampe paralysant mes muscles. Pour alléger ma tension, je me mis à arpenter la pièce. À deux reprises, je crus entendre Ryko frapper au volet, mais le jardin devant ma fenêtre était paisible et désert dans l'obscurité tiède de la nuit.

J'essuyai mes mains moites sur le devant de ma vieille tunique de travail, que j'avais été prendre furtivement dans le panier miteux de la garde-robe. Puis je m'assis sur le lit. Bien que je fusse aussi tendue qu'une corde de luth, je me sentais près de succomber à la fatigue de cette journée au rythme implacable.

Je me relevai et m'approchai du magnifique autel que Rilla avait confectionné pour mes ancêtres. Manifestement, elle avait pris dame Dela au mot et mis à sac les réserves du palais. Les tablettes mortuaires étaient dressées sur de petits supports dorés. Derrière elles, un paravent miniature, dont les trois panneaux étaient peints de fleurs de pêcher blanches, formait une élégante toile de fond. Bols à offrandes et encensoirs complétaient l'ensemble. Je savais que j'aurais dû m'agenouiller devant et prier pour obtenir une protection, et peut-être aussi un peu de ce calme dont j'avais tant besoin. À la place, une force me poussa vers les sabres rangés dans un râtelier contre le mur.

À la lueur des lampes, le jade poli et les pierres de lune des poignées brillaient comme les yeux d'un animal. Les armes m'appartiendraient désormais jusqu'à la fin de mes fonctions d'Œil du dragon Miroir. Je possédais deux sabres imprégnés de fureur. Durant la cérémonie, j'avais moi-même été possédée par leur fureur, j'avais entendu leur voix dans ma tête. Je tendis la main vers la poignée du premier sabre. Lentement, j'effleurai du bout des doigts le froid métal.

Comme un hurlement, la fureur jaillit en moi.

Je m'écartai d'un bond.

Encore un bruit. On frappait doucement au volet.

Je me précipitai vers la fenêtre. Debout derrière le volet, Ryko leva la main pour m'inviter au silence. Sa manche glissa sur son bras et je vis luire la poignée d'un poignard dans sa gaine. Il en portait certainement un second dans l'autre manche, afin de compléter la paire. C'était là l'armement d'un voleur, non d'un garde impérial.

Il scruta les ténèbres, et sa silhouette se détacha de profil sur le gris plus pâle du jardin de galets. Apparemment satisfait, il se retourna en souriant. Ses dents paraissaient étonnamment blanches dans son visage hâlé.

– Prêt ? souffla-t-il.

Il m'avait dit que baisser la voix faisait moins de bruit que de chuchoter.

Je regardai derrière moi les sabres, silencieux sur leur support. Puis je me hissai sur le rebord de la fenêtre et redescendis lentement de l'autre côté, de manière à ne pas heurter bruyamment les galets.

– Marchons doucement, murmura-t-il. Ces galets valent un chien de garde.

Je le suivis avec circonspection pour rejoindre le chemin des domestiques derrière l'appartement, en retenant mon souffle chaque fois qu'un galet crissait sous notre poids. Quand nous arrivâmes enfin sur la piste sableuse, nous poussâmes tous deux un soupir.

– Nous sortirons par la porte du Service diligent, dit Ryko tandis que nous nous hâtions sur le chemin.

Je tentais d'oublier la douleur qui commençait à irradier ma hanche sur ce terrain inégal où nous courions presque.

– Cette nuit, les deux sentinelles sont des amis à moi. Avec un peu d'encouragement, ils nous laisseront passer.

La porte du Service diligent servait surtout dans la journée pour la livraison des énormes quantités de nourriture que les cuisines du palais préparaient à l'intention de la famille impériale et de ses innombrables serviteurs. La nuit, me dit Ryko, l'endroit était beaucoup plus calme et très recherché par les gardes désireux de ne pas trop se fatiguer.

Quand nous approchâmes de la porte, deux silhouettes robustes s'avancèrent et nous demandèrent nos noms avec un enthousiasme qui en disait long sur l'ennui qui les accablait. Ryko déclina son identité puis s'inclina dans ma direction.

– Et voici sire Eon.

Le plus petit des deux gardes se pencha en

avant. La visière de son casque de cuir plongeait ses yeux dans l'ombre. Après m'avoir examinée, il recula et s'inclina, manifestement satisfait. Son collègue se hâta de l'imiter.

– J'emmène sire Eon à l'avenue des Fleurs, déclara Ryko en faisant tinter des pièces dans sa main.

Les deux gardes échangèrent un regard. L'avenue des Fleurs se trouvait dans le quartier des plaisirs.

– Il n'aimerait pas qu'on apprenne qu'il a franchi cette porte.

Ryko ouvrit sa main où l'argent luisait doucement. Le plus gros des gardes se lécha les lèvres.

– On peut compter sur notre discrétion, Ryko, dit-il. Vous le savez.

Ryko les regarda fixement.

– Et vous savez ce qui se passera si jamais j'entends parler de cette scène dans le corps de garde.

Ils avaient beau être tous deux imposants, Ryko était plus grand et plus large qu'eux. Les gardes hochèrent la tête et il leur jeta les pièces avant de me faire traverser la porte monumentale.

– Croient-ils vraiment que vous m'emmenez dans les maisons de plaisir ? demandai-je en le suivant sur l'allée cavalière de l'empereur afin d'éviter la grand-route.

Quels services les courtisanes pourraient-elles attendre d'une Ombre de Lune ?

– Bien sûr qu'ils le croient, répondit-il d'une voix amusée. Ils savent qu'il existe plus d'une façon d'écorcher un chat.

Je me sentis rougir et fus heureuse d'être cachée par l'obscurité. Soudain, Ryko m'entraîna derrière des buissons. Un ramasseur de fumier venait d'apparaître dans un tournant et se dirigeait vers nous avec sa charrette. Nous nous accroupîmes et je l'épiai à travers les feuilles tandis qu'il s'arrêtait devant nous pour ramasser avec sa pelle un tas de crottin. Une odeur fétide se répandit et je me bouchai le nez. Il repartit enfin. Je fis mine de me relever, mais Ryko posa la main sur mon bras. Nous restâmes immobiles jusqu'au moment où nous entendîmes les gardes couvrir l'homme de quolibets quand il franchit la porte avec sa charrette.

– Il va falloir que nous passions par les jardins en évitant les chemins, seigneur, dit Ryko à voix basse. Nous irons plus vite si je vous porte.

Je me hissai donc sur son dos et bientôt nous progressâmes rapidement à travers les somptueux jardins séparant les manoirs des Yeux du dragon de l'enceinte du palais. L'empereur les appelait son Anneau d'émeraude et n'accordait qu'à ses favoris le droit d'emprunter leurs allées et de jouir de leurs frais bosquets. À cette heure de la nuit, ils étaient déserts. Seules les allées principales étaient éclairées par de grosses lanternes rouges suspendues à des cordes entre des poteaux. Je me pressai contre les épaules robustes de Ryko tandis que nous longions des pavillons dorés et contournions des clairières et des étangs enjambés de ponts élégants. J'étais partagée entre l'exaltation de cette course folle et l'appréhension à l'idée de ce qui nous attendait. Alors que nous passions près d'un bouquet de hêtres fantomatiques, une ombre s'élança devant nous. Je tressaillis et Ryko s'accroupit aussitôt. La silhouette noire d'un renard se glissa sous le couvert d'un buisson. Ryko poussa un soupir.

– Hara, murmura-t-il en se servant du nom que les insulaires donnent au dieu renard messager.

Il se redressa. Je me retrouvai de nouveau en hauteur.

– Un mauvais présage ? chuchotai-je avec inquiétude.

Je le sentis hausser les épaules sous mes bras.

– Hara avertit qu'on va recevoir un message, mais il ne dit pas si les nouvelles seront bonnes ou mauvaises.

Avec un peu de chance, il annonçait que je récupérerais le volume rouge. Ryko me serra contre lui et nous reprîmes notre course. Il était étrangement réconfortant d'être si proche d'un autre corps. Peut-être cela réveillait-il en moi le vague souvenir de mon père en train de me porter de la même façon. Enhardie par cette impression d'harmonie entre nous, je m'approchai de son oreille.

– Merci pour votre aide, dis-je. Vous êtes un véritable ami.

Il tourna légèrement la tête et sa joue effleura la mienne.

– C'est un honneur pour moi, assura-t-il avec chaleur.

Il continua d'un ton plus pressant :

– Et puis, nous devons protéger l'empereur et sa lignée.

Je me décidai à l'interroger sur un fait qui m'intriguait.

– Pourquoi soutenez-vous l'empereur, Ryko ? Il a fait châtrer les hommes trang, vos compatriotes, et les a réduits en esclavage.

Ryko poussa un grognement.

– L'empereur n'a rien à voir avec cet épisode.

Le soulèvement a eu lieu au moment de la mort de l'impératrice. Le Maître Céleste a confié alors à son frère la conduite de la campagne militaire. C'est Sethon qui a ordonné cette infamie.

S'arrêtant à l'abri d'un taillis, il examina la pente douce s'inclinant devant nous. Nous nous trouvions au bout du cimetière des Yeux du dragon Bœuf, en face du manoir du Bœuf. L'emplacement des tombes avait été soigneusement choisi et elles groupaient en dessous d'une éminence favorable leurs autels de marbre. Plus loin, on apercevait une partie du cercle des Dragons, la large avenue pavée s'étendant entre les jardins et les manoirs. Elle était réservée aux personnages de haut rang. À cette heure de la nuit, elle était déserte. Seul un serviteur en livrée s'avançait sur le chemin de terre qui la bordait.

– C'est le meilleur endroit où passer, dit Ryko en désignant de l'autre côté de la route un bois épais dont les ombres semblaient impénétrables. L'arrière du manoir du Bœuf donne sur une vaste réserve de chasse. En la traversant, nous déboucherons à côté du manoir du Rat.

Avant cela, il fallait traverser l'avenue. Nous regardâmes le serviteur disparaître au loin. La voie était libre. Ryko tapota ma jambe pour m'inviter à m'agripper fermement. Je me pressai contre lui tandis qu'il s'élançait. En arrivant sous le couvert des arbres, nous poussâmes tous deux un soupir de soulagement.

Notre progression pénible à travers le bois touffu sembla durer une éternité. Les sentiers étaient étroits et peu visibles dans la faible clarté. J'entendais Ryko haleter tandis qu'il contournait les arbres et s'enfonçait dans le sous-bois. De temps en temps, un animal nocturne détalait, un éclair de fourrure argentée fendait l'ombre. Au-dessus de nous, la demi-lune s'élevait dans le ciel – la cloche de minuit allait bientôt sonner. Et je ne pouvais apporter aucune aide, sinon en me faisant aussi légère que possible sur le dos de Ryko.

Enfin, les arbres commencèrent à s'espacer. Ryko ralentit. Son souffle précipité soulevait ses épaules. Devant nous, de l'autre côté d'une vaste étendue à découvert, se dressaient les énormes fortifications du manoir du dragon Rat. Nous nous arrêtâmes dans l'ombre du dernier fourré. Tout en reprenant haleine, Ryko scruta le sommet de l'épaisse muraille.

– Attendons, dit-il en haletant.

Il raffermit ma prise sur son dos et ajusta la grosse bourse attachée à sa taille.

– Il se pourrait qu'ils fassent des rondes.

Nous restâmes aux aguets, mais aucune silhouette casquée n'apparut sur le rempart. Ryko tourna la tête. Il souriait.

– C'est le moment.

Je sentis mon cœur s'accélérer tandis que nous traversions l'esplanade. Percevait-il ma frayeur ? En prenant soin de rester dans l'ombre de la muraille, nous avançâmes lentement vers la façade du manoir. Elle était percée en son centre par une lourde porte de métal. Levant les yeux, je vis les six pointes dorées que Dillon avait décrites.

– C'est ici, murmurai-je à l'oreille de Ryko.

Il hocha la tête et lâcha mes jambes. À l'instant où je touchais terre, la cloche de minuit se mit à sonner. Soudain, une violente détonation me perça les oreilles et une boule de feu s'éleva en sifflant au-dessus des remparts avant d'exploser en une floraison étincelante. Ryko me plaqua au sol et je me retrouvai écrasée sous son corps, de la terre plein la bouche. Des cris retentissaient dans le manoir, des voix hurlaient des ordres. Je tentai de redresser un peu la tête pour respirer. Ryko relâcha enfin sa pression. Tandis que j'aspirais l'air avec avidité, il s'agenouilla près de moi.

– Tout va bien, seigneur ?

Une porte s'ouvrit en grinçant. Levant les yeux, nous vîmes Dillon scruter l'obscurité environnant la porte. La peur se lisait dans son regard.

– Eon, c'est toi ?

Il secoua la tête.

– Je veux dire, c'est vous, sire Eon ?

En apercevant la silhouette gigantesque de Ryko, il s'exclama :

– Juste ciel !

Il recula vers la porte, mais Ryko fut plus rapide et l'attrapa par le bras pour le forcer à avancer.

– Calmez-vous, grogna-t-il. Je suis le garde du corps de sire Eon.

Dillon me regarda avec affolement.

– Tout va bien, assurai-je d'un ton apaisant.

Je fis signe à Ryko de le lâcher. Puis je crachai un peu de terre avant de parler :

– C'est toi qui as provoqué cette explosion ?

Dillon acquiesça de la tête.

– C'étaient des fusées du feu d'artifice de la fête du Douzième Jour. Mais cela ne nous donne pas beaucoup de temps.

Ryko me hissa sur mes jambes.

– Votre hanche, seigneur ? Rien de cassé ?

J'étais courbaturée et meurtrie des pieds à la tête, mais se plaindre n'y changerait rien. D'ailleurs, si je me plaignais, Ryko essaierait certainement de m'écarter de l'opération.

– Je vais bien, déclarai-je. Allons-y.

Dillon nous invita d'un geste à entrer, puis referma la porte avec soin. Nous étions sur une longue allée entre deux bâtiments.

– Combien de gardes y a-t-il ? demanda Ryko.

Son ton fit tressaillir Dillon.

– Seulement huit. Les autres sont partis avec sire Ido.

Il pointa le doigt vers la gauche.

– La bibliothèque se trouve par là, dans le jardin des pièces de réception. Elle est construite dans la colline.

– *Dans* la colline ? m'étonnai-je.

Dillon hocha la tête.

– J'ai entendu sire Ido raconter qu'elle se trouvait sur un flux sacré. Pour amplifier le pouvoir.

En entendant ces mots, je frissonnai malgré moi.

Nous remontâmes l'allée étroite. Dillon me précédait, Ryko surveillait nos arrières. Quelque part dans les écuries, une voix criait des ordres. Dillon s'arrêta au bout de l'allée. Derrière lui, j'aperçus la cour intérieure où j'avais attendu avec mon maître avant la réunion du Conseil. De grandes lampes de bronze suspendues à chaque coin baignaient d'une lumière dorée la bordure de kumquatiers qui s'alignaient comme des soldats fantomatiques au garde-à-vous. Un serviteur se hâta sous la colonnade du fond et disparut dans un couloir obscur. Dillon me fit un signe de tête avant d'obliquer furtivement.

Me baissant sous le couvert des kumquatiers, je le suivis vers l'arcade du fond. Ma jambe infirme m'obligeait à une lenteur désespérante. J'avais à peine pénétré dans l'obscurité de la voûte qu'une porte s'ouvrit dans le bâtiment de gauche. Une jeune servante s'avança doucement. À côté de moi, Dillon avait le souffle coupé. Pris entre les arbres et l'arcade, Ryko se laissa tomber sur le sol. Je me pressai contre le mur de pierre. La jeune fille s'arrêta, sortit un morceau de pain de la poche de sa jupe et traversa la cour. Droit vers nous.

Je vis Ryko se tapir comme un fauve. Il sortit les poignards, d'un geste souple et silencieux. Qu'allait-il faire ? Ce n'était qu'une servante ayant volé un en-cas. Se penchant en avant, il prépara les deux armes, en visant la gorge et le cœur. Un meurtre aussi rapide que discret. Je jetai à coup d'œil à Dillon. Lui aussi s'était aplati contre le mur. Je lui fis signe d'aller arrêter la servante, mais il secoua imperceptiblement la tête et ferma les yeux. Je serrai les poings pour résister à l'envie de le pousser dans la cour. Puis la porte derrière la servante s'ouvrit brusquement, en grinçant. Une silhouette trapue apparut sur le seuil illuminé.

– Gallia, reviens ici ! Tu n'as pas fini de nettoyer ces marmites.

La jeune fille tressaillit et cacha vivement le pain dans sa jupe avant de se hâter vers le bâtiment. Dillon soupira quand elle rentra dans la cuisine en refermant la porte sur la voix stridente de sa patronne. Le silence régnait de nouveau.

Toujours courbé en deux, Ryko nous rejoignit dans l'ombre. Je le regardai glisser les poignards dans leurs gaines avec l'aisance née d'une longue habitude. Nos yeux se rencontrèrent comme si nous nous révélions enfin l'un à l'autre.

– Vous préféreriez que nous soyons découverts ? lança-t-il.

Il pouvait se montrer aussi impitoyable que ses armes.

– Je ne vais pas plus loin, déclara Dillon en reculant. Il n'est pas question que j'approche de la bibliothèque. Prenez cette galerie, elle vous conduira au jardin. La bibliothèque se trouve dans le coin du dragon Rat.

– Attends, dis-je en l'attrapant par la manche.

– Non.

Il se dégagea et tourna de l'autre côté de la galerie. Ses pas s'éloignèrent, aussi irréguliers qu'un cœur affolé.

– Sa ruse ne fera pas long feu, dit Ryko en se dirigeant vers le bout du passage. Nous devons nous dépêcher. Les gardes vont faire des rondes partout.

Les voix dans les écuries s'étaient déjà tues. Nous nous immobilisâmes un instant à l'abri de la galerie, en examinant le vaste espace qu'il nous fallait traverser. Une longue allée pavée s'incurvait avant de traverser un pont, puis de longer un étang et un petit pavillon. Des lampes rouges du Douzième Jour étaient suspendues à des arbres en fleurs. Une douce odeur de jasmin flottait dans l'air nocturne. Le jardin aurait été superbe, sans la colline trapue se dressant au nord-nord-ouest et gâtant la vue. Je percevais déjà le pouvoir menaçant qui en émanait.

– La voie est libre, murmura Ryko. Allons-y.

Nous engageant sur l'herbe impeccable, nous nous faufilâmes entre les arbres parfumés. Ryko marchait vite et me distançait à vue d'œil, tandis que ma jambe infirme ne cessait de trébucher sur des obstacles invisibles. Bientôt, je ne vis plus que sa silhouette devant moi, dans l'ombre où les lampes de fête éclairaient fugitivement au passage sa peau luisante ou une lame de métal. J'observai la galerie : tout était calme. Ryko était maintenant hors de vue. Je passai devant le pavillon aux murs tapissés de glycine. La bibliothèque n'était plus très loin. Je pressai mon poing contre ma hanche pour tenter d'apaiser la souffrance. J'avançais de plus en plus péniblement. L'allée s'étendait devant moi. Plus que quelques pas.

Une forme était étendue sur les pavés. Une masse énorme. Je m'arrêtai et il me fallut un instant pour comprendre qu'il s'agissait du corps de Ryko. Il se tordait de douleur. Se mettant sur le dos pour me voir, il ne put retenir un cri étouffé. Les veines de son front et de son cou étaient tendues à se rompre, un rictus dévoilait ses dents.

– Reculez !

Vaincu par la souffrance, il se mit à gémir et renversa en arrière sa tête, qui heurta les pavés avec un bruit sourd. Je rampai vers lui pour soutenir sa nuque avant qu'il ne se cogne de nouveau. Sa tête était si lourde que mes doigts furent pressés contre le sol dur.

– Ils ont dû sortir de la colline, dit-il en haletant. Fuyez !

Ses mains étaient crispées sur son ventre, d'où s'échappait un flot de sang noir. Avait-il reçu un coup de poignard ? Affolée, je regardai à la ronde.

La colline était tapie au-dessus de nous. Une porte de métal sombre s'ouvrait dans son flanc comme une bouche en train de hurler. Personne n'était sorti par là – un énorme cadenas pendait à la porte.

– Laissez-moi, dit Ryko. Partez. Tout de suite!

– Non, lançai-je en sentant ma peur céder la place à la colère.

Je ne pouvais pas le laisser mourir. Du coin de l'œil, je perçus un miroitement. Me retournant, je vis un instant d'immenses griffes opalines, incurvées sur la colline comme les barreaux d'une cage et, plus haut, un œil aussi noir qu'un abîme.

Le dragon Rat.

De l'autre côté du jardin, des torches illuminèrent la voûte. Les gardes étaient encore dans la cour intérieure, mais ils ne tarderaient pas à explorer le jardin.

– Ryko, ils arrivent, chuchotai-je. Nous devons nous cacher.

Les dents serrées, il hocha la tête.

– Sous les arbres ? souffla-t-il.

Ils étaient trop loin et trop espacés pour nous dissimuler. Je cherchai désespérément une autre issue autour de moi. La porte ? Le pouvoir du dragon Rat ferait-il reculer aussi les gardes ? Si nous nous cachions dans l'ombre, peut-être n'approcheraient-ils pas assez pour nous voir.

– Contre la porte, dis-je.

Je me penchai sur lui et passai mes bras sous ses aisselles pour le soulever.

– Allez, aidez-moi.

Il s'arc-bouta sur le sol tandis que je le tirais en arrière. Nous progressâmes péniblement sur les pavés. Son poids m'écrasait la poitrine. À chaque pas, il poussait un gémissement étouffé et je haletais bruyamment. Les gardes allaient-ils nous entendre ? La tache sombre sur sa tunique s'élargissait. Que de sang ! Je pressai les mains sur son ventre, en essayant de trouver la source d'où il jaillissait.

Le tissu était sec.

Je levai la main : pas de sang. Pas de tache.

Ce n'était pas réel. Rien de tout cela n'était réel.

– Ryko, vous ne saignez pas. C'est un artifice du dragon Rat.

Je vis son regard se troubler.

– Non !

J'appuyai énergiquement sur les muscles de sa poitrine. S'il s'évanouissait, il me serait impossible de le déplacer.

– Restez conscient ! Ce n'est pas réel.

Il poussa un grognement de souffrance. Son regard retrouva sa lucidité.

– Laissez-moi, souffla-t-il. Fuyez. Il ne faut pas qu'on vous découvre.

Il essaya de me repousser, mais je recommençai à le tirer en arrière. Ses jambes s'agitèrent faiblement – il essayait de m'aider. Encore un effort et mes épaules heurtèrent une paroi dure. La porte. Je dégageai mes bras et entrepris de pousser Ryko dans l'obscurité. Si les gardes s'avançaient aussi loin que lui, l'ombre de la colline ne nous cacherait pas. Tant de peine pour rien.

Je levai les yeux sur le cadenas. Il fallait que nous entrions. Toutefois, Ryko n'était pas en état de le crocheter. Je l'attrapai en m'y cramponnant de tout mon poids. Il était massif. Quand je le secouai, j'entendis un cliquetis métallique. C'était infaisable.

Regardant par-dessus mon épaule, j'aperçus un garde qui s'avançait sur l'allée, éclairé par sa torche. La peur me serra la gorge.

Il ne me restait plus qu'une dernière chance. Le dragon Rat. Pourrais-je l'appeler ? Tellon affirmait que c'était impossible, mais je savais que j'avais un lien avec lui. Me mettant en quête de mon *hua*, je parvins maladroitement à le faire remonter à travers mes sept centres de puissance. Il ne cessait de me glisser entre les doigts comme du sable fin. Au bout du compte, une faible quantité de *hua* resta accumulée dans mon esprit. Concentrant toutes les ressources de mon être, je la projetai en direction du dragon Rat. Une violente douleur me fit chanceler. L'espace d'un instant, je ne fus plus qu'une enveloppe vide. Mon regard intérieur aperçut le dragon accroupi sur la colline, les griffes crispées sur elle. La tête gigantesque bougea, les yeux impassibles se fixèrent sur moi. Il semblait troublé, réticent. Secouant sa crinière, il poussa un cri. Je sentis qu'il exprimait son ressentiment. Puis une force rugissante me traversa, comme une tempête de flammes. Le cadenas se fendit brutalement, en me faisant tomber à la renverse.

Abasourdie, je contemplai un instant la serrure fracassée au-dessus de moi.

Le dragon Rat avait répondu.

Ryko poussa un gémissement. J'arrachai le cadenas et poussai la porte. Elle s'ouvrit en silence. Attrapant le bras de Ryko, je l'entraînai à l'intérieur. Nous progressâmes lentement dans l'espace étroit. Dès que ses pieds eurent franchi le seuil, je refermai le battant métallique. L'obscurité nous enveloppa.

Je m'appuyai contre un mur et respirai profondément. Le souffle haletant de Ryko se calmait peu à peu. Je touchai le mur. Il était en pierre, de même que le sol. Près de moi, je sentais Ryko s'agiter.

– Ils nous ont vus ?

Sa voix semblait normale.

– Non, je ne crois pas.

Tendant les bras, je me heurtai aux muscles durs de sa poitrine.

– Tout va bien ?

– Oui.

Sa main m'effleura tandis qu'il palpait son ventre.

– Vous aviez raison, ce n'était pas réel.

Il éclata d'un rire, soulagé. Mes yeux s'étant accoutumés à l'obscurité, je distinguai la silhouette imposante de Ryko assis devant moi, soulignée par la faible lumière filtrant sous la porte métallique.

– Cela ne vous a rien fait ? demanda-t-il d'une voix empreinte d'une crainte respectueuse.

– Pas autant qu'à vous, répliquai-je brièvement.

Ce n'était pas le moment d'évoquer mon lien avec le dragon Rat. Je me redressai.

– Allons-y.

– Attendez.

J'entendis un bruissement d'étoffe et le choc d'un objet creux touchant le sol, suivi du craquement d'un briquet. Une étincelle jaillit dans les ténèbres, puis une petite flamme se mit à brûler par terre et dora le visage de Ryko. En plissant mes yeux éblouis par la clarté soudaine, je vis un pot de terre abritant le feu.

– C'est de la poudre de sève, expliqua Ryko d'un air satisfait.

Il leva les yeux vers moi et me sourit.

– Un truc que j'ai appris dans mon ancienne profession.

Ayant sorti deux bougies de la bourse fixée à sa taille, il les alluma. Il venait à peine de retirer la seconde que, déjà, la flamme commençait à faiblir.

– Prenez, dit-il en me tendant une bougie.

Je l'élevai pour essayer de voir le reste du couloir. Une autre porte métallique se dressait à quelques pas de nous.

– Elle n'a pas l'air fermée à clé, observa Ryko.

Après avoir renversé le reste de poudre sur le sol, il emballa avec adresse le pot de terre dans un carré de cuir qu'il rangea dans sa pochette.

– Je passe devant.

– Et si le pouvoir du dragon se fait encore sentir ?

Il hésita, scruta la porte avec méfiance. Puis il serra la mâchoire.

– Je passe quand même devant.

Nous nous levâmes et nos ombres vacillantes se dressèrent sur la paroi de pierre. Ryko s'avança. Je le suivis en guettant sur lui le moindre signe de malaise. Rien. La protection du dragon devait se limiter à l'extérieur.

Quand nous nous arrêtâmes devant la porte intérieure, nos bougies éclairèrent un énorme dessin gravé sur le métal : un cercle formé de douze sphères, dont les deux du sommet étaient plus grosses et striées par un motif tourbillonnant.

– Qu'est-ce que c'est ? demanda-t-il. Un charme d'Œil du dragon ?

– Je l'ignore. Je n'ai encore jamais rien vu de tel.

Ryko tira sur le loquet, qui s'écarta sans résistance. Il se retourna pour me regarder.

– Prêt ?

Je hochai la tête.

Il suffit d'une poussée pour ouvrir la porte. Nos bougies illuminèrent un somptueux tapis bleu et des étagères chargées de boîtes à rouleaux en bois luisant. Je distinguai les pieds et le rebord d'une table de lecture paraissant immense dans l'ombre. La salle elle-même semblait s'étendre à l'infini.

Le décor évoquait la bibliothèque de mon maître. L'odeur aussi : des effluves pénétrants de parchemin poussiéreux et de pierre à encre. Toutefois, l'atmosphère était différente, imprégnée d'un pouvoir qui jaillissait sous mes pieds et oppressait la base de mon crâne.

Ryko s'avança dans la pièce en levant sa bougie.

– C'est immense.

Il tourna sur lui-même.

– Tous ces rouleaux !

Tout en continuant son exploration, il me lança :

– Fermez la porte derrière vous, seigneur, que nous puissions allumer une lampe et nous mettre sérieusement à la recherche de votre texte.

J'entrai en fermant la porte dans mon dos, tandis que Ryko approchait sa bougie de la mèche d'une énorme lampe en bronze posée sur une banquette latérale. L'espace s'éclaira aussitôt, et les murs et le plafond d'une longue salle émergèrent de l'ombre. Je me sentis attirée par la table de lecture trônant au centre. Son plateau incliné était couvert de rouleaux déployés, dont les coins étaient maintenus par des poids en cuivre. Sur la partie la plus haute étaient fixées de petites lampes, dont l'huile était à l'abri dans de minuscules globes de verre. Avec une telle lumière, il devait être aisé d'étudier un texte.

– Oho ! s'écria Ryko. Voilà qui explique bien des choses.

Je me retournai. Debout à côté de la banquette, il brandissait une bourse de cuir.

– De quoi s'agit-il ? demandai-je.

Il plongea son doigt dans la bourse et le retira couvert d'une poudre grise, qu'il goûta du bout de la langue.

– De la drogue solaire.

Il soupesa la bourse dans sa main.

– De quoi tenir environ un mois. Pas étonnant que sire Ido soit si musclé pour un Œil du dragon. Et si imprévisible.

– Quel est l'effet de cette drogue ?

Ryko rattacha la bourse.

– Elle exalte l'énergie du soleil dans un homme. Elle donne des muscles et renforce la combativité. Seuls les Hommes d'Ombre de la garde impériale sont censés en prendre. Sire Ido a dû en soudoyer un pour se la procurer.

– Vous en prenez ?

– Tous les jours. On en met dans notre repas du matin pour nous éviter de dégénérer en acquérant des formes et des pensées féminines. Avez-vous observé les autres Hommes d'Ombre employés comme serviteurs de Sa Majesté ?

Je hochai la tête.

– Alors, vous avez dû remarquer leurs rondeurs et leurs voix aiguës.

Je regardai la bourse.

– Vous pensez que sire Ido en prend pour éviter l'affaiblissement lié à la condition d'Œil du dragon ?

Ryko la jeta de nouveau sur la banquette.

– J'en suis sûr. Et je déduis de ses accès de colère qu'il en prend trop.

– Combien est-on censé en prendre ?

– Seulement une pincée par jour. Autrement, l'énergie solaire augmente à l'excès et peut vous rendre fou de colère. Si l'on est d'un tempérament mélancolique, on risque au contraire d'être accablé d'une tristesse invincible.

Il baissa la voix.

– Il existe d'autres effets. Des marques sombres sur la peau, comme si l'on avait la vérole. On peut aussi voir tous ses poils tomber, y compris ceux des parties intimes.

– Des marques sombres ? Une sorte d'éruption ?

– Oui. Vous en avez vu chez quelqu'un ?

– Je crois qu'il se pourrait que sire Ido donne cette drogue à Dillon. Il a une éruption. Et son caractère a changé.

Dillon savait-il qu'il prenait cette drogue, ou sire Ido la lui administrait-il à son insu ?

– Si Ido ne fait pas attention, il tuera votre ami. À haute dose, la drogue peut être mortelle.

Je considérai de nouveau la bourse. En en prenant avec prudence, peut-être pourrais-je renforcer mon énergie solaire et parvenir à entrer en contact avec le dragon Miroir.

– Cherchons votre texte, maintenant, dit Ryko.

Nous ne pouvons rester ici beaucoup plus longtemps. Il nous faut encore trouver un moyen de sortir sans alerter les gardes.

Je longeai la table de lecture en lisant çà et là des mots sur les rouleaux ouverts : « mythe », « interdit », « mort ». Mais il n'y avait pas trace d'un volume rouge. Je frottai la base de mon crâne : l'oppression se faisait plus sensible. Était-ce l'influence du dragon Rat ? Je levai ma bougie. Tout au fond de la salle, un objet se mit à miroiter. En quelques pas, je me retrouvai devant un coffre de bois surmonté par une plaque de verre de la taille d'un rouleau déployé. Combien d'argent avait pu coûter cette merveille ?

Cependant j'oubliai tous les prodiges de l'artisanat quand je vis en me penchant deux volumes reliés en cuir, à peu près grands comme ma main, l'un rouge et attaché par un rang de perles noires, l'autre noir et attaché par des perles blanches.

– Il est ici !

Mon cœur battait la chamade tant j'étais heureuse et soulagée. Ryko me rejoignit aussitôt.

– Sous cette plaque de verre ?

Il la tapota avec admiration.

– Quelle splendeur !

Puis il aperçut le contenu du coffre.

– *Deux* textes ? Quel est l'autre volume ?

J'observai le coffre. Il avait des charnières à l'arrière. Sans doute s'ouvrait-il comme une boîte.

– Tenez ma bougie, ordonnai-je.

Avec précaution, je glissai mes doigts sous la plaque et la soulevai. Elle s'ouvrit aisément, maintenue par les solides charnières. Ryko approcha les bougies.

– Regardez, la couverture du volume noir présente le même motif que la porte.

Bien qu'il fût à moitié caché sous les perles blanches, on voyait gravé sur le cuir le cercle des douze sphères. La couverture du volume rouge ne portait aucun ornement, mais trois profondes entailles creusaient le cuir souple, comme si quelqu'un avait essayé de trancher le lien de perles noires. Sire Ido n'aurait-il pas réussi à l'ouvrir ?

Je tendis la main vers le volume.

Soudain, sa couverture se souleva. Avant que je puisse me dérober, le rang de perles noires s'était dénoué pour s'élancer vers ma main et enserrer mon poignet. Avec un cri, je retirai du coffre ma main et le volume. Un goût métallique remplit ma bouche tandis qu'une fureur familière envahissait mon corps : la même fureur que j'avais sentie dans mes sabres. Laissant tomber les bougies, Ryko avança la main.

– Je vais l'arracher !

– Non ! lançai-je.

La dernière boucle de perles avait pressé le volume sur ma paume. Je le serrai contre ma poitrine pour le protéger de Ryko. La fureur me quitta aussi vite qu'elle était venue, en me laissant un sentiment paisible de plénitude.

– Tout va bien, assurai-je en berçant doucement le rectangle de cuir rouge.

Ryko me jeta un regard incertain.

– Si vous le dites.

Il baissa les yeux sur le volume noir.

– La même chose se produira-t-elle avec l'autre ?

– Je ne le toucherai pas ! criai-je.

La fureur s'était de nouveau emparée de moi. Ryko recula.

– Êtes-vous sûr que tout va bien ?

Je massai mon front en essayant de chasser ma colère.

– Nous devrions repartir.

Je voulais m'éloigner du second texte au plus vite. Ce sentiment était impérieux et lancinant, comme si l'on avait cloué ma main.

– Vous ne voulez pas emporter le volume noir ?

– Non !

Je me forçai à respirer calmement.

– Non. S'il appartient à sire Ido, il pourra faire ouvrir une enquête officielle en cas de vol.

En poussant avec douceur le volume rouge, je le fis remonter sur mon avant-bras, à l'abri de ma manche. Il n'opposa aucune résistance. Les perles relâchèrent légèrement leur pression, puis m'enserrèrent de nouveau.

Ryko se pencha et ramassa les bougies éteintes.

– Je vais les rallumer à la lampe, déclara-t-il.

– Non, je vais le faire, affirmai-je en hâte. Refermez le coffre. Je ne veux plus le toucher.

Saisissant les bougies, je m'approchai vivement de la banquette. La bourse de drogue solaire se trouvait à côté de la lampe. Je jetai un coup d'œil par-dessus mon épaule. Ryko contemplait la couverture noire d'un air absorbé. Mon corps dissimulait la bourse à sa vue. Je la fourrai dans la poche profonde de ma tunique. Après quoi, je me hâtai d'allumer les bougies à la flamme de la lampe à huile.

À l'instant où je me retournai, Ryko poussa un hurlement et sauta en arrière en se frottant la main. Il me lança un regard où se mêlaient étrangement la honte et la surprise.

– J'ai tenté de prendre le second volume, mais les perles m'ont fouetté, dit-il.

Il referma le couvercle à bout de bras.

– Partons tout de suite, lançai-je d'un ton pressant.

Je soufflai sur la lampe pour l'éteindre. La salle redevint un monde mystérieux, dont les ténèbres n'étaient éclairées que par la lueur vacillante de nos deux bougies. Je me dirigeai vers la porte, en m'éloignant de l'endroit où se trouvait auparavant la bourse. Me rejoignant au bout de la table de lecture, Ryko prit une bougie.

– Comment allons-nous sortir ? demandai-je.

– Les gardes doivent avoir quitté les parages, maintenant. Si jamais je succombe à la même illusion, vous devrez m'aider à passer à travers.

Ryko caressa son ventre.

– Une fois que nous aurons franchi cet obstacle, nous retournerons à la porte secondaire par où nous sommes entrés.

Je le suivis dans le couloir étroit. Me retournant, je levai ma bougie pour jeter un dernier regard sur la bibliothèque de sire Ido. Bien que le coffre fût invisible dans l'obscurité, il semblait habité d'un pouvoir hostile. Je refermai en hâte la porte aux douze sphères.

Devant moi, Ryko éteignit sa bougie puis entrebâilla la porte.

– La voie semble libre, déclara-t-il.

L'espace d'un instant, une intuition me réduisit au silence. J'effleurai des doigts le volume caché sous ma manche.

– Vous devriez vous accrocher à moi, dis-je. Jusqu'à ce que nous soyons hors de portée du pouvoir du dragon.

Ryko acquiesça de la tête. Il prit ma bougie et l'éteignit en pinçant la flamme. Un bruissement d'étoffe m'informa qu'il rangeait les deux bougies dans sa bourse.

– Prêt ? demandai-je.

Sa main agrippa mon bras.

– Prêt.

J'ouvris la porte, en faisant résonner doucement le cadenas brisé contre le battant métallique. Le jardin était silencieux. La lune argentait les arbres et les fleurs. Je m'avançai dans l'ombre de la colline, en sentant derrière moi le poids de Ryko. Les perles s'agitèrent autour de mon poignet et je vis un instant le pouvoir du dragon Rat recouvrant la colline comme un dôme de verre translucide et s'étendant sur l'allée pour s'arrêter devant un petit bouquet d'arbres en fleurs. J'entraînai lentement mon compagnon dans cette direction. Comme je lui jetais un regard, il hocha la tête – tout allait bien. Pour le moment. Nous dépassâmes l'endroit où il s'était effondré. Notre but se rapprochait. Puis, je sentis que Ryko relâchait sa prise. Avant que j'aie pu protester, il me lâcha complètement. Je vis ses yeux s'agrandir sous l'effet de la douleur. Il se plia en deux et tomba à genoux. Aussitôt, je me penchai et enfonçai mes doigts dans son bras musclé. Son corps se détendit d'un coup. Il saisit ma main.

– La voie n'est pas encore tout à fait libre, annonçai-je comme si ce n'était pas évident.

Levant les yeux sur moi, il inclina la tête.

– Seigneur.

Une terreur respectueuse lui faisait baisser la voix.

– Levez-vous, Ryko.

Je tirai sur son bras.

– Cet endroit est dangereux.

Nous n'étions plus qu'à quelques pas des arbres. La main crispée sur la mienne, Ryko se hissa sur ses jambes. Je le conduisis jusqu'au bosquet.

– Ça va aller, maintenant, chuchotai-je.

Non sans hésitation, il lâcha ma main. Nous nous immobilisâmes tous deux mais, manifestement, il ne ressentait aucune douleur.

– Je vous dois beaucoup, seigneur, murmura-t-il en s'inclinant.

Je secouai la tête.

– Non, c'est…

Nous entendîmes soudain des feuilles craquer. Nous retournant, nous vîmes un garde qui nous barrait la route. Malgré son casque, je reconnus son visage mauvais et son corps robuste. Ranne. Ses yeux s'écarquillèrent – il m'avait reconnue à son tour.

En s'en rendant compte, Ryko se raidit. Ranne venait de signer son arrêt de mort. Avec une rapidité foudroyante, Ryko sortit ses deux poignards. À l'instant où Ranne ouvrait la bouche pour donner l'alarme, une lame s'enfonça dans sa gorge. Il s'agrippa vainement à l'arme tandis que son cri se transformait en un râle étouffé. Bondissant sur lui, Ryko plongea le second poignard sous son armure et transperça son ventre. J'entendis le mourant rendre son dernier souffle pendant que Ryko étendait son corps sur le sol.

Hébétée, je les regardai. Le vivant était penché sur le mort. J'avais déjà vu des gens mourir – Dolana et d'autres encore à la saline – mais c'étaient des êtres usés par les épreuves et la maladie, qui n'aspiraient qu'à la délivrance. Cette fois, une vie s'était interrompue brutalement. L'instant d'avant, il y avait du *hua*, une volonté, un homme nommé Ranne et, l'instant d'après, tout cela avait disparu.

– Nous devons cacher le corps, dit Ryko en essuyant un poignard sur l'herbe. Dans le pavillon.

Ces mots me firent frémir. Il fallait si peu de temps pour qu'un être humain ne soit plus qu'un corps. Ranne m'avait tourmentée, à l'école. Il avait failli me tuer pendant la cérémonie. Peut-être aurais-je dû me réjouir de la mort de mon ennemi – mais j'en étais incapable. Un homme était mort, et un autre avait tué pour me protéger.

Quelques instants plus tôt, je n'avais lutté que pour ma propre survie. À présent, j'étais prise dans un combat plus vaste, auquel je ne pouvais me dérober car j'en étais l'un des enjeux.

– Non, lançai-je avec autorité.

Je savais où il fallait laisser le cadavre.

– Portez-le à la lisière du pouvoir du dragon. Je le tirerai à l'intérieur. On croira à un accident, et personne ne pourra le récupérer avant le retour d'Ido.

Ryko leva sur moi des yeux étonnés, puis il pressa son poing contre sa poitrine – c'était le salut des soldats.

– À vos ordres, seigneur.

Il ne me fallut pas longtemps pour traîner Ranne sur l'allée. J'évitai de regarder ses yeux vides et déglutis péniblement en sentant sous ma main son visage déjà refroidi. Sa chaleur vitale cédait rapidement la place au froid glacé de la tombe. Quand je me relevai après avoir arrangé ses membres inertes de façon à faire croire à une chute, je me demandai si quelqu'un tiendrait assez à lui pour respecter les neuf jours de deuil.

– Venez! souffla Ryko à la lisière du pouvoir du dragon.

Nous traversâmes le jardin pour rejoindre la galerie obscure. La pression des perles autour de mon bras était comme une douce torture. Dans mon impatience à ouvrir le volume, j'avais peine à attendre d'être en sûreté dans ma chambre.

Quand nous scrutâmes la cour intérieure, elle nous apparut déserte. Pas de servante s'échappant pour manger un en-cas, pas de gardes brandissant des torches. Dillon avait disparu, lui aussi. Sans doute se cachait-il. La drogue solaire semblait aviver sa peur et sa mélancolie plutôt que sa combativité.

Je traversai furtivement la cour à l'abri des kumquatiers et descendis le sentier. Ryko me suivait en silence. Alors que nous refermions doucement la porte du manoir, je sentis un regard peser sur nous. Levant les yeux, j'aperçus Dillon sur le chemin de ronde du rempart. Il leva une main hésitante.

– Merci, soufflai-je.

Il hocha la tête et se détourna.

## Chapitre 13

En arrivant avec Ryko au jardin de galets de mes appartements, je fus soulagée de voir que seule une des deux lampes de nuit était allumée dans un coin afin de protéger le bâtiment contre les esprits mauvais. Cela signifiait certainement que personne n'avait donné l'alarme en découvrant mon lit vide. Nous nous engageâmes de nouveau sur les pierres pour rejoindre le pâle rectangle de ma fenêtre. Le volume était encore attaché à mon bras par les perles. Elles étaient tièdes sur ma peau, comme si elles possédaient leur propre *hua*.

Bientôt, je lirais le mot qui libérerait mon pouvoir. J'avais toujours imaginé que le nom d'un dragon ressemblerait au murmure du vent dans les feuilles ou peut-être au bruit d'une eau jaillissante. Mais comment pouvait-on l'écrire ?

– Voulez-vous que je reste, seigneur ? demanda Ryko à voix basse.

Je secouai la tête. Tandis que nous nous hâtions vers le palais, nous n'avions échangé que le minimum de paroles nécessaires. Les heures que nous venions de vivre nous avaient enlevé à chacun quelques illusions sur l'autre et sur nous-mêmes. Il n'était pas aisé d'assimiler une vérité aussi brutale. Et je voulais être seule quand je lirais le nom.

– Merci, Ryko, dis-je. Merci pour tout.

Il s'inclina puis s'éloigna. Seul un crissement assourdi révélait qu'il marchait avec précaution sur les galets.

Me hissant sur le rebord de la fenêtre, je me laissai tomber maladroitement sur l'épais tapis de la chambre. Je m'approchai en hâte de la veilleuse que j'avais laissée allumée sur la table de chevet et remontai ma manche droite. Le tissu s'accrochait aux perles enserrant le volume. D'une main rendue fébrile par l'impatience, je réussis enfin à dégager le volume rouge.

À la lueur de la veilleuse, les perles noires semblaient miroiter de reflets verts et violets, comme de l'huile brillant sur de l'eau. En dessous, le cuir rouge apparaissait aussi souple et luisant qu'une peau de phoque, malgré les trois entailles gâtant la couverture lisse. En retenant mon souffle, je soulevai la perle du bout. Elle résista un instant, comme si un poids l'alourdissait, puis elle se détacha de mon bras. Une par une, les perles s'écartèrent du volume. Quand la dernière perle emprisonnant le cuir céda sous mes doigts, je poussai un profond soupir. Le volume tomba dans ma main, tandis que les perles se lovaient doucement autour de mon poignet.

Je caressai les entailles qui témoignaient de l'échec d'un autre possesseur – sans doute sire Ido ? Je ne pus retenir un petit rire. Les perles avaient libéré le volume pour moi, alors qu'elles n'avaient pas cédé au tout-puissant Œil du dragon Rat. Une languette de cuir passée dans un anneau fermait le volume. J'étais si excitée que ma maladresse semblait redoubler. Malgré mes efforts, je ne parvins pas à tirer la languette. Peut-être avais-je ri trop tôt. Je frottai mes doigts moites sur ma tunique et essayai de nouveau, cette fois avec succès. En ouvrant enfin le volume, je m'attendais à trouver plusieurs parchemins. En fait, la couverture abritait des feuilles de papier lisse cousues sur la gauche. Un livre! J'en avais vu un dans la bibliothèque de mon maître. C'était une rareté, à laquelle il attachait grand prix. Glissant mes doigts sous la liasse, je découvris qu'elle était cousue au cuir lui-même, de façon à ne former qu'un bloc de papier. Rabattant la liasse sur son nid de cuir, j'observai la première feuille. Le dragon Miroir y était dessiné à l'encre rouge, en quelques traits rapides qui réussissaient pourtant à capter le pouvoir et la majesté de la créature fabuleuse. J'avais dans les mains le précieux livre des secrets du dragon Miroir. Son nom reposait quelque part à l'intérieur. Je pris une profonde inspiration et tournai la page.

Au premier regard, les caractères me parurent dénués de sens. J'examinai l'écriture de plus près, mais sans la comprendre davantage. Je tournai la page suivante. Des lignes et des lignes de signes étranges. Encore une page, puis une autre. Elles étaient toutes illisibles. Je feuilletai le texte entier, en guettant au moins un signe familier. Rien qu'un. J'arrivai à la dernière page.

– Non, murmurai-je. Non!

Je ne reconnaissais pas le moindre symbole. Je recommençai à zéro, en scrutant le papier comme si je pouvais extraire un sens des traits pâlis des caractères. En vain.

Un violent désespoir s'empara de moi. Cherchant à tâtons le lit derrière moi, je m'effondrai dessus. Pourquoi ne pouvais-je lire ce livre ? Des sanglots me montèrent à la gorge. Malgré mes efforts, je ne pus les réprimer. Toute ma déception et ma peur s'exprimèrent en pleurs convulsifs. Et si Rilla m'entendait ? Ou mon maître ? Je me pliai en deux et fourrai mon poing dans ma bouche pour étouffer mes gémissements. Peut-être n'étais-je pas à ma place en ces lieux. Peut-être tout cela n'était-il qu'un malentendu et le dragon Miroir ne voulait-il pas de moi, finalement. Je retombai en arrière et me recroquevillai, secouée de sanglots, en serrant le livre contre moi.

Puisque j'ignorais le nom de mon dragon, il ne me restait aucun pouvoir véritable. Aucun espoir.

Je me réveillai en haletant, le gosier desséché, les yeux mouillés de larmes. Un drap de soie me recouvrait. À l'autre bout de la chambre, les volets de la fenêtre étaient clos et laissaient filtrer par leurs interstices la lumière du jour. Rilla avait dû entrer pendant mon sommeil. Repoussant le drap, je vis le livre pressé contre ma poitrine. Il était encore ouvert – et illisible. Aucun miracle n'avait métamorphosé l'écriture durant la nuit. Je pris le volume et le fermai en glissant la languette à travers l'anneau. Aussitôt, les perles se détachèrent sans bruit de mon poignet et s'enroulèrent autour de la couverture de cuir, qui reprit sa place sous mon avant-bras. Quand la dernière perle se fut rabattue, elles s'immobilisèrent. Pourquoi m'attachaient-elles ainsi à ce livre ? Je ne pouvais même pas le lire.

De nouveau, le désespoir m'envahit et enveloppa mon esprit comme un brouillard glacé.

Non ! Je secouai la tête, comme si je pouvais le dissiper d'un geste. Le livre était en ma possession. Les perles qui le gardaient s'étaient dénouées pour me permettre de l'ouvrir. Cela signifiait certainement quelque chose. Il devait exister un moyen de déchiffrer ce texte. Il fallait juste que je parvienne à trouver la clé.

Je me redressai péniblement. Une carafe d'eau et une coupe étaient posées sur la table de chevet. Rilla avait pensé à tout. En me couvrant, elle avait dû voir le volume et les perles. En avait-elle parlé au maître ? Je me versai de l'eau et bus d'un seul trait. Il me fallut vider encore deux coupes pour ne plus avoir la gorge sèche. Toutes ces larmes devaient avoir desséché jusqu'à mon âme.

La porte s'ouvrit et je me retournai en sursaut. Rilla entra avec un plateau. Je rabattis précipitamment ma manche sur le volume tandis qu'elle fermait la porte avec sa hanche. En me voyant assise, elle s'inclina et s'approcha.

– On commence déjà à se rassembler à la porte de la Suprême Bienveillance pour le départ du cortège, annonça-t-elle.

Ses yeux se fixèrent un instant sur ma manche avant de revenir à mon visage. Elle me tendit le plateau.

– Vous n'avez que le temps de boire du thé et un peu de *lo-jee*.

L'arôme salé de la soupe du petit déjeuner me donna l'eau à la bouche. Toutefois, je devais d'abord prendre l'infusion de la faiseuse de fantômes. En saisissant la coupe, je me souvins de la drogue solaire dans ma poche. Peut-être pourrait-elle provoquer un contact avec le dragon Miroir. Mais que se passerait-il si je la mélangeais à l'infusion ? Cette dernière supprimait l'influence de la lune, alors que la drogue exaltait celle du soleil. Leur association ne risquait-elle pas de me déséquilibrer à l'excès, voire de me tuer ? Peut-être était-il peu judicieux de prendre les deux à la fois.

L'infusion de la faiseuse de fantômes était tiède. Son goût amer était encore pire que si elle avait été brûlante. Je fermai les yeux pour la terminer au plus vite, en résistant à l'envie de vomir.

– Comment va le maître, aujourd'hui ? demandai-je en rendant la coupe à Rilla.

– Mieux, répondit-elle. Il s'habille pour la fête.

Elle jeta de nouveau un coup d'œil à ma manche.

– Vous devriez vous dépêcher d'enlever ces vêtements de paysan, dit-elle d'un ton neutre. Je vais les remettre dans le panier.

Comme je la regardais d'un air interrogateur, elle haussa les épaules.

– Je garde pour moi ce que je vois.

– Vous n'en parlerez même pas au maître ?

Son visage s'assombrit, mais elle hocha la tête.

– Je suis votre servante personnelle, maintenant.

Je me penchai en avant.

– Je fais tout ce que je peux pour garantir notre sécurité.

En la rassurant, peut-être essayais-je de me rassurer moi-même.

– Je vous prie de me croire, Rilla.

Elle saisit le bol de *lo-jee* et me le tendit.

– Personne d'autre ne s'occupera de Chart, dit-elle doucement. Ne l'oubliez pas, de grâce.

À côté de moi, mon maître s'agita avec irritation sur le coussin de soie et scruta l'allée obscure par-dessus les têtes de nos porteurs. Elle était encore fermée par un somptueux portail doré. Quand il bougea, une odeur aigre se répandit dans l'air brûlant. Je vis des gouttes de sueur perler au-dessus de ses lèvres gercées. Son souffle aussi paraissait anormalement laborieux. Même si les rideaux rouges de notre palanquin emprisonnaient la chaleur matinale dans la cabine exiguë, il ne faisait pas assez chaud pour justifier un tel malaise. Rilla avait beau affirmer que le maître allait mieux, je le trouvais plus mal que jamais.

Me penchant dehors, je regardai les autres Yeux du dragon alignés derrière nous dans des palanquins rouge et or identiques au nôtre. Derrière eux, une foule d'hommes à pied attendaient que le gong annonce l'ouverture du portail et le début de la procession. Dans le palanquin voisin, sire Ido croisa mon regard. Il inclina la tête avec lenteur. Je me reculai précipitamment, le cœur battant.

Je glissai avec circonspection mes doigts dans la large manche de ma robe d'Œil du dragon, afin de vérifier l'emplacement du volume contre mon bras. Après que Rilla m'avait habillée, j'avais tenté de dénouer les perles et de trouver une cachette pour le livre, mais aucun endroit ne paraissait sûr et les perles se refusaient à lâcher prise. C'était à la fois troublant et rassurant. Il ne me restait plus qu'à emporter le volume. Étrangement, je me sentais plus forte et plus capable en le sentant sur ma peau. Mes doigts effleurèrent le bord du cuir. J'avais cru qu'il se trouvait plus haut, mais les perles l'avaient fait glisser sous une lourde broderie qui les dissimulait.

Un serviteur me fit tressaillir en s'agenouillant à côté de moi. Le sommet de sa tête atteignait tout juste la base de la cabine. Il me tendit une coupe de porcelaine d'où s'échappait une fraîche odeur de citron, qui masqua les relents de chaleur et de sueur.

– Avec les compliments de sire Tyron, déclara le serviteur.

De l'autre côté du palanquin, un autre domestique offrait à mon maître une coupe identique.

– J'avais oublié à quel point ces cortèges sont lents à s'ébranler, dit mon maître en sirotant le breuvage. Remercions les dieux pour la prévoyance de sire Tyron.

Il fit une grimace.

– Les citrons semblent un peu amers, cette année.

Je gardai un instant le jus désaltérant dans ma bouche sèche avant de l'avaler. Il me parut aigrelet, mais non amer. Je regardai mon maître qui buvait à petites gorgées. Peut-être était-il temps de lui demander son aide. Même s'il m'était encore impossible de tout lui raconter, je pourrais recopier quelques-uns des étranges caractères du livre et les lui montrer, au cas où il en connaîtrait l'origine. Satisfaite de mon plan, je vidai ma coupe et la rendis au serviteur. Mon maître ne but qu'une ou deux gorgées supplémentaires avant de tendre la sienne à l'homme agenouillé près de lui.

– Remerciez sire Tyron de notre part, ordonna-t-il.

Le serviteur acquiesça de la tête avant de s'éloigner à reculons.

– Je crois que je vois approcher les fonctionnaires de la porte, dit mon maître. Nous allons bientôt entrer.

Il se carra sur son siège. Son grand col s'écarta un instant, révélant une ecchymose bleue en forme de croissant.

– Il n'est pas indifférent que l'empereur nous ait placés en tête, avant sire Ido, observa-t-il d'une voix sans bienveillance.

– Sire Ido est-il arrivé ce matin avec le Grand Seigneur Sethon ? demandai-je.

Mon maître ouvrit son éventail et l'agita sans autre résultat qu'une brise tiède.

– Oui, mais il ne l'a pas suivi plus loin que les portes de la ville. Pour qui sait lire les signes, c'était déjà marquer leur alliance avec audace. Toutefois, il ne peut chevaucher avec Sethon dans le cortège militaire. Il devra rester assis avec nous aux pieds de l'empereur.

– C'est pour bientôt, n'est-ce pas ? dis-je en baissant la voix. Ils ne tarderont pas à passer à l'action.

Mon maître hocha la tête.

– Oui, la partie entre dans une phase des plus intéressantes.

Bien qu'il me fût impossible de voir à travers les rideaux de velours dans notre dos, il me semblait sentir le regard menaçant de sire Ido du fond du palanquin suivant le nôtre. Il savait certainement que le volume rouge et la drogue solaire avaient disparu, car il avait dû retourner dans son manoir afin de s'habiller pour la procession. Je me forçai à ne pas penser aux yeux vides de Ranne. En s'apercevant du larcin, sire Ido s'était assurément douté de son origine. J'espérais simplement que Dillon avait échappé à ses soupçons.

En un éclair, je revis dans ma mémoire le volume noir placé à côté de son pendant rouge sous la plaque de verre. Je frissonnai. Pourquoi le livre noir m'inspirait-il une telle terreur ? Peut-être mon maître avait-il quelque lumière à ce sujet.

– Sire Brannon, dis-je en détournant son attention de la porte. Avez-vous déjà vu un motif de douze sphères formant un cercle ?

Je traçai un cercle sur ma paume.

– Les deux sphères du haut sont plus grosses que les autres, précisai-je.

Son éventail tomba sur ses genoux.

– Où as-tu vu ce motif ? demanda-t-il en agrippant mon poignet. Où ? Dis-le-moi.

Je détournai les yeux devant son regard alarmé.

– Je ne l'ai pas vu, déclarai-je en cherchant fébrilement un mensonge crédible. C'est Dillon qui m'a dit qu'il figurait sur la porte de la bibliothèque de sire Ido.

Il me lâcha.

– Son apprenti l'a vu sur la porte ?

– Oui. Quelle est sa signification ?

Après avoir jeté un regard à la ronde, il se rapprocha de moi.

– C'est le symbole du Rang de Perles.

Il rouvrit son éventail et le déploya devant nous pour dissimuler notre conversation.

– On dit que le Rang de Perles est une arme

si puissante qu'elle peut déplacer des continents, chuchota-t-il. Il unit l'énergie des douze dragons en une seule force dévastatrice.

Il humecta ses lèvres pâles.

– Mais ce n'est qu'une légende, une histoire pour faire peur aux enfants.

– Donc cette arme n'existe pas ?

Il secoua la tête.

– Pendant longtemps, j'ai rassemblé de vieux textes où il en était question. Je n'en ai trouvé aucun indiquant que ce ne serait pas un simple conte. Je sais qu'Ido collectionne lui aussi ces textes. Peut-être en a-t-il découvert un prouvant que cette arme est possible.

Un livre noir orné d'un cercle de sphères et protégé par des perles blanches – manifestement, sire Ido avait mis la main sur quelque chose de bien réel. Il fallait que je mette mon maître au courant.

– Dillon m'a dit également qu'il avait vu un livre noir présentant le même motif, dis-je avec circonspection. Attaché avec des perles blanches.

– Un livre ? s'exclama mon maître. Tu es sûr ?

– Il me semble que oui.

Il se frotta le menton.

– Je n'aime pas ça du tout. Tyron et les autres doivent être informés au plus vite.

– Comment fonctionne ce Rang de Perles ?

Mon maître secoua la tête.

– Personne ne le sait vraiment. Les légendes sont si contradictoires. D'après l'une d'elles, c'est la conjonction des douze Yeux du dragon qui forme l'instrument de destruction. Une autre affirme que deux Yeux du dragon doivent unir leurs forces pour le créer. Et il existe aussi des versions disant qu'un seul Œil du dragon doit survivre et hériter de tous les pouvoirs.

– Tellon nous en a parlé lors de la leçon d'hier.

Il poussa un grognement, l'esprit ailleurs.

– Peut-être n'est-ce qu'une des obsessions d'Ido, rien d'autre. Malgré tout, il faut que Tyron et les autres soient au courant au cas où…

Sa voix fut couverte par l'appel retentissant du gong impérial. Il baissa l'éventail et nous interrompîmes aussitôt notre conversation. Devant le portail doré, deux fonctionnaires attendaient qu'un nouveau coup de gong nous permette de franchir la porte de la Suprême Bienveillance pour pénétrer dans la cour des cérémonies.

L'énorme portail donnant accès au palais était percé de trois passages voûtés. Celui du centre, appelé le Chemin de la Conduite céleste, était réservé à l'empereur et assez large pour laisser passer huit chevaux de front. Celui de droite, l'arche des Fils robustes, était emprunté par la famille impériale. Celui de gauche, qui nous faisait face, se nommait officiellement l'arche du Jugement juste et savant, mais on l'appelait le plus souvent la porte du Jugement. C'était l'entrée des nobles, des généraux, des hauts dignitaires et des trois érudits ayant triomphé aux examens annuels. Tous les autres visiteurs passaient par les deux entrées latérales plus petites – les portes de l'Humilité – qui flanquaient l'édifice rouge et or. Je n'avais jamais franchi les portes de l'Humilité, et encore moins la porte du Jugement. En fait, je ne connaissais pas la cour des cérémonies. Et voilà que je m'apprêtais à y pénétrer à la tête d'un cortège se dirigeant vers l'empereur.

Le deuxième appel du gong résonna dans l'air brûlant. Aussitôt, les deux fonctionnaires ouvrirent le portail. Le gong retentit de nouveau et nous nous avançâmes dans un corridor plus frais.

– Quelle splendeur, murmurai-je lorsque mes yeux se furent habitués à l'obscurité.

Les murs étaient en or et décorés de dragons lovés autour des symboles des quatre arts d'agrément de l'érudit : la plume, le pinceau, la cithare et le damier du jeu de stratégie. Le somptueux plafond laqué de rouge s'ornait de paysages gravés en or comportant des mers, des montagnes, des plateaux et une représentation détaillée de l'enceinte du palais que nous étions en train de franchir. Dominant l'ensemble, les voûtes du toit offraient des vues dorées mettant en scène les huit dieux du Savoir.

Nous émergeâmes en plein soleil. Éblouie par la lumière, je tentai de me repérer dans la cour immense. De longues galeries s'étendaient des deux côtés. Au centre se dressait un gigantesque escalier comprenant trois terrasses de marbre et menant à un bâtiment imposant dont le toit doré s'incurvait vers le ciel. Ses murs portaient de brillantes peintures en rouge et noir représentant les symboles de la chance, du bonheur et de la longévité.

Deux gardes s'avancèrent pour encadrer notre palanquin. Ils guidèrent nos porteurs sur la vaste esplanade de pavés gris, en direction de l'escalier central. Je jetai un coup d'œil sur mon maître. Même lui était réduit au silence par la majesté de ces lieux. Nous nous arrêtâmes devant une ligne sombre. En fait, il s'agissait d'un fil d'or qui avait été encastré dans les pierres et semblait s'étirer d'une extrémité à l'autre de la cour.

– C'est la ligne de l'Audience impériale, dit mon maître. Nous allons devoir continuer à pied.

Le visage crispé par l'effort, les porteurs abaissèrent doucement le palanquin. Je sortis de la cabine et vis la longue file des autres Yeux du dragon et des dignitaires attendant leur tour pour avancer. Dans le palanquin voisin, sire Ido m'observait, les yeux plissés. Je joignis les mains pour m'empêcher de vérifier une nouvelle fois l'emplacement du livre rouge. Après avoir considéré l'immense cour et l'interminable escalier, mon maître prit un air de résignation lugubre et s'accroupit lentement. Bien que l'empereur ne fût pas encore sorti de la salle Noir et Rouge, tous ceux qui franchissaient la ligne de l'Audience devaient avancer prosternés.

Nous mîmes longtemps à rejoindre notre place d'honneur en bas des marches. À force de me voûter, j'avais mal au dos et à la hanche. J'entendais mon maître haleter tandis qu'un fonctionnaire silencieux nous conduisait à nos places. Pendant que nous attendions debout que les autres dignitaires s'installent, un eunuque se posta derrière chacun de nous en tenant un large parasol au-dessus de nos têtes, mais cette protection était insuffisante contre la réverbération brûlante des pavés gris. Le visage de mon maître était blême. Il semblait courbé davantage par la douleur que par le respect.

– Sire Brannon, vous paraissez souffrant, chuchotai-je.

Il ne leva pas les yeux. Alarmée, je touchai son épaule.

– Maître, voulez-vous de l'eau ?

Il secoua la tête.

– La marche m'a fatigué, c'est tout, assura-t-il d'une voix rauque. Je ne serai pas long à me remettre.

Sire Ido prit sa place de l'autre côté des marches. J'avais l'impression que le livre était un bloc énorme attaché à mon bras. Craignant que mon regard me trahisse, je n'osai tourner les yeux vers le seigneur.

Sire Tyron s'arrêta près de nous. Quand il vit le teint livide et les yeux vitreux de son allié, son visage massif prit une expression inquiète. Les fonctionnaires continuèrent de conduire lentement les autres Yeux du dragon et les hauts dignitaires à leur place. Les respirations oppressées de mon maître scandaient la scène, qui semblait ne jamais devoir finir. Il tituba en avant, puis se reprit.

– Appuyez-vous sur moi, mon vieil ami, lança sire Tyron d'un ton pressant.

Les lèvres serrées, mon maître hocha la tête et agrippa le bras de Tyron. Celui-ci me fit signe de prendre l'autre bras de mon maître. Quand je le serrai sous le mien, je sentis que sa peau était glacée. L'épuisement n'expliquait pas tout.

– Sire Tyron, nous avez-vous fait porter du jus de citron avant le départ de la procession ?

Il fronça les sourcils.

– Non, pourquoi aurais-je... ?

Comprenant d'un coup, il pâlit. Son regard alla de mon maître secoué de frissons à mon visage angoissé.

– Non, je vous jure que non.

Au sommet de l'escalier, un fonctionnaire fit

retentir un gong gigantesque. Tous les assistants autour de nous tombèrent à genoux : la cérémonie commençait. Tyron et moi nous regardâmes. Nous ne pouvions rien faire sinon aider mon maître à s'incliner. Son corps s'affaissa entre nous tandis que nous l'installions tant bien que mal sur les pavés. Le gong résonna de nouveau. Je me prosternai comme il convenait devant l'empereur. À côté de moi, mon maître penché en avant était agité de spasmes. Je saisis son poignet glacé, comme si je pouvais ainsi l'empêcher de s'effondrer. Allais-je me mettre à mon tour à trembler et haleter ? Le troisième coup de gong annonça l'arrivée de l'empereur. Je retins mon souffle. Le poids de mon maître écrasait ma main tandis que nous attendions l'ordre de nous relever. Combien de temps cela durerait-il encore ?

Enfin, le gong retentit de nouveau.

Je m'assis en aidant Tyron à redresser mon maître. Son souffle était rapide, son regard fixe se troublait. Au-dessus de nous, au sommet de l'escalier, la frêle silhouette de l'empereur examinait la cour du haut de sa chaise à porteurs.

– Nous avons besoin de secours, soufflai-je.

Je me tournai vers l'eunuque derrière moi.

– Allez chercher le médecin impérial.

L'homme me regarda d'un air terrifié puis s'inclina si bas que son front heurta le sol.

– Pardonnez-moi, seigneur, c'est interdit. Nous n'avons pas le droit de quitter Sa Majesté.

Tyron hocha la tête.

– Il dit vrai. Nous ne pouvons interrompre une audience impériale.

Il scruta mon visage.

– Êtes-vous également malade ?

– Non.

Les trompettes rangées derrière nous se déchaînèrent soudain. Mon maître tressaillit en gémissant. Le fracas des sabots sur les pavés, résonnant à travers l'immense esplanade, annonça l'arrivée du Grand Seigneur Sethon et de ses officiers.

– Rapprochez-vous de lui, ordonna Tyron en faisant de même de son côté.

Je me pressai contre mon maître pour le soutenir. La sueur sous ses bras et autour de son cou avait assombri la soie rouge.

– Ma poitrine, chuchota-t-il en agrippant convulsivement son col.

Après le déchaînement d'innombrables sabots, on n'entendait plus que le pas d'un seul cheval. Je risquai un coup d'œil. Un énorme destrier noir s'avançait vers nous, mené d'une main de fer par son cavalier. Ce dernier portait une armure de parade bleue, couleur de l'empereur, soulignée de passepoils rouges. C'était le Grand Seigneur Sethon. Son visage était caché par un casque de cuir compliqué, mais son attitude révélait une force brutale qui faisait maintenant défaut à son illustre frère. Derrière lui, trois soldats à pied arboraient des armures bleues sans ornements et brandissaient des bannières. J'aperçus leurs chevaux derrière la ligne de l'Audience, tenus en bride par des écuyers.

Mon maître se raidit puis se plia en deux en vomissant de la bile sur les pavés. Des murmures de dégoût et de peur s'élevèrent autour de nous tandis que les assistants s'écartaient.

Je regardai à la ronde avec affolement, sans

bien savoir ce que je cherchais. Je savais juste que mon maître avait besoin d'aide. Sire Ido nous observait, le visage indéchiffrable. Le Grand Seigneur s'avança parmi les rangées de dignitaires, qui se prosternaient dès qu'il approchait.

Mon maître vomit de nouveau. Je tentai de soutenir son corps secoué de spasmes. À travers la soie fine, sa peau était aussi froide qu'une rivière en hiver. De l'autre côté, sire Tyron s'inclina brusquement et mon maître s'affaissa sur moi. Levant les yeux, je vis le large poitrail d'un destrier noir puis croisai le regard dur du Grand Seigneur Sethon.

Sa parenté avec l'empereur était évidente. Le modelé hardi du menton et du front, la courbe de la bouche charnue étaient semblables chez les deux frères. Toutefois, les yeux du Grand Seigneur étaient plus rapprochés. Et son nez cassé était resté aplati et marqué par une cicatrice s'incurvant sur sa joue comme un croissant de lune. Il avait un visage de guerrier.

Je me prosternai précipitamment. Cet homme faisait partie de la famille impériale. Il pourrait aider mon maître. Le cheval fit un écart vers la gauche, mais le seigneur le força à se tenir tranquille.

– Votre Altesse, implorai-je. Pardonnez-moi mon audace, mais sire Brannon est malade. Il a besoin du médecin.

– Vous devez être sire Eon, dit-il.

Il m'étudia un instant.

– Vous êtes plus petit que je ne m'y attendais.

Sa voix était froide, son débit monotone. Il jeta un coup d'œil à sire Ido puis se tourna vers le soldat se tenant à côté du cheval.

– Shen, allez chercher le médecin impérial et amenez-le ici.

L'homme s'inclina et s'éloigna à reculons. Je me prosternai de nouveau, grisée par le soulagement.

– Merci, Votre Altesse.

Il descendit de cheval avec souplesse. Le moindre de ses mouvements respirait l'autorité et la décision.

– J'espère que sire Brannon se remettra vite, déclara-t-il. La mort d'un seigneur Œil du dragon durant les fêtes du Douzième Jour serait de fort mauvais augure pour mon frère.

Il tendit les rênes à un soldat.

– Tenez-le bien, il est ombrageux.

Puis il leva les yeux vers la petite silhouette de l'empereur l'attendant devant la salle Noir et Rouge. S'inclinant légèrement, comme il convenait à un demi-frère du souverain, il commença à monter l'escalier.

Mon maître bougea. Sa respiration était si lente que je l'entendais à peine. Il ouvrit les yeux. Je vis briller dans son regard la flamme d'une souffrance atroce puis son corps se raidit et s'arc-bouta contre moi. Il commença à se débattre et sire Tyron dut emprisonner ses bras pour l'immobiliser. Je ne pouvais rien faire sinon le tenir tandis qu'il se tordait de douleur et haletait, la bouche écumante. Il grogna, essaya de prononcer des mots, mais son visage semblait aussi rigide qu'un masque tragique. Comme il s'agrippait à moi, je finis par serrer sa tête entre mes mains. J'eus besoin de toute ma force pour calmer son agitation incontrôlable.

– Empêche-le, chuchota-t-il.

– Maître, je vous en prie…

Je ne pouvais rien contre sa souffrance. Une force irrésistible l'arrachait à moi. Il se trouvait déjà à mi-chemin du monde des esprits.

Sa tête se renversa sous mes mains, son corps se tordit en un effort ultime. Il fixa sur moi ses yeux vitreux.

– Jure-moi que tu l'empêcheras.

Je hochai la tête en regardant, impuissante, son dos s'arc-bouter de nouveau. Son corps s'abattit sur les pavés. Son regard impérieux refléta une dernière fois la force de vie brûlant en lui. Puis même cette lueur s'éteignit.

## Chapitre 14

Empoisonné.

Je le savais. L'empereur le savait. À en juger par les murmures qui me suivaient tandis que j'accomplissais les cérémonies des neuf jours de deuil public, la cour entière était au courant. Sire Tyron exigea une enquête, mais il n'y avait aucune preuve, aucune piste. La mort de mon maître fut donc attribuée officiellement à la malédiction des Yeux du dragon, cet épuisement dû à la perte de leur *hua*. L'origine du complot ne faisait aucun doute à mes yeux. Mais pourquoi sire Ido m'avait-il épargnée ? Une seule raison me venait à l'esprit : j'étais plus utile vivante et sans protection que si j'étais morte.

Mon maître n'avait plus de famille pouvant préparer sa tombe, brûler les effigies et payer les Suppliants afin que leurs psalmodies l'accompagnent dans le monde des esprits. À défaut, je fus chargée officiellement de porter son deuil. Dame Dela m'expliqua patiemment les rituels mortuaires convenant à un seigneur et me guida avec douceur au long des formalités, tandis que Ryko montait la garde avec un silence stoïque qui était aussi un soutien pour moi.

Pendant les deux premiers jours, je dus recevoir les innombrables courtisans et dignitaires venant m'offrir les petits paquets rouges contenant leur contribution financière au deuil. Tandis que les traditionnels bols de thé succédaient aux formules polies de condoléances, je ne cessai de me poser la même question : comment allais-je survivre sans mon maître ? Sire Eon était sa création tout autant que la mienne.

Entre deux visites de circonstance, je priais devant mon autel ou restais allongée sur mon lit somptueux, à contempler d'un air morne le volume rouge et son texte indéchiffrable. Maintenant que mon maître n'était plus là, je n'avais plus aucune chance de percer les secrets du livre. J'aurais dû le lui montrer. J'aurais dû lui parler du nom de mon dragon. Il y avait tant de choses que j'aurais dû lui dire.

De temps en temps, Rilla entrait avec une collation ou l'infusion de la faiseuse de fantômes. D'une voix douce, elle me pressait de manger et de boire. L'empereur nous avait fourni officieusement un goûteur, mais je continuais d'avoir peur. Chaque matin, il me fallait tout mon courage pour avaler l'infusion. Quant à manger, ma gorge était si serrée que j'avais des haut-le-cœur. La drogue solaire restait dans sa bourse, je n'y touchais pas.

À l'aube du troisième jour – celui de la préparation de la tombe –, Rilla m'annonça l'arrivée de dame Dela.

– Elle attend dans la salle de réception avec un messager impérial, déclara Rilla en se hâtant vers le lit pour arracher la couverture de soie qui me couvrait.

Je détournai un instant les yeux du livre rouge. Je n'avais même pas la force de le cacher.

– Encore un présent ?

Depuis la procession, le Maître Céleste avait été trop malade pour s'aventurer hors de ses appartements. Néanmoins, il m'avait fait remettre un présent chaque jour de mon deuil, ce qui était une grande marque de faveur. Hier, jour des herbes et du suaire, j'avais ainsi reçu un précieux pot d'onguent et un drap de lin fin pour préparer et envelopper le corps de mon maître.

– Je ne crois pas, répondit Rilla.

Elle prit un air désapprobateur.

– Vous avez dormi dans votre tunique ?

Je refermai le livre et tendis mon bras droit, en regardant les perles noires le fixer fermement sur moi. Le souffle coupé, Rilla recula. J'avais oublié qu'elle ne les avait encore jamais vues bouger.

– Tout va bien, dis-je. Elles ne vous feront aucun mal.

J'avais cru que les perles pourraient m'enseigner quelque chose sur le dragon Miroir, voire détenir la clé du texte mystérieux. Malgré leurs particularités magiques, cependant, elles ne servaient qu'à attacher. Sortant du lit, je m'immobilisai tandis que Rilla brossait et rajustait mes robes, en évitant la manche droite où le volume rouge était niché sous l'épaisse étoffe blanche.

– Après votre entrevue avec dame Dela, il est prévu que vous prépariez sa... la tombe.

J'entendis sa voix se troubler, mais ne parvins pas à surmonter mon propre chagrin glacé pour tenter de la réconforter.

Quand j'entrai dans la salle de réception, dont les volets étaient clos, dame Dela s'inclina profondément. Par respect, elle ne s'était pas fardée.

Cette sobriété, combinée avec sa sévère robe blanche, faisait ressortir son teint basané et ses traits anguleux. Derrière elle, Ryko me fit le bref salut des gardes de service. Malgré mon apathie, je remarquai en eux une excitation singulière. Un messager impérial s'avança à genoux et me tendit un rouleau.

– Sur l'ordre de Sa Majesté impériale.

Il s'inclina à trois reprises en touchant du front le parquet luisant, comme le prescrivait le protocole pour remettre un décret impérial.

Je brisai le sceau et déployai le rouleau. Le Maître Céleste, inquiet pour moi après la mort de sire Brannon, avait décidé que dame Dela deviendrait officiellement mon chaperon et que Ryko serait chargé d'assurer ma sécurité à la tête d'un petit détachement de gardes.

Levant les yeux, je me forçai à sourire. J'étais heureuse de les avoir avec moi, mais la nouvelle était pour moi comme un coup amorti par une épaisse armure. Même lorsqu'ils discutèrent les détails pratiques, je me réfugiai dans une hébétude commode.

Le lendemain matin, le prince arriva sans prévenir et escorté seulement de deux gardes. Il portait une simple tenue de deuil blanche, sans aucun ornement indiquant sa dignité. La plaie sur sa pommette gauche était en voie de cicatrisation, mais l'ecchymose se voyait toujours.

– Sire Eon, dit-il en me faisant signe de me relever. Je ne viens pas ici comme votre suzerain mais comme votre ami.

Me relevant d'un air sombre, j'attendis qu'il parle. Il jeta un regard impérieux à ses gardes qui s'éloignèrent aussitôt de façon à ne pouvoir nous entendre.

– Je considérerais comme un honneur d'être l'Assistant du deuil de sire Brannon, déclara-t-il.

Je fus si stupéfaite que je sortis enfin de mon apathie. L'Assistant du deuil portait les offrandes aux dieux et se chargeait des effigies. Son rôle était de servir. Une telle position était indigne d'un prince.

– Votre Altesse..., commençai-je.

Je m'interrompis, incertaine de la conduite à tenir. Il agrippa mon épaule.

– L'état de mon père empire de jour en jour, dit-il doucement. Il est temps que je sorte pour de bon du harem. Souvenez-vous de notre pacte, mon ami.

Nous aider mutuellement à survivre... Je me redressai sous le poids de sa main.

– Mon maître disait que c'était pour bientôt. Ils sont sur le point de passer à l'action.

Il hocha la tête.

– Vous êtes le seul obstacle s'opposant à la mainmise d'Ido sur le Conseil, dit-il en me serrant plus fort. Permettez-moi d'être à votre côté comme un allié lors des obsèques de sire Brannon.

– J'en serais très honoré, Votre Altesse, répliquai-je en m'inclinant.

Nous nous sourîmes sans joie, conscients que ce serait peut-être trop peu, trop tard. Cet instant de complicité silencieuse fut fugitif, mais il me réconforta en me donnant l'impression de n'être pas totalement seule.

Le surlendemain, jour de l'hommage, les Yeux du dragon vinrent en procession, sire Ido en tête. Quand ils entrèrent dans la salle de réception, Ryko se posta en silence derrière moi. Sa présence solide était comme un autre soutien me permettant de tenir le coup.

Les Yeux du dragon étaient vêtus de blanc et apportaient de l'argent pour le deuil, comme le voulait la coutume. Cependant, je sentais que leur visite avait un autre but. Tandis qu'ils s'inclinaient chacun devant moi, j'étudiai leur visage. Les alliés de mon maître étaient tendus, ses ennemis bouillaient d'impatience. Quand sire Tyron se redressa, je lus une mise en garde dans ses yeux – mais contre quoi ? Je suivis son regard et aperçus un inconnu se tenant derrière le groupe. Il s'inclina de loin, en murmurant des condoléances. Sa façon de cligner fébrilement des yeux me semblait vaguement familière, mais je n'arrivais pas à le situer.

Sire Ido s'avança devant la rangée d'hommes en blanc. Il m'adressa un sourire aussi glacé que son regard calculateur. Nous savions tous deux qu'il avait tué mon maître.

– Mon cher sire Eon, déclara-t-il avec douceur, nous sommes tous atterrés par la disparition de sire Brannon.

Sa fausse compassion me donnait la nausée.

– Nous partageons tous votre chagrin pour la perte de votre mentor et nous vous offrons notre soutien durant cette période de deuil, à vous qui êtes notre plus jeune frère.

Pour la première fois depuis la mort de mon maître, je sentis une émotion s'élever au fond de moi. La haine. Elle me brûla comme un feu soudain, en consumant mon hébétude et mon désespoir. Je baissai les yeux en hâte, de peur que sire Ido n'y lise son propre arrêt de mort.

– Dans cet esprit, poursuivit-il, le Conseil a prié Heuris Kane de devenir votre tuteur. Il continuera l'œuvre de sire Brannon et vous soulagera de vos responsabilités au Conseil afin que vous puissiez vous consacrer aux Arts du dragon. De cette façon, les désirs de sire Brannon seront exaucés.

Heuris Kane – maintenant je le reconnaissais. C'était le maître de Baret, tout entier dévoué à Ido. Comme le prince l'avait prédit, Ido voulait assurer sa mainmise sur le Conseil. Et c'était pour cela que mon maître était mort et que mon monde avait perdu tout sens. Fermant les yeux, j'entendis en moi-même les derniers mots de mon maître : « Empêche-le ! »

Mais je n'étais même pas un Œil du dragon à part entière. Comment pourrais-je m'opposer à cet homme ? Il était trop puissant, trop impitoyable.

« Empêche-le ! »

Les perles resserrèrent leur prise autour de mon bras, comme pour m'encourager. Personne d'autre n'était en mesure de faire échouer Ido. Je devais essayer. Pour l'empereur et le prince héritier. Et pour mon maître. Je serrai les poings.

– Non.

Dès que j'eus prononcé ce mot, Ryko s'approcha de moi d'un air protecteur. Ido se raidit.

– Comment ? glapit-il.

Tyron leva brusquement les yeux. Je croisai son regard stupéfait tout en l'implorant en silence de m'aider. Il humecta ses lèvres et hocha la tête.

– Bien entendu, je remercie Heuris Kane de se préoccuper ainsi de moi, dis-je en me tournant vers celui-ci pour m'incliner. Toutefois je souhaite siéger moi-même au Conseil.

Kane se mit à cligner des yeux avec affolement et lança à Ido un regard désemparé.

– Il ne s'agit pas d'un choix, sire Eon, rugit Ido. Il s'agit de l'intérêt supérieur du Conseil.

– Vous faites erreur, sire Ido, intervint Tyron en s'avançant. Si sire Eon ne souhaite pas se tenir à l'écart, il a parfaitement le droit de prouver qu'il est capable d'assumer ses fonctions.

Prouver ? Que voulait-il dire ?

– Sire Tyron a raison, renchérit Silvo. Un Œil du dragon ne peut être exclu du Conseil que si les autres membres s'accordent à le juger incompétent. Pour ma part, je ne pense pas que ce soit le cas.

– Moi non plus ! s'exclama Dram en me souriant d'un air encourageant.

Des murmures approbateurs s'élevèrent. Ido apostropha l'Œil du dragon Cheval.

– Comment pourriez-vous juger de la compétence de quiconque ?

Il foudroya l'assemblée du regard.

– La position de sire Ido se tient, observa Elgon de sa voix affectée.

L'Œil du dragon Tigre leva la main pour apaiser le tumulte qui s'ensuivit.

– Nous ignorons si sire Eon sera capable de remplir ses devoirs au Conseil. Je propose que nous le mettions à l'épreuve.

En entendant ces mots, j'enfonçai mes ongles dans ma paume. S'il s'agissait de démontrer mon pouvoir, tout était perdu.

– Qu'avez-vous en tête ? demanda Tyron.

Elgon s'inclina devant Ido.

– Je m'en remets à notre honorable président.

Ido prit un air pensif.

– Tyron, il me semble que votre province a présenté sa requête annuelle pour que le Conseil maîtrise les pluies du Roi Mousson et protège les récoltes.

La mâchoire serrée, Tyron acquiesça de la tête. Ido sourit.

– Sire Eon pourrait nous prouver ses capacités en dirigeant l'opération. Après tout, ses fonctions à venir sont celles d'un Coascendant et second président.

– L'épreuve est trop difficile, protesta Dram. Ce garçon n'a pas eu le temps de s'exercer.

– C'est bien mon avis, répliqua suavement Ido.

Tyron me jeta un coup d'œil. Le risque était immense, aussi bien pour lui que pour moi. Si les choses tournaient mal, le Roi Mousson inonderait sa province et les récoltes dévastées lui coûteraient une année de revenus. Il redressa les épaules.

– J'ai toute confiance en sire Eon, déclara-t-il.

Ido se tourna vers moi. Son regard était avide. Il savait que je n'avais aucune chance.

– Êtes-vous d'accord pour cette épreuve ?

Tous les yeux étaient fixés sur moi. La tension était telle que chacun se tut. Je ne savais pas comment appeler mon dragon, et encore moins comment maîtriser la mousson la plus violente de la saison. Mais je n'avais pas le choix. C'était la seule façon d'empêcher que le Conseil ne tombe sous le coup d'Ido au lieu de servir l'empereur et le pays.

– Oui, dis-je d'une voix qui se brisait.

Ido eut un sourire de triomphe.

– Dans ce cas, nous allons tous attendre que sire Tyron nous invite à nous rendre dans sa province.

– Je suppose que vous ne verrez pas d'inconvénient à ce que je me charge d'entraîner sire Eon dans l'intervalle, dit Tyron avec raideur.

Ido haussa les épaules.

– Non, en effet.

La saison de la mousson avait déjà commencé dans la province de Daikiko. Cette année, les guetteurs du ciel avaient prédit que le Roi Mousson atteindrait la côte dans une semaine environ. Ido savait que je ne pouvais faire tenir douze années d'études et d'exercices dans une période aussi courte.

– Cela dit, poursuivit-il en poussant un soupir, il ne serait pas convenable que sire Eon s'entraîne pendant les neuf jours de deuil.

Le visage de Tyron s'assombrit.

– Cela va de soi, assura-t-il d'un ton tendu.

Il me regarda. Son désarroi reflétait le mien. Comme il restait encore quatre jours de deuil, nous ne pourrions peut-être même pas commencer l'entraînement.

– De grâce, seigneur, dit Rilla agenouillée sur le seuil. Dois-je servir le thé ?

Incapable de parler, je hochai la tête. Ido m'avait attirée dans son piège. À présent, il n'avait plus qu'à attendre qu'il se referme sur moi.

Cymbales et tambours semblaient rythmer mes pas tandis que je suivais le corps de mon maître vers le cimetière. Avec des mouvements parfaitement coordonnés, quatre hommes robustes le portaient sur une litière couverte d'orchidées blanches. Ils avaient été engagés par dame Dela, de même que les Suppliants psalmodiant leurs mélopées et les autres accessoires indispensables pour l'enterrement d'un grand personnage. Bien entendu, la noble dame était absente. Aucune femme n'était autorisée à assister aux funérailles d'un ancien Œil du dragon. S'il m'était resté la moindre étincelle de gaieté, l'ironie de la situation m'aurait fait rire.

Le prince marchait à mon côté, s'adaptant à mon allure irrégulière. Il avait revêtu la tenue noire de l'Assistant du deuil, le *gan hua*, qui contrastait avec ma robe blanche de *lin hua*, et il portait sur un plateau d'argent les offrandes et les statuettes des gardiens de la tombe. L'ensemble devait peser lourd, mais il n'en semblait pas affecté. En un éclair, je le revis tel qu'il était lors de la joute. Le souvenir de sa minceur athlétique et de son maintien souverain me fit rougir. Craignant qu'il n'ait remarqué mon trouble, je le regardai furtivement, mais il était absorbé par sa tâche de porteur. Derrière nous, Ryko et deux gardes impériaux formaient comme un rempart protecteur. Le cliquetis de leurs armes rythmait lui aussi notre marche.

J'essuyai de la sueur coulant sur ma lèvre supérieure. La matinée était déjà étouffante. Ce temps lourd et humide annonçait la mousson. La veille, sire Tyron avait envoyé à tous les Yeux du dragon un message les informant que les guetteurs du ciel de sa province prédisaient désormais que le Roi Mousson n'arriverait que dans six jours, soit deux jours après la fin de mon deuil officiel. À cette pensée, la terreur m'envahit. Deux journées d'instruction seraient plus qu'insuffisantes, d'autant qu'elles seraient également consacrées au voyage vers la province de sire Tyron. Ce dernier tenait cependant absolument à respecter les formes. Il se refusait même à me rendre visite ou à recevoir un messager, de peur de donner à Ido un prétexte pour crier au scandale. Ido et lui étaient quelque part derrière nous, avec les autres Yeux du dragon. Je respirai profondément pour maîtriser ma panique. C'était aujourd'hui l'enterrement de mon maître. Il serait déshonoré si je manquais à mes devoirs.

Devant nous, les tombes des Yeux du dragon Tigre miroitaient dans l'air brûlant. Un parfum d'aromates brûlés s'échappait des braseros minuscules que les Suppliants portaient en tête du cortège. En approchant de la porte à deux battants, le chef des porteurs de litière donna l'ordre de faire halte. La procession et la musique s'arrêtèrent aussitôt. Le silence soudain était aussi oppressant que l'humidité.

Deux imposantes statues de pierre gardaient l'entrée du cimetière. La silhouette courtaude de Shola, la déesse de la Mort, se dressait sur la gauche. Sur la droite, un dragon Tigre était élégamment lové sur lui-même. Je les regardai fixement, brusquement incapable de bouger. Quand nous aurions franchi cette porte, même le corps de mon maître m'aurait quittée. Derrière nous, des murmures impatients s'élevèrent du long cortège endeuillé.

– Sire Eon ? chuchota le prince. Il est temps que nous approchions de la porte.

Je hochai la tête mais restai figée sur place. Le monde n'était plus que chaleur étouffante et battements de cœur assourdissants. Si j'approchais, mon cœur allait sûrement éclater. Je sentis que le prince posait ma main sur son bras. Avec lenteur, il me guida vers les statues. Ses encouragements à voix basse apaisaient le tumulte oppressant mes tempes.

En arrivant devant la porte, je tentai de me dégager.

– Non ! lançai-je. Nous n'avons pas eu le temps

d'apprendre les prières. Comment pourrons-nous implorer les dieux si nous ignorons les formules appropriées ?

– Regardez-moi, sire Eon.

Ses yeux étaient tranquilles.

– Tout va bien. Nous les connaissons. Dame Dela nous les a enseignées, vous vous souvenez ? Nous les savons par cœur.

La mémoire me revint. Nous avions passé une heure avec dame Dela à répéter ensemble les formules, en unissant nos voix. Ç'avait été un moment de répit après la formalité glacée des visites obligées et des rituels.

– Êtes-vous prêt, maintenant ? demanda-t-il.

Je ne l'étais pas, je ne le serais jamais, mais il m'était impossible de décevoir mon maître – et le prince.

– Oui.

Prenant une profonde inspiration, nous inclinâmes tous deux la tête.

– Shola, déesse de l'Ombre et de la Mort, écoutez notre requête en faveur de sire Brannon, récitâmes-nous en chœur.

La voix plus grave du prince couvrait les défaillances de la mienne. Puis ce fut à moi seule de m'avancer plus près de la statue. Levant les yeux vers le visage sévère de la déesse, je proclamai :

– Voici qu'un voyageur entre dans votre royaume. Acceptez ces offrandes et permettez-lui de continuer son chemin sans encombre.

Le prince me tendit un paquet rouge d'argent symbolique censé payer les esprits au service de Shola, lesquels pouvaient faciliter ou entraver le voyage de mon maître. Après l'avoir placé aux pieds de la statue, je versai du vin dans une coupe qu'elle serrait dans sa main de pierre. « Laissez-le passer », l'implorai-je en silence.

Nous nous dirigeâmes ensuite vers le dragon. Il était d'une ressemblance frappante. Le sculpteur devait avoir suivi les instructions d'un Œil du dragon Tigre.

– Dragon Tigre, gardien du courage, entonnâmes-nous. Écoute notre requête en faveur de sire Brannon.

Je m'approchai de la statue, qui dardait ses griffes juste au-dessus de ma tête.

– Un de tes anciens serviteurs se rend maintenant au pays des esprits, dis-je. Accepte ces offrandes et accompagne-le auprès de ses ancêtres en lui rendant les honneurs qu'il mérite.

Je posai une chaîne de cuivre incrustée de fausses émeraudes entre les griffes de pierre et versai le reste du vin dans un bol de marbre vert. Puis je fermai les yeux, en respirant l'air brûlant, et explorai à tâtons mon *hua* pour tenter d'accéder à mon regard intérieur malgré le chagrin qui m'embrumait. Je voulais simplement entrevoir le dragon Tigre afin de m'assurer qu'il savait que mon maître attendait qu'on le laisse entrer. Quand je sentis ma vision se modifier étrangement en moi, j'ouvris les yeux et vis les dragons. Ils étaient tous là, formant un cercle autour du cimetière, chacun à son point du compas. Le dragon Tigre brillait d'un éclat vert qui éclipsait les autres. Dressant son long cou, il chantait une mélopée funèbre. Aucune oreille humaine ne pouvait l'entendre, mais je sentais sa vibration, comme si la terre tremblait légèrement.

En revanche mon dragon, le dragon Miroir, était à peine visible. On ne distinguait que sa silhouette voilée par un brouillard épais. Le souffle coupé, je secouai la tête, rompant ainsi le contact. Le dragon était encore plus indistinct qu'avant.

Les perles du livre rouge se serrèrent sur mon bras, comme pour me témoigner leur compassion.

Quittant sa place dans le cortège, sire Elgon s'avança vers nous. En tant qu'Œil du dragon en titre, il était le gardien du cimetière. Il s'inclina devant chaque statue puis devant nous, en me souriant avec une douceur qui métamorphosa son visage aplati.

– Quels que fussent mes désaccords avec sire Brannon, murmura-t-il, il s'est grandement honoré au service du dragon Tigre. Être son apprenti a été une vraie chance pour moi.

Il s'inclina derechef et ouvrit les portes. Était-ce sa gentillesse imprévue, ou toute autre raison ? Toujours est-il que mon chagrin sembla soudain déborder. Moi aussi, j'avais envie d'entonner une mélopée funèbre. Les dents serrées, je résistai aux larmes. Le prince se pencha vers moi. L'odeur mêlée d'herbes, de sueur et de fumée sur sa peau était étrangement réconfortante.

– Nous y sommes presque, chuchota-t-il. Vous vous en tirez parfaitement.

Derrière nous, les Suppliants commencèrent les douces psalmodies d'entrée. Baissant la tête pour cacher mes yeux, j'allai prendre ma place au côté du prince à la tête du cortège funéraire. Je me mordais les lèvres si fort que je sentis le goût du sang.

Pendant les psalmodies interminables et l'embrasement des effigies près de la tombe de mon maître, je combattis farouchement le chagrin qui menaçait de me submerger. Il fallait que je me contienne. Un seigneur ne tomberait pas à genoux en pleurant comme une femme. Un seigneur ne crierait pas sa détresse en cherchant le réconfort des bras de son souverain et ami. Un seigneur assisterait stoïquement aux cérémonies funèbres et ferait son devoir. Et telle fut mon attitude. Même quand on poussa le corps de mon maître dans le long tunnel de la tombe avant de la refermer avec une pierre, mon visage impassible ne trahit rien de mon désespoir. Sire Ido était en face de moi tandis qu'on procédait à l'ensevelissement. Je vis que son expression était aussi figée que la mienne, mais il me parut douteux qu'il dissimulât ainsi le moindre chagrin. Au fond de lui, il devait plutôt triompher.

La cérémonie s'acheva enfin. Je regardai en silence les assistants s'incliner un à un devant la tombe. Puis je me retrouvai seule devant l'élégante stèle de marbre. Derrière moi, je savais que le prince et Ryko attendaient respectueusement à quelques pas que je prenne congé de mon maître. À force de me maîtriser, toutefois, je n'avais plus rien en moi à lui offrir. Ni ultime prière ni larmes ni adieux. Mon maître m'avait quittée et j'étais vide. Pourtant, en me détournant de sa tombe, je sentis une émotion s'éveiller en moi.

Il me fallut un instant avant de la reconnaître.

La colère.

# Chapitre 15

Le matin du douzième jour de la nouvelle année – le huitième de mon deuil –, dame Dela et moi nous trouvions dans la pénombre de ma salle de réception aux volets clos. Nous attendions que le héraut du palais, qui s'était incliné profondément devant nous, se redresse pour nous transmettre son message.

– Sire Eon, dit-il enfin. Son Altesse le prince Kygo va venir au nom de son illustre père.

Il me tendit un parchemin s'ornant du sceau impérial. Sous le lourd cachet de cire en forme de dragon, je lus un fragment de poème :

*Vagues retournant sans cesse au rivage,*
*Renouveau et souvenir des vagues anciennes.*

Dame Dela regarda la feuille.

– C'est extrait d'un poème de printemps de dame Jila, chuchota-t-elle. Son Altesse vous restitue les trésors du dragon Miroir. Exprimez votre gratitude pour l'honneur de cette visite.

Je baissai les yeux sur le héraut agenouillé. La perspective de voir le prince me ranimait.

– Remerciez Son Altesse impériale pour sa grande bonté. Nous attendons sa venue avec joie.

Le héraut sortit en s'inclinant.

– Il a dû en coûter à l'empereur de manquer cette cérémonie, dit dame Dela. Je suppose qu'il est encore trop souffrant pour quitter son lit.

Elle haussa les épaules, comme pour rejeter la certitude silencieuse qui hantait tous les habitants du palais, à savoir que le souverain était à la dernière extrémité.

– Appelez Rilla pour faire les préparatifs nécessaires.

Sous la lourde manche de ma robe blanche, le volume rouge s'agita. Les perles se mirent à chuchoter sur ma peau. Peut-être sentaient-elles l'approche des autres trésors. Alors que je faisais résonner le petit gong, nous entendîmes des rires et de la musique s'élever d'une cour voisine, de l'autre côté de nos portes fermées. Les festins et les célébrations du Douzième Jour commençaient.

– Joyeux Douzième Jour ! dis-je à dame Dela. Puisse l'année vous rendre cinq fois heureuse.

– Merci, sire Eon. Je vous en souhaite autant.

Je hochai la tête. Le bonheur semblait si inaccessible.

À peine la maisonnée de l'appartement aux Pivoines s'était-elle rassemblée au jardin qu'un des gardes de Ryko annonça la venue du prince. M'agenouillant sur un coussin au bord de l'allée, je m'inclinai si bas que mon front effleura le sol. Les bottes des gardes impériaux passèrent devant moi, suivies des souliers souples des fonctionnaires du protocole. Rester prosternée mettait ma hanche à rude épreuve. Si le prince n'arrivait pas bientôt, je serais incapable de me relever sans aide. Les sandales poussiéreuses chaussant les porteurs de la litière impériale approchèrent enfin et s'immobilisèrent devant moi.

– Sire Eon, dit le prince.

Je me hissai péniblement sur mes jambes. Il me regardait d'un air solennel. La plaie de son visage guérissait à vue d'œil, l'ecchymose n'était plus qu'une marque brun pâle. Il portait sa tenue d'apparat de soie violette, et une version plus petite de la Perle impériale pendait à une chaîne autour de son cou. Un empereur en attente. Derrière lui, un groupe de courtisans nous observait, suivi d'une double file de serviteurs chargés de boîtes, de brûleurs en cuivre et de coffres pesants. Une charrette tirée par quatre hommes, où l'on avait installé la commode et les tabourets sculptés, formait l'arrière-garde.

– Votre Altesse, je vous remercie pour l'honneur de cette visite, déclarai-je en souriant.

Un officier du protocole me foudroya du regard. Manifestement, un sourire n'était pas de mise en cette occasion.

– C'est moi qui suis honoré de vous restituer les trésors du dragon Miroir, répliqua le prince. Mon père vous salue avec bienveillance.

Je me prosternai.

– À terre, ordonna le prince aux porteurs.

Ils abaissèrent aussitôt la litière et un serviteur aida le prince à descendre. Un autre s'agenouilla en tendant une bourse rouge richement brodée.

Le prince la saisit puis s'inclina devant moi.

– Sire Eon, mon père, et son père avant lui, et le père de ce dernier, ont gardé en lieu sûr les trésors du dragon Miroir en attendant le jour où le noble dragon honorerait de nouveau le Cercle de sa présence et où un Œil du dragon Miroir rejoindrait le Conseil. C'est aujourd'hui pour moi une glorieuse mission que de vous remettre les trésors qui vous reviennent de droit.

Il me tendit la bourse, que je pris en m'inclinant de nouveau profondément. Elle était lourde et je me demandai un instant ce qu'elle contenait. Puis l'objet arrondi se dessina sous mes doigts : le compas d'Œil du dragon. Dès que je l'eus reconnu, les perles du livre rouge se serrèrent autour de mon bras, comme si elles le reconnaissaient aussi.

Conformément à l'étiquette, le prince entra dans l'appartement aux Pivoines et prit le thé avec dame Dela et moi. Notre conversation, sévèrement surveillée par les fonctionnaires aux visages austères, se limita à des échanges de vœux polis pour l'année nouvelle et à des commentaires sur les prévisions de la mousson. Le regard du prince était aussi triste que le mien, mais il me fut impossible de lui témoigner cette amitié pleine de douceur dont il m'avait comblée lors des funérailles de mon maître.

Avant même que sonnât la demi-heure, les fonctionnaires firent discrètement signe que la visite était terminée. Nous nous agenouillâmes tous de nouveau au bord de l'allée tandis qu'on reconduisait le prince dans sa litière. Lorsque la cloche sonna, le cortège impérial se dirigeait déjà avec lenteur vers les appartements du souverain. Je le suivis des yeux, en espérant que le prince se retournerait. Alors que la litière avait presque franchi la porte voûtée, il se retourna et leva la main. Je levai la mienne mais, à cet instant, le fonctionnaire du protocole qui l'accompagnait le rappela à l'ordre.

– Il assume donc les fonctions de son père, dit dame Dela en se relevant gracieusement et en époussetant sa robe blanche. Nous serons bientôt de nouveau en deuil.

Elle s'abrita les yeux pour scruter la porte voûtée.

– Il nous faudra pleurer le père et combattre pour le fils.

– Vous lisez dans l'avenir, maintenant? demandai-je d'un ton brusque.

Elle me regarda en haussant les sourcils.

– Certains le prétendent, seigneur. Mais je n'ai pas besoin de baguettes ou de pièces de monnaie pour mes prédictions. Je me contente d'observer les gens.

Rilla s'approcha d'un air affairé.

– Seigneur, où souhaitez-vous qu'on entrepose les trésors?

La file de serviteurs attendait encore pour porter les meubles et les coffres dans l'appartement.

– Dame Dela décidera, dis-je, soudain désireuse d'être seule. Donnez-moi simplement la bourse rouge que le prince m'a remise dans la salle de réception.

Rilla fit comme je le désirais puis referma doucement la porte sur le tumulte des serviteurs et les ordres tranchants de dame Dela. Tremblante d'excitation, je m'assis dans la salle fraîche et silencieuse.

Je n'eus aucune peine à sortir le compas de la bourse. Quand il fut bien installé sur ma paume, je caressai les facettes lisses du rubis occupant son centre. Aussi gros qu'un œuf de grive, il devait valoir une petite fortune. Je tressaillis en sentant soudain les perles descendre le long de mon bras, émerger de ma manche et tomber sur mes genoux en entraînant le volume rouge. Avec précaution, j'effleurai la couverture. Manifestement, il existait un lien entre le livre et le compas. Mais en quoi consistait-il ?

J'agitai le disque d'or près du volume. Aucune réaction. Et si le compas le touchait ? Je pressai le métal contre le cuir, mais les perles ne bougèrent même pas. Peut-être le compas était-il capable de traduire les caractères du livre ? En retenant mon souffle, j'ouvris la couverture et traînai le compas sur une page. L'écriture garda son secret.

Déçue, j'observai la page puis les figures gravées sur le compas. Brusquement, un caractère attira mon attention. Ne l'avais-je pas déjà vu dans le livre ? Je fis la comparaison : les deux signes étaient effectivement identiques. En tournant le compas, je trouvai un autre caractère figurant également sur la page. Dans ma joie, je sautai de ma chaise basse et exécutai gauchement une Seconde Figure dragon Rat.

Les perles se déployèrent comme un drapeau triomphal, puis je m'arrêtai net. Où cela me menait-il ? Je ne pouvais toujours pas lire le texte. Ni le compas. Le code restait indéchiffrable.

Puisque les caractères se trouvaient à la fois dans le livre et sur le compas, il s'agissait certainement d'une écriture propre aux Yeux du dragon. Cela signifiait-il qu'un des seigneurs pourrait la lire et me l'enseigner ? Toutefois, je n'avais plus confiance qu'en un seul Œil du dragon, sire Tyron, lequel refusait de me voir avant la fin de mon deuil. Accablée, je me laissai retomber sur ma chaise. Il n'accepterait pas même de recevoir un messager. Pour lui montrer le compas, je devrais attendre d'être dans notre voiture en route pour la province de Daikiko. Aurais-je le temps ensuite de déchiffrer le texte avant l'épreuve ? C'était peu probable. Le nom de mon dragon me paraissait plus inaccessible que jamais.

Je me mis à parcourir lentement le livre en cherchant des caractères semblables à ceux du compas. Il y en avait beaucoup, mais à quoi bon ? Je ne comprenais pas moi-même pourquoi je m'obstinais. Mes vains efforts furent enfin interrompus par Rilla, qui m'annonça l'arrivée de deux fonctionnaires du département des Héritages terrestres.

Après avoir remis le compas dans la bourse, je glissai le livre sous ma manche. Les perles remontèrent sur mon bras et s'y fixèrent fermement, à l'instant même où les deux hommes entrèrent.

Ils semblaient avoir peine à cacher leur irritation. Les lèvres humides du plus gros étaient pincées en une moue maussade. Leur mauvaise humeur était sans doute liée à la musique et aux rires qui résonnaient dehors. Pour faire leur devoir, ils étaient contraints de manquer les fêtes du Douzième Jour. Ils s'inclinèrent profondément. Je leur fis signe de se redresser.

– Sire Eon, l'heure est venue pour vous d'hériter, dit le gros fonctionnaire. Nous vous apportons le texte certifié du testament de votre tuteur, sire Brannon.

S'inclinant derechef, il me tendit un mince rouleau de parchemin scellé à la cire et attaché par un cordon de soie. Je le pris, non sans me demander si j'étais censée le lire en leur présence. Ils me regardèrent. Manifestement, le plus maigre s'impatientait.

– Nous sommes à votre service si vous avez la moindre question, seigneur, dit-il d'un ton aigre.

Je me hâtai de défaire le nœud et de briser le sceau pour déployer le rouleau. Le testament était bref : tout ce que sire Brannon possédait encore au moment de sa mort, à savoir la maison avec ses terres et ses esclaves, était maintenant à moi.

Je scrutai les mots en tentant de me pénétrer de leur signification.

J'étais un propriétaire terrien. Le jardin de la Lune, la bibliothèque de mon maître, la cuisine, la cour – tout cela m'appartenait. Je relus le texte. L'évidence finit par s'imposer à mon esprit surexcité. Outre la maison et les terres, je possédais les domestiques qui leur étaient attachés. Je possédais Rilla et Chart. Et Kuno. Et aussi Irsa – à cette idée, je ne pus m'empêcher de rire tout bas.

– Quand ce testament a-t-il été rédigé ? demandai-je.

– La date figure en bas du texte, seigneur, dit le gros fonctionnaire.

La dernière année du Chien. Mon maître m'avait légué ses biens deux ans plus tôt, avant même que j'aie commencé à m'entraîner pour la cérémonie. Pourquoi ce geste ?

– Devrai-je attendre pour entrer en possession de l'héritage ?

Le maigrelet échangea un regard entendu avec son collègue. « Ils sont aussi cupides les uns que les autres », semblait-il dire.

– Non, seigneur, répondit-il. Vous possédez dès maintenant tout ce qui figure sur cette liste.

J'avais des terres, ce qui impliquait une nouvelle forme de pouvoir à ma disposition : celui de l'argent. L'espace d'un instant, toutes mes craintes se dissipèrent. Puis je me rendis compte que même cette chance inespérée ne suffirait pas. L'argent ne me donnerait pas accès au pouvoir de mon dragon.

Cette journée voyait se succéder de folles espérances et de dures réalités.

Une nouvelle fois, j'observai la calligraphie pleine de hardiesse. L'héritage ne m'aiderait guère à survivre mais… je m'étais aussi engagée à garantir la sécurité de Rilla et de Chart quoi qu'il arrive. Peut-être étais-je maintenant en mesure de tenir ma promesse.

– Je puis donc disposer de ces biens à ma guise, observai-je.

– Absolument, seigneur. Et nous conseillons souvent aux héritiers de songer à leur propre voyage inévitable dans le monde des esprits et de rédiger un testament le plus tôt possible.

Il esquissa un sourire professionnel.

– Nos honoraires sont très raisonnables.

– Voilà un excellent conseil, déclarai-je en enroulant le parchemin. Je vais le suivre dès aujourd'hui. Toutefois, je dois d'abord régler plusieurs points. Restez ici jusqu'à mon retour.

– Aujourd'hui ? dit le maigrelet d'une voix faible.

Il regarda les volets clos. À l'extérieur, les détonations d'un feu d'artifice se mêlaient aux cris de joie de la foule. Le Douzième Jour battait son plein. Je me dirigeai vers la porte.

– C'est bien ce que j'ai dit.

Ils s'inclinèrent tous deux. Le plus gros gonflait les joues d'un air mécontent. Il devait certainement songer à tous les festins gratuits qui allaient lui échapper.

Rilla était assise en face de moi dans le palanquin aux lourds rideaux. Sa sérénité habituelle avait cédé la place à une excitation rentrée. Elle avait sur ses genoux un panier contenant des mets délicats, restes de mes repas qu'elle avait choisis pour Chart. Ses doigts serraient l'anse avec tant de force que leurs jointures transparaissaient sous la peau fine. Elle n'avait pas revu son fils depuis notre installation au palais, et je savais qu'elle était inquiète. Je souris intérieurement. Elle n'aurait pas à s'inquiéter longtemps pour le bien-être de Chart. Le plaisir que je ressentais était un répit bienvenu. J'étais si soulagée d'éprouver autre chose que la peur et un chagrin incessants.

J'avais ordonné aux porteurs de venir dès l'aube, avant que les noceurs du Douzième Jour se réveillent et arpentent les rues en titubant. Nous étions au neuvième et dernier jour de mon deuil. Je n'étais pas censée sortir encore en public, mais nous devions partir pour la province de Daikiko le lendemain matin. Si j'avais attendu la fin officielle du deuil, je n'aurais pas eu le temps d'exécuter mon projet. Je savais au fond de moi qu'il fallait régler cette affaire au plus tôt.

– Seigneur, je vous remercie de me laisser rendre visite à Chart, dit Rilla une nouvelle fois.

Elle baissa la tête en essayant de regarder dehors par l'interstice des rideaux. Son visage préoccupé se détendit soudain en un sourire.

– Je crois que nous approchons de chez nous.

Écartant les rideaux, je vis les lions de pierre qui montaient la garde à l'entrée du domaine de mon maître – *mon* domaine. La maisonnée avait été avertie de mon arrivée et les six domestiques, dirigés par Irsa, étaient sortis en hâte par la porte de service. Ils portaient tous un petit ruban rouge fixé à la manche gauche de leur tunique de travail, en signe de deuil. Quand la litière s'arrêta, ils étaient alignés le long de l'allée et s'apprêtaient d'un air soumis à saluer leur nouveau maître. Bien entendu, Chart n'était pas là. Il nous attendait certainement dans la cuisine.

J'entendis Ryko ordonner aux gardes de prendre position autour de la maison. Puis Rilla écarta les rideaux et descendit avant de m'aider à sortir à mon tour du palanquin. Même si elle s'efforçait de garder un air digne, ses gestes trahissaient son impatience.

Dès que je mis pied à terre, les domestiques tombèrent à genoux et s'inclinèrent. Une allégresse féroce s'empara de moi à l'improviste. Je m'éclaircis la voix et passai devant eux, en observant le dos tremblant d'Irsa et la nuque crasseuse du jardinier Lon. Rilla ouvrit les deux battants de la porte en s'inclinant. Pour la première fois de ma vie, je franchis le seuil de ma propre maison.

Le vestibule était vide, en dehors d'un épais tapis qui étouffait nos pas. Je respirai l'odeur familière de fumée de brasero, de bouillon, d'herbes à lessive et de cire. Le parfum de mon foyer. De mon maître. Le chagrin s'abattit sur moi et je m'immobilisai au fond de l'entrée, éperdue de douleur.

– Seigneur, puis-je aller voir Chart ? demanda Rilla.

– Bien sûr.

Elle se dirigea vers l'annexe de la cuisine.

– Attendez, la rappelai-je. Je parlerai aux domestiques dans quelques minutes. Faites en sorte qu'ils soient tous dans la cour centrale. Y compris Chart.

Elle fronça les sourcils un instant d'un air surpris, puis elle acquiesça de la tête et courut retrouver son fils.

J'étais seule dans le vestibule. Sur ma gauche, une porte donnait accès à la salle de réception, une des parties de la maison où je n'avais jamais été autorisée à pénétrer. J'ouvris la porte à deux battants. Mon maître avait préféré le style traditionnel pour cette salle. La table basse, les coussins durs et les nattes du sol étaient les mêmes que dans l'appartement aux Pivoines. Je refermai bientôt la porte car une autre pièce interdite retenait déjà mon attention : la chambre à coucher de mon maître.

Elle se trouvait au bout du couloir, en face de la bibliothèque. Je m'immobilisai un instant devant la porte, comme si j'étais une intruse. Puis je tournai la poignée de cuivre en forme de cercle des dragons, et la porte s'ouvrit silencieusement.

Les volets étaient ouverts et la lumière du matin faisait ressortir l'austérité morne de la pièce. Son mobilier était presque aussi spartiate que celui du cagibi où je dormais. Un lit de bois, une armoire, un brasero – c'était tout. Je savais qu'elle avait abrité autrefois des meubles somptueux. Les servantes se rappelaient un tapis si épais qu'il fallait le brosser chaque jour, ainsi qu'un écran peint par un artiste célèbre. Mais mon maître les avait vendus au cours des dernières années.

Je m'avançai sur le sol nu et m'approchai du lit. La literie était fraîche. Sans doute était-elle prévue pour moi. Cette pensée me troubla. Un drap de coton, si délavé qu'il avait la couleur du sable, était soigneusement plié au bout du matelas. Après un coup d'œil sur le couloir vide, je me penchai et respirai l'étoffe. Elle était propre et avait séché au soleil, mais elle ne sentait pas mon maître.

Au milieu de cet ensemble aussi sobre que fonctionnel, une tache de couleur frappa mon regard. Une boîte laquée rouge était posée sur une petite table qui m'avait échappé jusqu'alors. Elle seule mettait une note de vie dans la pièce. Je contournai le lit pour aller examiner cette boîte. Ornée de motifs dorés, elle arborait sur son couvercle le caractère « double bonheur » sculpté en jade. Sans doute valait-elle beaucoup d'argent. Pourtant, mon maître ne l'avait pas vendue.

Avait-elle de l'importance pour lui ? Je la soupesai avec curiosité. Peut-être était-elle le dernier vestige de sa fortune. Je trouvai du bout des doigts le petit levier assurant l'ouverture. Le couvercle se souleva.

Pendant un instant, je ne reconnus pas l'objet au fond de la boîte, tant il était loin de sa place normale. C'était mon nécessaire à couture. Mon maître devait l'avoir découvert caché dans ma vieille armoire. Pourquoi se trouvait-il dans ce coffret précieux, où il reposait comme un joyau ?

La réponse était aussi simple que l'ameublement de cette pièce : parce qu'il m'appartenait.

Mon maître m'aimait. Cette certitude surgit en moi des mêmes ténèbres où vivait Eona. Un gémissement m'échappa. Je l'avais toujours su, toujours refoulé au plus profond de mon être. Qu'aurais-je pu faire d'autre ? Qu'aurait-il pu faire d'autre ?

J'effleurai le boîtier de bambou, caressai le bois lisse. Cet objet était si pauvre, si quotidien et, pourtant, il avait été gardé précieusement. D'abord comme le présent inestimable d'une mourante, puis comme un souvenir secret pour un homme à l'agonie.

Sentant une présence dans mon dos, je me retournai. Rilla était sur le seuil.

– Les domestiques sont rassemblés, seigneur, annonça-t-elle.

En voyant mon visage, elle s'exclama :

– Que se passe-t-il ?

– Rien.

Je refermai le couvercle.

– Je serai là dans un instant. Laissez-moi.

Elle s'inclina et se retira. Je reposai la boîte sur la table. Les mains pressées sur mes yeux, je luttai contre la tristesse. Il était préférable de nier certaines vérités.

Je pris le long passage reliant la maison principale à la cuisine, afin de pouvoir à loisir retrouver le masque impassible de sire Eon et préparer mon discours. Même si je n'avais guère eu le temps de prendre mes dispositions, l'essentiel était prêt. Je palpai les tablettes métalliques dans ma poche. J'étais impatiente de voir l'expression de Chart quand je les sortirais.

En approchant de la cour, j'entendis Irsa annoncer mon arrivée. Les domestiques étaient déjà agenouillés sur les pavés durs quand j'apparus. Que de fois j'avais entendu Rilla ou Irsa m'intimer de tomber à genoux à l'approche de mon maître. À présent, je ne m'agenouillais plus que devant les membres de la famille impériale.

Même Chart s'était incliné. Le jardinier Lon l'avait appuyé contre son épaule solide et avait placé une main protectrice sur le dos du garçon. Cet homme avait toujours été généreux. La nuque de Chart était tendue par son effort pour rester en position, mais j'aperçus un instant son visage souriant. Au moins, lui était heureux de me voir. Irsa me regardait furtivement. Elle était certainement inquiète à l'idée de payer bientôt pour ses brutalités passées. Il était tentant de lui faire regretter tous ses coups de pied, ses insultes, ses petites trahisons, mais j'avais déjà décidé d'y renoncer.

D'après un proverbe, la défaite révélait la vérité d'un caractère. Il me semblait qu'elle apparaissait aussi dans la victoire.

La cour me parut plus petite et miteuse que dans mon souvenir, mais le même chat m'observait toujours depuis sa place au soleil, près de mon ancienne porte. Je me raclai la gorge et ils s'assirent tous de nouveau sur les talons, attentifs. Leur déférence silencieuse me troubla. D'un seul coup, j'avais oublié mon discours soigneusement préparé. Ma panique s'apaisa quand je vis Chart lever une main en me faisant un clin d'œil avec application. Je retrouvai la mémoire.

– Sire Brannon, puisse son esprit demeurer au jardin des délices célestes, m'a légué ce domaine et les serviteurs qui y sont attachés, dis-je en me forçant à parler d'une voix égale.

Personne ne sembla surpris. Les nouvelles voyagent vite, dans les quartiers des domestiques.

– La maison et le personnel resteront inchangés, à quelques détails près…

Irsa se décomposa. Elle pensait sans doute que le marché aux esclaves l'attendait. Cependant, c'était Chart qui m'intéressait. Je n'avais que rarement l'occasion d'être un messager de la chance.

Je brandis les deux disques d'affranchissement – deux pendentifs de cuivre suspendus à des cordelettes de cuir et portant gravés le décret libérateur et le sceau impérial.

– Tout d'abord, j'affranchis Chart et Rilla.

Chart me regarda fixement, pétrifié par la surprise. Seule sa bouche s'ouvrait et se refermait comme celles des carpes géantes de l'empereur. À côté de moi, Rilla avait le souffle coupé.

Il n'avait pas été facile de faire accélérer les formalités en leur faveur, mais je m'étais vite aperçue que l'or faisait des prodiges. Il valait la peine de dépenser la moitié de l'argent de mon deuil pour voir la joie illuminer leurs visages. Et le meilleur était encore à venir.

– De plus, je fais de l'affranchi Chart l'héritier de ce domaine.

Chart bascula en avant. Sans les réflexes rapides de Lon, il aurait heurté les pavés. Je me précipitai vers lui et tombai à genoux. Rilla me rejoignit aussitôt pour soutenir la tête de son fils.

– Tout va bien ? demandai-je.

Il était blotti dans les bras de Lon.

– Il n'a rien, assura Rilla en regardant le jardinier avec gratitude.

Les doigts maigres de Chart se refermèrent sur mon poignet.

– Je suis libre ?

Je hochai la tête.

– Et tu es mon héritier.

– Seigneur, dit Rilla en saisissant mon autre main et en l'embrassant. Merci, seigneur. Vous avez eu un geste magnifique.

– Votre héritier ? balbutia Chart. Vous... faites de moi... votre héritier ?

– Oui. Tu dirigeras la maisonnée lorsque je serai au palais. Tu auras ta propre chambre et tout ce que tu voudras.

Des larmes sillonnèrent son visage crasseux.

– Je dirigerai... la maisonnée ?

Je me tournai vers les autres domestiques.

– Vous entendez ? Chart est désormais l'héritier de ma maison. Ses ordres seront les miens.

J'adressai ces derniers mots à Irsa, en observant avec mépris son dégoût horrifié.

– C'est compris ?

Les lèvres serrées, elle baissa la tête.

– Oui, seigneur.

Je jetai aux autres un regard menaçant, et ils s'empressèrent de s'incliner à leur tour d'un air soumis. Cependant, Chart s'agrippait à mon poignet.

– Comment... pourrais-je... diriger ? chuchota-t-il d'une voix affolée.

Avait-il peur ? J'avais été tellement prise par mon projet que cette possibilité ne m'avait même pas effleurée.

– Ne crains rien, répondis-je. Je vais te donner un serviteur personnel. Il te servira de bras et de jambes.

Chart secoua la tête.

– Je ne sais pas... lire et écrire... ni le reste.

Rilla caressa les cheveux de son fils.

– Tu apprendras, dit-elle fermement. Tu es si intelligent.

Elle me sourit.

– Sire Eon nous a comblés.

Lon se pencha soudain vers moi en s'inclinant.

– Seigneur, puis-je dire quelque chose ?

– Bien sûr.

– Je sollicite la permission de devenir le serviteur personnel de Chart. Je suis fort et je connais les lettres. Je pourrais commencer son éducation.

Lon savait lire et écrire ? Je ne m'en étais pas doutée. En fait, je ne savais pas grand-chose de lui. Je le regardai avec attention. Il s'était toujours montré gentil avec Chart, sans s'affecter de son infirmité. Et il avait de l'ambition. En devenant un serviteur à l'intérieur de la maison, il améliorerait nettement sa condition. Cela devrait l'inciter à bien faire. Décidément, cette solution semblait séduisante. Je jetai un regard interrogateur à Chart, qui hocha lentement la tête.

– Qu'en pensez-vous, Rilla ? demandai-je.

Elle regarda Lon de haut en bas.

– Je sais que vous êtes robuste et travailleur. Mais êtes-vous bon ? La faiblesse des autres éveille-t-elle le pire ou le meilleur en vous ?

– Mère..., protesta Chart en roulant des yeux.

Lon sourit au garçon.

– Votre mère veille à vos intérêts.

Il fit un salut militaire à Rilla et déclara :

– L'honneur aussi bien que ma condition m'engageraient à traiter avec respect le fils d'une affranchie.

Elle rougit en se voyant ainsi rappeler sa liberté nouvelle.

– Ce ne sont que des mots ! dit-elle d'un ton brusque mais en souriant.

Se tournant vers moi, elle hocha la tête à son tour.

– C'est entendu.

Je tenais encore les disques d'affranchissement. Je me hâtai de dénouer les cordelettes.

– Voici le gage de votre liberté, Rilla.

En lui tendant le pendentif, une pensée soudaine me glaça. Rilla n'était plus liée à mon sort, elle pouvait me quitter. Et une voix au fond de moi me chuchotait que cette femme était la seule personne vivante à connaître mon secret.

– Rilla…

Je m'interrompis, incapable d'exprimer ma crainte. J'aurais eu l'air de me méfier d'elle. Le disque resta en suspens entre nous. Puis, nos regards se croisèrent et je vis qu'elle avait compris. Elle prit le pendentif dans sa main.

– Les hommes ne sont pas les seuls à avoir de l'honneur, seigneur, dit-elle à voix basse. Je ne vous abandonnerai jamais.

Honteuse d'avoir douté d'elle, j'acquiesçai de la tête. Puis je levai le disque de son fils.

– Voici ta liberté, Chart.

Il le regarda avec avidité.

– Je dois… le porter ?

Je lui passai le pendentif autour du cou et l'arrangeai sur sa tunique rapiécée. Il allait falloir que je renouvelle sa garde-robe. Il pressa le disque contre sa poitrine, comme s'il craignait de le voir disparaître.

– Merci…

– Allons fêter cet événement dans la bibliothèque, lançai-je. Rilla, voulez-vous dire aux servantes d'apporter du vin ? Elles devront aussi préparer une chambre pour le nouvel héritier.

Accroupi à mes pieds, Chart se mit à pouffer.

– Je m'en charge, dit Rilla.

Elle avait retrouvé sa grâce habituelle, mais j'avais l'impression qu'Irsa et les autres allaient bientôt apprendre ce qu'était la vengeance d'une mère. Claquant des mains avec énergie, elle commença à distribuer des ordres.

Lon se releva avec aisance, bien qu'il tînt Chart dans ses bras, et me suivit dans la maison. Me retournant un instant dans le frais couloir, je vis qu'il écoutait les commentaires excités de son nouveau maître. Manifestement, il savait reconnaître des mots dans ces sons indistincts. Peut-être parce que, contrairement à Irsa, il considérait le jeune infirme comme un être doué de raison.

Quand j'entrai dans la bibliothèque, je fus prise au dépourvu par les traces de la présence de mon maître. Le dernier rouleau qu'il avait étudié était déployé sur le bureau, une plume gisait près d'une lettre inachevée, les herbes qu'il faisait brûler pour favoriser sa concentration embaumaient encore l'air.

Je sentis se réveiller en moi le chagrin familier, que la joie de libérer mes amis avait tenu à distance. Après avoir fermé la porte, je m'adossai à son battant solide et indiquai à Lon le fauteuil des visiteurs. Il y installa Chart avec précaution.

– Merci, Lon, dis-je en me forçant à m'approcher du bureau de mon maître.

Je me sentais incapable de m'asseoir à ce bureau. C'était encore trop tôt.

– Allez voir Rilla, elle vous indiquera ce que vous devez faire. Demandez-lui ensuite de nous rejoindre à la bibliothèque.

Lon s'inclina.

– Oui, seigneur. Merci.

Se tournant vers Chart, il s'inclina derechef.

– Merci, maître.

Chart ouvrit de grands yeux devant ces égards inhabituels. J'attendis que Lon eût fermé la porte, puis je lançai :

– Ça te fait un drôle d'effet de voir les gens s'incliner devant toi, pas vrai ?

Il se frappa le front.

– Ça me donne… mal… à la tête.

Il m'adressa un large sourire.

– Vous… vous êtes habitué ?

Je secouai la tête.

– Je ne me suis habitué à rien.

Il palpa le disque d'affranchissement sur sa poitrine.

– C'est dur… parfois… d'être libre ?

Ce fut mon tour d'ouvrir de grands yeux. Tout s'était passé si vite qu'il ne m'était jamais venu à l'esprit que j'étais libre. C'était pourtant un fait. J'étais un seigneur. Il était d'autant plus étrange que je n'éprouve aucun sentiment de liberté.

– Merci, reprit Chart d'un ton sérieux en soulevant le disque. C'est si important… pour mère. Et pour… moi.

Il prit une profonde inspiration.

– Le maître m'a dit… de vous dire… quelque chose…

Il s'interrompit en déglutissant avec peine.

– Quand il serait… mort.

– Quoi donc ?

Je m'accroupis gauchement près de lui. Le maître lui avait-il dit qu'il m'aimait ? Chart connaissait-il ma véritable identité ? S'il savait la vérité, il avait bien gardé le secret.

– Il avait l'habitude de… venir à la cuisine… la nuit… quand il n'arrivait pas… à dormir… et il me… parlait. Il avait besoin de… parler à quelqu'un.

Il s'humecta les lèvres pour se préparer à une nouvelle tirade.

– Il était… désolé. Il avait pensé que… c'était préférable. Mais il… regrettait de… vous avoir fait… si mal. Il avait cru… vous avoir tué.

– M'avoir tué ? Que veux-tu dire ?

– Quand il a… fait casser… votre hanche. Vous avez failli… mourir. Vous ne vous… souvenez pas ?

– Casser ma hanche ?

Quelle était cette histoire ? Il s'agissait d'un accident. J'avais été renversée dans une rue par une charrette à cheval, peu après que mon maître m'eut ramenée de la saline.

Une vérité longtemps refoulée me cloua sur place. Des images indistinctes prirent peu à peu une netteté affreuse. Il n'y avait eu ni charrette ni cheval. Ce n'était pas un accident. Une certitude abominable s'imposa à moi. Je me rappelai un goût amer sur ma langue. Mes jambes lourdes. Un homme énorme, au visage tatoué, se penchait sur moi en brandissant un marteau. Cette souffrance ! Cette souffrance insupportable !

– Pourquoi ? demandai-je d'une voix rauque. Pourquoi ?

J'agrippai le bras de Chart.

– Il t'a dit pourquoi ?

Chart se tassa dans son fauteuil.

– Non.

Mais moi, je savais pourquoi. Il m'avait estropiée pour cacher Eona. Il avait fait de moi un paria. Pour l'argent, pour le pouvoir. Sa trahison me heurta de plein fouet, aussi violente que le marteau fracassant mes os. Il m'avait privée de mon corps. De mon intégrité. Je tentai de me lever, mais toute ma force était absorbée par la fureur qui montait en moi. La vieille douleur lancinait ma hanche. Je me mis à ramper pour fuir Chart, fuir ce supplice.

– Je croyais que… vous étiez… au courant.

– Au courant ? hurlai-je.

Je voyais bien que Chart était terrorisé, mais ma fureur était la plus forte. Ma tête heurta une étagère. Je me hissai sur mes jambes. Devant moi, les rouleaux de mon maître étaient rangés avec soin. Ses manuscrits chéris.

Je saisis une des boîtes et la jetai contre le mur. Le fracas du bois éclaté et du parchemin roulant à terre me galvanisa. La deuxième boîte atterrit sur le bureau, en faisant voler au passage les plumes et les pierres à encre. L'une après l'autre, je lançai les boîtes. Le bruit semblait nourrir ma rage et je courais le long des rayonnages pour les vider de plus en plus vite. Recroquevillé dans son fauteuil, Chart poussait des gémissements. J'entendis la porte s'ouvrir brutalement.

– Sire Eon !

Je me retournai, le bras levé. Sur le seuil, Rilla portait un plateau chargé de coupes de vin. Elle me regarda avec effarement.

– Que faites-vous ?

N'était-ce pas clair ? Je détruisais mon maître. Je lui faisais mal.

Mais il était déjà mort.

Je lâchai la boîte que je tenais. Elle tomba par terre, en laissant s'échapper un parchemin froissé. À travers mes larmes, je vis Rilla s'avancer vers moi. C'est alors que, pour la première fois depuis la mort de mon maître, je me mis à sangloter convulsivement, comme pour déverser le trop-plein de mon chagrin et de ma rage.

# Chapitre 16

Me penchant sur la petite lampe à huile près de mon lit, je plongeai mes doigts dans la bourse de cuir et en sortis une pincée généreuse de drogue solaire. Dehors, le silence d'avant l'aube était troublé par la rumeur des préparatifs de mes domestiques en vue de notre voyage à Daikiko. Bruits de sabots, craquements de charrettes sur les pavés. La voix de Ryko ordonnant à ses hommes de vérifier les bâts. Il serait bientôt temps de partir.

Je fis tomber la drogue dans le bol d'infusion de la faiseuse de fantômes que Rilla m'avait apporté avec mon petit déjeuner. La poudre flotta un instant à la surface puis finit par se dissoudre dans le liquide trouble. Après avoir refermé la bourse, je la glissai dans la poche de ma tunique de voyage avec le précieux compas au rubis.

La drogue solaire était ma dernière chance. N'ayant plus guère d'espoir de pouvoir déchiffrer le livre rouge avant l'épreuve, je ne voyais pas d'autre moyen que cette drogue pour entrer rapidement en contact avec le dragon Miroir. Ryko avait dit qu'elle exaltait l'énergie solaire des Hommes d'Ombre et leur rendait virilité et combativité. Elle favoriserait sans doute également l'influence du soleil en moi.

J'observai le bol fumant. Bien sûr, rien ne m'assurait qu'elle m'aiderait à approcher mon dragon. En revanche, il était très possible qu'elle me transforme comme sire Ido en un fou furieux. À moins que je ne sombre dans une méchanceté morose, comme Dillon. Peut-être l'infusion de la faiseuse de fantômes annulerait-elle l'effet de la drogue. Enfin, je ne pouvais ignorer la possibilité de mourir empoisonnée. Cette idée me glaçait.

Je saisis le bol et respirai l'odeur amère du breuvage. L'image du visage crispé de mon maître à l'agonie s'imposa à moi. Quelle mort affreuse!

La veille, j'avais pleuré tout mon saoul dans les bras de Rilla, mais il était encore trop tôt pour que j'oublie la traîtrise de mon maître. Rilla m'avait tirée de mon apitoiement sur moi-même en me rappelant durement que je ne pouvais me plaindre du sort que m'avait valu mon infirmité. Malgré tout, je ne pouvais pardonner. Plus tard, peut-être en serais-je capable mais, pour l'instant, l'énergie de la colère était nettement préférable à la léthargie du chagrin.

Je baissai les yeux sur le bol. L'infusion était devenue presque noire. J'y voyais trembler le reflet assombri de mon visage. Une simple dose ne me tuerait certainement pas. Ni Ryko ni Dillon n'en étaient morts. Je m'inclinai devant l'autel au coin de la chambre, puis je portai le bol à mes lèvres. Que mes ancêtres me protègent, priai-je. Et je bus jusqu'à la dernière gorgée du breuvage amer.

Reposant le bol sur le plateau, je guettai un instant l'effet de la drogue dans mon corps. Je savais que c'était trop tôt, mais maintenant que je m'étais décidée, j'étais impatiente de voir si ça marchait.

On frappa doucement à la porte. J'abandonnai mon exploration intérieure.

– Entrez.

Rilla s'avança en hâte, chargée d'un long manteau de voyage.

– Ryko dit que nous sommes prêts à partir dès que vous le voudrez, seigneur.

Elle déploya le vêtement et je glissai mes bras dans les manches larges.

– Merci, Rilla. Chart est-il bien installé ?

– Oui, seigneur, répondit-elle avec un sourire radieux.

Après avoir lissé une dernière fois le col raide du manteau, elle fouilla dans la poche de sa jupe.

– Il a voulu que je vous donne ceci.

Je dépliai le petit morceau de parchemin. Un unique caractère y était écrit à l'encre noire, d'une main incertaine : « désolé ». Je souris.

– Il écrit déjà ?

– Il y a travaillé avec Lon toute la nuit.

– Dites-lui qu'il n'a pas à être désolé. Il n'a fait qu'exécuter la volonté du maître.

– Je le lui dirai.

Elle toucha mon bras.

– Nous vous devons tant. Soyez remercié.

– Je vous suis tout autant redevable, répliquai-je.

Saisie d'un pressentiment menaçant, je me mis à arpenter la pièce.

– Il faut encore que je vous demande quelque chose, Rilla.

– Bien sûr. Tout ce que vous voudrez.

– Si jamais je vous dis de partir, emmenez Chart et quittez la ville le plus vite possible. Ne me posez aucune question. Contentez-vous de vous mettre à l'abri, par exemple dans les îles. D'accord ?

– Mais je ne voudrais pas quitter...

Je levai la main.

– Non. Promettez-moi que vous partirez. J'y tiens.

Elle hocha la tête, mais son regard était inquiet.

– Vous croyez qu'il faudra en venir là ?

– Je ne sais pas. J'espère que votre statut libre vous protégera. Dans le cas contraire, vous devrez agir rapidement. Et il vous faudra de l'argent.

Je lui fis signe de me suivre.

– Venez avec moi, vite.

Je la conduisis dans la garde-robe. Ma tenue de candidat était rangée soigneusement en bas de l'armoire. Je la sortis et palpai l'ourlet jusqu'au moment où je sentis un objet métallique sous mes doigts.

– Chart m'avait donné ceci au cas où je devrais fuir. Vous vous souvenez ?

Elle hocha la tête.

– Une monnaie du Tigre. Il me l'a montrée quand il l'a trouvée.

Je pris sa main et lui fis toucher la pièce sous la soie.

– À présent, elle est à vous. Elle vous permettra de vous en sortir pendant quelques mois avec Chart, si les choses tournent mal.

– Et vous ? N'aurez-vous pas à vous enfuir ?

Je ne répondis pas. Elle me serra la main très fort, puis se tourna vers le nécessaire à couture. Nous savions toutes deux que si elle et Chart devaient s'échapper, il serait déjà trop tard pour moi.

La cour du manoir du dragon Bœuf était encombrée de domestiques portant des bagages, attelant des bœufs ou menant des chevaux à grands cris. À force de hurler mon nom, mon cocher réussit à se frayer un passage à travers la foule et à arrêter ma voiture devant l'entrée principale du manoir.

Un serviteur s'approcha en s'inclinant.

– Sire Tyron vous salue respectueusement, seigneur, et vous prie de patienter. Il vous rejoindra bientôt.

L'homme m'offrit une coupe de vin sur un plateau, mais je refusai d'un geste. Mon goûteur était dans une charrette à l'arrière de mon cortège. Je me carrai dans ma somptueuse voiture et observai un cavalier qui tentait de calmer un cheval nerveux. Je savais ce que ressentait le cheval.

Sire Tyron sortit enfin du manoir. Je lui fis de la place tandis qu'il montait dans la voiture bien suspendue, qui oscilla sous son poids.

– Le prince vous a donc prêté son propre équipage ? s'exclama-t-il.

Son ton jovial était démenti par l'expression inquiète de son visage. Les courroies de suspension soutenant la cabine se balancèrent en craquant quand il s'installa près de moi.

– À présent, plus personne ne peut douter du camp que vous avez choisi.

– Je ne crois pas qu'on en ait jamais douté, répliquai-je.

Sire Tyron hocha la tête.

– La même chose vaut pour moi.

Il s'essuya le front.

– Pardonnez-moi d'avoir renvoyé tous vos messagers. Nous ne pouvions prendre le risque de donner à Ido un prétexte pour annuler l'épreuve.

– Sire Ido n'a aucune envie de l'annuler. Il compte sur mon échec, et il a sans doute raison. Pensez-vous vraiment que je puisse apprendre à maîtriser le Roi Mousson en deux jours ?

– Eh bien, dit Tyron en soupirant, il faut douze ans d'études à un apprenti pour contrôler le pouvoir de son propre dragon. Et autant de temps pour se préparer à son année d'ascendance.

Il tapota mon épaule.

– Cela dit, vous êtes capable de voir les douze dragons. Si jamais quelqu'un peut réussir, c'est vous.

Je souris faiblement. Écartant le luxueux rideau de soie, il observa les hommes de sa suite prenant position derrière nous. C'était le moment ou jamais de lui montrer mon compas sans être dérangés. Ma nervosité était telle que je ne parvins même pas à réciter une prière. Je sortis le compas de ma poche.

– Sire Tyron…

Il se tourna vers moi. Je brandis la bourse tout en dénouant à tâtons le cordon.

– Je voulais vous montrer ceci. Le prince me l'a restitué avec les autres trésors du dragon Miroir.

La bourse s'ouvrit et le compas tomba sur ma paume tendue. Je sentis les perles frémir autour de mon bras.

– Quelle merveille ! murmura Tyron.

Après m'avoir jeté un regard interrogateur, il prit le compas et caressa le rubis central.

– Il est magnifique.

Je me rapprochai de lui.

– Reconnaissez-vous l'écriture, sire Tyron ? Pouvez-vous la lire ?

Il examina attentivement les cercles gravés autour du compas.

– Les animaux symboliques et les points cardinaux sont comme d'habitude, déclara-t-il enfin, mais les autres caractères me sont absolument inconnus. Ils doivent être très anciens.

La déception me coupa le souffle. Je fermai les yeux. Même un Œil du dragon ne pouvait lire le livre rouge. Ses secrets m'étaient à jamais inaccessibles. Il était impossible de le déchiffrer. Il me restait une dernière chance : la drogue solaire. Mais si elle ne marchait pas ?

– Sire Eon.

Je rouvris les yeux. Tyron me regardait pardessus le compas. Son visage était blême.

– Est-ce l'unique compas que vous ayez ? chuchota-t-il. Oui, c'est évident. On n'en a plus fabriqué après la disparition du dragon Miroir.

Je compris soudain pourquoi il semblait consterné. Chaque compas était adapté à un dragon particulier. Ses informations secrètes se transmettaient d'Œil de dragon en apprenti, pour lequel on confectionnait un nouvel instrument. Cependant, je ne pouvais déchiffrer le compas dont j'avais hérité, en l'absence d'un Œil du dragon Miroir capable de m'en enseigner les mystères. Or il m'était impossible de me servir d'un autre instrument pour diriger le pouvoir de mon dragon. Absorbée par mes efforts désespérés pour lire le livre rouge, je n'avais même pas songé à un tel désastre.

Tyron se frotta les yeux avec lassitude.

– Parmi nos compagnons se rendant à Daikiko, je ne vois qu'Ido qui soit intéressé par les écritures anciennes. Toutefois, nous ne pouvons lui montrer ces caractères. S'il apprend que vous ne savez pas lire votre compas, il sautera sur l'occasion pour vous empêcher de siéger au Conseil.

– L'épreuve révélera tout, m'écriai-je. Il verra que je ne peux pas me servir du compas.

Tyron me rendit l'instrument en pressant un instant ma main d'un air rassurant.

– Ido doit déjà avoir fait les calculs ascendants pour déterminer les flux sacrés. Vous pourrez les utiliser. Et je vous apprendrai les rudiments nécessaires pour concentrer votre pouvoir à travers le rubis.

– Mais ses calculs concerneront l'Ascendant dragon Rat. Comment pourrais-je y recourir ?

Tyron se mordit les lèvres.

– Vous êtes le Coascendant. J'espère qu'ils seront identiques aux vôtres. Ou, du moins, très proches.

– Vous dites que vous l'espérez, mais vous n'en êtes pas sûr ?

Il secoua la tête.

– Personne ne sait ce qui se passera demain. Cette coascendance est un cas inédit. Nous ignorons si vous avez les mêmes pouvoirs redoublés que sire Ido, ou si le double pouvoir est partagé entre vous deux. C'est un mystère.

Je le fixai avec incrédulité.

– En fait, vous êtes incapable de m'aider à passer cette épreuve, n'est-ce pas ?

Il agrippa mon épaule et la secoua.

– Pour l'instant, nous devons avant tout vous apprendre à maîtriser votre pouvoir. Concentrons-nous sur l'essentiel.

Se penchant par la fenêtre de la voiture, il cria :

– Hollin ! Viens par ici.

L'apprenti dégingandé nous rejoignit à grandes enjambées.

– Oui, seigneur.

En m'apercevant, il s'inclina.

– Salut à vous, sire Eon.

– Hollin, nous avons décidé que vous voyageriez avec nous, lança Tyron. Présentez vos excuses à dame Dela. Dites-lui que sire Eon a besoin de vous. Ensuite, demandez à Ridley de prendre votre place dans le chariot de la noble dame.

Le visage du jeune homme s'éclaira à l'idée de ne pas avoir à subir les cahots d'un char à bœufs.

– Hollin se souvient mieux que moi de ses débuts d'apprenti, déclara Tyron. Il vous enseignera les principes de base. Après quoi, nous étudierons les moyens de diriger le Roi Mousson.

La leçon se poursuivit toute la journée, sous une chaleur écrasante, le long des routes bordées de paysans s'inclinant sur notre passage. L'odeur aigre de notre sueur flottait dans la voiture. Nos éventails de soie n'apportaient aucune fraîcheur. Il m'était presque impossible de me concentrer sur la voix sérieuse de Hollin tentant de m'expliquer les règles du jeu entre dragon et Œil du dragon.

– Vous rappelez-vous l'instant de votre union, sire Eon ? demanda-t-il avant de sourire d'un air penaud. Quelle question absurde. Tous les Yeux du dragon se rappellent cet instant. Songez à l'impression que vous avez eue d'être en deux endroits à la fois. D'être tout ensemble homme et dragon.

Je hochai la tête, en tâchant de cacher mon affolement. Je n'avais pas eu l'impression d'être en deux endroits à la fois. Je n'avais senti que le jaillissement du pouvoir du dragon Miroir, et plus tard du dragon Rat. Cependant, je ne pouvais le dire à mes deux compagnons, car il m'aurait fallu avouer que je ne m'étais jamais unie pleinement à mon dragon. Mes mains se crispèrent sur la bourse de drogue solaire dans ma poche. Peut-être augmenterais-je mes chances d'entrer en contact avec le dragon Miroir en prenant plus d'une pincée par jour.

– Tout est dans l'équilibre, poursuivit Hollin. Ce n'est qu'avec de l'expérience qu'on reconnaît le moment où l'on donne trop de *hua* sans prendre assez de pouvoir.

Il essuya la sueur ourlant sa lèvre supérieure et se tourna vers son maître.

– Comment expliquer cet équilibre ?

Cela continua ainsi jusqu'au premier arrêt pour la nuit. Chaque pas en avant vers la connaissance était suivi par deux pas en arrière, du fait de mon expérience insuffisante.

Comme le voulait la coutume, les Yeux du dragon et leurs domestiques logeaient dans les maisons que des notables locaux leur cédaient respectueusement. J'étais si fatiguée que je sombrai dans l'inconscience dès que j'entrai dans ma chambre. Le lendemain matin, Rilla me réveilla en m'apportant un bol d'infusion de la faiseuse de fantômes. Quand elle sortit pour aller chercher mes vêtements séchant à l'air libre, je fis tomber deux grosses pincées de drogue solaire dans le gobelet de terre et l'avalai d'un trait.

La petite chambre était étouffante. Rilla m'avait laissé une robe en coton, dans laquelle je m'enveloppai en me levant pour me diriger vers la fenêtre aux volets clos. Au cours de la nuit, les enseignements de Hollin semblaient s'être métamorphosés en une suite de mots sans queue ni tête. Tout ce dont je me souvenais, c'était qu'il m'avait expliqué comment exploiter le pouvoir d'un flux sacré, après quoi sire Tyron l'avait pressé de passer à un autre sujet. Et j'avais devant moi encore une journée d'initiation accélérée. Je craignais fort de ne pas en retenir grand-chose.

J'ouvris les volets et contemplai la cour intérieure exiguë de la maison. Le propriétaire était assez riche pour s'offrir un petit jardin d'agrément coincé contre le mur. J'aperçus dame Dela sur son unique allée tortueuse. À présent que la période du deuil officiel était passée, elle portait une robe de voyage bleue dont la manche s'ornait d'un ruban rouge, en souvenir du défunt. Comme si mon regard l'avait appelée, elle se retourna et mit un genou à terre avec grâce tout en détournant poliment les yeux du désordre de ma toilette. Je serrai la robe autour de mon corps et levai la main pour saluer la noble dame.

– Dame Dela. J'espère que vous avez passé une nuit agréable.

– Oui, je vous remercie.

Elle se releva et je vis que son visage avait retrouvé son soigneux maquillage de femme.

– Serait-il possible de vous parler avant de reprendre la route, seigneur ? Je voudrais évoquer avec vous quelques questions d'étiquette.

– Bien sûr.

– Après la collation de Gratitude ?

J'acquiesçai de la tête puis me retirai dans la chambre. La tradition voulait que le seigneur en visite remerciât son hôte en prenant avec lui et ses fils la collation du matin.

Comparé à ce que j'avais connu durant les dernières semaines, la chère était frugale : une bouillie de riz aux quatre condiments, un potage aux œufs brûlant et parfumé, des beignets au soja et un pain de blé fin. Comme je versais un condiment sucré sur la pâle bouillie de riz, je songeai qu'autrefois j'aurais considéré ce pauvre repas comme un festin.

Mon hôte me rappelait un chien marron qu'on voyait souvent rôder dans la saline : lui aussi était désireux de plaire. Fier et ému de partager son repas avec un seigneur Œil du dragon, il s'inclinait trois ou quatre fois à chaque remarque que je faisais et ne réussit à terminer qu'une seule de ses phrases :

– Votre engagement sacré pour la protection de notre terre est un grand réconfort pour nous, seigneur.

Ses fils, qui étaient son portrait en plus petit, hochèrent la tête avec énergie tout en avalant leur soupe en silence. Je baissai les yeux sur mon propre bol. À l'idée que ma survie n'était qu'un des enjeux de cette partie, j'avais perdu l'appétit. La province entière comptait sur moi pour manipuler les forces de la terre et apporter la bénédiction d'une récolte abondante. Je tâtai la bourse dans ma poche. Pouvais-je prendre le risque d'une pincée supplémentaire de drogue solaire ? Trois en une heure, c'était sans doute excessif. Il serait plus raisonnable d'attendre le dîner et d'espacer les doses.

Dès que l'épreuve de ce repas fut terminée,

dame Dela s'approcha de moi en regardant à la ronde d'un air inquiet.

– Pourrions-nous avoir maintenant un entretien privé, seigneur ?

Je soupirai. L'instant était rien moins que propice à une leçon de politesse. Mon esprit était déjà gavé d'informations.

– Est-ce vraiment urgent ? demandai-je. Nous pourrons certainement régler les questions d'étiquette quand nous serons en vue du village.

Elle s'approcha si près que je sentis l'odeur de frangipane imprégnant ses cheveux.

– Il ne s'agit pas d'étiquette. Je veux vous parler de l'épreuve.

– Alors allons au jardin, dis-je avec brusquerie.

J'avais l'impression qu'un ressort était près de sauter dans mon corps. Marcher un peu soulagerait peut-être la tension de mes muscles.

Dame Dela attendit que nous fussions au bout de l'allée du jardin pour prendre la parole.

– J'ai entendu des bruits, seigneur.

Apercevant une servante secouant des draps, elle m'entraîna encore plus loin.

– Sire Ido a l'intention de saboter votre épreuve.

– Vu la tournure des événements, il n'aura même pas à se donner cette peine, répliquai-je lugubrement. Vos informateurs savent-ils comment il compte s'y prendre ?

Je serrai les poings. Chacune de mes articulations semblait douloureusement contractée, alors que ma hanche me faisait moins souffrir que d'ordinaire.

Elle fit non de la tête.

– Que voulez-vous que cela me fasse, dans ce cas ? Il est inutile de venir me répéter de vagues ragots de servante. Donnez-moi des détails.

Je m'éloignai d'un air furieux, la laissant pétrifiée de surprise. À quoi me servaient ces bruits ? J'avais besoin de renseignements précis, d'indications stratégiques. Je frappai au passage une branche s'incurvant élégamment au-dessus de l'allée. À ma grande satisfaction, elle se brisa net.

De retour dans la voiture avec sire Tyron et Hollin, il me fut impossible de trouver une position confortable. Mon bassin était endolori, une éruption sur ma nuque me démangeait. Après une nuit sans sommeil, Hollin avait les yeux battus et bâillait sans cesse. Quant à sire Tyron, il exhalait une odeur rance de vieillard en sueur. Surmontant ma nausée, je me concentrai sur leurs paroles.

– En tant qu'Ascendant, déclara sire Tyron, vous êtes chargé de donner clairement vos ordres aux autres Yeux du dragon, afin qu'ils puissent diriger le pouvoir de leur dragon pour éloigner la mousson des récoltes et la pousser vers la digue.

– C'est un numéro d'équilibriste, ajouta Hollin. Chaque dragon contrôle une direction spécifique sur le compas. Vous devez donc indiquer à son Œil du dragon quelle quantité de pouvoir il doit utiliser à quel moment précis de façon à déplacer la mousson.

Il s'aperçut de mon air consterné.

– Je sais que ça paraît infaisable, mais les Yeux du dragon sont assis en cercle, chacun à sa place sur le compas, de sorte qu'il est aisé de savoir lequel travaille avec quel dragon.

– Et comme vous êtes capable de voir tous les

dragons, ce devrait être plus facile pour vous, renchérit sire Tyron d'un ton encourageant. Aucun autre Œil du dragon ascendant n'a encore eu ce don.

– Mais comment saurai-je quelle quantité de pouvoir est nécessaire ?

Sire Tyron jeta un coup d'œil à Hollin.

– Eh bien ? insistai-je. Comment le saurai-je ?

Le seigneur se frotta le nez.

– C'est une question d'entraînement, marmonna-t-il. Il faut que vous appreniez à sentir les caractéristiques du pouvoir de votre dragon.

– Mais puisque je n'ai pas le temps de m'entraîner ? m'écriai-je en frappant violemment le plafond sculpté de la cabine. Tout cela est inutile. Totalement inutile !

Je tapai le dos du cocher.

– Arrêtez-vous !

La voiture stoppa net. M'élançant au-dehors, je me dirigeai vers le fossé séparant la route des nobles et le sentier boueux des paysans. Emportée par ma fureur, je me rendis compte vaguement que je boitais à peine. Derrière la voiture, le reste du cortège s'arrêtait à son tour. Des têtes se penchaient pour voir ce qui se passait. Je regardai fixement les rizières plates, incapable de former une pensée cohérente tant la colère et la peur faisaient rage dans mon esprit. Du coin de l'œil, je vis Ryko mettre pied à terre et mener son cheval dans ma direction.

– Seigneur, dit-il en faisant son bref salut de garde. Puis-je vous aider ?

– Pouvez-vous m'enseigner en un après-midi le savoir qu'un Œil du dragon assimile en douze années ?

– Non, seigneur.

Son cheval s'ébroua et passa la tête par-dessus son épaule.

– Vous ne pouvez donc pas m'aider. Laissez-moi.

J'allais m'éloigner quand il m'attrapa par-derrière et me força à le regarder.

– Qu'avez-vous sur la nuque ?

– Ne me touchez pas ! criai-je. Je vais vous faire fouetter.

Effarouché, le cheval recula en entraînant Ryko. Celui-ci tira sur la bride et rassura sa monture par des caresses et des murmures apaisants. M'écartant à mon tour, je palpai des boutons sur ma nuque.

Ryko me fixa d'un œil sévère.

– Quelle dose prenez-vous, seigneur ?

– Je pourrais vous faire fouetter.

– Oui, seigneur. Mais dites-moi quelle quantité de drogue solaire vous prenez.

Je détournai les yeux de son visage implacable.

– Deux pincées.

Il en eut le souffle coupé.

– Un homme adulte ne supporte que la moitié de cette dose chaque jour. Il faut que vous arrêtiez, seigneur. Vous mettez votre vie en danger.

– Je n'en ai besoin que jusqu'à demain.

– Seigneur…, dit-il en se rapprochant.

– Retournez à votre place, garde Ryko.

Il hésita, manifestement partagé entre l'obéissance et l'inquiétude.

– Je vous dis de retourner à votre place ! hurlai-je en proie à une rage soudaine. À moins que vous ne préfériez que je vous relève de vos fonctions ?

Sa mâchoire se serra, mais il s'inclina et fit faire demi-tour à son cheval. Je passai ma main sur mon front pour tenter de desserrer l'étau de souffrance oppressant ma tête. Ryko ne pouvait-il pas comprendre que je n'aurais plus besoin de la drogue une fois maîtrisé le Roi Mousson ?

Je le regardai enfourcher sa monture et reprendre son poste derrière ma voiture. Ma colère avait disparu aussi vite qu'elle était venue. Il ne faisait que son devoir en essayant de me protéger. J'avais envie de le rappeler pour lui dire que je cesserais de prendre de la drogue solaire dès demain, mais les regards curieux de l'escorte m'arrêtèrent.

Sire Tyron se pencha par la fenêtre de la voiture.

– Sire Eon, nous devons continuer si nous voulons atteindre le village avant la nuit.

Je levai la main afin de lui montrer que j'avais entendu, mais je me retournai pour contempler les rizières. Mon corps devait avoir absorbé assez de drogue solaire pour me permettre de voir le dragon Miroir. Peut-être même pourrais-je enfin entrer en contact avec lui.

Plissant les yeux, j'éveillai ma vision intérieure et me mis en quête des chemins de mon *hua*. Tandis que la douleur oppressant ma tête s'intensifiait, les rizières perdirent leurs contours dans la brume du monde énergétique. Cependant, tout était déformé et défilait à toute vitesse en une masse colorée mêlant indistinctement le vert, l'orange, le bleu, le violet, le rose et le gris. Je sentis plus que je n'entendis un bourdonnement lancinant. Me bouchant les oreilles, je m'enfonçai dans l'énergie bouillonnante et tentai de distinguer du rouge dans le tumulte des couleurs. Mais leur écoulement était trop rapide, trop violent. Le pouvoir ruisselant m'encercla en tournoyant si vite que ma vue en était brouillée. Toutes les couleurs finirent par se fondre en un tourbillon de bleu agressif.

Tout s'arrêta. Puis le bleu m'envahit en rugissant, et je cessai de voir et d'entendre.

L'espace d'un instant, je restai en suspens dans une panique silencieuse, azurée. Je tombai à genoux, en heurtant violemment la chaussée pavée. Tout était bleu : dans mes yeux, dans mes oreilles, dans ma bouche. Mes mains se déchirèrent tandis que je palpais à tâtons les pavés rugueux, en quête d'un peu de raison. Le bleu me lacérait. J'avais sur la langue un goût de vanille, d'orange. Le dragon Rat !

Je me forçai à m'asseoir sur mes talons, en essayant désespérément de récupérer un peu de vision intérieure. L'éclat argenté de mon *hua* s'assombrissait, mes sept points de puissance succombaient au déferlement du bleu. Je n'avais d'autre issue que de m'enfoncer davantage. Plus profondément en moi, j'atteignis une épaisse énergie grise qui nourrissait l'embrasement éblouissant du bleu. La drogue solaire ? Je continuai mon exploration, en progressant d'abord avec peine puis en m'abandonnant à l'attraction d'une faible lueur dorée logée dans mon troisième point de puissance. Un grain minuscule dont l'éclat résistait au sombre tourbillon.

Éperdue, je me raccrochai à cette pâle énergie, la projetai dans le maelström bleu. Elle transperça le pouvoir tournoyant et j'entendis un cri s'échapper de mes lèvres, comme l'appel d'un aigle blessé. La masse bouillonnante se contracta, éclata et disparut.

– Qu'avez-vous, seigneur ?

C'était la voix de Ryko.

– Parlez-moi, je vous en prie.

Je m'effondrai de côté en haletant.

– Allez chercher Rilla, ordonna-t-il à quelqu'un. Et dame Dela.

Les ténèbres s'éclaircirent et j'aperçus le visage de Ryko au-dessus de moi. Tendant la main, j'agrippai le devant de sa tunique.

– Je n'en ai besoin que jusqu'à demain, lançai-je d'une voix rauque. Ensuite, j'arrêterai.

La drogue faisait son effet, j'en étais certaine. Je remuai ma tête, mollement appuyée sur les genoux de Rilla, et observai le ciel qui défilait au rythme de la voiture oscillant sur la route. Assise en face de nous, dame Dela somnolait dans la chaleur étouffante. Leur silence indulgent était un soulagement. Sire Tyron avait fini par admettre que je n'étais pas en état de continuer les leçons et s'était retiré dans sa propre voiture qui nous suivait. De ce point de vue, au moins, mon évanouissement au bord de la route avait eu du bon.

Fermant les yeux, j'examinai avec soin mes conclusions quant au pouvoir bleu. Il s'agissait sans aucun doute du dragon Rat. J'avais encore sur la langue son goût de vanille. J'étais persuadée que l'épais pouvoir gris de la drogue solaire m'avait ouverte à son énergie, d'une façon ou d'une autre, de sorte qu'il avait déferlé en moi comme de l'eau à travers une vanne, empêchant le dragon Miroir d'approcher. J'avais envisagé l'hypothèse terrifiante d'une attaque de sire Ido par l'intermédiaire de son dragon. Toutefois, même au plus fort de ma panique, je n'avais perçu aucune influence extérieure dans l'assaut du dragon Rat. Malgré sa violence, il ne s'était pas montré agressif.

Mais comment avais-je pu l'arrêter ? Était-ce l'effet de ce pâle noyau d'énergie au fond de moi ? Je le soupçonnais d'avoir un rapport avec mon identité cachée. Il devait s'agir d'une sorte d'énergie lunaire dont je n'étais pas encore venue à bout. Quelle que fût sa nature, elle était assez puissante pour repousser un dragon. Se pouvait-il qu'elle tînt également à distance le dragon Miroir ?

Horrifiée par cette pensée, je rouvris les yeux.

– Voulez-vous boire, seigneur ?

Rilla penchait sur moi son visage inquiet.

– Non. Dans combien de temps arriverons-nous au village ?

Dame Dela bâilla, en cachant sa bouche derrière son éventail déployé.

– Sire Tyron a dit que nous y serions avant la nuit, donc dans moins de deux heures.

Je hochai la tête et refermai les yeux pour réfléchir au problème du dragon Rat. Les écorchures sur mes mains étaient un rappel cuisant de son pouvoir irrésistible.

Puisque la drogue solaire m'avait ouverte à lui, elle devrait également me rendre réceptive au dragon Miroir. Tous deux étaient ascendants et avaient un lien avec moi. Non seulement la drogue solaire rendait possible mon union avec eux, mais elle accroissait le pouvoir des dragons. Si j'en prenais suffisamment, elle supprimerait sans doute ce qu'il restait d'énergie lunaire en moi.

Il fallait simplement que je trouve un moyen d'écarter le dragon Rat, afin de pouvoir m'unir au dragon Miroir.

La solution était si évidente que je m'assis d'un bond. Je n'aurais pas besoin de contenir le dragon Rat durant l'épreuve ! Sire Ido le maîtriserait. La créature bleue ne pourrait pas m'inonder de son pouvoir et barrer le chemin au dragon Miroir. Je n'avais qu'à m'assurer que mon énergie solaire soit aussi intense que possible, de façon à m'ouvrir à mon dragon, accroître son pouvoir et me débarrasser enfin de mon énergie lunaire.

Rilla toucha mon bras.

– Seigneur ?

– Je vais boire un peu, après tout, dis-je en saisissant la bourse de drogue.

Quand nous entrâmes dans le village, les ombres douces du crépuscule se fondaient peu à peu dans la nuit. La route était jalonnée de longues torches, entre lesquelles les villageois agenouillés psalmodiaient des prières et s'inclinaient sur notre passage. Des drapeaux rouges étaient suspendus entre les maisons et les boutiques. Sur chaque porte, une affiche arborait le caractère « moisson abondante ». L'odeur du porc rôti et du pain chaud embaumait l'air nocturne, en se mêlant à la douceur entêtante de l'encens. C'étaient déjà les saveurs et les parfums de la fête de la Mousson.

Mon cocher arrêta les chevaux à la lisière d'une vaste place bordée de boutiques à deux étages. Une lanterne de papier rouge pendait à chaque fenêtre. Cet éclairage me permit de distinguer le Compassarium dressant au centre son estrade circulaire en pierre, sur laquelle les Yeux du dragon se livreraient à leurs opérations magiques.

À l'autre bout de la place, sire Ido et les autres Yeux du dragon étaient assis à une longue table de banquet. Un siège vide près de sire Ido était manifestement destiné au Coascendant. Réprimant un frisson, je descendis de voiture. De sa place, dame Dela me sourit d'un air encourageant tandis que le cocher faisait repartir les chevaux. Rilla et elle ne pouvaient m'accompagner. Aucune femme n'était admise sur la place tant que les Yeux du dragon n'avaient pas maîtrisé le Roi Mousson.

Je fus accueillie par trois vieillards, dont la tenue de cérémonie consistait en tuniques de coton brunâtres ornées de broderies grossières. Ils s'inclinèrent à genoux devant moi.

– Œil du dragon Miroir, dit le chef de la délégation en relevant légèrement le menton mais sans oser croiser mon regard. Je suis le doyen Iron. Je suis infiniment honoré de vous recevoir dans notre humble village, vous et votre dragon. Quelle joie que le douzième dragon soit de retour parmi nous ! Et quelle joie qu'il ait choisi un jeune Œil du dragon doué d'un tel pouvoir. Nous vous assurons de notre immense gratitude pour votre intervention sacrée en notre faveur.

Je me raclai la gorge.

– Merci. Quand le Roi Mousson est-il attendu ?

L'homme à la droite du chef prit la parole :

– Nos guetteurs du ciel ont prédit qu'il arriverait demain après-midi, seigneur.

Parfait. Cela me donnait le temps de prendre au moins deux autres doses de drogue solaire.

– Seigneur, veuillez nous faire la grâce de participer au banquet d'accueil.

Je passai avec eux devant les rangées de villageois agenouillés en l'honneur de l'arrivée des seigneurs qui les sauvaient chaque année de la famine. Ryko me suivait comme mon ombre. À mon approche, des silhouettes reculèrent dans l'obscurité des fenêtres. C'étaient des femmes et des enfants regardant à la dérobée l'Œil du dragon Miroir. Un homme dans la foule croisa accidentellement mon regard. Son expression respectueuse se changea en terreur. Je m'attendais presque à le voir faire un signe conjuratoire, mais il s'inclina profondément. Après tout, j'étais un puissant Œil du dragon, un messager de la chance. J'effleurai la bourse se faisant plus légère dans ma poche. « Qu'il en soit ainsi », priai-je. Comme pour répondre, les perles s'agitèrent faiblement sur mon avant-bras. Leur étreinte semblait s'être desserrée au cours des derniers jours.

Les anciens me conduisirent à ma place à côté de sire Ido. Il était assis confortablement. Sa présence robuste et ténébreuse était saisissante à cette table entourée d'hommes prématurément vieillis.

Derrière lui, Dillon paraissait plus maussade que jamais. À présent, je comprenais son caractère imprévisible et les accès de fureur de sire Ido. Nous étions tous habités par la même source brûlante de soleil, qui bouillonnait sous la surface de notre peau. Dillon savait-il qu'il était drogué ? J'aurais dû le prévenir, après avoir découvert la drogue solaire dans la bibliothèque, mais j'avais été emportée par mon chagrin à la mort de mon maître. Et par ma colère.

Ryko se posta derrière moi, à la place où aurait dû se tenir mon apprenti. Les autres Yeux du dragon me saluèrent à voix basse. J'adressai un signe de tête à sire Dram, assis au centre de l'assemblée, ainsi qu'à sire Garon, qui me faisait face. Partisans tous deux de l'empereur, ils soutenaient ma cause.

– Sire Eon, nous commencions à croire que vous étiez retenu par vos ennuis au bord de la route, lança sire Ido.

Son beau visage arborait un sourire poli, mais ses yeux sombres brillaient comme ceux d'un loup. Comment avait-il appris mon malaise ? Par son dragon ? Ou par de simples ragots de domestiques ?

– Je suis là, maintenant, répliquai-je. Insinuez-vous que je voudrais me soustraire à l'épreuve ?

En entendant ma propre voix furieuse, j'enfonçai mes doigts dans ma cuisse pour tenter de me calmer. Ido me regarda avec une attention soudaine.

– Loin de moi cette pensée. Je vois que vous bouillez d'impatience de relever le défi.

Il me dévisagea avec insistance.

– Vous semblez même singulièrement excité.

Sire Tyron s'assit sur le dernier fauteuil vacant.

– Je suis content d'être arrivé ! s'exclama-t-il. Encore que mon lit me plairait davantage qu'un banquet provincial, je l'avoue. Espérons que la cérémonie d'accueil sera brève, cette année.

Cet espoir fut déçu. La fête de la Mousson

était la plus importante du village, et les habitants tenaient à nous honorer par un festin ponctué de divertissements. Tandis que se succédaient discours appris par cœur, danses traditionnelles et friandises locales, je sentais le regard de sire Ido peser sur moi. Tout en posant une main sur ma nuque pour cacher l'éruption, je me concentrai sur mon assiette ou les spectacles, comme un lapin faisant semblant de ne pas voir le loup à deux pas de lui.

Le dernier discours s'acheva enfin. Sire Tyron poussa un soupir de soulagement lorsque douze villageois, pétrifiés par l'honneur de leur mission, vinrent nous conduire aux chambres où nous passerions la nuit. Les guides chargés de sire Ido et moi-même reculèrent à l'approche du doyen Hiron, qui s'avançait en s'inclinant.

– Sire Eon, sire Ido, dit-il en nous saluant respectueusement. La coutume veut que l'Œil du dragon ascendant soit toujours logé dans notre maison du Dragon. Nos aïeux l'ont bâtie en signe de gratitude pour les services rendus au village par les Yeux du dragon.

Il désigna d'un geste une jolie bâtisse de pierre derrière nous.

– Cette année, nous désirons honorer l'ascendance à la fois du dragon Miroir et du dragon Rat. Nous avons donc aménagé deux appartements distincts dans la maison.

Fier d'avoir trouvé cette solution, il sourit.

– J'espère que vous serez satisfaits, seigneurs.

Partager le même toit qu'Ido ? Je devais avoir l'air horrifiée, car le sourire du vieillard s'effaça. Dans mon dos, Ryko se rapprocha.

– Quelle merveilleuse idée pour faire face à cette situation inhabituelle, doyen Hiron ! déclara Ido d'une voix amusée. Vous ne trouvez pas, sire Eon ?

Prise au piège par la politesse et la nécessité de sauver l'honneur du doyen, j'acquiesçai de la tête.

– Dans ce cas, veuillez nous suivre, dit le vieillard d'un ton allègre.

Nos trois guides nous menèrent à la maison du Dragon, dont la façade s'ornait de douze bannières peintes représentant les Animaux célestes. Celles du Rat et du Dragon étaient plus grandes que les autres et trônaient au-dessus de l'entrée. Les villageois s'inclinèrent en nous invitant à les précéder. Je suivis sire Ido dans un couloir, dans lequel Ryko s'engouffra aussitôt.

– Vous ne devez pas rester ici, seigneur, chuchota-t-il tandis que nous pénétrions dans une petite cour.

Un jardin minuscule s'étendait au centre. Le bassin des carpes et le banc étaient ombragés par trois arbres nains soigneusement taillés, auxquels étaient suspendues des lanternes de papier. À gauche et à droite, les écrans de deux portes étaient ouverts. On apercevait à l'intérieur deux grabats épais. Derrière le jardin, une autre pièce était fermée par une porte à deux battants et un second couloir révélait une natte de jonc posée sur le sol de pierre, ce qui suggérait l'existence d'un pavillon de bains – luxe exceptionnel. Cet endroit était comme la matérialisation de la gratitude des villageois. Il avait été construit pour des seigneurs par des gens qui se baignaient dans des baquets et dormaient sur de la paille.

Même si Ryko avait raison, je ne pouvais refuser ce logis sans humilier cruellement nos hôtes. Le doyen fit irruption dans la cour et nous regarda, inquiet de notre approbation. Je fis appel à toute ma politesse pour déclarer :

– Cette demeure est extrêmement harmonieuse. Merci.

Son visage s'illumina.

– Il y a là un bain avec une source chaude, dit-il fièrement en indiquant le couloir à la natte de jonc.

Il nous montra ensuite la porte à deux battants.

– Et ceci est une salle à manger. Vos effets ont été portés dans la chambre de gauche, sire Eon, et les vôtres, sire Ido, dans celle de droite. Si vous avez le moindre désir, des domestiques sont à votre disposition.

– C'est inutile, répliqua sire Ido avec brusquerie. Nous avons nos propres serviteurs.

Il sourit pour racheter ce manque d'amabilité.

– Vous avez fait merveille, doyen Hiron. Je vous remercie pour vos attentions, mais je dois maintenant me reposer en vue des fatigues de demain.

Il se tourna vers moi.

– J'imagine que sire Eon doit également être las.

– Bien sûr, bien sûr, dit le vieillard en reculant avec force courbettes. Si vous avez besoin de quelque chose…

Il disparut dans le couloir d'entrée. Un silence tendu s'installa entre nous trois. Sire Ido fit mine de se diriger vers moi. Aussitôt, Ryko bondit en avant, prêt à passer à l'attaque. Le visage d'Ido resta impassible, mais son corps se raidit dans la position d'un guerrier vigilant.

– Je serai en permanence avec sire Eon, gronda Ryko.

Sans lui prêter attention, sire Ido me regarda en plissant les yeux.

– Rappelez votre chien de garde, sire Eon. Autrement, je le ferai fouetter pour son insolence.

Un bruit de pas dans la salle de bains nous interrompit. Rilla apparut, en compagnie de trois domestiques de sire Ido.

– Ryko ! ordonnai-je d'une voix rauque.

Il recula, mais resta sur le qui-vive. Sire Ido sourit méchamment.

– Brave chien !

Puis il se tourna vers moi.

– Dormez bien, sire Eon. Je suis impatient d'assister demain à la démonstration de votre pouvoir. Espérons que vous serez plus efficace que votre bâtard des îles.

Claquant des doigts à l'adresse de ses domestiques, il leur indiqua la chambre de droite. Tandis que nous le regardions rentrer avec eux, Ryko me dit d'un air sombre :

– Je monterai la garde devant votre porte, seigneur. Et j'ai déjà posté des hommes à la fenêtre et à toutes les entrées possibles.

Je hochai la tête.

– Rilla dormira au pied de votre lit, ajouta-t-il tandis qu'elle s'approchait. N'est-ce pas, Rilla ?

– Bien sûr, assura-t-elle après s'être inclinée.

Elle jeta un coup d'œil à l'écran fermé de la chambre de sire Ido.

– Cela dit, il ne serait pas assez stupide…

Ryko haussa les épaules en nous accompagnant à la chambre de gauche.

– Ne prenons aucun risque. L'épreuve de demain sera décisive. Nous ferons en sorte que vous y arriviez sain et sauf, seigneur. Après quoi, ce sera à vous de jouer.

Je hochai de nouveau la tête. La peur me serrait la gorge. Il n'existait qu'un moyen de m'en libérer. J'entrai dans la pièce pauvrement meublée.

– Apportez-moi une infusion, chuchotai-je en cherchant à tâtons la drogue solaire dans ma poche.

Rilla me suivit à l'intérieur et fit coulisser l'écran.

– Oui, seigneur.

À travers l'écran de parchemin de la porte, on apercevait la silhouette rassurante de Ryko. M'asseyant sur le grabat, j'ouvris précipitamment la bourse. En prenant encore une dose, je perdrais toute chance de dormir cette nuit. Un rire amer m'échappa. De toute façon, avec sire Ido à quelques pas de moi, je ne pouvais guère compter sur le repos.

## *Chapitre 17*

Les yeux embués par ces longues heures d'insomnie, je regardai la chambre s'éclaircir à l'aube du jour du Roi Mousson. L'humidité était déjà si pesante qu'elle se pressait sur ma peau comme un corps moite. Au pied de mon grabat, Rilla remua puis sombra de nouveau dans le sommeil.

Je sortis du lit pour me verser un peu d'eau. Les perles du bout du volume rouge s'affaissèrent hors de ma manche et se balancèrent, inertes. Je les remontai sur mon avant-bras en les resserrant. Leur étreinte s'affaiblissait de jour en jour.

Je pris avec précaution une bonne pincée de drogue dans la bourse. Elle coula à pic dans l'eau froide puis se répandit à la surface comme une poudre sèche. Mieux aurait valu la dissoudre dans une infusion chaude, mais Rilla avait manifesté vigoureusement sa réprobation le soir précédent. Je ne voulais pas qu'elle se réveille et me voie prendre une nouvelle dose. Ryko avait dû lui parler des dangers de cette drogue et lui demander de me surveiller.

Ayant avalé d'un trait la mixture grise, trouble et amère, je me dirigeai vers la porte et l'ouvris. Ryko me dévisagea. Il avait les yeux cernés, les traits tirés.

– Tout va bien ? demanda-t-il à voix basse.

– Oui, affirmai-je en sortant de la chambre. Mais il fait si chaud. Je veux m'asseoir au jardin.

Après avoir observé la cour, Ryko hocha la tête. J'allai m'installer sur le banc élégant. À cet instant, un messager couvert de poussière et titubant de fatigue émergea du couloir en compagnie d'un des hommes de Ryko.

– Messire, dit le soldat à son capitaine. Cet homme dit qu'il a un message pour sire Ido.

– Il ne s'est pas encore levé, répliqua Ryko.

La porte d'Ido s'ouvrit brusquement, faisant tressaillir le messager épuisé. Un domestique sortit en hâte, s'inclina devant moi puis se tourna vers le messager.

– Sire Ido va vous recevoir dans sa chambre, dit-il. Suivez-moi.

Le messager s'inclina devant moi et entra en clopinant dans la chambre. Un autre domestique apparut aussitôt après sur le seuil. Fermant la porte dans son dos, il monta la garde, les bras croisés et les yeux aux aguets.

– Ce messager a voyagé à toute allure, observa Ryko.

– Il est venu à cheval, dit le soldat. Sa monture devait être robuste.

Ryko lui lança un regard approbateur.

– Vous avez agi au mieux. Retournez à votre poste.

L'homme fit un salut militaire avant de s'engouffrer dans le couloir. Ryko s'immobilisa, silencieux. Comme moi, il devait s'efforcer d'entendre ce qui se passait dans la chambre d'Ido. Mais on n'entendait que les oiseaux du matin et les grondements lointains du tonnerre du Roi Mousson.

J'observai les rangées de villageois agenouillés autour de la place. Ils psalmodiaient des prières pour notre succès. Où était Ryko ? Il était sorti peu avant midi pour en apprendre davantage sur le messager d'Ido, mais il avait promis qu'il serait de retour avant le début de l'épreuve. Je me tournai vers le groupe des apprentis, qui attendaient à proximité avec des vivres et de l'eau au cas où leurs maîtres souhaiteraient se restaurer. Dillon se tenait un peu à l'écart, tandis que Hollin calmait les plus jeunes. En revanche, le géant insulaire était invisible.

Sire Tyron me regarda. Son visage était d'une pâleur inhabituelle.

– Êtes-vous prêt ? demanda-t-il.

Non, je n'étais pas prête, mais les guetteurs du ciel avaient envoyé leurs messagers au village pour annoncer que le Roi Mousson se dirigeait vers l'intérieur des terres. Il serait là dans moins d'une demi-heure, avait déclaré le coureur hors d'haleine.

Je pressai le compas au rubis entre mes mains. Le disque d'or était frais contre ma peau. Juste avant l'arrivée du coureur, je m'étais arrangée pour prendre une autre dose de drogue solaire avec l'infusion préparée par Rilla. Les deux produits m'avaient donné une migraine lancinante et mon front était trempé de sueur.

Je me forçai à examiner le Compassarium. Il m'était apparu la veille comme une estrade circulaire, de la taille d'une petite pièce, dénuée de tout signe distinctif. Aujourd'hui, c'était le centre du pouvoir des Yeux du dragon. À la lumière éblouissante du soleil, je voyais maintenant que les douze points du compas étaient marqués par des flèches de jade incrustées dans la pierre grise. Au-dessus de chaque flèche, un banc incurvé était encastré avec adresse dans ses deux voisins, de façon à former un cercle ininterrompu le long de l'estrade. Les sièges en bois arboraient chacun l'animal céleste correspondant à chaque point. Les sculptures étaient si parfaites que les yeux du lapin semblaient briller, tandis que le singe tendait une main chapardeuse et que le serpent se préparait à s'élancer. Le dragon en bois se dressant sur mon banc luisait d'un vernis tout frais. Les artisans devaient avoir travaillé dur pour le terminer à temps pour la cérémonie.

Un peu plus tôt, sire Ido m'avait remis ses calculs des flux sacrés avec un sourire dédaigneux. Nous savions tous deux que, même avec eux, je n'avais presque aucune chance de réussir. Je projetai mentalement son schéma sur l'estrade, en essayant de mémoriser les points où les méridiens du profond pouvoir terrestre se croisaient sur le gigantesque compas de pierre. D'après Ido, la nouvelle année avait modifié les flux énergétiques, de sorte qu'on tirerait le pouvoir le plus efficace des flux se croisant dans le secteur nord. Bien entendu, ces calculs valaient pour le dragon Rat. Je me demandais au fond de moi si les flux se trouvaient réellement aux endroits indiqués par Ido. N'avait-il pas profité de l'occasion pour mettre un nouvel obstacle sur ma route ? Je pris une profonde inspiration et tentai de me concentrer sur le monde énergétique. Peut-être parviendrais-je à voir le réseau du pouvoir terrestre sous l'estrade.

– Sire Eon.

Une voix interrompit ma tentative.

– Qu'y a-t-il ?

Le doyen Hiron s'inclina devant moi.

– Seigneur, n'est-il pas temps de monter sur le Compassarium ?

Je hochai la tête. Ma peur était encore plus forte que mon irritation. L'épreuve était enfin arrivée. Les autres Yeux du dragon se tenaient chacun un peu à l'écart, absorbés par leurs propres préparatifs pour affronter les terribles efforts qui les attendaient.

– Puis-je ouvrir le cercle, seigneur ? demanda Hiron d'une voix anxieuse.

– Oui, nous allons commencer.

J'observai de nouveau la foule, mais Ryko était toujours invisible. Le chef du village s'agenouilla sur la marche basse faisant le tour de l'estrade. Avec précaution, il poussa mon banc à l'intérieur, rompant ainsi le cercle des sièges. Après quoi il recula en hâte.

– Seigneurs Yeux du dragon ! criai-je.

Ma voix fut couverte par les mélopées bruyantes. Je fis une nouvelle tentative.

– Seigneurs Yeux du dragon, veuillez rejoindre vos places.

Cette fois, ils m'entendirent. S'inclinant avec ironie, sire Ido monta après moi pour montrer qu'il acceptait mon autorité durant l'épreuve. Les autres Yeux du dragon s'alignèrent en silence derrière lui, par ordre d'ascendance. Sire Meron, le jeune Œil du dragon Porc qui avait été le dernier ascendant, fermait la marche. Les mélopées se firent plus fortes encore. Leur rumeur lancinante me perçait les oreilles comme le chant strident des cigales. Je conduisis les Yeux du dragon sur l'estrade de pierre, en prenant soin de ne pas marcher sur ma robe de soie rouge. La pression des perles autour de mon bras s'était encore relâchée au cours des dernières heures. Je palpai ma manche pour vérifier la position du livre. Il avait un peu glissé, mais la plupart des perles le maintenaient encore en place.

Conformément à la tradition des Ascendants, je me postai au centre du Compassarium. Quand les autres Yeux du dragon eurent rejoint chacun sa flèche de jade, le doyen Hiron encastra de nouveau mon banc entre ses voisins pour refermer le cercle des Yeux du dragon. Aussitôt, les mélopées se turent. Un silence surnaturel s'installa. La chaleur s'intensifia, comme si elle répondait à un signal. L'air brûlant se mit à miroiter. Chaleur et silence – les deux messagers du Roi Mousson.

Quand je me dirigeai vers mon siège, mes jambes me semblèrent lourdes. Je fis face au cercle de ces hommes qui allaient obéir à mes ordres durant des heures d'un travail aussi délicat qu'épuisant… Je les regardai l'un après l'autre dans les yeux. Sire Silvo hocha la tête, Garon baissa les yeux, Tyron me sourit d'un air tendu. Je lus dans tous ces regards la prudence, la colère, l'espoir, l'aversion, l'anxiété, le dépit, le doute, avant de croiser les yeux de loup de sire Ido. Il attendait mon échec.

Je m'assis en tenant mon compas devant moi. Les autres Yeux du dragon m'imitèrent aussitôt et les douze disques d'or scintillèrent au soleil. Un grondement sourd retentit. Tous les regards se tournèrent vers l'horizon. Un énorme amas de nuages s'avançait dans notre direction. Des éclairs jaillissaient et zébraient le ciel avant de s'abattre sur la terre.

Humectant mes lèvres desséchées, je répétai en silence l'invocation traditionnelle que Hollin m'avait enseignée. Onze hommes me regardaient fixement, prêts à se servir de leurs instruments dès que je donnerais le signal. Le tonnerre se déchaîna de nouveau au-dessus de nos têtes. Les villageois tressaillirent, terrifiés.

– Yeux du dragon ! hurlai-je pour couvrir le fracas. Appelez vos dragons, éveillez votre pouvoir, préparez-vous à accomplir votre devoir sacré pour notre pays fécond et notre glorieux empereur.

Ils psalmodièrent en chœur :

– Pour notre pays et notre empereur.

J'avais entendu dire que chaque Œil du dragon avait sa propre méthode pour éveiller le pouvoir de son dragon. Sire Tyron pressa son compas entre ses mains en remuant les lèvres, comme s'il récitait une prière silencieuse. Silvo renversa la tête vers les cieux en brandissant son compas. Quand je regardai sire Ido, la stupeur me paralysa. Il appuyait le rebord aiguisé de son compas contre sa paume. Du sang se mit à ruisseler autour de la lame improvisée. Je l'observai tandis qu'il enfonçait plus profondément la lame dans sa chair. Ses yeux se fermèrent à demi, comme s'il s'abandonnait à une extase que je ne comprenais pas, et son regard d'ambre s'argenta.

Horrifiée, je me détournai de ses yeux vides. Autour du cercle, les autres Yeux du dragon ne faisaient qu'entrer en transe en prenant lentement contact avec leurs dragons. Seuls sire Ido et moi étions capables de pénétrer dans le monde énergétique aussi rapidement que si nous franchissions une porte. Était-ce parce que nous étions tous deux Ascendants ? Ou avais-je d'autres points communs avec lui ? Cette idée me donna la chair de poule.

Je serrai plus fort le compas au rubis. La drogue

solaire avait-elle fait son effet ? Le moment de l'épreuve était bel et bien venu. On allait voir si je pouvais enfin m'unir au dragon Miroir. Malgré la chaleur accablante, je frissonnai de peur et d'espoir. C'était ma dernière chance.

Je baissai les yeux sur mon compas aussi beau qu'inutile. Il fallait que je fasse semblant de savoir m'en servir. Me concentrant sur le rubis comme Tyron me l'avait enseigné, je respirai profondément et me mis en quête des chemins de mon *hua*. Peu à peu, les facettes de la pierre rouge se fondirent dans mon regard et m'entraînèrent en tourbillonnant dans le monde énergétique.

Il y eut un roulement de tonnerre. Au-dessus de nous, le ciel était rempli de dragons. Les immenses créatures étaient accroupies sur le village, les nuages noirs, le ciel tempétueux. Leurs énormes yeux d'esprit se fixaient sur moi. Les dragons gardaient chacun son point du compas, en formant un cercle majestueux. Vert, violet, gris, rose, bleu, orange, ils étaient prêts à exécuter nos ordres. Je me levai et me retournai, impatiente de voir le dragon Miroir derrière moi, de sentir son pouvoir, de devenir enfin un véritable Œil du dragon.

Il avait disparu.

La douleur de cette perte me frappa en pleine poitrine, avant même que mon esprit eût compris ce qui se passait. Il n'était pas là. Je n'apercevais même pas les vagues contours de son corps rouge. Je ne voyais que les villageois me regardant bouche bée, et le ciel assombri par l'orage.

Je reculai en chancelant. Lâchai mon compas, qui tomba bruyamment et roula sur les pavés.

Mon dragon avait disparu.

J'avais déjà échoué. Sous le choc de cette horrible réalité, je m'effondrai par terre. Des murmures s'élevèrent autour de la place, puis des exclamations angoissées. Les villageois se rendaient compte que quelque chose n'allait pas. Les autres Yeux du dragon étaient toujours immergés dans le monde énergétique. Leurs dragons écoutaient en penchant leur tête énorme, prêts à obéir.

– Où êtes-vous ? hurlai-je à la place vide dans le cercle. Revenez ! Quelle faute ai-je commise ?

Une main agrippa mon bras et me releva brutalement. Je vis un voile de soie bleu, puis le visage impitoyable de sire Ido.

– Taisez-vous, m'ordonna-t-il tout bas.

Son souffle était chaud contre mon oreille. Je renversai ma tête en arrière pour me soustraire à cette intimité brutale, mais il me serra contre son corps. Les flots d'argent de ses yeux cédèrent la place à l'éclat doré d'un regard triomphant.

– Retournez à votre place. Je vais prendre les choses en main.

Je dégageai violemment mon bras. Ma stupeur se transformait en fureur contre lui, contre moi-même, contre le dragon Miroir.

– Lâchez-moi !

Je ne fus pas assez rapide. Ido attrapa mon poignet, me tordit le bras à me faire crier et me poussa vers mon siège. Je sentis le sang de sa blessure humecter ma peau.

– Vous avez échoué, sire Eon ! cria-t-il à l'intention de la foule. À présent, laissez-moi sauver cette province des conséquences de votre orgueil juvénile !

Au-dessus de lui, l'immensité azurée du dragon

Rat se dressa. Enivré de joie par mon échec, sire Ido avait interrompu sa communion avec lui. Je plongeai mon regard dans les yeux sombres surgis d'un autre monde. J'avais déjà appelé le dragon bleu. Pourquoi ne pas recommencer ? Il me restait une chance de devenir un Œil du dragon.

Puisant dans mon *hua*, je répartis l'épaisse énergie grise de la drogue solaire dans mes sept centres de puissance. À défaut du dragon Miroir, le dragon Rat était là. Avec toute la force de ma colère et de ma souffrance, je lançai l'énergie vers l'énorme créature bleue et tentai de saisir son pouvoir.

Sire Ido eut le souffle coupé quand la flamme argentée se ranima brutalement. Il tomba à genoux en m'entraînant dans sa chute.

Les villageois poussèrent un gémissement terrifié. Bien que mon corps fût écrasé sous le poids de sire Ido, je m'élevai au même instant au-dessus de l'estrade. Présence gigantesque, je scrutai à travers la terre le réseau du pouvoir dans mon domaine. J'étais le dragon bleu. J'étais le gardien du nord-ouest. J'étais vent, pluie, lumière, obscurité. J'étais...

Une autre présence. Mon esprit fut envahi par des souvenirs. Des ambitions. Je m'emplis d'un pouvoir endurci, d'un désir insatiable, d'un savoir dangereux. L'essence d'Ido. Souffrance, plaisir pervers. Orgueil et fureur. Je luttai contre cette malveillance suffocante, en cherchant désespérément à échapper à son emprise sur mon corps et ma pensée. Je renvoyai le pouvoir vers lui, mais il me plongea à sa suite dans le marais fangeux de la vérité de cet homme.

« Lâchez-moi ! »

Mon cri était muet, mais ses yeux argentés s'écarquillèrent et je compris qu'il l'avait entendu dans son esprit.

Sa main se plaqua sur ma bouche et le goût douceâtre de son sang me donna la nausée. Je sentis qu'il puisait davantage de pouvoir, faisait remonter la vie de la terre dans le dragon et la déversait en moi à travers ses centres de puissance. L'éclat de ses yeux s'obscurcit. Déchirant mon *hua*, il s'enfonça jusqu'au cœur de mon être. Après un silence stupéfait, un éclair de compréhension, j'entendis sa voix rauque dans mon esprit : « Vous n'êtes qu'une fille. Je vous tiens. »

Fracassée.

D'un seul coup, je m'élevai dans les cieux des dragons. Tandis que je me débattais contre l'esprit d'Ido, je luttais sous son poids m'écrasant sur la terrasse. Plus de centre. Plus de moi. Rien qu'une folie hurlante attisée par la rage, la peur et le chagrin.

« Bats-toi ! »

Une voix. Familière, réconfortante. Je me concentrai en moi-même. Me lovai autour de l'étincelle de vérité dorée qu'il ne pouvait toucher.

« Trouve-le ! »

Tout au fond de moi, un minuscule réservoir de pouvoir. Il s'écoula dans mon esprit brisé, en me rendant lentement la raison.

Mais je n'étais pas dans mon corps. Du haut du ciel, je regardais à travers les yeux immémoriaux du dragon bleu. À mes pieds, des flux resplendissants sillonnaient la terre comme des fleuves impétueux. Des points vibrants de force vitale se figeaient, se déplaçaient, s'envolaient à toute allure d'un bout à l'autre du réseau, en recueillant et déversant du pouvoir sur la terre et dans les airs. Je sentais sur ma langue le goût acide d'une énergie brute.

Puis mon regard se déplaça et je me retrouvai de nouveau sur l'estrade. J'étais debout. Quand Ido avait-il cessé de me clouer au sol ? Quand était-il retourné à son siège ? Au-dessus de nous, le cercle des dragons attendait. Le vent caressa mes yeux, ma bouche, et la première pluie de la mousson fit frissonner ma peau. Mes bras se levèrent pour amasser du pouvoir – mais ce n'était pas moi qui les bougeais.

Un abîme béant s'était ouvert entre mon corps et mon esprit.

Mes yeux furent contraints de se tourner vers la gauche, du côté d'Ido. Il sourit et leva la main en l'avançant légèrement. Aussitôt, ma main gauche se rejeta en arrière. Tous mes muscles se tendirent à se rompre, mais je ne sentis rien. L'horrible vérité s'imposa à moi.

Ido contrôlait mon corps, s'était emparé de ma volonté.

Je poussai un hurlement, mais ma bouche ne s'ouvrit pas et aucun son ne sortit de ma gorge. Une euphorie cruelle m'effleura tandis que sa main lâchait mon poignet. Même si je ne pouvais verser de larmes, au fond de moi je pleurais de peur et de rage.

« Ce sera pire si vous résistez », murmura-t-il dans mon esprit avec une compassion hypocrite.

Mon corps bondit en avant, mes jambes se dirigèrent avec raideur vers le centre de l'estrade.

Obligée de suivre le rythme inhabituel des longues enjambées d'Ido, ma hanche était au supplice.

– Yeux du dragon ! criai-je.

C'étaient les mots d'Ido qui faisaient bouger ma langue et ma mâchoire. Il pouvait me faire agir et parler à sa guise, et je n'avais aucun moyen de l'arrêter.

– Envoyez vos dragons à la rencontre de l'orage ! Faites cercle autour du centre !

Il se servait de moi pour infléchir la mousson. Pourquoi ? Le Conseil lui était déjà acquis. Pourquoi m'infligeait-il cette épreuve ?

« Grâce à vous, j'aurai non seulement la maîtrise du Conseil mais beaucoup plus encore... »

Mon esprit fut horrifié par le plaisir obscur qui l'habitait et l'ardeur implacable de son ambition.

– Sire Silvo, réduisez votre pouvoir, ordonna-t-il par ma voix. Faites reculer votre dragon. Nous commençons.

Le temps s'écoula par à-coups pour moi, prise que j'étais entre l'estrade et le dragon. J'oscillais entre mon éblouissement devant le dragon Rat et mon horreur d'être manipulée par Ido. J'enrageais en silence tandis qu'il utilisait mon corps et ma voix pour diriger les Yeux du dragon. Je sentais sa joie féroce d'unir son pouvoir au mien, en me vidant de toute ma force. Impuissante, je regardai avec une crainte respectueuse le cercle des immenses créatures repousser lentement l'énergie de la tempête et l'envoyer vers la digue. Puis je vis soudain, à travers des yeux immémoriaux, les nuages se libérer d'un coup de leur fardeau de pluie.

Je savais que le dragon avait conscience d'avoir accompli sa tâche, ce qui signifiait que les liens familiers l'attachant au monde inférieur allaient bientôt se dénouer. Je sentis qu'il se ramassait sur lui-même, prêt à retrouver sa liberté.

À cet instant, alors que je retombais brutalement dans le désespoir de l'estrade, j'aperçus les messagers. Six hommes galopaient vers le village, habillés aux couleurs de l'empereur.

Je m'effondrai sur l'estrade, hors d'haleine. Ido avait disparu. Il était sorti de ma tête. Heureuse d'avoir recouvré la maîtrise de mon corps, je caressai des mains la pierre froide. Mon poignet gauche était endolori, mais même cette douleur était délicieuse. J'étais de nouveau moi-même.

Pour combien de temps ?

Je me mis à genoux pour observer la silhouette d'Ido prostré sur son siège. Très lentement, il posa un doigt sur ses lèvres et sourit. Je frissonnai. Mon corps m'appartenait – pour le moment –, mais l'ombre de son pouvoir pesait encore sur moi.

Autour de l'estrade, les villageois se prosternaient en poussant des cris de joie. Affalés sur leurs bancs, les autres Yeux du dragon émergeaient peu à peu de leur transe. Se levant péniblement, Tyron s'avança vers moi d'un pas chancelant.

– Quelle manifestation de puissance, sire Eon ! s'exclama-t-il. C'était extraordinaire.

Son visage défait s'éclairait d'un sentiment de soulagement et de triomphe.

– À présent, vous avez vraiment mérité de siéger au Conseil, ajouta-t-il en lançant un regard de défi à sire Ido.

Celui-ci leva la main d'un air vaincu.

– Je ne dis plus rien, Tyron. Ce garçon nous a montré sa valeur aussi bien comme membre du Conseil que comme Coascendant.

Son regard croisa fugitivement le mien, en un instant de complicité dont je me serais passée. Tyron se tourna vers moi.

– Comment vous sentez-vous, sire Eon ?

Je détournai les yeux devant son expression pleine de sollicitude. Par mon silence, je les trahissais, lui et tous les autres.

– Je suis fatigué, répondis-je.

Il hocha la tête et m'aida à me lever.

– Ce n'est pas étonnant. Votre maîtrise de la mousson était stupéfiante.

Les Yeux du dragon s'étaient regroupés autour de nous. Ils murmurèrent leur approbation et me tapèrent doucement dans le dos.

– Cela dit, je crois que nous nous ressentons tous de cet effort, continua Tyron. Nous avons perdu énormément de *hua*.

Près de lui, sire Silvo hocha la tête. Son visage était blême, épuisé.

– Je n'avais encore jamais donné autant d'énergie, chuchota-t-il.

Tyron tapota son épaule.

– Nous avons tous besoin de repos. Les festivités pourront reprendre après que nous aurons dormi et récupéré notre *hua*.

Il se pencha vers moi.

– Recevez les remerciements des villageois. Ensuite, nous pourrons tous aller nous coucher.

Je fis face à la foule. Les visages tendus respiraient maintenant la joie. Tous s'écartèrent pour laisser s'avancer le doyen Hiron.

– Sire Eon, dit-il en s'inclinant. Seigneurs Yeux du dragon.

Il s'inclina encore plus profondément.

– Nous vous remercions tous humblement d'avoir sauvé une fois encore nos récoltes et notre village. Vous nous apportez une chance immense.

– Nous acceptons vos remerciements, vénérable doyen, répliquai-je en souriant tant bien que mal. Nous devons tous nous reposer, maintenant, mais nous attendons avec impatience la fête que vous avez organisée.

Le chef s'inclina de nouveau puis écarta les bras pour inviter les villageois à s'éloigner avec lui.

– Laissez le champ libre aux seigneurs Yeux du dragon. Nous leur exprimerons notre gratitude lors du banquet de ce soir. Allez vous préparer.

Tyron fit signe à Hollin de s'approcher.

– Conduis-moi à ma chambre, mon garçon. Je ne m'étais encore jamais senti aussi mal. Je dois vraiment vieillir.

Les autres apprentis furent appelés à leur tour pour aider leurs maîtres affaiblis. Tyron se retourna vers moi.

– Ryko n'est pas là ? demanda-t-il.

Je secouai la tête. Malgré mon hébétude épuisée, l'absence du géant me remplissait d'appréhension.

– Dans ce cas, Hollin peut aussi vous assister, dit Tyron en l'invitant d'un geste à me prendre le bras.

S'approchant derrière moi, sire Ido agrippa brutalement mon épaule.

– C'est inutile, sire Tyron. Sire Eon et moi-même logeons ensemble. Mon apprenti nous reconduira tous deux à la maison du Dragon. Elle n'est pas très loin, après tout.

Tyron hésita puis, cédant à sa lassitude, acquiesça de la tête. Il s'appuya lourdement sur Hollin et traversa l'estrade d'un pas traînant. J'aurais voulu les rappeler, mais je gardai le silence tant sire Ido me terrorisait.

– Prenez l'autre bras de sire Eon, ordonna-t-il à Dillon. Il peut à peine marcher.

Je sentis Dillon passer mon bras autour de son épaule. Tournant lentement la tête vers lui, j'approchai ma bouche de son oreille.

– Ne me laisse pas seul, chuchotai-je en désignant discrètement Ido.

Dillon regarda son maître, puis moi. Ses yeux étrangement jaunis se détournèrent. Cette fois, je ne pourrais pas compter sur son aide.

Tandis que nous descendions de l'estrade, Ido me pressa contre son corps. Une force assurée émanait de lui. Contrairement aux autres Yeux du dragon, il ne semblait pas exténué. Leur aurait-il également dérobé leur pouvoir ?

Deux des hommes de Ryko nous barrèrent le chemin. Je repris espoir en voyant qu'il ne m'avait pas laissée sans protection. Les gardes s'inclinèrent poliment devant sire Ido. Le plus âgé s'avança avec la détermination propre aux soldats.

– Merci de votre aide, sire Ido, déclara-t-il. Mais nous avons l'ordre de raccompagner sire Eon.

Je tentai de me dégager, mais Ido resserra sa prise. L'ambre de ses yeux prit un doux éclat argenté.

– Sire Eon dit qu'il n'a pas besoin de vous, répliqua-t-il d'un ton tranquille.

Je retins mon souffle. Ce soldat aguerri n'allait certainement pas succomber à la magie du dragon déployée par Ido. L'homme fronça les sourcils. Je vis son regard résolu se troubler.

– Non, attendez…

Ma phrase s'acheva par un gémissement. Ido avait enfoncé son pouce dans mon épaule, exactement comme mon maître lorsqu'il avait voulu m'imposer sa volonté lors de la cérémonie. Les deux gardes esquissèrent un salut puis s'éloignèrent.

Ido rit doucement.

– Votre pouvoir demeure encore en moi.

Il lâcha mon épaule mais la souffrance et l'épuisement me donnaient le vertige, si bien qu'Ido et Dillon durent presque me porter jusqu'à la cour de la maison du Dragon. J'entendis une porte coulisser. Levant la tête, je cherchai Rilla de mes yeux embrumés. Elle courut vers moi.

– Vous allez bien, seigneur ? Où sont vos gardes ?

Elle fit face à Ido.

– Que faites-vous avec lui ? Lâchez-le, je vais m'occuper de lui.

– Reculez, servante, rugit-il. Nous allons le conduire dans sa chambre.

Elle observa sire Ido et Dillon tandis qu'ils me faisaient franchir le seuil et me déposaient sur le grabat dans la pièce obscure. Ido s'assit à côté de moi, soi-disant pour me soutenir. En fait, il enfonça encore ses doigts dans ma chair en guise d'avertissement.

– Votre maître n'a besoin que de repos, déclara-t-il. Il est en proie à la fatigue des Yeux du dragon.

Rilla me regarda d'un air hésitant.

– Est-ce vrai, seigneur ?

– Sire Eon vous demande de sortir, dit Ido avec

douceur. Allez lui préparer une collation et laissez-le se reposer.

Je me débattis, dans l'espoir d'effacer de ses yeux la magie du dragon dont ils devaient briller. Cependant, le visage de Rilla se détendit et prit une expression soumise. Après s'être inclinée, elle sortit de la chambre.

– Va-t'en, ordonna Ido à Dillon.

Sans même attendre que la porte soit refermée, l'Œil du dragon se tourna vers moi.

Soudain libérée, je basculai sur le grabat. Je me reculai en hâte, jusqu'au moment où mon dos heurta le mur. Mon corps était encore ankylosé après les longues heures passées à lui obéir.

– Laissez-moi ! m'écriai-je d'une voix faible.

– C'est un peu tard pour ça, non ? dit-il en souriant et en redressant ses épaules. Vous avez donc cru avec Brannon que vous pourriez berner l'empereur et le Conseil des Yeux du dragon ?

Il éclata de rire.

– Apparemment, vous aviez raison. Tout le monde s'y est laissé prendre. Même moi.

Il se pencha pour caresser ma cheville. Je fis un bond pour échapper à sa main. La peur donnait à mon corps une énergie nouvelle.

– Mais je suis au courant, maintenant. Et cela vous met dans une situation plus que délicate, n'est-ce pas ?

Je le regardai, en guettant le moindre mouvement dans ma direction.

– Je dirais que vous êtes absolument en mon pouvoir, poursuivit-il en riant de nouveau tout bas. De toutes les façons.

J'enfonçai mes doigts dans les draps. Allait-il

encore faire de moi son esclave ? Je ne pourrais pas le supporter.

– Comment avez-vous fait ? demandai-je. Comment avez-vous pu m'asservir ainsi ?

– Si étrange que cela paraisse, je n'en sais rien. Je suppose que nous avons été reliés par mon dragon.

Il haussa les épaules.

– Quoi qu'il en soit, mon pouvoir s'en est trouvé décuplé. C'était grisant. Dommage que l'effet s'affaiblisse déjà, mais nous chercherons à y remédier.

L'effet s'affaiblissait. Cela signifiait-il qu'il n'était plus en mesure de me subjuguer ? Je me raccrochai à cette lueur d'espoir.

– Brannon a tout hasardé pour vous.

Il m'observa un instant.

– Vous faire passer pour une Ombre de Lune était très astucieux. Mais êtes-vous vraiment infirme ? Ou s'agit-il également d'une mascarade ?

Je détournai les yeux. La trahison de mon maître m'était toujours douloureuse.

– Vous êtes donc estropiée. Dommage. Cela dit, je vois maintenant la femme en vous, et elle n'est pas sans charme. Cela faisait-il partie de votre pacte avec Brannon ?

– Vous êtes répugnant, lançai-je avec toute la force de ma haine. Je sais que vous l'avez tué. Vous me dégoû…

La gifle manqua me faire tomber et laissa une marque brûlante sur ma pommette. En voyant la lueur qui s'allumait dans ses yeux, je frissonnai. Il me rappelait le garde de la saline.

– Avez-vous envie de continuer ?

Sa voix était douce. Je levai mes genoux pour me protéger.

– Comment avez-vous fait pour communier avec mon dragon ? demanda-t-il. Et pourquoi ne communiez-vous pas avec le vôtre ?

Je baissai les yeux sur le drap. Cela faisait si longtemps que je cachais ma véritable identité, que je gardais le silence sur mon échec. Cette fois, il ne m'était plus possible de feindre. Sa main se leva de nouveau.

– Je l'ignore, me hâtai-je de répondre.

– Vraiment ?

Je tressaillis quand ses doigts effleurèrent l'éruption laissée par la drogue sur ma peau.

– Vous êtes sûre ?

– Je ne me suis pas unie correctement à mon dragon lors de la cérémonie. Il s'est dérobé à moi.

L'impression de manque était toujours aussi cruelle.

– Mais je peux appeler votre dragon. Je ne sais pas pourquoi.

– Moi non plus.

Il secoua la tête.

– Décidément, vous êtes un mystère. Mais je crois que j'ai la clé de votre énigme.

– Que voulez-vous dire ?

– Le livre noir.

Mon visage inexpressif ne l'impressionna pas.

– Non, ça ne marche pas. Je sais que vous avez volé le livre rouge dans ma bibliothèque, ainsi que ma réserve de drogue solaire.

Instinctivement, je serrai le volume contre moi. Quand je m'en rendis compte, il était trop tard.

– Voilà donc sa cachette !

Il saisit mon poignet et remonta la manche de ma robe. Je sentis avec répugnance sa main chercher le lien de perles sur ma peau. Il glissa de force un doigt sous les perles et tira dessus. Elles résistèrent. Leur loyauté ranima mon courage.

– Je vois que les perles sont en harmonie avec vous. Cela doit avoir un sens.

Il me serra plus fort.

– Donnez-moi ce livre.

Je me débattis, mais il saisit ma mâchoire et projeta violemment ma tête contre le mur.

– Si vous ne me le donnez pas, je vais vous infliger un traitement que vous n'avez jamais imaginé.

La souffrance brouillait ma vision. Je hochai la tête et il lâcha prise. En poussant les perles sur mon bras, je les fis tomber sur le grabat avec le volume rouge.

Ido tendit vers lui une main prudente. Les perles se dressèrent comme un serpent prêt à attaquer. Il recula aussitôt.

– Intéressant.

Il me regarda.

– Avez-vous essayé de prendre le livre noir ?

– Non, je n'en avais pas envie.

– Vu ce que j'ai lu, cela ne m'étonne pas, dit-il en poussant un grognement approbateur.

Je ne pus retenir un mouvement de surprise.

– Que voulez-vous dire ?

– Nous nous ressemblons plus que vous ne le croyez. Nous recherchons tous deux le pouvoir, et nous avons besoin de *savoir*.

Je me raidis. Cette fois, il se trompait.

– J'ai entrepris de déchiffrer le livre noir,

poursuivit-il. Son écriture est très ancienne et j'ai mis longtemps à comprendre même le peu que j'ai élucidé. Il décrit un moyen d'unir tous les pouvoirs des Yeux du dragon en une arme unique.

– Le Rang de Perles ? chuchotai-je.

Il éclata d'un rire ravi.

– Décidément, nous nous valons. Brannon vous en a parlé, bien sûr. Vous avez raison : il s'agit d'une description du Rang de Perles. Jusqu'à maintenant, je ne comprenais pas vraiment ce que je lisais. Mais à présent que j'ai découvert votre petite mascarade…

Il se pencha et fit glisser sa main sur la soie de ma manche.

– Le texte affirme que le Rang de Perles exige l'union du Soleil et de la Lune. J'étais certain que vous étiez concernée, mais en tant qu'Ombre de Lune. Vous imaginez mon malaise. Les eunuques ne sont guère de mon goût. Puisque vous êtes une femme, cependant, tout devient nettement plus logique. Nous n'avons eu qu'un avant-goût de notre union, aujourd'hui. Songez à ce qui se passera quand non seulement nos pouvoirs, mais nos corps ne feront plus qu'un.

Je secouai la tête avec dégoût. Il posa sa main sur ma joue et me força à le regarder.

– Bien entendu, il faudra régler d'autres détails avant de pouvoir créer le Rang de Perles, mais cela ne nous empêche pas de faire connaissance dès maintenant… d'autant que vous êtes plutôt séduisante, il faut en convenir.

– Je vous mordrai, lançai-je.

– Faites donc, répliqua-t-il. Je vous rendrai morsure pour morsure.

– Je vais crier. Tout le monde accourra.

Il haussa les épaules.

– Allez-y, si vous avez envie d'être éventrée pour expier la fureur de l'empereur et du Conseil des Dragons.

Je serrai les dents.

– C'est une mort affreuse, murmura-t-il. Surtout quand l'opération dure une bonne heure. Évidemment, vous pourriez choisir de mourir pour m'échapper.

Il s'interrompit, comme s'il réfléchissait à cette hypothèse.

– Mais je ne crois pas que vous soyez du genre à vous suicider. Vous me ressemblez trop. Tant qu'on est vivant, on a une chance de gagner.

Il savait qu'il m'avait prise au piège. Du bout du doigt, il caressa doucement ma pommette. Puis sa main trouva ma natte d'Œil du dragon et la tira brutalement pour me forcer à renverser la tête en arrière. Je me détournai de sa bouche, de sa barbe humide d'onguents parfumés.

– Eona, chuchotèrent ses lèvres sur ma peau. Un si joli nom, et si bien caché.

Je luttai contre cet homme osant se servir de mon vrai nom, qu'il m'avait arraché au cœur de mon être. Mes ongles s'enfoncèrent dans sa chair, sans résultat. Je serrai les lèvres, mais sa bouche se pressa sur la mienne. Il sentait la vanille et l'orange, comme son dragon. Dans ma surprise, j'abandonnai mes lèvres à son baiser. Il recula, aussi étonné que moi.

– Peut-être vos goûts sont-ils plus semblables aux miens que vous ne voulez l'admettre, dit-il.

Il prit mon menton dans sa main.

– Vous pourriez vous joindre à moi volontairement. À nous deux, nous pourrions nous emparer du pays.

Je sursautai.

– Vous voulez devenir empereur ?

– Il serait absurde d'acquérir le pouvoir du Rang de Perles pour le donner à un autre.

– Le Grand Seigneur Sethon est-il au courant de vos projets ?

Il lâcha mes cheveux et éclata de rire.

– Vous comprenez vite. Mais ne croyez pas que vous pourriez comploter avec Sethon contre moi. Personne n'écoutera une femme ayant souillé de sa présence les manoirs sacrés des dragons. Surtout quand j'aurai révélé que vous ne vous êtes pas unie au dragon Miroir. Je serais même surpris qu'on ait la patience de vous éventrer.

Il passa son index sur ma gorge.

– Au moins, ce serait rapide.

Il disait vrai. Dès qu'il aurait démasqué mon imposture, je serais exécutée. Son doigt se posa sur ma bouche.

– Gardez le silence, Eona. Faites ce que je vous dis, et vous resterez en vie. Si vous êtes sage, peut-être même éviterai-je de vous faire trop mal. Vous comprenez ?

Je hochai faiblement la tête.

– C'est bien.

Il tapota ma joue.

Je détournai mon visage, incapable de cacher ma terreur en sentant sa main dessiner le contour de ma mâchoire. Ses yeux d'ambre s'éclairèrent d'une résolution implacable tandis que ses doigts descendaient au creux de mon cou, suivaient le col de ma robe jusqu'à la fermeture en haut de mon épaule.

Il s'interrompit en entendant des pas précipités.

– Sire Eon ! cria une voix dans la cour.

Ido pressa sa main sur ma bouche en me menaçant du regard.

– Des messagers sont arrivés. De la part de l'empereur. Ils vous demandent, seigneur. De grâce, il faut que vous veniez. Tous les seigneurs Yeux du dragon sont en train de s'assembler.

Ido claqua la langue d'un air irrité. Avec un sourire de regret, il effleura du doigt mes lèvres puis me relâcha. Se levant d'un bond, il fouilla dans mes bagages. Il en tira une grande serviette, qu'il déplia pour y envelopper adroitement le livre et les perles s'agitant avec fureur.

– Peut-être serez-vous tentée de chercher de l'aide ou même de vous enfuir, dit-il à voix basse. N'en faites rien. Je retrouverais votre trace. Je capturerais votre servante et son petit monstre et je les livrerais à mes hommes. Je suis sûr qu'ils dureraient au moins une heure avant de mourir.

Il ouvrit la porte et toisa le villageois prosterné à ses pieds.

– La prochaine fois, ne dérangez pas vos supérieurs.

Sa voix était douce, mais le malheureux se raidit, terrifié. Ido se tourna vers moi. Son regard s'attarda sur mon corps.

– Félicitations pour votre succès d'aujourd'hui, sire Eon, lança-t-il. Vous avez dépassé toutes nos espérances.

Il sortit en souriant.

## *Chapitre 18*

Le villageois devant la porte se prosterna de nouveau. Je le regardai fixement, incapable de desserrer l'étau de l'horreur qui m'oppressait. Il leva lentement la tête.

– Seigneur ? hasarda-t-il. Pardonnez-moi, mais le messager a dit que c'était très urgent.

Je pris une inspiration tremblante. Ido était parti. Provisoirement, du moins.

– Dites-leur…

Ma voix se brisa. Je respirai de nouveau profondément et m'efforçai de prendre un ton résolu.

– Dites-leur que j'arrive. Laissez-moi, maintenant.

Il s'éloigna à reculons, en me laissant face au jardin et à mon accablement. Ido me tenait en son pouvoir. Je frissonnai. Non seulement il dominait mon corps et mon esprit, mais il m'avait acculée à trahir mes amis et mes alliés.

Quelle que soit ma décision, je contribuerais à leur défaite. Si j'avouais la vérité au Conseil, je serais exécutée. L'empereur et le prince seraient privés de leur allié Ascendant et du soutien des Yeux du dragon. Sire Sethon s'emparerait du trône. Si j'obéissais à Ido, je serais contrainte de suivre ses instructions au Conseil et Sethon serait le maître des Yeux du dragon. Ryko et sa Résistance n'auraient plus aucun soutien. Quant à dame Dela, elle serait à la merci d'une cour où elle était considérée comme un démon. Je ne pouvais même pas m'enfuir sans livrer Rilla et Chart à la vengeance d'Ido.

J'avais manqué à tous mes devoirs. Et derrière tout cela se profilait l'ambition ultime d'Ido : créer le Rang de Perles avec moi et devenir empereur. Que ce fût ou non possible, la pensée qu'il pourrait avoir un tel pouvoir me rendait malade de terreur.

Il me restait une autre solution, mais Ido m'avait percée à jour. Il n'était pas dans ma nature de choisir le suicide. Peut-être étais-je lâche, mais je ne me sentais pas prête à mourir. Ni pour l'empereur, ni pour le prince, ni même pour mes amis. Et ce honteux manque de courage faisait de moi l'esclave des désirs d'Ido.

Qui sait si ce n'était pas cette indignité qui avait éloigné le dragon Miroir ? Sur l'estrade, je n'avais même pas aperçu vaguement sa silhouette. On aurait dit qu'il n'avait jamais existé. Et voilà que j'avais perdu mon dernier lien avec lui, le livre rouge. Je touchai mon bras nu, en regrettant le contact rassurant des perles. Ido m'avait vraiment tout pris.

Rilla apparut sur le seuil.

– Seigneur, Ryko est de retour.

Cette nouvelle me sortit de mon hébétude désespérée.

– Ryko ?

– Me voici, seigneur.

Il entra dans la chambre et s'inclina. Même s'il était couvert de boue et sentait l'eau stagnante, son visage était illuminé par un sourire radieux.

– Félicitations, seigneur. Votre splendide succès nous a rendu à tous l'espoir.

– Où étiez-vous ?

Je me levai du grabat, soudain furieuse.

– Vous aviez dit que vous seriez de retour pour l'épreuve.

– Je suis désolé, seigneur, lança-t-il en reculant devant ma colère. Je cherchais le messager d'Ido pour découvrir de quelle information il était porteur.

– Vous auriez dû revenir.

– Mes hommes avaient l'ordre de veiller sur vous. N'auraient-ils pas fait leur devoir ?

Je ne pus soutenir son regard si franc.

– Si, vos hommes sont venus.

Je jetai un coup d'œil à Rilla, mais elle ne semblait pas avoir remarqué mon mensonge. La magie du dragon pratiquée par Ido agissait peut-être aussi sur la mémoire.

– Avez-vous trouvé le messager ?

– Non sans peine. On l'avait jeté dans un vieux canal, la gorge tranchée.

Rilla fit la grimace.

– Mais pourquoi ?

Ryko frotta avec lassitude son visage maculé de boue.

– J'imagine qu'on a voulu empêcher que quelqu'un comme moi lui soutire son message.

– À moins qu'un autre ne soit parvenu le premier à le faire parler, observai-je.

Ryko hocha la tête.

– C'est possible. Mais au fond de moi, je sais que c'est *lui* le responsable.

Il désigna de la tête la chambre d'Ido.

– Sire Eon ! appela-t-on dehors.

C'était la voix de sire Tyron.

– Les envoyés de l'empereur sont là. Vous devez venir, maintenant.

Flanqué de Hollin, le vieil Œil du dragon passa la tête par la porte.

– Ils ne parleront qu'en votre présence.

Je ne pouvais différer davantage. Redressant les épaules, j'essayai de trouver le courage d'affronter de nouveau Ido.

– Je crains que les nouvelles ne soient mauvaises, murmura Tyron tandis que nous pénétrions dans le couloir. Six messagers pour un unique message... Quel luxe de précautions.

Toute la population du village semblait s'être rassemblée autour de l'estrade. À présent que le Roi Mousson avait été vaincu, la place centrale était de nouveau ouverte aux femmes et aux enfants. Elle aurait dû résonner de rires, de cris joyeux. En fait, tous regardaient en silence les six émissaires de l'empereur. Ils étaient encore à cheval, bien que leurs montures fussent trempées de sueur et apeurées par la foule.

Au milieu des vêtements ternes, mon regard fut attiré par le miroitement d'une soie vert et doré. Dame Dela, escortée de deux des hommes de Ryko, se dirigeait vers nous. Son visage souriant me remplit de honte. Je faisais courir un tel danger à mes amis. Après avoir fait signe à Rilla d'aller à sa rencontre, je me tournai vers les messagers. Je sentais le regard d'Ido peser sur moi du haut de l'estrade. Serrant les poings, je luttai contre la peur panique qui me donnait envie de fuir loin de lui. Hollin et Ryko s'avancèrent en se frayant un chemin parmi les villageois inquiets. Quand Tyron et moi montâmes sur l'estrade, la tension fut à son comble.

– Nous cherchons sire Eon, l'Œil du dragon Miroir, dit le chef des messagers.

Sa voix de citadin cultivé résonna d'un bout à l'autre de la place.

– Je suis sire Eon, lançai-je.

Je n'eus pas la force d'ajouter mes titres officiels. Les six cavaliers mirent pied à terre. Jetant ses rênes dans les mains de son voisin, le chef prit un rouleau puis tomba à genoux près de l'estrade et inclina à trois reprises son front jusqu'au sol tandis qu'on croisait deux sabres courts au-dessus de son dos, car il appartenait à la garde personnelle de l'empereur. Avec solennité, il leva le rouleau, dont le sceau représentait le dragon impérial. Le message était bref.

*À sire Eon, Œil du dragon Miroir, Coascendant du Conseil des Yeux du dragon.*

*Mon vénéré père est mort. Puisse son esprit accompagner nos glorieux ancêtres et combler de chance mon règne.*

*Retournez immédiatement à la capitale pour participer avec moi à la veillée du fantôme. Recevez les conseils de dame Dela qui a étudié les rituels avec l'autorisation de mon père et connaît le rôle vous incombant dans la cérémonie.*

*L'Empereur Perle Kygo-Jin-Ran.*

Je regardai les visages attentifs autour de moi.

– L'empereur a rejoint le pays de ses ancêtres, déclarai-je.

En observant l'expression ostensiblement affligée d'Ido, je fus certaine qu'il était déjà au courant. Le messager du matin avait dû tout lui dire. Avait-il joué un rôle dans la mort de l'empereur ? Elle tombait trop bien pour être le fruit du hasard. Et comment expliquer autrement que son messager ait pu l'apprendre et porter la nouvelle avant les cavaliers impériaux ?

Les villageois proches de l'estrade chuchotèrent la nouvelle, jusqu'au moment où un gémissement s'éleva de la foule puis s'amplifia en une lamentation si perçante qu'on devait certainement l'entendre dans l'autre monde.

– Nous devons tous rentrer ! s'exclama sire Tyron au milieu du tumulte.

Je hochai la tête d'un air hébété.

– Je suis convoqué pour participer à la veillée du fantôme avec le prince…

Je m'interrompis. Le prince Kygo était maintenant empereur.

– Avec notre glorieux nouveau souverain.

– La veillée du fantôme ? s'écria sire Silvo incrédule. Cela signifie que l'Empereur Perle vous choisit pour Assistant du deuil. Vous voilà promu gardien de l'esprit du défunt empereur.

Il s'inclina profondément.

– Puissent vos fonctions sacrées faciliter son voyage vers ses nobles ancêtres.

Autour de nous, les lamentations stridentes cédèrent la place aux rythmes plus apaisés d'une prière que la foule psalmodiait sous la direction d'un saint homme à l'autre bout de la place.

– Notre nouvel empereur a pris là une sage décision, dit Tyron à voix basse.

Silvo se rapprocha pour l'entendre.

– Surtout maintenant que sire Eon a démontré son pouvoir et son aptitude à présider le Conseil. Cela devrait dissuader Sethon de faire valoir ses droits.

Je regardai fixement Tyron.

– Que voulez-vous dire ?

– Le prince Kygo sera Empereur Perle pendant douze jours avant que le corps de son père soit enseveli, expliqua Tyron. Après quoi, il sera officiellement déclaré Empereur Dragon. Cependant, cette période est particulièrement dangereuse, car tout membre masculin de la lignée impériale peut alors revendiquer le trône. Aussi la coutume veut-elle que l'Empereur Perle fasse exécuter ses frères cadets, afin d'éviter les guerres pouvant naître de telles revendications.

– C'est ce qu'on appelle le Droit de Reitanon, confirma sire Silvo. Mais je doute que notre nouvel empereur se conforme à cette tradition. Il tient de son père.

– Oui, je suis sûr qu'il épargnera son petit frère, dit Tyron. Cet enfant n'est pas une menace. Néanmoins, Sethon n'a pas fait mystère de ses ambitions. Et il a le soutien des armées, qui sont commandées par ses propres frères cadets.

– Je ne puis empêcher le Grand Seigneur Sethon de faire valoir ses droits ! m'écriai-je en agrippant la manche de Tyron. Vous ne devez pas compter sur moi pour l'arrêter. J'en suis incapable !

Tyron se dégagea de ma main frénétique.

– Calmez-vous, sire Eon. Vous n'aurez pas personnellement à vous opposer à Sethon. Il suffira qu'il sache que son neveu a le soutien de votre pouvoir. Vous êtes l'Œil du dragon Miroir, vous êtes l'Ascendant et vous avez maintenant le soutien inconditionnel du Conseil. Il serait fou de se dresser contre une telle force, même avec l'appui des armées.

Un sanglot monta dans ma gorge. Le prince – le nouvel empereur – était en train de bâtir sa forteresse sur les sables mouvants de mon pouvoir.

Je m'accrochai de nouveau à Tyron.

– Vous ne comprenez pas…

– Sire Eon, m'interrompit la voix ample d'Ido. Notre nouvel empereur vous honore grandement.

Je sentis sa main se refermer sur mon épaule meurtrie.

– Il vous confère des positions toujours plus élevées. Bientôt, vous perdrez de vue l'humble réalité de vos origines.

Tout en appuyant insidieusement sur l'endroit douloureux, il me fit pivoter pour que je me retrouve en face de Rilla et de dame Dela. Des larmes zébraient le fard pâle de cette dernière. Pleurait-elle la mort du vieil empereur ou la perte de son protecteur ?

– Je n'oublierai jamais mes origines, dis-je les dents serrées.

– Ni vos responsabilités, j'en suis certain, ajouta-t-il.

Ses doigts caressèrent mon épaule avant de me relâcher.

– Sire Eon est tout à fait conscient de ses responsabilités, déclara Tyron d'un ton ferme. Comme nous tous en cette circonstance.

Il fit un signe à Hollin.

– Rassemble tout le monde, commanda-t-il.

Nous devons partir sur-le-champ pour pleurer le défunt souverain et soutenir son successeur.

Le chef des messagers impériaux s'inclina de nouveau.

– Sire Eon, afin d'accélérer votre retour à la capitale, Sa Glorieuse Majesté, l'Empereur Perle, a ordonné que des chevaux frais vous attendent dans les villages de Reisan, Ansu et Diin.

Tyron hocha la tête avec approbation.

– Avec trois relais, vous devriez arriver dès le matin. Nous vous suivrons aussi vite que possible. En forçant l'allure, nous devrions vous rejoindre à la tombée de la nuit.

Le gong du village fit retentir le premier des douze coups du glas. Autour de nous, les villageois se prosternèrent en touchant du front les pavés.

– Aidez-moi à me baisser, mon garçon, dit Tyron. Je suis si fatigué que je crains de tomber de l'estrade.

J'attrapai son bras et me raidis pour supporter son poids tandis qu'il se mettait à genoux. Puis je pris ma place derrière lui, en m'agenouillant comme les autres Yeux du dragon tout autour de l'estrade.

Pendant que les coups de gong résonnaient sur la place, je me remémorai la leçon dans la bibliothèque avec le professeur Prahn et le prince. Avec le recul, il me semblait évident que la visite imprévue de l'empereur avait été orchestrée pour gagner mon soutien. Je croyais pourtant en la sincérité de sa gentillesse envers ce petit paysan terrifié d'être devenu un seigneur. Et même si cela n'importait sans doute guère à un personnage aussi éminent, j'avais ressenti pour lui une grande sympathie. Sa mort m'affectait certes moins que celle de mon maître, mais cette tristesse était une nouvelle blessure déchirant mon cœur.

À présent, le prince – l'Empereur Perle – allait devoir affronter à la fois le chagrin d'avoir perdu son père et les dangers de sa propre accession au trône impérial. Nous avions juré de nous aider mutuellement à survivre. Toutefois, il avait conclu ce pacte avec sire Eon, pas avec une misérable fille du peuple à la merci de son ennemi. Je ne pouvais pas plus pour sa survie que lui pour la mienne.

Le dernier coup de gong retentit dans le silence. À côté de moi, sire Tyron poussa un soupir.

– Partez, sire Eon, dit-il. Allez mettre votre pouvoir au service de notre nouveau souverain. Forcez Sethon à s'agenouiller devant lui.

Dame Dela s'installa près de moi dans la voiture, en lissant gauchement sa robe blanc crème aux lourdes broderies. Pendant le bref moment que nous avions eu pour nous préparer au voyage de retour, elle n'avait fait que fouiller ses bagages avec agitation en répétant que sa tenue ne convenait pas au deuil. Pour qu'elle cesse sa quête frénétique, il fallut que Rilla la prenne par les mains, l'asseye dans un fauteuil et ordonne à sa servante de trouver une tenue digne de l'empereur.

Non contente de changer de robe, la noble dame avait ôté son maquillage de cour. Privé de son masque pâle, son visage anguleux apparaissait livide et assombri par le chagrin. Elle me sourit faiblement, en tripotant l'anse du petit panier posé sur ses genoux. Rilla m'avait également enlevé en hâte ma robe d'Œil du dragon pour lui substituer une tunique et un pantalon sombres, mieux adaptés à une dure nuit de voyage. J'étais soulagée de ne plus porter cette robe rouge, qui me semblait sentir encore la vanille et l'orange. Malheureusement, je n'avais pas eu le temps de me baigner afin d'effacer sur ma peau toute trace du contact d'Ido.

La voiture tangua de nouveau quand Rilla prit place en face de nous, sur l'étroit siège des serviteurs. Elle demanda à Ryko de placer à ses pieds un gros panier rempli de provisions. Je fronçai les sourcils tandis qu'elle me défiait du regard. Nous en avions déjà parlé : je ne voulais rien manger.

– Sauf votre respect, seigneur, dit-elle avec brusquerie, il faut que vous mangiez. Autrement, vous n'aurez pas la force de rendre honneur au défunt empereur.

– C'est vrai, sire Eon, approuva dame Dela. La veillée du fantôme est très éprouvante.

Je savais qu'elles avaient raison. Je ferais mieux de me restaurer, mais la simple idée d'avaler une bouchée me donnait la nausée. Une nouvelle dose de drogue solaire ne me remettrait-elle pas d'aplomb ? Cela dit, la drogue avait déçu tous mes espoirs lors de la cérémonie du Roi Mousson. Peut-être ne faisait-elle de l'effet que sur les hommes. Était-ce pour cela qu'elle ne m'avait pas aidée à voir mon dragon ? À moins qu'Ido n'ait réussi à me séparer de lui… Je sentis de nouveau le désespoir m'envahir.

– Eh bien, donnez-moi quelque chose, dis-je en essayant d'oublier cette sensation suffocante de vide.

Rilla sortit du panier une boîte laquée, souleva son couvercle et me la tendit en s'inclinant brièvement. Trois boules de riz épicé enveloppées dans des algues étaient disposées sur de fines tranches de chou, comme des œufs d'oiseau dans un nid. Un plat magnifique, préparé avec soin. Il me donnait envie de vomir.

– Seigneur, seigneur ! Attendez, de grâce !

Le doyen Hiron accourait en agitant un objet. Ryko l'arrêta net en levant la main.

– Sire Eon s'apprête à partir, dit-il. Que lui voulez-vous ?

Je me penchai par-dessus dame Dela. Nous avions déjà salué et remercié comme il convenait le chef du village. Que signifiait cette intrusion ?

– Seigneur, lança-t-il hors d'haleine. C'est un homme honnête, simplement il ne savait comment vous approcher, ce qui avec la terrible nouvelle de la mort de…

Le vieillard se pencha en essayant de reprendre son souffle.

– De quoi parlez-vous ?

– De ceci, seigneur.

Le doyen Hiron brandit le compas au rubis.

– Jie-can, notre boulanger, l'a trouvé près de l'estrade. C'est un homme de bien. Il est venu me voir dès qu'il a pu.

Je regardai fixement le disque d'or. Je l'avais laissé tomber en me tournant pour voir le dragon Miroir. Lequel avait disparu. De nouveau, cette perte terrible m'accabla. Le vieux chef pâlit.

– Je vous en prie, seigneur. Ne vous mettez pas en colère. C'était…

– Je ne suis pas en colère, dis-je en me reculant sur mon siège. Donnez-le à dame Dela.

Je n'avais même pas remarqué son absence.

Du reste, c'était sans importance. Mon dragon m'avait abandonnée. Je n'étais pas digne de tenir de nouveau un instrument d'Œil du dragon.

Le vieillard s'approcha en hâte de la voiture et tendit le compas, non sans jeter un coup d'œil ahuri à l'étrange dame de la cour. Celle-ci prit le compas avec grâce et sourit au villageois stupéfait.

– Merci, doyen Hiron, dit-elle suavement.

– Oui, et remerciez également votre boulanger de ma part, ajoutai-je.

Il s'inclina et recula, en fixant dame Dela d'un air incrédule. Ryko ferma la porte basse de la voiture et monta à cheval. Se penchant vers nous, il attendit mon bon vouloir.

– Partons, dis-je.

Il cria mon ordre. La voiture s'ébranla, et bientôt la cabine bien suspendue oscillait doucement. Me retournant, je vis s'amenuiser les silhouettes de Tyron et Silvo, immobiles et silencieux au milieu des préparatifs bruyants de leurs serviteurs. Cependant, je ne pus répondre à leur salut solennel.

Dame Dela me tendit le compas.

– Vous devez me pardonner, seigneur, d'avoir négligé de vous féliciter pour votre glorieuse victoire sur Ido. La triste nouvelle de la mort de l'empereur…

Elle s'interrompit en réprimant un sanglot. La perle noire tremblait sur sa gorge.

– Ce funeste événement m'a bouleversée. Néanmoins votre courage et votre pouvoir ont assuré la loyauté du Conseil. Sa Majesté avait raison. Vous avez été envoyé par les dieux pour installer le prince sur son trône. Soyez-en remercié.

Je ne pus supporter sa gratitude.

– Personne ne m'a envoyé, lançai-je brutalement.

– Je... je suis désolée, seigneur, balbutia dame Dela décontenancée.

Rilla se racla la gorge.

– Puis-je vous proposer du vin ou de l'eau, seigneur ?

– Non, je ne veux rien.

Non sans hésitation, dame Dela me présenta de nouveau le compas.

– C'est une chance que cet objet ait été restitué, dit-elle en ignorant mon impolitesse. Je sais qu'il s'agit d'un instrument essentiel pour votre art. Et il est très beau.

Elle effleura des doigts la surface gravée. Je ne voulais pas y toucher.

– Posez-le quelque part, ordonnai-je en lui faisant signe de l'éloigner de moi.

Mais elle ne m'écoutait pas, absorbée par le compas.

– Je connais ce caractère, dit-elle en le dessinant du bout des doigts sur l'inscription. Il signifie « ciel ». Il s'agit d'une forme antique d'écriture des femmes.

Elle désigna un autre caractère.

– Celui-ci veut dire « vérité ».

Elle leva les yeux vers moi.

– Pourquoi un instrument d'Œil du dragon est-il rédigé dans l'écriture des femmes ?

J'étais figée sur place. D'innombrables mensonges s'écroulaient en moi, en un tumulte d'où seuls trois mots émergeaient distinctement : « écriture des femmes ».

– Que dit l'inscription ? chuchotai-je.

Dame Dela me regarda avec stupéfaction.

– Que dit-elle ? hurlai-je.

Elle se recroquevilla sur son siège. Du coin de l'œil, je vis le cocher se retourner vers nous. Rilla semblait sous le choc. Je me forçai à baisser la voix.

– Dites-moi ce que signifie ce texte.

Dame Dela s'humecta les lèvres puis observa de nouveau le compas. Avec lenteur, elle fit glisser son doigt le long du cercle le plus central.

– Il raconte que le dragon Miroir est…

Elle s'interrompit, les yeux écarquillés.

– Le dragon Miroir est la *reine* des cieux ! s'écria-t-elle en cachant sa bouche derrière sa main. Par tous les dieux, un dragon femelle !

Mon dragon était une femelle. L'évidence s'imposa à moi, me remplissant d'étonnement, d'espoir et de consternation. Elle m'avait choisie, et je l'avais chassée.

Dame Dela vit mon regard accablé.

– Vous ne le saviez pas ? Comment pouviez-vous l'ignorer ?

– Elle est la reine ? intervint Rilla. Bien sûr, c'est logique…

Je me précipitai vers elle et la plaquai brutalement contre la paroi de la voiture.

– Ne le dites pas ! criai-je en pressant sa poitrine. Taisez-vous !

Le cocher se retourna de nouveau.

– Que se passe-t-il, seigneur ? Voulez-vous faire halte ?

– Continuez d'avancer ! hurlai-je.

Rilla haletait sous mes mains.

– Je vous promets que je ne dirai rien. Je vous le jure !

– Qu'est-ce qu'elle ne doit pas dire, sire Eon ? demanda dame Dela en tirant sur mon bras.

Avec sa force d'homme, elle me força à me rasseoir sur mon siège.

– Qu'est-ce qui est logique ?

Je voulus saisir le disque d'or, mais elle l'écarta avec vivacité. D'un seul coup, elle comprit.

– Vous n'êtes pas Ombre de Lune, n'est-ce pas ?

Je me débattis pour dégager mon bras, mais elle le serra plus fort.

– Êtes-vous une femme ?

Bien que je ne pusse détacher mes yeux de son regard ardent, je ne réussis pas à parler.

– Êtes-vous une femme ? cria-t-elle.

Sa voix ne tremblait pas de colère, mais de terreur.

– Oui, chuchotai-je.

Elle recula en lâchant mon bras comme s'il était malade.

– Une femme, dieux du ciel ! Une femme au Conseil des Yeux du dragon. Savez-vous ce qu'ils feront s'ils le découvrent ?

Je hochai la tête.

– Mais vous avez le pouvoir du dragon Miroir, ajouta-t-elle en hâte. Elle vous a choisie parce que vous étiez une femme, n'est-ce pas ? Ils le comprendront sans doute et…

Mon regard me trahit malgré moi. Dame Dela pâlit.

– Vous n'avez pas son pouvoir ? demanda-t-elle d'une voix éperdue. Dites-moi que vous l'avez.

– Non.

Elle ferma les yeux et poussa un gémissement déchirant avant de prier en haletant :

– Dieux compatissants, faites que notre mort soit rapide et sans souffrance.

– Vous êtes pourtant venue à bout du Roi Mousson, observa Rilla.

Je détournai les yeux de son visage décomposé.

– C'est Ido qui a tout fait. Il m'a pris mon pouvoir et a fait croire à tout le monde que je dirigeais les Yeux du dragon. Il m'a dit que si je ne lui obéissais pas, il révélerait au Conseil que j'étais une femme. Ils me tueront, Rilla.

Je tendis la main vers elle, mais elle ne bougea pas.

– Il m'a dit qu'il vous livrerait à ses hommes, Chart et vous, si jamais j'essayais de m'enfuir ou de chercher du secours.

Dame Dela ne put retenir un cri étouffé.

– Nous n'avons donc pas le Conseil avec nous. Nous n'avons rien.

Elle se couvrit le visage des mains. Rilla se pencha vers moi.

– Comment Ido a-t-il pu vous prendre votre pouvoir si vous n'en possédez aucun ? J'ai vu le livre rouge. On sentait une force en lui. J'ai vu les perles remuer toutes seules.

– Je n'ai pas le pouvoir du dragon Miroir, expliquai-je. Lors de la cérémonie, je ne me suis pas unie à lui – à elle – comme il convenait. Toutefois, je peux appeler le dragon de sire Ido. J'ignore comment. Et c'est ce pouvoir dont il s'est emparé.

Dame Dela releva la tête.

– Pourquoi ne vous êtes-vous pas unie à votre dragon ?

– Je n'en sais rien. J'ai senti sa présence dans l'arène. Nous avons vraiment communié, je le jure. Mais ensuite, elle a commencé à se dérober à moi.

Je m'interrompis, la gorge serrée par cette perte affreuse.

– Et maintenant, elle a disparu.

Rilla se redressa sur son siège et lissa sa robe afin de se redonner une contenance.

– Peut-être n'a-t-elle pas apprécié que vous vous fassiez passer pour un garçon, lança-t-elle d'un ton acerbe.

Je la regardai bouche bée. Tout devenait soudain cohérent.

– La drogue solaire !

Elle me regarda en écarquillant les yeux.

– L'infusion de la faiseuse de fantômes !

Dame Dela fronça les sourcils.

– Comment ?

– Avant la cérémonie, mon maître m'a donné une infusion à prendre chaque matin. Elle a interrompu mes…

Je fus incapable de prononcer le mot.

– Elle suspend les règles, se hâta d'expliquer Rilla. Et la drogue solaire est utilisée par les Ombres de Lune pour conserver leur virilité.

– Ryko en prend, confirma dame Dela.

Elle me considéra avec attention.

– Vous voulez dire que vous en avez pris vous-même ?

– Je pensais qu'elle m'aiderait à entrer en contact avec mon dragon, me défendis-je. Ido en prend pour renforcer son lien avec le dragon Rat.

Une nouvelle déduction s'imposa à moi.

– L'infusion de la faiseuse de fantômes a dû repousser le dragon Miroir. Le phénomène s'est encore accentué après que j'ai pris de la drogue solaire.

– Se pourrait-il que le dragon femelle soit attiré par l'énergie féminine ? chuchota dame Dela.

Le souffle coupé, je compris qu'elle avait mis le doigt sur la vérité. Cette énergie féminine que j'avais tout fait pour éliminer en moi, c'était elle qui faisait venir mon dragon.

– En somme, si vous cessez de prendre l'infusion et la drogue en question, vous pourrez communier avec le dragon Miroir, dit-elle. Je vous en prie, dites-moi que j'ai raison.

Je baissai la tête.

– Il y a un autre problème.

Dame Dela et Rilla attendirent, le visage tendu.

– Je ne connais pas le nom de mon dragon. Et, sans lui, je ne puis invoquer son pouvoir.

L'ironie sinistre de la situation m'arracha un sourire amer.

– Le seul endroit où je pourrais trouver ce nom, c'est le livre rouge.

– Celui que Ryko et vous avez volé à sire Ido ? demanda dame Dela.

– Oui. Malheureusement, il me l'a repris il y a quelques heures.

Je sentais encore en moi la trace de son emprise brutale. Cette idée m'était insupportable. Je serrai les dents pour réprimer mes larmes brûlantes.

– Ce texte est lui aussi rédigé dans l'écriture des femmes. Vous auriez pu le lire pour moi.

Je déglutis péniblement.

– J'aurais pu découvrir le nom du dragon Miroir.

Rilla effleura mon genou. Ce simple geste me

rendit plus difficile de contenir mon chagrin. Dame Dela avait pris un air pensif.

– Il vous reste donc une chance d'accéder au pouvoir du dragon.

Retrouvant son réalisme d'habituée de la cour, elle hocha la tête.

– Il faut que nous récupérions ce livre.

L'espoir se réveilla en moi. Si j'avais mon dragon avec moi, Ido ne pourrait plus me dominer.

– Nous le lui avons volé une fois, approuvai-je en hâte. Rien ne nous empêche de recommencer.

Elle leva la main.

– Auparavant, vous devrez avertir le nouvel empereur qu'il ne peut compter sur votre pouvoir ni sur le soutien du Conseil.

– Non ! m'exclamai-je. Ce serait ma mort ! Il faut d'abord retrouver le livre rouge.

Elle me regarda avec froideur.

– Vous lui devez la vérité, déclara-t-elle. De toute façon, votre silence vous serait également fatal. Ryko vous tuera si vous trahissez de nouveau l'empereur.

Elle observa par la fenêtre la silhouette sombre du géant chevauchant devant notre voiture.

– J'aurai déjà du mal à le dissuader de vous égorger quand il apprendra vos mensonges, soupira-t-elle. Il avait placé tant d'espoir et de foi en vous. Moi aussi, du reste.

L'espace d'un instant, j'imaginai le visage de Ryko quand il découvrirait la vérité. Je frissonnai. Au-delà de ma peur, j'étais accablée en songeant combien ma trahison le blesserait.

Dame Dela se renversa sur son siège.

– Nous devons prier les dieux que l'empereur

ne vous fasse pas exécuter sur-le-champ. Espérons que vous aurez le temps de lui dire qu'il vous reste une chance d'obtenir le pouvoir du dragon Miroir.

– Une chance minime, observai-je.

– Vous feriez mieux de vous y raccrocher de toutes vos forces, répliqua-t-elle sèchement. Votre vie en dépend.

Nous restâmes un moment silencieuses, terrifiées par ce que l'avenir pourrait nous réserver.

– Eh bien, dit enfin dame Dela. Il faut que je parle à Ryko.

Se levant de son siège en vacillant, elle tapota le dos du cocher.

– Arrêtez-vous, mon brave.

Elle se retourna vers moi.

– Ne sortez pas. Qu'il ne voie pas même votre visage.

Comme elle lissait ses cheveux, je vis que sa main tremblait.

– Cette nouvelle va le tuer.

La voiture ralentit puis s'immobilisa. Aussitôt, Ryko arrêta son propre cheval. Après m'avoir lancé un dernier regard de reproche, dame Dela sortit en se hâtant pour empêcher Ryko d'approcher.

Rilla se mit à déballer des boîtes de provisions.

– Vous feriez aussi bien de manger. Nous n'allons certainement pas repartir de sitôt.

Je jetai un coup d'œil par-dessus l'épaule du cocher. Ryko avait mis pied à terre et confié ses rênes à son second. En voyant dame Dela s'avancer, il s'inclina d'un air interrogateur. Elle lui fit signe de la suivre plus loin sur la route déserte. Tandis qu'ils s'éloignaient, leurs voix furent couvertes par les appels stridents des oiseaux dans les arbres. Soudain, Ryko se raidit. S'écartant de dame Dela, il se tourna vers la voiture, les poings serrés. Même si je ne pouvais distinguer nettement son visage dans le crépuscule, je sentais sa fureur. Dame Dela agrippa son bras, avec une vigueur qui n'avait rien de féminin. Je le vis se retourner vers elle, en luttant visiblement pour se maîtriser.

– Je suis désolée, chuchotai-je.

– Vous auriez dû tout me dire, déclara Rilla.

Elle ouvrit une autre boîte, contenant des anguilles argentées, et la posa sur le siège à côté de moi.

– Peut-être aurais-je pu vous aider.

– Comment ? demandai-je. Le nom du dragon est-il écrit sur votre front ?

Je regrettai aussitôt de m'être moquée d'elle, alors qu'elle me parlait de nouveau.

– Pardonnez-moi, dis-je. Vous avez raison. J'aurais dû vous mettre au courant.

– Vous auriez surtout dû informer le maître.

– J'espérais trouver le nom avant qu'on se rende compte que je n'avais aucun pouvoir. Avant que *lui* s'en rende compte. C'est alors qu'il est mort.

Rilla soupira.

– C'est du passé, maintenant.

Elle empila les couvercles laqués pour les ranger dans le panier. Puis elle resta un moment immobile, les mains sur les genoux, à contempler par la fenêtre les ténèbres de la nuit.

– Eh bien, dit-elle en se tournant vers moi. L'heure est-elle venue, seigneur ?

Je baissai la tête devant sa dignité paisible.

– Je ne suis plus votre seigneur, Rilla.

– Bien sûr que si, lança-t-elle d'un ton tranchant qui me fit relever les yeux. Vous devez être sire Eon pour nous tous. Pour moi, pour Chart, pour nos deux compagnons dehors. Et pour le nouvel empereur.

Elle leva le menton.

– Je vous le redemande, sire Eon. L'heure est-elle venue ?

– Oui, répondis-je enfin. Emmenez Chart et fuyez aussi loin que vous le pourrez.

Quand dame Dela remonta en voiture, son visage sombre nous dissuada de l'interroger. Nous reprîmes notre voyage. Ryko chevauchait devant nous à bonne distance, raide et droit sur sa selle. Je l'observai un moment, mais il ne se retourna pas. Même lors des relais, il ne s'approcha pas.

La nuit s'avança, propice aux esprits. Je réussis à manger quelque chose tandis que dame Dela m'expliquait laconiquement le rituel impérial de la veillée du fantôme. Me concentrant sur les détails compliqués, je m'efforçai d'oublier ce que nous redoutions en silence, à savoir que je ne vivrais sans doute pas assez longtemps pour mettre en pratique cette leçon.

Bien que mon esprit fût au-delà de tout repos, mon corps épuisé ne put résister plus longtemps. Après le troisième et dernier relais, je m'endormis. Par moments, j'étais réveillée en sursaut par un cahot et regardais dehors la silhouette de Ryko, qui chevauchait toujours devant la voiture. Après ces longues heures de voyage, il aurait dû succomber à la fatigue, mais sa vigilance me parut intacte. Peut-être était-il galvanisé par la colère. Ou par la haine. J'étais heureuse de sombrer de nouveau dans l'oubli du sommeil.

Le brouhaha des colporteurs finit par me tirer de mon épuisement et je me réveillai pour de bon, pelotonnée contre la paroi. Nous approchions des portes de la ville. Dame Dela était affalée de l'autre côté de la voiture. Le sommeil adoucissait les traits durs de son visage. Rilla s'occupait déjà de chercher une collation dans le panier. Ses cheveux et sa robe étaient aussi lisses et impeccables que de coutume.

– Voici de quoi vous restaurer, dit-elle à voix basse en me tendant un petit récipient d'osier.

Il contenait un œuf dur sans coquille et quelques légumes marinés. Au moins, je n'aurais pas à boire en plus l'immonde infusion de la faiseuse de fantômes. J'en avais fini avec les drogues.

– C'est plutôt frugal pour un dernier repas, dis-je en m'efforçant de sourire.

Ignorant ma remarque, elle écala avec soin un autre œuf.

– Une fois à l'appartement, je préparerai le bain de purification conformément aux instructions de dame Dela, murmura-t-elle. Les fonctionnaires du protocole auront certainement envoyé les herbes nécessaires. Pendant que vous vous laverez, je sortirai la robe historiée. Dame Dela a eu une bonne idée en vous suggérant de la porter.

– Songez plutôt à vous enfuir.

– Pas avant que vous ne soyez prête pour la veillée du fantôme.

Sa loyauté indéfectible me rendait honteuse.

– Merci, chuchotai-je. Mais promettez-moi de vous en aller ensuite.

À côté de moi, dame Dela remua.

– Je n'aurais jamais cru que je dormirais.

Elle regarda la file de charrettes et de voyageurs à pied attendant sur le chemin boueux s'étendant parallèlement à la route pavée réservée aux équipages des nobles.

– Nous voilà donc arrivés.

Tandis que nous progressions vers les portes, Ryko s'approcha de nous. Je me redressai, les doigts crispés sur le récipient d'osier, mais il amena son cheval du côté de dame Dela.

– Je vais partir, maintenant, noble dame, dit-il.

Elle hocha la tête.

– Bonne chance.

– Partir ? m'exclamai-je. Pourquoi nous quittez-vous ? Il faut que nous récupérions le livre rouge.

Ryko me regarda enfin. Son regard était si sévère que j'en eus le souffle coupé.

– Je dois avertir les résistants de se tenir prêts.

Il tira sur les rênes, en un mouvement brutal qui fit s'ébrouer son cheval.

– Cependant ne soyez pas inquiet pour votre sûreté, sire Eon. Je reviendrai veiller sur vous, comme l'exige mon devoir.

Sa voix était amère.

– Je fais toujours mon devoir.

– Et moi, quand ai-je négligé de le faire ? marmonnai-je.

Mais il était déjà loin.

# Chapitre 19

Le mélange spécial d'herbes aromatiques et de pétales de fleurs de frangipanier flottait à la surface de l'eau. Des touffes veloutées se collaient à mes épaules. Après avoir préparé le bain rituel de purification, Rilla m'avait laissée me laver seule. Elle s'était rendue en hâte à la garde-robe, pour préparer la robe historiée et sa propre fuite. M'enfonçant dans la chaleur du bassin, je respirai le parfum humide tout en massant mon poignet endolori. J'avais déjà frotté mon corps avec toute l'énergie dont j'étais capable, mais le contact d'Ido était encore sensible sur ma peau, dans la fatigue de mes membres meurtris.

Plus jamais il ne devait s'emparer de mon corps. Plutôt mourir. J'arrêtai soudain de pétrir ma main, troublée par le doute obscur s'insinuant dans mon esprit. Étais-je vraiment prête à mourir ?

Je m'humectai les lèvres. Les herbes parfumées ravivaient la saveur de vanille et d'orange de sa bouche brûlante sur la mienne. Je ferais mieux de m'enfuir. De gagner les îles avec Rilla et Chart. Qu'avais-je à voir avec ce combat pour le trône ? Tout le monde autour de moi m'avait forcée à y participer : mon pauvre maître, l'empereur, le prince, dame Dela, Ryko. Même Rilla et Chart.

Ils comptaient tous sur moi pour leur apporter la victoire. Mais ce combat n'était pas le mien.

Je soupirai. Ce n'était pas vrai. C'était maintenant bel et bien mon combat. Ma vie dépendait du sort de l'Empereur Perle. Et trop de braves gens mourraient si je n'avais pas le courage d'affronter le courroux du jeune souverain et de m'assurer son soutien. Ou si je n'acceptais pas d'être transpercée par son sabre, au cas où les choses tourneraient mal, afin d'empêcher Ido d'installer Sethon sur le trône et d'assouvir sa folle ambition en réalisant le Rang de Perles.

Me rappelant avec quelle prestesse le prince avait châtié le professeur Prahn, je frémis. Et il ne s'agissait que de l'erreur insignifiante d'un vieillard ! Je repensai aussi au jeune noble qui l'avait blessé par accident au cours d'un entraînement. On racontait que le prince lui avait cassé trois côtes.

Quel sort me réserverait-il ? Non seulement j'étais une fille, mais je l'avais berné et trahi, en lui promettant pouvoir et survie tout en sachant que ce n'était qu'un leurre. Je priai les dieux que la faible espérance que j'avais à lui offrir suffirait à retenir son sabre.

Ido avait dit vrai, je n'avais aucune envie de mourir. Pas tant qu'il existait une lueur d'espoir.

Cependant, je ne savais même pas si le dragon Miroir m'attendait encore. L'espace d'un instant, la pensée de ce prodige l'emporta sur ma peur. Un dragon femelle ! Quelle révélation stupéfiante pour le Conseil. Je me demandais comment on avait pu perdre tout souvenir d'elle et des femmes Yeux du dragon. Cet effacement semblait trop absolu pour n'être qu'un accident. Mais même s'il résultait d'une décision prise voilà plusieurs siècles, les membres du Conseil ne pourraient récuser maintenant l'unique dragon femelle. Et si j'arrivais à m'unir vraiment à elle, ils seraient bien forcés de m'accepter aussi.

Mon plan était excellent, sauf que je ne sentais plus sa présence et qu'elle n'avait pas donné signe de vie sur l'estrade des Yeux du dragon. Était-ce simplement l'effet des deux drogues dans mon corps, ou avais-je commis quelque faute irrémédiable ? Peut-être n'avais-je aucun espoir à offrir au prince, après tout. Peut-être la créature fabuleuse avait-elle vraiment disparu.

Je savais que je devrais explorer mon *hua*, afin de voir si elle était encore là et de pouvoir apporter à l'empereur au moins cette certitude. Mais si jamais Ido sentait ma présence dans le monde énergétique et s'emparait de nouveau de moi ? Je frissonnai. Il avait dit que cela ne se produisait que lorsque je communiais avec le dragon Rat, mais il serait absurde de ma part de croire en sa parole. Que ferais-je s'il pouvait maintenant me dominer chaque fois que je m'engagerais sur les chemins du *hua* ?

La paroi carrelée du bassin dans mon dos était comme un point d'ancrage au milieu du tourbillon de mes pensées. Il fallait que je prenne ce risque. Jusqu'à présent, je n'avais eu que des mensonges à offrir au prince. Si je voulais survivre, il faudrait que j'apporte la vérité au nouvel empereur. Que je lui donne l'espoir du dragon Miroir.

Mes mains se refermèrent sur les appuis biseautés de la paroi. « De grâce, montrez-vous », priai-je silencieusement. En respirant profondément, je desserrai le nœud d'angoisse dans ma gorge, l'étau de peur oppressant mon cœur. Je comptai chaque respiration au rythme de ma supplique : « De grâce, montrez-vous. De grâce, montrez-vous... » Des reflets de la salle de bains tremblaient à la surface de l'eau. Au fond du bassin, le cercle des Neuf Poissons de la Richesse se courba et se tordit. Je m'arrêtai, en rassemblant mes forces pour l'ultime avancée dans le monde énergétique. Tout mon être était tendu vers la présence du dragon Miroir – et celle d'Ido.

La salle devint floue. M'enfonçant dans le *hua*, je m'immergeai dans l'énergie tourbillonnante et dépassai les restes gris des deux drogues. Rien qu'un coup d'œil, puis je me mettrais aussitôt à l'abri. Je concentrai mon regard intérieur et guettai la voix d'Ido dans mon esprit, sa poigne de fer sur mon corps. Il semblait absent. Autour du bassin, d'énormes masses d'énergie se solidifièrent. Prirent forme. Museaux, yeux, cornes, perles. Les dragons. Je m'efforçai d'apercevoir dans le cercle la trace d'une écaille rouge, la lueur d'une perle dorée. Mais le dragon Miroir était toujours invisible.

– Je connais votre nature, maintenant, chuchotai-je. Je vous en prie, pardonnez-moi. Donnez-moi un peu d'espoir.

Il y eut un brusque mouvement. L'immense tête bleue du dragon Rat se pencha jusqu'à mon visage. Je sentis son énergie se concentrer sur moi. Son pouvoir effleura ma peau humide, ruissela sur elle en une question muette. Je voulus reculer, mais j'étais déjà dos à la paroi.

– Non ! m'écriai-je. Non !

Cependant, son pouvoir se pressait contre moi, comme une offrande brutale d'énergie sans forme et sans borne, prête à être modelée au gré d'un désir humain. C'était trop. C'était ouvrir une voie menant droit au cœur de mon être, où Ido pourrait s'engouffrer à tout instant.

Comme un appel au loin, je sentis ma main droite heurter un carreau descellé – un point d'ancrage dans le monde réel. Je poussai plus fort et la douleur assourdie de ma chair m'arracha peu à peu au regard fascinateur du dragon. Quand elle devint lancinante, le monde énergétique défila à toute allure sous mes yeux, en un tourbillon de couleurs. Bleu, rose, violet, argent, vert, blanc. Et rouge. Mon cœur s'arrêta. Avais-je vraiment vu du rouge ?

Mais j'étais déjà seule, recroquevillée dans le bassin, la main entaillée par le bord déchiqueté du carreau. Mon sang ruisselant se répandait sur l'eau en volutes écarlates au milieu des pétales immaculés des fleurs de frangipanier.

Debout devant le miroir de la garde-robe, je remuai les épaules sous le poids de la robe historiée. Ma main blessée était comprimée par son pansement. J'essayai de lui donner un peu d'espace.

– Ne bougez pas, commanda Rilla.

Elle se baissa pour ajuster les plis de la lourde soie sur mon corps. Dans le miroir, je vis derrière moi le reflet de dame Dela, chargée de l'épaisse ceinture de la robe historiée. Elle venait de se baigner et s'était habillée en blanc pour le deuil. Nos regards se croisèrent dans la glace.

– Vous vous souvenez de ce que j'ai dit ? demanda-t-elle. Vous n'aurez pas l'occasion de parler à l'Empereur Perle avant que le chœur des Suppliants soit sorti et que les prêtres de Shola aient fini leurs chants dynastiques.

Je hochai la tête.

– Quand ils sortiront à leur tour, vous serez seule avec lui pour la veillée du fantôme, continua-t-elle. Mais vous devrez garder le silence tant qu'il ne vous aura pas adressé la parole.

– Non, déclarai-je. Je lui parlerai dès que possible. Que j'observe ou non l'étiquette, il ne sera pas ravi de ce que je lui apprendrai. Nous verrons s'il acceptera de m'écouter.

Une terreur soudaine m'envahit. Je déglutis péniblement.

– De toute façon, nous ne pouvons pas nous permettre de perdre du temps.

Rilla leva les yeux.

– Suivez les conseils de dame Dela. Je vous en prie. Attendez que l'empereur vous parle. Vous devez tout faire pour vous protéger.

Je touchai son épaule.

– Dès que je serai habillée, je veux que vous partiez. C'est entendu ?

Elle se raidit, pleine d'une loyauté obstinée.

– Il faut que vous mettiez Chart en sûreté, insistai-je. Vous l'avez promis.

Elle tendit les mains vers la ceinture.

– C'est la meilleure solution, dit doucement dame Dela en lui remettant avec précaution le lourd bandeau de soie. Quoi qu'il advienne, le sang va couler. Vous et votre fils feriez mieux de fuir loin du carnage.

Ses yeux noirs me regardèrent avec anxiété, mais sa prédiction ne faisait que confirmer ce que je savais déjà au fond de moi. Soit l'empereur déjouerait les ambitions de son oncle avec mon aide, soit Sethon s'emparerait du trône grâce au pouvoir d'Ido. De toute façon, ce serait un bain de sang.

Rilla acquiesça de la tête tout en enroulant la ceinture autour de moi d'un air absorbé.

– Êtes-vous prête au départ, vous aussi ? demandai-je à dame Dela. Rien ne dit que l'empereur ne se vengera pas de tous ceux qui m'ont aidée, sans tenir compte de leur rang. Si je ne reviens pas de la veillée du fantôme…

– J'attendrai ici que vous m'apportiez le livre rouge, dit-elle avec fermeté.

– Et si je ne viens pas ? Si Sethon et Ido ont le champ libre ?

– Ryko et moi avons un plan.

– Les îles ?

Elle inclina la tête. Rilla s'assit sur les talons.

– Vous êtes prêt, sire Eon, dit-elle d'un ton décidé.

Prenant une profonde inspiration, je me regardai dans le miroir. J'étais vraiment sire Eon. Une nouvelle fois, la robe historiée avait donné une apparence virile à mon corps mince. L'illusion était d'autant plus parfaite que mon visage avait perdu toute douceur, peut-être sous l'effet de la drogue solaire. Mes traits anguleux reflétaient une dureté nouvelle que je sentais au fond de moi. Je levai le menton. Je n'avais aucune envie de renoncer à être sire Eon. Malgré le danger et le désespoir, j'avais pris goût au pouvoir et au respect. Il n'était pas étonnant qu'Ido en fût assoiffé.

Rilla redressa un pli qui déparait la chute de l'étoffe sur mon mollet. Ses mains se crispèrent soudain sur la soie. Elle pleurait en silence, sans ostentation. Depuis des années que je la connaissais, je ne l'avais jamais vue pleurer.

– Tout va bien, dis-je.

Ces mots étaient stupides, inadéquats. Mais ses larmes menaçaient mon sang-froid chèrement acquis. Elle prit ma main et la pressa contre sa joue.

– Ce que vous avez fait pour Chart, pour moi…

– Dites-lui…

Je m'interrompis, la gorge serrée. Il y avait trop à dire, et parler était tellement inutile.

– Vous pouvez partir, Rilla, chuchotai-je en lâchant sa main. Bonne chance.

Elle s'inclina puis me lança un long regard désolé.

– Merci, sire Eon.

Elle sortit à reculons. Dame Dela soupira.

– Elle vous est très dévouée. Pendant que vous preniez votre bain, elle m'a raconté comment tout cela est arrivé. La saline, les ambitions de Brannon…

Je détournai enfin les yeux de la porte par où Rilla avait disparu.

– Cette histoire a dû vous divertir, dis-je en me réfugiant dans ma fragile carapace de dureté.

– Non, répliqua-t-elle en faisant face au miroir. Je me suis battue pour survivre, moi aussi. Il m'est arrivé de commettre des actes au moins aussi désespérés que les vôtres.

Elle grimaça un sourire.

– Je me suis montrée très sévère dans la voiture. J'étais sous le choc. Vous étiez notre seul espoir… Mais vous savez quel fardeau d'espoir pèse sur vous. Je pense toujours que vous auriez dû vous confier à Ryko et à moi, mais je comprends votre attitude.

– Pourquoi continuez-vous de m'aider ? Je suis probablement une cause perdue.

Son visage prit une expression farouche.

– Ryko vous servira jusqu'au bout, vous et l'empereur. Et j'en ferai autant.

Le péril qui m'attendait m'incitait à la franchise.

– Vous devriez dire à Ryko que vous l'aimez.

En rougissant, sa peau sans maquillage parut encore plus basanée.

– Un eunuque et un Contraire, dit-elle avec amertume. Voilà de quoi faire rire les dieux.

– Les dieux ne cessent de se rire de nous, répliquai-je. Comment expliquer autrement que l'avenir d'un empire repose sur mes épaules ?

Le corps du défunt empereur était exposé dans le pavillon des Cinq Fantômes. De tout le palais, c'était le seul édifice de marbre blanc. Sa façade nue était rendue plus imposante par l'absence de statues et de dorures. Mon escorte, composée de quatre eunuques de haut rang, s'immobilisa au pied des neuf marches de marbre menant au seuil de ces lieux consacrés au deuil. À gauche de chaque marche se dressait un énorme encensoir de cuivre. Les bâtonnets embrasés répandaient dans l'air le parfum lourd et mélancolique de l'encens. Par la porte ouverte, j'entendais les murmures des Suppliants et apercevais la lueur des lampes qu'ils balançaient. Demain, la dépouille impériale serait portée dans la salle d'Audience Noir et Rouge de la cour d'entrée, afin que tous puissent lui rendre hommage. Aujourd'hui, cependant, elle resterait ici, sous les yeux vigilants du nouvel empereur et de son Assistant du deuil, auxquels incombait la tâche de la protéger des esprits malveillants.

Je me retournai pour regarder dame Dela. Elle m'avait accompagnée aussi loin qu'il était permis, tout au bout de la place des Cinq Fantômes. À présent, elle attendait avec les autres courtisans silencieux que j'entre dans le pavillon.

– Je vous verrai dans l'appartement, dit-elle avec fermeté tandis que les fonctionnaires du protocole m'emmenaient.

J'avais acquiescé de la tête, mais nous savions toutes deux que le rire des dieux n'était pas un garant de leur bienveillance. Il m'était impossible de distinguer ses traits à cette distance, mais je devinai à son attitude qu'elle pleurait.

Les deux fonctionnaires devant moi s'écartèrent en s'inclinant.

– Veuillez monter, seigneur, dit celui de plus haut rang. Son Altesse l'Empereur Perle vous attend.

Je contemplai l'escalier menant à la voûte obscure de la porte à deux battants. Dès que j'aurais pénétré dans ce pavillon, ma vie ne m'appartiendrait plus. Mais j'avais déjà laissé passer ma chance de m'échapper. Tout s'était joué dans l'arène des Dragons, tandis que j'attendais mon tour pour m'incliner en vaincue devant un empereur indifférent. Les instants décisifs étaient si brefs et mystérieux. Une nouvelle fois, je m'avançais vers mon destin.

Je fis un pas, puis un autre. Le désespoir possède sa propre énergie. Maintenant que la décision était prise, j'étais presque impatiente d'en finir.

Cependant, on ne pouvait hâter le destin. D'autres fonctionnaires du protocole m'accueillirent sur le seuil et me conduisirent dans la salle mal éclairée. Je passai devant les rangées de Suppliants agenouillés, si nombreux que leurs chuchotements devenaient une rumeur bruyante, qu'accompagnait le bruissement étrange des lanternes oscillant sous leurs mains. Le corps emmailloté du défunt souverain gisait sur un sarcophage de pierre au fond de la pièce. À côté de lui, une table basse était chargée d'offrandes de nourriture et de vin dans des bols et des coupes en or.

Le prince – l'Empereur Perle – était à genoux devant son père, sur un simple coussin d'osier. Bien qu'il fît face au sarcophage en baissant la tête, je vis qu'on avait déjà rasé son crâne en ne laissant que la natte impériale, tressée d'or et de joyaux et descendant dans son dos. Mes yeux s'attardèrent sur sa taille. Il ne portait ni sabre ni poignard. Exercé comme il l'était, toutefois, il pouvait certainement tuer à mains nues.

Un second coussin était posé près de lui pour l'Assistant du deuil. Je m'agenouillai dessus avec lenteur. La douleur à ma hanche gênait de nouveau mes mouvements.

– Il est réconfortant de vous avoir à mes côtés, sire Eon, dit le prince.

Sa voix était rauque, hésitante. En baissant les yeux devant son visage crispé, j'aperçus la plaie sanglante à la base de son cou. La Perle impériale. Sa monture dorée avait été cousue grossièrement dans la chair tendre, et du sang suintait encore sur l'étoffe blanche de sa robe. Quand je regardai enfin en face ses yeux douloureux, je ne pus m'empêcher de toucher ma propre gorge.

– Le médecin royal s'est enfui la nuit dernière, déclara-t-il en déglutissant avec précaution. Son remplaçant était nerveux.

Il grimaça un sourire.

– Très nerveux.

– Le médecin s'est enfui ?

Son visage se durcit.

– On le retrouvera. Vous et moi, nous serons vengés.

Il baissa de nouveau la tête tandis que les Suppliants achevaient une de leurs litanies et frappaient le gong.

Je m'inclinai à mon tour, mais c'était surtout pour cacher ma surprise devant la transformation du prince. Quelque chose dans son visage et sa voix me rappelait Ido. Repoussant mon appréhension grandissante, je me concentrai sur le sens de ses paroles. Il croyait que le médecin impérial était mêlé à la mort de son père. Et aussi à celle de mon maître. Était-ce vrai ? J'eus beau repasser dans mon esprit ces événements tragiques, je ne parvins pas à une réponse assurée. Toutefois, j'évitai ainsi de penser à l'instant où je me retrouverais seule avec ce nouvel empereur.

Deux heures plus tard, les Suppliants posèrent leurs lanternes sur le sol en les disposant en petits cercles d'éternité. Puis ils se prosternèrent et sortirent du pavillon à reculons. Ils furent aussitôt remplacés par les douze prêtres de Shola chargés de chanter les mélopées funèbres. Pendant les trois heures que durèrent leurs harmonies complexes, j'observai les mains du jeune souverain qui serrait les poings de plus en plus fort. Je savais qu'il se raidissait contre le chagrin. J'avais eu si souvent l'occasion d'en faire autant. Il souffrait et – que les dieux me pardonnent ! – son corps affaibli me rendait espoir. Peut-être son épuisement me permettrait-il de plaider ma cause.

Les dernières notes des mélopées s'éteignirent dans un silence oppressant. À côté de moi, l'Empereur Perle prit une profonde inspiration pour rassembler ses forces. Il se leva pourtant sans peine apparente, s'inclina devant son défunt père et se retourna pour faire face aux prêtres. Me levant péniblement, je m'inclinai puis rejoignis ma place à côté du sarcophage.

Les douze prêtres se prosternèrent avant de quitter les lieux. Il ne restait plus avec nous que deux fonctionnaires du protocole, mais ils s'inclinèrent à leur tour et sortirent à reculons. Quand ils eurent refermé la lourde porte, la pièce ne fut plus éclairée que par la lumière voilée des lampes des Suppliants.

La veillée du fantôme avait commencé.

L'Empereur Perle s'essuya le front avec lassitude.

– Versez-nous du vin, sire Eon, croassa-t-il en me désignant une petite alcôve. Je pense que je suis en état de boire, maintenant.

Je m'inclinai et me dirigeai vers une petite

table portant deux bols d'or, une précieuse carafe de vin et des mets artistement disposés.

– Je suis convaincu que le médecin impérial a joué un rôle dans la mort de sire Brannon, déclara-t-il en se tenant prudemment le cou pour parler. Et peut-être aussi dans celle de mon père, encore qu'il fût déjà infecté par l'ulcère de sa jambe. Cet homme sera arrêté et il paiera pour le chagrin qu'il nous a infligé.

J'approuvai de la tête.

– Mes messagers m'ont appris votre succès à Daikiko, reprit-il en s'avançant vers moi. Ç'a été un coup de maître. Vous avez respecté notre pacte, et j'en ferai autant de mon côté.

Je serrai ma main sur la carafe pour l'empêcher de trembler. Tandis que je versais le vin, je sentis monter vers moi son parfum fruité. Il me semblait que le temps s'était arrêté, que le destin retenait son souffle. Je pris les deux bols.

– Votre Majesté, dis-je en lui en tendant un.

Il plongea les yeux dans ses profondeurs puis me regarda. Il attendait que je goûte le vin. Avec lenteur, je levai mon bol et bus jusqu'à la dernière goutte. Le breuvage brûla mon gosier, mais ce n'était que le feu de l'alcool, l'ardeur d'un faux courage.

– L'habitude, s'excusa-t-il en esquissant un sourire.

Il but une grande gorgée, non sans tressaillir en avalant.

– Je n'ai aucune méfiance envers vous, sire Eon.

Le moment était venu.

– Je ne suis pas sire Eon.

Il se figea. Même s'il ne comprenait pas encore, il pressentait une trahison.

– Comment ?

– Je ne suis pas sire Eon. Le dragon Miroir est un dragon femelle. Et je suis une femme.

Ses yeux rougis se plissèrent.

– Une femme ?

Je hochai brièvement la tête, en me raidissant en vue de l'instant où il comprendrait.

– Une femme Œil du dragon ?

Il m'observa et je vis que son esprit rapide de politicien surmontait déjà le choc.

– Le dragon est revenu parce que vous êtes une femme.

Sa main se serra sur mon épaule.

– Et vous avez son pouvoir. Est-il supérieur à celui d'Ido ?

Je ne m'attendais pas à le voir découvrir si vite le fond du problème. Il lut la vérité sur mon visage avant que j'aie pu réagir. Son bol de vin heurta violemment le sol et sa main se glissa sous ma gorge avec la rapidité d'un serpent. D'un seul geste, il me plaqua contre le mur de marbre. Une douleur lancinante irradia ma tête. Son visage était si proche que je sentais le vin imprégnant son haleine et l'odeur douceâtre s'élevant de son col trempé de sang.

– Avez-vous du pouvoir ?

Mes mains agrippèrent ses doigts. Il resserra sa prise et attendit ma réponse d'un air furieux.

– Oui, haletai-je.

Il plongea son regard dans le mien.

– Vous mentez.

Je tirai désespérément sur son bras.

– J'ai du pouvoir, mais il n'est pas complet. Il existe un livre…

Il me souleva et me plaqua de nouveau contre le mur, avec une telle violence que ma vue se brouilla. Je luttai pour respirer, pour rester consciente.

– Vous rendez-vous compte de ce que vous avez fait ? hurla-t-il. Tout reposait sur vous. Une femme !

Emporté par sa rage, il broyait lentement mon cou. Il allait me tuer, je le lisais sur son visage. Et je ne pouvais pas l'en empêcher. Il était mon empereur, mon seigneur, mon maître. Sa volonté était la mienne.

Non. Plus jamais. Ma volonté n'appartenait qu'à moi.

Lâchant son bras, je refermai ma main bandée. Avec la force du désespoir, je la projetai brutalement contre la Perle impériale. L'espace d'un instant, je vis la souffrance troubler son regard puis il s'effondra en se tordant sur le sol et se mit à râler de façon inquiétante. Je regardai ma main endolorie par le choc, barbouillée de sang. Le sang d'un empereur.

Dieux du ciel ! Qu'avais-je fait ?

Tombant à genoux, je rampai vers lui. Il me vit approcher et chercha à me frapper du poing avec fureur, pâle de saisissement.

– Votre Majesté !

Tandis qu'il se débattait, j'emprisonnai ses bras, les plaquai contre son corps puis l'attirai sur mes genoux.

– Seigneur, pardonnez-moi.

Sa peau luisait de sueur.

– Il ne faut pas que vous mouriez !

– Je ne… vais pas… mourir.

Il reprit sa respiration en tremblant, la mâchoire serrée.

– Je vais... vous... tuer.

Il essaya de lever la tête, mais retomba contre moi. J'écartai sa robe de sa gorge, en tressaillant quand il me donna un coup de coude. Maintenant ses bras avec une vigueur redoublée, j'examinai sa blessure. Du sang avait jailli autour de la Perle impériale, aux bords de la couture et en bas du creux de sa gorge. Si j'avais frappé plus droit et si le pansement n'avait pas amorti le coup, je l'aurais tué. Cependant, j'avais dû l'atteindre vers le bas, de sorte que la perle avait heurté l'os et non la trachée. Les dieux avaient été cléments. Pour lui comme pour moi.

– Vous ne pouvez pas me tuer, dis-je. Vous avez besoin de moi.

Il se redressa péniblement. Sa pâleur cédait déjà la place à l'embrasement de la colère et il retrouvait ses forces. Je n'avais pas beaucoup de temps pour le convaincre.

– Écoutez-moi. Le dragon Miroir est la reine du ciel. Elle m'a choisie et elle est ascendante. Ce qui représente au moins le double du pouvoir des autres.

Il parut troublé par cette vérité.

– Toutefois, je ne me suis pas unie à elle correctement. Pas encore. Il m'est impossible d'invoquer son pouvoir, mais Ido possède un livre qui doit donner son nom. Si je parviens à connaître ce nom, je pourrai mettre à votre disposition toute la puissance du dragon Miroir.

– Comment... savez-vous que vous pourrez accéder à son pouvoir ?

– Parce que je peux déjà accéder à celui du dragon d'Ido.

Il ouvrit de grands yeux.

– Vous avez aussi… le pouvoir d'Ido ?

Il se racla la gorge. Sa voix était plus assurée. Je fis oui de la tête en soutenant son regard. C'était une demi-vérité. J'avais effectivement appelé le dragon bleu dans la bibliothèque d'Ido. Mais il m'était impossible de révéler au souverain l'autre aspect de cette vérité, à savoir qu'Ido pouvait se servir de ce lien pour s'emparer de mon corps et asservir ma volonté.

L'empereur repoussa mes mains.

– Lâchez-moi !

Je m'éloignai à distance respectueuse tandis qu'il se relevait avec lenteur. La main posée sur sa gorge, il me toisa.

– C'était un coup bas.

Il était encore chancelant.

– Vous avez le sens de l'honneur d'une femme.

Son ironie me blessa profondément.

– J'essaie de respecter notre pacte. N'est-ce pas là agir avec honneur ?

Il ricana.

– En fait de m'aider à survivre, vous avez failli me tuer.

– Vous aussi.

Cette fois, il rit franchement, puis se mit à tousser.

– Mais moi, je suis votre empereur.

Son visage se durcit.

– Une femme Œil du dragon…

Il observa mon corps et je me sentis rougir.

– Mon père m'a mis en garde contre la nature

cachée des hommes, dit-il, mais je suis sûr qu'il n'avait pas prévu un cas comme le vôtre. Pourquoi devrais-je croire que vous défendez mes intérêts ? Manifestement, vous êtes une menteuse patentée.

Je me mordis les lèvres.

– Je suis ici, avec vous, alors que je pourrais être en route pour les îles.

Il hocha la tête.

– C'est vrai. Mais il me semble que vous êtes ici dans votre intérêt autant que dans le mien. Sire Ido pourchasserait sans merci une femme capable d'empiéter sur son pouvoir.

Après un silence, il demanda :

– Comment avez-vous fait pour vaincre le Roi Mousson ? Vous êtes-vous servi de son pouvoir ?

J'agrippai la soie de la robe historiée. Une menteuse patentée…

– Oui.

– Dans ce cas, vous vous êtes fait un ennemi fort dangereux.

Il me fit signe de me lever.

– Ce qui vaut mieux pour moi. Je me fie davantage à la force de votre peur et de votre intérêt personnel qu'à votre sens de l'honneur, sire Eon.

Se reprenant, il s'exclama :

– Mais bien sûr, vous n'êtes pas sire Eon. Quel est votre vrai nom ?

Je me sentis de nouveau rougir. En sa présence, je ne voulais pas être une femme. Je n'avais aucune envie de déchoir.

– Il serait plus commode que je reste sire Eon, Votre Majesté. J'aurai besoin de ce titre en attendant que…

– En attendant que vous ayez conquis votre pouvoir ou perdu la vie, compléta-t-il. C'est la seule alternative que je vous laisse, *sire Eon*.

– Je n'en ai jamais eu d'autre, Votre Majesté.

Il se dirigea vers la table.

– Vous dites qu'Ido possède un livre ?

– Il s'agit du livre du dragon Miroir. C'est le seul témoignage subsistant à son sujet. Ido l'a volé dans le trésor avant qu'il me soit restitué.

– Il doit donc l'avoir lu. Il aura découvert ses secrets.

D'une main tremblante, il versa du vin dans un autre bol.

– Non, je ne crois pas.

Je m'avançai vers lui d'un pas hésitant. Il ne m'interdit pas d'approcher.

– Le texte est rédigé dans l'écriture des femmes.

– Cela va de soi, grogna-t-il.

Alors qu'il levait son bol pour boire, il s'arrêta net en voyant ma stupéfaction.

– Ma mère – ma mère véritable – m'a enseigné quelques caractères de cette écriture.

Il vida son bol en faisant une grimace de douleur.

– Je me suis toujours demandé pourquoi le dragon Miroir avait quitté le cercle. Pourquoi *elle*...

Il me jeta un bref regard de connivence.

– Pourquoi elle avait été effacée des registres. Peut-être votre livre nous le dira-t-il.

– Votre Majesté, j'ignore pourquoi elle nous a quittés. En revanche, je sais que votre oncle et Ido projettent de contester votre autorité. Nous devons récupérer le livre au plus vite.

Le pavillon n'ayant pas de fenêtres, il était

impossible de voir s'il faisait nuit ou jour. Je calculai au jugé le temps qui avait dû passer depuis mon arrivée.

– Les Yeux du dragon doivent être revenus de Daikiko, à présent. Ido est sans doute dans son manoir.

– Vous voulez interrompre la veillée du fantôme ?

Il jeta un coup d'œil au sarcophage.

– Vous avez raison. Mon père aurait compris l'urgence de la situation. Nous devons nous rendre sur-le-champ au manoir et exiger le livre. Ido obéira à son empereur.

Je n'en étais pas si certaine. Et je n'avais aucune envie d'affronter de nouveau Ido.

– Non, Votre Majesté. Vous devez rester à l'abri. J'irai avec Ryko.

Je me tus en me rendant compte soudain que j'ignorais s'il était de retour, ou même s'il accepterait de m'accompagner.

– Nous savons où trouver le livre.

– Vous allez obéir à votre empereur, sire Eon, déclara-t-il sèchement. Je vais me rendre au manoir du Rat et nous allons régler cette affaire.

Il se dirigea avec décision vers la porte à deux battants.

– Suivez-moi.

Au moins, nous allions agir. Mais pour quel résultat ?

## *Chapitre 20*

J'eus un mouvement de recul lorsque le garde impérial fit tourner le cheval vers moi. L'encolure puissante du destrier alezan arrivait à la hauteur de mon cou, et sa façon d'agiter la tête annonçait un caractère dangereusement imprévisible. Un autre garde s'agenouilla près de lui, en ignorant allégrement les sabots trépignants, prêt à m'aider à monter en selle. L'empereur se retourna sur sa propre monture et me toisa à la lueur des torches.

– Qu'attendez-vous, sire Eon ?

– Votre Majesté, je ne sais pas…

Le cheval souffla avec impatience et je sursautai.

– Je vois. Vous auriez dû me le dire plus tôt.

Du haut de son destrier, l'empereur observa le groupe de soldats.

– Je suppose que votre garde sait monter à cheval.

– Oui.

Il fit signe à Ryko.

– Prenez votre maître derrière vous.

Le géant s'approcha à grands pas, sans m'accorder un regard. En sortant prématurément du pavillon des Cinq Fantômes avec l'empereur, j'avais découvert Ryko qui m'attendait sur la place. Il avait tenu parole et était revenu pour me protéger. Néanmoins, nous n'avions échangé aucune parole, en dehors des ordres nécessaires. Avec adresse, il déboucla et enleva la selle compliquée, puis fit signe au garde agenouillé de l'aider à s'installer sur le dos du cheval. Ce fut l'affaire d'un instant.

Le garde se mit ensuite en position pour moi. Je grimpai avec précaution sur son genou. Comme je restais en équilibre instable, ne sachant que faire, Ryko m'attrapa par le bras et me jucha d'un coup derrière lui sur l'animal. Je vis plusieurs gardes autour de nous réprimer à grand-peine un sourire.

– Tenez-moi à la taille, dit Ryko avec brusquerie. Et n'enfoncez pas vos genoux dans les flancs du cheval.

Me cramponnant d'une main à son épaule, je tentai d'arranger ma lourde robe de soie de façon à ne pas être trop embarrassée. Après tous ces jours partagés entre les rituels et le chagrin, l'empereur s'était montré impatient de passer à l'action. Il refusa même de prendre le temps de se changer, comme le suggéraient avec agitation les fonctionnaires du protocole. Il ne m'avait pas non plus offert un sabre de son armurier. Sire Eon n'était déjà plus ce qu'il était…

Saisissant mes mains, Ryko les plaqua autour de sa taille. L'odeur de sa sueur était toute proche. Je sentis son corps musclé se tendre dans son effort pour nous maintenir tous deux en équilibre.

– Accrochez-vous, ou vous allez tomber.

Quand le cheval s'ébranla, je fus rudement secouée. Le seul moyen de tenir était de m'agripper au dos de Ryko. Je m'avançai pour me presser contre lui, même si je savais que cette intimité lui était aussi désagréable qu'à moi.

Tandis que nous suivions les huit cavaliers d'élite escortant l'empereur, je ne pus supporter plus longtemps le silence chargé de reproche et d'hostilité de Ryko.

– Je suis désolée, lançai-je. Je suis désolée de ne pas vous avoir mis au courant. Je suis désolée de ne pas être ce que vous souhaitiez.

Il se retourna, les yeux étincelants de colère.

– Ce n'est pas si facile à pardonner, gronda-t-il. Nous sommes à la croisée des chemins entre un avenir de progrès et les ténèbres du passé. Vous nous avez rejetés vers ces ténèbres.

Je sentis la colère m'envahir à mon tour.

– Croyez-vous que tel était mon but ? Croyez-vous que j'aie décidé un beau jour de me lancer dans une mascarade périlleuse…

Jetant un coup d'œil à la ronde, je baissai la voix.

– Rien de tout cela n'était destiné à ruiner ce pays.

– Peu m'importe votre but. C'est le résultat qui m'intéresse.

Il se détourna.

– Le résultat n'est pas encore certain, déclarai-je. Que croyez-vous que je fasse en cet instant ? J'ai risqué ma vie pour dire la vérité à l'empereur et je la risque de nouveau pour récupérer le livre pouvant me permettre d'invoquer le dragon Miroir. Je suis restée ici, je fais tout ce que je peux. Vous savez que j'ai du pouvoir. C'est grâce à lui que je vous ai sauvé la vie et que je vais peut-être réussir à déjouer les plans d'Ido et de

Sethon. Concédez-moi au moins cela. Donnez-moi une chance de prouver ce que je vaux.

Il resta silencieux, puis je l'entendis soupirer.

– C'est vrai, admit-il. Vous avez du pouvoir. Et vous êtes ici. Mais quant à ce que vous valez...

Il haussa les épaules.

– Vous pensez que parce que je suis une femme, je vais échouer ? lui demandai-je à l'oreille.

– Un dragon femelle, chuchota-t-il d'une voix presque inaudible.

Je me penchai pour l'entendre.

– Et une femme Œil du dragon. Après trois siècles d'éclipse, voilà qu'elles réapparaissent. Dame Dela et l'empereur sont prêts à se raccrocher à cette petite lueur d'espoir.

Il se retourna encore vers moi. Son regard n'était plus furieux mais lourd de soupçons.

– Je ne suis pas un savant, mais cela ne me paraît pas si évident. Je ne puis m'empêcher de me demander ce que peut nous apporter une union aussi étrange. Du bien ou du mal ?

– Vous pensez que j'apporte le mal ? Que je suis une sorte de démon ?

Je ne pus cacher combien j'étais blessée.

– J'ignore ce que vous êtes. Cependant, vous n'êtes pas sincère. Même maintenant, je ne crois pas que vous nous disiez toute la vérité.

Il regarda de nouveau devant lui.

– Sachez que je vais vous surveiller, sire Eon ou qui que vous soyez. Et je n'hésiterai pas à défendre les intérêts de l'empereur.

Ses paroles m'accablèrent. Nous traversions l'immense cour des Audiences et approchions de l'énorme porte de la Bienveillance. Les portes de l'Humilité étaient déjà fermées à la populace et on avait allumé les lanternes pour la nuit. Seuls quelques fonctionnaires de rang inférieur traversaient la vaste esplanade en direction des galeries latérales. En voyant arriver leur nouveau souverain, ils tombèrent à genoux et se prosternèrent. Il ne faudrait pas longtemps pour que le bruit se répande que l'Empereur Perle avait délaissé ses devoirs filiaux pour sortir du palais avec ses gardes – et sire Eon.

On ouvrait déjà le chemin de la Conduite céleste, l'imposante porte centrale réservée à Sa Majesté. Les portiers chargés de la porte du Jugement se hâtèrent d'ouvrir ses grilles dorées, tandis que les préposés aux portes de l'Humilité étaient réveillés en sursaut par les cris des gardes à pied. Tandis que l'empereur et son escorte passaient sous la voûte du passage central, Ryko engagea notre cheval dans la porte du Jugement, par égard pour mon rang. Les sabots du destrier retentirent sur le sol de pierre et j'aperçus un bref instant la splendeur des dragons peints sur les murs dorés et le plafond rouge couvert de gravures. Puis nous émergeâmes à l'air libre et reprîmes notre place dans la colonne de cavaliers et de fantassins suivant l'escorte de Sa Majesté.

Aucun retard n'était permis. Alors que les derniers hommes franchissaient les portes de l'Humilité, nous chevauchions déjà le long de l'avenue traversant les jardins de l'Anneau d'émeraude et menant au cercle des Dragons et aux douze manoirs des Yeux du dragon. Notre cheval passa à un trot plus rapide et je me cramponnai à Ryko, ballottée en tous sens. Absorbée par mes efforts pour m'adapter au rythme de l'animal, je ne remarquai pas le détail insignifiant qui plongea notre groupe dans un malaise soudain. Je m'aperçus simplement que le dos de Ryko s'était raidi et qu'en tête de l'escorte le capitaine de la garde donnait l'ordre de faire halte. Autour de nous, les hommes s'arrêtèrent et saisirent aussitôt leurs arcs tout en scrutant les ombres des jardins luxuriants.

– Que se passe-t-il ? chuchotai-je tandis que Ryko serrait la bride à sa monture.

D'un signe de tête, il désigna l'horizon. Une faible lueur éclairait le ciel nocturne.

– Un incendie.

Le sinistre semblait assez proche pour se trouver à l'intérieur de l'enceinte du cercle des Dragons.

– Un manoir ?

Le plus proche était le manoir du dragon Bœuf. Sire Tyron et Hollin étaient-ils en sûreté ?

Le capitaine avait déjà fait faire demi-tour à son cheval pour rejoindre l'empereur. Ils échangèrent quelques mots, trop bas pour que nous les entendions. Puis le capitaine hocha la tête et nous fit signe d'avancer. Ryko dépassa les gardes d'élite, qui s'étaient déjà regroupés comme un rempart autour du souverain.

– Sire Eon, dit le capitaine en s'inclinant brièvement.

Il était très maigre, pour un Homme d'Ombre. Les rides profondes autour de ses yeux et de sa bouche lui donnaient un air d'expérience et d'autorité. Il se tourna vers Ryko.

– Vous avez vu ?

Ryko poussa un grognement.

– L'incendie se trouve à l'opposé du manoir du dragon Rat, déclara le capitaine. Sa Majesté nous a donc ordonné de continuer.

Ryko observa de nouveau l'étrange lueur.

– Je n'aime pas ça, lança-t-il. Ça me rappelle le col de Bano.

Le capitaine approuva de la tête en se frottant le menton. Manifestement, ils avaient des souvenirs communs.

– C'est exactement mon avis. Cela dit, je ne peux pas contredire l'empereur au nom d'un fantôme du passé. Je vais envoyer des éclaireurs et nous allons continuer. Mais, au premier signe inquiétant, nous appliquerons le dispositif de sécurité.

– Entendu, dit Ryko. Toutefois, quoi qu'il arrive, sire Eon et moi nous rendrons au manoir du dragon Rat.

Le capitaine hocha de nouveau la tête puis s'élança le long de la colonne de soldats silencieux. À son signal, quatre gardes à pied s'enfoncèrent dans les jardins, en évitant une allée éclairée par des lanternes de deuil blanches.

– De quoi s'agit-il, à votre avis ? demandai-je à Ryko tandis que nous nous remettions en route.

– Silence, ordonna-t-il.

Il était tendu, aux aguets. Le malaise grandissait à chaque pas. Le carrefour du cercle des Dragons apparut enfin, au-dessus d'une petite éminence. Ryko se redressa.

– Vous entendez ?

Je m'efforçai de distinguer quelque chose à travers le cliquetis assourdi des sabots de notre troupe. Une faible rumeur s'élevait effectivement au loin, presque inaudible.

– Qu'est-ce que c'est ? chuchotai-je.

Je sentis la tension monter encore dans le corps de Ryko. Il prit les rênes d'une main pour saisir de l'autre son sabre. Nous étions arrivés au croisement, et la large chaussée pavée du cercle des Dragons s'incurvait à gauche et à droite. Ryko accéléra et nous rejoignîmes les deux derniers gardes de l'escorte impériale.

Une fois sortis des jardins, nous entendîmes nettement un fracas métallique. À n'en pas douter, des hommes étaient en train de se battre. Ryko fit tourner son cheval. Au même instant, un des éclaireurs surgit du jardin sur notre droite et courut le long de la pelouse en levant la main. Ryko plissa les yeux dans la pénombre pour reconnaître le signal.

– Une armée, murmura-t-il.

En se rapprochant, l'homme serra son poing.

– Elle attaque.

Le capitaine fit arrêter sa monture près de nous, si brutalement que le destrier se cabra.

– Une armée attaquerait les manoirs des Dragons ? C'est impossible.

L'éclaireur nous rejoignit en courant.

– Capitaine ! cria-t-il hors d'haleine. L'armée du Grand Seigneur Sethon a pris les manoirs du dragon Bœuf et du dragon Tigre. Et j'ai vu un bataillon à l'entrée nord de l'enceinte du palais.

– Qu'est devenu sire Tyron ? demandai-je.

– Il est mort, seigneur. Je l'ai vu décapité sur le bord de la route, de même que son apprenti.

– Non ! m'écriai-je. Non !

L'éclaireur s'inclina.

– Je les ai vus de mes propres yeux, seigneur.

L'Œil du dragon Tigre et son apprenti ont subi le même sort. Mais ils n'ont pas été tués par les hommes de Sethon.

– Qui donc a fait le coup ? demandai-je.

– Les assassins n'avaient pas d'uniforme.

Le capitaine scruta la route sombre derrière nous.

– Sethon a dû encercler le palais.

– Il ne perd pas son temps à faire une revendication officielle, lança Ryko. Il veut accéder au trône par la force.

– Avec l'aide d'Ido, dis-je.

– Dans ce cas, ils n'attaqueront que les Yeux du dragon fidèles à l'empereur, observa le capitaine.

Il baissa les yeux sur son éclaireur.

– Prenez vos meilleurs hommes et donnez l'alerte au palais et dans les manoirs encore épargnés.

L'éclaireur hocha la tête puis courut vers ses collègues. Le capitaine fit faire volte-face à son cheval.

– Je dois mettre Sa Majesté à l'abri. Venez-vous avec nous ?

Ryko fit signe que non. Le capitaine inclina brièvement la tête.

– Bonne chance, alors. Vous savez où nous trouver, Ryko.

Il s'éloigna en criant des ordres. L'espace d'un instant, je vis le visage pâle de l'empereur se retourner vers moi, puis ses gardes entraînèrent son cheval sur la route et tous disparurent au galop.

Un détail m'intriguait. L'éclaireur avait dit que sire Elgon était mort, lui aussi. L'Œil du dragon Tigre était pourtant un partisan de Sethon.

Pourquoi Ido l'aurait-il fait assassiner ? Mon malaise diffus se transforma soudain en terreur.

Ido allait tous les tuer. Il était en train de réaliser le Rang de Perles.

Je me cramponnai au bras de Ryko.

– Il n'est pas question du massacre des partisans de l'empereur par Sethon, lançai-je. Il s'agit d'Ido. Il élimine *tous* les Yeux du dragon.

Ryko me regarda avec stupéfaction.

– Tous ? répéta-t-il. Pourquoi ferait-il une chose pareille ? Ce serait de la folie.

C'était bel et bien de la folie. La folie d'un homme qui voulait être empereur.

– Le livre noir que nous avons vu dans sa bibliothèque détient le secret d'une arme terrible. Ido croit qu'en tuant tous les Yeux du dragon il entrera en possession de cette arme.

Ryko agrippa le devant de ma robe. Sa propre manche glissa, dévoilant le poignard fixé à son bras.

– Avez-vous d'autres révélations à me faire, sire Eon ? gronda-t-il.

Inquiet, notre cheval fit un écart. Ryko serra la bride et ma robe d'un seul mouvement, avec une autorité sans réplique.

– Il me croit indispensable à cette arme, haletai-je. Il va venir me chercher. J'ai besoin de mon pouvoir pour le repousser. C'est la vérité, je le jure.

Il me relâcha d'un air dégoûté.

– Vous ne donnez jamais que des bribes. Jamais la vérité tout entière.

Il fit faire demi-tour au destrier.

– Nous allons traverser la réserve de chasse du Bœuf.

– Et sire Tyron ? m'écriai-je. Et Hollin ?

– Vous avez entendu l'éclaireur. Ils sont morts. Et si vous dites vrai, les assassins d'Ido se déchaîneront dans tous les autres manoirs.

Avec un rire amer, il ajouta :

– Il semble que le manoir du dragon Rat soit encore l'endroit le plus sûr.

Il se pencha sur sa monture, qui s'élança aussitôt en avant. Je serrai entre mes bras la taille de Ryko, en priant pour ne pas tomber. Nous n'allions plus rester longtemps à cheval. Le manoir du dragon Rat était le prochain sur l'allée.

Un changement d'allure me força à rouvrir les yeux. Nous avancions maintenant au pas et nous dirigions vers les taillis touffus de la réserve. Quelques semaines plus tôt, Ryko m'avait portée sur son dos dans cette forêt. Son amitié et son soutien m'apparaissaient alors comme un point d'appui précieux dans cette cour perfide, et mon cœur était gonflé d'espoir à l'idée de récupérer le livre rouge. À présent, Ryko était plus un adversaire qu'un ami, et l'espoir était rongé par le doute et la désillusion. La partie allait bientôt se terminer. Soit je repartirais avec le pouvoir du dragon Miroir, soit je mourrais. La seconde solution paraissait la plus probable, maintenant que l'armée de Sethon donnait l'assaut au palais et que les hommes d'Ido massacraient les Yeux du dragon. Cette pensée lugubre me glaça comme un vent d'hiver.

Après avoir traversé des broussailles basses, le cheval s'enfonça dans l'épais sous-bois au milieu des arbres. Ryko l'arrêta derrière un bosquet.

– Descendez, chuchota-t-il.

Faisant passer péniblement ma jambe infirme par-dessus la croupe de l'animal, je glissai à terre dans un enchevêtrement de soie vert émeraude. Le sol était dur et inégal. Je trébuchai et atterris à quatre pattes, en grommelant tout bas. Ryko me rejoignit avec aisance et me fit signe de m'asseoir.

– Attendez.

Je m'assis moins par docilité que parce que mes jambes s'étaient mises à trembler. En silence, il mena le cheval dans les buissons. J'entrepris de masser ma hanche douloureuse. La chevauchée et l'arrêt soudain de la drogue solaire s'étaient conjugués pour réveiller ma souffrance, qui me mettait au supplice.

L'absence de Ryko me sembla durer une éternité. Quand il s'accroupit à côté de moi, il posa son index sur ses lèvres puis désigna un point sur notre gauche en levant deux doigts.

– Deux hommes ? chuchotai-je.

Il secoua la tête. Je lus la réponse sur ses lèvres : « Vingt. »

L'air me parut soudain étouffant. Ryko toucha mon bras et fit glisser sa main sur l'herbe vers la droite. Étions-nous censés ramper jusqu'au manoir du dragon Rat ? Avec vingt soldats à nos trousses ? Ma hanche aurait du mal à résister. Je regardai le visage froid du combattant endurci qu'était Ryko. Si je le lui demandais, il me porterait. Mais j'allais m'en tirer seule. Je lui prouverais que j'étais toujours sire Eon.

Il se leva et s'engagea sans bruit dans une brèche au milieu du sous-bois. Je le suivis sur une piste étroite et broussailleuse, qui n'était guère un sentier que dans son esprit. Sous la lourde soie de la robe historiée, j'étais déjà en sueur. Au moins, le vert foncé était sa couleur dominante, de sorte qu'elle se fondait dans la nuit. De temps à autre, Ryko s'immobilisait pour écouter. Son expression était de plus en plus sombre. Mon ouïe étant moins exercée que la sienne, je n'entendais que des cris d'animaux, le bruissement des feuilles et des branches. En le voyant presser le pas, toutefois, je compris que les soldats gagnaient du terrain.

Puis j'entendis une branche craquer. Ryko me tira vivement sur le sol boueux. Je retins mon souffle en scrutant les ténèbres. Je ne voyais personne. Les sens aux aguets, je percevais l'odeur de notre sueur, les brindilles coupantes s'enfonçant dans ma chair, le goût amer de la peur. À côté de moi, j'entendis le crissement des armes de Ryko sortant de leur gaine. Puis sa main toucha la mienne et referma mes doigts sur le manche d'un poignard. Devait-il m'aider à combattre ou à mourir ? Le visage de Ryko n'exprimait que la tension du chasseur.

Il tourna la tête à gauche, à droite, attentif. Une voix gutturale, assourdie. Sur notre droite. Elle lança un nouvel appel. Brusquement, Ryko renversa la tête en arrière et appela à son tour. Il souriait. Autour de nous, des ombres surgirent entre les arbres.

– Vive l'Empereur Perle, chuchota une voix d'homme.

– Solly ?

– Ryko ?

Une face apparut entre deux buissons. De petits yeux, une grosse mâchoire, un sourire édenté. Je bondis en arrière en brandissant mon poignard. S'agissait-il d'un démon ?

– Ryko, vous nous avez fait une peur bleue, dit-il tout bas. Nous vous prenions pour des éclaireurs de l'ennemi.

Ce n'était qu'un homme, même si je n'en avais jamais vu d'aussi laid. Je baissai mon arme avec soulagement. Il devait être membre de la Résistance.

– Je me demandais si vous réussiriez, dit Ryko.

– Il s'en est fallu de peu. Je ne sais pas combien d'autres s'en sont tirés.

– Solly, je suis avec sire Eon, lança en hâte Ryko.

Il ne leur avait donc pas dit la vérité sur mon compte. Qui se contentait de donner des bribes, maintenant ?

Les yeux minuscules de Solly s'agrandirent.

– Sire Eon ?

Il s'inclina aussitôt avec ferveur.

– Seigneur, je suis honoré.

Je hochai la tête, pétrifiée par sa laideur.

– Il m'a semblé que vous étiez vingt, reprit Ryko. Est-ce exact ? Et êtes-vous tous armés ?

Avec un large sourire, Solly leva une énorme faucille.

– Nous avons tous des armes. Que voulez-vous faire ?

– Nous devons nous rendre au manoir du dragon Rat puis retourner au palais.

– Comptez sur nous, dit Solly.

Se tournant vers moi, il s'inclina de nouveau.

– Nous vous mènerons à bon port, sire Eon.

– Merci, Solly, répliquai-je. Vous appartenez au mouvement de résistance des îles, n'est-ce pas ?

– Oui, seigneur. Nous avons répondu à l'appel de Ryko.

Son visage souriant se fit étrangement timide.

– Nous savons tous que vous êtes le seul à pouvoir battre Sethon. Nous vous servirons, seigneur. Jusqu'à la mort. Vive l'Empereur Perle.

– Vive l'Empereur Perle, répétai-je.

– Allons-y, lança Ryko d'un ton aigre. Solly, déploie tes hommes. Dès que nous serons au rempart, restez cachés. Et envoie quelqu'un chercher notre cheval.

Solly donna des instructions à voix basse à ses compagnons. Ryko me tendit la main pour m'aider à me lever. Une fois debout, je rajustai la robe historiée.

– Prenez, dis-je en lui tendant le poignard.

Il le regarda un instant.

– Avez-vous déjà poignardé quelqu'un ?

– Non.

– Voici le meilleur endroit où frapper.

Sa main effleura le haut de ma ceinture, au-dessus du point du charisme.

– Visez vers le haut et vous atteindrez le cœur. La lame est assez longue pour ça.

Il se détourna.

– Poussez fort et ne soyez pas surpris par la résistance de la peau et des muscles.

Un souvenir me revint soudain. Ryko en train d'enfoncer un poignard sous l'armure de Ranne. Était-ce ce même poignard que je tenais à présent ? Repoussant cette image sinistre, je glissai l'arme avec soin entre les plis épais de ma ceinture.

Solly ordonna à ses hommes de prendre position. Je suivis Ryko à travers le sous-bois. Savoir nos arrières assurés me soulageait un peu. La brève halte avait reposé ma hanche, mais je ne pouvais rien contre la douleur que me valait l'allure rapide imposée par Ryko. Si quelqu'un m'avait offert une dose de drogue solaire, je l'aurais avalée sans autre forme de procès.

Nous arrivâmes enfin dans la végétation moins dense faisant face à l'énorme rempart du manoir du dragon Rat. J'étais hors d'haleine. Ryko fit un signe à Solly, et celui-ci sembla disparaître avec ses hommes dans les feuillages derrière nous. Je scrutai les ombres. Ils étaient invisibles, même si je savais qu'ils étaient là, aux aguets, à attendre notre retour. Cette idée me réconfortait.

Ryko observa le sommet du rempart.

– Nous entrerons par la même porte que la dernière fois.

Il me regarda avec plus d'attention.

– Tout va bien ?

Je hochai la tête. Prenant une profonde inspiration, je réussis à dire :

– Elle sera verrouillée.

Il haussa les épaules.

– Les verrous ne sont pas un problème. Ce sont les gardes qui m'inquiètent.

– La plupart seront dans les autres manoirs, articulai-je à grand-peine.

Je lus sur le visage hagard de Ryko la même question qui m'obsédait. Combien d'Yeux du dragon étaient déjà morts ?

– Venez, lança-t-il. Baissez-vous.

Nous traversâmes la zone dangereusement exposée entre la forêt et le manoir, en nous hâtant de nous mettre à l'abri dans l'ombre du rempart. Je m'adossai à la pierre rugueuse, à bout de souffle. Cependant, Ryko se dirigeait déjà vers la porte s'ouvrant un peu plus loin. Je restai appuyée contre la muraille. Il lui faudrait du temps pour forcer la serrure – j'en profiterais pour me remettre.

Mon cœur s'apaisa peu à peu. Ryko était toujours accroupi devant la porte. M'approchant en rasant le mur, je le regardai s'affairer avec l'air concentré d'un artisan. Ce répit avait réveillé toutes mes appréhensions. Sire Ido avait-il replacé le livre rouge dans sa bibliothèque ? Comment allions-nous faire pour retourner au palais ? Serait-il seulement possible d'arriver jusqu'à dame Dela ? Je m'immobilisai à côté de lui.

– J'y suis presque, chuchota-t-il.

Le mécanisme cliqueta. Le sourire aux lèvres, Ryko retira les deux fils de fer de la serrure et fit tourner le loquet. La porte en métal s'ouvrit. Je retins mon souffle tandis qu'il se glissait dans la fente étroite. Il me fit signe de le suivre.

Je lui emboîtai le pas sur la longue allée. Nous pressant contre le mur, nous observâmes la cour. Comme l'autre fois, elle était éclairée par la lueur jaunâtre de lampes de bronze, qui projetaient des ombres profondes sur les kumquatiers. En revanche, tout était silencieux, comme si la vie s'était arrêtée dans le manoir. Même les cuisines étaient sans lumière. Je me tournai pour voir les arcades, derrière lesquelles se trouvait la bibliothèque. Et le livre rouge – du moins, je l'espérais.

Adossé au mur, Ryko déclara :

– Soit les domestiques se sont enfuis, soit ils

sont installés dans un endroit plus sûr. Il est possible que sire Ido ne soit pas retourné ici.

Je le regardai avec consternation.

– Dans ce cas, le livre est toujours avec lui.

Ryko hocha la tête. J'essayai de résister au désespoir qui m'envahissait. Comment pourrais-je reprendre le livre à Ido sans avoir recours au dragon Rat ?

– Il faut fouiller la bibliothèque, dis-je. Au cas où.

Il me lança un coup d'œil hésitant.

– Chaque instant que nous perdons coûte des vies humaines.

– Nous devons vérifier, insistai-je.

Ryko observa de nouveau la cour.

– Venez.

Courbée en deux, je le suivis jusqu'aux kumquatiers puis à travers les arcades. Rien ne troublait le silence. Au bout du passage, nous nous arrêtâmes pour scruter le jardin devant nous. Cette fois, aucune lanterne n'était suspendue dans les feuillages en fleurs pour la fête du Douzième Jour. Seul le faible clair de lune éclairait l'allée, baignant d'un éclat argenté les pavés et l'étang. Une odeur entêtante de jasmin flottait dans l'air. De l'autre côté du pont et du pavillon, je distinguai la masse obscure de la bibliothèque.

– Toute la maisonnée n'est pas partie, dit Ryko à voix basse.

En regardant mieux, j'aperçus enfin les silhouettes de deux gardes près du pavillon.

Ryko tendit la main.

– Donnez-moi le poignard.

Je le sortis de ma ceinture et le lui tendis.

– Vous vous souvenez de l'appel de Solly ? demanda-t-il en faisant glisser l'autre arme hors de sa gaine.

– Oui.

– Quand vous l'entendrez, rejoignez la bibliothèque.

Sans un bruit, il s'élança sur l'herbe en se fondant dans l'ombre. Je guettai son signal. Deux hommes allaient mourir. Tant de gens étaient en train de périr dans cette lutte pour le pouvoir. Je songeai avec horreur à la tête de sire Tyron se détachant de ses épaules, puis je chassai de mon esprit ces images brutales. Mieux valait penser à ce que nous devions faire. Récupérer le livre rouge. Accéder à mon pouvoir. Arrêter Ido. Mais ne voulais-je pas dire plutôt : tuer Ido ?

Tuer ou être tuée…

Soudain, j'entendis comme un grognement étouffé. Ce n'était pas le signal. Je savais au fond de moi ce dont il s'agissait, mais je ne voulais pas y penser. Encore un bruit. Cette fois, c'était l'appel convenu.

Je traversai la pelouse en boitillant, aussi vite que possible. Comme il faisait trop sombre pour voir les détails, je ne cessais de sauter par-dessus des obstacles réels ou imaginaires. Je passai devant le pavillon, rejoignis l'allée. Le sol étant moins inégal, je réussis plus facilement à courir. Devant moi, la bibliothèque surgissait dans la nuit. Et deux formes sombres gisaient par terre – deux cadavres. J'essayai de les ignorer en me concentrant sur la silhouette de Ryko au milieu du sentier.

– L'illusion du dragon fonctionne toujours, dit-il quand j'approchai. Je vais avoir besoin de votre aide.

Il me tendit la main. J'hésitai. Je n'avais pas le livre rouge avec moi et il était trop risqué de me mettre en contact avec le dragon Rat. Il n'y avait qu'un seul moyen de savoir si je pouvais encore protéger Ryko. Saisissant sa main, je l'entraînai dans la zone défendue par le dragon. Nous attendîmes tous deux, pétrifiés. Manifestement, l'illusion était repoussée. Il poussa un soupir de soulagement.

– Vous n'aviez pas l'air convaincu, observa-t-il sèchement.

– Je ne sais pas comment marche cette magie, avouai-je.

Il poussa un grognement et me tira en avant. Nous courûmes jusqu'à la porte de la bibliothèque. Elle était fermée par un cadenas, comme lors de notre visite précédente mais, cette fois, Ryko ne se tordait pas de douleur, incapable de forcer la serrure. Tandis que j'agrippais son épaule pour le protéger, il s'agenouilla et introduisit avec adresse un petit objet métallique dans le cadenas. Le mécanisme céda avec un déclic. L'air satisfait, Ryko leva les yeux vers moi.

– Heureusement que l'un de nous sait comment ça marche, lança-t-il.

Il rangea le petit objet dans sa poche, décrocha le cadenas et poussa la porte. Sans attendre, nous nous abritâmes dans le couloir sombre.

La porte intérieure luisait devant nous. La faible lumière filtrant sous son battant permettait à peine de distinguer les douze sphères du cercle gravé sur la paroi de métal. Quelqu'un avait laissé les lampes allumées dans la pièce. Toujours prudent, Ryko s'immobilisa un instant, aux aguets. Une lame cliqueta doucement. Baissant les yeux, je vis qu'il tenait son poignard. Avait-il entendu un bruit suspect ? Devant mon regard interrogateur, il secoua la tête. Il appuya sur le loquet et ouvrit silencieusement la porte.

Un tapis bleu, une table immense, des rayonnages de manuscrits couvrant les murs. Et toujours cette sensation d'un pouvoir hostile. Rien ne semblait avoir changé, sauf que les lampes à huile baignaient la pièce d'une lumière chaude et douce. Ryko s'avança.

– Je vais au fond, déclarai-je. Je prendrai…

Il surgit sur la gauche et fonça tête baissée vers Ryko. Sous le choc, ils heurtèrent tous deux violemment le mur. Boîtes et parchemins s'envolèrent et s'écrasèrent autour de moi. Ryko plaqua son assaillant sur le sol. Alors qu'il se pressait sur lui, j'aperçus un visage maladif, éperdu. Dillon ! Serrant d'une main le cou de mon ami, Ryko leva son poignard. J'accourus en clopinant et l'attrapai par le pied.

– C'est Dillon !

Ryko s'arrêta net, prêt à frapper.

– J'ai cru que c'était lui, lança Dillon d'une voix entrecoupée. J'ai cru que c'était lui.

– Ido ?

Le visage de Ryko était encore crispé par l'effort du combat. Dillon hocha la tête. Lâchant enfin la gorge du malheureux, Ryko baissa son arme. Soudain, il saisit la mâchoire de Dillon, indifférent à sa terreur, et le força à se tourner vers la lumière. La peau du garçon, et même le blanc de ses yeux, avaient jauni. Sur sa nuque, l'éruption avait doublé de volume. Il se débattit sous la main du géant.

– Lâchez-moi !

– Du calme, dit Ryko en le libérant. Vous êtes intoxiqué par la drogue solaire. Il suffirait d'une dose supplémentaire pour vous tuer.

– C'est sans importance.

Dillon saisit le poignet de Ryko d'une main tremblante.

– De toute façon, Ido me tuera. Il va tuer tous les Yeux du dragon.

Je croisai son regard, mais il ne restait rien du garçon que je connaissais. Ses yeux brillaient d'une haine démente.

– Il m'a dit ce que tu étais, ce qu'il allait faire avec toi. Tu nous as tous plongés dans le malheur !

Dillon s'élança vers moi, toutes griffes dehors, mais Ryko l'attrapa par l'épaule.

– Il est sous l'emprise de la drogue, me dit-il. Prenez le livre. Il faut que nous sortions d'ici.

Atterrée par la violence de Dillon, je me relevai en chancelant et m'avançai le long de la table. Derrière moi, j'entendais Ryko assurer à Dillon que nous allions le tirer d'affaire, tandis que le pauvre garçon fulminait d'une voix fébrile contre le pouvoir d'Ido. Je me sentais oppressée par l'énergie vibrant en ces lieux. Dillon devait certainement en subir l'effet, lui aussi.

Je courus vers le coffret de bois au fond de la pièce. Une voix découragée en moi me chuchotait que le livre rouge aurait disparu. Comme mon dragon.

Mais non, il était là, à côté du volume noir. Je frissonnai. La simple vue de l'autre texte me rendait malade. Soulevant le couvercle de verre, je saisis le livre rouge. Comme si elles s'éveillaient soudain, les perles noires s'agitèrent puis se glissèrent sous ma manche, en attachant de nouveau étroitement le volume à mon bras. Je me sentis grisée par mon triomphe. Le livre était à moi, pas à Ido.

Je caressai les petites sphères sombres, en m'efforçant d'ignorer la présence menaçante encore tapie dans le coffret. Mais je savais ce que j'avais à faire. J'avançai ma main gauche, hésitai un instant au-dessus de la couverture de cuir noir. Les perles blanches qui l'entouraient s'agitèrent. Je me rappelai le hurlement de Ryko quand il avait voulu prendre le volume – mais je ne pouvais pas le laisser ici.

Saisissant le livre, je le tins à bout de bras et me raidis dans l'attente du coup de fouet. Les perles se dressaient, ondulaient. Soudain, elles se rassemblèrent au-dessus de ma manche de soie et attachèrent à mon bras le volume noir.

– Vous l'avez ? demanda Ryko.

– Oui.

Ma voix se brisa. Pourquoi les perles blanches ne m'avaient-elles pas attaquée ? Avec précaution, j'effleurai le lien précieux. Il se resserra sur mon bras.

– Alors sortons d'ici, lança Ryko.

Il hissa Dillon sur ses jambes. Le garçon semblait en proie à un profond malaise.

– Je vais bien, affirma-t-il d'un ton rude en repoussant les mains du géant.

Ryko recula.

– Je suppose que l'illusion du dragon Rat n'a pas de prise sur vous ?

La voix de Dillon était basse, haineuse.

– Même si Ido puise dans mon énergie, je peux encore appeler mon dragon.

Ils se tournèrent vers moi en m'entendant m'approcher péniblement.

– Il te vide de ton pouvoir ? m'exclamai-je.

Était-ce ce qu'il m'avait fait ? Était-il en mesure d'infliger ce traitement à tout le monde ? Dillon hocha la tête en désignant le livre noir.

– C'est ce texte qui lui a appris la méthode.

Puis il sourit, en montrant les dents comme un animal blessé.

– Il ne sera pas content de le perdre.

Ryko observa le livre avec inquiétude.

– Eh bien, réjouissons-nous de l'avoir maintenant. Peut-être sera-t-il utile pour contrer Ido.

Il nous conduisit vers la porte. Dillon prit de l'avance, impatient de sortir de sa prison. Je le suivis tandis que Ryko fermait la marche. Mon oppression diminua lentement à mesure que nous progressions dans le couloir. À l'instant d'émerger à l'air libre, je sentis Ryko agripper mon épaule.

C'est alors qu'un coup en pleine poitrine me coupa le souffle. Je tombai à quatre pattes. Impossible de respirer. Affolée, je vis Ryko se tordre de douleur, en proie aux illusions du dragon Rat. Mon bras me fit soudain affreusement mal et j'essayai de trouver assez d'air pour hurler :

– Lâche-le !

À travers mes larmes, je reconnus Dillon. Il criait en tirant sur le livre noir. Il m'avait frappée. L'étau dans ma poitrine se desserra enfin, je pris une profonde inspiration. Penché sur mon corps, il tentait fébrilement de glisser ses doigts sous les perles blanches.

– Qu'est-ce que tu fabriques ? demandai-je en haletant.

Je me débattis et son corps frêle s'affala lourdement sur ma hanche. Une violente douleur irradia ma jambe infirme.

– J'ai besoin d'avoir quelque chose à quoi il tienne, dit-il en triturant mon bras. Pour pouvoir négocier.

Devant tant de sottise, une énergie furieuse m'envahit.

– Négocier ? hurlai-je. Imbécile !

J'essayai de le frapper au visage, mais il se rejeta en arrière et mon poing ne fit qu'effleurer son oreille. La folie décuplait ses forces. Il plaqua ma main sur le sol et la coinça sous son genou. Du coin de l'œil, je vis Ryko ramper vers nous, les yeux exorbités par la souffrance.

– Ido ne négociera pas avec toi, lançai-je. Il te tuera.

– C'est pour ça qu'il me faut ce livre.

Ses doigts se serrèrent comme un étau. Il tira sur les perles, et je sentis qu'elles cédaient.

– Non ! Il faut que tu viennes avec nous.

– Avec toi ? ricana-t-il. Une fille ? Un faux Œil du dragon ? Je sais tout sur toi.

Il réussit à détacher quelques perles.

– Tu n'as aucune chance contre lui.

Fermant les yeux, il respira profondément. Il allait appeler le dragon Rat.

– Non ! criai-je, affolée à l'idée qu'Ido puisse sentir sa présence.

Toutes les perles se relâchèrent d'un coup. Dillon tomba en arrière, les mains crispées sur le livre noir. Il s'éloigna précipitamment, en pressant contre sa poitrine le volume dont les perles se démenaient avec colère.

À côté de moi, Ryko poussa un gémissement, le visage livide. Il luttait contre l'illusion, mais elle était trop puissante. Dillon s'était déjà relevé et s'enfuyait à toutes jambes. Prise entre eux deux, j'hésitai un instant. Puis je m'agenouillai péniblement et me laissai tomber sur le dos de Ryko. Je sentis la souffrance l'abandonner aussitôt. Dillon traversa le pont en courant et se dirigea vers les arcades. Épuisée, je baissai la tête.

– Vous auriez dû le poursuivre, dit enfin Ryko.

Je m'écartai de son dos tout en gardant ma main sur son épaule. Il me regarda droit dans les yeux.

– Malgré tout, je suis content que vous soyez resté.

## *Chapitre 21*

Je caressai les perles noires cachées sous ma manche, en essayant de les ajuster doucement tout en m'efforçant d'entendre la voix basse de Solly. Les explosions et les cris des combattants semblaient dangereusement proches de notre position dans la forêt, bien que Solly affirmât qu'on se battait surtout auprès de la muraille du palais. À côté de moi, Ryko tenait la bride de notre cheval, sans prêter attention à la nervosité de l'animal tant il était absorbé par les propos de son camarade.

– Toutes les routes menant au palais sont contrôlées par l'armée, murmura Solly.

Son front était si plissé qu'on ne voyait presque plus ses petits yeux.

– Les jardins grouillent également de soldats. Il semble que la garde impériale repousse leur assaut pour l'instant, mais…

– Pas pour longtemps, compléta Ryko.

Il pinça les lèvres d'un air pensif.

– Nous pourrions rejoindre la ville pour gagner la partie du cercle des Dragons la plus proche des appartements du palais. Cela dit, qui sait ce que nous trouverons en ville. Et nous perdrions l'avantage de ta mission de reconnaissance.

– Passez par le jardin, dans ce cas, dit Solly en désignant de la tête l'Anneau d'émeraude.

– Tes hommes ont-ils repéré une brèche dans les lignes ennemies ?

– Pas vraiment une brèche, mais les soldats semblent moins nombreux du côté de la porte de l'est. Elle était encore contrôlée par la garde quand vous êtes allés au manoir.

– La porte du Service diligent, grogna Ryko. Nous entrerons donc par là. Sire Eon et moi nous approcherons aussi près que possible à cheval. Mais nous aurons besoin d'une diversion.

– Nous avons quelques idées à ce propos, déclara l'insulaire avec un large sourire.

– Pour un peu, je plaindrais les hommes de Sethon, dit Ryko.

Il agrippa les épaules de Solly.

– Nous devons introduire sire Eon dans le palais. À tout prix.

Solly me sourit d'un air rassurant.

– Ne vous en faites pas, seigneur. Nous vous ferons entrer.

Un murmure approbateur s'éleva des rangs de ses compagnons. Je hochai la tête, la gorge serrée devant une loyauté si imméritée. Certains de ces hommes allaient mourir – tous, peut-être. Puissent les dieux me donner autant de courage et d'honneur.

– Allons-y, lança Ryko.

Il fit tourner son cheval en direction de la route. Les mains de Solly dessinèrent dans l'air une série de signaux. Aussitôt, ses hommes s'égaillèrent autour de nous. Je suivis Ryko. Ma peur avait soudain cédé la place à l'excitation.

Ryko s'immobilisa près du cheval, à l'orée de la forêt, et observa les jardins. Devant nous, un sentier était éclairé par des lanternes pendant à des cordes tendues entre des poteaux. Le cœur battant, j'aperçus au loin des silhouettes de soldat entrant et sortant de la lumière. Puis je vis deux hommes de Solly se dresser comme des ombres furtives et courir vers les arbres obscurs.

– Nous éviterons les chemins dans la mesure du possible, déclara Ryko. Toutefois, la route menant à la porte sera aussi bien éclairée que ce sentier.

Il sortit son sabre de son fourreau. La lame glissa sans bruit – elle était faite pour tuer en silence.

– Croyez-vous que vous pourriez manier ce sabre sans perdre l'équilibre ?

Il me tendit la poignée. Le poids de l'arme me déconcerta. Elle était deux fois plus lourde que mes sabres de cérémonie.

– Je n'ai pas été entraîné pour combattre, observai-je en affermissant mes mains sur la poignée.

Ryko sourit.

– Je sais. Je voudrais que vous tranchiez ces cordes au passage, pour faire tomber les lanternes. Autrement, nous pourrions aussi bien brandir nous-mêmes des torches pour aider les archers à nous viser.

– Les trancher au passage ?

J'avais déjà suffisamment de mal à rester assise sur le destrier. Quant à manier de surcroît un énorme sabre…

– Oui, je pense que je m'en tirerai.

Même à mes propres oreilles, ma voix ne semblait guère convaincue.

– Nous avons une bonne chance de réussir, dit Ryko d'un ton encourageant.

Il tendit la main pour reprendre le sabre. Je le regardai ranger l'arme dans son fourreau sans aucun effort.

– Les soldats seront concentrés près du rempart et des portes du palais, continua-t-il. Reste l'arrière-garde, mais j'ai déjà travaillé avec Solly et ses hommes. Ils connaissent des ruses auxquelles même les meilleurs soldats de Sethon ne s'attendront pas.

Il me fit un signe de tête.

– Prêt ?

– Prêt.

Après avoir caressé l'encolure du cheval, il l'agrippa et sauta dessus avec un petit grognement dû à l'effort. Une fois installé sur sa monture, il me tendit la main et me hissa derrière lui, non sans me faire mal aux épaules. Je réussis à m'asseoir et me cramponnai à sa taille. Le destrier s'élança. Je ne pus m'empêcher de trembler quand nous sortîmes de l'abri des arbres. S'engageant sur le sentier plus bas réservé aux domestiques, Ryko lança le cheval au petit galop.

– Regardez devant, ordonna-t-il tandis que lui-même scrutait les jardins sur notre droite.

Je regardai par-dessus son épaule, le souffle coupé par l'allure soutenue du destrier. Nous retournions vers le manoir du dragon Bœuf.

Les jardins défilaient rapidement sous mes yeux. Il aurait été aisé de s'y abriter. Solly avait dit qu'ils grouillaient de soldats, mais n'était-ce pas toujours mieux que de chevaucher ainsi à découvert ? Je sentis Ryko tirer sur les rênes en arrivant à un tournant de la route. Une partie des remparts et le sommet du manoir étaient déjà visibles. Nous nous raidîmes tous deux en entendant une plainte affreuse, comme si un démon criait du fond de l'autre monde.

– Qu'est-ce que c'est ? soufflai-je.

Ryko nous fit traverser le chemin des domestiques. Une fois à l'abri des buissons, il arrêta brusquement le cheval. Son souffle était aussi haletant que le mien. Poussée par un terrible pressentiment, je me laissai glisser à terre.

– Que faites-vous ? s'inquiéta Ryko.

Mais j'étais déjà en train de ramper dans le sous-bois, en direction de ces cris glaçants. Je voulais voir la scène. En gravissant péniblement une pente, je sentis la soie de ma robe m'étrangler car elle se coinçait sous mes genoux. Dans ma manche, les perles noires se serraient sur le livre rouge comme pour le protéger. Une pierre s'enfonça dans le pansement de ma main et j'étouffai un cri, même si personne n'aurait pu m'entendre au milieu des gémissements stridents s'élevant au bord de la route.

Émergeant enfin des buissons, je les vis juste devant moi. Des formes obscures gisaient sur le sol, affreusement mutilées. À côté d'elles, trois servantes agenouillées pleuraient les morts. Je m'aplatis par terre, les yeux irrésistiblement attirés par les têtes tranchées. L'une était détournée, entourée d'une flaque sombre et luisante. L'autre regardait fixement la nuit. Il était difficile de distinguer les traits à la faible clarté de la lune. La mort avait affaissé le front, les joues, la mâchoire, en une parodie de tristesse. Cependant, en restituant mentalement la vie à ce masque grotesque, je compris que c'était Hollin. Et le corps lourd à côté de lui était celui de Tyron, je reconnaissais ses vêtements. Je serrai les dents pour ne pas hurler. Il m'était désormais impossible d'espérer qu'Ido n'ait pas entrepris d'éliminer tous les Yeux du dragon.

– Faites taire ces chiennes, lança une voix brutale. Ôtez les cadavres de la route.

Un soldat apparut. Je battis en retraite dans les buissons tandis que cinq autres hommes écartaient des corps à coups de pied les femmes en larmes.

Malgré mon envie de courir en criant vers Ryko, je me contraignis à avancer lentement, sans bruit, en guettant derrière moi le moindre indice indiquant qu'on me poursuivait.

Ryko était toujours à cheval. Quand j'émergeai du sous-bois, il me foudroya du regard. Toutefois, l'expression de mon visage le réduisit au silence. Il me hissa de nouveau derrière lui. La chaleur de son corps contre le mien était comme un talisman contre la mort.

– Je suis désolé, chuchotai-je tandis que nous nous enfoncions dans les jardins. Il fallait que je voie par moi-même.

Je pressai mon visage contre son épaule.

– Ils ont laissé les cadavres au bord de la route.

– Essayez de ne pas y penser, dit-il d'un ton bourru.

Le conseil était bon, mais les images ne cessaient de surgir de l'ombre : des visages affaissés, des flaques noires, des yeux fixes. J'avais conscience du pas du cheval et de la respiration de Ryko, que je sentais se tendre quand il faisait un détour pour éviter des soldats. Mais mes yeux étaient hantés par mes amis morts et une complainte silencieuse s'élevait dans mon esprit, où le remords se mêlait au chagrin.

Ce ne fut que lorsque nous nous arrêtâmes brusquement que je me rendis compte que nous nous trouvions derrière le pavillon jouxtant la porte du Service diligent. Devant nous, des lampes de deuil illuminaient le chemin comme une rangée de lunes miniatures. Un fracas métallique et des cris se détachant sur une rumeur sourde me dirent que nous étions à proximité du rempart. Comment avions-nous pu nous approcher si près sans être repérés ? La réponse gisait par terre, derrière le pavillon : deux guetteurs morts.

Des silhouettes sombres se détachèrent du petit édifice et coururent vers nous. C'étaient Solly et deux de ses hommes. Ils s'inclinèrent rapidement.

– Ils enfoncent la porte avec un bélier, chuchota Solly. Ils seront bientôt à l'intérieur. Ce pourrait être votre chance.

Ryko calma le destrier.

– Il y a des archers ?

– Des tas, répondit-il avec une grimace. Mais ils s'intéressent surtout au rempart et la plupart seront sur votre flanc.

– Tes hommes sont prêts ?

– Nous n'attendons que votre signal, déclara Solly.

Les deux hommes derrière lui approuvèrent de la tête.

– Vive l'Empereur Perle, murmura l'un d'eux.

Ryko saisit son sabre et me le tendit.

– Débrouillez-vous pour abattre les lanternes, dit-il.

Je raidis mon bras et mon poignet, mais le

sabre était trop lourd, j'aurais besoin de mes deux mains pour le manier. Serrant les flancs du cheval entre mes genoux, je calai la poignée de l'arme sur ma cuisse. Il faudrait que je tourne mon buste pour frapper, cependant mon équilibre devrait être assez assuré pour y arriver. De ma main libre, j'agrippai l'épaule de Ryko. Chaque chose en son temps. D'abord, arriver sur le chemin sans m'effondrer par terre. Il serait temps ensuite de songer à manier le sabre.

– Prévenez vos hommes, lança Ryko.

Il se tourna vers moi et je vis ses yeux briller d'une flamme brutale. Je me demandai ce qu'il voyait dans les miens.

– C'est parti !

Solly poussa le cri perçant d'un rapace nocturne. Notre destrier s'élança. Je touchai le livre rouge pour me porter chance, puis je me penchai sur l'animal qui accélérait l'allure. Dans mon effort pour garder l'équilibre sans lâcher le sabre, j'entendais mon sang battre à mes tempes, avec une telle force qu'il couvrait même le fracas du bélier. Nous allions si vite que le vent fouettait mon visage et faisait pleurer mes yeux.

Quand nous arrivâmes sur le chemin, les sabots du cheval ne furent plus amortis par l'herbe. Nous avançâmes bruyamment, transformés en une cible idéale. Des soldats s'agitaient dans l'ombre des deux côtés du chemin illuminé. Nous semblions promis à mourir en pleine lumière. Devant nous, la porte cédait sous les coups du bélier et les cris acharnés des soldats couvraient les craquements du bois. Je me tournai et joignis mes mains sur la poignée du sabre.

– Attendez ! hurla Ryko.

J'aperçus une masse confuse d'hommes courant vers nous en cherchant des flèches dans leurs carquois. Je levai le sabre. Des explosions retentirent soudain. À gauche, à droite. Était-ce une des surprises concoctées par Solly ?

– Maintenant ! ordonna Ryko.

Je tranchai la première corde. Une joie absurde m'envahit en voyant la lanterne tomber et s'éteindre. La suite fut moins heureuse, puisque la lame manqua de peu l'oreille de Ryko.

– Faites attention ! rugit-il en s'écartant vivement.

Je frappai la corde suivante avec violence. Une autre lanterne s'effondra sur le chemin devant nous. En entendant un sifflement, je me baissai précipitamment. Des flèches jaillirent de l'ombre, des deux côtés du chemin. Ne ressentant aucune douleur, j'en déduisis que je n'étais pas blessée. Je regardai de nouveau le monde défiler sous mes yeux. À force de manquer des lanternes, je nous exposais dangereusement. Le corps tendu en prévision du choc, je frappai de nouveau. Une lanterne disparut dans les ténèbres. Devant nous, un énorme craquement et des cris de triomphe s'élevèrent. La porte s'était effondrée. Je tranchai encore une corde, dont la lanterne roula sur l'herbe. Mes poignets faiblissaient, mon dos et mes cuisses n'en pouvaient plus.

– Je vais passer à travers. Tenez bon ! cria Ryko par-dessus son épaule.

J'étais tellement concentrée sur la prochaine lanterne à abattre que je ne compris pas ce qu'il voulait dire. Quand le destrier allongea le pas, je n'eus pas le temps de modifier mon geste. Le sabre heurta le poteau, m'échappa des mains et tomba par terre avec fracas.

Cramponnée à Ryko, je regardai derrière moi le sabre déjà loin. Les hommes courant sur le chemin abaissaient leurs arcs. Quelque part devant nous, des cris de guerre retentissaient au milieu du vacarme des sabres s'entrechoquant.

– Je l'ai lâché ! criai-je à l'oreille de Ryko. J'ai laissé tomber votre sabre !

C'est alors que je vis la muraille mouvante des hommes se battant dans la porte éventrée. Les gardes impériaux étaient peu à peu repoussés par l'armée de Sethon. Nous courions droit sur eux. Le cheval tenta d'obliquer vers la gauche, mais Ryko le força à continuer dans cette direction.

Le premier homme que nous heurtâmes fut projeté sur son adversaire. Le suivant nous aperçut et essaya d'abattre son sabre sur l'encolure du destrier. Ryko l'écarta d'un coup de pied, en poussant un grognement quand la lame entailla légèrement sa jambe. Plus loin, quelqu'un s'effondra en hurlant. Le cheval s'élança dans la voie ainsi ouverte, non sans piétiner le corps. Je vis la poitrine de l'homme céder sous les sabots. Ryko frappa de son poignard un soldat s'accrochant à sa jambe blessée. Je donnai un coup de pied à l'épaule du soldat, dont j'atteignis en fait le casque. Il se renversa en arrière, lâcha prise et tomba sous notre cheval. Celui-ci trébucha sur lui et renversa au passage un garde impérial, qui fut écrasé contre les restes de la porte. Avec force jurons, Ryko dirigea sa monture vers la droite en sautant par-dessus deux hommes se battant par terre.

– Ryko ? cria devant nous un garde solidement bâti.

Parant le coup de sabre d'un soldat, il prit la poignée de son arme et fracassa la mâchoire de son adversaire. Après quoi, il se tourna de nouveau vers nous.

– Il faut que nous passions ! expliqua Ryko en hurlant pour couvrir le tumulte.

Le garde hocha la tête puis se baissa pour éviter un coup de sabre qui faillit trancher son cou. Après avoir repoussé son assaillant, il poussa un long appel strident à travers le fracas du combat. Un coup brutal me coupa soudain le souffle. Je heurtai violemment Ryko et sentis un goût écœurant de sang dans ma bouche. Quelqu'un tirait sur ma robe pour me faire tomber de cheval. Me retournant, je vis un jeune soldat sans casque, le visage barbouillé de sang. Mes doigts le griffèrent au hasard, s'enfoncèrent dans un œil. Il poussa un hurlement, mais ne lâcha pas prise. Ryko agrippa ma cuisse, cependant il peinait à nous maintenir en équilibre. Finalement, le cheval régla la question en lançant une ruade qui envoya l'homme se fracasser contre le corps de garde. Ryko se cramponna aux rênes tandis que l'animal affolé décochait des coups de pied terribles à tous nos assaillants.

Avec une détermination farouche, je m'accrochai à Ryko pendant qu'il luttait pour maîtriser sa monture. Le destrier cessa enfin ses ruades, pantelant.

– Regardez ! criai-je à l'oreille de Ryko en pointant le doigt en avant.

Le garde qu'il connaissait avait abattu son adversaire et se frayait maintenant méthodiquement un chemin au milieu des soldats se pressant devant nous. Son appel étrange avait rassemblé la garde impériale autour de nous. Nous étions entourés par une muraille de combattants d'élite, qui repoussaient les ennemis avec ténacité et progressaient dans la mêlée. Ryko réussit à faire avancer encore le cheval épuisé, tandis que les gardes nous menaient peu à peu à la lisière du champ de bataille.

– Il me faut un sabre ! brailla Ryko.

Un garde sur notre droite plongea son arme dans la poitrine d'un soldat puis la dégagea avant de repousser du pied le corps agonisant.

– Couvrez-moi ! hurla-t-il en reculant.

Les deux gardes combattant près de lui l'entourèrent aussitôt, sans cesser de distribuer des coups.

– Voilà ! cria le garde en tendant à Ryko le sabre ensanglanté.

Ryko fit un salut militaire tout en ajustant rapidement l'arme dans sa main. Je regardai le garde sortir un poignard d'une gaine fixée à sa taille et retourner dans la mêlée.

Nous avions presque atteint la cour intérieure. Sentant devant lui un asile sûr, le destrier se précipita en avant. Avec une agilité surprenante vu sa stature imposante, le garde s'avançant devant nous sauta de côté pour laisser ses deux adversaires sur le chemin du coursier déchaîné. Le premier fut jeté à terre, le second fauché par le sabre de Ryko.

Nous étions passés !

Ryko dirigea le cheval vers l'allée des domestiques. Je regardai par-dessus mon épaule. Les gardes faisaient front pour arrêter nos poursuivants. Une poignée d'hommes contre une immense armée. L'un d'eux se retourna pour vérifier que nous nous étions bien échappés. Je levai la main. Après un bref salut, il reprit son combat désespéré.

– Cet animal ne tiendra plus longtemps, déclara Ryko en faisant passer à un rythme plus reposant le destrier tremblant sur l'allée sombre et inégale. Comment vous sentez-vous ?

– Je vais bien. Et votre blessure à la jambe ?

– Ce n'est qu'une coupure.

Il fit arrêter le cheval.

– Serez-vous capable de faire la suite à pied ?

En guise de réponse, je me laissai glisser à terre. À peine avais-je touché le sol que je m'effondrai piteusement.

– Mes jambes ! Elles ont perdu toute leur force !

– Ça ne durera pas, assura Ryko. Reposez-vous un instant.

Il descendit de cheval en tenant avec précaution le sabre couvert de sang. Tandis que je massais mes cuisses, il conduisit le destrier à l'écart du chemin et l'attacha à un buisson.

– Croyez-vous que dame Dela soit en sûreté ? demandai-je. Avec tous ces soldats…

– Dame Dela est capable de se débrouiller toute seule.

Après avoir essuyé le sabre sur l'herbe, il le glissa dans son fourreau. Un crissement sur les graviers nous fit sursauter. Quelqu'un, non, toute une troupe s'approchait. Ryko attrapa ma main et me força à me lever.

– C'est le moment de se dépêcher.

Commença alors une partie de cache-cache mortelle. Les soldats de Sethon s'étaient enfoncés dans les profondeurs du palais et regroupaient systématiquement les habitants dans les cours principales. Tandis que nous courions entre les édifices, je vis des hordes de femmes hurlantes et d'eunuques tremblants contraints de s'agenouiller sous les coups. Trop souvent, nous eûmes à peine le temps de nous cacher dans l'ombre au passage des soldats. J'étais certaine qu'ils allaient entendre les battements de mon cœur ou apercevoir mes yeux terrifiés dans la pénombre. À un moment, ma maudite hanche me ralentit et un jeune soldat me vit bouger. Il rebroussa chemin pour vérifier. Je n'oublierai jamais son regard stupéfait quand Ryko lui trancha la gorge.

En arrivant enfin au passage voûté menant à l'appartement aux Pivoines, j'étais malade d'avoir vu tant de gardes massacrés, de femmes se débattant sous les soldats, de vieillards battus à mort. Même Ryko, qui devait pourtant être plus endurci que moi, avait pâli et murmurait d'une voix monocorde que nous ne pouvions nous arrêter.

La cour de l'appartement était déserte. Le silence du jardin bien entretenu formait un contraste saisissant avec les scènes d'horreur que nous venions de traverser, les cris et les gémissements. Adossée au mur, je pressai ma main sur ma poitrine pour calmer mon cœur affolé et surmonter ma nausée. À côté de moi, Ryko se raidit soudain.

– Non, chuchota-t-il.

Je suivis son regard. Le jardin n'était pas tout à fait vide. Un cadavre de femme gisait au bout de l'allée de gravier. Dame Dela ? Mes jambes se dérobèrent, je m'agrippai à une arche de pierre. Ryko courut vers la forme sombre, sans se soucier de pouvoir être vu. Quand j'arrivai près de lui, il était à genoux et haletait bruyamment. Je m'agenouillai à mon tour, horrifiée à l'idée de découvrir le visage mort de la noble dame.

Un visage ovale, rebondi, juvénile – ce n'était pas elle. Ryko me sourit, le souffle coupé par le soulagement. Je ne pus m'empêcher de répondre à son sourire. Que les dieux nous pardonnent notre joie cruelle.

Avec douceur, Ryko ferma les yeux de la servante. Puis nous regardâmes tous deux l'appartement silencieux. Les lampes avaient été allumées pour la nuit, mais rien ne bougeait. Dame Dela était-elle à l'intérieur ?

– Il faut que j'aille vérifier, lança Ryko.

Il observa le jardin, me désigna un bouquet d'arbres décoratifs près de l'étang.

– Mettez-vous à l'abri là-bas et attendez mon signal.

– Non, je vous accompagne, déclarai-je en touchant son bras.

– Ne soyez pas stupide. Vous ne devez pas vous exposer.

– Mais si vous la trouvez et qu'elle est...

Il me regarda de côté.

– Me croyez-vous trop faible pour faire mon devoir ?

– Ce n'est pas ce que je voulais dire.

– Bien sûr, soupira-t-il. Pardonnez-moi, je sais ce que vous vouliez dire. C'est gentil de votre part, mais vous ne devez pas me suivre.

J'obéis à contrecœur. Les panneaux coulissants de la salle de réception étaient grands ouverts. Même cachée derrière les arbres, je voyais clairement que la pièce avait été saccagée par les hommes de Sethon. La table basse était renversée et le beau rouleau de maître Quidan avait été arraché de son alcôve. Je regardai Ryko s'avancer lentement. Après avoir observé un instant le désastre, il disparut à mes yeux. Je crispai mes doigts sur la robe historiée, en résistant à mon envie de courir le rejoindre. Il réapparut enfin et me fit signe de venir.

– Elle n'est pas là, dit-il quand je fus dans la pièce dévastée. L'appartement est désert. Soit elle est prisonnière de Sethon, soit elle se cache quelque part et nous attend.

Il semblait comme moi partagé entre le soulagement et l'inquiétude.

– Je ne connais pas dame Dela aussi bien que vous, Ryko, déclarai-je. Mais il me semble qu'elle aurait essayé de nous laisser un message.

Son visage prit soudain une expression attendrie.

– Et même en danger, elle aurait pris plaisir à déployer le plus de subtilité possible.

Saisissant le chef-d'œuvre malmené de Quidan, je le posai avec soin sur la commode.

– Espérons qu'il n'aura pas été trop endommagé.

– Si j'étais elle, je laisserais mon message à un endroit où vous reviendriez à coup sûr, reprit Ryko en arpentant la pièce. Près d'un objet auquel vous tenez, peut-être.

– Les seuls objets auxquels je tienne ici, ce sont les tablettes mortuaires de mes ancêtres. Elles sont dans ma chambre.

Je guidai Ryko à travers l'appartement, en notant au passage qu'aucune des lampes des murs n'avait été cassée. Ceux qui avaient pillé ces lieux voulaient avoir assez de lumière pour ne rien oublier. Chaque pièce avait été mise à sac. Les armoires étaient béantes, le linge répandu sur le sol, la vaisselle brisée, les paniers renversés, les lits défaits. J'aperçus aussi deux autres cadavres, mais Ryko me murmura qu'il était inutile d'approcher car il avait déjà vérifié.

Ma chambre offrait la même vision de désolation. Le lit était nu, les draps somptueux gisaient par terre, déchirés. Les portes du buffet étaient ouvertes. La porcelaine précieuse avait été fracassée. Sans m'attarder sur ces dévastations, je me dirigeai vers l'autel. Lui seul était intact. Même des soldats déchaînés auraient craint d'encourir la colère des esprits.

Dame Dela avait joué sur cette peur, et gagné. Une copie de sa traduction des *Poèmes d'été* de dame Jila était posée près des bols d'offrandes. Le rouleau était attaché par un ruban auquel pendait une grosse perle noire – celle-là même qui ornait habituellement la gorge de dame Dela.

Saisissant le parchemin, je fis glisser le ruban pour l'ouvrir.

– Je ne lis pas très vite, avoua Ryko en regardant par-dessus mon épaule. Que dit le texte ?

– L'un des poèmes est marqué par un croissant de lune. Il s'intitule *Assise dans l'ombre de sa chambre, une dame soupire d'amour.*

– Elle est au harem ! s'exclama Ryko. Dans sa maison.

Il me prit des mains le ruban et la perle, qu'il rangea avec soin dans la bourse fixée à sa taille.

– Comment le savez-vous ?

– Elle m'a raconté que dame Jila avait écrit ce poème pour elle.

Il se racla la gorge.

– À propos d'elle.

Je hochai la tête.

– Nous devons donc aller au harem.

– Vous dites ça comme s'il s'agissait de se rendre au marché, lança-t-il avec un rire amer. C'est l'endroit le mieux gardé du palais. Et il abrite un trésor inestimable, dont Sethon sera avide de s'emparer.

Je ne compris pas tout de suite.

– Vous voulez parler du petit prince ?

– Sethon tient aux traditions, répondit Ryko d'un ton sec. Il ne laissera aucun des deux princes en vie. Il se peut toutefois que nos hommes aient fait sortir du palais l'enfant et les femmes. Dame Dela est peut-être avec eux.

J'observai son visage sombre.

– Mais vous n'y croyez pas, n'est-ce pas ?

Il regarda la pièce silencieuse.

– Aucun soldat n'est resté ici pour monter la garde. Les habitants du palais ont été rassemblés dans les cours principales. À mon avis, toutes les troupes disponibles ont été envoyées ailleurs. Sethon doit être en train de prendre d'assaut le harem.

Face à la destruction qui nous environnait de toutes parts, il me sembla soudain que tout était perdu.

– Comment pourrons-nous y entrer, dans ce cas ? demandai-je d'une voix faible.

– Avec l'aide des dieux, répliqua Ryko. Et beaucoup de chance.

J'avais autant de foi qu'un autre dans les dieux et dans la chance, mais il nous fallait davantage. Nous avions besoin d'une armée. À défaut, quelques armes supplémentaires seraient les bienvenues. Je voulais entendre en moi la voix et la fureur d'un Œil du dragon surgissant du passé.

Me tournant vers le râtelier contre le mur, je me préparai à cet éclair de rage qui jaillissait toujours quand je touchais mes deux sabres. Cette fois, j'écouterais leurs conseils.

Les supports étaient vides.

– Ils ont disparu !

Hébétée, j'agitai mes mains comme si j'allais les faire soudain réapparaître.

– On a volé mes sabres.

Je cherchai autour du râtelier, soulevai les draps amoncelés par terre. En vain.

– Ce n'est pas étonnant, grommela Ryko. Ils ont une grande valeur pour un soldat.

– Vous ne comprenez pas. Ils...

Comment aurais-je pu lui expliquer que ces sabres me disaient comment combattre ? Sans leur colère et leur savoir, je n'étais qu'une infirme connaissant quelques figures de cérémonie.

– Nous vous trouverons une arme en chemin, dit Ryko en se dirigeant vers la porte.

Je me forçai à m'éloigner du râtelier. Il n'y avait rien à faire.

– Avez-vous un plan ? demandai-je.

– J'ai toujours un plan.

– Attendez !

Même si j'avais perdu la rage exaltante de mes sabres, je pouvais m'accorder au moins la consolation des tablettes mortuaires de ma famille. Saisissant les minces plaques de bois, je les glissai dans les plis serrés de mon bandeau de poitrine. Peut-être ces femmes, ces aïeules inconnues, me protégeraient-elles. Et si j'échouais, il serait possible en découvrant mon corps de l'enterrer sous les emblèmes de mes ancêtres.

## Chapitre 22

L'odeur de végétation pourrissante me fit froncer le nez. Je scrutai l'intérieur de l'étroit tunnel.

– C'est ici ? chuchotai-je. C'est la porte des Concubines ?

Je me rappelai comme l'Empereur Perle, qui n'était encore que prince, m'en avait parlé à voix basse d'un air égrillard avant de rougir avec embarras. Ses gardes l'avaient-ils emmené à temps ? Était-il sain et sauf ? Je touchai les tablettes sur ma poitrine. « Puisse-t-il être en sûreté », priai-je en silence. Comme pour répondre, les perles autour de mon bras se dressèrent puis s'apaisèrent.

Accroupi devant la grille, Ryko s'occupait de débroussailler le passage.

– C'est une sortie de secours secrète. Qu'attendiez-vous ?

– On dirait un égout.

– Absolument.

Posant le lourd sabre qu'il avait pris à un soldat mort dans une cour, je l'aidai à arracher les plantes enchevêtrées. Il s'était également emparé de l'armure de cuir du cadavre. « Une vieille ruse, mais ça marche toujours », avait-il déclaré en l'attachant à sa taille avant de se coiffer du casque.

Ça marchait pour lui. Quant à moi, aucune

armure n'était assez petite pour faire de moi un soldat convaincant.

– Aucune de ces tiges n'est cassée, chuchotai-je. Personne n'a emprunté cette sortie.

– Ils ne seraient pas sortis par là, répliqua Ryko. Il existe une autre issue au-delà des murailles du palais, près du fleuve. Les femmes et les enfants ont dû être conduits directement aux barques impériales.

Il écarta la grille avec soin. Elle grinça sur la pierre et nous nous figeâmes tous deux, en guettant le moindre signe de curiosité des quelques soldats postés près de la porte des Fonctionnaires.

Ryko avait raison. Sethon lançait le gros de ses troupes à l'assaut du harem. Il nous avait fallu plus d'une demi-heure pour contourner prudemment les soldats amassés autour du sanctuaire des femmes, et encore une autre pour arriver au bout du mur de l'ouest. Mon corps commençait à se ressentir de ses efforts. Mes nerfs étaient tellement tendus qu'il me semblait que je deviendrais folle rien qu'en voyant encore un corps massacré ou une servante hurlante.

– Les gardes de l'escorte devraient avoir déjà allumé les lampes le long du passage, mais par précaution…

Sortant les bougies de sa bourse, il me les tendit. Puis il déballa un pot de terre enveloppé dans du cuir et prit un briquet. Toujours son astuce de la poudre de sève.

– Il faut descendre cinq marches pour entrer dans le tunnel, dit-il. Restez près de moi.

Je ramassai mon arme d'emprunt et le suivis dans ce trou fétide. Cinq marches glissantes. Il régnait un froid humide. Ryko me tira par la manche pour me faire avancer dans les ténèbres. Il y eut plusieurs virages, du moins j'en eus l'impression. J'avais perdu tout sens de l'orientation. Puis les pavés grossiers s'adoucirent soudain sous mes pieds.

– Ici, souffla Ryko.

Je l'entendis s'accroupir sur le sol. Un briquet craqua. Une flamme jaillit. Éblouie par la clarté soudaine, je fermai les yeux. Ryko tapota mon bras.

– Les bougies. Vite !

Je les lui tendis, en clignant des yeux devant le feu minuscule tremblant dans le pot. Ryko alluma prestement les mèches, puis la poudre de sève se mit à fumer. Quand il me donna l'une des bougies, elle fit scintiller une paroi d'or et de turquoise. Le tunnel n'était plus un égout visqueux. Un somptueux carrelage recouvrait les murs et s'incurvait au plafond, en dessinant des motifs de fleurs et de fruits aux contours dorés. D'opulents tapis bleus étaient déployés tout au long du corridor étroit. Il faisait encore froid et humide, mais un parfum capiteux embaumait l'air.

– C'est beau, chuchotai-je.

Je contemplai l'épais revêtement du sol.

– Comment se fait-il que ces tapis ne moisissent pas ?

Ryko poussa un grognement amusé.

– Je crois qu'on les remplace tous les mois.

Il les observa d'un air pensif.

– Personne n'est passé par ici, dit-il lentement. Il n'y a pas de marques sur les tapis. Les lampes sont éteintes.

Ramassant le pot de terre, il le rangea dans sa bourse.

– L'évacuation n'a pas eu lieu comme prévu.

– N'ont-ils pas pu prendre un autre chemin ?

– Peut-être la porte des érudits, dit-il en se mordant les lèvres.

Il se releva.

– Si nous sommes séparés, retournez dans ce tunnel et suivez-le jusqu'au fleuve. Un homme attend là-bas avec un bateau. Il vous mènera en lieu sûr.

Devant mon air contrarié, il ajouta :

– Vous comprenez ? Il ne faut pas que vous tombiez dans leurs mains.

Je hochai la tête, en maîtrisant mieux l'expression de mon visage. Nous nous mîmes en marche en silence. Les tapis étouffaient nos pas. Les carreaux bleu et or miroitaient à la lueur de nos bougies comme la lumière du soleil sur de l'eau. De temps à autre, Ryko s'arrêtait et approchait sa petite flamme d'une des lampes du mur, laissant ainsi des jalons de clarté derrière nous.

– Pour notre retour, déclara-t-il.

Comment pouvait-il garder autant de courage et d'énergie ? Je levai les yeux vers le plafond éclatant. Au-dessus de nous, une armée obéissait aux ordres d'un général impitoyable comptant s'emparer du trône avec l'aide d'un fou nanti du pouvoir d'un dragon ascendant. Le souvenir du corps de sire Tyron et du visage flasque de Hollin me donna soudain la nausée. Tous les Yeux du dragon et leurs apprentis étaient-ils morts, à cette heure ? Peut-être y avait-il un survivant : Dillon. Et moi, évidemment.

Pauvre Dillon. Sa présence pouvait-elle ruiner les plans d'Ido pour réaliser le Rang de Perles ? Ne fallait-il pas que meurent d'abord tous ceux ayant un lien avec un dragon ? Je soupirai. Comme toujours, mon problème était que je manquais d'informations. Je n'en savais pas assez long sur le pouvoir des Yeux du dragon. Pour me rassurer, je tapotai le livre rouge. Avec un peu de chance, dame Dela découvrirait bientôt dans ses pages l'information qui m'était la plus nécessaire. Si jamais nous la retrouvions.

Brusquement, le sol se mit à vibrer. Un grondement profond résonna dans le tunnel, comme si la terre elle-même gémissait de douleur. Je me baissai, la gorge irritée par un nuage de poussière.

– Au nom de Shola, que se passe-t-il ? s'écria Ryko, la main sur la poignée de son sabre.

Je toussai en essayant de chasser la poussière.

– Un tremblement de terre ?

Il regarda derrière nous.

– C'est possible. Venez, je me sentirai mieux quand nous serons à l'air libre.

Nous continuâmes d'avancer, jusqu'au moment où Ryko leva enfin sa bougie pour me montrer une épaisse bande d'or courant du haut du plafond à la base de chaque mur. Elle me rappelait la ligne de l'Audience impériale dans la cour des cérémonies.

– Cette bande indique le mur du harem, expliqua-t-il. Nous sommes presque arrivés.

Nous franchîmes cette frontière d'or sans ajouter un mot. Ryko pressa le pas et je dus puiser dans mes réserves de force pour suivre son rythme tant bien que mal. Mon sabre me paraissait aussi lourd qu'un homme. Comme le géant accélérait encore, je me contraignis à courir. On n'entendait que nos pas assourdis et ma respiration haletante. Puis il s'arrêta si brutalement que je dus le contourner avant de faire halte. Le tapis était maintenant remplacé par des pavés. M'appuyant sur mon sabre, j'inspirai à pleins poumons.

– Peut-être vaudrait-il mieux que vous restiez ici pendant que je chercherai dame Dela, dit Ryko devant mes efforts pour me remettre.

– C'est hors de question, lançai-je entre deux hoquets.

– Je pourrais vous obliger à rester.

Je parvins à reprendre mon souffle.

– Ça va aller. N'ai-je pas tenu le coup, jusqu'à présent ?

– C'est vrai, concéda-t-il. Mais j'ai l'impression que tout a mal tourné, là-haut.

Il leva les yeux d'un air inquiet.

– Nous allons déboucher dans une allée réservée aux domestiques, en bordure du harem. Restez caché le temps que je vérifie que la voie est libre.

Après avoir allumé une lampe du mur, il éteignit sa bougie et la rangea dans la bourse glissée sous l'armure. Prenant ma propre bougie, il me fit un bref signe de tête.

Nous tournâmes deux fois puis Ryko prit ma main, la plaça sur son épaule et éteignit ma bougie. Je trébuchai derrière lui dans l'obscurité presque complète en essayant de suivre ses longues enjambées. Encore un virage et j'aperçus une lumière blafarde, qui semblait découpée en tranches. Quelques pas plus loin, je compris qu'il s'agissait simplement des barreaux d'une grille. En contrebas, les marches raides d'un escalier se dessinèrent dans la pénombre. Puis le silence fut rompu par la rumeur lointaine de cris et de gémissements.

Arrivions-nous trop tard ?

S'élançant en avant, Ryko escalada les marches à quatre pattes. Il s'accroupit au sommet pour regarder à travers la grille, non sans cacher presque toute la faible lumière. Je trouvai la première marche à tâtons et rampai derrière lui.

De l'autre côté des barreaux, l'allée était remplie de ballots et de caisses empilés, qui empêchaient de voir la place. Il était impossible de savoir ce qui nous attendait, mais au moins nous pourrions nous abriter en sortant. Saisissant deux barreaux parallèles, Ryko retira lentement la grille. Elle atterrit sur le sol pavé et heurta le mur avec un bruit sourd. Après avoir un instant retenu son souffle, il émergea prudemment à l'air libre. Je lui tendis le sabre puis le suivis.

Nous étions au fond d'une impasse. La porte des Concubines s'ouvrait en bas du mur de ce qui semblait être un bâtiment officiel. Tandis que Ryko remettait la grille en place, je me glissai au bord de la pile la plus proche pour regarder l'autre bout de l'allée. Les cris perçants étaient beaucoup plus près que je n'aurais cru. Les murs du passage avaient étouffé cette rumeur affreuse. Puis je vis bouger quelque chose entre les deux piles voisines. Une main d'homme, l'étoffe brune d'une armure matelassée, l'éclair d'une lame d'acier. Je reculai précipitamment. Ryko attrapa mon bras et me poussa derrière lui en me jetant un regard furieux.

– Où est-ce ? Sont-ils nombreux ? chuchota-t-il.

Je désignai les piles en levant un doigt. Puis je

haussai les épaules, car je n'en avais vu qu'un mais il pouvait y en avoir d'autres. Ryko sortit un poignard. D'un signe de tête, il m'ordonna de retourner à la grille. Il s'avança ensuite dans l'allée.

Après avoir attendu un instant, je rampai de nouveau vers les premiers ballots. Ryko était accroupi à quelques pas de moi, près de la deuxième pile, aux aguets. Je retins mon souffle en tendant l'oreille.

Quelque chose bougea. Je n'eus même pas le temps de reconnaître le bruit de l'acier éraflant la pierre. Ryko s'était déjà élancé contre le ballot du haut, qui s'effondra entre les piles et retomba avec un choc sourd auquel se mêla un cri étouffé. Se ruant dans la direction du cri, Ryko brandit son poignard. La pile vacilla. Je reculai en entendant une lutte haletante. Les ballots chancelèrent de nouveau, un sabre tomba par terre. Était-ce fini ? Mais le combat semblait continuer de plus belle. Puis une voix se lamenta tout bas.

– Ryko !

Dans le silence soudain, je l'entendis gémir. Le sabre levé, je courus vers lui.

Agenouillé près du corps d'un soldat, Ryko pressait sa main contre l'épaule de l'homme. Du sang coulait entre ses doigts. Le blessé respirait avec peine. Quand je vis son visage basané sous son casque, ses traits anguleux, mon cœur s'arrêta.

Dame Dela.

Ryko leva vers moi des yeux hagards. La tache sombre sous sa main était en train de s'étendre sur l'armure matelassée.

– Il faut l'empêcher de saigner.

Je tombai à genoux et lâchai mon sabre.

– Qu'avez-vous fait, Ryko ?

– Il m'a poignardée, dit dame Dela en soulevant péniblement ses paupières. L'imbécile.

– Vous portez l'uniforme d'un soldat de Sethon, souffla-t-il.

– Vous aussi, répliqua-t-elle sèchement.

– Ne bougez pas.

Il souleva l'armure et entreprit de découper le lourd gilet matelassé avec son poignard. Les épaules de la dame tressaillirent, sous l'effet soit de la douleur soit du rire sarcastique qui agitait son corps.

– Les armures qu'il fournit à ses hommes sont de bien mauvaise qualité.

– Vous avez dépouillé un éclaireur, dit Ryko en entaillant avec précaution l'étoffe trempée. Vous auriez dû faire comme moi et choisir un homme d'armes. Ils ont droit à du cuir et du fer.

Écartant le rembourrage épais, il mit au jour une vilaine blessure à l'articulation de l'épaule.

– Je m'en souviendrai la prochaine fois, murmura dame Dela. Vous avez vu qu'ils ont percé nos défenses ? Je suis sûre qu'Ido s'est servi de son pouvoir pour les aider. On aurait dit que la muraille se désintégrait, comme lorsque la terre se met en colère.

Je jetai un coup d'œil à Ryko.

– C'était sans doute le grondement que nous avons entendu.

Il hocha la tête puis commanda :

– Allez inspecter l'allée. Vérifiez que nous sommes encore seuls.

Je rampai le long des ballots. Notre étroit refuge était désert, mais un groupe de silhouettes sombres traversait l'autre côté de la place. Quatre soldats entraînaient deux femmes. Ils semblaient se diriger vers la partie voisine du harem, d'où s'élevaient les hurlements et les plaintes. Une lueur rougeoyante illuminait le ciel. Un incendie, ou une multitude de torches.

Je reculai. Ryko me regarda d'un air interrogateur.

– Il y a quatre soldats avec des prisonnières, mais ils sont loin et s'enfoncent dans le harem.

– Les soldats sont si nombreux, dit dame Dela. Personne ne m'écoutait et je n'ai pas pu trouver dame Jila.

Elle saisit mon bras et ses doigts ensanglantés maculèrent ma robe de soie.

– J'ai vu Sethon. Il s'est emparé d'elle et de l'enfant. Ils sont sur la place de la Beauté et de la Grâce. Nous devons intervenir.

Ryko prit ma main et la pressa sur la plaie humide de la noble dame, sans prêter attention à son gémissement.

– Appuyez fort.

Dame Dela leva la tête.

– Avez-vous récupéré le livre ?

– Nous l'avons avec nous, répondis-je.

– Parfait, dit-elle en frissonnant. J'ai emporté vos deux sabres. Je ne voulais pas qu'ils tombent dans des mains ennemies. Ils sont ici.

Elle ferma les yeux.

– Veuillez m'excuser, lança-t-elle d'une voix faible.

Je me sentis revigorée en voyant les sabres, à moitié cachés par les ballots renversés. Leur rage m'était plus que nécessaire pour vaincre ma terreur. Surtout si sire Ido était dans les parages. En face de moi, Ryko avait sorti une petite fiole de sa bourse et répandait sur la blessure de dame Dela une poudre à l'odeur fétide de source thermale.

– Dame Dela, avez-vous vu sire Ido ? demandai-je en la tirant de sa torpeur. Est-il dans le harem, lui aussi ?

Elle hocha brièvement la tête, non sans pincer le nez pour échapper aux relents d'œuf pourri.

– Je crois que oui. Comment peut-il mettre son pouvoir au service de la guerre ? Je pensais que c'était interdit par l'Engagement. Il n'a certainement pas l'accord du Conseil.

– Je crains que le Conseil n'existe plus.

Les sourcils froncés, elle cessa de m'entendre. Ryko s'accroupit près de moi et pointa le doigt sur ma robe.

– J'ai besoin de faire un pansement. Puis-je couper un peu de soie ?

J'acquiesçai de la tête.

– N'abîmez pas la robe Harmonie, protesta faiblement dame Dela.

Ryko poussa un soupir exaspéré, mais je vis qu'il souriait. Écartant la lourde robe, il déchira un des dessous de soie. Le sang semblait couler avec moins d'abondance entre mes doigts.

– Asseyons-nous, dit-il en redressant dame Dela avec douceur.

Il me fit signe de retirer ma main de la plaie. Je serrai la taille de la noble dame tandis qu'il plaçait avec adresse un tampon de soie sur son épaule et l'attachait solidement.

– Vous devrez vous faire examiner dès que possible par un médecin, déclara-t-il. Vous saignez encore.

Elle vérifia la solidité du pansement et tressaillit en appuyant dessus.

– Ça suffira pour le moment.

Elle tendit son bras valide.

– Aidez-moi à me lever. Il faut que nous allions à la place de la Beauté et de la Grâce.

Ryko la hissa sur ses jambes. Comme elle chancelait, il la soutint fermement. Elle était livide.

– Il n'en est pas question, lança-t-il. Nous allons repartir tout de suite par la porte des Concubines.

– Non ! s'exclama-t-elle en agrippant son bras pour s'appuyer plus que pour insister. Sethon s'est emparé de dame Jila et du petit prince. Vous ne comprenez donc pas ? Il va les tuer et revendiquer le trône. Nous devons l'en empêcher.

Elle se tourna vers moi.

– Sire Eon, donnez-moi le livre. Nous allons trouver le nom de votre dragon. Ensuite, vous vaincrez ce criminel.

J'entendis en moi-même la voix douloureuse de mon maître, rendue presque inaudible par le poison suffoquant son *hua* : « Empêche-le ! » Peu importait qu'il parlât d'Ido ou de Sethon. Il fallait que je les mette tous deux hors d'état de nuire.

Mon maître n'était pas le seul à qui j'avais donné ma parole. J'avais fait un pacte avec le prince Kygo, pour nous aider mutuellement à survivre. Il avait dit que je n'avais pas d'honneur. Était-ce vrai ? Allais-je trahir mes promesses ?

Ryko secoua la tête.

– Nous repartons. J'ai pour devoir de vous mener en lieu sûr.

– Non ! me révoltai-je.

Ils me regardèrent tous deux fixement.

– J'aimerais que tel soit votre devoir, Ryko, mais ce n'est pas le cas. Votre devoir consiste à me servir. Et le mien exige que j'empêche Ido et Sethon de triompher. Au nom de l'Empereur Perle.

« Et au nom de mon maître », ajoutai-je intérieurement.

– Nous ne savons pas si l'Empereur Perle a pu s'enfuir. Il est probablement mort, et l'enfant de dame Jila est donc notre nouveau souverain. Nous devons tout faire pour les sauver, lui et sa mère.

Ryko se raidit, piqué au vif par mes paroles.

– Comme vous le dites vous-même, j'ai le devoir de vous servir. Cependant, je dois également vous protéger. Il n'est pas question que je vous conduise à une mort certaine.

J'affrontai son regard obstiné.

– Vous n'allez pas me conduire mais me suivre.

Devant son hésitation, je lançai avec chaleur :

– Qui d'autre peut le faire, Ryko ? Je suis l'espoir de la Résistance, c'est vous qui l'avez dit.

– C'était au temps où vous étiez sire Eon, l'Œil du dragon Miroir.

– Je suis toujours l'Œil du dragon Miroir.

Dame Dela s'interposa :

– Cessez cette querelle absurde. Nous n'avons pas le choix. Nous devons sauver dame Jila et le prince.

Je hochai la tête.

– Donnez-moi un poignard.

Ryko fixa d'un air morne ma main tendue.

– Au nom de Shola, arrêtez de lutter contre l'inévitable et donnez-lui un poignard, lança dame Dela.

Elle s'appuya sur un ballot en respirant avec peine.

– Allez.

Il dégaina un poignard et posa rudement sur ma paume le manche recouvert de cuir. Glissant mes doigts sous les nœuds de ma ceinture épaisse, je commençai à taillader la soie. Dame Dela sursauta.

– Que faites-vous ?

– Deux soldats vont emmener sur la place une servante prisonnière.

La ceinture se détacha. Je me dégageai de la robe historiée, qui tomba à mes pieds. Le clair de lune fit étinceler les profondeurs obscures des perles noires et argenta mes bras pâles. Levant les yeux, je vis Ryko contempler mon corps, qui n'était plus vêtu que de trois tuniques et d'un pantalon vert émeraude. Sous son regard, je pris soudain conscience de mes formes sous la soie fine. Je croisai mes bras sur ma poitrine. Il se racla la gorge et se posta en hâte au bord des ballots. Dame Dela le regarda battre en retraite.

– Votre plan se tient, dit-elle froidement. Mais vous allez devoir retirer vos chaussures et votre pantalon, si vous voulez être crédible.

J'ôtai mes chaussures boueuses puis m'accroupis pour dénouer mon pantalon sous mes tuniques.

– N'oubliez pas vos cheveux, ajouta dame Dela.

Je touchai mes deux nattes d'Œil du dragon, soigneusement tressées et nouées au sommet de mon crâne. Avec son bras blessé, elle ne pourrait pas les dénouer.

– Ryko, vous allez devoir défaire mes nattes.

Je lui tendis le poignard et me retournai.

– C'est de la folie, grogna-t-il.

Il tira si fort sur les tresses que des larmes me montèrent aux yeux. Tandis qu'il tranchait les liens attachés par les mains expertes de Rilla, je détachai avec précaution les perles de mon bras. Elles ne résistèrent pas, en dehors d'un léger tremblement qui n'était peut-être imputable qu'à mes mains.

– Dame Dela.

Elle s'approcha en plaquant son bras blessé contre son corps. Je glissai les perles puis le livre sur sa main valide.

– Donnez-moi le nom de mon dragon.

– S'il est écrit ici, je le trouverai, promit-elle.

– Ryko, prenez mes sabres. Je ne veux pas les laisser ici.

Je sentis mes nattes se dénouer et retomber lourdement sur ma nuque.

– Voilà, c'est fait, dit-il d'un ton bourru.

Saisissant une natte, je libérai les boucles avec mes doigts. Il tourna autour de moi pour observer mon retour maladroit à la féminité. Devant son regard changé, je redressai le menton. Allais-je encore baisser dans son estime ?

– Si vous pouvez oublier les années où vous avez été un garçon, vous ne devriez pas éveiller les soupçons, déclara-t-il en faisant écho à mes propres doutes.

– Je ne serai qu'une servante terrifiée parmi tant d'autres, assurai-je en grimaçant un sourire. Ce ne sera même pas une comédie.

Il poussa un grognement.

– Vous avez le courage d'un guerrier.

Je le regardai se détourner pour ramasser les vêtements par terre.

– Non, assurai-je. Vous vous trompez.

Il cessa un instant d'enfoncer la robe inestimable entre deux ballots.

– Êtes-vous terrifiée en cet instant ?

Rouge de honte, j'acquiesçai de la tête.

– Cela vous empêchera-t-il d'agir ?

– Non.

– C'est exactement ce qu'on appelle le courage d'un guerrier.

Il se pencha, prit mes sabres et les glissa dans les deux fourreaux fixés à ses hanches.

– C'est également le courage d'un animal aux abois, observa dame Dela d'un ton ironique.

Ouvrant le livre à la clarté de la lune, elle plissa les yeux pour lire.

– Vous voyez quelque chose ? demandai-je aussitôt tout en dénouant ma seconde natte.

Elle claqua la langue avec agacement.

– L'écriture est très pâle. Il me faudrait plus de lumière.

Elle bougea le livre en fronçant les sourcils.

– Ce texte est l'œuvre d'une femme nommée Kinra. Le dernier Œil du dragon Miroir.

J'interrompis ma besogne.

– Kinra ?

– Vous connaissez ce nom ? s'étonna-t-elle.

Soulevant avec fébrilité mon bandeau de poitrine, je sortis les deux tablettes mortuaires.

– Regardez !

Je brandis la tablette de Kinra.

– Cette femme est mon ancêtre !

Ils observèrent tous deux la tablette usée par le temps. Ryko pinça les lèvres en sifflant sans bruit.

– Je ne savais pas que les pouvoirs des Yeux du dragon pouvaient être héréditaires.

– Peut-être n'est-ce le cas que pour l'Œil du

dragon Miroir, dit lentement dame Dela. L'unique femme Œil du dragon.

Je caressai le parchemin rigide. Kinra l'avait touché, elle aussi. Mon aïeule. Une fierté mêlée de vénération m'envahit à la pensée que j'étais l'héritière d'une lignée d'Yeux du dragon.

Une image s'imposa soudain à moi. Lors de ma première visite à la bibliothèque d'Ido, quand j'avais tendu la main vers le livre et que les perles s'étaient enroulées autour de mon bras, j'avais senti en elles la même rage que dans les deux sabres de cérémonie. Ces sabres devaient eux aussi avoir appartenu à Kinra.

– Je viens de me rappeler…

Une clameur énorme résonna brusquement dans l'allée, couvrant les hurlements désespérés des femmes. Je tressaillis. À côté de moi, dame Dela s'agrippa au ballot de jute. Ryko s'était avancé de nouveau au bord de la pile, les poignards levés. Les acclamations assourdissantes cédèrent la place à un nom scandé par d'innombrables poitrines : Sethon, Sethon, Sethon… Un chœur victorieux – et menaçant.

Ryko recula soudain, l'air dégoûté de lui-même.

– J'ai été trop lent.

– Holà, qui est là-dedans ? s'exclama une voix d'homme.

## Chapitre 23

Ryko attrapa mon bras.

– Tenez-vous prête, murmura-t-il.

Je rangeai les tablettes mortuaires sous mon bandeau de poitrine et adressai une prière aussi brève que fervente à Kinra, en lui demandant de nous protéger.

– Déclinez votre identité, ordonna la voix.

Ryko me serra plus fort.

– Homme d'armes Jian, cria-t-il en faisant signe à dame Dela.

Elle lui jeta un regard farouche puis cria à son tour :

– Éclaireur Perron.

Après avoir glissé en hâte le livre sous son armure, elle se posta près de moi en saisissant le poignard que lui tendait Ryko.

Pendant un instant de silence, nous échangeâmes des regards effrayés. Puis Ryko me poussa en avant en tordant mon bras dans mon dos. Maintenue par sa poigne de fer, je dus marcher en trébuchant entre eux. Le souffle coupé, je me débattis instinctivement. La force de Ryko était vraiment terrifiante. Sans m'accorder un regard, le visage dur, il leva encore mon bras jusqu'au moment où la douleur fut telle que je courbai le dos, réduite à l'obéissance. Tandis que j'avançais d'un pas chancelant, je ne voyais que les bottes et les jambes de deux soldats debout au fond de l'allée.

– Qu'avez-vous attrapé là ? demanda l'un d'eux.

Sa voix était chargée de concupiscence. Sur la place voisine, les clameurs se turent abruptement.

– Je l'ai trouvée au milieu des ballots, déclara Ryko.

– Ce n'est pas aux hommes d'armes de faire des rafles.

– Je ne faisais pas une rafle. Je l'ai juste trouvée en allant faire un besoin. Où dois-je l'amener ?

– Toutes les femmes sont dans le jardin.

Le soldat fit une pause puis ajouta :

– Laissez-moi regarder.

Lâchant mon bras, Ryko tira sur mes cheveux pour me forcer à renverser la tête en arrière. Son geste était si brutal que je poussai un gémissement. Une force au fond de moi me poussa à résister. Je serrai mes mains sur son poignet en essayant de me libérer. Une telle douleur irradia alors mon crâne que le ciel nocturne se voila de larmes.

– C'est une lutteuse, commenta le soldat en attrapant ma mâchoire pour m'immobiliser.

Ses yeux à moitié cachés par son casque s'attardèrent sur mon visage et mon corps avec une approbation froide.

– Pas mal, dit-il. Vous savez, nous ne sommes pas forcés de l'amener là-bas. Personne ne regrettera une petite servante de plus ou de moins.

Ryko me tira en arrière.

– C'est moi qui l'ai trouvée.

Après avoir observé la stature du géant, le soldat haussa les épaules. Il se tourna vers dame Dela.

– Et vous, que faites-vous ici ?

– J'ai entendu un bruit. J'ai voulu jeter un coup d'œil.

Sa voix avait perdu toute sa suavité. Elle parlait comme un homme, d'un ton rendu plus âpre par la douleur. Du coin de l'œil, je vis sa main se poser sur sa plaie pour cacher son pansement improvisé.

– Vous êtes blessé ? demanda le soldat.

– Ce n'est rien, affirma-t-elle en jetant un regard furieux à Ryko.

L'autre soldat, plus grand et mieux bâti, secoua la tête d'un air écœuré.

– Au nom de Shola, elle ne vaut pas la peine de se battre. Vous trouverez mieux dans les maisons de plaisir.

Avec une autorité naturelle, il pointa le doigt vers la droite.

– Un médecin s'est installé dans ce bâtiment, là-bas. Vous feriez mieux de vous faire soigner.

– Ce n'est rien de grave, répliqua précipitamment dame Dela. Et je veux voir les exécutions.

– Dépêchez-vous, dans ce cas. Le Grand Seigneur est en pleine frénésie meurtrière.

Son œil dédaigneux m'effleura puis s'attarda sur Ryko.

– Vous aussi, vous devriez vous dépêcher.

Ryko poussa un grognement approbateur et me força à avancer en m'entraînant hors de l'allée. Derrière nous, l'un des soldats murmura quelque chose et son compagnon éclata d'un rire moqueur. Un dégoût invincible m'envahit soudain.

– Continuez de marcher, me pressa Ryko.

Il relâcha suffisamment sa prise pour que je puisse me redresser contre son corps. Dame Dela n'était pas à côté de nous. J'espérais qu'elle était juste restée en arrière pour jouer les mauvais perdants.

Sous le portique se dressant devant nous, deux sentinelles nous regardaient avancer. Elles étaient affectées à l'entrée principale du jardin du Joyau profitable. Derrière les arcades, j'aperçus les silhouettes de soldats. Une foule de soldats, tous fascinés par un homme dont la voix ample et impérieuse réveilla en moi un cruel souvenir.

Sethon.

La sentinelle de droite nous fit signe d'approcher.

– J'ai une prisonnière, annonça Ryko d'un ton sans réplique.

Je gardai la tête baissée, ne pouvant supporter d'être de nouveau jaugée par des yeux impitoyables.

– Amenez-la près de la pagode, grogna la sentinelle.

Ryko m'entraîna sans ménagement à travers le portique. Je ne m'étais pas attendue à une telle marée humaine. Nous étions environnés d'innombrables soldats, dont l'excitation impatiente répandait comme une odeur âcre de fauves prêts à la curée. Ils n'avaient d'yeux que pour une pagode élégante se dressant au milieu du jardin. Je ne distinguais que ses toits s'incurvant au-dessus des têtes, mais j'entendais rugir la voix de Sethon grisé par sa victoire.

– Je suis votre souverain ! hurla-t-il. Je suis l'empereur !

– L'empereur ! braillèrent les soldats en réponse, comme des chiens féroces.

Des centaines de poings se dressèrent rageusement. Ryko m'attira contre lui.

– Attendez, me dit-il à l'oreille.

Je hochai imperceptiblement la tête. Nous ne pouvions rien faire tant que dame Dela ne nous aurait pas rejoints. Et il fallait qu'elle trouve le nom de mon dragon. Je frissonnai à l'idée qu'il ne figure pas dans le livre. Ou que, pire encore, même en connaissant son nom je sois incapable d'appeler le dragon Miroir.

Quatre soldats s'aperçurent de notre présence et nous lancèrent des regards de côté. Devant leur expression avide, je me pressai encore davantage contre Ryko. J'avais déjà vu ce regard chez le garde de la saline, quand il battait un homme à mort. Ils étaient assoiffés de sang. Ils voulaient voir la violence, la mort. N'importe quelle mort.

Derrière moi, je sentis Ryko se dresser de toute sa hauteur, la main crispée sur la poignée du sabre de Kinra. Trois des hommes détournèrent prudemment les yeux, mais le quatrième soutint son regard menaçant jusqu'au moment où la voix retentissante de Sethon attira de nouveau son attention sur la pagode. Je déglutis avec terreur. Que pouvions-nous faire contre cette foule ivre de carnage ?

– Je descends des dragons de jade, hurla Sethon. Mes droits sont légitimes. Je m'en rapporte à la tradition de Reitanon.

– Reitanon, Reitanon, psalmodièrent les soldats.

– Non ! cria une femme. Non !

Cette voix terrifiée était celle de dame Jila.

Je me contorsionnai contre Ryko pour essayer

de voir quelque chose. La vaste place était aménagée en un jardin d'érudit. Une suite de terrasses pavées était bordée d'arbres ornementaux, de rochers et d'étangs reliés entre eux de façon à créer un courant d'énergie paisible. Cependant, toute cette paix harmonieuse avait disparu en ce jour. Des soldats piétinaient les espaces bien dessinés, en imposant leur propre monde de laideur. Une brèche s'ouvrit enfin entre les têtes et j'aperçus la pagode centrale, où étincelait un dieu de la Guerre : le Grand Seigneur Sethon, coiffé d'un casque à cornes et revêtu d'une armure dont les plaques de métal précieux et les rivets dorés brillaient à la lueur des torches.

Deux soldats traînèrent une femme et la jetèrent aux pieds de Sethon. Elle se cramponnait à quelque chose. Dame Jila et son fils, le prince cadet. J'allais m'élancer, mais Ryko me retint d'une poigne d'acier.

– Je sais, chuchota-t-il. Je sais.

Où était dame Dela ? Je me tournai en tous sens pour la voir. Sans elle et le livre, nous étions impuissants.

– Près des arcades, dit Ryko à voix basse.

Affalée contre le mur, une main sur son épaule et l'autre sur son ventre, on aurait dit un simple soldat blessé désireux de ne pas manquer le spectacle. Toutefois, le regard de ce soldat n'était pas fixé sur la pagode, mais sur un objet caché derrière son coude replié et son corps pelotonné.

Elle dut sentir mon regard éperdu, car elle leva les yeux. Son expression désespérée répondit à ma question muette. Elle baissa de nouveau la tête sur le livre rouge.

– Vos prétentions n'ont aucun fondement ! hurla dame Jila. Mes fils sont les héritiers légitimes !

Un bébé commença à pleurer. Des cris de rage et des plaintes stridentes s'élevèrent sous la pagode, au pied des rochers. J'aperçus fugitivement des gardes enchaînés se battant avec des soldats, une rangée de concubines agenouillées, en larmes. Puis tous disparurent à mes yeux.

Une tension fiévreuse régnait dans la foule. Autour de nous, les visages étaient empreints d'une impatience féroce. Je parvins enfin à distinguer de nouveau la pagode. Dame Jila était à genoux, le bébé serré dans ses bras. Sethon les toisa puis fit un geste négligent. Un soldat s'avança aussitôt pour saisir l'enfant. Un autre signe des doigts, et un unique tambour se mit à battre avec lenteur. Dame Jila hurla en se débattant pour garder son fils. Sethon s'approcha et la frappa violemment de sa main gantée de fer. La tête de la malheureuse se renversa en arrière, ruisselante de sang, mais elle ne lâcha pas son bébé. Il la frappa de nouveau. Elle s'abattit sur le sol et le soldat arracha l'enfant à son étreinte désespérée. Dans mon dos, je sentais le cœur de Ryko battre à tout rompre, ses muscles se tendre pour résister au désir de courir leur porter secours.

– Nous ne pouvons pas laisser faire ça, dis-je d'une voix enrouée.

– Nous arrivons trop tard, chuchota-t-il. Trop tard.

Dame Dela était toujours courbée sur le livre. Je n'entendais que le roulement du tambour et les supplications de dame Jila. Il fallait que je fasse quelque chose. Que j'empêche Sethon de commettre ce crime.

Je touchai les plaques mortuaires sur ma poitrine. « Protégez-moi d'Ido », priai-je. Puis je concentrai mon regard intérieur et m'immergeai dans le monde énergétique, en m'enfonçant comme une flèche en plein cœur du dragon Rat.

Une énergie bleue explosa en moi. Mes sens se troublèrent jusqu'au moment où la foule et les édifices se fondirent en un tourbillon argenté de *hua*. La sensation du corps de Ryko contre le mien se dissipa, comme si je flottais dans l'eau. Ma vision intérieure tournoya en une chute vertigineuse puis se précisa.

Le dragon Rat dominait la place de son corps immense. C'était le seul dragon visible. Un pressentiment funeste m'étreignit. L'absence des autres dragons signifiait-elle que leurs Yeux du dragon étaient morts ?

De redoutables griffes opalines déchirèrent l'air, un cri terrible résonna douloureusement dans ma tête. La perle bleue chatoyant sous son museau palpitait. Ses énormes yeux d'esprit se fixèrent sur les miens et je reconnus le pouvoir infini de la mort, de la destruction et du *gan*. À ses pieds, la silhouette minuscule de Sethon brandissait son sabre vers l'enfant se débattant vainement dans les mains du soldat.

– Non ! hurlai-je.

Je m'ouvris au pouvoir terrifiant du dragon. Il m'atteignit avec la force de milliers de poings déchaînés, en un torrent irrépressible d'énergie bleue où grondait une puissance destructrice venue du fond des âges.

Le tambour se tut.

« Tue-le ! Tue Sethon ! » ordonnai-je. Et derrière mes mots dérisoires, il y avait toute la force de vie de la terre se concentrant en un élan dévastateur. J'entendis vaguement les pleurs de l'enfant s'interrompre brusquement. Trop tard. Au-dessus de la pagode, le dragon renversa en arrière sa tête gigantesque et poussa un hurlement désemparé. Ce chant funèbre déchirant se mêla au cri de souffrance d'une femme. Mais même cette clameur fut couverte par les vociférations affolées de la foule quand une vague déferlante de pouvoir bleu jaillit du dragon et s'abattit vers le centre de la pagode et la silhouette étincelante de Sethon.

« Arrêtez ! » L'ordre retentit dans ma tête. Ido.

Il était dans mon esprit et sa volonté resserrait son emprise sur la mienne. L'espace d'un instant, je me vis à travers ses yeux : pressée contre Ryko, le corps tremblant dans ma lutte pour le pouvoir, je ne tenais debout que grâce au soutien inflexible du géant. Autour de nous, les soldats s'accroupissaient en proie à une terreur incrédule devant ce déferlement d'énergie mortelle. Le dragon poussa un cri strident. Son pouvoir commença à se fissurer, se fragmenter. Je sentais la rage amère d'Ido tandis qu'il luttait pour réduire à l'obéissance le dragon et moi-même combattant de concert son autorité impitoyable.

« Pas encore », haleta sa voix dans mon esprit.

Il détourna de Sethon la vague de pouvoir bleu. Je sentais en moi le contrecoup douloureux de ses efforts. L'énergie déviée de sa cible heurta de plein fouet le portique au fond du jardin. Le marbre fracassé s'abattit en un déluge de pierre sur les soldats massés à cet endroit. Ido avait tant de peine à contenir le pouvoir de son dragon qu'il dut relâcher sa pression sur mon esprit.

Je creusai plus profond dans mon *hua* pour puiser l'énergie jaune de mon troisième point, en cherchant fébrilement l'étrange lueur opalescente qui m'avait déjà sauvée une fois de l'invasion du bleu. Elle était là, encore minuscule mais plus brillante et dorée. Je m'en saisis, concentrai son pouvoir et le projetai hors de moi en priant pour qu'il atteigne de nouveau sa cible.

La délivrance fut brutale. Le monde énergétique se dissipa d'un coup et je me retrouvai dans le jardin du harem en proie au chaos. Mon corps était pris dans l'étau d'une douleur lancinante. Je m'effondrai dans les bras de Ryko, dont la présence robuste était mon seul refuge au milieu de ce déferlement d'une souffrance accablante.

Il baissa sur moi ses yeux en larmes.

– Le prince est mort.

Je le savais déjà, mais cette confirmation fut comme une nouvelle blessure.

– Et dame Jila ?

– Morte aussi.

Derrière nous, une voix rauque lança soudain :

– Ido arrive. Filons !

Ryko se retourna vivement. C'était dame Dela, qui scrutait la foule agitée. Au pied de la pagode, les gardes impériaux prisonniers avaient débordé leurs geôliers en se servant de leurs chaînes en guise d'armes. La mêlée furieuse barrait le chemin à Sethon. Je suivis le regard de la noble dame vers la droite. Au milieu du tumulte, j'aperçus une petite troupe décidée se frayant un chemin devant l'édifice. Quatre gardes encadraient un grand homme au teint hâlé, vêtu des robes bleu et or de l'Œil du dragon ascendant.

Sire Ido.

Le monde se brouilla sous mes yeux terrifiés.

– Vite ! cria dame Dela.

Elle s'était déjà engagée sous les arcades et Ryko m'entraîna à sa suite. Autour de nous, des officiers rugissaient des ordres et distribuaient des coups pour rassembler leurs hommes en déroute. Le passage était encombré de soldats affolés fuyant le jardin ou y retournant de force. Un sergent rougeaud s'avança vers nous en étendant les bras pour nous empêcher de sortir.

– Reculez ! cria-t-il au milieu des jurons et des bagarres.

– Nous avons l'ordre de faire sortir cette fille d'ici, répliqua Ryko en me serrant plus fort.

D'un signe de tête, il désigna la pagode. L'homme plissa les yeux.

– Qui vous a donné cet ordre ? demanda-t-il en levant son sabre. Quel est votre régiment ?

Je sentis Ryko se tendre pour combattre, mais les petits yeux méfiants du sergent s'agrandirent soudain quand un autre soldat le heurta violemment. Je l'entendis pousser un râle tandis que dame Dela, le visage pâli par l'effort, le faisait tourner pour le plaquer contre le mur. Elle se pressa de nouveau contre lui, la main crispée sur le manche d'un poignard ensanglanté.

– Allez-y, lança-t-elle en soutenant le mourant avec son épaule blessée. Je vous suis.

– Rendez-vous à la grille, dit Ryko en saisissant ma main pour m'entraîner à travers les arcades.

Je regardai par-dessus mon épaule. Ido avait dépassé la pagode grâce à l'efficacité de ses hommes lui frayant un chemin dans la cohue. Tirée en avant par Ryko, je me mis à courir. Bousculant les sentinelles débordées, nous nous mêlâmes au flot des soldats fuyant en désordre le jardin. Je me concentrai sur l'entrée obscure de l'allée, de l'autre côté de la place. Notre planche de salut. Hors d'haleine, je me forçai à continuer. Je jetai un nouveau coup d'œil en arrière. Dame Dela avait émergé du portique et nous suivait d'un pas chancelant. Elle trébucha et se plia en deux, à bout de force.

– Dame Dela ! m'exclamai-je en tirant sur la main de Ryko. Elle n'y arrivera jamais.

Pendant un instant, je crus qu'il ne s'arrêterait pas. Puis je le sentis ralentir avant de s'immobiliser brusquement. Je l'imitai, haletante. Il me lâcha, saisit un de ses sabres et le glissa dans ma main. Dès que la poignée aux pierres de lune toucha ma peau, une colère très ancienne s'empara de moi.

– Ouvrez la grille et cachez-vous, m'ordonna Ryko avant de faire volte-face.

Un soldat s'était arrêté derrière nous, prêt à attaquer. Ryko me poussa vers l'allée et se précipita sur lui.

– Courez ! hurla-t-il en lui donnant un coup de coude en plein visage.

J'obéis. À travers les battements affolés de mon cœur, j'entendis un autre souffle. Un soldat essaya d'agripper mon bras. Je l'esquivai, non sans apercevoir au passage un visage aux traits aplatis, une bouche édentée. Plus que quelques pas. Je regardai derrière moi. Le soldat me poursuivait. Il courait plus vite que moi. Je m'élançai tête baissée dans l'allée obscure. L'homme s'engagea à son tour dans le passage.

– C'est une impasse, ma petite, dit-il avec un large sourire.

Je levai mon arme. Croisant ses deux sabres audessus de sa tête, il se mit en position de combat.

– Je ne veux pas te faire de mal. Lâche donc ce joujou.

Je reculai légèrement. Deux sabres contre un – il me fallait une seconde arme. Encore quelques pas, et j'arrivai à la hauteur de la première pile de ballots. Il s'avança au même rythme que moi. Il me suffisait de tenir bon en attendant que Ryko et dame Dela me rejoignent. Je me dirigeai vers la deuxième pile, où Ryko avait dissimulé les sabres du mort.

– Allez, dit le soldat en me souriant d'un air encourageant.

Arrivée devant l'étroit corridor formé par les deux piles, je jetai un coup d'œil. Le bout était obstrué par le ballot renversé par Ryko. Des lambeaux déchirés de soie pâle jonchaient le sol. Pas de trace du sabre. Se trouvait-il derrière le ballot ? Si j'allais de ce côté, je me retrouverais coincée. Mais l'allée était une impasse et il me serait impossible d'ouvrir la grille tout en tenant l'intrus à distance. De toute façon, j'étais prise au piège.

Je m'élançai entre les deux piles. Je dérapai sur le sang de dame Dela et rampai jusqu'au ballot effondré. Derrière moi, j'entendis le soldat grommeler. M'agrippant à une poignée de jute, je tâtonnai fébrilement entre le ballot et le mur.

Mes doigts heurtèrent la poignée de cuir. Je saisis le sabre.

– Cette fois, je te tiens, lança le soldat en s'avançant dans l'espace exigu.

Me retournant d'un bond, je me mis en position d'attaque, en levant le sabre de Kinra au-dessus de ma tête tandis que ma main gauche pointait l'autre lame vers la gorge de mon adversaire.

– Hoho, ricana le soldat en brandissant aussitôt ses armes. Qui t'a appris une chose pareille ?

Je fixai son regard en guettant le signe annonciateur de son attaque. Un léger soupir, un clin d'œil imperceptible. Quand il s'élança, j'étais déjà prête. Le sabre de Kinra para son coup et mon corps exulta en retrouvant le savoir de mon ancêtre. Et sa fureur. J'abattis mon second sabre. Le soldat n'eut que le temps d'abaisser le sien pour contrer. Le choc secoua douloureusement mon bras, mais mon adversaire fut déséquilibré. Je le repoussai plus loin, désireuse d'échapper à l'espace confiné entre les ballots.

« Les coups de griffe du Tigre. »

Cette fois, je fis confiance à l'instinct guidant mon corps pour adopter la position surgie du fond des temps. Mes deux sabres accablèrent le soldat d'attaques si rapides et violentes qu'il parait avec peine. La pointe d'une lame perça son bras qui se mit à saigner. Il écarquilla les yeux et son souffle s'accéléra. Peu à peu, il recula dans l'allée devant mon offensive.

– Je suis capable de vous vaincre, dis-je calmement.

Je ne voulais pas lui faire de mal. Mon seul but était d'arriver à la grille.

– Ça m'étonnerait, fillette.

Son visage se durcit et il abattit son arme de toutes ses forces. Je le contrai de justesse. Mon poignet se tordit sous le choc, m'irradiant d'une douleur lancinante. Il fit tournoyer son second sabre en visant ma gorge. Je réussis à parer, mais la lame entailla la poignée du sabre de Kinra. Mes muscles se tendirent dans l'attente du coup meurtrier à la tête, qui allait suivre.

« La chute du Rat. »

Je me dégageai en me laissant tomber en arrière sur les pavés, si brutalement que j'en eus le souffle coupé. Au-dessus de moi, je vis la surprise du soldat dont le sabre fendit l'air avec une violence qui le fit chanceler. Je n'avais pas le temps de réfléchir. Hors d'haleine, je me jetai sur lui et plongeai le sabre de Kinra dans sa cuisse. Il poussa un hurlement et recula en s'arrachant lui-même à ma lame. L'un de ses sabres tomba par terre tandis qu'il agrippait la plaie sanguinolente. L'espace d'un instant, nous restâmes tous deux figés par la stupeur. Puis il s'élança en titubant vers moi, fou de rage et de douleur, en levant son second sabre pour m'assener un coup mortel.

« Le coup de fouet du Dragon. »

Je me revis brièvement en train de combattre Ranne dans l'arène. Mais, cette fois, je n'hésitai pas. Je pivotai sur mes mains et mes genoux à l'instant où il frappait. Son arme heurta bruyamment les pavés tandis que je me retournais pour enfoncer le sabre de Kinra dans son corps, en obéissant au savoir ancestral qui guidait l'arme vers les centres vitaux de son *hua*. Quand je retirai la lame, la force de vie du soldat s'échappa en un flot de sang. Après un cri d'agonie, il poussa un râle ultime et s'effondra à côté de moi. L'odeur âcre de l'urine se mêla à celle du sang. Tel était le parfum de la mort.

Je reculai précipitamment, m'adossai à une caisse. Même si l'esprit avait déjà quitté ses yeux, leur regard fixe me pétrifiait. Mes mains lâchèrent les sabres. Voilà donc ce que je lui avais fait. J'avais arrêté le cours précieux du *hua*. Je me raccrochai à la raison. Il essayait de me tuer, je n'avais fait que me défendre. Et j'avais survécu. Une joie féroce succéda à mon soulagement, puis je frissonnai d'horreur. Comme il était calme ! La mort était si silencieuse, si indifférente. Elle ne prenait son importance que dans le cœur et l'esprit des hommes – et des femmes.

Je me détournai de ces yeux sans regard. La mort de cet homme serait à jamais importante pour moi.

Des pas précipités m'alertèrent. Saisissant le sabre de Kinra, je regardai l'entrée de l'allée. Ryko apparut soudain. Il tenait dame Dela par la taille et la tirait avec lui.

– À la grille ! hurla-t-il.

Je me relevai péniblement.

– Ne tuez pas la fille !

Cette fois, c'était la voix d'Ido.

## *Chapitre 24*

Ryko traîna dame Dela devant la première pile. Elle s'appuyait sur lui de tout son poids, le visage dangereusement pâle.

– Tenez-la, dit-il.

Je la reçus dans mes bras en vacillant. Non sans peine, je réussis à la faire tourner et à l'adosser à la caisse. Du sang coulait à travers son pansement et son armure déchirée. Elle battit des paupières.

– Tout va bien ? demanda Ryko en regardant le sabre sanglant que j'avais à la main.

– Oui, assurai-je.

– Prenez.

Il me tendit le second sabre de Kinra, dont le contact éveilla une énergie nouvelle dans mon corps épuisé.

– Allez à la grille, je vais les tenir à distance.

L'entrée de l'allée fut soudain obstruée par des hommes. Les quatre premiers portaient l'armure noire des gardes personnels d'Ido. Deux d'entre eux s'avancèrent aussitôt en brandissant leurs sabres. Derrière eux, Ido inspecta du regard l'étroit passage qu'il dominait de sa haute taille. Bien que son visage fût plongé dans l'ombre, je sentis qu'il venait de me voir.

– Je la veux vivante, ordonna-t-il d'une voix presque caressante. Vous pouvez tuer les autres.

Ryko ramassa les armes du soldat mort.

– Au nom de Shola, allez-y, lança-t-il. Je ne tiendrai pas longtemps.

Il courut affronter les gardes, qui avaient déjà atteint la première pile. Ils se mirent en position de défense et le choc des lames d'acier résonna entre les murs. Sous la violence des coups de ses adversaires, Ryko recula vers nous. Il se servait de son corps énorme pour barrer le passage étroit. À côté de moi, dame Dela remua, réveillée par le fracas du combat. Dans un effort désespéré, Ryko réussit à parer de justesse une attaque simultanée des deux gardes. Il ne tarderait pas à succomber sous le nombre.

– Aidez-moi, souffla Dame Dela en fouillant sous son armure. Je vais continuer de lire…

Elle retira sa main, incapable d'arracher le livre à l'enchevêtrement des attaches de cuir. Nous savions toutes deux qu'il était trop tard, mais je glissai mon sabre sous mon bras pour dégager le volume. Quand il fut dans ma main, les perles se déroulèrent en s'agitant comme en signe de bienvenue. Je les repoussai sur la couverture.

– Si les choses tournent mal, dis-je, rejoignez la grille.

Les sabres me chuchotaient un chant guerrier, impatients de combattre. Dame Dela jeta un coup d'œil sur Ryko.

– Je resterai jusqu'au bout.

Me retournant, j'évaluai mes adversaires avec les yeux expérimentés de Kinra. Ryko avait été touché. Du sang s'échappait d'une profonde entaille dans son avant-bras. Même si la blessure était superficielle, elle le fatiguerait. L'un de ses adversaires était à terre, inerte. L'autre était sur le point de me rejoindre, un jeune homme aux gestes trop vifs et au sourire effronté. Deux autres gardes s'approchaient. Au bout de l'allée, Ido attendait que Ryko succombe. Je pris une profonde inspiration et poussai un hurlement, libérant une décharge de *hua* qui me précipita dans le combat.

À l'instant où le jeune garde dépassait Ryko, je l'affrontai en faisait tourbillonner mes sabres. Il para le coup le plus bas, mais ne détourna pas à temps celui que j'assenai par le haut. La lame l'atteignit sur le côté et déchira sa joue. Comme il chancelait, je frappai, en visant l'épaule, le point faible de son armure. Le talent et la rapidité venus de mon ancêtre m'emplissaient d'allégresse. Il para le coup, mais la surprise le rendait maladroit. À l'instant où je brandis mon second sabre, je sus qu'il allait atteindre sa cible. La lame s'enfonça dans son cou, broyant l'os et tranchant l'épine dorsale. Quand il s'effondra, j'avais déjà dégagé mon arme en suivant mon instinct immémorial, prête à continuer la lutte.

Je jetai un coup d'œil sur dame Dela. Elle rampait derrière la pile la plus proche de la grille, en inclinant le livre pour qu'il soit éclairé par la lune. Devant moi, acculé contre les ballots, Ryko affrontait la grêle des coups de ses deux adversaires. Il parait la plupart et esquivait fébrilement les autres. Le ballot derrière lui était criblé d'entailles poussiéreuses.

– Holà ! criai-je en me ruant sur son adversaire le plus proche.

L'homme se retourna aussitôt. Ryko me regarda avec une stupéfaction qui se transforma bientôt en fureur. Puis le garde m'empêcha de le voir. Plus âgé et moins téméraire, il avait un visage maigre aux yeux rusés.

– Vous devriez vous rendre, lança-t-il. Cela permettrait peut-être à vos amis de survivre.

Je répondis par la Troisième Figure dragon Singe : une série de coups rapides en direction de la gorge. Mais je n'avais pas en face de moi un jeune présomptueux. Il me contra avec tant de violence que mes sabres s'écartèrent et glissèrent sous mes doigts. Dégageant son sabre droit, il entreprit de frapper ma tête avec la poignée. Les dents serrées, je resserrai ma prise et abattis mon arme. Je l'entendis siffler quand la lame taillada l'enveloppe de cuir, en manquant de peu ses doigts. Il recula en faisant virevolter son sabre avec adresse. J'étais toujours guidée par le savoir ancestral, mais mon corps commençait à se fatiguer. La rage de Kinra ne me soutiendrait plus très longtemps.

Du coin de l'œil, je vis Ido s'avancer sur l'allée en brandissant ses sabres. Ryko l'aperçut aussi et tenta de l'atteindre à la tête, en un mouvement désespéré qui le laissa sans défense. Il manqua son coup et se raidit quand l'arme de son adversaire s'enfonça dans son côté droit.

À cet instant, mon propre adversaire revint à l'assaut et je dus me concentrer pour contrer ses coups rapides qui menaçaient de me désarmer. Ryko était-il blessé ? Mort ? Je ne pouvais détourner les yeux du garde, mais le bruit d'armes s'entrechoquant et d'efforts haletants me rendit courage.

– Écartez-vous, ordonna Ido.

Mon sabre fendit l'air vainement tandis que le garde se baissait sur le côté pour laisser place à son maître.

– Essayez de capturer l'insulaire vivant, lança Ido en désignant Ryko de la tête. Et trouvez-moi le démon femelle.

Le garde s'inclina et s'éloigna. Si Ryko était blessé, il ne pourrait résister longtemps à un combattant aussi habile. Je croisai mes sabres en m'efforçant de profiter de ce bref répit pour reprendre mon souffle.

Ido me sourit et croisa à son tour ses sabres. Il s'était débarrassé de sa lourde robe brodée d'Ascendant, et sa tunique de toile fine révélait la robustesse de sa poitrine et de ses épaules. J'avais fait l'expérience de sa force immense à Daikiko, dans la maison du Dragon. Et sa rapidité n'était pas moins impressionnante. Je fis bouger mes orteils en essayant de surmonter l'épuisement qui faisait trembler mes jambes.

– Pour une infirme, vous vous battez remarquablement, dit-il. Peut-être avez-vous accès à davantage de pouvoir que vous ne le dites.

Je fixai ses yeux couleur d'ambre. Ils n'étaient pas argentés de *hua* – il ne recourait pas à la magie du dragon –, mais une lueur démente brillait dans leurs profondeurs. Comment combattre un fou ? Je serrai plus fort les sabres de Kinra, comme pour implorer en silence leur pouvoir de l'arrêter.

– Vous avez tué tous les autres Yeux du dragon, n'est-ce pas ? lançai-je. Même les apprentis.

Je guettais la brusque tension qui annoncerait son attaque. Derrière moi, j'entendais Ryko continuer de se battre avec acharnement, mais je ne pouvais détourner mon regard d'Ido. Il s'avança, me faisant reculer d'un pas.

– Sethon m'a forcé la main. Il comptait se servir de moi pour s'emparer du trône, puis se retourner contre moi et me faire exécuter par le Conseil.

Il ricana d'un air dédaigneux.

– À présent, le Conseil n'existe plus. Il ne reste que vous et moi, et un pouvoir dépassant tout ce que Sethon pourrait imaginer.

– Le seul résultat de votre entreprise, c'est que le pays est privé de ses protecteurs. Vous régnerez sur un désert.

– Vous ne comprenez pas ? Quand vous serez à moi, je deviendrai son protecteur.

Son visage était illuminé par sa propre conviction.

– Il est temps que le trône du dragon soit réuni au pouvoir du dragon.

Il délirait. C'était vraiment un fou.

D'un seul coup, ses armes fendirent l'air. Grâce aux réflexes de Kinra, mes sabres se levèrent à temps pour parer ses coups, mais leur violence me força à reculer. Il frappa de nouveau. Ses armes éraflèrent les poignées de mes sabres rassemblés en hâte. Mon savoir ancestral me dit qu'il était bien entraîné, beaucoup plus qu'un Œil du dragon normal. Il appuya de tout son poids sur les sabres croisés et mes muscles se tendirent pour résister. De près, je constatai que ses yeux étaient cernés par l'épuisement et l'usage des drogues. Ma tentative pour conquérir son dragon avait affaibli son pouvoir. Sa force restait pourtant énorme. Et son sourire me remplissait de terreur. Il voulait me faire mal.

Le seul moyen de me dégager, c'était de battre

en retraite. Cependant, si je reculais encore dans l'allée, il verrait dame Dela. Ce serait l'arrêt de mort de la noble dame.

« La ruade du Cheval. »

Mon corps connaissait cette figure et mon esprit se raccrocha à cet espoir. Je repoussai ses sabres vers le haut et frappai du pied son genou, avec une vigueur qui mit ma hanche infirme à la torture. Il sauta en arrière et abattit son sabre sur mon pied, que je retirai de justesse. Je fis quelques pas titubants pour reprendre mon équilibre, et me rendis compte que j'étais à la hauteur de la cachette de dame Dela. Accroupie contre le mur, elle parcourait fébrilement les pages. Elle leva les yeux d'un air affolé, puis me reconnut et me lança un regard désespéré, comme pour me faire comprendre qu'elle était au bord d'une découverte.

Je retournai en hâte vers Ido, horrifiée à l'idée qu'il puisse suivre mon regard. Les coups assenés par Ryko semblaient ralentir. Sa force inébranlable allait-elle finir par céder ?

– Votre entraînement ne saurait expliquer l'adresse dont vous faites preuve, dit Ido. De quelle sorte de pouvoir du dragon s'agit-il ?

Sans prêter attention à sa question, je l'observai se préparer à sa prochaine attaque. Si je reculais encore, il verrait dame Dela. J'adoptai la Seconde Figure dragon Bélier et me ruai sur lui en faisant des moulinets avec mes sabres. Tout mon corps fut ébranlé par le choc de l'affrontement. Mon sabre droit para son coup à la poitrine, qui était trop faible pour n'être pas une feinte. Ce savoir ne venait pas de moi, pas plus que le réflexe qui me permit de contrer le coup rageur qu'il portait vers mes jambes. Quand il se retira, il ne souriait plus.

– Ne soyez pas stupide, jeune fille, lança-t-il. Même vos talents imprévus ne pourront pas vous donner la victoire. J'ai besoin que vous restiez en vie, mais peu m'importe en quel état.

Je compris soudain sa tactique. Il visait mes mains, mes chevilles. Son but n'était pas de me tuer mais de me réduire à l'impuissance. Pendant un instant, ma vue se brouilla tant cette pensée m'emplissait de terreur.

– Seigneur, nous tenons l'insulaire, cria le garde âgé.

– Est-il vivant ? demanda Ido sans me quitter des yeux.

– Oui, seigneur.

Ido sourit.

– En vous rendant maintenant, Eona, vous épargnerez bien des souffrances à votre ami.

Mes mains se crispèrent sur les poignées de mes sabres. Il haussa les sourcils.

– À moins que vous ne soyez assez endurcie pour le laisser mourir sous la torture ?

– Non, chuchotai-je.

Il s'avança. Je levai mes sabres en reculant. Si je cédais, il s'emparerait à jamais de ma volonté. Son sourire s'élargit.

– Amenez-le ici, ordonna-t-il.

Les deux gardes restants approchèrent en soutenant le corps effondré de Ryko. Sa tête pendait, inerte, et le sang s'écoulant en abondance sous son armure avait trempé l'étoffe de son pantalon, qui collait à sa cuisse. Ido fit signe aux gardes de lâcher leur fardeau. Il s'abattit sur le sol avec un bruit sourd, le visage tourné vers moi. Sa peau sombre était devenue livide. Jetant un coup d'œil aux gardes, je vis qu'ils étaient tous deux blessés. Ryko leur avait fait payer cher leur victoire.

Ido frappa du pied le flanc meurtri du géant qui poussa un gémissement. Il était à peine conscient.

– Alors ? lança Ido en me regardant.

Je savais que Ryko ne voudrait pas que je me rende. Mais je savais aussi que sire Ido n'avait aucune pitié. Il me forcerait à assister au supplice de mon ami, et cette double torture le remplirait d'aise. Je me contraignis à fixer l'Œil du dragon, même si je mourais d'envie de regarder du côté de dame Dela.

– Immobilisez-le.

Le garde plus âgé pressa un genou entre les épaules de Ryko et coinça sa nuque avec un bras. Le géant bougea mais n'opposa aucune résistance.

– Étendez sa main et maintenez-la, commanda Ido à l'autre garde.

L'homme s'accroupit près de Ryko, tira sa main de dessous son corps et la posa à plat sur les pavés. Ido leva son sabre au-dessus des doigts du géant. Il se lécha les lèvres, comme s'il savourait cet instant.

– Baissez vos sabres, Eona, dit-il doucement.

Que les dieux et Ryko me pardonnent. Je ne bougeai pas.

Ido me regarda brièvement, avec un étrange sourire, puis abattit son sabre sur la main de Ryko. Le hurlement de mon ami me fit tressaillir. Il se débattit, en essayant de libérer sa main transpercée, mais le premier garde tenait fermement son poignet tandis que le second pressait son dos contre le sol. Un mince filet de sang coula par-dessous sa paume.

– Je continue ? demanda Ido.

Il n'attendit pas ma réponse et retira brusquement le sabre, en arrachant un nouveau cri déchirant au géant. J'entendis Ryko grincer des dents dans son effort pour réprimer ses plaintes. Il se mit à haleter bruyamment.

– Donnez-moi son autre main, ordonna Ido.

– Non ! hurlai-je. Non !

Les yeux obscurcis par la souffrance de Ryko se fixèrent sur moi.

– Tenez bon, souffla-t-il.

Je laissai tomber les sabres de Kinra. Les lames résonnèrent sur le sol de pierre.

– Brave petite, dit Ido.

Il fit signe au second garde.

– Prenez mon arme. S'il bouge, tranchez son poignet.

Lâchant la main de Ryko, le garde se leva et saisit le sabre d'Ido. Le grincement de la lame fit frissonner Ryko.

– Et vous, lança Ido à l'autre garde, allez chercher le démon femelle. Elle est cachée derrière la dernière pile de caisses.

Je sentis tout espoir m'abandonner. Ido avait gagné.

Toujours penchée sur le livre, dame Dela suivait du doigt les caractères en traduisant à voix basse. Elle au moins n'avait pas renoncé. Le garde se leva du dos de Ryko et sortit un poignard d'un étui fixé à sa taille.

– Ne la tuez pas, ajouta Ido. Pas encore.

L'homme acquiesça en silence et s'avança. Je le regardai passer devant moi et contourner la pile d'un air méfiant. Dame Dela lui jeta un coup d'œil effrayé en le voyant approcher prudemment, puis elle baissa la tête et continua de lire.

À cet instant, Ido me rejoignit, si vite que je n'eus pas le temps de réagir. Saisissant brutalement mon bras, il m'entraîna en arrière vers le bout de l'allée. Je trébuchai et sentis mes pieds quitter le sol. Il me porta à moitié jusqu'au mur, non sans mettre mon épaule au supplice. En poussant un grognement, il me plaqua contre le mur crasseux et lâcha mon bras, la pression de ses hanches suffisant à me maintenir debout. Son visage était si proche que ma vue était bouchée. Je ne voyais que sa bouche encadrée par sa barbe noire et luisante, et les ténèbres de ses yeux dilatés. Il était tellement lourd et musclé, à force d'entraînement et de drogue solaire.

Je me débattis pour échapper à sa puissance accablante, mais sa main chaude se referma sur ma gorge. Comme j'agrippais ses doigts, il secoua imperceptiblement la tête et commença à serrer. Le souffle coupé, je lâchai prise et cessai de bouger. Il baissa la tête et posa ses lèvres sur les miennes, en relâchant lentement sa pression de façon que ma bouche s'ouvre pour respirer et s'offre à lui. Sa langue lécha la mienne, m'imprégnant de son goût de vanille et d'orange. Puis il mordit soudain cruellement ma lèvre inférieure. Je tressaillis de douleur, en goûtant cette fois la saveur tiède du sang.

– Nous allons donc enfin savoir, chuchota-t-il contre ma joue.

Chaque mot m'effleurait comme un baiser.

– Nous allons savoir ce qui se produit vraiment quand les deux derniers Yeux du dragon ne font plus qu'un.

– Nous ne sommes pas les deux derniers, lançai-je d'une voix rauque.

– Vous pensez à Dillon ? demanda-t-il en reculant légèrement la tête.

Je croisai son regard. Des fils d'argent se mêlaient à l'ambre de ses yeux. Je sentis son charisme comme une caresse sur ma peau.

– Pauvre Dillon, dit-il. J'ai réuni son *hua* au mien. Il n'a plus de lien individuel avec le dragon Rat.

Son index suivit la ligne de ma mâchoire.

– De toute façon, le peu de pouvoir qu'il lui reste sera bientôt épuisé.

Son autre main tira d'un coup sec sur le col de ma tunique. La soie fine se déchira, livrant à son regard mon épaule et le bandeau de poitrine.

Un bruit de lutte lui fit tourner la tête. Dame Dela cria :

– Elle est le dragon Miroir, elle...

Sa voix se tut soudain, comme si une main la bâillonnait. Qu'avait-elle essayé de me dire ? Je savais déjà qu'elle était le dragon Miroir.

Ido se retourna vers moi.

– *Elle* ? Il s'agirait d'un dragon femelle ?

Il rit tout bas, émerveillé.

– Bien sûr, j'aurais dû deviner. Votre pouvoir est d'essence féminine. Pas étonnant que le livre parle de l'union du soleil et de la lune.

Sa main frôla l'épais tissu couvrant ma poitrine et descendit jusqu'à ma taille, en tirant sur la toile fine de mon caleçon. Je tressaillis, mais sa main se serra de nouveau sur ma gorge. Ma vue se troubla. Comme je commençais à suffoquer, il relâcha sa pression pour que j'aspire un peu d'air. Son visage était durci par une résolution inexorable. Je savais que je ne pouvais m'opposer à lui physiquement, mais il n'obtiendrait pas tout de moi.

– Vous ne pourrez pas me faire entrer dans le monde énergétique, lançai-je d'un ton de défi.

– Croyez-vous que je ne puisse m'introduire de force que dans votre corps ?

Ses yeux étaient un océan argenté. Je sentis son pouvoir me frapper comme un coup de poing.

– Chaque fois que vous appeliez mon dragon, vous vous ouvriez davantage à lui, me murmura-t-il à l'oreille. Et à moi.

Un goût de vanille et d'orange emplit ma bouche. Je sentis un pouvoir chercher à pénétrer en moi. Un pouvoir bleu, qui tordait et déformait l'allée en un tourbillon de couleurs. Le visage d'Ido fut transfiguré par une énergie vibrante, puis redevint de chair et d'os. Il leva les yeux, et ses doigts forcèrent ma tête à se renverser en arrière. Le dragon Rat était au-dessus de nous. Les écailles bleues de son ventre brillaient comme un ciel d'été. Il nous regarda. La perle ornant sa gorge se mit à resplendir d'un pouvoir éblouissant. Ses énormes yeux d'esprit s'enfoncèrent en mon être et trouvèrent un chemin argenté qu'assombrissait encore la présence grise de la drogue solaire.

Ido était dans mon esprit. « À présent, vous m'appartenez vraiment », dit sa voix en moi.

– Non ! soufflai-je.

Une voix stridente perça la tempête bleue déferlant sur mes sens :

– Elle est le dragon Miroir. Vous m'entendez ? Son nom est votre nom ! Elle est le miroir !

Dame Dela. Je tentai de me concentrer sur ses paroles.

Comme un kaléidoscope inversé, les dernières semaines s'éclairèrent soudain d'une évidence amère. À l'instant de notre union, le dragon Miroir n'avait pas essayé de m'arracher mon nom mais de me donner son propre nom. *Notre* nom. Pendant tout ce temps – chez mon maître, dans le bassin du bain, au bord de la route –, je n'avais cessé de la refuser, de lui barrer le chemin, de la refouler avec des drogues. Et depuis le début, le minuscule noyau doré de mon pouvoir était présent au cœur de mon être, et m'attendait.

– Eona, chuchotai-je.

La réalité de ce nom était comme une griffe déchirant la peur, détruisant la prison du malentendu, dissipant le voile affaibli des drogues. Elle s'abattit sur le flot bleu irrésistible et fraya un passage à un frêle espoir.

Les doigts d'Ido s'enfoncèrent dans ma chair. « Que faites-vous ? »

– Eona ! hurlai-je.

Ce nom affaiblit instantanément son emprise sur mon esprit. Comprenant d'un coup, Ido m'agrippa en se préparant au choc.

« Vous l'avez appelée ! »

Un flux déchaîné de pouvoir déferla dans mes chemins intérieurs, me renversant contre le mur. Le corps d'Ido se plaqua contre le mien. Il n'allait pas renoncer. Pas encore. Le dragon Rat poussa un rugissement en sentant l'élan brutal de sa puissance bleue se briser contre la vague d'or.

Une énergie brute inonda avec allégresse mes sept centres de puissance, s'enfonça en moi, chercha à m'ouvrir toujours plus profondément. Et derrière tout cela, une présence exultait en sentant venir l'instant de la délivrance et de l'union. Quand je levai les yeux, ma vision intérieure avait enfin retrouvé sa clarté. Je voyais le dragon Miroir. Mon dragon.

Dressée sur le toit derrière moi, elle plongeait dans l'ombre le dragon bleu plus petit. La perle d'or palpitant sous son museau étincelait sur les écailles rouge vif de son poitrail. Ses pattes antérieures se posèrent brutalement sur le toit et de longues griffes à l'éclat de rubis entaillèrent le rebord de pierre, dont des fragments s'abattirent par terre en soulevant des nuages de poussière aux deux extrémités de l'allée. Elle étendit ses ailes fragiles pour garder l'équilibre tandis qu'elle baissait la tête et que le clair de lune faisait jouer des reflets flamboyants sur son long cou incliné. Son haleine tiède était comme une brise d'été, qui remplit ma bouche du goût épicé de la cannelle. Le goût du pouvoir – et de la joie.

« Je la vois ! » Je sentis la terreur respectueuse d'Ido se transformer en un désir brutal.

Avec délicatesse, elle baissa son museau gigantesque et me présenta la perle nichée sous son menton. Le globe d'or lumineux était aussi gros qu'un tonneau et résonnait d'un chant millénaire fait d'antique sagesse et de vie nouvelle, d'équilibre et de chaos.

Tendant la main, je pressai mes paumes sur la surface douce et veloutée. Des flammes d'or s'élevèrent et brûlèrent ma peau d'une promesse ardente.

Les mains d'Ido se refermèrent sur mes poignets. « Apportez-la-moi. »

Le cri de son dragon retentit en son esprit et me renvoya un écho de souffrance. Comme j'éclatais de rire, la perle scintilla à son tour d'un éclat resplendissant. Le pouvoir bleu n'était qu'une ombre auprès de la glorieuse incandescence de notre union. Les yeux insondables du dragon Miroir croisèrent les miens et sa question me parvint, plus profonde que des mots, portée par l'élan de mon *hua*.

Elle voulait que je lui donne Eon.

Qu'entendait-elle par Eon ? La réponse s'imposa à moi. Elle me demandait le pouvoir masculin en moi, l'énergie virile que j'avais nourrie du plus profond de mon être et qui était devenue le seul aspect de moi-même me paraissant digne de confiance.

Mon esprit se troubla. Ne voulait-elle pas d'Eona – de mon énergie féminine ? N'était-ce pas là l'essentiel ? Pourquoi avait-elle besoin d'Eon ? J'hésitai, comme dans l'arène. J'avais tellement lutté pour mettre en avant mon énergie masculine et refréner la part féminine de mon être. Si je renonçais maintenant à Eon, par quoi le remplacerais-je ? J'avais rendu Eona trop faible, trop insignifiante. Que ferais-je si le dragon me prenait Eon et s'il ne me restait rien ?

Détournant mon regard de ces possibilités miroitant devant moi, je fixai les yeux argentés d'Ido. Ses mains serraient mes poignets avec tant de force que j'avais l'impression qu'il allait les broyer. Il attendait mon pouvoir. Il voulait tout me prendre. Et s'il était trop fort pour le dragon Miroir ? Chaque fois que nous nous étions rencontrés dans le monde énergétique, il m'avait vaincue. Il en allait de même quand nous nous affrontions à travers la puissance du dragon bleu. Serait-ce différent avec le dragon rouge ?

Bien sûr que ce serait différent. Elle était mon dragon, mon pouvoir.

Je plaquai mes mains contre la perle dorée. « Puissé-je être assez forte, priai-je. Puissions-nous être assez fortes. »

– Je suis Eona ! criai-je. Je suis l'Œil du dragon Miroir !

D'un coup, je fus délivrée d'anciens besoins, de pouvoirs atrophiés, de chemins étroits formés par la peur et une fausse croyance. Le noyau doré du pouvoir qui m'habitait explosa en une puissance radieuse.

Le dragon rouge poussa un hurlement de joie, qui résonna à travers mon corps et mon esprit. Mais à cette exultation se mêlaient d'autres voix plus douces, affligées, dont le chœur endeuillé se frayait un passage dans notre union. Étaient-ce les autres dragons ? La faible mélopée funèbre s'interrompit soudain.

Ma vision intérieure se divisa. J'étais le dragon Miroir, et ma tête colossale se retournait brutalement pour affronter la fureur du dragon bleu dans mon dos. Ses pattes énormes enserrèrent mon cou incurvé. Ses griffes déchirèrent mes flancs, en ouvrant des blessures étincelantes d'où jaillissait une lumière d'or.

Mais j'étais aussi dans l'allée, je luttais contre Ido plaquant mes mains contre le mur glacé et immobilisant mes poignets avec son bras. Il glissa de force sa jambe entre les miennes, tandis que sa main libre déchirait la toile et la soie. Au-dessus de nous, le dragon Miroir tordit désespérément tout son immense corps rouge et orange, en projetant dans l'air une décharge gigantesque de pouvoir. Pavés et poussière s'envolèrent tandis que mon effort semait la dévastation tout le long de l'allée. J'entendis dame Dela hurler et j'observai d'en haut les gardes qui couraient se mettre à l'abri, en abandonnant la minuscule silhouette de Ryko sous le déluge de pierres.

« Donnez-la-moi. » L'avidité d'Ido frappa mon esprit comme un coup de poing.

– Non ! criai-je.

Faisant écho à mon cri de défi, le dragon rouge affronta le dragon bleu en une violente mêlée de poitrails énormes et de griffes déchaînées. Le monde explosa en énergie pure lorsque le dragon et moi nous confondîmes en un être unique et resplendissant. Devant nous, la chair et le sang d'Ido se dissipèrent pour révéler un réseau ruisselant de *hua*. Les chemins argentés étaient obscurcis par une couche de drogue solaire, mais sa force vitale coulait avec frénésie à travers les sources tourbillonnantes de ses points de puissance. Son emprise sur nous faiblit et le dragon bleu recula, vaincu. Nous regardâmes la peur d'Ido se démener dans le flot parcourant son corps transparent, pour se déverser finalement dans le point rouge étincelant à la base de son épine dorsale. Plus haut, sur le méridien central où s'étageaient les sept points, l'orange sacré et le delta jaune brillaient de tout l'éclat de son charisme et du feu de son désir.

Puis nous vîmes le point terne dans sa poitrine. Le point cœur, le centre de la compassion et de l'harmonie. Gris et flétri, il ne laissait passer qu'un mince filet d'énergie. C'était une maladie – aisée à guérir. Concentrant notre pouvoir sur lui, nous regardâmes l'enveloppe grisâtre se détacher du point vert et s'amasser lentement en un monceau énorme d'émotion obscure. Il se fracassa au-dessus de nous, en un tourbillon épais de désir contrarié, d'innocence blessée, de rejet impitoyable. Tant de désarroi et de colère. Le dragon bleu poussa un hurlement. Notre main toucha la poitrine d'Ido et le *hua* se mit à circuler entre nous. Le pouvoir d'or se mêla au pouvoir d'argent, jusqu'au moment où une vague irrésistible de compassion ouvrit d'un coup le point vert et libéra la masse de souffrance accablante.

Ido cria et recula en titubant, ce qui eut pour effet de détacher mon autre main de la perle. Brutalement séparée de mon dragon, je sortis aussitôt du monde énergétique et me retrouvai au milieu des ballots renversés.

Elle avait disparu.

J'avais l'impression que mon esprit avait été arraché à mon corps. M'affalant contre le mur, je cherchai désespérément en moi une trace de notre union. Un écho doré de sa présence m'apaisa, en atténuant par sa douceur le choc de notre séparation.

Ido tomba à genoux. Son corps énergétique retrouva sa forme terrestre de chair ferme et de muscles robustes. Des frissons parcouraient son corps prostré. Il leva la tête. Ses yeux étaient hagards.

– Que m'avez-vous fait ? demanda-t-il d'une voix entrecoupée. Je n'ai jamais vu un tel pouvoir.

Les mains tremblantes, je rassemblai mes tuniques en lambeaux sur mon corps dénudé. Je ne savais pas exactement ce que j'avais fait. Ce que nous avions fait.

– Votre point cœur est ouvert, dis-je.

Il respira profondément, au bord des larmes.

– Vous m'avez forcé à tout ressentir, gémit-il. D'un coup, toutes les actions que j'ai commises dans ma vie.

Les bras serrés sur sa poitrine, il bascula en avant, plié en deux par sa souffrance intérieure.

Un roulement de pierres me fit lever les yeux. Quelque chose bougeait. Il me fallut un moment pour comprendre que cette masse poussiéreuse et déguenillée était Ryko se traînant vers nous dans l'allée dévastée, en pressant sa main mutilée contre sa poitrine. Haletant, il dépassa le corps sans vie d'un garde. Ses yeux étaient fixés sur Ido.

– Tuez-le, lança-t-il d'une voix enrouée. Tuez-le. Ne laissez pas passer l'occasion.

Dame Dela émergea de derrière un amas de caisses brisées. Elle se leva avec peine, en serrant d'une main faible un de mes sabres. Son visage était couvert de crasse et zébré de sang. L'effort de brandir l'arme la fit vaciller.

– Je vais m'en charger.

– Non !

Le mot avait jailli du plus profond de moi. Du fond d'une réalité nouvelle.

– Nous ne pouvons pas faire ça.

– Pourquoi ? demanda Ryko.

Je me mordis les lèvres, consciente que mes raisons n'auraient aucun sens pour un homme qui venait d'être torturé. J'avais moi-même peine à les comprendre. Même si j'avais envie de voir Ido souffrir et mourir en me souvenant du contact de ses mains sur moi, un sentiment plus fort en moi – une émotion précieuse – m'incitait à vouloir mettre fin à sa souffrance. En l'éveillant de force à la compassion, j'avais d'une certaine manière ouvert mon propre cœur à Ido.

L'Œil du dragon s'assit péniblement sur ses talons. Il ne restait plus rien de son expression hautaine.

– Parce que, si vous me tuez, Dillon mourra, dit-il d'un ton tranquille.

Ryko me regarda.

– C'est vrai ?

– Je ne sais pas, répondis-je. Peut-être. Il a lié le *hua* de Dillon au sien.

Une angoisse soudaine m'étreignit. Avais-je moi-même lié le *hua* d'Ido au mien ?

En entendant des cailloux rouler, je regardai derrière Ryko. Le garde âgé s'éloignait de l'allée en boitillant, avec une précipitation qui ne laissait aucun doute sur ses intentions.

– Il va chercher des renforts ! m'exclamai-je en m'écartant du mur. Nous devons partir.

– Il faut d'abord achever notre tâche, déclara Ryko.

S'agenouillant non sans peine, il tira vers lui dans la poussière le sabre du garde mort.

– Non !

J'affrontai le désir de vengeance qui durcissait le regard du géant.

– J'ai le pouvoir du dragon Miroir, Ryko. J'ai réussi à l'appeler.

Ma voix était émerveillée. Je m'étais unie à mon dragon. Faisant un effort sur moi-même, je m'arrachai à cette béatitude.

– Nous pouvons encore aider l'Empereur Perle et la Résistance. À condition de ne pas être capturés par Sethon. Nous devons partir tout de suite !

– Vous avez son pouvoir ?

Il retourna sa fureur contre moi.

– Qui me dit que c'est vrai ?

Il regarda dame Dela pour avoir une confirmation.

– Avez-vous trouvé le nom ?

Elle acquiesça de la tête, en souriant à travers la crasse et le sang.

Le visage de Ryko s'éclaira un instant, puis reprit son expression sombre et douloureuse.

– Vous avez raison. Partons d'ici.

D'un air las, il enfonça la pointe du sabre dans une fissure et s'appuya dessus pour se lever.

Ido était de nouveau plié en deux, en proie à un nouvel accès de tremblements convulsifs. Voir son corps puissant affaibli à ce point me bouleversa. Cependant, au-delà de ma pitié, je ressentais au fond de moi une allégresse féroce. Mon pouvoir avait mis à genoux l'orgueilleux seigneur.

Rassemblant mes tuniques sur moi, je courus à la grille. Les barreaux étaient obstrués par des débris. Je m'accroupis pour dégager rapidement l'ouverture avec mes mains. Quand je serrai mes doigts autour des barreaux, je m'aperçus que j'étais pleine de vigueur. Ma douleur et mon épuisement s'étaient évanouis. Devais-je cette énergie nouvelle à mon lien avec elle ? À notre union enfin réalisée. Je souris. Rien qu'en pensant au dragon rouge, la joie m'envahissait. Je brûlais de prononcer son nom – notre nom. Arrachant la grille à sa niche, je la posai doucement sur le sol.

– Voici pour ma main, s'exclama Ryko.

Ce fut le ton de sa voix, plus que les mots, qui me fit me retourner. Debout devant Ido, le géant brandissait la lourde poignée du sabre au-dessus de la tête inclinée de l'Œil du dragon.

– Je comprends, dit Ido en fermant les yeux.

Avec une résolution sauvage, Ryko abattit la poignée sur le visage du seigneur, chancelant sous la force de son propre coup. Fou de douleur, Ido s'effondra, les mains pressées sur le front. Sans un gémissement, il se balança au rythme de sa souffrance lancinante tandis que du sang ruisselait entre ses doigts.

Horrifiée, je me relevai.

– Ryko ! Arrêtez !

Le géant respira profondément.

– Nous pouvons partir, maintenant.

Il laissa tomber le sabre. Dame Dela accourut vers moi. Elle portait sur le bras une masse épaisse de soie vert émeraude.

– N'insistez pas, dit-elle en me barrant le passage. Il essaie d'obéir à vos ordres et de ne pas le tuer.

Comprenant son avertissement, je hochai la tête.

– Avez-vous encore le livre rouge ? demandai-je.

– Il est en sûreté, répondit-elle en tapotant son armure sur sa poitrine.

Elle lança un regard sur mon corps dénudé, mais ne posa aucune question.

– Tenez, dit-elle en me tendant la robe historiée. Couvrez-vous.

Avec gratitude, je glissai mes bras dans les larges manches. J'effleurai des doigts les plaques glissées dans mon bandeau de poitrine – elles aussi étaient en sûreté – puis j'attachai la fermeture intérieure. La robe flottait sur mon corps, mais au moins elle le dissimulait. Je jetai un coup d'œil à Ido. Il se redressait lentement pour s'asseoir. Autrefois, il n'aurait jamais enduré ainsi de se faire rosser. Combien de temps durerait ce changement ? Je ne m'y fiais guère.

Ryko nous rejoignit en boitant.

– J'ai l'un de vos sabres. L'autre se trouve là-bas, dit-il en indiquant une caisse non loin de nous.

Il s'appuya d'une main au mur en haletant, les dents serrées. Tiendrait-il le coup jusqu'au fleuve ?

– Passez d'abord, dis-je à dame Dela. Vous aiderez Ryko.

Je m'attendais à des protestations, mais le géant se contenta de hocher la tête. Pendant que dame Dela s'introduisait dans l'ouverture, je courus ramasser mon second sabre. Le sursaut de rage familier renforça encore la vigueur nouvelle de mon corps. Quand je retournai à la grille, Ryko se glissait tant bien que mal dans l'étroit passage. J'aperçus un instant le visage tendu de dame Dela le guidant vers la première marche, puis j'entrai à mon tour dans le boyau en repoussant la grille vers le mur. Il était inutile de perdre son temps à la remettre en place. Je la laissai tomber.

– Je regrette, lança Ido à quelques pas de moi. Je tenais à vous le dire, même si c'est bien insuffisant.

Je le regardai. Il fixait sur moi son unique œil valide – l'autre était déjà entièrement gonflé. Son souffle était haletant, douloureux. Je serrai la robe historiée sur mon corps.

– Je sais que vous regrettez.

Je l'avais senti quand nos *hua* avaient fusionné.

– Mon ambition a fait de nous les deux derniers Yeux du dragon. Sethon n'aura de cesse qu'il n'ait mis notre pouvoir au service de sa machine de guerre.

Son visage avait perdu toute trace d'arrogance.

– Il reste aussi Dillon, répliquai-je avec entêtement.

Il essuya le sang coulant de sa bouche.

– Nous savons tous deux que je l'ai détruit.

Comme il secouait la tête, il ne put retenir un tressaillement de douleur.

– Sethon est au courant du Rang de Perles. Il connaît aussi l'existence du livre noir. Est-il en votre possession ? Avez-vous emporté les deux volumes ?

Je songeai à Dillon arrachant de mon bras le livre noir. Il n'était pas question que j'en parle à Ido.

En entendant des voix crier des ordres non loin de l'allée, je m'enfonçai vivement dans le boyau. Puis je me haussai sur la marche étroite pour regarder dehors. Ido s'était penché pour saisir le sabre abandonné par Ryko. En haletant, il l'installa péniblement sur ses genoux.

Il retrouva un peu de son ancienne autorité pour me lancer un regard impérieux.

– Il faut que vous retrouviez le livre noir. Il indique des moyens d'asservir le pouvoir des dragons. Empêchez Sethon de s'en emparer, sans quoi nous serons ses esclaves.

Ido essayait-il de me piéger ?

– Comment Sethon pourrait-il nous dominer ? demandai-je. Ce n'est pas un Œil du dragon.

– Non, mais il appartient à la dynastie impériale. Le sang des dragons coule dans ses veines. Tout descendant des dragons peut nous asservir avec l'aide du livre noir.

– Je croyais que le sang des dragons n'était qu'une légende.

– Vous aussi, je croyais que vous n'étiez qu'une

légende, répliqua-t-il en haussant légèrement les épaules.

Il leva le sabre, qui ne se souleva qu'à peine du sol.

– Allez-y, je les tiendrai à distance de la grille aussi longtemps que je le pourrai.

– Vous pouvez à peine tenir ce sabre.

– Puisque vous éveillez de force ma générosité, profitez-en, lança-t-il d'un ton dur. Filez d'ici.

Il avait raison. Je devais le laisser se racheter par ce geste admirable et me mettre à l'abri avec mes amis. Je ne lui devais rien. À l'instant de m'enfoncer plus avant dans le boyau, toutefois, quelque chose m'arrêta. Je ne pouvais lui permettre d'affronter Sethon alors que mon pouvoir l'avait dépouillé de sa force. À cause de moi, il était vulnérable. Je n'étais même pas sûre qu'il fût en état de se mettre en contact avec son dragon.

Je sortis de nouveau ma tête de l'ouverture.

– Vous pourriez venir avec nous.

En prononçant ces mots, je sus que je faisais une erreur. Je n'avais pas envie de le sentir près de moi. J'étais encore pleine d'une colère que ma compassion ne parvenait pas à étouffer tout à fait. Une colère de femme, dont la violence meurtrière ne connaissait ni le pardon ni la pitié.

– Non, répondit-il en inclinant son visage sanguinolent pour mieux me voir.

Il grimaça un sourire incertain, qui le rajeunit soudain.

– Je pense que j'ai davantage de chances de m'en tirer avec Sethon qu'avec votre ami insulaire.

Je ne lui rendis pas son sourire. Sethon pointant son sabre vers le petit prince, les cris épouvantés de dame Jila, le brusque silence de l'enfant... Ce souvenir m'obsédait. Le Grand Seigneur était non seulement impitoyable mais cruel.

– À l'heure qu'il est, Sethon doit savoir que vous avez éliminé tous les autres Yeux du dragon, lançai-je. Il vous le fera payer cher.

Le visage souriant d'Ido se durcit.

– Je sais. Mais il devra d'abord me capturer.

Peut-être pourrait-il tenir Sethon en échec. Après tout, il avait avec lui un dragon ascendant. Cela dit, un Œil du dragon devait être conscient pour recourir à sa magie, et Ido avait à peine la force de rester debout.

– Il ne me tuera pas, ajouta-t-il. Pas avant d'avoir mis la main sur vous.

Nous entendîmes cliqueter des sabres et des armures.

– Partez ! lança-t-il. Sans quoi il nous aura tous les deux.

Je baissai ma tête pour retourner dans le boyau et cherchai du bout du pied la deuxième marche.

– Retrouvez le livre noir ! s'écria Ido. Avant que Sethon ne s'en empare !

Je descendis précipitamment l'escalier raide. Le sabre de Kinra tintait tandis que je cherchais des appuis à tâtons dans l'obscurité. C'était Dillon qui avait le livre noir. Du moins, il en était ainsi quelques heures plus tôt.

Les yeux fixés sur la faible lueur émanant du corridor, je rasai le mur le long des deux tournants avant d'atteindre enfin la première lampe éclairant le splendide chemin bleu et or. Devant moi, dame Dela peinait pour maintenir Ryko debout. Je me mis à courir sur le tapis moelleux. En entendant mes pas assourdis, ils se retournèrent tous deux, prêts à combattre. Dame Dela se plaça devant le géant en levant l'autre sabre de Kinra.

– C'est vous ! s'exclama-t-elle.

Elle baissa son arme.

– Ido les tient à distance, déclarai-je. Il ne pourra pas résister longtemps. Venez.

Ryko me lança un regard dur.

– Depuis quand est-il notre allié ?

Je me glissai sous son bras et le passai autour de mon épaule.

– Je ne dirais pas que c'est un allié, répliquai-je.

En fait, j'ignorais ce qu'il était vraiment.

J'avais beau soutenir Ryko et porter les deux sabres, notre progression était affreusement lente. Nous titubions sur le tapis, en respirant si fort qu'il était impossible d'entendre ce qui se passait derrière nous. Je ne cessais de regarder dans mon dos, en m'attendant à voir les hommes de Sethon se ruer vers nous, mais le couloir était désert. Ido tenait parole.

Nous arrivâmes enfin à l'entrée que Ryko et moi avions empruntée. Le mur illuminé s'interrompit brutalement et je scrutai les ténèbres qu'aucune lampe n'éclairait.

– Le fleuve, dit Ryko en désignant d'une main faible le fond du corridor. On nous attend.

Dame Dela s'appuya au mur somptueux, dont les couleurs éblouissantes faisaient ressortir sa pâleur.

– Seront-ils encore là ?

Ryko la regarda avec dédain.

– Tozay attendra.

En entendant ce nom, je revis d'un coup un

visage large et bronzé, je respirai l'odeur marine d'une patrie depuis longtemps perdue.

– Voulez-vous parler de maître Tozay ?

– C'est notre chef, répliqua Ryko en sortant la dernière lampe de sa niche pour la tenir devant nous.

Saisissant la main valide de dame Dela, je l'aidai à se relever. Puis je pressai Ryko d'avancer de nouveau.

– J'ai déjà rencontré maître Tozay, déclarai-je. Avant la cérémonie.

Je jetai un coup d'œil au géant.

– Ce n'était pas un hasard, n'est-ce pas ?

Malgré sa souffrance et son épuisement, Ryko sourit.

– Tozay a tenu à rencontrer chaque candidat. Vous étiez tous des alliés potentiels pour la Résistance.

Tant d'événements s'étaient succédé depuis le jour où maître Tozay et moi nous étions inclinés côte à côte au passage du palanquin de dame Jila. À présent, la malheureuse était morte, son enfant avait été massacré, et son autre fils, l'Empereur Perle, avait fui pour sauver sa vie. Me raccrochant à cet espoir, je priai de nouveau les dieux de veiller sur lui.

Nous avançâmes péniblement à la faible clarté de la lampe. Le magnifique corridor bleu paraissait sans fin. La respiration de Ryko était sifflante. Je sentais la main de dame Dela peser sur mon épaule et même mon énergie renouvelée commençait à fléchir. Puis le tapis se termina abruptement. En levant la lampe, j'aperçus avec un soulagement indicible des pavés grossiers et un tournant tout proche.

La disposition des lieux était la même que dans les autres entrées. Après avoir gravi un escalier, nous poussâmes la grille pour sortir. J'aidai mes compagnons à passer à travers l'étroit boyau puis me mis à l'abri derrière eux dans un fourré. Nous étions près du fleuve, à l'extérieur du cercle des Dragons. Sur notre droite, les barques impériales amarrées à un embarcadère attendaient les concubines qui ne viendraient jamais. Ryko désigna de la tête une petite langue de terre sur la gauche, presque cachée par un bosquet d'arbres élégants aux racines aquatiques. Nous le rejoignîmes clopin-clopant. Humectant ses lèvres desséchées, Ryko lança le cri d'oiseau dont il s'était déjà servi pour appeler Solly. Une silhouette émergea de derrière les épaisses frondaisons traînant jusqu'au sol.

– Tozay ? chuchota Ryko.

L'homme robuste accourut vers nous et rattrapa l'énorme insulaire qui chancelait.

– Vous voilà enfin.

Avec une aisance étonnante, il fit tourner le géant vers un petit canot à rames attendant sur l'eau, avec à son bord une autre silhouette obscure.

– Venez, lança-t-il à voix basse. Il faut nous dépêcher ou nous manquerons la marée.

Je passai le bras de dame Dela autour de mon épaule pour la soutenir tandis que nous descendions vers l'embarcadère en dérapant sur le sol glissant.

Quand maître Tozay confia Ryko à son compagnon, je vis enfin son visage illuminé par la lune. Les dernières semaines avaient encore creusé ses traits sévères. Prenant dans ses bras la noble dame chancelante, il la souleva pour l'installer dans la petite embarcation. Puis il se tourna vers moi, me prit avec douceur les deux sabres de Kinra auxquels j'étais cramponnée et les remit à son compagnon. Je ramenai mes cheveux en arrière et affrontai son attention silencieuse.

– Salut à vous, maître Tozay.

– Sire Eon, répliqua-t-il en inclinant la tête.

Je le vis sourire sans joie tandis qu'il me tendait la main pour m'aider à monter dans le canot, tout en l'empêchant de tanguer avec son pied.

– Un dragon a donc eu finalement le bon sens de vous choisir, seigneur.

– Ainsi en a-t-elle décidé.

Il ouvrit de grands yeux.

– Elle ?

– Oui, elle.

Je pris sa main et sautai dans le bateau.

– Mais ne m'appelez pas « seigneur ». Je ne suis plus sire Eon. Je suis Eona, l'Œil du dragon Miroir.

Levant les yeux, je regardai la fumée noire s'élevant au-dessus du palais impérial et des manoirs des dragons. Puis je me tournai de nouveau vers l'homme stupéfait qui me faisait face.

– Et je veux rejoindre les rangs de votre Résistance.

# Note de l'auteur

*L'Empire du Dragon Céleste n'est pas un pays ou une civilisation existant réellement. C'est un monde imaginaire, qui fut d'abord inspiré par l'histoire et la culture de la Chine et du Japon mais qui devint rapidement une contrée de légende, ne prétendant à aucune authenticité historique ou culturelle. Néanmoins, j'ai mené des recherches approfondies afin de créer l'Empire et ses dragons. Si ces recherches vous intéressent, vous trouverez sur mon site une partie de mes découvertes préférées et des livres dont je me suis servie, en cliquant sur www.alisongoodman.com.au*

## Remerciements

*Avec un remerciement très sincère à :*

*Ron, mon merveilleux époux.*

*Karen McKensie, ma meilleure amie et mon âme sœur en écriture.*

*Charmaine et Doug Goodman, mes parents qui m'on toujours soutenue.*

*Mes agents fantastiques, Fran Bryson, Jill Grinberg, Antony Harwood et leurs associés.*

*Le charmant Simon Taylor et la bonne équipe de Transworld UK.*

*Lisa Berryman, Nicola O'Shea et Anne Reilly pour leur savoir-faire éditorial.*

*Simon Higgins qui m'a appris comment tenir une épée, qui a relu mes scènes de bataille, et pour son soutien et amitié indéfectibles.*

*Mon groupe d'écriture, qui m'a lue et commentée : Karen, Judy, Carrie, Jane et Paul.*

*Pam Horsey pour son amitié, son soutien, sans oublier son bon goût en joaillerie.*

*Cat Brown pour le design du site.*

*Et bien sûr, Xanderpup et Spikerboy.*

Retrouvez le destin magique d'Eona,
dans la suite de ses aventures :

# Extrait

## *Eona et le Collier des Dieux*

Les dragons se lamentaient.

Les yeux fixés sur la surface grise et agitée de la mer, je me concentrai sur la rumeur assourdie en moi. Depuis trois jours que nous avions fui le palais envahi, je me tenais dès l'aube sur ce même rocher, à l'écoute de la mélopée funèbre des dix dragons endeuillés. D'ordinaire, le chant doré de mon propre dragon Miroir couvrait ces faibles gémissements. Ce matin, ils étaient plus forts. Plus violents.

Peut-être les dix animaux-esprits avaient-ils surmonté leur affliction et repris leur place dans le cercle des Douze. Prenant une profonde inspiration, je m'abandonnai à la sensation troublante de la vision intérieure. La mer devant moi se fondit en un flot argenté tandis que mon attention se détachait du domaine terrestre pour entrer dans la dimension parallèle, vibrante de couleurs, du monde énergétique. Au-dessus de moi, seuls deux des douze dragons occupaient leur position dans le ciel. L'énorme masse bleue du dragon Rat de sire Ido se tenait au nord-nord-ouest, le corps tordu par la souffrance, et mon propre dragon rouge se dressait à l'est. Le dragon Miroir. La reine. Les dix autres dragons n'étaient pas encore revenus du lieu inconnu où les créatures célestes se réfugiaient pour pleurer.

Le dragon Miroir tourna vers moi sa tête gigantesque. Sous son menton, la perle d'or brillait au milieu des écailles rouge vif. Prononçant mentalement notre nom à toutes deux, Eona, j'appelai son pouvoir. Sa réponse fut immédiate et une vague d'énergie dorée déferla dans mon corps. Enivrée par notre union, je me laissai porter par le flot montant de la joie. Ma vision se divisa entre la terre et le ciel. Les rochers, la mer et l'horizon se déployaient autour de moi et, en même temps, à travers ses énormes yeux de dragon, je voyais à mes pieds la plage se soulever au rythme intemporel de la croissance et du déclin. Des points argentés de hua, l'énergie vitale, se précipitaient en flottant ou en s'enfonçant dans un paysage tourbillonnant aux couleurs de l'arc-en-ciel. Tout au fond de moi, je sentis comme un salut plein de douceur – le contact muet de l'esprit de mon dragon rencontrant le mien et me laissant sur la langue un goût de cannelle, chaud et épicé.

Soudain, la saveur délicieuse s'aigrit. Nous perçûmes toutes deux au même instant comme une muraille d'énergie féroce, l'approche hurlante d'une force se ruant sur nous. Jamais nous n'avions éprouvé une souffrance aussi violente. Une pression écrasante pesa soudain sur notre lien doré et mon emprise terrestre se distendit. Je chancelai au milieu de rochers déchiquetés semblant s'abattre autour de moi. Poussant un cri, le dragon Miroir se cabra pour affronter la

— — — — — — — — — — — — — —

vague brûlante de détresse avide. Je ne sentis plus le sol, le vent, la présence de la terre. Le monde n'était plus que le heurt sauvage d'énergies tournoyantes.

– Eona !

Une voix alarmée, semblant venue de très loin.

Le déchaînement de chagrin m'enlevait toute prise sur la terre et sur le ciel. J'étais emportée dans le tourbillon, où les liens du corps et de l'esprit se tendaient à se rompre. Il fallait que j'en sorte, sans quoi je serais anéantie.

— — — — — — — — — — — — — —

**ALISON GOODMAN** vit à Melbourne avec son mari, Ron, et leur chien Jack Russell Terrier, Xander. Elle s'est vu décerner en 1999 une bourse d'écriture par l'université de Melbourne. Elle possède un master ès arts et anime des ateliers d'écriture avec des étudiants. Son premier roman, Singing the Dogstar Blues (1998), a reçu de nombreux prix et a été traduit dans plusieurs pays. Son roman policier Killing the Rabbit (2002) a été publié aux États-Unis en 2007. Paru en Australie en 2008 et applaudi par la critique, Eon et le douzième dragon a été vendu dans treize pays.

Retrouvez Alison Goodman sur son site internet :

**www.alisongoodman.com**

Dans la collection

# Pôle fiction

## filles

**Ce que j'ai vu et pourquoi j'ai menti**, Judy Blundell
**Quatre filles et un jean**,
**Le deuxième été**,
**Le troisième été**,
**Toi et moi à jamais**, Ann Brashares
**LBD**
**1. Une affaire de filles**
**2. En route les filles**, Grace Dent
**Cher inconnu**, Berlie Doherty
**Qui es-tu Alaska?**, John Green
**13 petites enveloppes bleues**, Maureen Johnson
**Les confidences de Calypso**
**1. Romance royale**,
**2. Trahison royale**, Tyne O'Connell
**Le journal intime de Georgia Nicolson**
**1. Mon nez, mon chat, l'amour et moi**,
**2. Le bonheur est au bout de l'élastique**,
**3. Entre mes nungas-nungas mon cœur balance**,
**4. À plus, Choupi-Trognon...**, Louise Rennison
**Code cool**, Scott Westerfeld

## fantastique

**Interface**, M. T. Anderson
**Genesis**, Bernard Beckett
**Le cas Jack Spark – saison 1 Été mutant**, Victor Dixen
**Felicidad**, Jean Molla
**Le Combat d'hiver**, Jean-Claude Mourlevat
**Le Chaos en marche**
**1. La Voix du couteau**
**2. Le Cercle et la Flèche**, Patrick Ness
**Jenna Fox, pour toujours**, Mary E. Person
**La Forêt des Damnés**, Carrie Ryan

Le papier de cet ouvrage est composé de fibres naturelles, renouvelables, recyclables et fabriquées à partir de bois provenant de forêts plantées et cultivées expressément pour la fabrication de la pâte à papier.

PAO : David Alazraki
Photo de l'auteur © Naomi Jones

ISBN : 978-2-07-062305-1
Loi n° 49-956 du 16 juillet 1949
sur les publications destinées à la jeunesse
Dépôt légal : septembre 2011
N° d'édition : 162550 – N° d'impression : 166992
Imprimé en France par Maury Imprimeur – 45330 Malesherbes